Die im Schatten sieht man nicht

Roman

Not lässt sich ausgrenzen, die Gefahren des Atomzeitalters und des Terrors nicht mehr.

Nach Ulrich Beck

Eckhard Polzer

Die im Schatten sieht man nicht

Bibliografische Information der Deutschen Nationalbibliothek:
Die Deutsche Nationalbibliothek verzeichnet diese Publikation in
der Deutschen Nationalbibliografie; detaillierte bibliografische
Daten sind im Internet über dnb.d-nb.de abrufbar.

TWENTYSIX – Der Self-Publishing-Verlag
Eine Kooperation zwischen der Verlagsgruppe Random House
und BoD – Books on Demand

© 2016

Herstellung und Verlag:
BoD – Books on Demand, Norderstedt

ISBN: 978-3-7407-1171-9

<u>Personenverzeichnis:</u>

THOMAS SUTTER ....Waffenhändler

CHRISTINA ARABA ....Journalistin

KOFI ARABA..Christinas Vater

HANNA PAUTZ.......................................Christinas Mutter

JEAN JUNI...Christinas Geliebter

CÉLIA..Sutters Geliebte

VIKTOR MENGE.....................................Sutters Sohn

INKA MENGE...Viktors Mutter

KONRAD ARNOLD.................................Arzt und Unternehmer

FROHMUT ARNOLD ....Konrads Bruder

SABINE ARNOLD ....Konrads junge Frau

VERENA ARNOLD..................................Joao's Freundin

NELIO MACHEL.....................................Flüchtling

JOAO MACHEL..Sohn Nelio's

KAY RUGE..Botschaft Lagos

FRANK ACHEBE.....................................Sutters Partner

OBA ACHEBE...Franks Vater

ABICHI...General

AARON...Joao's Freund

Und Weitere, die nur über die Runden kommen wollen.

<u>Inhaltsverzeichnis</u>

1 Lagos 1987

Schwaden von Bier und Rauch hängen in der Luft. Auf der Tanzfläche wabern Körper in einer dampfenden Menschenmasse. Christina Araba setzt sich in eine Ecke und beobachtet das Treiben. Liegt mir nicht, denkt sie, zu viel Schweiß, zu heiß, zu gepackt.

Als ihr die Bässe die Ohren zudröhnen und der Körper eher widerstrebend im Rhythmus zu schwingen beginnt, will sie wieder gehen, doch die Müdigkeit klebt wie Melasse an ihr. Sie ist groß und schlank, anders als die meisten Nigerianerinnen. Ihre Haut trägt die Farbe von Milchschokolade. Seit ein paar Tagen hat sie die Haare auf Streichholzlänge gekürzt und die schweren Ohrringe betonen ihren langen Nacken. Die Bewegung, mit der sie sich die Schweißperlen von der Stirn tupft, hat sie von ihrer weißen Mutter geerbt, doch das kann sie nicht wissen.

Am Nebentisch sitzt eine Gruppe Schweizer. Botschaft oder Swiss Air, denkt Christina. Mit halbem Ohr bekommt sie mit, wie sie sich über die ewigen Staus auf den Zufahrtsstraßen zur Innenstadt Lagos' unterhalten. Einer aus der Gruppe blickt, zufällig zuerst, dann immer häufiger absichtlich zu ihr herüber. Schließlich steht er auf und fragt sie, ob sie tanzen möchte.

„Keine Lust", sagt sie kurz angebunden.

Doch er lässt sich nicht abwimmeln. „Was machst du?", fragt er beharrlich weiter. „Ich habe dich hier noch nie gesehen, obwohl ich die meisten Mädchen deines Alters, die hierher kommen, kenne. Man trifft sich und geht wieder auseinander." Er tut, als verrate er ein Geheimnis, setzt sich ungefragt an ihren Tisch und taxiert sie wie ein Wesen, das er neu entdeckt hat.

Zu nah, denkt sie, zu aufdringlich. „Du kannst dich ja gleich auf meinen Schoß setzen."

„Ich wollte nicht brüllen müssen. Die Musik ist ziemlich laut. Du könntest mir trotzdem sagen, was dich umtreibt, der Schuppen hier scheint nicht gerade deine Umgebung zu sein."

„Bestimmt keine weißen Männer anmachen, falls du das meinst. Ich bin Journalistin, meine Redaktion liegt gleich um die Ecke."

Er sieht sie einen Tick aufmerksamer an und verzieht die Mundwinkel. „So jung. Journalistin? Bei deinem Aussehen könntest du alles machen."

„Ein Kompliment? Hört sich eher vergiftet an."

„Nein, warum? Komm, an der Bar ist es ruhiger. Ein Drink könnte uns gut tun." Ohne zu fragen nimmt er ihre Hand und zieht sie, bevor sie nein sagen kann, durch die Tanzenden an eine aus rohen Brettern gezimmerte Theke.

Mit einem Achselzucken folgt sie ihm. „Und was machst du?", ruft sie hinter ihm her.

„Ich bin der Schweizer Botschafter", sagt er, lacht fröhlich und winkt dem Barkeeper. „Was nimmst du?"

„Ist mir egal, das gleiche wie du."

„Zwei Cognac dann, ok?"

„Ok, jetzt sag schon, was du machst."

„Ich arbeite an der Schweizer Botschaft und schaufle Papier von einer Seite des Schreibtischs zur anderen. Ob mich das zu etwas Höherem qualifiziert, kann ich noch nicht sagen. Eigentlich finde ich es nur entsetzlich langweilig, aber meine Mutter meint, auch das gehöre zum diplomatischen Dienst."

„Die Langeweile oder das Schaufeln von Papier?" Sie versucht sarkastisch zu klingen, doch sie kann ihre Neugierde nicht ganz verbergen. „Was macht deine Mutter, ist sie auch Diplomatin?"

Er grinst, bevor er zu einer Antwort ansetzt. „Sie residiert in der Schweiz, trifft regelmäßig ihre Bridge Freunde, und denkt, dass ich mitten in einem großen Abenteuer stecke."

„Warum sagst du ihr nicht, wie es wirklich ist?"

„Und, wie ist das?"

„Dreckig, stickig, korrupt, das ist doch eure gängige Meinung, oder?"

„Hm, Journalistin! Sind die alle so? Wo hast du das Schild: Vorsicht bissiger Hund."

„Ich kann ja gehen, der Cognac geht auf Deine Rechnung."

Schweigend betrachtet er sie für einen Moment, irgendetwas scheint in ihm geklickt zu haben. „So war es nicht gemeint. Du hast Recht, einige denken so. Zuviel Verbrechen, zu viel Korruption, schnelles Geld, alles was wir Schweizer nicht mögen." Juni zieht, wie zur Entschuldigung, die Schultern hoch. „Aber jetzt erzähl du mir, weshalb du hier bist. Tanzen scheint es nicht zu sein."

Sie zögert, als wäge sie ab, ob es Sinn hat ernsthaft mit ihm zu reden. Warum bin ich überhaupt hier, fragt sie sich. Weil mich der Artikel nervt und ich keinen Schritt voran komme, denkt sie, so einfach ist es. „Mein Chef hat mir eine Serie über Südafrika aufgetragen, weil er glaubt, dass dort die Karten neu gemischt werden. Aber das Apartheidregime kotzt mich an. Ich will nicht darüber schreiben, wie Schwarze andere Schwarze abschlachten und die Weißen tatenlos zusehen.

Wahrscheinlich glaubt der Chef, dass es mir leicht fällt über dieses zerrissene Land zu schreiben. In seinen Augen bin ich wohl ähnlich zerrissen, weil ich weißes Blut in den Adern habe. Er täuscht sich."

Journalistin, denkt Juni, und umschifft das heikle Thema Südafrika, indem er eine andere Geschichte erzählt. „Vor ein paar Tagen wurde hier ein Schweizer Geschäftsmann überfahren. Keiner hat sich um ihn gekümmert, seine Leiche blieb einfach auf der Straße liegen, bis ihn ein Kollege eher zufällig fand. Das hat nicht geholfen unser Bild von Lagos aufzuhellen."

„Ich hab davon gelesen. In dem Viertel, wo er überfahren wurde, werden jeden Tag ein bis zwei Menschen ermordet, davon steht nichts in der Zeitung. Was hatte er dort zu suchen?" Sie atmet tief durch, als hätte sie die ewig gleiche Litanei über Afrika, als Hort des Verbrechens und der Unberechenbarkeit, gestrichen satt. „Und was denkst du?"

„Du meinst ich bin anders?"

„Nur so ein Gefühl. Die Art wie du mich angesehen hast. Vielleicht… ?" Sie nimmt ihr Glas und dreht es gedankenverloren zwischen Daumen und Zeigefinger, während ihr Blick über die Tanzfläche schweift. Für einen Moment scheint sie Juni vergessen zu haben. „Meine Mutter ist Deutsche, sie lebt in der DDR", sagt sie leise.

„Dann haben wir ja etwas gemeinsam. Meine ist Deutsch-Amerikanerin und lebt irgendwo, meist in teuren Hotels. Mein Vater war Schweizer, das hat mir den Pass mit dem weißen Kreuz auf rotem Grund eingebracht. Aber er ist schon lange tot", fügt er hinzu, als müsse er sich dafür entschuldigen.

„Wie alt warst du, als er starb?"

„Fünf, glaube ich. Es hat mich nie besonders interessiert. Außer Fotos kenne ich nichts von ihm.“

„Noch etwas gemeinsam. Ich war sieben, als mein Vater starb. In Lagos, nicht weit von hier.“

„Was hat ihm gefehlt?“

„Er wurde ermordet.“

Sie sagt es in einem Ton, der jede Nachfrage verbietet. Gleichzeitig fragt sie sich, weshalb sie es überhaupt erwähnt hat. Es ist so lange her, denkt sie. Aber irgendwie fühlt sie sich zu diesem Jean Juni hingezogen. „Du magst deine Mutter nicht besonders? Es klingt so komisch, wenn du von ihr sprichst.“

Er kippt sein halb volles Glas in einem Zug hinunter und bestellt eine neue Runde, ohne sie zu fragen. „Ist wohl eher umgekehrt. Sie konnte es nicht ertragen einen Versager als Sohn zu haben. Passt nicht in ihr Weltbild.“

„Bist du abgehauen?“

„So ähnlich. Ist aber schon besser geworden. Du siehst ja, ich gehöre zur Botschaft, eine Art Aufstieg, zumindest in ihren Augen“, meint er sarkastisch.

„Für dich anscheinend nicht. Zumindest hörst du dich nicht so an, als würde dir der Job gefallen.“

„Nur für die Ohren einer Journalistin. An was schreibst du gerade?“, versucht er das Gespräch, weg von sich, in eine andere Richtung zu lenken.

Sie trinkt ihr erstes Glas aus und schiebt es zum Barmann. Mit dem neuen Glas prostet sie Juni zu. „Wäre nicht nötig gewesen. Ich muss gehen“. Sie nimmt einen kleinen Schluck, stellt das Glas zurück auf den Tresen und schiebt es demonstrativ von sich.

„Schade“, sagt er, „ich wollte dich nicht vertreiben.“

„Tust du nicht“, sie reicht ihm die Hand, zögert einen Moment und gibt sich einen Ruck. „Du kannst mich erreichen, wenn du willst. Am Chronicle, frag dich durch.“

„Mach ich, ganz bestimmt. Ein Name würde helfen.“

„Christina Araba, und deiner?“

„Jean Juni, Schweizer Weltverbesserer, damit findest du mich immer. Wir könnten zusammen essen gehen.“

„Mal sehen“, aber das hört er nur noch verschwommen unter den Klängen der aufbrausenden Musik.

Mit der Zeit entwickelt sich zwischen den beiden eine stürmische Freundschaft, und nach ein paar Wochen ist er der erste Weiße mit dem sie schläft. Eigentlich tut sie es mehr aus Neugierde, aber dann gefällt ihr seine behutsame Art beim Sex. Am meisten aber gefallen ihr die offenen, manchmal stundenlangen Debatten mit ihm. Sie mag seine radikalen Ansichten zum Nahostkonflikt, zu Deutschland, wie es seine Kriegsverbrechen aufarbeitet, und zu einem Amerika unter Reagan, das sich, wenn es so weiter macht, wie er sagt, ins Abseits manövrieren wird.

Nach einer hitzigen Stunde im Bett, als sie es sich in seiner Achselhöhle bequem gemacht hat, erzählt sie vom Tod ihres Vaters Kofi. Sie weiß nicht, weshalb sie mit Jean überhaupt darüber spricht, vielleicht fange ich an ihm wirklich zu vertrauen, denkt sie. Zögernd beginnt sie von der Vermutung Cléos, ihrer Stiefmutter, zu erzählen, wie überzeugt sie ist, dass Kofi richtiggehend hingerichtet wurde. „Cléo denkt, dass Thomas Sutter, Vaters Geschäftspartner, seine Hand im Spiel gehabt hat." Und dann, als wäre es noch nicht genug Offenheit gewesen, verrät sie, dass sie ihren Vater rächen werde, egal was es sie kostet.

„Rächen", sagt Juni gedehnt und atmet tief aus. „Rächen ist ein großes Wort. Ich kenne Einige, die nur an Rache dachten und darüber vergaßen zu leben. Nicht schön. Endet meist in einem Desaster."

Er will nichts davon hören, denkt sie und fragt sich, ob sie vielleicht über's Ziel hinaus geschossen ist. Wir kennen uns nicht lange genug. Warum ziehe ich ihn in meine Angelegenheiten hinein? „Wer bist du Jean?", fragt sie schließlich, nachdem sie lange in sich hinein gehört hat. „Du hast nie über dich gesprochen. Was zählt für dich? Wir schlafen miteinander, aber ich weiß nicht wer du bist."

Jean zögert eine Weile. „Das kann ich nicht im Bett beantworten", sagt er und richtet sich auf. „Zu kompliziert. In deinen Armen fange ich womöglich an zu heulen. Für so ein schweres Thema brauche ich eine neutrale Umgebung und etwas zu trinken." Er küsst ihre nackte Brust und steigt aus dem Bett. „Komm, zieh dich an, wir fahren an den Strand, ich kenne dort eine kleine Bar, sie ist nicht so laut und wir können etwas essen. Die Wellen schwappen bis an den Fuß der Terrasse. Da kannst du fragen was du willst. Ich mag das Geräusch von Wellen, es entspannt mich. Brauche ich unbedingt beim Abstieg in die Niederungen meiner traurigen Existenz."

„Hey, ein verhinderter Poet. Fährst du?"

„Ja, wenn du nichts dagegen hast. Es ist deine Stadt."

„In der du dich besser auskennst als ich", sagt sie und strahlt während sie sich anzieht.

Nach langer Fahrt quer durch das nächtliche Lagos, vorbei an schummrigen Hütten und neu errichteten Finanzpalästen, erreichen sie das offene Meer. Draußen, weit vor der Hafeneinfahrt liegen ein paar hell erleuchtete Schiffe, die darauf warten gelöscht zu werden. In der Bar steuert Jean direkt auf einen freien Tisch auf der Terrasse zu. Er bewegt sich, als wäre er hier häufiger zu Gast. Per Handzeichen bestellt er beim Kellner zwei Bier. „Ist dir doch Recht, oder?", fragt er Christina, die nur nickt. Noch im Stehen weist er auf das Panorama der hell erleuchteten Schiffe. „Sie liegen schon seit Monaten draußen und warten darauf anlegen zu dürfen. Aber die Regierung schafft es einfach nicht den Hafen auszubauen. Willst du immer noch, dass ich dir von mir erzähle? Vielleicht bist du danach enttäuscht und willst nichts mehr von mir wissen."

Sie sieht auf die Schiffe und nickt. „Natürlich, deshalb sind wir doch hier. Oder wolltest du mir nur die Positionslichter zeigen, um mich abzulenken. Die kenne ich bereits, mehr als mir lieb ist. Ich habe einmal über die Piraten geschrieben, die Nacht für Nacht dort draußen mit ihren Schnellbooten herumflitzen, um die Besatzungen auszunehmen. Bei der Recherche griff mich einer der Piraten mit dem Messer an, weil ich wohl zu beharrlich nach den Hintermännern gefragt hatte. Ohne meinen Kameramann wäre ich womöglich gar nicht hier. Ich weiß also eine Menge über Piraten, aber von dir weiß ich nichts", sagt sie traurig.

„Ich dachte du schreibst nur?"

„Nicht nur. Ich bin Freelancer, kann mir nicht aussuchen, wie ich mein Geld verdiene. Erzählst du jetzt, oder willst du mich noch länger ausfragen. Oder ist das bereits ein Verhör?" Misstrauen hat sich in ihre Stimme geschlichen, das sie nur notdürftig zu verbergen versucht.

Abwehrend hebt er die Hände. „Deine Fantasie geht mit dir durch, aber gut, ganz wie du willst. Nur gib mir etwas von dir zurück, Vater tot, Mutter in der DDR, alles nur Andeutungen bisher."

„Versprochen, aber fang du an, sonst büxt du aus, wenn ich erst einmal ins Reden gekommen bin." Mit einem kleinen Boxer in die Seite sieht sie ihn auffordernd an.

„Das kann ja heiter werden. Noch bevor ich das erste Wort gesagt habe, werde ich bereits gepeinigt", zuckt er theatralisch zurück. Dann drückt er den Rücken durch und sieht sie voller Zuneigung an. „Dass mein Vater starb, als ich ein kleiner Junge war, habe ich dir bereits erzählt..."

„Ja, aber zu deiner Mutter nur ein paar belanglose Bemerkungen, als wäre sie eine verwöhnte Tussi, die sich einen reichen Mann geangelt hat."

„Fast getroffen. Als Junge hatte ich immer das Gefühl keine richtige Mutter zu haben. Nur einen Drachen, der mich wie einen Bauern auf dem Schachbrett ihrer Ambitionen verschob. Sie ist Deutsch-Amerikanerin, ehrgeizig .... Zu blöd, ich wiederhole mich. Wollen wir nicht erst bestellen, ich kriege langsam Hunger."

Sie verdreht vielsagend die Augen, als hätte sie damit gerechnet, dass er sich drücken will.

„Na gut, ich halte noch eine Weile durch." Er richtet sich auf und atmet tief durch, als wolle er es jetzt möglichst schnell hinter sich bringen. „Ihr zweiter Mann, mein Vater, hat ihr neben mir", er lacht hämisch, „zu Reichtum verholfen. Sie fand es völlig in Ordnung meine Erziehung anderen zu überlassen. Immerhin hat mir das Einblick in verschiedene Privatschulen verschafft, die ich jedesmal kurz vor dem Abschluss hingeschmissen habe." Jean Juni nimmt einen großen Schluck Bier und zündet sich eine Zigarette an. „Du auch?", fragt er.

Christina schüttelt nur den Kopf.

„Anfang der achtziger Jahre erschien mir dann das Leben eines Abenteurers durchaus angemessen. Zuerst landete ich in der Hippiekommune Goas, das war an meinem einundzwanzigsten Geburtstag. Und danach kehrte ich auf dem Landweg etappenweise nach Europa zurück. Eine der Etappen bestand aus einem palästinensischen Trainingscamp. Zumindest habe ich dort schießen gelernt, aber sonst nichts. Immerhin ließ mich die Erfahrung auf Dauer dem Terror abschwören, nur mit dem diplomatischen Dienst wollte es danach nicht mehr klappen", sagt er schulterzuckend.

„Und das alles ohne Geld?"

„Nein, Geld hatte ich immer genug. Sie schickte es mir, egal wohin."

„Es hört sich ungewöhnlich an. Vor allem für einen Botschaftsangehörigen." In Christinas Stimme schwingt leichter Zweifel mit.

„Siehst du, du reagierst wie alle anderen auch. Die meisten glauben ich haue auf den Putz, nur weil ich von reichen Eltern abstamme."

„Nein, nein, das ist es nicht".

„Was ist es dann?"

„Unverständnis vermutlich. Ich kann mir so ein Leben nicht vorstellen, mach weiter."

Er sieht sie ungläubig an, bis ein Lächeln um seine Mundwinkel spielt. „Du bist anders, vielleicht weil dein Vater ermordet wurde", sagt er traurig. „An der Botschaft bin ich noch nicht so lange. Als ich nach meiner Odyssee wieder in die Schweiz kam, haben sie meine Bewerbung für den Auslandsdienst mangels akademischer Qualifikation erst einmal abgelehnt."

„Warum hast du dich überhaupt beworben", unterbricht sie ihn.

„Wegen Mutter natürlich. Sie hasste es, dass ich nur zu Hause herumhing. Ich würde mein Leben vergeuden, sagte sie, doch mir gefiel es ganz gut." Er grinst unverschämt und hebt sein Glas in Richtung der Schiffe. „Ein Prost auf all die Besatzungen, die dort draußen herumhängen. Jungs, genießt den Tag, er vergeht schneller, als ihr denkt."

„Aber jetzt bist du doch im Diplomatischen Dienst, oder etwa nicht?", versucht sie ihn zum eigentlichen Thema zurückzuholen.

„Beharrlich, beharrlich das Fräulein. Warum musste ich ausgerechnet einer Journalistin über den Weg laufen", stöhnt er. „Wieder meine Mutter, ihr verdanke ich anscheinend alles", sagt er und stößt ein bitteres Lachen hervor. „Ihre Vermittlung und die Fürsprache eines ihrer Bridgefreunde machte mich zum inoffiziellen Mitarbeiter der Botschaft, zuerst in Beirut und jetzt hier. Das ist alles, den Rest kennst du aus eigener Erfahrung."

„Warum tust du es, wenn es dir nicht gefällt? Zumindest hört es sich so an."

„Irgendetwas muss der Mensch doch tun. Und manchmal ist es ja auch gar nicht so übel. Immerhin habe ich dich getroffen."

„Wenn sie dir einen Job als Gelegenheitsspion anhängen, dann gefällt es dir?", lacht sie und drückt seine Hand. „Oder was soll ich darunter verstehen? Dass du nur als Aktenkopierer hier bist, nehme ich dir nicht ab."

„Gelegenheitsspion, nicht schlecht", sagt er und küsst ihre Hand. „Aber jetzt bestellen wir und danach erzählst du von dir, sonst fange ich noch an Märchen zu erfinden, die du mir sowieso nicht glaubst." Ohne eine Antwort abzuwarten winkt er dem Kellner und bestellt zwei Teller mit gegrilltem Fisch und Chips. „Ich dachte, das geht am schnellsten", sagt er entschuldigend.

Sie zuckt nur mit den Schultern, als wäre ihr das Essen egal. „Ich glaube dir. - Fast", fügt sie nach einigem Überlegen hinzu und sieht auf's Meer hinaus.

„Wie kommt es, dass du eine weiße Mutter hast und trotzdem hier in Lagos sitzt?", hört sie ihn leise, unsicher ob sie die Frage verletzt.

„Trotzdem?", fragt sie scharf und dreht sich um. „Ist Weiß ein Qualitätsmerkmal, das mich zu Höherem befähigt? Die Farbe, die mir ein Ticket nach Europa ermöglicht, um dort mein Talent auszuleben? Habe ich das richtig verstanden?"

„So war es nicht gemeint."

„Doch, doch, genau so hast du es gemeint. Bloß weil ihr in der Sonne zu roten Krebsen werdet, macht euch das nicht besser." Sie lacht gehässig und streicht ihm mit dem Zeigefinger über die Lippen. „Ich weiß, dass du nicht wirklich so denkst. - Im ersten Jahr beim Sender haben sie mich mit einem Team nach Europa geschickt. Mit meiner hellen Haut falle ich vielleicht weniger auf, haben sie wohl gedacht." Ihre Stimme klingt traurig. „Wir nahmen an einem Seminar über Agrarentwicklung in Afrika teil, weil wir eine Dokumentation darüber drehten. Warum das Seminar in Europa stattfand kann ich dir nicht sagen, aber ich fand es schon in Ordnung, denn so kam ich wenigstens hin. Doch meine Lust auf Europa war schnell verflogen, als ich die Fragen hörte, die sie, hinter vorgehaltener Hand natürlich, an mich stellten: Ist es wahr, dass ihr immer noch in den Bäumen wohnt, oder hast du auch als Kind mit Löwen und Tigern auf der Straße gespielt. Tut mir leid, ich bin eben eine überempfindliche Person."

„Macht nichts, ist meine Schuld. Ich hatte mich für einen Moment vergessen. Ich dachte, ich wäre frei davon. Erzählst du mir trotzdem wer du bist?"

Sie lächelt traurig und lässt sich eine Zigarette geben. Jean reicht ihr Feuer, wobei er sie erwartungsvoll ansieht. „Ich kann mich nicht an Mutter erinnern", sagt sie bedauernd. „Alles, was ich über sie weiß, habe ich von Vater. Aber er sprach wenig über sie, wollte wohl, dass ich sie vergesse. Nach seinem Tod habe ich ein Foto von ihr in seinen Unterlagen gefunden, das ist alles was ich habe. Ich war sehr klein und bringe bestimmt vieles durcheinander. Sie waren nicht verheiratet und ich war fünf, als Kofi mit mir die DDR verließ. Warum Mutter nicht mitkam kann ich dir nicht sagen. Vater starb als ich sieben war. Ich habe es ihm nie verziehen, als hätte er gewollt erschossen zu werden." Sie schweigt und ein verräterisches Glitzern kommt in ihre Augen.

„Du musst nicht weiter reden."

„Doch ich will. Cléo, meine Stiefmutter, hat gesagt, dass Vater wegen Sutter zum Waffenhändler wurde, aber er wäre für dieses Geschäft zu ehrlich gewesen. Vater habe versucht Medikamente nach Biafra zu schmuggeln, das wurde ihm als Verrat ausgelegt, deshalb haben sie ihn liquidiert. Ich glaube Cléo nicht alles, Vater war zu klug, um sich von irgend jemand manipulieren zu lassen. Es muss noch andere Gründe geben, weshalb er sterben musste, und irgendwann werde ich die herausfinden."

„Wer ist sie?", fragt Juni.

„Ich weiß es nicht. Noch nicht."

Jean schweigt. Etwas scheint ihm durch den Kopf zu gehen, während Christina ihren Gedanken nachhängt. Auf einmal sagt er. „Vielleicht kann ich dir helfen. - Auf einem Botschaftsempfang in Bonn, vor zwei Wochen, habe ich zufällig einen Kay Ruge kennen gelernt. Du erinnerst dich, ich war kurz in Europa. Dieser Ruge war völlig elektrisiert über das, was zur Zeit in der Sowjetunion passiert. Er meinte, wenn es einen Gorbatschow schon früher gegeben hätte wäre Nigeria der Biafra Krieg vermutlich erspart geblieben, und so kamen wir ins Gespräch. Eigentlich wollte ich dir nichts davon erzählen, um dir keine falschen Hoffnungen zu machen. Ich fragte Ruge, ob er einen Thomas Sutter kenne, noch aus seiner Zeit in Lagos und er sprang sofort darauf an. Er hat Sutter nach dessen Ankunft in Lagos kurz betreut und sie haben sich immer wieder auf verschiedenen Botschaftsempfängen getroffen. Kurz bevor Ruge versetzt wurde, hat er Sutter noch einen Trip nach Berlin verschafft, auf irgendeinen Kongress, an den er sich nicht mehr erinnern konnte. Von Waffenhandel hatte er nie etwas gehört, und deinen Vater kannte er auch nicht. Aber wer sagt in dem Umfeld schon die Wahrheit. Möglicherweise war Ruge ja auch ein Teil von Sutters verworrenem Spiel. Wäre nicht das erste mal, dass sich ein Botschaftsangehöriger ein kleines Zubrot verschafft. Ich traue Ruge nicht, er sagte, er hätte Lagos noch vor Ende des Biafra Kriegs verlassen, aber das stimmt nicht. Ich habe mich erkundigt, er hat Nigeria erst verlassen, als der Krieg längst zu Ende war. Das muss nicht viel bedeuten, ich frage mich nur, weshalb er lügt. Er wirkte nicht dement, obwohl der viele Alkohol, den wir gezwungenermaßen auf den Empfängen in uns hinein schütten, irgendwann tiefe Spuren hinterlässt." Juni hebt sein Glas und prostet ihr zu.

Doch sie geht nicht darauf ein. Sie sieht ihn nur lange schweigend an. Schließlich fragt sie ganz ruhig. „Hilfst du mir?"

„Ja, aber erwarte nicht zu viel. Ich habe noch keine Spur von diesem Thomas Sutter."

2

Biafra Krieg

Kurz nachdem Christina Araba, im Sommer des Jahres 1967, in Ostberlin geboren wurde, landete Thomas Sutter in Lagos. Er ist jung, groß und athletisch und gilt bei den wenigen Freunden die er hat, als guter Sportler. Sein Studium hat er abgeschlossen und ein paar Reisen hinter sich, die nicht gut gelaufen sind.

Nigeria, wo er ein Praktikum absolvieren soll, ist erst seit sieben Jahren unabhängig und befindet sich in einem prekären politischen Schwebezustand, in dem die koloniale Vergangenheit nicht überwunden, die neue Rolle als Führungsmacht Westafrikas aber noch nicht gefunden ist. Bei der Landung auf dem alten Flughafen in Lagos wütet ein Tropensturm in der Stadt.

Nachdem das Flugzeug ausgerollt und die Anschnallzeichen erloschen sind, zieht Sutter das Handgepäck unter dem Sitz hervor und drängt sich, vorbei an ein paar Passagieren, die auf ein Nachlassen des Regens warten, zum Ausgang. Sutter ist froh endlich aussteigen zu können. Die Zwischenlandungen in Las Palmas und Freetown waren mörderisch gewesen. Der Druckausgleich funktionierte nicht richtig und es hatte sich angefühlt, als bohre ihm jemand ein Messer in die Stirn.

In der offenen Tür der Boeing schlägt ihm warmer Regen ins Gesicht. Er überlegt ob er die Jacke auspacken soll, bevor er sich hinaus wagt. Nicht weit entfernt, schemenhaft durch Regenschwaden zu erkennen, sieht er das Flughafengebäude. Er schüttelt sich, klemmt die Tasche unter den Arm und hetzt die Gangway hinunter. Im Nu klebt ihm das Hemd auf der Haut. Am Gebäude reißt er die schief in den Angeln hängende Schwingtür auf und tritt in eine von Schimmel, Kerosin und Schweiß getränkte Luft.

Er streicht sich die nassen Haare aus der Stirn, trocknet die Brille ab und versucht sich zu orientieren. Im Licht einer nackten Neonlampe erkennt er den Einreiseschalter. Dahinter ein Mann in verschwitzter Uniform. Als Sutter ihm den Pass reicht, beginnt er gelangweilt darin zu blättern, bis er das Visum findet. Sutter möge die Brille abnehmen bedeutet er ihm. Während er das Foto mit dem Original vergleicht, fragt er lächelnd, weshalb er so lange in Nigeria bleiben will. Sutter versucht die Sache mit dem Praktikum zu erklären, doch der Mann zuckt nur verständnislos mit den Schultern, stempelt das Visum ab und winkt ihn durch.

Der Aluminiumkoffer, den er eigens für diese Reise beim Trödler erworben hat, liegt unter einem triefenden, achtlos hingeworfenen Haufen Gepäck. Er gräbt ihn aus und geht zur Ankunftshalle. Das Geschrei wild gestikulierender Menschen schlägt ihm entgegen.

Er sucht den Fahrer der Botschaft, ein Schild mit seinem Namen. Doch obwohl er die Menge um Haupteslänge überragt, kann er niemand erkennen. Verdammt, denkt Sutter, ich will hier nicht stranden. Was mache ich, wenn keiner kommt, um mich abzuholen? Er spürt die Angst, die Schweißtropfen, die ihm den Rücken hinunter in die Hose rinnen. Am besten mit der nächsten Maschine zurück fliegen, geht ihm noch durch den Kopf, als er eine Hand auf der Schulter spürt. Hinter ihm steht ein Mann in dunklem Anzug, weißem Hemd und Krawatte. Sein freundliches Grinsen lässt das schwarze Gesicht noch breiter erscheinen, als es sowieso schon ist. „Thomas Sutter?", fragt er.

„Wie haben Sie mich erkannt?" Sutter bemüht sich ruhig und abgeklärt zu erscheinen, dabei hätte er den Mann am liebsten umarmt.

„So viele junge, weiße Männer gibt es nicht in dieser Halle", strahlt der Mann und reicht Sutter die Hand. „John Njoya. Ich soll Sie ins Hotel bringen." Sein Deutsch ist blütenrein, der Ton knapp, als würde er keinen Widerspruch erwarten. „Kommen Sie, das Auto steht draußen vor der Tür." Er nimmt das Gepäck und geht mit Sutter im Schlepptau zum Ausgang.

Der Sturm ist abgeflaut und der Regen einer bleichen Sonne gewichen, die durch Schwaden feuchtwarmer Luft scheint. Der Fahrer verstaut Sutters Gepäck in einem nagelneuen Peugeot, den er direkt an der Auffahrt unter der Obhut eines jungen Mannes geparkt hat. Er gibt dem Parkwächter ein paar Münzen, dann hält er Sutter die Wagentür auf.

Der klemmt seine langen Beine hinter den Beifahrersitz, streicht die schulterlangen Locken aus der Stirn und wartet ab. „Wohin geht es?", fragt er, als der Fahrer nach kurzem Palaver mit einem der herumstehenden Gepäckträger ins Auto steigt.

„Nach Victoria Island, die Botschaft hat dort ein Hotel für Sie gebucht." Njoya strahlt immer noch, als wäre es sein Markenzeichen und reicht ihm einen Brief nach hinten. „Waren Sie schon einmal in Afrika?"

„Nein, noch nie."

„Dann willkommen in Lagos. Die Fahrt wird dauern, die Straße ist, wie jeden Tag, total verstopft."

„Wie kommt es, dass Sie so gut deutsch sprechen?"

„Ich habe in der DDR studiert", antwortet der Mann knapp, als wolle er nicht weiter darauf eingehen.

Und jetzt Fahrer an der Botschaft der Bundesrepublik, auch eine Form der Wiedervereinigung, denkt Sutter und öffnet den Brief. Er erwähnt, dass ein Kay Ruge, Mitarbeiter der Botschaft, ihn am nächsten Tag im Hotel besuchen wird. Immerhin, denkt Sutter, und lehnt sich entspannt zurück.

Als sie sich der Stadt nähern, die Hütten aus Pappe und verrostetem Blech langsam in verwitterte Häuser übergehen, verdichtet sich der Verkehr. Ein stinkender Tross aus zerbeulten Taxis und vielfarbigen Mamalastern treibt im Schritttempo gen Zentrum. Frauen, mit Bündeln auf den Köpfen, irren zwischen den Autos herum. Kinder spielen am Rand der Fahrbahn, nackte, rotbraun gepuderte Körper, dazwischen räudige Hunde. Ampeln platt gefahren oder grotesk verbogen ragen in einen brütenden Himmel.

Sutter löst sich von der Rückwand seines mit Plastik überzogenen Autositzes und hält den Kopf aus dem Fenster. Das Hemd klebt ihm auf der Haut. Er setzt sich aufrecht an die Sitzkante und zieht sich das nasse Tuch vom Rücken. „Wie lange noch?"

„Schwer zu sagen, ein, vielleicht auch zwei Stunden."

Nur jetzt nicht einschlafen, denkt Sutter, wischt sich den Schweiß von Nacken und Stirn und betrachtet das Tohuwabohu auf der Straße. Tomaten, aufgetürmt zu kleinen Haufen, Bananen und Pfefferschoten, liegen am Rand. Matronen, lose in farbige Tücher gewickelt, kreuzen, als gäbe es keinen Verkehr. Müde ergibt er sich der Kakofonie aus Hupen, Schreien und afrikanischem Reggae.

Endlich halten sie vor einem Hotel, dessen Fassade mit schwarzen Regenschlieren überzogen ist. Die Leuchtreklame blinkt, einzelne Buchstaben sind tot. Beim Aussteigen wäre er ums Haar in die offene, vermüllte Kanalisation getreten. Er stolpert über Betonplatten, aufgeworfen wie nach einem Erdbeben, und geht zur Rezeption.

Der Fahrer hat inzwischen den Aluminiumkoffer in der Empfangshalle abgestellt und wartet bis Sutter eingecheckt hat, um sich dann per Handschlag zu verabschieden. Träge rühren zwei große Deckenrotore in einem Gemisch aus Schweiß und abgestandenem Bier.

Im Zimmer, einer halbhoch mit Holz getäfelten, dunklen Höhle dringt die Nachmittagssonne durch Lamellenläden und zeichnet Zebrastreifen auf die Dielen. Es riecht nach Mottenkugeln. Sutter reißt das Fenster auf, aber als ihm die Hitze, gepaart mit dem Lärm einer Autoreparaturwerkstatt entgegen schlägt, schließt er es und sucht den Schalter des Deckenventilators. Er zieht das Moskitonetz über dem Bett zur Seite und setzt sich auf die schaukelnde Matratze. Ergeben streicht er sich über die schmerzenden Augen. Das leise Wummern des Rotors und die Kühle des steten Luftstroms beruhigen ihn schließlich. Für einen Moment hat er am Sinn der Reise gezweifelt, doch sofort reißt er sich wieder zusammen. Nur keine Unsicherheit aufkommen lassen, denkt er, als er nach draußen geht. Den Koffer lässt er unausgepackt in der Ecke stehen.

Nicht weit vom Hotel entfernt liegt die Werkstatt, deren Lärm bis in sein Zimmer gedrungen ist. Er betrachtet die ölverschmierten Gestalten, die mit nackten Oberkörpern in der prallen Sonne werkeln. Sie hämmern auf Blechverkleidungen, flicken Autoreifen, ersetzen Achsen und Bremsbeläge. Mitten in dem Chaos steht ein Baum voller großer, schwarzer Früchte, die sich beim näheren Hinsehen als fliegende Hunde erweisen.

Ein weißer Affe in einem Urwald aus Rückständigkeit bin ich, denkt Sutter und geht zurück ins Hotel. Er setzt sich auf die Terrasse, bestellt ein Bier und betrachtet den blauen Teppich aus Jakarandablüten zu seinen Füßen. Mit halbem Ohr überhört er das Gespräch zweier Engländer, die sich über das Chaos in einem der Ministerien auslassen.

„Seit sechs Jahren sind sie nun unabhängig, und was hat sich geändert?"

„Nichts, absolut gar nichts."

Mit dem Röhren der Ochsenfrösche und dem geheimnisvollen Flügelschlag der Fledermäuse kommt die Tropennacht. Sutter spürt wie die Spannung langsam von ihm abfällt. Er ordert ein weiteres Bier und freut sich über das Lachen des Kellners, als er ihm die Flasche reicht.

Gegen Mittag des nächsten Tages meldet sich der Mann von der Botschaft. Er stehe am Empfang und warte auf ihn, lässt er Sutter per Bote ausrichten. Empfang? Nur ein versifftes Dreckloch, denkt Sutter, während er die Treppe hinunter steigt. Er geht direkt auf den einzigen Weißen in der Halle zu und reicht ihm die Hand. „Thomas Sutter", stellt er sich vor. „Sind Sie Herr Ruge von der Deutschen Botschaft?".

Der Mann, der zuvor lässig an der Theke aus Makoreeholz gelehnt hat, richtet sich auf und nickt. „Ja, Kay Ruge", sagt er und reicht Sutter die Hand.

Höchstens Ende zwanzig, aber schon reichlich zerknittert der Typ, denkt Sutter, als er Ruges verschwitzte Hand drückt. „Danke für den

Brief gestern. Ich war sehr erleichtert, als mich der Fahrer gefunden hatte. Ein ziemliches Chaos am Flughafen."

„Willkommen in Lagos. An Chaos müssen Sie sich hier gewöhnen, es gehört zum täglichen Leben", sagt Ruge und grinst. „Ich soll Sie in Afrika einführen, als ob das in ein paar Stunden möglich wäre." Er presst ein wieherndes Lachen hervor, wie ein hundert Meter Läufer, dem gerade eröffnet wurde, dass er zum Marathon eingeteilt ist. „Wie war die erste Nacht?"

„Es ging so." Heiß und stickig, denkt Sutter und verzieht das Gesicht zu einem schiefen Grinsen.

„Und? Gut gefrühstückt?"

„Ein paar vertrocknete Spiegeleier mit verschrumpelten Würstchen. Mir scheint, die Engländer haben ganze Arbeit geleistet", lacht Sutter.

„Manche mögen das. Kein Porridge, lauwarm?" Ruge verzieht das Gesicht, als wäre es das Schlimmste, was er sich vorstellen kann.

„Nein."

„Das kommt noch. Deutsches Brot, mit Kruste und so, können Sie hier vergessen. Ist die hohe Luftfeuchtigkeit, macht alles zum Waschlappen, einschließlich der Leute." Ruge lacht erneut sein Wiehern, als gefalle ihm das Bild auseinander fließender Menschen. „Was halten Sie von einem kleinen Fischlokal, direkt am Strand, nichts besonderes, aber gutes Essen. Da können wir in Ruhe reden."

Vom Meer weht ein überraschend kühler Wind in die offene Halle des Lokals. Die Tische aus Blech, von der Salzluft zerfressen. Stühle aus Stahlrohr, verbogen und zerbeult. Die viereckigen Säulen zwischen Terrasse und Innenraum mit Schlieren aus Schmutz und Schimmel überzogen. Innen die Wände, teilweise abgeblättert, von einem undefinierbaren Grün und der Fußboden aus blankem Beton.

Als sich Sutter neugierig umsieht, sagt Ruge: „Wir sind zu früh dran, aber ich dachte, ich zeige Ihnen gleich das wahre Nigeria. Das Ikoji Hotel auf der anderen Seite der Lagune ist nur eine Kopie des Westens. Im Norden, in Kano, wo Sie hingehen, ist es eher so wie hier. Aber zumindest die mörderische Luftfeuchtigkeit ist dort weg. Sie werden sehen, nach ein paar Wochen erscheint Ihnen alles ganz normal. Ich bin auch noch nicht lange hier, komme inzwischen aber ganz gut klar. Lagos ist meine erste Station."

Ich mag den Kerl nicht, denkt Sutter, verkneift sich aber jeden Kommentar.

Übergangslos wechselt Ruge den Ton. „Wir haben uns gewundert, dass Sie überhaupt gekommen sind. Hier braut sich etwas zusammen", dabei sieht er prüfend auf Sutter, doch als der nicht reagiert, kehrt er zu dem leichten Tonfall zurück, den er zuvor gepflegt hat, als gäbe es nichts wichtigeres als ein gelungenes Essen. „Nehmen Sie die Garnelen, sie sind wirklich gut, und bleiben Sie beim Bier. In Afrika ist es das sicherste Getränk. Auf keinen Fall Wasser aus der Leitung, aber das kennen Sie ja bereits aus Indien. Wie lange waren Sie dort?"

„Nur ein paar Monate. Woher wissen Sie, dass ich in Indien war?"

„Steht in ihrem Dossier."

Sie wollten wissen, wen sie bekommen, denkt Sutter. „Das Land und ich haben uns nicht vertragen", sagt er für einen Moment verunsichert. „Was meinen Sie mit zusammenbrauen?"

„Vor zwei Monaten haben die Igbos in der Region um Port Harcourt geputscht. Sie wollen ihren eigenen Staat. Jetzt ist erst einmal Ruhe, aber keiner glaubt, dass die Haussa, die Muslime im Norden, diese Sezession auf Dauer hinnehmen werden. Entscheidend wird jedoch sein, auf wessen Seite sich die Yoruba schlagen. Sie sind mehrheitlich Christen und im Moment denken sie noch nach. Aber keine Sorge, Kano bleibt ruhig, ganz bestimmt."

Er will mich beruhigen, denkt Sutter. „Hört sich nicht so toll an."

„Nein, nein, keine Sorge, das renkt sich wieder ein. Spannungen zwischen den Volksgruppen gab es hier immer. Der Botschafter glaubt zwar, dass diesmal die Karten neu gemischt werden, aber ich finde es wird noch dauern, bis etwas Gravierendes passiert. Wir werden ja sehen, wer recht behält. Es wäre nicht das erste Mal, dass sich alles in eitel Sonnenschein auflöst. Schließlich hat England Nigeria erst vor ein paar Jahren in die Unabhängigkeit entlassen, da muss sich noch einiges zurecht rütteln."

England, denkt Sutter, die wurden am selben Tag Fußball Weltmeister, an dem ich die Zusage für das Praktikum erhielt. Ausgerechnet gegen Deutschland haben sie gewonnen, noch dazu durch ein irreguläres Tor. Für die Engländer war es wie Weihnachten im Sommer. Und Kano, ich musste im Atlas nachsehen, wo die Stadt überhaupt liegt.

„Und, sind es die Garnelen?", hört er Ruge wie aus weiter Ferne.

„Habe ich lange nicht gegessen, das letzte Mal in Indien", sagt Sutter. „Aber wenn sie so gut sind, wie Sie meinen, gern."

„Versprochen." Ruge hebt den Arm, um zu bestellen. Doch als der Kellner nicht sofort kommt, steht er auf und staucht ihn zusammen.

Ein Rassist, denkt Sutter, warum schicken sie solche Leute hierher. „Seit wann gibt es dieses Praktikum überhaupt?", fragt er, als sich Ruge wieder beruhigt hat.

Für einen Moment schüttelt Ruge noch irritiert den Kopf, dann zieht er eine Schulter hoch, als wäre ihm das Praktikum ziemlich egal. „Sie sind der Erste, verdanken es unserem Botschafter. Er will Nigeria nicht allein den Engländern überlassen und versucht auf allen Ebenen Brücken zu bauen. Eine davon sind Sie, gratuliere." Er erhebt sich, will erneut zu dem Kellner, lässt es dann aber und setzt sich wieder. „Ich sollte ihm richtig die Leviten lesen. Wir sind die einzigen Gäste im Lokal und er benimmt sich als wären wir Luft."

„Und der Deutsche Akademische Austauschdienst?", versucht Sutter abzulenken indem er das Thema wechselt. „Die waren ja richtiggehend euphorisch, als ich zusagte."

„Sie fühlten sich in der Pflicht. Wir hatten Druck gemacht, aber Sie waren der Einzige, der bereit war nach Afrika zu gehen. Sie betreten Neuland, Herr Sutter." Ruges Augenbrauen schnellen hoch, als hätte er gerade ein Staatsgeheimnis verraten. „Morgen früh holt Sie ein Fahrer der Firma ab und bringt Sie nach Kano. Es wird anstrengend, dauert mindestens zwei Tage, über meist schlechte Straßen. Ein Jahr, Sie werden sehen, geht schnell vorbei."

Sutter nickt versonnen, als hätte er denselben Gedanken gehabt. „Warum hat die Firma eigentlich ihren Sitz in Kano und nicht hier in Lagos?"

„Keine Ahnung, Lagos war ihnen vielleicht zu teuer, oder die Flugzeuge rosten in der Sahel weniger. In letzter Zeit wurden von der Regierung einige sowjetische Typen beschafft, das passt den Amerikanern nicht besonders. Würde mich interessieren, was Sie davon halten, wenn Sie erst mal eine Weile in der Firma sind." Auf einmal schwingt ein leichtes Lauern in Ruges Stimme. „Ein Kollege hat die Firma besucht, er meint, für nigerianische Verhältnisse ganz passabel. Deutsches Management, darauf haben die Militärs Wert gelegt."

Deutsches Management, ausgerechnet, denkt Sutter, und betrachtet Ruges Ränder unter den Augen, das zerknitterte Hemd und das verbeulte Jacket. Er fragt sich, was ihn wohl nach Nigeria gebracht hat. „Ja, ein Jahr ist nicht so lang", sagt er und handelt sich einen schrägen Blick Ruges ein.

„Uns wurde gesagt, dass Sie mit einem schwarzen Kollegen das Gästehaus der Firma teilen werden. Ungewöhnlich, aber das gehört wohl auch zum Brückenschlag", scheppert Ruge wieder los. „Wenn es nicht klappen sollte zwischen Ihnen, melden Sie sich, vielleicht können wir etwas tun. Hier ist meine Karte. Aber erwarten Sie nicht zu viel, die Telefonverbindung ist miserabel. So langsam, dass die meisten Probleme gelöst sind, wenn die Verbindung endlich zustande kommt. Die Fräulein vom Amt stöpseln und einiges geht dabei auch schief. Uralttechnologie von Cable and Wireless, stammt noch aus der Kolonialzeit. - Sie sind schon weit herum gekommen, ungewöhnlich für ihr Alter", fügt er dann überraschend hinzu.

„Sie meinen Indien?"

„Ja, nicht gerade der direkte Weg für einen angehenden Ingenieur."

„Es hat sich so ergeben...."

„Und deshalb wollten Sie nach Afrika, um sich hier zu beweisen. Ausgerechnet hier, weil Indien schief gegangen ist?", unterbricht ihn Ruge.

„Nein, Afrika hat mich interessiert."

„Interessiert!", sagt Ruge mit der Andeutung eines Lächelns.

Frank Achebe, der Mitbewohner des gemeinsamen Bungalows auf dem Firmencompound in Kano, macht kein Hehl aus seinem Ärger über den ungebetenen Gast. Er ist Mitte zwanzig, so alt wie Sutter, und Sohn eines Oba. Sein ausgedehntes Liebesleben bedarf komplizierter Vorkehrungen im muslimisch geprägten Norden Nigerias und Sutter ist ihm im Weg. Erst nach einigen Wochen des ungewollten Zusammenlebens beginnt Frank aufzutauen. „Es wird vermutlich Krieg geben. Nicht hier im Norden, aber in der Gegend um Port Harcourt", sagt er plötzlich während eines gemeinsamen Abendessens. Er knetet sich ein Bällchen aus klebrigem Maniokteig zurecht, tunkt es in die scharfe Soße aus Chilipfeffer und Tomaten und stopft es sich in den Mund. Er schiebt ein Stück Fleisch hinterher und redet mit vollem Mund weiter. „Die Spannungen zwischen den Igbos und den Haussa verschärfen sich täglich, sagt mein Vater. Es hat ein paar Tote gegeben bevor du kamst. Jetzt wandern die wenigen Igbos, die es hier im Norden überhaupt gibt, in den Süden ab."

„Was für ein Krieg soll das werden? Die Igbos haben doch keine Chance gegen den Rest der Nation. In meinen Augen reden die nur."

„Dachte ich auch, aber diesmal wird es wohl ernst. Seit im Nigerdelta Öl gefunden wurde, wollen sie ihre Unabhängigkeit, einen eigenen Staat. Das kann der Rest der Nation nicht akzeptieren, weil dann alles auseinander fliegt. Vater kann dir mehr erzählen, falls es dich interessiert. Er würde dich sowieso gerne kennen lernen. Warum kommst du nicht mit, wenn ich wieder nach Kaduna fahre? Hier hängst du an den Wochenenden ja doch bloß rum und trinkst ein Bier nach dem anderen."

„Kay Ruge, der Typ von der Botschaft, von dem ich dir erzählt habe, hat auch von Krieg gefaselt. Noch dazu gleich bei meiner Ankunft, als wolle er mich wieder verscheuchen", sagt Sutter und lacht kurz auf.

Frank reagiert nicht gleich, seine Mundwinkel umspielt ein feines Lächeln, als fände er die Ansichten eines Weißen über Nigerias innere Angelegenheiten vernachlässigbar. „Die Igbos wollen einen eigenen Staat", wiederholt er sich. „Darauf läuft es hinaus, aber wir können das nicht zulassen."

Sutter ist plötzlich hellwach. Der meint es ernst und vermutlich weiß er mehr, als er sagen will, denkt er. „Wer ist wir?"

„Der Norden, die Haussa, die Yoruba. Ich bin ein Yoruba, wir hatten schon immer das Sagen in Nigeria und so soll es auch bleiben. - Komm mit und sprich mit Vater. Er ist Oba in Kaduna und weiß genau was sich tut im Land."

„Ich weiß nicht was ein Oba ist." Sutter zuckt bedauernd mit den Schultern und nimmt sich ein Maniokbällchen.

Frank wirkt für einen Moment pikiert, doch dann sagt er ganz ruhig: „Die Engländer nennen ihn Chief, aber das stimmt nicht. Er ist kein Häuptling, eher ein Richter."

Sutter nickt, greift nach einem Stück Fleisch und tunkt es in die Soße. „Was für Geschichten erzählst du denn über mich, dass mich dein Vater sehen will?"

„Dass mir gefällt, wie du Hand anlegst. Du klebst nicht nur am Schreibtisch, wie die meisten hier. Die Art, wie du dich hinein kniest, dabei bist du nur ein Praktikant. Ich wundere mich sowieso weshalb du überhaupt hier bist und das Jahr nicht einfach vorbeirauschen lässt."

„Liegt mir nicht. Vorbeirauschen ist mir zu langweilig."

„Ja, weiß ich. Vater mag Leute wie dich."

„Und du auch?", fragt Sutter.

Frank kaut ruhig zu Ende, dabei sieht er Sutter lächelnd an. Nach einer Weile sagt er. „Vater würde sich freuen."

Sutter sitzt schon eine Weile unter dem riesigen Banyanbaum und sieht dem Filmvorführer zu, wie er seinen Projektor aufbaut. Wie an jedem letzten Freitag im Monat ist auch diesmal Rufus Amokali mit seinem klapprigen Landrover erschienen, um ausgeblichene Schwarz-Weiß-Filme auf den abblätternden Kalk der Außenwand des Community Centers zu projizieren. Über einen improvisierten Lautsprecher hat er für den Abend Bilder von Schmerz und Leidenschaft angekündigt. Und jetzt schiebt er sich, gestoßen von den kräftigen Armen, auf seinem selbst gebastelten Rollbrett durch die sich füllenden Bankreihen. Die von Polio verkrüppelten Beine taugen zu nichts, doch das stört Rufus Amokali schon lange nicht mehr. Er liebt sein Publikum. Und wenn der Projektor das Antlitz eines Helden riesenhaft vergrößert, die Wand zum Fenster in Urwälder und Wüsten macht, dann sitzt der Krüppel geborgen in der Dunkelheit und betrachtet die Gesichter der Zuschauer im blauen Widerschein.

Sutter mag Rufus, er bewundert, wie er sein Handicap in Kreativität verwandelt. Er liebt diese Abende unter freiem Himmel, die flackernden Bilder, die improvisierten Tanzeinlagen des Publikums, und die fliegenden Tomaten, wenn der Film nicht gefällt.

Kurz vor Beginn der Vorführung setzt sich ein junger Weißer mit zwei Flaschen in der Hand neben ihn. Sutter hat ihn schon ein paarmal auf dem Markt gesehen, wo er immer nur Salz und Zucker einkaufte.

„Peter Slate", sagt der Mann und reicht ihm ganz selbstverständlich ein Bier. „Ich habe dich auf dem Markt gesehen, aber du bist kein Entwicklungshelfer, oder?"

„Nein, ich mache ein Praktikum. Flugzeugwartung und so. Und du, Entwicklungshelfer?"

„Ja, Brunnen bauen, hier in der Nähe. Ich bin Engländer, und du, Deutscher?"

„Hört man das nicht", sagt Sutter und lacht. „Den Engländer habe ich mir schon gedacht. Im Peace Corps?"

„Das sind die Amerikaner, mit denen haben wir nichts zu tun." Slate scheint zu überlegen, ob es sich lohnt mit diesem Ignoranten weiter zu sprechen. „Wie lange bleibst du in Nigeria?", fragt er schließlich mehr aus Höflichkeit.

„Ein Jahr vermutlich, vielleicht auch länger. Und du?"

„Auch so ungefähr, aber ich bin schon eine Weile hier. Ein Praktikum in Flugzeugwartung, ausgerechnet in Nigeria?", zweifelt er.

„Es hat sich so ergeben", weicht Sutter aus.

Nach dem Film schlägt Slate vor, in einer nahe gelegenen Bar noch ein Bier zu trinken. Sutter ist es recht, er will nicht nach Hause, um dem Gestöhn aus Franks Zimmer zuzuhören.

Es wird spät und es bleibt nicht bei einem Bier. Und mit der Trunkenheit wächst der Redeschwall. Themen gibt es zuhauf: Den Kolonialismus, das Empire, die Sowjets und die Kuba Krise. Vor allem spricht Slate über die alten afrikanischen Reiche im Sahel, Songhai, Mali, als wären sie sein Lieblingsthema. Sutter hat noch nie davon gehört. Das Gespräch fliegt hin und her und wird hitziger, wobei Slate fast immer dazu neigt, die Europäer zu verteidigen. „Du siehst doch, dass hier ohne uns nichts geht", sagt er. „Deine Idealvorstellungen, Thomas, Selbstbestimmung und so, fliegen dir noch um die Ohren, darauf schließe ich Wetten ab."

Gegen Mitternacht nimmt Slate einen kleinen Lederbeutel aus der Tasche. Er kramt das Zigarettenbriefchen hervor, zieht ein Papier heraus und dreht sich einen Joint. „Du auch?", fragt er, nachdem er den ersten Zug genommen hat. „Ist pur, vor meinem Haus habe ich eine ganze Plantage davon."

„Danke." Sutter greift nach der Zigarette und spürt schnell, wie sich seine Gedanken in einen diffusen Nebel auflösen. Undeutlich nimmt er Slates Bemerkung wahr, dass der nicht nur Brunnen bohrt. Verschwommen hört er seine Stimme an- und abschwellen, überlagert vom Kreischen der Zikaden. „England hat Interessen in seinen ehemaligen Kolonien. Ein Land, so groß wie Nigeria, können wir nicht einfach den Kommunisten überlassen. Und Philby ist einer unserer besten Leute gewesen, bevor er sich aus Moskau anheuern ließ."

Philby? Wer verdammt ist Philby, denkt Sutter.

Als sie aufbrechen, lädt ihn Slate zu sich nach Hause ein. „Ich muss für eine Woche nach Lagos", sagt er, „aber danach könnten wir bei mir essen. Keine Angst, ich bin ein leidlich guter Koch. Mir hat das Gespräch gefallen, wir sollten es fortsetzen."

Am nächsten Morgen, als sie vor der Arbeit noch schnell ihr Porridge hineinschaufeln, sagt Frank eher beiläufig. „Ich habe für heute

Abend ein paar Mädchen eingeladen. Wir feiern Celias Schulabschluss, wie wär's wenn du mitmachst. Du bist zu ernsthaft, Thomas. Das Leben besteht nicht nur aus Pflichten."

Anstelle einer Antwort schüttelt Sutter nur ablehnend den Kopf.

„Was? Hast du Angst? Es sind Christinnen, keine Gefahr also, dass am nächsten Morgen der muslimische Bruder vor der Tür steht, und dir die Hoden abschneiden will", sagt Frank und lacht laut über den eigenen Witz.

„Wer ist Celia?" Das erste Mal, dass er mich zu einer seiner Orgien einlädt, denkt Sutter.

„Eines der Mädchen, sie ist noch nicht lange in Kano. Ihr Vater ist ein hohes Tier in der Regierung. Es heißt er würde sich im Norden um die Kriegsvorbereitungen kümmern. Aber sie werden wohl nicht lange bleiben, der Familie gefällt es nicht im Norden. Zu staubig, zu muslimisch vermute ich mal. Du kannst sie ja selbst fragen. Celia sagt, sie hätte dich bei einer von Titus' Filmvorführungen gesehen und würde dich gerne kennenlernen. Du hättest verloren gewirkt, so ähnlich, wie sie sich auch fühlt. Keine Ahnung was sie damit meint. Fehl am Platz vermutlich, aber das kann sie dir ja alles selbst erzählen. Das ist deine Chance, Thomas, sie sieht verflixt gut aus."

Am Abend besorgt Frank eine Kiste Bier, doch Sutter ist nicht nach Party zumute. Als sich die Gäste verspäten, hofft er dass ihm die Fete erspart bleibt. Frank dagegen wird zunehmend nervös, bis endlich drei kichernde Mädchen vor der Tür stehen. Zwei davon füllig mit ausladenden Brüsten, wie sie Frank liebt. Die Dritte, groß und schlank, tiefschwarz und höchstens achtzehn. „Das ist Celia", sagt Frank, „die beiden anderen kennst du ja bereits. Celia, das ist Thomas, er kommt aus Deutschland."

Sie nickt und hebt nur kurz die Hand, dabei lässt sie Sutter nicht aus den Augen.

Für eine Weile stehen sie in der Küche herum und trinken Bier. Celia trinkt wenig, spricht kaum und sieht nur immer wieder neugierig auf Sutter. Der fühlt sich unwohl und trinkt mehr als er verträgt. Irgendwann zieht sich Frank mit den beiden vollbusigen Mädchen ins Schlafzimmer zurück und lässt Sutter mit Celia allein.

Sutter will weg, egal wohin, nur nicht länger mit diesem Mädchen zusammen sein, das ihn so penetrant anstarrt. „Woher bist du? Frank hat gesagt deine Familie kommt aus Lagos", fragt er nur um überhaupt etwas zu sagen.

Sie antwortet nicht gleich, sieht ihn nur misstrauisch an. „Ja, aus Apapa", antwortet sie in ihrer tiefen, gurrenden Stimme.

„Da habe ich gewohnt, in der ersten Nacht, als ich ankam in Nigeria. Hotel Exzelsior, ist aber nicht besonders exzellent."

„Ich weiß, aber es hat eine gute Bar mit prima Musik."

„Davon habe ich nichts bemerkt. Aber ich war nur eine Nacht dort und von der Reise zu kaputt um irgendetwas mitzubekommen."

„Und warum bist du jetzt hier? Du wirkst so verschlossen."

„Bin ich nicht, nur betrunken. Ich mache ein Praktikum als Flugzeug Ingenieur."

„Ausgerechnet in Nigeria?", fragt sie ungläubig.

„Warum nicht", zuckt er mit den Schultern, als wäre ihm die Frage lästig. „Nigeria ist spannend, seit der Unabhängigkeit tut sich einiges. Und ich wollte weg aus Deutschland. - Hast du viele Geschwister?", versucht er ein anderes Thema. Ihre Familie interessiert ihn nicht, er will nur ihrem bohrenden Blick entkommen.

„Drei, ich bin die Älteste. Müssen wir hier in der Küche stehen bleiben?"

Er merkt wie verspannt sie auf einmal wirkt. „Nein, hier ist nur das Bier, aber du trinkst ja kaum etwas."

„Ich mag kein Bier. Warum zeigst du mir nicht dein Zimmer?"

Sutter sieht ihr an, wie schwer ihr die Frage gefallen ist. Ich hab kein Kondom, denkt er. Wenn ich ihr sage, dass sie mir nicht gefällt, ist sie wahrscheinlich enttäuscht. „Willst du das wirklich?", fragt er hoffend, dass sie nein sagt und geht. Doch sie sieht ihn nur schweigend an. Dann nimmt sie seine Hand. „Zeig es mir. Ich war noch nie mit einem Weißen zusammen."

Auch das noch, denkt er und merkt erst, als er aufsteht, wie betrunken er ist. Er schwankt und die Tür seines Zimmers beginnt vor den Augen zu verschwimmen.

„Und jetzt?", fragt sie unsicher, als sie vor seinem unaufgeräumten Bett steht.

„Zieh dich aus", sagt er kalt.

Doch sie bleibt stocksteif stehen.

„Weißt du was", sagt er und setzt sich auf die Bettkante. „Ich kann das nicht. Außerdem bin ich viel zu betrunken. Leg dich zu mir, und wenn ich einschlafen sollte, gehst du halt. Mehr kann ich dir leider nicht bieten."

„Findest du mich hässlich?", fragt sie den Tränen nahe.

„Nein, es hat nichts mit dir zu tun. Es ist einfach nicht unser Tag."

„Und wenn ich wiederkomme?"

„Dann sehen wir weiter", sagt er und legt sich angezogen aufs Bett, ohne sich weiter um sie zu kümmern. Kurz darauf schläft er ein.

Am nächsten Morgen fragt Frank wie es gewesen ist. Doch Sutter bleibt schmallippig. Er will nicht über etwas reden, das gar nicht stattgefunden hat.

„Ich glaube sie wollte nur wissen, wie es ein Weißer macht", sagt er kurz angebunden.

Frank grinst spöttisch. „Und? Hast du's verbockt?"

„Keine Ahnung. Sie sagt sie kommt wieder. Am nächsten Samstag."

„Geht nicht, da fahren wir nach Kaduna. Vater will dich sehen."

Der Oba schiebt seinen mächtigen Körper durch den schmalen Eingang der mit Stroh gedeckten Hütte und bittet Sutter ihm zu folgen. „Setz dich, Thomas. Hier finden normalerweise meine Audienzen statt." Mit einer ausladenden Geste deutet er auf die geflochtene Matte vor seinem reich verzierten Stuhl.

Fast wie ein Thron, denkt Sutter und lässt sich im Schneidersitz nieder. Dann sieht er zu, wie der Oba umständlich seine Galabia zurechtrückt, bevor er sich auf den Stuhl setzt. „Frank meint, ihr beide versteht euch gut. Das hat mich überrascht, mein Sohn ist schwierig, wie du weißt."

„Nein, wieso?" Sutter schüttelt den Kopf, als verstehe er nicht was der Oba meint.

„Du brauchst ihn nicht zu verteidigen, ich kenne meinen Sohn. Er respektiert dich, was nicht häufig vorkommt."

„Wir reden viel über Afrika."

Der Oba zupft sein Gewand zurecht, stützt das Kinn auf die rechte Hand und betrachtet Sutter mit spöttischem Lächeln. „Und auf was habt ihr euch geeinigt?" Ein Schuss Ironie klingt in der Stimme mit.

„Dass Songhai, Mali, Benin, bereits große Reiche waren, als sich Europa noch im tiefsten Mittelalter befand. Frank findet uns Europäer zu eingebildet. Er meint, wir sollten nicht so tun, als wäre die Zivilisation von uns nach Afrika gebracht worden. Er mag Franz Fanon, sagt er, aber ich weiß nicht, was er damit meint."

„Und was denkst du?" Der Oba wirkt abwesend, als ginge ein ganz anderer Gedanke durch seinen Kopf.

Das werde ich dir nicht auf die Nase binden, denkt Sutter, der merkt, wie wenig den Oba sein Verhältnis zu Frank interessiert. Abwarten, lass ihn kommen, denkt er und schweigt.

„Frank hat erzählt, dass du dich mit den Auswirkungen von Militärprogrammen auf die Privatwirtschaft beschäftigt hast. Ungewöhnlich in deinem Alter", sagt der Oba endlich.

Sutter verlagert das Gewicht. Das Gespräch irritiert ihn, weil er nicht erkennen kann, auf was es hinaus läuft. „Ich habe neben dem Hauptstudium in Luft- und Raumfahrt ein paar Semester Wirtschaft gehört. Die Frage, wie sich Hochtechnologie in Massenproduktion überführen lässt interessiert mich schon lange. Meine Diplomarbeit handelt davon."

„Und vor Nigeria warst du bereits in Indien?", fragt der Oba gleichbleibend freundlich.

Was hat ihm Frank denn noch alles erzählt, denkt Sutter. „Es hat sich so ergeben", sagt er zögernd. „Einem indischen Gastprofessor gefiel meine Semesterarbeit über das Strömungsverhalten an neuen Flügelprofilen, mit denen wir am Institut experimentiert hatten. Also lud er mich ein für eine Weile bei ihm am Aeronautical Laboratory in Bangalore zu arbeiten. Ich habe mir ein Stipendium besorgt und bin hingeflogen, aber nach ein paar Wochen merkte ich, dass mir Indien nicht lag."

„Wie alt bist du, Thomas?"

„Fünfundzwanzig."

„Wie Frank, er hält dich für älter."

Sutter zuckt nur mit den Schultern, als wäre ihm egal, was Frank denkt. „Alle halten mich für älter, das war schon immer so."

„Spielt ja auch keine Rolle." Der alte Achebe beginnt mit dem Oberkörper zu schwingen, während er nickt, als ginge ihm ein noch unfertiger Gedanke durch den Kopf. „Ich möchte, dass Frank ein Unternehmen gründet, das sich am Ausbau der Eisenbahn von Kaduna nach Lagos beteiligt. Er braucht Unterstützung, wenn es gelingen soll. Frank wirft gerne hin, sollte ihm der Erfolg nicht schnell in den Schoß fallen. Er braucht jemand wie dich, einen harten Arbeiter, als Partner. Könntest du dir vorstellen mit ihm zusammen so ein Unternehmen aufzubauen? Du würdest gut bezahlt." Er sieht gespannt auf Sutter, dabei streicht er sich über den wohlgenährten Bauch.

Sutter sieht verblüfft auf den Mann, der ihm gelassen gegenüber sitzt. Nichts davon hat er erwartet, nicht so schnell. „Es kommt sehr überraschend. Ich hatte nicht vor, auf Dauer in Nigeria zu bleiben. Darf ich mit Frank darüber reden, bevor ich mich entscheide?", versucht er Zeit zu gewinnen.

„Selbstverständlich. Ich glaube, ihr beide wärt ein gutes Team. Und was ist schon von Dauer. Man muss die Chancen ergreifen, wenn sie sich bieten. Weißt du, bei uns kommen Zeiten großer Unsicherheit, das ist gut für Leute mit Ideen." Auf einmal bekommt seine Stimme einen harten, geschäftsmäßigen Ton. „Diese Eisenbahn Trasse, von der ich sprach, muss dringend erneuert werden. Der Nachschub aus dem Norden dauert zu lange. Die Strecke geht mitten durch mein Land, und ich will, dass mein Stamm von den Bauarbeiten profitiert. Deshalb werden wir diese Firma gründen, damit ein Teil der Aufträge bei uns landet."

Sutter versteht nicht gleich auf was der Oba hinaus will, aber langsam dämmert ihm: Krieg, Nachschub, Trasse, passt alles zusammen, denkt er und schweigt.

„Ohne meine Zustimmung kann die Regierung diese Trasse nicht bauen", hört er den Oba weiter reden. „Und ich werde dafür sorgen, dass einige Aufträge an eure Firma gehen. Das gibt euch von Anfang an eine solide Geschäftsbasis, alles andere findet sich dann von allein."

Er spricht, als hätte er mich schon im Sack, denkt Sutter. Seine Gedanken schweifen ab, er ahnt die Möglichkeiten, die vor ihm liegen. Dunkel spürt er aber auch die unkalkulierbaren Risiken. Nur mit halbem Ohr hört er den Oba über die politischen Verhältnisse reden, mit denen sie zu tun haben werden. Doch er solle sich darüber keine Sorgen machen, die gröbsten Steine werde er schon aus dem Weg räumen.

„Sprich mit Frank", sagt der Oba abschließend und sieht seinen jungen Zuhörer auffordernd an, als erwarte er keine Widerrede.

Sutter nickt, fühlt sich benommen. Der meint es wirklich ernst, denkt er. „Wann möchten Sie eine Antwort haben?"

„Sobald wie möglich."

„Warum hast du mich nicht gewarnt?", fragt Sutter auf dem Weg zurück nach Kano. „Dein Vater hat mich völlig überwältigt mit dieser Firmenidee."

„Warum sollte ich. Er hat sowieso immer das letzte Wort. Wenn er dich abgelehnt hätte, wäre es das gewesen. Aber er mag dich, hat er gesagt. Wir können also loslegen, wenn du willst. Warum Vater dich gerne dabei hätte sagt er nicht, vielleicht weil er mir nicht ganz traut", sagt Frank, lacht kurz auf und wedelt mit der Hand in der Luft, als fände er es völlig unwichtig, ob ihm jemand vertraut oder nicht.

Wirkt falsch, denkt Sutter, Vater und Sohn scheinen sich nicht ganz grün zu sein. Aber was kümmert's mich. „Und du, traust du mir denn?"

„Ich glaube, wir beide kämen gut zurecht", umgeht Frank eine klare Antwort.

Er drückt sich, denkt Sutter. Die Idee mit der Firma hat ihm sein Vater aufgezwungen. Frank wäre nie von allein draufgekommen sich freiwillig von immer neuen Bettgenossinnen zu trennen. Aber vielleicht, denkt er, lässt sich das auch ganz gut kombinieren. Er kümmert sich ums Vergnügen und ich um die Arbeit. „Was sucht ihr, einen Handlanger? Ich habe weder Geld noch irgendwelche Kontakte. Und dann ist da noch das Praktikum, sie haben meine Reise bezahlt", versucht er sich herauszuwinden.

„Du bist Weiß, das hilft bei westlichen Lieferanten. Außerdem muss sich jemand um die Details kümmern. Ich kann das nicht, will es auch nicht. Das weiß Vater. Vermutlich findet er deshalb, dass ich einen Partner brauche."

„Partner! Aber du hörst dich an, als würdest du es lieber allein machen."

„Nein, ich will dich dabei haben. Vater hat recht, du kannst gut mit Zahlen umgehen und hast Mut. Ich habe dich beobachtet, wie du die Dinge anpackst, sehr methodisch. Wegen des Praktikums würde ich mir keine Sorgen machen. Steig einfach aus, so unersetzlich bist du nicht. Deine Reisekosten zahlen wir locker aus der Portokasse zurück. Und vergiss nicht: In unserer Firma hättest du freie Hand. Ich würde mich um die Regierung und das Militär kümmern, du könntest schalten und walten wie du willst. Nur Gewinn müssen wir machen, darauf legt Vater Wert. Also, was ist?"

Für eine Weile starrt Sutter in die vorbeigleitende Savanne mit ihren roten Termitenhügeln. Wie kleine Kathedralen mitten in der Landschaft, denkt er. Wenn es gut geht wäre ich unabhängig, aber wer weiß, ob sie halten, was sie versprechen. Mut hat er gesagt, den werde ich brauchen. „Ich versteh's noch nicht ganz. Wie soll das gehen, ohne Geld, ohne Leute. Ein Unternehmen gründen ist nicht so einfach."

Frank sieht ihn verwundert von der Seite an. „Du siehst das zu kompliziert. Das wird kein Konzern. Wir vermitteln nur, dafür bekommen wir Provision. Den Firmensitz legen wir nach Kaduna, da hat meine Familie das Sagen. Das nötige Geld für den Anfang schießt Vater vor. Ein Haus, in dem wir unser Büro unterbringen können, gibt es bereits. Es gehört meiner Familie und liegt direkt am Fluss, du wirst es mögen."

„Und warum macht dein Vater es nicht selbst?", fragt Sutter voller Zweifel.

Frank wirkt irritiert. „Als Oba will er jeden Anschein eines Interessenkonflikts vermeiden, ist doch klar."

Sutter nickt. „Dein Vater ist ein schlauer Mann."

„Ja, aber was willst du damit sagen?"

„Nur so. Er hat gemeint, die Regierung sei unfähig Steuern einzutrei-
ben, und habe kein Konzept für die Öleinnahmen, die bald fließen werden. Vor allem, dass sein Stamm auch seine Familie ist." Vermittler
also, denkt Sutter. Provisionen für Projekte, deren Geldflüsse so ver-
schlungen sind, dass sie keiner mehr zurück verfolgen kann. Sie planen
eine Durchlaufmaschine, eine Hand wäscht die andere, und mich wollen sie als Aushängeschild. Vielleicht auch als Tarnung, damit das Ganze glaubwürdiger erscheint. Warum eigentlich nicht?

„Und, hat er dich überzeugt? Du siehst nicht gerade begeistert aus."

„Ich weiß noch nicht, es kommt so schnell."

Für eine Weile fahren sie schweigend weiter. Nur Frank flucht gelegentlich, wenn er in letzter Minute einem streunenden Hund auswei-
chen muss.

Ganz plötzlich, als hätte er seine Gedanken geordnet, sagt Sutter.
„Ich will weder ein Anhängsel von dir, noch von deinem Vater sein.
Entweder ich bin ein gleichberechtigter Partner, mit Anteilen und so,
oder ich lasse es bleiben."

Frank wendet nur kurz den Kopf. „Sag ich doch, an etwas anderes
hatten wir nie gedacht. Vor Jahren, kurz nach der Unabhängigkeit, gab
es schon einmal einen Weißen in Vaters Visier, Szabo hieß er. Er arbeitete für die Niederlassung eines deutschen Konzerns in Lagos. Vater
war beeindruckt von ihm, wollte mit ihm zusammen arbeiten. Aber eines Tages erzählte ihm der Mann, dass er zu Hause regelmäßig in die
Kirche ginge, doch sobald er im Flugzeug die Sahara überquere, setze
er sich eine bunt bestickte Kappe auf, und verwandle sich in Ben Szabo. Jetzt könne er mit reinem Gewissen wuchern und schachern, zu-
ständig wäre ja ein anderer Gott, mit dem er nichts zu tun haben wolle.

Da hat ihn Vater fallen lassen. Er mag keine Leute, die falsch spielen und dann auch noch damit prahlen. Später wurde der Mann überfahren."

Sutter grinst, doch er fühlt sich unwohl. Warum erzählt er mir das, denkt er. „Du meinst das könnte mir auch passieren?", fragt er leichthin, und fügt schnell hinzu. „Ich glaube an gar nichts. Und nur weil ich Weiß bin, heißt es nicht, dass ich betrüge und man mir nicht trauen kann."

Franks Augenbrauen schnellen kurz nach oben. „Vater kann sehr grob werden, wenn er getäuscht wird," sagt er ausweichend. „Ich will nur, dass du weißt auf was du dich einlässt. Er glaubt, er braucht dich, das ist deine Chance. Und ich brauche dich auch. Wenn ich mich voll auf die Regierung konzentrieren soll, brauche ich jemand, der mir den Rücken frei hält. An deiner Stelle würde ich zugreifen. Du wärst unsere Brücke nach Europa, Thomas."

Schon wieder Brücke, anscheinend ist das hier meine Bestimmung, denkt Sutter. Schon Ruge hat von Brücken gefaselt, also wird wohl etwas dran sein.

„Die meisten Lieferanten wollen, wie gesagt, ein weißes Gesicht auf der anderen Seite des Tischs. So ist es nun mal", hört er Frank. „Glaub mir, du kannst das, davon bin ich fest überzeugt, und mit Vaters Hilfe läuft die Firma in ein paar Monaten wie geschmiert. Nigerian Logistics, kein schlechter Name, findest du nicht? Lässt uns alle Möglichkeiten offen. Du darfst nur meiner Mutter nicht erzählen, dass du an nichts glaubst. Und ab und zu wirst du wohl auch am Sonntag mit ihr in die Kirche müssen. In ihren Augen gehört sich das nun mal für einen rechtschaffenen Geschäftsmann. Verdammt, diese Hunde gehen mir echt auf den Geist."

Zurück in Kano erzählt Sutter Slate vom Angebot des Oba. Er hatte gehofft Slate würde ihn beglückwünschen, doch er wiegt nur bedenklich den Kopf und bläst die Backen auf.

„Er hat bereits ein Haus in Kaduna, das sich als Firmensitz eignet", versucht Sutter nachzubessern, weil ihn Slates blasiertes Getue ärgert. „Es ist unscheinbar, nach außen abweisend, nicht weit von der Residenz der Achebes entfernt. Innen bietet es Platz für mehrere kleine Büroräume und ein luxuriöses Besprechungszimmer. Die Ausstattung übernimmt der Oba, und an Kosten schlagen Anfangs nur die Gehälter von mir und Frank zu Buche."

„Die Achebes wissen was sie wollen. Der Oba will euch bei sich haben, damit ihr nicht so leicht ausbüxt. Ganz einfach, er will alles kontrollieren", sagt Slate lapidar, als hätte er nichts anderes erwartet.

„Gut möglich, er traut halt Niemandem, nicht einmal Frank, und mir ganz bestimmt nicht. Aber das nehme ich ihm gar nicht übel, er kennt mich ja nicht."

„Und was sollst du machen?"

„Die Verbindung zu europäischen Firmen herstellen. Zuerst betreuen wir die Ausschreibung für eine Eisenbahntrasse von Kaduna nach Lagos, und dann wird man sehen."

„Kannst du das überhaupt? Hast du schon jemals mit Eisenbahnen zu tun gehabt?", fragt Slate verblüfft.

„Der Oba hat die Unterlagen besorgt, wir stehen auf der Liste der bevorzugten Lieferanten. Und er wird uns mit den entscheidenden Leuten koppeln, was immer das heißt. Bei uns fließt alles zusammen, wir graben uns der Form halber durch den Papierwust der Tender-Dokumente, die von den eigentlichen Lieferanten zu uns kommen und müssen nur aufpassen, dass wir den Abgabetermin einhalten. Wenn wir den Preis kennen, den das Ministerium zu zahlen bereit ist, können wir alle gegeneinander ausspielen. Das reicht für eine saftige Provision, was meinst du?" Sutter hat sich zunehmend in Begeisterung geredet, als säße er bereits in einem gemachten Nest.

„Den Preis sagt euch das Ministerium? Wer hält die Verbindung dahin?"

„Der Oba oder Frank, so ist es geplant."

„Geplant?" Slates Mundwinkel sind weit nach unten gesackt. Langsam schüttelt er den Kopf, als fände er die ganze Angelegenheit reichlich suspekt.

„Wir sind Hauptauftragnehmer und vergeben Unteraufträge an die Lieferanten. Die machen die eigentlich Arbeit, wir verteilen das Geld und passen auf, dass alles glatt läuft."

„Versteh ich schon, und was machst du? Als der Handlanger der Achebes darfst du dich um die Details kümmern und die Prügel einstecken, wenn es nicht läuft, wie ihr Superplaner es euch wünscht. Das Geld schöpfen die anderen ab. Hört sich eher nach Stress an." Slate nickt weise, als hätte er das Modell der Achebes längst durchschaut. „Und Frank kümmert sich um die Regierung, vor allem um die Minister-Gattinnen, nehme ich an. Kein schlechter Deal, fragt sich nur für wen." Er verzieht das Gesicht, als hätte er in eine Zitrone gebissen, und stößt ein gehässiges Lachen aus.

„Arschloch, natürlich kann es schief gehen, da mache ich mir keine Illusionen." Sutter ärgert sich. Ich hätte ihn nicht einweihen sollen, denkt er.

„Die Achebes gelten als Menschenschlächter. Sie gehen über Leichen, heißt es", setzt Slate unbekümmert noch eins drauf.

„Wer sagt das?"

„Ich habe meine Quellen. Außerdem bin ich schon länger im Land als du, ich weiß, wie es tickt. Frank wollte mich auch schon rekrutieren, noch bevor du kamst. Aber ich habe einen anderen Auftrag, und eigentlich mag ich Frank nicht, zu viel Playboy, zu wenig Substanz."

„Auftrag? Ich dachte du bohrst Brunnen."

Slate grinst, wie eine Katze, die gekrault wird. „Auch, aber das ist eine andere Baustelle. Ich drehe mir eine. Für dich auch?" Slate steht auf und geht ins Nebenzimmer. Mit dem Lederbeutel seines selbst angebauten Marihuanas kommt er zurück. Er zieht ein Zigarettenpapier aus dem Briefchen, füllt ein paar Krümel hinein und dreht eine Tüte daraus. Nachdem er den ersten Zug genommen hat, reicht er Sutter den Joint, doch der lehnt dankend ab. „Wenn du es unbedingt willst, solltest du's machen. Wir alle lernen schließlich am meisten aus unseren Fehlern. Du musst nur aufpassen, dass sie dich nicht übers Ohr hauen, wenn es ans bezahlen geht. Die beiden sind clever. Aber vielleicht kriegst du so eine Chance ja auch nie wieder. Und der Oba schwebt über allem", sagt er mehr zu sich selbst.

„Ja, aber das hilft uns doch", sagt Sutter. Ich sollte es tun, auch wenn es sich wie die Einladung zu einem Spaziergang durchs Minenfeld anhört, denkt er. Slate hat Recht, so eine Chance bekomme ich nie wieder. Solange ich die Bücher führe, kann mir wenig passieren. Und ich kann dafür sorgen, dass auch bei mir einiges hängen bleibt. Der Rest wird sich zeigen. Ich will nicht hinter dem Reißbrett eines unbedeutenden Konstruktionsbüros versauern, mit einem Käfer als Auto und einem Reihenhaus am Rand der Stadt mit fünf Quadratmeter Rasen vor der Tür. Ich werde es machen, egal wie es ausgeht. Kaduna also, Lagos wäre mir lieber gewesen.

Wochen später, Sutter hat sich in seiner neuen Umgebung gut eingelebt, erscheint der Oba unangemeldet in der Firma und geht sofort in Sutters Büro. Er lässt sich in einen der Sessel am Besprechungstisch fallen und fragt. „Wo ist Frank, ich habe ihn lange nicht gesehen?"

„Er ist viel unterwegs. Wir sind jetzt in der heißen Phase der Ausschreibung. Er will nicht, dass noch etwas anbrennt", sagt Sutter ausweichend. Vermutlich fährt er in seinem Ford Mustang in der Gegend herum und gibt an, als wäre er bereits Millionär, denkt er.

„Wir müssen reden, Frank hat sich seit Tagen nicht gemeldet."

Aber das tun wir doch gerade, denkt Sutter, und sieht gespannt auf den Oba.

„Die Eisenbahn kann warten, es gibt Dringenderes. Der Krieg verschärft sich, die Trasse kommt jetzt sowieso zu spät. Sie werden die Ausschreibung verschieben, und für uns gibt es Wichtigeres zu tun."

„Wichtigeres?", fragt Sutter.

„Ja, die Armee braucht Waffen, und sie braucht sie jetzt. Über die eingefahrenen Regierungskanäle geht die Beschaffung nicht schnell genug. Zu viele Hände, die daran verdienen wollen. Und wir, die Yoruba, müssen aufpassen, dass wir nicht zwischen die Fronten geraten. Hey, da ist er ja."

Frank zögert kurz, als er eintritt und seinen Vater an Sutters Tisch sitzen sieht: „Was machst du hier? Ich hatte dich nicht erwartet."

„Mit Thomas über unsere Geschäfte reden", sagt der Oba kalt. „Es ist an der Zeit ihn einzuweihen."

„Du wolltest doch warten, bis wir sicher sind", sagt Frank, wobei er vermeidet Sutter anzusehen.

„Die Dinge entwickeln sich schneller, als ich dachte. Abichi wird nervös, er denkt wir wollen nicht mit ihm arbeiten. Es geht ihm alles viel zu langsam."

Sutter sieht verwundert von einem zum anderen. „Ich verstehe gar nichts. Könnte mir vielleicht jemand sagen, was los ist."

Als Frank zu einer Antwort ansetzt, unterbricht ihn der Oba: „Lass mal, es ist besser wenn ich das mache." Er dreht sich zu Sutter und beginnt mit ausholender Geste, als würde er ein großes Gemälde beschreiben, das nur er sehen kann. „Du hast dich sicher gewundert, Thomas, wie viele Militärs in letzter Zeit hier ein und aus gingen, und wie häufig Frank unterwegs war."

„Ja, ich dachte es hat mit der Trasse zu tun. Frank kümmert sich um die Landschaftspflege, wie es so schön heißt. Aber es geht anscheinend um etwas ganz anderes."

„Genau. Der Krieg, er ist unsere Chance. Das Land braucht Minen, Sturmpanzer, Flugzeuge und Panzerabwehrraketen, einfach alles. An die großen Sachen kommen wir noch nicht ran, zumindest nicht sofort. Das machen die Industrienationen unter sich aus, aber das Kleinzeug, Munition, Antipersonenminen, oder was immer die Armee braucht, das könnten wir beschaffen. Gibt es hier auch etwas zu trinken?", fragt er und sieht fordernd auf seinen Sohn.

„Ich hole was. Eine Cola?"

„Ja, ohne Eis."

„Wir?", fragt Sutter, nachdem Frank gegangen ist.

„Ja, Frank und du. Über meine Kontakte zur Armee."

„Aber ich verstehe nichts von Waffen", sagt Sutter verunsichert.

„Unsinn. Du verstehst auch nichts von Eisenbahnen. Trotzdem gefällt mir, wie du dich anstellst. Dieser Krieg dauert nicht ewig, wir müssen jetzt oder nie einsteigen. Und du machst einfach dasselbe wie bisher, verhandelst mit den westlichen Lieferanten. Ist doch egal, ob es um Gleisanlagen oder Waffen geht. Ist sowieso alles Technik. Um die Details sollen sich andere kümmern, wir sind nur der Mittler. Wir machen Türen auf und achten darauf, dass alle Beteiligten bei guter Laune bleiben. Das Produkt ist eigentlich egal, wir müssen nur den Prozess beherrschen."

Ich hätte es wissen müssen, denkt Sutter. Slate hat mich gewarnt: Es bleibt nicht bei der Trasse, hat er gesagt. Du wirst sehen, die führen etwas anderes im Schild, aber ich wollte nicht hören. Warum hätte ich ihm auch glauben sollen, er selbst bohrt schon lange keine Brunnen mehr und hält sich jetzt öfter in Lagos auf als in Kano. Immerhin ist der Oba ehrlich, aber vielleicht kann man das nicht so nennen. Jetzt nur nichts Falsches sagen.

„Wir haben einen entfernten Verwandten in der Armee, Oberst Abichi", sagt Frank, der zurück ist und die Cola Flasche vor seinen Vater stellt. „Es sieht so aus, als würde ihm das Kommando an der Südfront übertragen. Dort entscheidet sich der Krieg. Abichi will General werden, die üblichen Beschaffungskanäle dauern ihm viel zu lange, deshalb braucht er uns. Und er vertraut Vater", ergänzt er, und fügt hinzu, als könnte das Sutter dazu bewegen seine Skepsis aufzugeben. „Die Bahn machen wir später, auf kleiner Flamme vielleicht. Und wer weiß schon, wie lange der Krieg dauert."

Waffenhandel, denkt Sutter, und der Oba ist die treibende Kraft. Frank ist nur sein Laufbursche. Möglicherweise stimmt es ja, dass er ohne mich viel schwerer an die Lieferanten im Westen kommt. Slate könnte mir helfen einen Fuß in die Tür zu kriegen. Er machte so Andeutungen über den englischen Geheimdienst und spricht ganz offen über seine guten Kontakte zur britischen Elektronikindustrie. Aber das binde ich den beiden nicht schon jetzt auf die Nase. Das Ganze kann ein grandioser Flop werden, aber wenn es klappt bin ich ein gemachter Mann. „Gut", sagt er, „wenn ihr wollt, dass ich mitmache, bin ich bereit. Aber ich würde gerne Oberst Abichi kennen lernen."

„Das lässt sich arrangieren", sagt der Oba, und sieht auf seinen Sohn, der zustimmend nickt, als hätte er nichts anderes erwartet.

3

Verlockung

Sutter lernt schnell, und zu seiner Überraschung sind die meisten
Firmen mehr als bereit ihre Waffen in den boomenden Kriegsmarkt zu
pumpen. Neue Sturmgewehre, gebrauchte Kalaschnikows aus sowjetischen Armeebeständen, von einem Mittelsmann an der russischen
Botschaft eingefädelt, landen bei der nigerianischen Armee, zuweilen
auch bei den aufständischen Igbos. Bei Verhandlungen über die Lieferungen erweist sich Sutter als kaltschnäuzig, berechenbar und verlässlich. Seine Geschäftspartner lernen ihn zu schätzen. Er ist verschwiegen und ein guter Beobachter. Die ersten Lieferungen laufen glatt und
mit der Zeit entwickelt sich die Firma zu einem ernst zu nehmenden
Waffenimporteur.

Im zweiten Jahr nach Gründung der Nigerian Logistics erhält Sutter
die Einladung zu einem Empfang an der Deutschen Botschaft. Der Generalstabschefs, ein Freund des Botschafters, soll für seine Verdienste
geehrt werden. Der Mann ist in der Öffentlichkeit allgemein bekannt,
man schätzt, wie er versucht enger mit den Deutschen zusammenzuarbeiten. Selbstsicher und unerwartet angenehm im Umgang, findet Sutter, als er ihm von Ruge vorgestellt wird.

Das wirklich überraschende auf dem Empfang sind die Damen. Nicht
nur die übliche lokale Schickeria, durchmischt mit den Frauen der ört-
lichen Manager großer deutscher Konzerne, sondern viel Jungvolk,
schöne, selbstbewusste Frauen, denen man ansieht, wie sicher sie sich
in der Umgebung der Militärs bewegen.

Nach ein paar unverfänglichen Worten mit Ruge schlendert Sutter zwischen den Gästen umher, ohne irgendwo anzudocken. Er schnappt Wortfetzen auf und lässt sich treiben. „Wenn Brandt an die Macht kommt, wandere ich aus."

„Keine Gefahr, und wenn, es soll sich auch im Ausland gut leben lassen", hört er zwei Männer, die er nie zuvor gesehen hat.

„Drei Tage?", dringt eine Frauenstimme zu ihm, viel zu schrill für die Umgebung.

„Ja, einfach liegen gelassen", sagt eine andere.

Es geht immer noch um den Weißen, den keiner kennt, denkt Sutter. Sie regen sich auf, dass sein Leichnam einfach auf der Straße liegen blieb, bis er platt gefahren war. Bei einem Schwarzen wäre es nicht der Rede wert gewesen. Dabei interessiert niemand, was der Mann, dort wo er umgebracht wurde, überhaupt zu suchen hatte. Keine gute Gegend in Lagos. Der Krieg zieht sie an, wie die Schmeißfliegen. Und manch einer bleibt eben hängen an den Fliegenfängern. Dann passiert schon mal, dass man zur falschen Zeit am falschen Ort überfahren wird. Ganz zufällig natürlich. Er dreht sich ab und überlegt, wie er sich davon stehlen kann, ohne aufzufallen.

Auf einmal sieht er Celia, die bei einer Gruppe nigerianischer Frauen steht. Umwerfend sieht sie aus, groß und schlank, die anderen Frauen um einen Kopf überragend. Alles Eckige, das ihn in Kano noch an ihr gestört hat, ist verschwunden. Die Rastalocken umrahmen ihre schmalen Gesichtszüge, ein Nachhall der Nomadenstämme des Nordens. Die silbernen Ohrgehänge betonen den langen Nacken und die tiefschwarze Haut. Ihr schlichtes dunkelrotes Kleid lässt sie neben den lokalen Gewändern der Frauen wie einen Paradiesvogel hervorstechen. Sie könnte genauso gut auf die Bühne eines Jazzklubs passen, denkt Sutter, der sich wundert, sie überhaupt in diesem Kreis anzutreffen. Sie musste ihn schon erkannt haben, als er eintrat, denn sie lächelt ihm zu, als sich ihre Blicke kreuzen. Er geht zu ihr und fragt, ob er ihr etwas zu trinken bringen darf. „Den Damen natürlich auch", fügt er schnell hinzu.

„Gerne, einen Gin-Tonic", sagt Celia, doch die anderen Frauen weisen nur abwehrend auf ihre halb vollen Gläser und fahren fort entspannt zu schnattern.

Als er Celia das Glas überreicht, berührt er kurz ihre Hand, die sie nicht zurückzieht. „Wäre schön wenn wir uns nach der Veranstaltung noch sehen könnten", sagt er.

„Ja, warum nicht."

Sie prostet ihm kurz zu und wendet sich wieder ihrem Damenzirkel zu, während er gelangweilt seine Runden dreht. Hier ein Wort, dort ein Handschlag, die Veranstaltung beginnt ihn anzuöden, doch es wäre ein Affront gewesen, jetzt kurz vor der Ansprache des Botschafters, zu gehen.

Endlich bittet die Dame des Hauses zu Tisch. Und als Sutter sein Namenskärtchen sucht, findet er Celia neben sich.

„Ich habe die Sitzkarten vertauscht", flüstert sie, als er sich neben sie setzt. „Du bist der einzige Weiße, den ich kenne. Mit den anderen will ich nicht reden, mit dir schon, auch wenn es das letzte Mal nicht so geklappt hat", sagt sie und lacht verschämt. Dabei achtet sie darauf den Generalstabschef im Auge zu behalten. „Wohnst du immer noch in Kano? Was hat dich nach Lagos verschlagen?", fragt sie.

„Geschäfte, in Kano wohne ich schon lange nicht mehr. Ich habe, zusammen mit Frank Achebe eine Firma gegründet. Du erinnerst dich vielleicht an ihn, der Playboy, über den ich dich damals kennen gelernt habe. Wir beschaffen Technologie aus dem Westen."

„Waffen meinst du", sagt sie ungerührt, als wüsste sie längst Bescheid. „Ich sollte dich mit meinem Förderer bekannt machen." Mit einem nur angedeuteten Kopfnicken weist sie in Richtung des Generalstabschefs.

„Ich wurde bereits vorgestellt", sagt Sutter und betrachtet sie plötzlich mit ganz anderen Augen. Sie ist fülliger geworden, schöner, und lässt sich aushalten. Hätte ich eigentlich nicht von ihr erwartet. „Wie geht es dir, immer noch die jungfräulich unberührte Blume?", fragt er süffisant.

Sie zuckt zurück und er merkt sofort, dass er einen Schritt zuweit gegangen ist. Ohne zu antworten, wendet sie sich ihrem anderen Tischnachbarn zu. Doch nach einiger Zeit dreht sie sich zu Sutter zurück und zischt ihm ins Ohr. „Dafür wirst du bezahlen."

Das Essen ist einfach und gut. Krabbencocktail; Jollof-Reis mit Bananen und Hühnchen; Obstsalat aus frischen Früchten oder Käse, eine Rarität, mit englischen Crackers zum Nachtisch. Doch nicht alle finden es gut, einige Männer im Umfeld des Generals halten sich lieber ans Bier, das sie ihrer Stimmung zufolge wohl schon den ganzen Tag getrunken haben.

Als alle Trinksprüche gesagt und Sutter bereit ist zu gehen, stellt sich ihm Celia in den Weg. Sie wirkt leicht betrunken. „Wir wollten doch noch etwas trinken, bitte fahr mich nach Hause. Ich habe ihm gesagt, dass ich einen alten Freund von früher getroffen habe, mit dem ich reden möchte. Er ist einverstanden."

„Aber ich habe kein Auto", rutscht es Sutter heraus. „Ich bin mit dem Taxi gekommen."

„Umso besser, so sieht alles ganz spontan aus. Was es ja auch ist", schiebt sie lächelnd hinterher.

„Wann willst du gehen", fragt er immer noch verblüfft.

„Jetzt, nicht dass du mir noch entwischt. Ich sage ihm nur schnell Bescheid."

Sie schlängelt sich durch die Menge bis zum Generalstabschef, legt die Hand auf seinen Arm und flüstert ihm etwas ins Ohr, dabei weist sie auf Sutter.

Die Fahrt dauert nicht lange dann hält das Taxi vor einem mehrstöckigen Gebäude direkt an der Lagune.

„Wohnst du hier allein?", fragt Sutter unnötigerweise.

„Ja, das Appartment gehört ihm. Ich darf es benützen."

Und bereit sein, wann immer er es wünscht, denkt Sutter.

„Komm", sagt sie und nimmt ihn bei der Hand. „Ich zeig es dir."

Vom Balkon aus liegt der Hafen und die Lagune vor ihnen. Einige Schiffe ankern in der Bucht, weil die Entladekapazität des Hafens nicht ausreicht, um die plötzliche Flut an Waffen zu löschen. Still und unbeweglich glitzern die Positionslichter in der Nacht, aneinandergereiht wie eine Perlenkette. Gelegentlich bewegt sich eins der Lichter und löst sich aus dem Verbund.

„Wie Glühwürmchen", sagt Sutter.

„Die, die sich bewegen sind Piraten", sagt Celia gelassen, als wäre es das normalste auf der Welt, die Crews der Handelsschiffe auszunehmen. „Sie können sich ihre Opfer aussuchen. Keiner da draußen kann davonlaufen."

„Ja", sagt Sutter, „kein schlechtes Geschäftsmodell. Ich sollte gehen."

„Noch nicht", sagt Celia und geht ins Bad. Als sie zurückkommt trägt sie nur einen leichten Morgenmantel aus Seide, der ihre weiblichen Konturen betont.

Sutter spürt, wie er sich versteift. Du darfst das nicht, denkt er, sie ist die Geliebte des Generals. Wenn er davon erfährt, kannst du deinen Job an den Nagel hängen. Doch als sie den Mantel fallen lässt, seine Hand ergreift und auf ihre Brust legt, ist ihm das egal. In einer Orgie aus Lust versinkt er noch auf dem Teppich in ihrem Körper.

Als er tief atmend neben ihr liegt, sagt sie. „Du hättest es auch früher schon haben können."

„In Kano? Nein. Es hatte nichts mit dir zu tun. Ich konnte einfach nicht. Außerdem war ich viel zu betrunken."

„Und jetzt?", fragt sie. „Was hat sich geändert?"

„Alles. Ich glaube es ist besser ich gehe jetzt, du gehörst ihm."

„Nein, ich gehöre niemand", sagt sie spitz, richtet sich auf und sieht ihn lange schweigend an. Mit der Zeit kriecht der Schalk in ihre Augen. „Er hilft mir nur vorübergehend. Es könnte uns beiden nützen", sagt sie lächelnd. „Ich kann dich bei deinen Geschäften unterstützen, wenn du es willst. Er vergöttert mich, schlägt mir selten etwas aus. Aber du müsstest mir vertrauen."

Vertrauen, denkt Sutter, als er sich anzieht. Sie redet wie die Achebes, dabei geht es immer nur um Geld. Wie viel Vertrauen kann ein

Mensch geben? Ist es teilbar? „Celia, ich mag dich, sehr sogar. Nach dem verunglückten Abend in Kano habe ich versucht dich zu finden, aber Frank wollte mir partout nicht sagen wo du lebst. Und dann ging auf einmal alles drunter und drüber. Ich bin froh dich gefunden zu haben und will dich wiedersehen, aber lass dich nicht in meine Geschäfte hineinziehen, sie sind zu gefährlich."

„Das weiß ich, deshalb würde ich lieber mit dir, als mit einem anderen arbeiten. Und der Krieg wird nicht ewig dauern."

„Ich denke darüber nach, aber jetzt muss ich wirklich gehen."

Als General Abichi tatsächlich das Kommando an der Südfront übernimmt, bestellt er Panzerabwehr-Raketen in großer Stückzahl bei der Nigerian Logistics. Das Unternehmen wird praktisch über Nacht zu einem von der Regierung anerkannten Waffenimporteur. Innerhalb der Armee spricht sich schnell herum, dass mit den Achebes, und Sutter im Besonderen, für beide Seiten lukrative Abschlüsse möglich sind.

Der Oba genießt die Anerkennung und Frank spielt den erfolgreichen Unternehmer. Allein die Anzahlung eines umfangreichen Raketenauftrags ist mehr, als sie sich je erhofft hatten. Doch mit der ersten Lieferung der Panzerabwehrraketen beginnen auch die Schwierigkeiten. Die amerikanische Neuentwicklung, die Abichi gegen Sutters Rat unbedingt haben wollte, versagt reihenweise im feuchtwarmen Klima des Nigerdeltas. Für eine Weile kann sich Sutter aus der Schusslinie halten, doch er weiß, dass es nur eine Frage der Zeit ist, bis sie ihn als Sündenbock ausmachen werden. Also versucht er vorsichtig einen Kontakt zu verlässlicheren Partnern aufzubauen, um den Waffenhandel notfalls auch ohne die Achebes fortführen zu können. Mit Celias

Hilfe und ihren Verbindungen zum Generalstab gelingt es ihm einen ersten Kontakt zum Geheimdienst der Amerikaner herzustellen.

An der Deutschen Botschaft gilt Sutter als seriöser Geschäftsmann, der im wesentlichen als verlängerter Arm der Nigerianischen Regierung agiert. Als Ruge ihn zu einem Kongress in Berlin einlädt, wo er über die Hintergründe und den Verlauf des Biafra Kriegs referieren soll, sagt Sutter sofort zu.

Jetzt steht er am Fenster seines Hotels im Westen Berlins, und sieht zu, wie die Straßenreinigung die letzten Reste der Demonstration vom Vorabend wegräumt. Sie wollen es den Pariser Studenten nachmachen, denkt er, während ihm die Bilder der Protestplakate und der prügelnden Polizisten in ihren Tschakos durch den Kopf gehen. Sie haben ihnen den Wasserstrahl voll ins Gesicht geknallt. Ein Gebrüll und Gerangel wie im Krieg, dabei weiß keiner von denen, was Krieg wirklich ist. Nigeria hat Krieg, ein Massaker, und ich helfe mit, dass es immer weiter geht. Aber das interessiert hier sowieso keine Sterbensseele. Absurd, dass ich ausgerechnet mitten in der europäischen Studentenrevolte gelandet bin, um einen Agenten zu treffen.

Nutzlose Bilder, denkt Sutter und beobachtet, wie ein Mann vor dem Hotel in einen für sein Auto zu kleinen Parkplatz manövriert. Der Mann fährt auf Tuchfühlung, stößt gegen den vor ihm stehenden Wagen, dann zurück, und hat es geschafft. Auch nicht anders als in Nigeria, denkt Sutter, als das Telefon klingelt.

„Hallo", sagt er.

„Spreche ich mit Herrn Sutter", hört er eine männliche Stimme mit englischem Akzent.

„Ja, Sutter."

„Was machst du in Berlin?", fragt Peter Slate.

„Wer hat dir gesagt, dass ich hier bin?"

„War nicht schwer. Frank gab mir die Adresse deines Hotels. Er meinte du hättest große Dinge vor."

„Frank schwätzt gern. Er sollte sich besser auf seine Weiber konzentrieren." Sutter klingt gereizt. „Was willst du, Peter?"

„Nur hören, wie es dir geht. Warum ausgerechnet Berlin?"

„Das ist eine lange Geschichte."

„Jetzt hab dich nicht so."

„Du bist zu neugierig, so kenne ich dich gar nicht." Sutter klingt hinhaltend, er denkt an den Abend in Kano, als er Slate zum ersten Mal traf. Titus Amokali, der Filmvorführer, hatte gerade seinen vorsintflutlichen Apparat aufgebaut, als Slate sich neben ihn setzte. ‚Auch Kinonarr', hatte er gefragt und ihm eine Flasche Bier gereicht. „Was willst du wirklich?", fragt Sutter schon weitaus freundlicher.

„Du hast mir den Raketenauftrag weggeschnappt, den ich sicher in der Tasche glaubte. Jetzt passe ich besser auf, was du so machst. Nicht dass du erneut in meinem Hinterhof wilderst."

„Keine Sorge, ich bin nicht wegen Aufträgen hier. Ich rede auf einem Kongress über Nigeria."

„Wie kommt das denn?" Slate hört sich ehrlich verblüfft an.

„Die Deutsche Botschaft hat mich eingeladen. Sie brauchten jemand, der über den Biafra Krieg spricht, und da sind sie auf mich gekommen. Anscheinend haben sie keinen anderen gefunden, der sich aus der Deckung wagen wollte. Ruge, du kennst ihn aus Lagos, hat sich an mich erinnert. Er hält mich für einen seriösen Geschäftsmann."

„Bist du doch." Slate hört sich gehässig an. Er zögert kurz, als warte er auf Sutters Antwort. Doch als der schweigt, murmelt er eher zu sich selbst: „Was für ein Irrwitz. Sie erwarten von einem Waffenhändler, dass er über den Krieg in Nigeria spricht. Noch dazu in Berlin, dem Spionage Zentrum der Welt. Wie absurd geht es denn noch?" Auf einmal lacht er laut auf. „Aber warum eigentlich nicht? Du bist weit besser geeignet, als irgendein Eierkopf, der von nichts ne Ahnung hat und nur schlaue Sprüche von sich gibt. Und sonst? Was machst du sonst?"

„Nichts, ich sehe mir die Stadt an. Ich war noch nie in Berlin", sagt Sutter und grinst. Er kann es nicht sehen, denkt er.

„Frank meint, du hättest große Pläne."

„Hast du schon gesagt. Er ist ein verdammtes Lügenmaul."

„Ich dachte ihr wärt Freunde." Jetzt trieft Slates Stimme vor Hohn. „Aber wir beide sind es doch hoffentlich."

Wenn du dir in unserem Geschäft einen Freund wünscht, ist es besser du suchst dir einen Hund, denkt Sutter, aber ich muss ihm etwas geben, ich brauche ihn noch. „Wir haben den Generalstab gebeten den Kontakt zu den Amerikanern herzustellen. Jetzt soll ich hier einen ihrer Leute treffen. Wenn es klappt will ich versuchen den Raketenauftrag abzusichern, den ich dir, deiner Meinung nach, weggeschnappt habe. Außerdem will ich unser Geschäft ausweiten, das geht am besten mit den Amerikanern, denke ich. Möglicherweise wirst du noch einige Deals an mich verlieren", sagt er und lacht. Dann fügt er ernst hinzu. „Wenn der Kontakt zustande kommt melde ich mich, dann reden wir weiter."

„Das mit den Deals werden wir ja sehen." Slate hört sich jetzt ehrlich besorgt an. „Warum hast du unser Angebot abgelehnt, wenn du jetzt für die Amis arbeiten willst?"

„Ich will nicht für sie, ich will mit ihnen arbeiten. Ein ziemlicher Unterschied, findest du nicht?"

„Na dann viel Glück. So ein Treffen kann auch schief gehen."

„Ich weiß", sagt Sutter und kappt die Verbindung, ohne sich besonders zu verabschieden.

Am nächsten Tag sitzt Sutter noch in der Cafeteria der Universität und trinkt ein Bier, bevor er sich auf den Weg zurück ins Hotel macht. Sein Vortrag über den Biafra Krieg ist nicht gut angekommen, eigentlich gar nicht. Sie haben keines meiner Argumente akzeptiert, denkt er, am schlimmsten war der schwarze Bursche im Plenum, der sich aufspielte als wüsste er alles besser. Vom Tonfall her Westafrikaner, Ghana vermutlich. Er hat den Saal richtiggehend aufgehetzt, bis sie mich nur noch niederbrüllten. - Und der Mensch von der US-Botschaft ist auch nicht erschienen. Slate wird sich ins Fäustchen lachen, wenn er von dem Flop erfährt. Ist eben nicht mein Tag.

Auf einmal steht der schwarze Student vor ihm, der ihn während seines Vortrags so massiv angegriffen hat. „Ich will mich entschuldigen", sagt er, „mir ist der Gaul durchgegangen. Aber die Art, wie du versucht hast den Konflikt in Nigeria klein zu reden, hat mich fuchsteufelswild gemacht. Das ist kein Bürgerkrieg zweier gleichwertiger Völker, die nicht mehr zusammen sein wollen. Es ist ein Gemetzel. Es geht um Öl und um imperiale Interessen. Du weißt das, besser als all die Schlaumeier im Saal, die nur versucht haben sich hervor zu tun und ihre krausen Ideen loszuwerden. Aber du hast nur darum herum geredet. Wie ein bestellter Eiertanz der Regierung, als wärst du beauftragt möglichst viel Verwirrung zu stiften. Jetzt kannst du es ja zugeben, es hört ja keiner außer mir. Darf ich mich setzen?", fragt er, und tut es bevor Sutter ablehnen kann.

Der reagiert zuerst irritiert, will ihn wegschicken, überlegt es sich aber und sieht den Mann erstmals richtig an. „Wie heißt du, und woher kommst du?" fragt er. „Ghana schätze ich", gibt er sich selbst die Antwort.

„Kofi Araba. Ghana stimmt, aber ich wohne in Ostberlin." Er reicht Sutter die Hand, die der jedoch demonstrativ übersieht. „Ich studiere an der Humboldt und bin extra in den Westen gefahren, um deinen Vortrag zu hören. Du hättest zumindest sagen können, dass es um Öl geht. Um die Vorherrschaft im Land, Christen gegen Muslime. Und dass sich das Gemetzel längst zum Völkermord entwickelt hat, bei dem die Igbos mit Hilfe westlicher Waffen und weißer Söldner hingeschlachtet werden. Aber du hast nichts davon erwähnt, einfach nur den Kommentar westlicher Zeitungen wiederholt, von Leuten, die Afrika bestenfalls von der Landkarte kennen. Wen wolltest du eigentlich damit beeindrucken?"

Wie Recht er hat, denkt Sutter. „Aber du weißt natürlich, wie die Dinge wirklich liegen? Wahrscheinlich weil es bei dir in Ostberlin so viele westliche Zeitungen gibt", sagt er sarkastisch.

„Ich kenne meine Leute", sagt Araba, als wäre das der springende Punkt. „Einer steckt die Lunte ans Pulverfass, und wusch geht der ganze Zunder hoch."

„Was wird das, ein Nachschlag deiner grandiosen Aufführung von vorhin?" Sutter klingt gereizt, als hätte er langsam genug von dem Kerl.

Araba erhebt sich halb aus seinem Stuhl, es arbeitet in ihm, doch dann reißt er sich zusammen und setzt sich wieder. „Ich hab mich entschuldigt, wenn du willst auch noch ein zweites Mal. Aber der Saal hat mich richtiggehend getrieben. Sie haben gemerkt... ."

„Was haben sie gemerkt, dass du brüllen kannst und Leute unterbrechen, bevor sie einen Satz zu Ende sagen können?"

„Nein", sagt Araba, wobei er Sutter abschätzig ansieht. „Mir stinkt, dass du den Eindruck erwecken wolltest, als gäbe es einen Mittelweg, vielleicht sogar eine Lösung für den Konflikt. Dabei weißt du genau, dass es in Nigeria nur noch wenige Gewinner und ganz viele Verlierer geben wird. Und dass die Igbos wohl zu den Verlierern gehören werden."

„Was für ein pathetisches Geschwätz", sagt Sutter und betrachtet das offene, fein geschnittene Gesicht Arabas, die dunkle, glatte Haut. Eigentlich ganz sympathisch, nur schnell erregbar, denkt er. Mein Alter vermutlich, so groß wie ich. „Westliche Waffen hast du gesagt. Was ist mit den Iljuschins? Die passen wohl nicht ins Bild deiner imperialen Welt. Schätze mal, weil sie aus der Sowjetunion kommen, oder? Welche Wahrheit hättest du denn gern? Die der Zentralregierung, die der Aufständischen, der Ölkonzerne, oder doch lieber deine eigene? Was studierst du überhaupt, dass du noch an so etwas antiquiertes wie Wahrheit glaubst?"

Araba hebt zu einer Antwort an, zögert, lacht kurz auf und erzählt dann seltsam aufgekratzt: „Maschinenbau, kurz vor dem Abschluss. Aber ich mache mir Sorgen, ob ich es noch bis zum Diplom schaffe.

Präsident Nkrumah persönlich hat mir das Studium ermöglicht. Du kennst doch Nkrumah, oder? Einer der Leuchttürme Afrikas."

„Er wurde gestürzt, was für ein Leuchtturm ist das denn?"

„Ja, von ein paar Obristen, die noch grün hinter den Ohren sind. Nkrumah ist unser afrikanisches Trauma. So viel Talent, so viel Hoffnung, alles weg, von einem Tag auf den anderen. Wir sind uns selbst die ärgsten Feinde." Die sowjetischen Flugzeuge lässt er links liegen, als hätte sie Sutter gar nicht erwähnt.

Auch eine Antwort, denkt Sutter. „Also gehörst du zu den Auserwählten, die Ghana an die Spitze Afrikas führen sollten. Und jetzt haben sie dich von deinem Sockel gestürzt. Deshalb führst du dich auf, wie ein Irrer."

„Nein, du täuscht dich in mir. Ich werde wohl nicht mehr lange in der DDR bleiben können", fügt er hinzu, ohne gefragt zu sein.

Sutter gefällt, wie er es sagt. Eher trotzig, kein Betteln um Verständnis. Der Typ hat etwas, denkt er, so einen könnte ich gebrauchen, er hat eine Meinung und ist gut ausgebildet. Ich hänge zu sehr am Tropf der Achebes, ein paar eigene Leute in der Firma täten mir gut. „Was hältst du von einem Bier. Am Mittwoch vielleicht, dann könnten wir in Ruhe reden."

Zu Sutters Überraschung stimmt Araba sofort zu. „Es geht aber nur im Osten, ich muss meine Tochter aus der Tagesstätte holen. Ihre Mutter arbeitet in einer Chemiefabrik, wir brauchen das Geld, um über die Runden zu kommen", sagt er entschuldigend. „Für dich ist die Grenze kein Hindernis, den Tagessatz können wir ja gemeinsam vertrinken", fügt er lachend hinzu.

„Auch recht", sagt Sutter knapp. „Ich will sowieso nach Ostberlin. Wann? Wo?"

„Am besten so gegen vier. An der Ecke Charlotten- und Französische Straße gibt es eine Kneipe, Goldener Hirsch heißt sie. Du kannst sie nicht verfehlen."

„Wohnst du in der Nähe?"

„Nein, im Norden. Das Lokal ist nahe der Uni und vom Bahnhof Friedrichstraße gut erreichbar. Ist besser du irrst nicht zu lange in der Stadt herum. Das mögen sie drüben nicht."

„Weiß ich, ist nicht das erste Mal, dass ich in den Osten fahre. Sag mir deinen Namen noch mal."

„Kofi, das reicht."

„Gut, dann bis Mittwoch, Kofi. Goldener Hirsch." Sutter legt ein paar Scheine auf den Tisch und geht, ohne sich groß zu verabschieden.

Auf dem Weg ins Hotel, als er noch überlegt, was mit der Kontaktaufnahme schief gelaufen sein könnte, spricht ihn ein Mann an. Schmal und asketisch steht er da, der graue, leichte Anzug hängt ihm lose um die abfallenden Schultern. Er strahlt, als wären sie die besten Freunde, doch gleichzeitig taxiert er Sutter von oben bis unten. „James Goddard, Amerikanische Botschaft", sagt er. „Ich habe Ihren Vortrag gehört, war nicht gerade leicht für Sie da oben auf dem Podium, aber Sie haben sich gut gehalten."

Er glaubt, der Hinweis auf die Amerikanische Botschaft reicht, denkt Sutter. Schließlich habe ja ich um den Kontakt gebeten. Und jedes Wort zu viel scheint in diesen Kreisen eher hinderlich zu sein. „Ganz so toll war das nicht", sagt er gelassen, als würden sie sich seit langem kennen. „Vermutlich brauchten sie ein Ventil für den Frust, der sich bei den Studenten aufgestaut hat. Nicht verwunderlich, wenn man bedenkt, dass sie seit Tagen niedergeknüppelt werden. Ich bin zufällig in einen ihrer Aufmärsche geraten. Sie sind nicht gut zu sprechen auf Amerika.“

„Wegen Vietnam, meinen Sie?“ Goddard zuckt mit den Schultern, als wäre ihm die Demonstrationen der Berliner Student völlig egal. „Wir haben das gleiche Theater zuhause. Es ändert nichts daran, dass wir den Krieg gewinnen werden. Verlassen Sie sich darauf. Aber Biafra ist ja auch kein Kindergeburtstag.“

„Eine andere Liga, aber mit Biafra hatte das Gebrüll an der Uni eher wenig zu tun. Es ging wohl eher um Imperialismus oder was immer, so ganz bin ich nicht schlau geworden“, sagt Sutter gequält. Es hat geklappt, denkt er, Celia, was bist du doch für ein Goldschatz.

„Ich sah Sie in der Cafeteria mit dem schwarzen Studenten, der Sie aus dem Plenum ziemlich lautstark angegriffen hat. Kannten Sie ihn bereits?“, fragt Goddard eher beiläufig, als wolle er das Thema Imperialismus möglichst nicht weiter verfolgen.

„Nein, um Himmels willen. Ich dachte erst, er will noch eine Schippe drauflegen, als er sich ungefragt zu mir setzte, aber dann erwies er sich als recht umgänglich. Warum fragen Sie?“

„Nur so. Glauben Sie, dass er auf Sie angesetzt wurde?“

Sutter schüttelt irritiert den Kopf. Auf die Idee hätte ich auch von allein kommen können, denkt er. „Keine Ahnung. Wer könnte ein Interesse daran haben?“, fragt er nach einigem Überlegen.

„Das weiß man nie. Wir sind hier mitten im Kalten Krieg.“ Dann, als wäre ihm wieder eingefallen weshalb er Sutter überhaupt angesprochen hat, sagt er: „Wir haben Signale aus Nigeria erhalten, dass Sie mit uns reden wollen. Das traf sich gut, wir möchten Sie sowieso näher kennenlernen. Wie wär's mit ein paar Schritten im Park?"

Nur jetzt keinen Fehler machen, denkt Sutter. „Gern. Schön, dass es so schnell geklappt hat. Sind Sie in Berlin stationiert?"

„Vorübergehend. Kommen Sie." Er nimmt Sutters Arm und zieht ihn über die Straße. An einer Bank am Rand des Spreekanals hält er an. „Die Anfrage aus Nigeria klang reichlich kryptisch, ich hoffe, Sie können uns mehr sagen. - Ihre Firma kennen wir bereits, gute Arbeit in so kurzer Zeit. Uns interessiert, wie sie das so schnell geschafft haben." Als Sutter noch zögert, weil er überlegt, was er darauf antworten soll, schiebt Goddard schnell hinterher: „Aber vielleicht ist es besser, wenn wir das bei einem kleinen Essen besprechen, da könnten wir ausführlicher darüber reden? Sie haben Recht, hier ist kein guter Platz für ein offenes Gespräch."

Goddards weicher Südstaatenakzent klingt in Sutters Ohren wie aus einer anderen Welt. Es hat etwas gebraucht sich einzuhören, aber jetzt versteht er ihn ganz gut. „Ich bin nur noch wenige Tage in Berlin", sagt er bemüht, seine innere Spannung nicht durchklingen zu lassen.

„Dann machen wir doch gleich für morgen etwas aus. Ich schicke ihnen einen Wagen, nicht dass Sie uns verloren gehen."

Hoppla, denkt Sutter, die meinen es ernst. Auf einmal fühlt er sich obenauf. „Morgen passt gut, Sie brauchen keinen Wagen zu schicken, ich finde Sie schon, wenn Sie mir die genaue Adresse geben."

„Es ist besser mit dem Auto, Punkt zwölf, Abholung im Hotel." Goddard lacht, steht auf und reicht Sutter seine feingliedrige Hand. „Dann bis morgen."

Er muss auch noch etwas anderes tun als Papiere verfassen und auf Konferenzen herumsitzen, denkt Sutter, überrascht von dem festen Händedruck. „Moment, Sie brauchen die Adresse des Hotels“, sagt er hastig, als Goddard gehen will.

„Hab ich, Hotel Concord, Bergmannstraße in Kreuzberg. Seien Sie pünktlich.“ Ein flüchtiges Lächeln huscht über Goddard's Gesicht. Er winkt mit der Hand, als wolle er sagen, keine Sorge, wir machen das schon richtig.

Wie selbstgerecht sie sind, denkt Sutter, als er am nächsten Morgen im Frühstücksraum des Hotels die Schlagzeilen über die Demonstrationen der vergangenen Nacht überfliegt. Nervös fingert er an der Krawatte herum, legt die Zeitung auf den Tisch und sieht aus dem Erkerfenster, von wo er die kleine Querstraße vor dem Hotel überblicken kann. Schließlich steht er auf und geht ins Vestibül, nimmt ein Journal in die Hand und blättert abwesend darin.

Pünktlich zur verabredeten Zeit hört Sutter den dumpfen Schlag einer schweren Wagentür. Kurz darauf erkundigt sich ein Mann im grauen Anzug bei der Frau am Empfang. Sie zeigt auf Sutter. Der Mann macht ein paar Schritte in seine Richtung und reicht ihm Goddard's Visitenkarte. „Thomas Sutter?“, fragt er. Als Sutter nickt, sagt er ohne weitere Erklärung: „Können wir gehen?“

Nach langer Fahrt beginnen die mehrstöckigen Häuserblöcke seltener zu werden. Großzügige Villen liegen versteckt hinter gepflegten Hecken. Schließlich hält der Fahrer vor einem elektrisch verschließbaren Stahlgitter. Er gibt den Code ein und das Gatter öffnet sich mit leisem Quietschen. Inmitten einer Parklandschaft liegt eine herrschaftliche Villa, unter deren Portikus der Fahrer anhält. Er öffnet die Wagentür von innen und weist auf das Portal. „Er erwartet Sie."

Nicht schlecht für einen nigerianischen Emporkömmling, denkt Sutter, als er die schwere Eichentür aufdrückt. Halbdunkel und der Geruch von Zigarrenrauch umfängt ihn. In einer Ecke der Eingangshalle sitzt Goddard, versunken in einem tiefen Ledersessel, in der Hand eine dunkelbraune, filterlose Orientzigarette. Er steht auf, als er Sutter, dessen Augen sich noch an das Halbdunkel gewöhnen müssen, abwartend in der Tür stehen sieht.

Die lässige Eleganz von Leuten, die es nicht nötig haben auf den Putz zu hauen, denkt Sutter, als er auf Goddard zugeht. „Hallo, Herr Goddard. Ist das ein Außenposten Ihrer Botschaft?"

„Nein, ich dachte, ich zeige Ihnen unseren Offiziersklub in Berlin. Die sind nicht überall auf der Welt so luxuriös, aber hier im Grunewald konnten wir uns nach dem Krieg die Villen aussuchen. Die Nazis wussten schon, wem sie die Häuser wegnahmen."

Wem sagst du das, denkt Sutter. Mein Pflegevater hat lange gestritten, um seins zurück zu bekommen.

„Außerdem will ich Sie ein bisschen beeindrucken." Goddard drückt im Stehen seine Zigarette in den Aschenbecher und greift nach Sutters Arm. „Kommen Sie, ich habe uns einen Platz reserviert, da können wir ungestört reden." Mit einer flüchtigen Bewegung der Hand weist er Sutter die Richtung quer durch den Speisesaal an einen für zwei Personen gedeckten Tisch.

Goddard vermeidet lange zur Sache zu kommen und auch Sutter hält sich bedeckt. So reden sie ganz allgemein über das Leben in Afrika, Goddards Zeit in Nigeria, die er im Peace Corps verbracht hat, worauf

Sutter von Peter Slate's selbst gezüchtetem Pot erzählt, was ein wissendes Lächeln auf Goddard's Gesicht zaubert. Plötzlich wird das Gespräch viel entspannter.

Schließlich hält Sutter das Abtasten nicht mehr aus und bringt sein eigentliches Anliegen vor: „Sie fragen sich vielleicht, weshalb wir Kontakt zu Ihnen aufgenommen haben, noch dazu über den Generalstab. Aber der kommandierende Offizier an der Südfront, General Abichi, will unbedingt ihre neuen Panzerabwehr-Raketen haben. Der offizielle Weg über das Pentagon ist aus den bekannten Gründen versperrt, deshalb sollen wir sie beschaffen. Der Hersteller, die Firma Milpar in Washington DC, ist grundsätzlich bereit zu liefern, braucht aber ihre Rückendeckung. Über ein befreundetes Land im Sahel haben wir ein paar Testsysteme besorgt, aber die Homing-Sensoren versagen in der feuchten Hitze des Nigerdeltas. Mit der neuen Technologie Milpars, deren größerer Frequenzstabilität, lässt sich das Problem beheben. Nur leider fallen auch die Sensoren unter die Ausfuhrrestriktionen. Jetzt ist Abichi sauer und denkt, wir hätten uns über den Tisch ziehen lassen." Sutter schweigt abrupt, als hätte er bereits zu viel gesagt.

„Und jetzt wollen Sie, dass wir für Sie eine Ausnahmegenehmigung einholen?", fragt Goddard, ein feines Lächeln um die Mundwinkel.

Sutter zuckt mit den Schultern, als wolle er sagen, das versteht sich ja von selbst. „Es geht nur um die Sensoren, den Einbau in die Raketen würden wir dann schon selbst machen, mit Milpars Hilfe natürlich", fügt er schnell hinzu. „Aber ohne ihre Rückendeckung lässt sich Milpar auf nichts ein."

Goddard reagiert nicht gleich und sieht Sutter nur schweigend an.

„Der Norden wird den Krieg gewinnen und die Zentralregierung geht gestärkt daraus hervor", schiebt Sutter hinterher, als könne das Goddard überzeugen. „Einige Militärs, die Luftwaffe vor allem, sehen die Nähe zu den USA durchaus kritisch. Sie sind mit ihren MIG's und Iljuschins ganz zufrieden."

„Ist das eine versteckte Drohung, Herr Sutter?"

„Nein, eher ein Angebot zur Zusammenarbeit."

„Aber wir sind doch längst präsent in Nigeria. Möglicherweise nicht so breit, wie Sie es gerne hätten, aber was nicht ist kann ja noch werden."

„Vielleicht konzentrieren Sie sich auf die falschen Leuten. Nigeria ist ein schwer durchschaubares Land, und in der Armee tut sich etwas. Wir haben das Vertrauen eines der wichtigsten Männer, vielleicht sogar des zukünftigen Präsidenten."

Goddard schmunzelt, dann legt er Sutter in einer vertraulichen Geste die Hand auf den Arm. „Sie sind sehr direkt, anscheinend läuft Ihnen die Zeit davon. Kommen Sie, wir haben einen Rauchersalon, da sitzt es sich bequemer."

Nachdem sie Platz genommen haben, streckt Goddard seine Hand über den kleinen Teetisch zwischen ihnen. „Übrigens, ich heiße James."

„Thomas", sagt Sutter und ergreift die angebotene Hand.

„Und, was nehmen Sie, Thomas, Cognac, Armagnac, Whiskey? Hier ist die wohl am besten bestückte Bar Berlins." Goddard lacht, als gefalle ihm die Vorstellung den Barkeeper in einer florierenden Bar zu spielen. „Unsere Offiziere lassen sich gerne verwöhnen, macht ja auch Sinn, wenn sie schon ihre Haut für uns zu Markte tragen."

Die meisten sitzen doch nur in der Etappe, denkt Sutter. „Einen Whiskey, gern", sagt er und lächelt verbindlich.

Goddard winkt dem Kellner, bestellt den Whiskey und für sich einen Cognac. Danach lehnt er sich entspannt zurück. „Über Sie persönlich, Thomas, gibt es nichts in unseren Archiven, als wären Sie ein unbeschriebenes Blatt. Nicht der kleinste Blimp auf dem Radarschirm. Chief Achebe, der Vater Ihres Partners, ist uns dagegen wohl bekannt. Ein wichtiger Mann in Nigeria, nicht ganz unumstritten. Seinen Sohn kennen wir eher als Leichtgewicht."

Leichtgewicht, wie recht er hat, denkt Sutter. Oba ist er, kein Chief und gierig ist er auch.

„Ich glaube nicht, dass ich zu weit vorpresche, wenn ich sage, dass uns Ihr Angebot zur Zusammenarbeit außerhalb der eingefahrenen Kanäle interessiert", sagt Goddard, hält inne und wartet auf Sutters Reaktion. Doch der sieht ihn nur weiter konzentriert an. „Unter bestimmten Umständen könnten wir uns so etwas durchaus vorstellen."

Immerhin lehnt er nicht rundweg ab, denkt Sutter, dem ein Stein vom Herzen fällt. Jetzt darf ich nur nicht zu hastig erscheinen. Vorhin in der Bar, da bin ich viel zu schnell vorgeprescht. Er soll nicht merken, dass mir das Wasser bis zum Hals steht, aber vermutlich ahnt er das sowieso, wenn ich seine Bemerkung von vorhin richtig deute. „Was hätte ich denn tun müssen, um auf Ihrem Radarschirm zu erscheinen?"

„Nichts, es passiert von allein. Sie sind noch nicht lange genug im Geschäft, aber jetzt, mit diesem Gespräch, sind Sie immerhin schon mal in der Kartei und den Radarschirm schaffen Sie bestimmt auch noch." Goddard deutet ein Lächeln an, als gefalle ihm der Gedanke, doch dann wird er ernst. „Die Gewichtungen in der Armee sind uns bekannt.

Abichi steigt auf, wenn er im Delta siegt, das scheint uns ziemlich sicher. Natürlich nur, wenn er keine gravierenden Fehler begeht. Da gebe ich ihnen Recht, sollten Sie das gemeint haben, als Sie von den Verhältnissen in der Armee sprachen. Seine Machtbasis ist etwas schmal, aber daran arbeitet er ja gerade. Die Achebes? Schwer zu sagen, wie gut die wirklich verankert sind. Und der Chef des Generalstabs? Noch hält er seine Karten bedeckt, wir können ihn noch nicht richtig einordnen. So jetzt kennen Sie meine Einschätzung der Lage in Nigeria. Aber zurück zu Ihnen, ich glaube kaum, dass Sie als Handlungsreisender für Homing-Sensoren unterwegs sind. Was wollen Sie wirklich von uns, Thomas?"

Sutter zögert kurz, Goddard's Offenheit macht ihn misstrauisch, doch dann entscheidet er sich instinktiv für Klarheit. „In erster Linie unser Geschäft ausbauen, am liebsten würde ich in Ruhe daran arbeiten, aber einige Lieferanten sperren sich, zu viele politische Bedenken. Mit ihrer Rückendeckung würde es leichter."

Goddard strahlt jetzt. Er wiegt den Oberkörper hin und her, als ginge ihm ein unfertiger Gedanke durch den Kopf. „In Ruhe arbeiten geht wohl nicht in Ihrem Job. In meinem früheren Leben habe ich Sinologie studiert, schön, aber nichts für mich. Und jetzt sitze ich in Berlin und rekrutiere ..., auch nicht gerade die direkte Linie, finden Sie nicht." Er lacht kurz auf, als würde er sich über sich selbst wundern.

Der will sich noch nicht festlegen, denkt Sutter. Rekrutieren? Ich will nicht deren Handlanger werden, so ein Verhältnis habe ich bereits, es gefällt mir nicht. Ich brauche bestimmte Waffen, die ich ohne die Hilfe seiner Organisation nicht kriegen kann. „Und, was passiert jetzt, nachdem wir uns kennen gelernt haben?", fragt er einen Tick zu scharf.

„Vorerst nichts, unser Gespräch bleibt selbstverständlich geheim. Wenn etwas durchsickert, werden wir alles abstreiten. Es wird ein paar Wochen dauern bis wir die Situation genau analysiert haben, danach hören Sie von uns", sagt Goddard kühl.

„Bin ich über's Ziel hinaus geschossen? Mit Situation meinen Sie mich, nehme ich an?", fragt Sutter gespannt.

Goddard zuckt nur leicht mit den Schultern. „Sie sind noch jung, Thomas. Das macht Sie aber nicht weniger interessant für uns. Keine Sorge, Sie hören ganz bestimmt von mir."

Hoffentlich, denkt Sutter und nickt. „Dann vielen Dank für das ausgezeichnete Essen, eine schöne Abwechslung gegenüber Nigeria."

Goddard lächelt gewinnend. „Der Klub besitzt einen der besten Köche der Stadt. Wir zahlen viel damit er uns erhalten bleibt. Ich melde mich", sagt er im Aufstehen und reicht Sutter die Hand.

„Ich baue darauf", sagt Sutter, enttäuscht, mit einem guten Essen aber ansonsten leeren Händen abgespeist zu werden. „Wie komme ich von hier ins Hotel, gibt es in der Nähe einen Taxistand?"

„Wir bringen Sie zurück. Am Eingang wartet der Fahrer auf Sie."

Den restlichen Nachmittag verbringt er indem er ziellos am Halleschen Ufer entlang spaziert. Der Tag geht zur Neige und er genießt die letzten Strahlen der Sonne, die die Stadt in ein unwirklich reines Licht tauchen. Als er an der Schaubühne vorbeikommt fällt ihm das Plakat zu einer Diskussion über staatliche Repression auf. Was wissen die schon über Repression, denkt er und entschließt sich hinzugehen. In der Warteschlange vor dem Einlass steigt ihm der Duft der jungen Frau vor ihm in die Nase. Er sieht ihre halblangen, blonden Haare, den hellen Flaum auf dem Nacken. Die Frauen hier riechen anders, herber als in Nigeria, denkt er, während er im Foyer noch eine Tasse Kaffee trinkt.

Im Plenum sitzt die Frau aus der Warteschlange zufällig neben ihm. Sie riecht wirklich gut, denkt Sutter und sieht zu, wie sich auf der Bühne zwei Studentenvertreter, ein lokaler Politiker und eine Journalistin aufreihen. Abseits der Gruppe, als wollten sie ihren Sonderstatus unterstreichen, sitzen ein grauhaariger Professor und ein Schriftsteller, der über Staatsgewalt promoviert hat.

Kaum dass der Professor den Mund aufgemacht hat, wird er bereits niedergeschrien. Seine Ansichten über die Rolle der Frau in der modernen Industrie-Gesellschaft - am liebsten würde er sie an Herd und Heim verbannen - bringen viele der Zuhörer in Rage. Der Saal beginnt zu kochen und kaum einem der Redner gelingt es seinen Beitrag zu Ende zu bringen, ohne aus einer Ecke des Plenums angefeindet zu werden.

Scheint inzwischen Usus keinen mehr ausreden zu lassen, denkt Sutter und überlegt, ob er nicht einfach gehen soll.

Seine Nachbarin bleibt anfangs noch ruhig, aber im weiteren Verlauf der Veranstaltung merkt er, wie es in ihr rumort. Als die Diskussion eröffnet wird, springt sie auf und lässt eine lange Tirade auf den Professor los, dem sie alles vom Chauvinismus bis zum unbelehrbaren Macho an den Kopf wirft.

„Meinen Sie das wirklich?", fragt Sutter leise, als sie sich wieder gesetzt hat. Dabei betrachtet er ihre jetzt nachlässig zum Pferdeschwanz gebundenen Haare, ihre zu kleine Nase und die vereinzelten Sommersprossen auf der Schläfe.

Sie dreht sich zu ihm und schüttelt den Kopf. „Was ist das? Eine neue Form der Anmache?", fragt sie gereizt.

„Nein, nur Neugierde. Ich arbeite in Nigeria, schon lange. Mich interessiert wie es hier zugeht, Sie könnten mir Nachhilfe geben. Ich lade Sie zum Essen ein, da könnten wir ausführlich diskutieren, besser als hier. Was halten Sie davon?"

Zuerst sieht sie ihn völlig perplex an. „Diskutieren", sagt sie und schüttelt verärgert den Kopf. Doch dann entspannt sie sich und scheint es sich anders zu überlegen. „Woher kommen Sie, aus Nigeria? Sie hören sich eher bayrisch an?"

„Alles Tarnung, aber ehrlich, ich wohne tatsächlich in Nigeria", strahlt er sie an.

Sie wendet sich ab, dreht sich aber gleich wieder zu ihm und lacht: „Sie haben Glück, ich sterbe vor Hunger. Wegen dieser dämlichen Veranstaltung bin ich ohne einen Bissen hierher gerannt, und dann das. Vielleicht sind Sie mein Retter?"

„Retter ist gut. Dann gehen wir doch einfach."

Sie kramt schmunzelnd ihre Sachen zusammen und sieht ihn im Foyer erstmals richtig an. „Und? Wohin?"

Sutter hebt die Arme und verzieht sein Gesicht. „Keine Ahnung, ich kenne Berlin nicht und bin wirklich erst seit gestern hier. In diese Veranstaltung bin ich eher zufällig geraten."

„Inka Boysen", sagt sie, und reicht ihm die Hand.

„Thomas Sutter."

„Ihr Tonfall hört sich schon sehr bayrisch an", stellt sie fest.

„Da bin ich aufgewachsen, in München. Aber seit zwei Jahren lebe ich in Kaduna, runde siebenhundert Kilometer nordöstlich von Lagos. Kennen Sie Westafrika?"

„Nein, nur von der Landkarte. - In der Bergmannstraße, Richtung Mehringdamm, gibt es einen netten Italiener. Wie wär's damit?"

„Prima, dort in der Nähe ist auch mein Hotel."

Für einen Moment sieht sie ihn misstrauisch an, doch dann ignoriert sie die Bemerkung. „Na los, jetzt habe ich wirklich Hunger", sagt sie, und marschiert im Eiltempo, immer einen halben Schritt voraus, in Richtung Kreuzberg. „Wie gefällt Ihnen Afrika? Wie sind Sie überhaupt dahin gekommen, und was machen Sie dort?", fragt sie im Gehen, halb über die Schulter.

Eine Menge Fragen, denkt er, und erzählt von kaputten Trassen und ausgewaschenen Brückenpfeilern. Waffenhandel, denkt er, würde sie wohl kaum akzeptieren.

Als sie das Lokal erreichen, ist es kurz vor neun Uhr. Sie finden einen kleinen Tisch in einer Nische und Sutter bestellt sofort eine Suppe für Inka, zusammen mit einer Flasche Rotwein.

„Bestellen Sie immer gleich eine ganze Flasche?", fragt sie verwundert.

„Nur in Europa, in Nigeria ist Wein eine Rarität. Ich genieße ihn hier. Was machen Sie, Inka, wenn Sie nicht gerade zu Podiumsdiskussionen gehen?"

„Ich studiere Medizin", sagt sie kurz angebunden. „Wie hat Ihnen denn die Veranstaltung gefallen?", fragt sie zurück. „Meine Meinung kennen Sie ja bereits. Wenn ich daran denke, packt mich immer noch die Wut. Den einen mit dem Bart, der so locker zur Revolution aufrief, fand ich ziemlich dumm. Weiß gar nicht, wie solche Leute überhaupt aufs Podium kommen. Aber wer mich richtig auf die Palme brachte war dieser Professor. Lauter leere Sprüche und heiße Luft."

„Vermutlich glaubt er was er sagt."

„Und, was glauben Sie?"

„Ich bin schon eine Weile weg."

„Das reicht nicht, um keine Meinung zu haben? Du willst dich nur drücken", sagt sie und wechselt nahtlos die Anrede.

„Sind wir jetzt per du?", fragt er verblüfft.

„Ja, ich hab mich sowieso gewundert, weshalb du mich mit Sie angesprochen hast. Aber vielleicht wäre ich sonst gar nicht mitgegangen."

Hm, denkt er, das nenne ich eine klare Ansage.

Für eine Weile vertieft sie sich in die Speisekarte. „Also ich nehme ein Schnitzel, das habe ich seit einer Ewigkeit nicht gegessen. Was nimmst du?", fragt sie und sieht ihn prüfend an, als begänne er sie langsam zu interessieren.

„Dasselbe." Schnitzel, ausgerechnet beim Italiener, denkt er und ruft nach dem Kellner. „Und, wer ist nun Inka Boysen?", fragt er, nachdem sie bestellt haben. „Außer, dass du Medizin studierst, Schnitzel magst und dich zu wehren weißt, wenn dir etwas nicht passt, kenne ich gar nichts von dir. Du hörst dich überhaupt nicht wie eine Berlinerin an."

„Du lässt nicht locker", lacht sie und strahlt ihn an. Dann spricht sie ganz offen von ihrer Kindheit auf einem Bauernhof am Rande des Ruhrgebiets. Von ihrem Vater, der sich eigentlich einen Sohn gewünscht hatte, und alle seine Erwartungen auf sie übertrug. Sogar über ihr Verhältnis zu einem der Professoren spricht sie, und dass sie ein Kommilitone verehrt, sie aber nichts mit ihm anfangen kann.

„Und warum Berlin?".

„Da wollte ich immer hin, und dass ich Ärztin werden wollte, war mir auch schon früh klar. Manche halten mich für eine Streberin, aber das bin ich nicht."

„Wie eine Streberin siehst du wirklich nicht aus. Gefällt dir Berlin?"

Sie zögert, als hingen ihre Gedanken etwas Anderem nach. Sie strafft das Band ihres Pferdeschwanzes und nickt wie zur Bestätigung. „Doch, aber Westberlin ist eine seltsame Stadt. Ziemlich geschwätzig. Manchmal denke ich, dass sich hier alle alten Nazis mit den westdeutschen Wehrdienstverweigerern getroffen haben."

Sutter lässt den Stiel seines Weinglases los, den er gedankenverloren hin und her gedreht hat. Er betrachtet das Foto hinter ihr. Sophia Loren und Mastroianni, beide mit einer Zigarette in der Hand, den Blick in die Kamera gerichtet. Der Schal um die Schultern der Loren ist wohl ein Zeichen, dass sie nie aus ihrer Armut entkommen wird, denkt er. Dann fasst er sich an die Nase und sieht Inka verschmitzt lächelnd an. „Ich bin auch einer."

Für einen Moment wirkt sie irritiert, als verstünde sie nicht recht. „Ein Wehrdienstverweigerer?", fragt sie nach. „Altnazi kommt ja wohl nicht in Frage. - Ich habe nichts gegen Wehrdienstverweigerer, nur die Ansammlung, hier in Berlin, geht mir auf den Geist. Bist du ein Pazifist?"

„Nein, ganz bestimmt nicht." Sutter sieht in ihren Augen, dass sie mehr erwartet. Warum erzähle ich es nicht, was kann mir schon passieren, denkt er. „Ich bin bei Pflegeeltern in Bayern aufgewachsen, wie du ja hörst. Der Mann war ein eingefleischter Nazi, schlau genug seine Spuren zu verwischen. Ein selbstherrlicher Unternehmertyp, den ich gehasst habe. Meine Wehrdienstverweigerung war wohl eher eine Art Schutzreaktion vor diesem Mann."

„Und deshalb bist du nach Nigeria gegangen, um ihm aus dem Weg zu gehen?"

„Nein, Nigeria kam viel später. Da war ich längst ausgezogen."

„Und?"

„Du willst es ganz genau wissen."

„Wie du."

„Na gut", Sutter kratzt sich am Kopf und verzieht das Gesicht, als wäre er unschlüssig, wie und mit was er anfangen soll. Schließlich entscheidet er sich für's Studium, das erscheint ihm das sicherste Terrain. „Ich war im zweiten Semester, als der Auschwitzprozess begann. Anfangs interessierte mich das Gerede über Schuld und Sühne nicht sonderlich, bis ich nicht mehr los kam. Ich wollte wissen, wie so etwas überhaupt passieren konnte. Wenn ich meinen Pflegevater fragte, wiegelte der nur ab. Mit der Zeit begann ich Fritz Bauer, den Staatsanwalt, der den Prozess gegen alle Widerstände angezettelt hatte, zu bewundern. Doch als sich eine Untat nach der anderen anhäufte, habe ich mich nur noch geschämt und wollte raus aus Deutschland." Sutter schweigt und nimmt einen Schluck Wein. In Gedanken sieht er das Haus der Pflegeeltern in Grünwald vor sich. Die grauen Schieferplatten auf dem Boden des tiefer gelegten Wohnzimmers, die groben Spachtelschmisse im Putz und all das dunkle Holz. Wie ihn jedesmal das Gefühl einer Ehrenhalle überkam, wenn er vor den Soldatenbildern über dem protzigen Kamin mit den Hirschgeweihen stand. Er merkt, wie gespannt Inka darauf wartet, mehr zu erfahren. „Nach dem Vordiplom erhielt ich das Angebot nach Indien zu gehen, um am Aeronautical Laboratory in Bangalore zu arbeiten. Ein Top Institut, aber ich passte nicht ins Land. Es war mir völlig fremd", sagt er abschließend und zuckt bedauernd mit den Schultern.

„Warum? Ich war zwar nie dort, aber alles was ich von Indien gehört habe, klingt recht spannend."

„Im Nachhinein verstehe ich es auch nicht. Das unbeschreibliche Menschengewusel, die allgegenwärtige Religion. In meinen Augen nur eine Ansammlung übergewichtiger Figuren, deren Rolle ich nicht verstand. Es war einfach zu früh für mich."

„Bist du religiös?"

„Nein, aber dort stolperst du an jeder Ecke über irgendein religiöses Symbol."

„Und dann?"

„Zurück nach Deutschland und das Studium beendet. Doch insgeheim habe ich nur auf eine neue Chance gewartet wieder ins Ausland zu kommen."

Sie schüttelt den Kopf. „Verstehe ich nicht. Du bist kaum zurück und willst doch gleich wieder weg."

Er zieht bedauernd die Schultern hoch, wie ein kleiner Junge, der etwas angestellt hat und nicht sagen kann, weshalb er es getan hat. „So war's, kann man nichts machen. Als mir der Deutsche Akademische Austauschdienst Nigeria anbot, habe ich sofort zugegriffen. Keiner wollte da hin, aber mir gefiel die Idee, allein in den Weiten Afrikas. So habe ich es mir vorgestellt. Doch dann kam alles ganz anders. Nach einem halben Jahr habe ich mich mit Hilfe eines lokalen Klanchefs selbstständig gemacht und bin heute Partner in einer Firma, die Hochtechnologie importiert. Deshalb bin ich auch in Berlin, um meine Geschäfte voran zu bringen. So, jetzt weißt du mehr über mich, als ich je erzählt habe."

Sie schüttelt heftig den Kopf. „Nein, glaube ich nicht. Eine eigene Firma, so früh", sagt sie bewundernd. „Wie alt bist du, Thomas?"

„Siebenundzwanzig."

„Toll, so etwas hätte ich auch gern."

„Ist nichts besonderes. Ich hatte einfach Glück und war an der richtigen Stelle, als sie mich brauchten", sagt er und hofft, dass sie nicht weiter nachbohrt.

„Also kein Pazifist, und Aussteiger offensichtlich auch nicht", sagt sie zu seiner Erleichterung.

Ein sattes Grinsen breitet sich auf seinem Gesicht aus.

„Warum grinst du so?", fragt sie verwirrt.

„Weil es das Letzte ist, was ich sein könnte. Beides ist nichts für mich."

„Hätte mich auch gewundert. Warum überhaupt Pflegeeltern? Der Krieg?"

Adriano Celentano krächzt im Hintergrund, gefolgt von einem Cha Cha Cha. Sutter sieht, wie sich ihr Oberkörper leicht im Rhythmus der Musik bewegt. Es wäre schön, ein paar Tage mit ihr zusammen zu sein, denkt er, aber ich lasse sie zu nahe an mich heran. Egal, morgen hat sie mich vergessen. „Mein Vater blieb verschollen. Und als Adenauer auf seiner Russlandreise nur ein paar tausend Gefangene freikaufen konnte, war er nicht unter den Rückkehrern. Das war zu viel für meine Mutter. Sie hatte wohl immer gehofft, dass er irgendwann zurückkommen würde." Er schweigt abrupt, sieht die Mutter vor sich, den Kopf grotesk abgewinkelt, um den Hals das Seil. Der umgestürzte Schemel weit weg, als wäre er in einem letzten Aufbäumen weggeschleudert worden. Es geht sie nichts an, denkt er, und beginnt von den sternklaren Nächten am Rand der Wüste zu erzählen. Von Slate's Dorf, den Rundhütten, dem Staub zwischen den Zähnen und den ungeregelten Flüssen Nigerias. „Die Fischer sind Meister im Balancieren ihrer Einbäume. Ich habe es einmal versucht und bin prompt ins Wasser gefallen."

Sie hat zunehmend gespannt zugehört. „Und jetzt hast du Bilharziose?", fragt sie trocken.

Er lacht, doch er merkt, wie sie immer unruhiger wird, ihm etwas sagen will. „Was ist? Langweile ich dich?"

„Nein, überhaupt nicht. Es ist…, ich fühle mich…"

„Sag schon", drängt er.

Mit einem Handgriff nimmt sie das Band aus dem Haar und schüttelt ihre Locken zurecht. „Irgendwie fühle ich mich zu dir hingezogen", sagt sie verlegen.

Für einen Augenblick reagiert er verblüfft, als hätte er etwas anderes erwartet. Dann nimmt er ihre Hand und sucht ihre Augen. „Vorhin habe ich gedacht, wie schön es wäre eine Weile mit dir zusammen zu sein. Und was machen wir jetzt?"

Sie lächelt verstohlen. „Es ist schon spät, ich habe morgen einen schweren Tag. Eigentlich sollte ich gehen, aber ich will nicht. Du hast gesagt, dein Hotel ist hier in der Nähe. Du könntest mich hineinschmuggeln."

Ohne zu zögern küsst er ihre Fingerkuppen. „Komm", sagt er und bittet den Kellner um die Rechnung. Ich sollte sie nicht mit ins Hotel nehmen, sie ist keine von der leichten Sorte, denkt er, als sie sich draußen bei ihm unterhakt. Doch der Gedanke verflüchtigt sich gleich wieder und weicht einer drängenden Ungeduld.

Am nächsten Morgen, als sie aus dem Bett kriecht, legt sie ihm den Zeigefinger auf den Mund und sagt bedauernd: „Ich muss in die Klinik, aber ich will dich noch sehen, bevor du zurück fliegst. Was machst du den ganzen Tag?"

Sutter zieht ihren zerzausten Kopf zu sich und küsst sie lange auf den Mund. Ich sollte diesem Kofi Araba absagen, aber ich weiß nicht, wie ich ihn erreichen kann, denkt er. „Ich dich auch, wir haben drei Tage", sagt er, nachdem er sie frei gegeben hat. „Sag mir einfach, wann du kannst."

„Wie wär's mit fünf Uhr. Ich komme zu dir, wir schlafen miteinander und später lädst du mich zum Essen ein. Was hältst du davon."

„Hm, das muss ich mir ernsthaft überlegen." Er grinst, zieht sie zu sich und küsst sie auf die Nasensitze. „Aber wenn ich so darüber nach-denke, scheint es keine schlechte Idee zu sein."

„Hey, du Schuft, du musst sagen: Und wie soll ich die Zeit davor überleben." Sie lacht, gibt ihm einen Klaps und geht nackt ins Bad.

Sutter kann ihr vom Bett aus zusehen, wie sie mit der Hand die Was-sertemperatur testet. „Stimmt, was soll ich tatsächlich den ganzen Tag ohne dich anfangen. Kannst du dir nicht einfach frei nehmen? Der Kli-nikbetrieb geht auch so weiter. Was ist, wenn du dich krank meldest", ruft er ihr hinterher.

„Toll, aber wir sind hier nicht in Afrika. Gestern war ich noch kern-gesund, das nimmt mir keiner ab. Ich bin schließlich eine zuverlässige Studentin in einem wohlgeordneten Land, da lässt man sich nicht einfach hängen", strahlt sie ihn an, dreht das Wasser ab und setzt sich neben ihn aufs Bett. „Es geht alles viel zu schnell, Thomas. In drei Tagen bist du zurück in Nigeria und vergisst mich. Es ist schön mit dir, lass es uns genießen, solange es anhält. Ich komme, sobald ich kann." Ganz beiläufig fährt sie ihm mit der Hand durchs Haar und geht zurück ins Bad. Sie steigt in die Wanne und winkt ihn zu sich.

Er kniet sich neben sie auf die nackten Fliesen und streicht mit dem Zeigefinger über ihren Mund bis zur Brust. „Ich treffe einen schwarzen Studenten im Osten, derselbe, von dem ich dir erzählt habe. Aber um drei bin ich bestimmt zurück. Darf ich reinkommen?" Er spürt, wie sich sein Glied versteift.

„Natürlich", sagt sie und macht ihm Platz.

Als er aufsteht, sieht sie seinen erigierten Penis. Sie lächelt, nimmt ihn in die Hand und küsst die Eichel ganz zart. Er legt sich neben sie und taucht unter, bis nur noch die Nasenspitze aus dem Wasser ragt. Als er prustend wieder auftaucht, legt sie sich auf ihn und führt mit der Hand sein Glied in ihren Schlitz. Plötzlich packt ihn ein Gefühl der Nähe, wie er es mit Celia nie zuvor erlebt hat. Ganz vorsichtig zieht er sich aus ihr zurück und lässt ihren Körper sachte neben sich ins Wasser gleiten.

„Was ist?", fragt sie verwundert.

„Ich habe Angst", sagt er traurig und sieht den kleinen Jungen vor sich, wie er verloren auf der Treppe vor der offenen Wohnungstür sitzt, bis ihn die Nachbarin holt und den Leuten vom Heim übergibt.

„Meinetwegen?", fragt sie voller Entsetzen.

„Nein, meinetwegen. Ich war plötzlich ganz klar, klarer als mir lieb ist", sagt er, und steigt aus der Badewanne.

Während er sich abtrocknet, sieht sie ihm zu, als stünde plötzlich ein anderer Mensch vor ihr. „Willst du wirklich, dass ich zurückkomme?"

„Natürlich. Aber sag mir, wie dein Professor heißt, der mit dem du eine Beziehung hast. Oder sollte ich sagen: Mann, Geliebter?"

„Das geht dich nichts an", versucht sie es als lästige Frage abzutun.

„Doch, muss ich unbedingt wissen." Er spürt, wie sie sich sperrt und schlägt einen leichten Ton an. „Schließlich brauche ich doch ein Ziel, wenn ich aus Afrika zurück komme und ich dich aus seinen Armen rei-ßen muss."

Sie sieht ihn lange schweigend an, prüfend, was sich wirklich hinter der Frage verbirgt. „Konrad Arnold", sagt sie plötzlich scharf, als wäre ihr bewusst geworden, dass Sutter eine unsichtbare Grenze über-schritten hat. „Der kommende Star in unserer Klinikhierarchie. Ich schlafe mit ihm, aber ich werde ihn nicht heiraten. Reicht dir das?"

„Tut mir leid, ich hätte dich nicht fragen sollen. Aber ich will dich wirklich wieder sehen, mehr als du zu glauben scheinst."

Gegen Mittag nimmt er die S-Bahn zum Bahnhof Friedrichstraße, wechselt den Tagessatz und ärgert sich über die Borniertheit der Grenzbeamten. Dann geht er in Richtung Französische Straße, über-quert die von Botschaften der Ostblockstaaten gesäumte Allee, Unter den Linden, und betrachtet den schleichenden Verfall der grauen, mit Schlieren überzogenen Fassaden in den Nebenstraßen. Schwer zu er-tragen, noch dazu bei diesem ewigen Nieselregen, denkt er.

An der Französischen Straße biegt er links ab und findet an der Ecke Charlottenstraße tatsächlich die von Kofi beschriebene Kneipe. Da er zu früh dran ist, dreht er eine Runde um den angrenzenden Gendarmenmarkt, vorbei an der ausgebrannten Ruine des Staatstheaters und der von Ruß und Dreck geschwärzten Fassade des französischen Doms. Er denkt an Inka, an seine Verwirrung im Bad, an seine fast grenzenlose Offenheit ihr gegenüber.

Kofis wütende Attacken auf der Konferenz kommen ihm in den Sinn und er fragt sich, ob er sich in ihm getäuscht hat. - Feuer härtet den Stahl, genauso wie es Nationen härtet, denkt er, und verwirft den Gedanken gleich wieder. Jetzt kommen mir schon die Sprüche meines Pflegevaters in den Sinn, ärgert er sich. Zurück an der Kneipe sieht er Kofi durch die schmutzigen Scheiben, wie er nachdenklich durch eine zerlesene Zeitung blättert.

Kofi sieht ihn erst, als er direkt vor ihm steht. Er gehört nicht hierher, denkt Sutter, als er Kofis Hand schüttelt. Ein Paradiesvogel in einem grauen Land, dessen Menschen sich nach Sonne und Freiheit sehnen. „Da bin ich, der Grenzübergang war lästig, schlimmer als erwartet. Ich war zu früh dran und bin noch über den Gendarmenmarkt gegangen. Er könnte etwas Make-up vertragen."

Kofi zuckt nur geringschätzig mit den Schultern, als wäre ihm der Zustand des Platzes völlig egal. „Ich hatte schon nicht mehr mit dir gerechnet."

„Wenn ich gewusst hätte, wie ich dich erreichen kann, hätte ich tatsächlich abgesagt." Sutter setzt sich neben Kofi und bemerkt erst jetzt die schäbige Umgebung, in der ein paar verlorene Gestalten im Halbdunkel sitzen. „Aber nachdem ich nun mal hier bin, möchte ich doch gerne wissen, ob du wirklich glaubst, was du mir so alles an den Kopf geworfen hast."

„Das war keine Schau, Mann. Wem hätte ich denn etwas vormachen sollen? Dir wohl kaum, und die meisten anderen hatten sowieso keine Ahnung von Afrika. Blutende Herzen, ja, aber sonst… Gib's doch zu, der ganze Krieg ist ein abgekartetes Spiel, in dem der Westen den Osten ausmanövrieren will. Und ausgetragen wird alles, halt wie immer, auf dem Rücken von uns Schwarzen. An meiner Stelle wärst du genauso wütend wie ich."

„Vielleicht", sagt Sutter und sieht, vorbei an Kofi, durch die matten Scheiben, hinter denen sich ein paar verschwommene Gestalten bewegen. Sein Blick wandert zur Bedienung, die gelangweilt in einer Broschüre blättert. „Du hast Nkrumah erwähnt, dass du ihm dein Stipendium verdankst. Warum das?"

„Ich war der Beste meines Jahrgangs. Nkrumah wollte eine Elite aufbauen und die Uni fragte mich, ob ich bereit wäre mein Studium im Ausland fortzusetzen. Ausbildung sei alles, hieß es damals. Natürlich habe ich sofort zugegriffen, aber jetzt haben ein paar Obristen, junge Burschen, kaum älter als ich, den Mann einfach ins Exil geschickt. Dabei war er der Einzige, der uns Afrikanern so etwas wie Hoffnung gab."

„Ghana ist nicht Afrika, und Afrika braucht keine Erlöser mehr, sondern harte Arbeiter", sagt Sutter.

Kofi sieht ihn an, als wolle er sagen: Du hast leicht reden. „Glaube ich nicht. Wir brauchen zuerst Hoffnung. Und den Glauben, dass Ausbeutung und Augenwischerei vorbei sind. Hoffnung, dass wir Schwarze nicht nur dazu da sind euch Europäern die Schuhe zu putzen", sagt er abweisend. „Was möchtest du trinken? Das Bier ist ganz in Ordnung."

Sutter schüttelt irritiert den Kopf, doch er lässt sich nicht provozieren. Als er sich über die Speisekarte beugt, fragt er: „Hast du hier schon mal gegessen? Ich könnte einen Happen vertragen."

„Ja, aber es schmeckt nicht gut. Du kannst es ja versuchen. Ich koche normalerweise zu Hause."

Kofi winkt der Bedienung, die sich eher widerwillig von ihrer Lektüre löst, und herausfordernd vor sie stellt.

„Zwei Radeberger bitte und eine Kleinigkeit zu essen."

„Um die Zeit gibt es nichts", sagt sie kurz angebunden.

„Lass gut sein, Kofi", sagt Sutter. „Bleiben wir beim Bier. Essen kann ich auch, wenn ich wieder im Westen bin. - Das mit dem Schuhe putzen ist Schwachsinn, das weißt du, aber lass uns nicht darüber streiten, erzähl mir lieber, was du machen willst, wenn sie dich hier rausschmeißen."

Kofi wirkt für einen Moment verblüfft, dann zuckt er mit den Schultern. „Weiß nicht, ich schiebe das vor mir her, vielleicht geschieht ja noch ein Wunder", sagt er und lacht verlegen. „Außerdem ist es ja noch nicht soweit. Wie kommst du überhaupt darauf, dass sie mich loshaben wollen?"

„Das liegt doch auf der Hand, außerdem hast du es angedeutet. Aber es war nur so ein Gedanke", sagt Sutter, als wäre es ihm eigentlich egal.

Kofi zögert, scheint zu überlegen, ob er überhaupt darauf antworten soll, lässt es dann und wechselt das Thema. „Wie kamst du nach Afrika, für einen Deutschen doch ziemlich ungewöhnlich, oder?"

„Warum? Ich wollte raus aus Deutschland, irgendwohin, wo ich Luft zum Atmen bekam."

Kofi strafft sich und betrachtet Sutter, als sähe er ihn plötzlich mit anderen Augen. „Scheint so ein deutsches Ding zu sein, dass ihr euch selbst nicht mögt. Vor ein paar Monaten sprach mich einer von der Staatssicherheit an, er redete, als würde er lieber heute als morgen abhauen. Bei ihm eher verständlich."

„Staatssicherheit? Wie erkennt man das?"

„Ich hab's mir halt gedacht. So ähnlich, wie du über mich denkst."

„Und, hat er dich rekrutiert?"

Kofi grinst jetzt übers ganze Gesicht. „Nein, er wollte nur wissen, ob es mir in Berlin gefällt. Aber vielleicht sollte ich mich bewerben, was denkst du?"

„Warum nicht, solange sie dich bezahlen. Bist du sicher, dass er von der Staatssicherheit war?"

„So wie der aussah und redete!"

„Hm, scheint mir zu einfach. Wie sieht denn so ein Schnüffeltyp deiner Meinung nach aus?", fragt Sutter leichthin, doch als Kofi nicht darauf eingeht, nimmt er einen Schluck Bier und kommt auf sein früheres Thema zurück. „Tut mir leid, ich bin abgeschweift. Erzähl mir mehr über Nkrumah. Er interessiert mich wirklich. Du verdankst ihm dein Stipendium, hast du gesagt."

„Ja, nicht persönlich nehme ich an, obwohl er es mir selbst ausgehändigt hat. Kennst du ihn überhaupt?", fragt Kofi überrascht.

„Natürlich, ein Leuchtturm Afrikas, wie du gesagt hast. Und Leuchttürme sind schwer zu übersehen." Sutter strahlt Kofi an. „Vergiss nicht, ich lebe schon ein paar Jahre in Westafrika, da stolperst du unweigerlich über Nkrumah."

„Gut, das ist gut. - Es war in Kumasi, als er mir das Stipendium übergab. Irgendeine Feier für die Öffentlichkeit, als hätten wir schon etwas erreicht, nur weil uns die DDR einen Studienplatz anbot." Kofi schnaubt verächtlich durch die Nase und dreht sein Glas unschlüssig hin und her. „Seine Haut ist viel dunkler als meine. Er hatte grübelnde, fast erschreckte Augen, als er mir das Dokument überreichte. Irgendwie schien er zu ahnen, dass alles, was er tat, nichts bringen würde." Kofi hängt eine Weile seinen Gedanken nach, bis er bedauernd hinzufügt. „Heute ist Kommunismus in Ghana nicht mehr gefragt, die Amerikaner sind seit dem Putsch am Drücker."

„Wie kommst du jetzt darauf?", fragt Sutter verblüfft.

„Weil ich mich aufs falsche Pferd gesetzt habe. Der Akosombo-Damm, finanziert durch die Weltbank. Die Planung macht Bechtel, und Kaiser Engineering baut die Aluminium Schmelze in Tema. Lauter kalifornische Firmen, die sich die Hände reiben, aber uns Ghanaern bleiben nur Brosamen. Vermutlich kann ich nicht so leicht zurück, ich gelte als Kommunist", sagt er bitter.

Sutter wiegt nachdenklich den Kopf, ohne näher auf die Amerikaner einzugehen. „Du hörst dich ganz schön frustriert an. Und hier kannst du auch nichts mehr werden."

Kofi setzt sich plötzlich ganz gerade hin und sieht Sutter misstrauisch an, dann verzieht sich sein Gesicht zu einem schiefen Grinsen. „Du wiederholst dich. - Im ersten Jahr fand ich alles toll, jetzt bin ich mir nicht mehr sicher."

„Du meinst, die Realität hat dich eingeholt?", fragt Sutter.

Kofi hebt nur hilflos die Schultern und atmet hörbar aus, wobei er sich umdreht, ob ihnen auch ja niemand zuhört.

Sutter beugt sich über sein Glas, flüstert: „Was willst du noch hier? Dein Förderer steckt im Exil fest und du schnappst nach Luft, wie ein Fisch auf dem Trockenen. Ich an deiner Stelle würde nicht warten, bis sie mich rausschmeißen. Hier darfst du doch immer nur die zweite Geige spielen, wenn sie dich überhaupt mitspielen lassen."

Kofi überlegt lange, reibt sich die Nase und sieht immer wieder auf die Bedienung. „Ich weiß was los ist. Ich kann aber nicht einfach abhauen. Nach Afrika, zurück nach Ghana, was mache ich da? Ich habe hier eine Familie, meine Tochter ist erst vier Jahre alt, ich kann sie nicht zurücklassen."

„Wie lange läuft dein Stipendium noch?"

„Ein Jahr, aber ich traue ihnen nicht. Sie können die Zahlung einfach einstellen. Was mache ich dann?"

„Sag ich doch. Vielleicht bleibt dir gar nichts anderes übrig, als zu gehen. Glaube kaum, dass hier irgendeiner Rücksicht auf dein Kind nimmt."

„Ich werde nicht darum bitten. Warum interessiert dich überhaupt, was aus mir wird? Enge Freunde sind wir ja nicht gerade. Vielleicht hätte ich dich auf dem Kongress weniger scharf angreifen sollen."

Sutter zieht sich am Ohrläppchen und sieht an Kofi vorbei zur Tür. Er wirkt unschlüssig, als ginge ihm ein unausgegorener Gedanke durch den Kopf. „Ich bin Partner einer kleinen Firma in Kaduna", sagt er schließlich. „Wir begleiten Großprojekte und besorgen Hochtechnologie aus dem Westen. Vielleicht würdest du bei uns arbeiten wollen, wenn es hier zu eng wird." Seine Welt war früher ein Fluss, wild und ungeregelt, denkt er. Und jetzt sitzt er fest, wie die nackten Felsen vor meinem Bürofenster in Kaduna. In der Trockenheit ragen sie aus dem

Wasser, als wären es Nilpferdrücken. Fischer navigieren zwischen ihnen, aber hier gibt es nichts zu navigieren. Hier ist alles geregelt, eingedämmt zwischen Mauern. Wie lange hält er so eine Welt aus, ohne vor Heimweh verrückt zu werden. Er täte gut daran nach Afrika zurückzugehen.

Kofi sieht ihn verblüfft an, nimmt einen Schluck Bier und schielt dabei nach der Bedienung, die jedoch weit genug entfernt ist, um ihr Gespräch mitzuhören. „Ein Jobangebot! Das ist das Letzte, was ich erwartet hatte. Aber ich will dich nicht im Unklaren lassen. Ich bin ein echter Afrikaner, kein gewendeter. Wenn du eine Kokosnuss suchst, du weißt schon, innen weiß, außen schwarz, bin ich der falsche Mann. Und ein guter Handlanger bin ich auch nicht."

Sutter zieht die Mundwinkel nach unten und zuckt mit den Schultern. „Quatsch, wir brauchen einfach nur gute Leute. Deine Farbenlehre kannst du für dich behalten."

„Wie willst du wissen, dass ich gut bin?"

„Bauchgefühl. Aber du hast Recht, man weiß es immer erst hinterher. Ich wäre bereit das Risiko einzugehen. Vom Krieg merkst du bei uns nichts, der findet hauptsächlich im Delta statt."

Kofi antwortet nicht, doch Sutter sieht, wie es in ihm arbeitet. „Vermutlich sollte ich darüber nachdenken. Vielleicht bleibt mir ja auch keine Wahl", sagt er leise.

„Hier hast du meine Karte, melde dich, wenn sie dich rauswerfen. – Ich muss gehen", sagt Sutter.

Kofi zieht die Augenbrauen hoch und dreht die Visitenkarte unschlüssig in der Hand, bevor er sie in der Hosentasche versenkt. „Noch ist es nicht soweit, aber trotzdem vielen Dank. Dann hätte dieser Kongress ja doch etwas gebracht", sagt er, und reicht Sutter die Hand.

Im Hotel liegt ein versiegelter Brief und eine Telefonnotiz Inkas am Empfang. Sie lässt ihm ausrichten, dass sie ihn vor seiner Abreise nicht mehr treffen kann, es hätte sich etwas Unaufschiebbares ergeben, doch sie hoffe ihn wiederzusehen, wenn er wieder einmal nach Berlin komme. Die Telefonnummer am Ende der Notiz, sieht hastig hin gekritzelt aus, als wäre sie erst nachträglich hinzu gefügt worden. Wahrscheinlich hatte sie die Nummer vergessen und rief erneut an, denkt Sutter. Auf dem Zimmer, als er versucht sie zu erreichen, hebt niemand ab.

Der Brief, unfrankiert und ohne Absender, handschriftlich auf einem weißen Blatt Papier geschrieben, ist von Goddard. Er habe sofort mit dem Ressort Leiter für Westafrika gesprochen, schreibt er. Er möchte ihn kennen lernen und Oktober wäre ein guter Monat für ein Treffen in Washington DC. Dann wäre er zurück aus Afrika und sie könnten alles Weitere besprechen. Vor allem, was es braucht, um in Nigeria voran zu kommen, fügt er kryptisch hinzu. Und er würde sich wieder melden.

Wow, das ging schnell, denkt Sutter. Was es braucht? Eine Menge! Er faltet den Brief ganz klein zusammen und steckt ihn in die Innentasche seines Handgepäcks.

Er bucht um und fliegt am nächsten Tag über London zurück nach Lagos. In Nigeria hat sich die Lage der Rebellen dramatisch verschlechtert.

4

Kalter Krieg

„Warum musstest du den Mann überhaupt treffen, du kanntest ihn doch gar nicht. Noch dazu im Osten?", fragt Hanna Pautz, wobei sie mit der Vorladung des Ministeriums für Staatssicherheit herumfuchtelt. „Du wusstest doch, dass ich in deren Augen ein potenzieller Republikflüchtling bin und dass sie uns permanent beobachten. Wir haben darüber gesprochen und trotzdem triffst du den Mann", stammelt sie und schlägt sich die Fäuste vor die Stirn als könne sie Kofis Dummheit nicht fassen. „Was machen wir nur mit Christina, wenn sie uns nicht mehr gehen lassen?" Tränen laufen ihr über die Wangen.

Kofi schüttelt nur hilflos den Kopf. „Warum sollte ich nicht mit ihm reden? Das Treffen war eher so eine Eingebung. Wir haben über ganz normale Dinge gesprochen, ich wollte wissen warum er nach Afrika gegangen ist und er fragte mich von woher ich stamme. Am Ende hat er mir einen Job angeboten, in Nigeria, aber was soll ich dort? Ich will nicht weg von euch. - Vielleicht ist die Vorladung ja auch nur eine Routinesache." Er streckt die Hand nach ihr aus, versucht sie zu beruhigen, doch sie stößt ihn zurück.

In dieser Nacht schlafen sie schlecht und am Morgen fahren sie gemeinsam in die Normannenstraße, dem Sitz des Ministeriums. Als sie auf den mächtigen, braun beigen Gebäudeklotz zugehen, packt Kofi die Angst. Wie die Gräber eines Soldatenfriedhofs wirken die Fensterkreuze der Fassade auf ihn. Er greift nach Hannas Hand, drückt sie und spürt wie kalt und feucht sie ist.

Sie melden sich beim Pförtner, hinterlegen ihre Ausweise und nehmen den Aufzug in den dritten Stock. Endlos zieht sich der Gang. Das Linoleum quietscht unter ihren Gummisohlen und plötzlich steigt Kofi der Geruch von Wolfasept in die Nase. Ich hatte vergessen, wie penetrant dieser Geruch von Reinigung alles andere verdrängt, denkt er. Für einen Moment erinnert er sich an seine Kindheit, den Duft der Savanne im Norden Ghanas. An den feuchten Dunst der Küste, unten im Süden, in Accra, wo er studierte, den Geruch von Meer und Moder. Fast hätte er vergessen, weshalb sie hier sind. Und die ganze Zeit wundert er sich über Hanna, die zielstrebig einen halben Schritt voraus geht, als wäre sie nicht zum ersten Mal hier.

In dem am Empfang genannten Zimmer sitzt ein graugesichtiger Mann in Uniform. Die Halbglatze kollidiert mit der olivfarbenen, groß gemusterten Tapete in seinem Rücken. Seine Hände liegen sortiert auf dem Resopalschreibtisch während er Kofi fixiert, als wäre er bereits verurteilt. Mit einer kargen Geste weist er auf die beiden Stühle vor seinem Schreibtisch und fragt nach ihren Namen.

Ein Oberleutnant, das macht es nicht leichter, denkt Kofi, der sofort ins Schlingern kommt, als ihn der Mann zuerst anspricht. „Sie haben auf dem Dritte Welt Kongress im Westen Berlins eine Person getroffen, die dort über den Biafra Krieg referiert hat. Was wollten Sie überhaupt dort, sie studieren doch Maschinenbau, meines Wissens nach?"

„Ich bin Afri... Afrikaner", stottert Kofi. „Mich interessiert was in Nigeria passiert. Der Biafra Krieg hat für uns eine enorme Bedeutung. Es ist der erste große, postkoloniale Krieg in Schwarzafrika."

„Nach dem Kongo und den Mau Mau Aufständen in Kenia", murmelt der Mann, als kenne er sich aus. Doch es scheint ihn nicht sonderlich zu interessieren.

„Das waren keine Kriege", sagt Kofi tapfer, als er sich gefangen hat. Der Mann wirft ihm nur einen strafenden Blick zu, als wolle er sagen, dass er sich in Zukunft solche Einwände ersparen soll.

Doch Kofi gibt nicht gleich auf. „Laut Programm war es ein Referat über den Biafra Krieg. Das Programm lag an der Humboldt aus", versucht er sich zu rechtfertigen. „Thomas Sutter, der Referent, lebt seit Jahren in Nigeria und ich dachte, er weiß von was er redet. Doch dann kamen nur Allgemeinplätze. Das hat mich genervt und ich habe ihn ziemlich scharf angegriffen. Als ich mich nach der Veranstaltung bei ihm entschuldigte, hat er mich für den nächsten Tag auf ein Bier in der Nähe des Gendarmenmarkts eingeladen. Wir wollten ausführlicher über den Krieg reden und ich habe mir nichts dabei gedacht."

„Nichts dabei gedacht, natürlich nicht", wiederholt der Mann. „Sind Sie so naiv, oder tun Sie nur so?" Sein Ton ist schärfer geworden, als öde ihn das Geschwätz bereits an. Dann sieht er streng auf Hanna, daddelt mit dem Stift herum und macht sich ein paar Notizen. „Und Sie? Sie sind doch Bürgerin dieser Republik, die Ihr Studium bezahlt hat. Wie konnten Sie sich überhaupt auf eine Beziehung mit Herrn", er prüft seine Notizen und sagt dann betont verächtlich, „Araba, einlassen. Aber vermutlich haben Sie sich auch nichts dabei gedacht." Die Stimme ist inzwischen hohntriefend geworden, als könne er sich eine solche Beziehung schlichtweg nicht vorstellen.

„Ich wusste nichts von dem Treffen", sagt Hanna.

Der Mann nickt, als hätte er nichts anderes erwartet. „Sie haben ein Kind. Ist es ihr Gemeinsames?", fragt er.

„Ja, Christina, sie ist vier Jahre alt."

Für den Bruchteil einer Sekunde huscht ein Lächeln über das Gesicht des Mannes, als er sich wieder an Kofi wendet. „Dieser Mann, den Sie in dem Lokal am Gendarmenmarkt trafen, ist ein Feind unserer Republik. Er trifft sich mit Mitarbeitern der Amerikanischen Botschaft. Aber das konnten Sie natürlich nicht wissen", sagt er fast gelangweilt.

„Nein, wie sollte ich." Kofi klingt echt erstaunt. Hilflos schüttelt er den Kopf und dreht sich zu Hanna, die ihn entsetzt anstarrt.

„Natürlich nicht", wiederholt der Offizier papageienhaft. „Sie erhalten keine Unterstützung mehr und Ihr Stipendium ist ausgelaufen, stimmt das?"

„Es hängt, hängt mit Ghanas Militärputsch zusammen", stottert Kofi.

Der Mann zieht die Mundwinkel nach unten und nickt. „Sie brauchen keine Erklärungen abzugeben, beantworten Sie einfach nur meine Fragen. Am besten mit ja und nein, dann sind wir schneller wieder fertig."

Kofi atmet tief ein, doch Hanna fragt, als der Offizier in seinen Unterlagen blättert. „Warum haben Sie uns einbestellt?" Ihre Stimme klingt einen Tick zu schrill.

Der Mann sieht sie verständnislos an, rückt seine Brille zurecht und spielt, als wäre er überwältigt von solcher Dummheit. Schließlich antwortet er und es liegt zum ersten Mal so etwas wie Emotion in seiner Stimme. „Ihr Freund geht auf Kongresse im Westen! Was tut er dort? Er spricht mit Leuten, die uns nicht gerade wohl gesonnen sind. Er hat kein eigenes Einkommen und lebt von Ihrem Gehalt. Wer ihn sonst noch bezahlt, wissen wir nicht. Noch nicht, werden es aber herausfinden. Und Sie haben einen Ausreiseantrag gestellt. Von ihrem Kind will ich noch gar nicht reden. Reicht das nicht für ein Gespräch?"

Das ist ein Verhör, denkt Kofi, und ich bin schuld daran. „Gibt es etwas, das wir tun könnten, um meinen Fehler wieder gut zu machen?", fragt er leise.

Anstelle einer Antwort wendet sich der Offizier an Hanna. „Ihr Kind, wollen Sie es überhaupt behalten?"

Hanna öffnet den Mund, doch nur ein unverständliches Stöhnen dringt daraus hervor. Der Mann betrachtet sie mit blasierter Distanz, bis er sich schließlich zu fürsorglicher Gleichgültigkeit herablässt: „Unser Staat hat ein Sorgerecht für seine Bürger. In Fällen wie Ihrem könnte eine Adoption durch angesehene Genossen durchaus gut für das Kind sein. Wir nehmen die Verantwortung für unsere kleinen Mitbürger wahr, wie Sie sicher wissen."

Ich sollte ihm das Maul stopfen, denkt Kofi, aber das würde alles nur noch schlimmer machen. Die ganze Zeit über hält er Hannas Hand, presst sie so hart, dass es schmerzt. „Wir wollen Christina behalten. Was können wir tun?", fragt er ganz ruhig.

Nach einer langen Pause, die Kofi wie eine Ewigkeit vorkommt, sagt der Mann mit unverschämtem Grinsen. „Die Region aus der Sie stammen interessiert uns. Sie können jederzeit dorthin zurück und Ihre Tochter mitnehmen. Nur müssen Sie mit uns zusammenarbeiten, schließlich haben Sie lange genug die Segnungen dieser Republik genossen. Ihre Freundin muss aber leider hier bleiben, sie ist schließlich Bürgerin dieses Staats."

„Was ist mit meinem Ausreiseantrag?", fragt Hanna den Tränen nahe.

„Es ist besser Sie vergessen ihn", sagt der Mann in einem Ton, der jede weitere Frage verbietet.

Kofi nickt und sagt gepresst. „Wir werden darüber nachdenken. Gibt es sonst noch etwas?"

„Nein, nicht für heute. Wir sehen uns sicher bald wieder."

Auf dem Weg nach Hause sprechen sie kein Wort. Die folgenden Tage schlafen sie kaum, hadern miteinander, bis Hanna klein beigibt.

Noch am selben Tag schreibt Kofi an Sutter, dass sein Stipendium gestrichen wurde und er nicht länger in der DDR bleiben kann. Er erinnert ihn an ihr Gespräch und fragt, ob er sich noch an sein Angebot gebunden fühlt. Sollte er wirklich an einer Zusammenarbeit interessiert sein, bittet er postlagernd nach Westberlin zu antworten. Er versiegelt das Kuvert und fährt sofort in den amerikanischen Sektor, von wo er den Brief verschickt.

Sutter reagiert postwendend und versichert ihm, dass er jederzeit willkommen ist. Gleichzeitig arrangiert er über ein Londoner Reisebüro, dass Kofis Flugtickets bei einem Westberliner Anwalt hinterlegt werden.

Einen Monat später kommt Kofi zusammen mit Christina in Lagos an. Sutter bringt sie im selben Hotel unter, in dem er die ersten beiden Nächte nach seiner Ankunft in Lagos verbracht hat. Er trifft sich mit Celia, und als er seine Geschäfte in der Stadt erledigt hat, nimmt er Kofi und Christina im Auto mit nach Kaduna. Dort hat er für die beiden einen kleinen Bungalow angemietet und Christina in einer nahen Missionsschule untergebracht.

Christina lernt schnell und innerhalb eines Monats kann sie sich in der Landessprache verständigen. Doch Kofi fremdelt. Nigeria ist anders als Ghana, aggressiver, findet er. Und er vermisst die deutsche Effizienz, hasst das in seinen Augen antiquierte Telefon- und Fernschreibsystem, das Warten auf die unzuverlässigen Damen in der Vermittlung. Vor allem sind ihm die großartigen Versprechungen der nigerianischen Geschäftspartner zuwider, an die sie sich, kaum dass sie ausgesprochen sind, schon nicht mehr erinnern können.

General Abichi ist inzwischen zum Kommandeur der dritten Marine Division der nigerianischen Armee und Alleinherrscher an der Südfront aufgestiegen. Als er Sutter zu einer Projektbesprechung einbestellt, nimmt der Kofi mit, um ihn einzuführen.

Während sie in Abichis Vorzimmer warten, fährt dessen Wagen, ein olivgrüner Mercedes 200 vor, gefolgt von einem Jeep mit zwei Maschinengewehren und einer Eskorte aus vier schweren Motorrädern. Der General, in makellos gebügelter Uniform und ledernen Cowboystiefeln steigt aus, schlägt sich mit der Reitgerte an den rechten Schaft und eilt, ohne zu zögern durch die von unsichtbarer Hand geöffnete Tür seiner Zentrale.

Endlich, nach einer Stunde, empfängt er sie. Er begrüßt Sutter flüchtig, doch Kofi nimmt er kaum wahr, als handle es sich um einen Lakaien. *Enter on the pain of death*, steht am Eingang von Abichis Büro, und Sutter fragt sich, ob dieser zweiunddreißig jährige Mann, kaum älter als er selbst, wirklich zu der unkalkulierbaren Grausamkeit neigt, die ihm als Ruf voraus eilt.

Abichi weist auf die Stühle vor seinem Schreibtisch und sagt ohne Umschweife. „Schaffen Sie es das Problem mit den Sensoren zu beheben, Sutter, oder wollen Sie weiter Ihre Geschichten erzählen, weshalb die Raketen nicht funktionieren können?"

„Wir arbeiten mit Hochdruck an einer Lösung, Herr General. Die neuen Sensoren, von denen ich Ihnen bei unserem letzten Treffen erzählt habe, bekommen wir nur aus den USA, aber Milpar, der Lieferant der neuesten Technik, ziert sich noch."

„Das sagten Sie bereits am Telefon. Wollen sie mehr Geld?"

„Nein, der Preis stimmt, es geht nur noch um die Ausfuhrerlaubnis. Ich fliege nächste Woche nach Washington DC, um die Liefervereinbarung zu unterschreiben. Wenn alles klappt, können wir in zwei Wochen mit den Tests beginnen. Sollten sich die Sensoren bewähren, nehmen wir die Umrüstung hier in Nigeria vor. Aber ich will Ihnen nicht zu viel versprechen, die Waffe ist eigentlich gegen russische Panzer gedacht und ist für Temperaturen um die Null Grad optimiert. Unser feuchtwarmes Klima ist nicht gerade geeignet für die empfindliche Elektronik."

„Sie wiederholen sich, Sutter. In Kano, als wir die Probelieferung ausprobierten, haben sie auch nicht getroffen, da war es wohl zu trocken. Sehen Sie zu, dass es endlich klappt und rechnen Sie nicht mit Nachsicht. Wenn der Krieg zu Ende ist, bevor die Waffen einsetzbar sind, können sie sie behalten. Weitere Armeeaufträge werden Sie dann wohl nicht mehr erhalten, dafür werde ich sorgen. Ich bin kein Teufel, wie die Leute behaupten, aber unberechenbar", sagt er mit einem unbestimmten Lächeln, das eher wie eine Drohung wirkt. „Sehen Sie also zu, dass es klappt und zwar bald", fügt er unnötigerweise hinzu.

Wenigstens blieb mir einer seiner berüchtigten Wutausbrüche erspart, denkt Sutter, als er mit Kofi im Schlepptau das Hauptquartier verlässt.

„Du hast dich weit aus dem Fenster gelehnt. Hast du wirklich schon alles in trockenen Tüchern?", fragt Kofi, als sie in einer schäbigen Blechhütte, am Rande der schnell errichteten Militärbasis, auf den Rückflug warten.

Sutter atmet tief ein und aus und lässt die Schultern sacken. „Was blieb mir anderes übrig. Er hätte mich sonst an die Wand genagelt. Ich kann nur hoffen, dass in Washington alles gut geht und mein Verbindungsmann seinen Job getan hat, sonst ist es besser ich lasse mich hier nie mehr sehen."

„Kein sehr angenehmer Zeitgenosse dieser Abichi. Warum wolltest du, dass ich mitkomme, wenn du mich nicht einmal vorgestellt hast?"

„Es ging nicht um Verbrüderung", sagt Sutter gereizt und sieht einem Trupp Soldaten zu, die sich vor der offenen Ladeklappe ihres Transporters gesammelt haben. „Du sollst wissen auf was du dich einlässt. Abichi ist kein Einzelfall, sie werden alle zu kleinen Cäsaren, sobald sie die Macht in Händen halten."

„Das weiß ich. Immerhin habe ich gesehen, wie verwüstet das Land ist. Warum musste das sein? Hier gibt es nichts, was sich zu zerstören lohnt. Warum braucht er überhaupt Panzerabwehrraketen? Die Igbos kämpfen längst nur noch mit Stöcken und Macheten."

„Ich hab ihn nicht gefragt. Er ist General geworden, weil er hochfliegende Ideen hat. Wir helfen ihm sie umzusetzen. Über den Sinn eines Kriegs will ich mir keine Gedanken machen, Kofi, sonst werde ich verrückt. Und den Job könnte ich sofort an den Nagel hängen. Mir reicht es, wenn wir gut bezahlt werden. Das ist alles, was zählt."

„Ja, so ist es wohl. Und dein Mittelsmann in den USA, ist er zuverlässig?"

„Kann ich nicht sagen. Wir arbeiten noch nicht so lange zusammen."

„Du hast nie über ihn gesprochen. Bei Abichi hast du dich angehört, als hättest du schon alles im Sack."

„Etwas musste ich doch sagen, der Mann hatte mich einbestellt und er ist unberechenbar."

„Bluffst du?"

Sutter zuckt nur mit den Schultern. Er sieht müde aus, der Sezessionskrieg, der sich inzwischen von einem wohlorganisierten Aufstand in ein Massaker an den Igbos verwandelt hat, macht ihm schwer zu schaffen, mehr als er bereit ist sich einzugestehen. Trotzdem lacht er schnell in diesen Monaten, doch es klingt wie eine künstliche Wand hinter der er sich zu verbergen sucht. Seine Augen lachen nie mit. „Wenn es schief geht, müssen wir etwas anderes finden", sagt er. „Ich glaube nicht, dass Abichi schon jetzt stark genug ist, uns aus dem Land zu werfen. Wenn es aber klappt mit den verdammten Raketen, musst du dich um den Mann kümmern, egal wie. Ich will ihn nicht zum Feind haben."

„Und Frank?"

„Der hat nur die Weiber im Kopf."

Zur selben Zeit, im Westen Berlins, tritt Inka Boysen aus der Tür ihres Gynäkologen auf die Straße. Sie weiß, dass sie schwanger und die gelegentliche Morgenübelkeit keine Magenverstimmung ist, wie sie es sich lange eingeredet hat. Der Himmel über hastig errichteten Nachkriegsgebäuden ist bleiern. Es wäre weniger bedrückend, wenn es schneite, denkt sie.

Sie findet ein Taxi an der Ecke Kurfürstendamm und Bleibtreustraße, presst sich in die Rückbank und reibt ihre tauben Finger gegen den Ballen der anderen Hand. „Kantstraße 28, bitte." Müdigkeit packt sie, Obstläden, Straßenschilder, Baustellen, Lastwagen, Mädchen und Polizisten gleiten vorbei. Wenn ich das Kind habe, zeige ich ihm den Weg, Obstläden, Straßenschilder, Baustellen, Lastwagen, Mädchen … Mein Sohn soll wissen, wann und wo er in meinen Kopf kam. Sie drückt ihre Knie zusammen und setzt sich aufrecht an die Sitzkante, mit den Händen auf den Bauch gepresst. Dabei dachten wir vorsichtig zu sein. Konrad wird es nicht wollen. Immer hat er die Karriere im Sinn. Oh Gott, warum schneit es nicht.

Als sie auf dem grauen Trottoir steht und in der Tasche nach Geld sucht, wirbelt eine Böe Papierfetzen und Staub auf. Sie bezahlt das Taxi und geht auf das Lokal zu, schiebt den Vorhang zur Seite, der nur notdürftig die frühe Winterkälte zurückhält, und sieht Konrad einsam an einem der Tische im Halbdunkel des Restaurants sitzen. Als er sie kommen sieht, steht er auf, geht ihr entgegen und nimmt ihr den Mantel ab. „Und?"

„Du wirst Vater, Konrad", sagt sie mit krampfhaftem Lächeln. Sie denkt an Abtreibung, dabei geht ihr die Nacht mit Thomas Sutter nicht aus dem Kopf. Als sie sich Konrad gegenüber setzt, ist seine Nervosität mit Händen greifbar.

Das Restaurant ist überheizt, die Tischdecke zeigt noch Reste von Tomatensoße, an der Wand hängen Bilder von Capri. Inka lehnt sich zurück und betrachtet den Rauch ihrer Zigarette, der sich in Ringen über ihr kräuselt. „Sag schon was."

„Was soll ich sagen, wir hätten besser aufpassen müssen. Sie haben mir den Chefposten angeboten, ich kann jetzt kein Kind gebrauchen."

Ich wusste es, denkt sie.

5

Ein Anfang

Sutter überquert den Potomac auf der Key-Bridge, biegt in die M-Street und fährt bis zur Wisconsin Avenue. Von dort nimmt er die Abzweigung in Richtung Georgetown University, alles wie Goddard es beschrieben hat. Vor der Einfahrt des Klubs, einem schmucklosen Eisengatter, stoppt er den Mietwagen, geht zum Pförtnerhäuschen und lässt sich von der uniformierten Wache die Zugangserlaubnis geben. Im Rückspiegel nimmt er wahr, wie sich das Gatter hinter ihm schließt, dann gleitet er durch eine weitläufige Parklandschaft mit riesigen Bäumen und grünen Inseln so groß wie Fußballfelder. Am Ende der Sackstraße stellt er den Wagen direkt vor dem Klubhaus ab, übergibt den Autoschlüssel dem Portier und tritt in eine geräumige, mit chinesischen Seidenteppichen ausgelegte Halle. James Goddard wartet bereits auf ihn. Er sitzt, im Halbdunkel kaum erkennbar, in einem tiefen Ledersessel im Stil des vorigen Jahrhunderts und raucht eine seiner schwarzen Orientzigaretten. Als er Sutter erkennt, steht er auf und geht einen Schritt auf ihn zu. Fast wie in Berlin, denkt Sutter und reicht Goddard die Hand. „Hallo, James, hatte nicht gedacht, dass wir uns so schnell wiedersehen."

„So schnell? Drei Monate können die Welt verändern. Wie war der Flug?"

„Der Anflug auf Washington National war etwas ruppig, aber ich hab's überlebt."

„Schön, dass Sie es in der Zeit geschafft haben. Ich hatte mir bereits Vorwürfe gemacht, dass wir Ihnen keinen Wagen geschickt haben, aber Sie wollten Washington ja unbedingt selbst erkunden. Alex hasst Unpünktlichkeit müssen Sie wissen. Wir haben einen Tisch reserviert, wo wir in Ruhe reden können. Alex, unser Afrika-Experte", fügt er unnötigerweise hinzu, „ist bereits dort."

Goddard dreht sich um und geht mit Sutter im Schlepptau quer durch den Speisesaal an einen Tisch im hintersten Eck des Saals. Ein schmaler Mann mit randloser Brille sieht ihnen neugierig entgegen.

Mitte vierzig, gegerbte Haut, viel Außeneinsatz und schon grau, denkt Sutter.

Der Mann steht auf und reicht Sutter die Hand. „Alex Temple. Sie also sind der Mann, von dem mir James vorgeschwärmt hat."

Sutter sieht verwundert auf Goddard. „Ich glaube kaum, dass ich das verdient habe."

„Das werden wir ja bald sehen, setzen Sie sich." Temple mustert Sutter, als könne er mit einem einzigen Blick den ganzen Menschen erfassen. Dabei spielt ein gefrorenes Lächeln um seinen Mund. „Erzählen Sie was Sie zu uns führt. James sagt, ihr Unternehmen leistet gute Arbeit. Wie haben Sie das so schnell geschafft", fragt er in einer wohlklingenden, etwas zu rauen Stimme.

Die Hoffnung leichter an eure Waffen zu kommen, aber das weißt du sicher bereits, denkt Sutter. Er beißt sich auf die Unterlippe und überlegt, wie er am besten in das Gespräch einsteigen könnte, ohne viel von sich preiszugeben. „Der Krieg hat geholfen, und wir haben Freunde in der Armee. Die waren bisher ganz zufrieden mit uns, aber jetzt wollen sie mehr, state of the art, sozusagen", sagt er, nimmt einen Schluck Wasser und sieht aus den Augenwinkeln wie Goddard bestätigend nickt.

Temple geht nicht darauf ein und raucht gelassen eine Zigarette während er Sutter betrachtet, als könne ihm dessen Körpersprache mehr verraten als jedes Wort.

„Dummerweise will die Armee unbedingt ein Raketen-System haben, das noch nicht ausgereift ist", fährt Sutter fort. „Die Sensoren fallen im feuchtwarmen Klima des Nigerdeltas reihenweise aus. Trotzdem will General Abichi diesen Typ unbedingt haben. Ich nehme an Sie kennen Abichi." Sutter sieht, wie sich Temple's Mundwinkel leicht verziehen, während er ihn weiter taxiert. „Abichi schiebt uns die Schuld für die missglückten Tests in die Schuhe. Behauptet, wir hätten die falschen Homing-Sensoren verwendet. Vielleicht hat er ja recht. Wir wissen, dass die Waffe sehr erfolgreich im Vietnam Krieg eingesetzt wird." Sutter zwingt sich zur Andeutung eines Lächelns, doch Temple bleibt ungerührt.

„Um welches System handelt es sich?", fragt er endlich, als wäre er zum Schluss gekommen, dass es sich lohnen könnte den Typ weiter zu grillen.

„Panzerabwehrraketen, mittlere Distanz, von der Schulter gefeuert und per Draht ferngelenkt", sagt Goddard, während Sutter bestätigend nickt.

„Panzer in Nigeria, noch dazu im Delta. Ich dachte der Krieg liegt in den letzten Zügen", sagt Temple mehr zu sich selbst. „Macht eigentlich keinen Sinn, oder? Aber vielleicht hat Ihr Mann, Abichi meine ich, ja auch andere Absichten. Schließlich dauert so ein Krieg nicht ewig, und man muss sehen, was danach kommt." Temple legt den Kopf schief, zieht die Augenbrauen hoch und sieht aus dem Fenster, als könne er dort eine Antwort erwarten. „Was erhoffen Sie sich von uns? Möglichst konkret, Herr Sutter?" Als Sutter nicht sofort darauf eingeht, ändert er den Ton und sagt leichthin. „Vielleicht sollten wir erst mal bestellen. Der Koch mag es nicht, wenn wir unsere Gäste so lange löchern, bis ihnen der Appetit vergeht. Gregory, die Speisekarte bitte", ruft er über die Schulter zu einem der Kellner, der sich diskret im Hintergrund gehalten hat.

Für eine Weile plätschert das Gespräch vor sich hin, bis Temple den Faden wieder aufnimmt und einen langen Monolog beginnt. „Afrika ist ein schwieriges Pflaster, da erzähle ich Ihnen sicher nichts Neues, Herr Sutter. Manche halten es für das reinste Chaos, aber in meinen Augen funktioniert es nach feinen Regeln, die nicht überall sofort ersichtlich sind. Vor allem sind sie in jedem Land verschieden und man lernt sie nur über die Jahre. Es braucht gute Leute, um sich in so einem Umfeld zurecht zu finden. Leute, die sich nicht so wichtig nehmen, sonst steigt ihnen schnell einiges zu Kopf."

„Was meinen Sie", fragt Sutter, der gespannt zugehört hat, obwohl ihm Temple's dozierender Ton auf die Nerven geht.

„Sie wissen sicherlich, wie schnell manch einem Weißen der Lebensstil eines Feudalherren in Afrika als gottgegeben erscheint. Dabei haben sie nichts anderes als ihre Hautfarbe, die sie über ihre Umgebung erhebt. Oder sehen Sie das völlig anders, Herr Sutter", fragt er im Ton eines wohlwollenden Oberlehrers.

„Ich arbeite gern mit schwarzen Menschen, und manches ändert sich auch in Afrika", sagt Sutter, der keine Ahnung hat auf was Temple hinaus will.

Temple zuckt mit den Schultern, als hätte er nichts anderes erwartet.

Langsam wächst in Sutter das ungute Gefühl, dass ihm die Felle davon schwimmen. Warum hat er mich eingeladen, denkt er, damit ich mir seine Rassentheorien anhöre.

Temple fährt in der Zwischenzeit unbeirrt fort, als betrachte er Sutters Einwand als vernachlässigbar. „Wenn die Regierung wechselt, oder einem unserer Agenten etwas passiert, fangen wir häufig wieder von vorne an. Unser Erfolg...", er zögert einen Moment und wirft einen Blick auf zwei Männer, die sich gerade ein paar Tische weiter gesetzt haben. „Wusste gar nicht, dass er hier ist. Hast du es gewusst?", fragt er Goddard.

„Nein, ich dachte er wäre nach Indonesien versetzt worden."

Temple nickt und redet weiter, als hätte es keine Unterbrechung gegeben „...beruht letztlich auf dem Netzwerk vor Ort. Politiker kommen und gehen, in Afrika schneller als anderswo, umso mehr brauchen wir stabile Quellen. Sie wissen sicher, was ich meine, Herr Sutter." Er hält inne, um Sutters Reaktion abzuwarten. Dabei beugt er sich zur Seite und lässt den Kellner die Speisen auftragen. Als Sutter ihn, ohne zu antworten, nur neugierig betrachtet, sieht er kurz auf Goddard, als suche er Unterstützung. „Wir hatten bis vor kurzem einen höchst intelligenten Mann in Lagos. Er war Strategieberater der Regierung und schrieb gleichzeitig unter einem Decknamen Leitartikel für große westliche Zeitungen über Afrika. - Schmeckt es Ihnen überhaupt?"

„Ganz ausgezeichnet", sagt Sutter, legt die Gabel auf den Teller und fragt: „Was ist passiert?"

„Er ist tot. Ein echtes Juwel, Yoruba. Mit ihm konnte ich über alles reden: Was ist Loyalität? Was ist Patriotismus? Was ist die Wahrheit und wer bist du gerade, wenn du von der Wahrheit sprichst? Trotzdem wusste ich nie, ob ich ihm wirklich vertrauen konnte. Er wurde vor ein paar Monaten in einer läppischen Streiterei erstochen, als er dummerweise um Verständnis für die Unabhängigkeitsbestrebungen Biafras warb." Temple verzieht das Gesicht und schüttelt bedauernd den Kopf, als hätte das nicht passieren dürfen.

Während sie essen, wechselt das Thema und sie reden über Goddard's Zeit im Peace Corps und Temple's gelegentliche Einsätze im Kongo. Es dauert, bis Temple endlich seine Serviette auf den Tisch legt und fragt: „Wie wär's mit einem Kaffee in der Bar, vielleicht springt ja sogar ein Cognac dabei heraus."

„Gern", sagt Sutter. Wie kann er wissen, was in Lagos passierte, als sie seinen Mann erstachen, denkt er. Die ganze Veranstaltung verläuft nicht so, wie ich das erhofft hatte. Aber noch ist nichts verloren, ich darf nur nicht zu gierig erscheinen. Wahrscheinlich gehört es zu ihren Ritualen, ein gutes Essen und danach an die Bar. Und vielleicht ist alles nur ein Test, wer mehr Geduld aufbringt, bevor er sich aus der Deckung wagt.

„Dich brauche ich wohl nicht zu fragen", sagt Temple und dreht sich lächelnd zu Goddard, wobei er bedeutungsvoll die Augenbrauen hochzieht. „Bei Cognac hast du noch nie nein gesagt."

„Stimmt." Goddard grinst, wie ein satter Kater, als fände er den bisherigen Verlauf des Gesprächs völlig in Ordnung.

Kaum dass Kaffee und Cognac serviert sind, hebt Temple das Glas und prostet Sutter zu. „Schön Sie hier zu haben, aber Sie sind nicht sehr gesprächig."

Sutter lächelt und prostet zurück. „Ich will es nicht verbauen, indem ich die falschen Sachen sage. Außerdem hatte ich nicht mit einem Rekrutierungsgespräch gerechnet, wenn ich Ihre Bemerkungen richtig verstehe. Ich kann mir nicht vorstellen, wie ich ihren Mann ersetzen könnte. Die von Ihnen beschriebenen Qualitäten habe ich nicht. Eigentlich bin ich hier, weil ich unser Geschäft ausbauen möchte, was ohne Ihre Zustimmung nicht geht. Wir suchen Zugang zu bestimmten Technologien, die nur Sie haben. Zuerst die bereits erwähnten Sensoren, später ganze Systeme, state of the art halt. Ohne ihre Hilfe befürchte ich, dass uns die Armee links lieben lässt und sich den Sowjets zuwendet. Die Zentralregierung denkt jetzt, wo sich abzeichnet, dass sie den Krieg gewinnen wird, schon einen Schritt weiter. Einige Mitglieder der Regierung sehen Nigeria als aufgehenden Stern, als führendes Land Afrikas, das alles um sie herum in den Schatten stellen wird. Dazu ist ein schlagkräftiges Militär nötig, und wir, die Nigerian Logistics, soll dabei helfen das aufzubauen."

„Warum bestellen die Militärs nicht direkt, Ihrer Meinung nach?"

„Machen sie sicher auch, aber bei manchen Projekten ist Zwischenstaatlichkeit zu transparent. Zuviel Politik im Spiel, strategische Interessen, das wissen Sie besser als ich. Ich bin nur ein kleiner Einkäufer."

„Immerhin. Das bekannte Muster. Aber zurück zu Ihnen persönlich: Wir arbeiten gern mit Menschen zusammen, denen wir behilflich sein können. Menschen, die uns brauchen und die wir genau kennen. Und verschiedene Dinge lassen sich auch ganz gut kombinieren", sagt Temple gelassen.

„Tut mir leid, wenn der Eindruck entstanden sein sollte, dass ich nicht sofort auf Ihren Zug aufspringen will. Aber wenn ich offen mit Ihnen zusammenarbeite, fürchte ich, wird es viel zu kompliziert."

„Offen, nein. Und kompliziert muss es auch nicht werden. Es hängt immer von den Umständen ab. Niemand wird wissen, dass Sie zu uns gehören. Sie sollten darüber nachdenken. Übrigens, mir gefällt Ihre Reaktion, ist mir lieber, als wenn Sie sich aufdrängen. Insofern machen wir schon richtig Fortschritte." Temple nickt und wendet sich, wie um dessen Bestätigung einzuholen, Goddard zu. „James hat angedeutet, dass eine Firma hier in DC die richtigen Sachen für Sie hat."

Sutter atmet erleichtert auf, doch er bemüht sich ruhig zu bleiben. „Ja, Milpar, ein kleiner Elektronikkonzern in Vienna, Virginia. Ich hab's direkt versucht, aber ohne Ihre Hilfe komme ich nicht weiter."

„Kennst du sie?", fragt Temple an Goddard gewandt.

„Ja, wir arbeiten eng mit ihnen zusammen."

„Kannst du das übernehmen?"

Goddard nickt. „Ich spreche mit Jones, Sie kennen ihn von früher."

„Ist er in der Industrie gelandet, trotz seiner…?" Temple schüttelt den Kopf, als hätte er bereits zu viel gesagt. „Ein guter Mann, Sie werden ihn mögen", sagt er abschließend, steht auf und reicht Sutter die Hand. „Jetzt muss ich aber gehen, ich bin längst über der Zeit. Mein Uni-Job wartet. So ist das bei uns, die meisten haben verschiedene Aufgaben. Sprechen Sie mit Jones, dann reden wir weiter. James kümmert sich um die Details."

Die Auffahrt zu Milpars Zentrale führt durch eine manikürte Landschaft, eingerahmt von Lariopa Pflanzen und unfruchtbaren Zwerg-Birnbäumen. Vor dem gesichtslosen Glas- und Ziegelkasten im boomenden Industriegürtel Washington DC's liegen ein paar von Kameras überwachte Parkplätze. Big Brother, denkt Sutter, als er den Wagen abstellt und in der Eingangshalle den Meldeschein ausfüllt. Nach ein paar Minuten holt ihn eine vollbusige, stark geschminkte Sekretärin ab und bringt ihn in Jones' Büro.

Dem Mann fehlt ein Auge, der Schnurrbart wirkt verschoben, als wäre er falsch implantiert worden. Die eine Hälfte des Gesichts ist von Brandnarben entstellt. Die verkrüppelten Hände liegen ruhig auf der polierten Platte des Schreibtischs.

Jones deutet mit einem Kopfnicken auf den Stuhl vor seinem Schreibtisch. In einer wohlklingenden Stimme sagt er: „Machen Sie sich nichts daraus, das geht jedem so, der mich zum ersten Mal sieht." Sein Gesicht, oder das, was davon noch übrig ist, verzieht sich zur Grimasse, während das intakte Auge Sutter fixiert. „Einen Schönheitswettbewerb werde ich wohl nicht mehr gewinnen", lacht er.

Sutter versucht möglichst entspannt zu wirken, doch es gelingt ihm nicht.

„Ich erkläre Ihnen, wie es dazu gekommen ist, danach können wir uns auf Ihre Belange konzentrieren. Goddard hat vorab mit mir gesprochen, sonst wären Sie gar nicht hier."

Dann beginnt er von der Bombe zu sprechen, die in Saigon unter seinem Tisch explodierte. „Als ich vier Wochen später aus dem Koma erwachte, hatten sie mich wieder zusammengeflickt, immerhin funktionsfähig. Mein Gehirn hat die Bombe dankenswerterweise ausgespart", fügt er sarkastisch hinzu. „Jetzt sagen Sie schon, was Sie von Milpar wollen, und ich sage Ihnen, was wir tun können. Vielleicht auch nichts. Langley kann uns nicht zwingen mit Ihnen zu arbeiten, aber wir könnten es zumindest versuchen", ergänzt er schnell.

Der Oberst fummelt mit seinen verkrüppelten Händen eine Zigarette aus der Packung und zündet sie an. „Sollte ich nicht tun, aber Sie sind ja Gott sei Dank nicht mein Arzt." Er legt die brennende Zigarette an den Rand des Aschenbechers, greift mit beiden Händen unter die Prothese des rechten Beins und setzt es um. Dabei stöhnt er leicht.

Sutter rutscht unruhig auf seinem Stuhl hin und her. Die Eröffnung hat ihn völlig überrascht, und so schaut er verlegen und stumm auf das kurz geschorene Gras vor dem Fenster. Goddard hätte mich warnen sollen, denkt er.

„Haben Sie gedient?", reißt ihn Jones' Frage aus seinen Gedanken.

„Nein, das ging an mir vorbei", sagt Sutter erleichtert und sucht die alten, Vertrauen erweckenden Föhren außerhalb des Fensters, die wie kleine Inseln die monotone Rasenfläche des Firmengeländes unterbrechen. Er schafft es immer noch nicht, Jones voll ins Gesicht zu sehen.

„Gut, Deutschland hat genug Traumata, die reichen für die nächsten hundert Jahre. Sie sind doch Deutscher, oder? Aber sie leben in Nigeria, hat Goddard gesagt."

„Ja, seit zwei Jahren. Wir geben der nigerianischen Regierung logistische Unterstützung." Ist mir egal, ob er das glaubt oder nicht, denkt Sutter.

„Logistik, als Deutscher?" Jones klingt spöttisch, als würde ihn Sutters Verlegenheit amüsieren.

„Es hat sich so ergeben."

„Wie bei mir, ich saß auch zum falschen Zeitpunkt am falschen Ort. Schicksal nennt man das. Es ergibt sich einfach."

„Ich hoffe etwas Ähnliches bleibt mir erspart."

„Das weiß man nie. In der Nähe des Feuers läuft man Gefahr verbrannt zu werden. Goddard sagt, sie brauchen unsere Sensoren für ihre Lenkwaffen. Habe ich das richtig verstanden?"

„Ja, ihr SP 520, tausend Stück. Wir besorgen die Waffe und würden den Sensor in Kaduna einbauen. Könnten Sie sich das vorstellen."

„Vorstellen können wir uns alles. Sie bräuchten ein paar Leute von uns, so etwas geht nicht nach Betriebsanleitung. Die Frage ist, ob das Pentagon mitspielt. Aber das zu klären ist Temple's Aufgabe. Vermutlich hat er das bereits getan, sonst wären Sie gar nicht hier", sagt Jones und lacht gehässig. „Wie kommt die Lieferung zu ihnen?"

„Wir schicken einen Ziviltransporter", sagt Sutter, wie aus der Pistole geschossen.

„Gut. Wir kennen die Waffe, haben sie woanders bereits angepasst. Damals hat Langley auch Pate gestanden, Sie können sich also darauf verlassen, dass es klappt. Den Preis müssen Sie mit Goddard aushandeln, er ist der Auftraggeber. Mit ihnen, das heißt Ihrer Firma, wollen wir nichts zu tun haben."

„Ja", sagt Sutter. Es hat sich einfach ergeben, denkt er.

Als er Milpar verlässt, den Sicherheitsausweis zurückgibt und sich auf den Weg zum Auto macht, fühlt er sich, als würde eine riesige Last von ihm abfallen. Wenn ich mit leeren Händen zurück gekommen wäre, hätte Abichi mich platt gemacht und die Achebes hätten ihm dabei zugesehen, denkt er.

Direkt vor dem Hotel, am Beginn der Pennsylvania Avenue, findet er einen Parkplatz. Für eine Weile bleibt er ruhig sitzen und betrachtet die Rücklichter der vorbeifahrenden Autos. Leer fühlt er sich, als er aussteigt und die Aktentasche nach oben bringt. Doch es hält ihn nicht lange, die Enge des Zimmers droht ihn zu ersticken. Unsicherheit kriecht in ihm hoch. Afrika, denkt er, ob ich ihm auf Dauer gewachsen bin?

Er verlässt das Hotel und geht zu Marshalls, einer kleinen verrauchten Bar auf der anderen Straßenseite, die er bereits am Vorabend besucht hat. Beim Überqueren der Straße, wäre er fast von einem Taxi überfahren worden. Das Auto schleudert, als der Fahrer in letzter Sekunde das Steuer herumreißt. Der schwere, gelbe Chevrolet hält ein paar Meter weiter und für ein paar Schrecksekunden passiert gar nichts. Bis der Fahrer die Scheibe herunter kurbelt, den Kopf aus dem Fenster steckt und Sutter als ignoranten Idioten beschimpft. Doch dann fährt er einfach weiter.

Recht hat er, denkt Sutter, hier rennt keiner bei Regen und schlechter Sicht über die Straße. Nicht wie in Lagos, wo du machen kannst was du willst. Dort bist du selbst schuld, wenn es dich erwischt. Der Fahrer lässt dich einfach liegen, hier verliert er seine Lizenz.

In der Bar setzt er sich an den langen, polierten Tresen und bestellt einen Whiskey Soda. Dieselbe Bardame wie gestern, denkt er, sie erinnert mich an Inka. Warum geht sie mir nicht aus dem Kopf, es war nur eine Nacht? Er hört das Eis im Glas klirren, als er gedankenverloren darin herum rührt. Im Spiegel hinter einer Batterie hochprozentiger Flaschen sieht er das Gesicht eines noch jungen Mannes, um dessen Mundwinkel sich die ersten Furchen zeigen. Da hilft auch kein Lächeln mehr, denkt er und winkt der Bardame. Ein deutscher Söldner in Afrika, wird Jones gemeint haben, fragt er sich. Mit einem flüchtigen Nicken und automatischem Lächeln bestätigt er die Frage der Barfrau nach einem weiteren Drink.

6

Der Verdacht

Zurück in Kaduna warten die Achebes bereits auf ihn. Sutter denkt es geht um die Sensoren, doch er wird schnell eines Besseren belehrt.

„Wir haben ein Problem, Thomas", sagt der Oba ohne Umschweife. „Von der letzten Lieferung wurde ein großer Teil abgezweigt und an die Aufständischen umgeleitet. Abichi tobt, er beschuldigt dich des Falschspiels. Wir glauben nicht dass du es warst, aber wer war es dann?"

„Unsinn", entfährt es Sutter, doch er hat sich schnell wieder unter Kontrolle. Sie sind eine Familie, denkt er, und sie suchen einen Sündenbock. „Woher weiß Abichi, dass es unsere Lieferung war, aus der abgezweigt wurde? Es gibt noch andere Waffenlieferanten und nicht alle tanzen nach seiner Pfeife."

„Es war unsere Lieferung", sagt der Oba bestimmt. „Unsere Bücher belegen es, und wenn du es nicht warst, muss es Kofi gewesen sein. Ein anderer kommt nicht in Frage. Er hat vermutlich nur gewartet, bis du im Ausland bist. So wird es gewesen sein."

Misthunde, denkt Sutter, ihr glaubt wohl ihr hättet mich bereits im Sack. Einmal durchschütteln und schon fällt ein Geständnis heraus. Kofi hätte mich warnen müssen, außer er weiß nicht, was auf uns zukommt. „Das kann ich mir nicht vorstellen", sagt er, und sieht auf Frank, der die ganze Zeit an ihm vorbei auf den Fluss gestarrt hat, als wäre ihm die ganze Angelegenheit peinlich. „Was schlagt ihr vor, anscheinend habt ihr euch bereits auf Kofi eingeschossen."

„Wir?", fragt der Oba gedehnt. „Wir haben nichts damit zu tun. Es ist allein dein Problem, Thomas."

„Du hast ihn hergebracht", ergänzt Frank, „also sorge auch dafür, dass er wieder verschwindet."

„Nichts ist erwiesen, oder habt ihr die Waffen bei den Igbos gesehen. Selbst dann wäre nicht sicher, dass Kofi es war", sagt Sutter lahm. „Und was heißt schon verschwindet?"

„Von dem was bei uns eingegangen ist, ist nur die Hälfte bei der Armee gelandet", sagt der Oba milde. „Du hast gute Arbeit geleistet, Thomas. Dass die Nigerian Logistics so gut dasteht, verdankt sie auch dir. Aber die Sache mit dem Ghanaer hätte nicht passieren dürfen. Es war ein Fehler ihn zu holen. Er hat jedes Vertrauen verspielt und muss weg, je schneller desto besser. Mach es so, dass dir nicht auch etwas passiert", fügt er drohend hinzu.

Sutter sieht lange auf den großen Mann, dann lächelt er und nickt nur leicht mit dem Kopf. „Verstanden", sagt er. Instinktiv spürt er, dass seine Zeit in Nigeria abgelaufen ist. Dabei dachte ich noch vor ein paar Tagen, ich hätte alles im Griff, denkt er. Sie müssen etwas konstruiert haben, um uns loszuwerden. Zuerst Kofi dann mich, ich sollte mir keine Illusionen machen. Da lässt sich nichts mehr reparieren und wenn Abichi im Spiel ist schon gar nicht.

„Egal, wie du es anstellst, schaff uns das Problem vom Hals", wirft Frank ein, als wolle er sich vor seinem Vater als starker Mann profilieren. „Die Armee, Abichi vor allem, ist stinksauer."

„Ich hab bereits verstanden, du brauchst nicht nachzutreten", sagt Sutter brüsk. „Ich versuche Kofi außer Landes zu bringen. Übrigens, wir kriegen die Sensoren, aber das zählt ja jetzt wohl nicht mehr." Er steht auf und will den Raum verlassen.

„Außer Landes wird nicht reichen", ruft ihm Frank hinterher.

Schon möglich, denkt Sutter, und geht, ohne sich umzudrehen. In seinem Büro prüft er als erstes, ob die Telefonleitung noch funktioniert. Als das Freizeichen ertönt, atmet er auf und ruft einen befreundeten Banker in Lagos an. Er lässt sofort, egal was es kostet, den größten Teil seines Geldes in die Schweiz transferieren. Danach geht er zu Kofi. „Was ist passiert während ich weg war", fragt er. „Die Achebes sind außer sich, sie brauchen ein Bauernopfer. Warum hast du mich nicht gewarnt?"

Kofi bleibt ganz ruhig. „Früher oder später...", setzt er an und schüttelt den Kopf. „Du erinnerst dich vielleicht, dass ich dir von der Anfrage der Hilfsorganisation erzählt habe, die mich bat ihnen zu helfen Medikamente ins Gebiet der Aufständischen zu schleusen."

„Ich hab dir geraten die Finger davon zu lassen, weil es sich nicht mit unserem Geschäft verträgt."

„Ich hatte aber bereits zugesagt. Nach dem Trip zu Abichi konnte ich nicht anders. Mir blieb keine Wahl, ich musste es einfach tun."

Was für eine dämliche Lüge, denkt Sutter. „Bist du übergeschnappt?"

Kofi schüttelt traurig den Kopf. „Medikamente, Mann, nichts sonst. Was sollte ich tun."

„Wir sind Waffenhändler, Kofi, keine Samariter", schreit Sutter und haut auf den Tisch. Dann atmet er tief durch und fragt betont ruhig. „Was ist passiert?"

„Ich habe geholfen einen Konvoi zu organisieren, sechs Lastwagen und Fahrer, mehr nicht. Die Autos wurden in Gabun beladen, fuhren quer durch Kamerun und sollten gleich nach der Grenze zu Biafra entladen werden. Mehr war nicht. Es schien eine sichere Sache zu sein, solange die Grenze nach Kamerun noch von Biafra kontrolliert wurde. Ich hab versucht dir davon zu erzählen, aber du warst in Gedanken bereits in den USA und hast gar nicht zugehört."

„Aber die Achebes beschuldigen uns Waffen abgezweigt und an die Aufständischen geschleust zu haben. Wegen ein paar Medikamenten würden sie wohl kaum so ein Theater machen."

Kofi versucht erst gar nicht weiter zu lavieren, er hebt die Schultern und sagt resigniert: „Abichis Truppen hatten in der Zwischenzeit die Grenzregion eingenommen und als sie die Laster durchsuchten, fanden sie neben den Medikamenten auch Waffen. Ich schwöre, ich hab nichts damit zu tun."

„Und das soll ich dir glauben? Für wie naiv hältst du mich eigentlich?"

Kofi sieht nur betreten auf seine Schuhspitzen, dann hebt er den Kopf und sieht Sutter direkt in die Augen. „Du bist mein Freund. Freunde vertrauen sich gegenseitig."

„Wie leicht sich das sagt, jetzt wo wir beide in der Scheiße sitzen", sagt Sutter in dessen Kopf die Gedanken rasen. Er hat mich betrogen, hat uns alle betrogen, denkt er. Ein Doppelspiel und die Achebes nutzen es aus, um auch mich loszuwerden. Wenn ich es durchgehen lasse wird es wieder passieren und dann wieder, bis ich selbst an der Reihe bin. Die Achebes haben Recht, ich habe ihn geholt, ich bin also auch für ihn verantwortlich. „Ich hab den größten Teil meines Geldes sofort außer Landes gebracht, die Sache gefällt mir nicht. Ich kann die Reaktion der Achebes nicht abschätzen. Irgendwie habe ich das Gefühl, dass

Abichi auch mit drin hängt. Die ganze Sache stinkt. Ich würde dir empfehlen unterzutauchen.“

Kofi nickt, als hätte er schon daran gedacht. „Kann der Freund, oder wer immer deine Überweisung gemacht hat, auch mir helfen?“

„Gut möglich, aber mach es so, dass es nicht zurück verfolgt werden kann. Sonst sieht es aus wie ein Schuldeingeständnis. Und dann geh nach Lagos, verschwinde einfach für eine Weile. Ich bitte Celia dir eine Bleibe zu besorgen, ihr kannst du vertrauen.“

„Bist du sicher?“

„Was ist schon sicher. Wenn dir etwas anderes einfällt, mach es.“

„Schon gut. Ich würde gern ausführlich mit dir darüber reden, was möglicherweise schief gegangen ist.“

„Später, ich muss erst noch ein paar Sachen regeln. Danach habe ich Zeit.“

„Natürlich.“

Zurück in seinem Büro, ruft Sutter Goddard an und bittet ihn den Auftrag für die Sensoren zu stornieren. Er fragt, ob Alex Temple es ernst gemeint hat mit der Zusammenarbeit.

„Was ist los?“, fragt Goddard.

„Irgendeiner spielt falsch, und ich weiß noch nicht wer. So wie die Dinge liegen werde ich voraussichtlich nicht mehr lange in Nigeria bleiben können.“

Für einen Moment herrscht Stille in der Leitung. „Natürlich gilt Temple’s Angebot“, sagt Goddard endlich. Doch Sutter spürt sein Misstrauen. Erst als Goddard hinzufügt: „Sie sind es, Thomas, den wir haben wollen. Die Sensoren interessieren uns nicht“, fühlt er sich sicherer.
„So ist es sogar besser, keine Lieferung, keine politischen Verwicklun-

gen, und ein guter Mann am richtigen Ort", hört er nur noch mit halbem Ohr. „Kommen Sie in einer Woche nach London, dann reden wir über Rhodesien. Wir brauchen dort dringend jemand mit Afrika-Erfahrung."

„Danke, ich versuch's. Wenn mir die Achebes das Leben zu schwer machen, melde ich mich. Ansonsten in einer Woche in der Londoner Botschaft."

„Ja, ich avisiere Sie schon mal."

„Danke."

„Notfalls gehen sie an unsere Botschaft in Lagos. Ich gebe auch dort Bescheid. Aber nur im Ernstfall, wir wollen keinen Konflikt mit der neuen Regierung."

„Verstanden."

Nachdem Sutter aufgelegt hat, sitzt er eine Weile still, reibt sich die Schläfen und blickt auf den Fluss. Schließlich geht er wieder in Kofis Büro. Der sitzt am Schreibtisch, die Beine auf die Tischplatte gelegt und sieht aus dem Fenster. Draußen balancieren Fischer in ihren Einbäumen zwischen den Felsen und versuchen ihre Netze einzuziehen.

„Dieses Bild hatte ich vor Augen, als ich dich fragte, ob du zu uns nach Nigeria kommen willst. Erinnerst du dich, in dieser schummrigen Kneipe am Gendarmenplatz. - Was ist passiert?", fragt Sutter, der sich neben Kofi gestellt hat, die Hand auf dessen Schulter, und mit ihm das Treiben auf dem Fluss betrachtet.

„Ich hätte nie kommen dürfen, nicht zusammen mit Christina. Sie ist...".

„... dein schlechtes Gewissen", bringt Sutter den Satz zu Ende. „Ich weiß, und deshalb hast du den Konvoi organisiert und schnell noch ein paar Waffen dazu gepackt, weil du den Spagat zwischen dem sorgenden Vater und unserem Gewerbe nicht mehr ertragen hast?"

„Nein, so weit war ich noch nicht. Es fällt mir schwer unterzutauchen, weil ich nicht weiß, was dann mit dem Kind passiert. Mit den Waffen habe ich nichts zu tun. Die Achebes wollen es mir anhängen. Vermutlich um etwas anderes zu vertuschen. Wahrscheinlich hängt es mit Frank zusammen, der es leid ist von seinem Vater gegängelt zu werden, also hat er auf eigene Rechnung gehandelt."

„Das hätte ich bemerkt", sagt Sutter.

„Nein, konntest du nicht. Nicht wenn er mit Abichi zusammen kungelt. Frank giert nach Anerkennung und Abichi ist ein Killer. Die Waffen, die bei uns fehlen, sind wahrscheinlich längst in einem geheimen Depot gelandet. Wegen der paar Gewehre, die sie in dem Medikamenten Konvoi gefunden haben, hätten wir keinen Finger krumm gemacht."

„Abichi ist ein legaler Mörder", sagt Sutter kalt.

„Erinnerst du dich an unseren Besuch im Delta, bevor du in die USA geflogen bist?", fragt Kofi, der sich nicht aus der Ruhe bringen lässt.

„Klar, einer der üblichen, unerfreulichen Trips. Sie gehören zu unserem Job", sagt Sutter gereizt, weil ihm die Treffen mit Abichi zuwider sind. Vor allem hasst er das Gefühl wieder einmal verloren zu haben, wenn er zum Rückflug in den Hubschrauber steigt.

„Das hatte ich auch gedacht, aber es war anders. Auf dem Weg nach Port Harcourt sind wir über ein totes Land geflogen. Nichts hat sich mehr bewegt unter uns. Abichi's Truppen hatten ganze Arbeit geleistet. Und dann er selbst, Alleinherrscher an der Südfront, mit seiner Motorrad Eskorte, der makellos gebügelten Uniform und seinen leder-

nen Cowboystiefeln. Wie er sich mit der Reitgerte auf den Schaft
schlug, und uns, ohne zu grüßen stehen ließ. Für mich war es die In-
szenierung eines Größenwahnsinnigen, der längst jeden Sinn für Realität verloren hatte. Wie Lakaien hat er uns behandelt. Die wandelnde
Arroganz eines Afrikas, das ich glaubte hinter mir zu haben. Ich hab
mich geschämt, dabei hat mich der Mann nur angewidert. Danach war
ich versucht den Igbos zu helfen, aber jetzt nicht mehr. Sie haben verloren, ihr Land ist verwüstet, und jede weitere Waffenlieferung an die
Rebellen zögert die Kapitulation nur hinaus."

„Und, was willst du mir sagen? Ich verstehe dich nicht", sagt Sutter.

„Abichi braucht den Konflikt. Ohne Krieg ist er ein Nichts. Frieden
machen andere Leute."

Sutter sieht Kofi lange schweigend an, dann zieht er einen Stuhl neben ihn und beugt sich vor, bis er ihn fast berührt. „Ich glaube dir kein
Wort. Du hast von Anfang an gewusst, auf was du dich einlässt. Du hast
den Waffendeal von langer Hand geplant, sonst hätte ich etwas davon
mitgekriegt. Und jetzt kannst du dich wegen Christina nicht einfach absetzen und mir den Schlamassel in die Schuhe schieben. Wer hat dich
geschickt?"

„Niemand. Ich musste es tun. Ich dachte ich hätte dich informiert
und du hast verstanden, aber vermutlich hast du nicht zugehört. Es
waren sechs Lastwagen voller Medikamente. Der Krieg ist vorbei, die
Menschen krepieren dort. Ohne, dass ich davon wusste hatte Abichi
eine Offensive gestartet und in einer weiten Zangenbewegung die
Grenze zu Kamerun besetzt. Als der Konvoi ankam, wurde er von
Abichi's Truppen abgefangen. Dabei fanden sie einige Schnellfeuerge-
wehre, versteckt und getarnt in den Medikamentenkisten. Ich wurde

sofort beschuldigt, als wäre alles von langer Hand geplant gewesen. - Thomas, du hast mich geholt und ich bin gekommen. Christina konnte ich nicht in Berlin lassen. Ihre Mutter wollte sie nicht. Du musst mir glauben."

„Mein Gott, Kofi, denkst du ich bin blind. Du vergötterst das Kind."

„Warum hast du mich zu Abichi mitgenommen?"

„Ich wollte wissen wer du bist, für wen du arbeitest. Abichi spielte keine Rolle, sie sind alle gleich. Vermutlich hast du Recht, er spürt, dass ihm die Macht entgleitet. Gut möglich, dass er schnell noch mit Franks Hilfe ein Arsenal zur Seite geschafft hat. Vielleicht plant er einen Umsturz, aber spekulieren hilft jetzt nicht. Wir sitzen in der Falle, müssen raus aus der Schusslinie."

„Sie schulden uns etwas", sagt Kofi schnell.

„Unsinn. Uns schuldet keiner etwas, und wir schulden auch nichts. Wir sind nur uns selbst verantwortlich. Wenn du das nicht verstehst, kannst du unseren Job nicht mehr machen."

„Ich hab's verstanden, aber es schmerzt trotzdem, einer Regierung zu dienen, die es nicht wert ist. Ich hatte mir viel vorgenommen, als ich die DDR verließ. Aber hier kam schnell der Punkt, an dem ich dachte: Du darfst die eigenen Standards nicht völlig über Bord werfen. Insofern hast du Recht, Thomas, Christina spielt eine Rolle", sagt Kofi, mehr zu sich selbst. Dann, als wolle er nicht, dass Sutter es falsch versteht, sagt er: „Du weißt, dass ich die Waffen nicht abgezweigt habe."

„Ja, so dumm bist du nicht."

„Und warum dann das ganze Theater?"

„Weil ich vorsichtig bin. Ich habe dich geholt, deshalb fühle ich mich auch für dich verantwortlich."

„Danke, aber das brauchst du nicht. Ich kann mir ganz gut selbst helfen."

„Wie haben sie von dem Konvoi erfahren?"

„Genau weiß ich es nicht, aber ich habe öfter mit der Hilfsorganisation telefoniert, da muss jemand mitgehört haben."

„Du bist naiver als ich dachte", sagt Sutter. „Und was machen wir jetzt? Sie meinen es ernst. Sie haben sich auf dich eingeschossen, irgendein Bauernopfer brauchen sie. Dabei weiß ich nicht einmal wer sie überhaupt sind, wer hier welches Spiel mit uns treibt. Ich vermute nur, dass die Achebes nicht unbeteiligt sind, aber das Warum ist mir völlig unklar. Auf alle Fälle kannst du nicht in Nigeria bleiben, zu gefährlich. Je früher du gehst desto besser."

„Es ist nicht so einfach", sagt Kofi und stößt ein bitteres Lachen aus. „Ich habe Cléo geheiratet, weil ich bleiben wollte, ich kann sie nicht einfach in Stich lassen. Christina liebt sie, und Cléo liebt sie auch. Ich brauche etwas Zeit um das alles zu sortieren."

So ähnlich hat er auch in Berlin geredet und dann ist er doch bald gekommen, denkt Sutter. „Ich fliege nächste Woche nach London, um mit Goddard zu reden. Es wäre gut wenn du vorher alles glatt ziehst, denn wenn ich zurück komme, falls überhaupt, kann ich dir nicht mehr helfen. Bring Christina und Cléo zu Celia nach Lagos und tauche unter. Celia steht unter dem Schutz des Generalstabs, sie werden ihr und dem Kind nichts tun. Vielleicht hast du Glück und der Krieg geht zu Ende, bevor sie dich zu fassen kriegen. Wer weiß, was mit Abichi passiert, wenn er nicht mehr den großen Helden spielen darf."

„Ja, vielleicht", sagt Kofi.

Während sich Sutter noch in London aufhält dürfen die internationalen Organisationen endlich das Gebiet der Aufständischen betreten. Dabei entdecken sie das ganze Ausmaß des Grauens. An den Straßenrändern, an den Flussufern, an den Eingängen zu den Dörfern liegen Hunderttausende ausgehungerte, an Austrocknung leidende Kinder im Sterben. Der Osten Nigerias hat sich in einen Friedhof verwandelt.

Kofi Araba ist in Lagos untergetaucht, verschwunden in der Anonymität der Metropole. Zuvor hat er Christina zusammen mit Cléo bei Celia untergebracht und versprochen immer wieder ein Lebenszeichen von sich zu geben. Und so findet Cléo gelegentlich eine kurze Notiz unter der Tür, heimlich mitten in der Nacht durch den Spalt geschoben. Er sei ok, schreibt er, dass er Christina manchmal aus der Entfernung in der Schule sehe und wie sehr er sie vermisse.

Doch dann, kurz vor Biafras Kapitulation, klingelt ein Taxifahrer an Celias Tür. Er solle die Leiche eines Mannes an dieser Adresse abliefern, sagt er. Die Leute, die den Mann überfahren und dann in den Kopf geschossen hätten, hätten ihm den Auftrag gegeben, den Körper hierher zu bringen. Er hätte alles gesehen, aber nichts tun können, es tue ihm leid. Geld wolle er keins.

Cléo sieht sofort, dass es sich bei der geschundenen Leiche um Kofi handelt. Sie nimmt ihn entgegen und der Taxifahrer hilft ihr den Körper aufzubahren. Christina ist noch in der Schule und Cléo will vermeiden, dass sie ihren Vater so sieht, wie er ist. Sie ruft Celia zu sich und die beiden Frauen beweinen Kofi gemeinsam. Als Celia Sutter holen will, sperrt sich Cléo. Sie wisse nicht, wer für Kofis Tod verantwortlich sei, nennt sie als Begründung. Dann waschen die beiden Frauen den Körper und wickeln ihn in weiße Tücher. Und als Christina nach Hause kommt, erklärt ihr Cléo, dass Kofi nicht mehr zurück kommen könne, er wäre für immer verreist. Sie weiß nicht, dass das kleine Mädchen seit langem damit gerechnet hat.

Nach der Beerdigung, an der nur die beiden Frauen und Christina teilnehmen, ruft Celia Sutter an. Sie drängt ihn Nigeria zu verlassen, er wäre nicht mehr sicher. Sie sagt, dass er das Vertrauen der Militärs verloren habe und dass sie nichts mehr für ihn tun könne, ohne selbst in Gefahr zu geraten. Sie werde Cléo helfen Christina aufzuziehen.

Einen Tag nach Celias Anruf verlässt Sutter Nigeria. Goddard hat ihm einen amerikanischen Pass besorgt, ausgestellt auf einen Gregg Weston mit unbefristetem Visum für Rhodesien. Dort befindet sich Ian Smiths weiße Regierung im tödlichen Kampf mit den Unabhängigkeitskämpfern Robert Mugabes und Joshua Nkomos. Mit Billigung der CIA beschafft Sutter Waffen für die Regierung und unterläuft damit das geltende Embargo. Dabei lernt er auch einen Oberst, Stanley Gibbons, kennen, der von einer gut getarnten Piste im Caprivistreifen die Einsätze der südafrikanischen Luftwaffe nach Angola koordiniert.

Als die Aufständischen den Krieg in Rhodesien gewinnen, wird es Sutter zu heiß und er zieht weiter nach Südafrika. Er kauft sich eine Farm im Norden der Republik und gibt den Anschein eines wohlhabenden, tierliebenden Landbarons. Mit Hilfe Goddard's, vor allem aber durch Gibbons' Verbindungen vertieft er seine Beziehungen zur Apartheid-Regierung und unterstützt sie im Kampf gegen Angola und die eigene Bevölkerung. Keiner seiner Nachbarn weiß, was er wirklich tut. Die häufigen Flüge nach Pretoria, die tagelangen Aufenthalte in der Isobeni Lodge am Chobe River, wo er mit Hilfe Oberst Gibbons den Test neuer Waffen überwacht, nimmt niemand zur Kenntnis. Sutter fliegt selbst, in seiner privaten Cessna, von der Piste, die er gleich nach dem Kauf der Farm in den Busch hat schlagen lassen. Nur Josepha, seine stumme Haushälterin, macht sich ihre Gedanken, doch sie fragt nie nach.

7

Südafrika

Ende der achtziger Jahre überschwemmen *Free Mandela* Sticker das Land und die weiße Regierung beginnt streng geheime Verhandlungen mit dem African National Congress. Im Nachbarstaat Mozambique tobt der Bürgerkrieg unvermindert weiter, die Menschen fliehen, egal wohin, Hauptsache sie überleben.

Hoedspruit, eine von Weißen geprägte Kleinstadt im Nordosten Südafrikas, ist Sutters Brücke zur Außenwelt, wie er es gerne nennt. Einmal die Woche fährt er mit seinem Kleinlaster dorthin, um das Nötigste an Lebensmitteln und allem Sonstigen, was er für den Betrieb der Farm benötigt, einzukaufen. Auf der Rückfahrt, den Bakkie beladen mit Futter für die Tiere, überquert er die Straße zum Krüger Park. Schon von Weitem sieht er zwei abgerissene Gestalten am Wegrand sitzen. Ein Mann und ein Junge, beide verdreckt, vor Müdigkeit und Hunger grau im Gesicht.

Flüchtlinge, denkt Sutter, es werden immer mehr. Er passiert sie, doch dann wendet er und fährt zurück. Durch das Seitenfenster fragt er den Mann auf Afrikaans, ob er Arbeit braucht.

Anstelle einer Antwort schüttelt der Mann nur den Kopf. Na dann, wenn du nicht willst, denkt Sutter, und schickt sich an weiterzufahren. Da sagt der Mann mit krächzender Stimme in gebrochenem Englisch, dass er kein Afrikaans versteht.

„Hatte ich mir fast gedacht", sagt Sutter, „Ihr kommt aus Mozambique, nicht wahr. Wie lange wart ihr unterwegs?"

Der Mann antwortet nicht.

„Macht nichts. Ich brauche dringend gute Arbeiter, und du scheinst nicht immer auf der Straße gelebt zu haben. Ist das dein Sohn?"

„Ja, Joao, er spricht nur portugiesisch", sagt Nelio Machel voller Misstrauen. „Ich bin Ingenieur. Wir haben Hunger, und ich suche Arbeit. All unseren Proviant haben wir auf der Flucht verloren."

Auf der Flucht, noch dazu als Ingenieur, denkt Sutter. Entweder lügt der Mann oder dem Land geht es schlechter als ich dachte. „Ingenieur!", sagt er nach kurzem Überlegen. „Ich habe Arbeit, für Leute mit Ausbildung allemal. Wenn du willst, nehme ich euch mit auf meine Farm. Ihr könnt die Futtersäcke als Kissen benützen, das dämpft die Schläge", sagt er, und weist mit einem Kopfnicken auf die Pritsche des Bakkie.

„Warum tun Sie das?" fragt Nelio.

„Wie gesagt, ich brauche Arbeiter. Wo ihr herkommt interessiert mich nicht, ich will nur, dass du loyal bist und gute Arbeit leistest. Du erhältst einen vernünftigen Lohn, aber wenn du nichts taugst, musst du wieder gehen. Willst du nun mitkommen?"

Nelio nickt und hebt sein schmutziges Bündel auf. „Ja", sagt er. Dabei sieht er Sutter an, als traue er ihm nicht über den Weg. Dann wendet er sich auf Portugiesisch an seinen Sohn. „Komm Joao, wir fahren mit ihm." Er wirft sein Bündel auf die Pritsche des Kleinlasters, hilft Joao beim Aufsteigen und setzt sich auf einen der Futtersäcke daneben.

In einer weiten, hügeligen Landschaft leuchten verdorrte Grasbüschel golden in der Sonne. Langhornige Rinder stehen im Schatten einzelner Baumgruppen wie Skulpturen in der Landschaft. Termitenhügel ragen wie kleine Inseln aus einem Meer roter Erde.

Nach einiger Zeit verlässt Sutter die geteerte Straße, überquert das im Boden eingelassene Rindergatter und nimmt eine schmale Sandpiste, die sich bald darauf im Busch verliert. Nach einer Weile steckt er den Kopf aus dem Seitenfenster und ruft. „Wir fahren durch das Gelände meines Nachbarn, das ist kürzer. Übrigens, ich heiße Thomas Sutter, wie heißt du?"

Der Mann beugt sich weit über die Seitenbegrenzung des Bakkie hinaus und ruft nach vorne. „Nelio Machel", doch seine Worte werden vom Fahrtwind und dem Rumpeln der Reifen übertönt.

„Wie, ich hab dich nicht verstanden?"

„Machel", ruft Nelio lauter.

„Wie der Präsident?" fragt Sutter, nachdem er vorsichtig einen Felsbrocken auf der Piste umkurvt hat.

„Ja, aber es gibt viele Machels in Mozambique."

„Dachte ich mir."

Im Laufe der Fahrt verändert sich die Landschaft in ein Terrain mit kümmerlichen Sträuchern, die sich neben riesigen Gesteinsbrocken in die rote Erde krallen. An einem hohen, abweisenden Zaun hält Sutter an, steigt aus und schiebt das schwere Tor auf.

„Ab hier ist es mein Land. Ich bin kein geborener Bauer, also habe ich ein Tierreservat daraus gemacht. Das gefällt nicht allen, am wenigsten den Viehzüchtern in meiner Nachbarschaft. Sie haben mir diesen Sicherheitszaun aufgezwungen."

„Für was sind diese glatten Drähte vor dem Maschendraht?", fragt Joao.

„Hochspannung, die Tiere würden den Zaun sonst einfach niedertrampeln", antwortet Sutter auf Portugiesisch.

Nelio wirft einen überraschten Blick auf Sutter, als hätte er dessen Portugiesisch Kenntnisse nicht erwartet. „Wo kriegen Sie Ihr Wasser her? Gibt es einen Fluss in der Nähe?", fragt er.

„Nein, nur Rinnsale, die während der Regenzeit zu reißenden Bächen anschwellen. Am Haus gibt es einen Brunnen, der reicht für das, was wir zum Leben brauchen, Gemüse, Mais, Getreide, aber nicht für eine großflächige Bewässerung. Alles andere hole ich einmal die Woche vom Markt. Kannst du mit einem Gewehr umgehen?"

Nelio schaut verblüfft auf Sutter, als hätte er ihn ertappt. „Warum sollte ich? In meinem Land wird schon genug von anderen geschossen", sagt er bitter.

Um Sutters Mundwinkel spielt ein flüchtiges Lächeln, während er um den Bakkie herumgeht und die Reifen prüft. „Hier wirst du es brauchen. Wir schießen unser Fleisch selbst. Das Gelände ist riesig, sieht von hier nicht so aus, aber es zieht sich weit nach Norden. Fast unberührtes Land, massenhaft Antilopen."

„Und ich soll so eine Art Ranger spielen?", fragt Nelio verblüfft.

„Das weiß ich noch nicht, es hängt von dir ab", antwortet Sutter. „Aber lass uns erst mal ankommen, dann sehen wir weiter. Haltet euch gut fest, ab jetzt wird es holprig."

Zuweilen sehen sie kleine Zebraherden, dazwischen einzelne Giraffen, die ihnen ihre langen Hälse neugierig entgegenrecken, um sich beim Anblick des Bakkie gravitätisch unter die spärlichen Bäume zurückzuziehen. Die Piste verkommt immer mehr zu einem schmalen, zweispurigen Band, das sich zwischen Felsbrocken und Buschgruppen, vorbei an großen, allein stehenden Bäumen, durch die Landschaft windet. Im flachen Gelände beschleunigt Sutter, worauf er sofort eine kilometerlange Staubfahne hinter sich her zieht. In manchen Felspassagen, wo die Piste mit Dynamit frei gesprengt wurde, geht es nur im Schritttempo voran.

Nach einem ausgetrockneten Flussbett liegt am Fuß einer lang gezogenen Hügelkette die Farm. Das Weiß des Haupthauses sticht aus der trockenen Landschaft. Wuchtige Holzsäulen tragen den weitläufigen Balkon, der über die ganze Fassade reicht. Abgeschirmt durch mannshohe Büsche, lehnen ein paar mit Schilfgras gedeckte Rundhütten an den Felsen. Daneben, im Schatten alter Pappeln, erstreckt sich ein weites, wild wucherndes Gehege. An dessen Maschendraht streichen zwei Geparde entlang, die die Ankunft des Bakkie gelangweilt zur Kenntnis nehmen.

Sutter hält auf dem sandigen Vorplatz des Haupthauses, und als er aussteigt, stürmen drei große Rottweiler auf ihn zu. „Bleibt noch einen Moment oben", sagt er zu Nelio. „Ich muss euch erst mit ihnen bekannt machen." Er kniet sich zu den Hunden in den Sand und umarmt jeden wie einen guten Freund, wobei er ihnen etwas ins Ohr flüstert. Dann winkt er Josepha, seine Haushälterin herbei, die von der Veranda aus schweigend die beiden zerlumpten Männer auf der Pritsche betrachtet hat. „Halte sie bitte, Josepha, sie sollen sich erst an die beiden gewöhnen. Das ist Nelio Machel und sein Sohn Joao, sie werden für eine Weile bei uns bleiben. Das ist Josepha, sie ist stumm", sagt er ohne weitere Erklärung.

Die Frau steigt die paar Stufen von der Veranda in den Hof und hält zwei der Hunde am Halsband fest. Dabei lässt sie die beiden Neuankömmlinge nicht aus den Augen.

Sutter, den dritten Hund bei Fuß neben sich, wendet sich an Nelio. „Ihr könnt jetzt runter kommen. Sie werden euch beschnuppern, danach ist alles in Ordnung."

Joao, die Angst ins Gesicht geschrieben, klettert vorsichtig, die Hunde immer im Auge behaltend, von der Pritsche. Stocksteif bleibt er mit angelegten Armen neben seinem Vater stehen. Der Drang sich abzuwenden und davon zu laufen ist ihm ins Gesicht geschrieben. Als Nelio schützend den Arm um seine Schultern legt und den Hunden vorsichtig eine Hand entgegenstreckt, beginnt sich der Junge zu entspannen.

„Keine Sorge, sie tun euch nichts, solange ich dabei bin", sagt Sutter. „Aber wenn sie jemand nicht kennen, können die drei recht unangenehm werden. Das hier ist Josiah, er ist mein Liebling, die beiden anderen sind Esau und Jacob." Anerkennend klopft er dem neben ihm stehenden Rüden die Flanke und schickt ihn dann zu den beiden anderen. „Nachts laufen sie frei, weil es auf der Farm ziemlich einsam wird. Die Arbeiter gehen zurück in ihre Dörfer, nur Josepha ist immer hier. Sie ist der gute Geist des Hauses und die Hunde sind unsere Versicherung gegen unliebsame Besucher. Kommt, ich zeige euch wo ihr schlafen könnt." Sutter geht geradewegs auf eine der Hütten zu und stößt die aus ungehobelten Brettern genagelte Tür auf. „Wir haben sie als Kornspeicher benützt, sie ist trocken. Mit ein paar Matratzen und Decken müsste es gehen, dann sehen wir weiter. Josepha wird euch Essen bringen, und hinter dem Haus befindet sich eine offene Dusche. Morgen früh, Nelio, reden wir über die Arbeit."

Kurz nachdem Sutter gegangen ist, bringt ihnen Josepha Brot, Wasser und Streifen getrockneten Straußenfleisches, das sie noch unter ihren Augen gierig verschlingen. Nelio versucht mit ihr ins Gespräch zu kommen, doch sie schüttelt nur abweisend den Kopf.

Als sie allein sind, sagt Joao: „Sie kann uns nicht leiden. Hast du gesehen, wie sie uns ansah? Als wären wir Lumpengesindel. Magst du den Mann? Er spricht portugiesisch, glaubst du, er kommt auch aus Mozambique?"

„Nein, bestimmt nicht. Vermutlich spricht er mehrere Sprachen, er hört sich nicht an, als wäre er schon lange hier. Ich weiß nicht, ob ich ihn mag. Aber wir können nicht wählerisch sein. Wegen ihr mach dir keine Sorgen, sie ist stumm, hat Sutter gesagt. Mir kommt sie eher neugierig vor. Du magst die Hunde nicht, oder?"

„Sie machen mir Angst. Und hast du die wilden Tiere hinter dem Zaun gesehen, ich hoffe da bleiben sie auch während der Nacht."

„Ganz bestimmt."

Im Haupthaus wechselt Sutter die Kleider und lässt sich eine leichte Mahlzeit bringen. Während er darauf wartet, nimmt er das lokale Nachrichtenblatt, das über den Tod eines Rangers im Krüger Park berichtet. Er überfliegt den Artikel, nickt zur Bestätigung. „Dacht ich's mir doch", murmelt er und legt das Blatt zur Seite. Als Josepha das Essen serviert, bleibt sie regungslos stehen, bis er über die Schulter fragt: „Du findest, ich hätte sie nicht mitbringen sollen, oder?"

Sie nickt und schenkt ihm Wein ein.

„Aber du verstehst es nicht. Wir brauchen Hilfe. Vom Dorf kommt keiner, du weißt warum. Der Mann scheint nicht immer auf der Straße gelebt zu haben und der Junge macht einen intelligenten Eindruck. Vielleicht magst du sie ja lieber, wenn sie eine Weile hier sind."

Während Josepha den Tisch abräumt, geht Sutter in sein Arbeitszimmer, wo er einen Stapel Papiere aus dem Regal nimmt, in die er sich vertieft. In dieser Nacht bleibt er noch lange wach, wandert ziellos durch die Räume und trinkt eine halbe Flasche Whiskey leer. Lange nach Mitternacht sucht er einen fensterlosen Raum auf und betrachtet das verblasste Foto Kofis, der in seiner weißen Djelaba vor einer groben Lehmwand sitzt und freundlich in die Kamera blickt. Zu seinen Füßen spielt Christina im Sand. Sie muss jetzt Anfang dreißig sein, wenn sie überhaupt noch lebt, denkt Sutter. Schade, dass Cléo jeden Kontakt abgebrochen hat. Dabei war es für alle das Beste, sonst wäre Christina wohl auch noch zwischen meinen Geschäften zerrieben worden. Celia würde ich gerne wiedersehen. Vermutlich ist sie heute eine aus allen Fugen geratene Schönheit. Er lächelt, als sähe er die barocken Formen seiner früheren Geliebten vor sich.

Wenigstens habe ich mein Versprechen gehalten und Kofis Freundin den Brief gebracht. Hanna hatte keine Ahnung von seinem Tod, wie sollte sie auch. Eine seltsame Frau, sie hat nicht einmal gefragt, wie es dazu kam. Wollte nur wissen, ob es Christina gut geht. Kein Wort wie und wo sie das Kind finden könnte. Es war besser gleich zu gehen, bevor sie anfing ihr Leben vor mir auszubreiten.

Sutter nimmt seine Wanderung durch das Haus wieder auf, und im Morgengrauen schläft er endlich ein, sitzend in einem Lehnstuhl der Bibliothek, umgeben von wahllos verstreuten Büchern.

Gegen acht Uhr morgens stellt Josepha die halb geleerte Whiskeyflasche zurück in den Getränkeschrank. Kurz darauf lässt sie Nelio ins Haus. Sie gibt ihm etwas zu essen und bittet ihn, indem sie es auf einen kleinen Zettel schreibt, später wiederzukommen.

8

Auf der Farm

Das eintönige Leben macht Joao von Tag zu Tag verschlossener.
Abends spricht er vor dem Einschlafen zuweilen mit Nelio, der längst
in die Rolle eines Vorarbeiters hineingewachsen ist. Dabei reden sie
nie über ihre Flucht, als bestünde ein stillschweigendes Einverständ-
nis, alles darum herum auszublenden. Joao vermeidet Sutter so gut er
kann und versucht sein Misstrauen ihm gegenüber zu verbergen. Den
Vater unterstützt er bei der Arbeit, doch es füllt ihn nicht aus. In seiner
Einsamkeit sucht er Geborgenheit bei Josepha, die ihn zunehmend wie
ihren eigenen Sohn behandelt.

An einem späten Frühlingstag im November ändert sich alles.

Im Morgengrauen ist eine Gruppe Männer auf die Farm gekommen
und lagert nun laut debattierend vor dem Haus. Josepha bringt ihnen
zu trinken und Nelio versucht herauszufinden was sie wollen. Doch
keiner ist bereit, mit ihm zu sprechen. Josepha schreibt auf einem hastig hingekritzelten Zettel, dass es Leute aus dem Dorf sind, dessen
Männer sich seit langem weigern zur Arbeit auf die Farm zu kommen.
Es wäre besser, er überließe die Sache Sutter, fügt sie hinzu.

Endlich, um zehn, erscheint Sutter, worauf sich ein kompliziertes Palaver über die Rechte und Pflichten eines Landbesitzers entwickelt.
Die jüngeren Männer sind anscheinend der Meinung, dass es besser
wäre gleich zur Polizei zu gehen, während die Dorfältesten, wegen der
Affäre mit Sutters Vorgänger, davon abraten.

Sutter hört meist nur aufmerksam zu und betrachtet die Landschaft.
Die Nacht zuvor, als er nicht schlafen konnte, macht ihm noch zu schaf-

fen und der Besuch stört ihn eher. Doch als die Männer immer lauter werden, wendet er sich schließlich in Shangaan, der Sprache der Einheimischen, an den Wortführer der Gruppe. „Ich kann sie nicht einfach erschießen. Ihr wisst, dass ich die Tiere schütze, aber ich bin auch an einer guten Nachbarschaft interessiert." Dabei sieht er von Einem zum Anderen, doch die Meisten senken den Blick, einige betrachten ihn voller Hass. Immerhin wird es still, als erwarteten sie mehr, doch Sutter schweigt erneut beharrlich.

„Das wissen wir", sagt der Wortführer, einer der Dorfältesten, nach einiger Zeit. „Aber die Löwen reißen unsere Rinder. Und mit Ihrem guten Draht zur Regierung, haben Sie nichts zu befürchten", fügt er bittend hinzu.

Sutter setzt zu einer Antwort an, lässt es dann aber und wendet sich auf Portugiesisch an Nelio. „Was hältst du davon? Du bist neutral. Sie wollen, dass ich ihr Problem löse. Ich soll ihnen die Löwen vom Hals schaffen und die Polizei am besten gleich mit. Wenn es gut geht, haben wir für ein paar Jahre Frieden mit dem Dorf. Falls ich darauf eingehe, werde ich dich und Joao brauchen."

Joao, der den Disput eher uninteressiert verfolgt hat, ist plötzlich hellwach. Sutter hat ihn persönlich erwähnt, und er sieht an der Reaktion seines Vaters, dass der genauso überrascht ist wie er.

„Wenn es in Ihrem Konflikt mit dem Dorf um Landrechte geht, sollten Sie vorsichtig sein", sagt Nelio. „Solche Streitereien werden in unserem Volk sehr ernst genommen, und nicht selten blutig ausgetragen. Es könnte sein, dass sie Ihnen die Hand reichen wollen, weil sie glauben, dass Sie der Staat beschützt. Und vermutlich stimmt es ja, keiner wird Sie wegen ein paar Tieren zur Rechenschaft ziehen. - Was meinen Sie mit Joao's Hilfe?"

Während er Nelio zuhört, hält Sutter den Kopf auf die Hand gestützt und nickte immer wieder bestätigend, ohne die Männer aus den Augen zu lassen. Schließlich richtet er sich auf, drückt seinen Rücken durch und sagt: „Ja, ich glaube du hast recht, ich muss es machen. Über Joao reden wir später."

Er wendet sich erneut an den Wortführer der Gruppe und sie beginnen ein Palaver, das sich bis in den frühen Nachmittag hinzieht. Plötzlich stehen die Männer auf, der Älteste murmelt einen kurzen Abschiedsgruß, und sie verschwinden, immer noch diskutierend, auf einem ausgetretenen Pfad in Richtung ihres Dorfes.

„Du willst sicher wissen, worüber es noch so viel zu reden gab. Und vermutlich hast du auch nur die Hälfte verstanden", sagt Sutter zu Nelio, nachdem die Männer verschwunden sind. „Komm in einer halben Stunde zu mir, wir essen zusammen und ich erkläre dir alles, so weit ich es selbst ausmachen kann."

Er dreht sich um und zieht sich ins Haus zurück.

„Weißt du, was die Leute von ihm wollten?", fragt Joao.

„Nicht ganz. Anscheinend geht es um ein Löwenrudel, das ihre Rinder reißt und sich dann auf Sutters Reservat zurückzieht. Er soll ihnen die Löwen vom Hals schaffen. Mehr habe ich nicht verstanden. Aber vielleicht erklärt er mir ja den Rest beim Essen. Du hast sehr aufmerksam zugehört, vor allem, als es um dich ging. Anscheinend sollst du dabei sein, wenn wir die Löwen einfangen."

„Gut, dass du schon da bist. Josepha hat bereits angerichtet." Sutter steht auf, legt seine Notizen zur Seite und nimmt Nelios Arm, um ihn in Richtung Esszimmer zu schieben.

Das erste Mal, dass er mich anfasst, denkt Nelio, wobei er eher verwirrt und ablehnend reagiert. Sie setzen sich, jeder an ein Ende des ausladenden Eichentischs, der spielend Platz für zehn Personen bietet. Josepha trägt unaufgefordert Brot, einen Krug mit Wasser, Wurst und Streifen getrockneten Straußenfleischs auf.

„Komm hierher, neben mich, da oben bist du zu weit weg. Ich mag nicht brüllen, um dich zu erreichen", sagt Sutter und deutet auf den Stuhl neben sich. „Hast du verstanden, um was es ging?"

„Nicht alles. Es scheint sich um alte Wunden zu handeln. Sie machen Ihnen Vorwürfe, die ich nicht verstanden habe."

„Sie bestreiten ganz einfach, dass ich die Farm rechtmäßig erworben habe, weil das Land seit Generationen ihrem Stamm gehört. In ihrem Verständnis kann man Land nicht kaufen, es gehört allen. Höchstens der Häuptling hat ein Recht darüber zu verfügen. Mein Vorgänger hat versucht, in einem der Seitentäler Rinder zu züchten, und hat ihnen das wenige Wasser, das es hier gibt, weggenommen. Also haben sie die Tiere immer wieder gestohlen und blitzschnell verarbeitet. Als der Farmer mithilfe der Nachbarn Wachposten aufstellte, kam es während einer nächtlichen Aktion zur Schießerei, bei der ein Mann aus dem Dorf getötet wurde. Die Farmer behaupten, sie hätten den Mann dabei erwischt, wie er eine Kuh abhäutete. Dabei wäre es zu einem Gerangel gekommen, worauf der Mann eine Pistole zückte und ohne Vorwarnung schoss. Er hätte ihnen keine andere Wahl gelassen, als zurückzuschießen. Aber die Leute aus dem Dorf sind der Meinung, dass der ganze Vorfall inszeniert war. Nach der Schießerei wollte die Polizei ein Exempel statuieren, und so landete die Familie des vermeintlichen Viehdiebs im Gefängnis. Dann dauerte es nicht lange, bis sie den Farmer mit einer Kugel im Kopf fanden, dort, wo die Piste das Flussbett überquert. Für eine Weile hielt der Sohn des Farmers den Kleinkrieg aufrecht, aber als er einen Käufer fand, mich, gab er auf und zog nach Süden. Ich hatte von all dem nichts gewusst. Erst als ich merkte, dass ich keine Arbeiter aus dem Dorf bekam, schwante mir etwas."

Sutter hält inne, nimmt einen tiefen Schluck Wasser, belegt eine Scheibe Brot mit Wurst und kaut in Gedanken weit weg. „Anfangs war Ruhe, aber es war eher eine Ruhe vor dem Sturm", fährt er schließlich fort. „Dann fand ich die ersten Kadaver auf meinem Land. Sie hatten sich nicht einmal die Mühe gemacht die Tiere zu häuten, als wollten sie mir dadurch ihre ganze Verachtung zeigen. Einmal haben sie eine Herde Antilopen geschossen. Einfach mit dem Maschinengewehr niedergemäht und liegen gelassen. Wenn unsere Rinder hier nicht grasen dürfen, dann sollen es deine Tiere auch nicht, hieß das wohl. Damals beschloss ich mich zu wehren, aber ich wollte es auf meine Art tun." Sutter schneidet sich eine dicke Scheibe Brot ab und bestreicht sie mit Butter. Dann schiebt er das Brett mit dem Laib Brot zu Nelio und fragt: „Du isst ja kaum etwas, schmeckt es dir nicht?"

„Doch, doch, ich will nur erst wissen, wie es weitergeht."

Sutter lächelt, zieht das Brot wieder zu sich und schneidet eine weitere Scheibe ab. „Also habe ich einen älteren Mann angeheuert, um herauszufinden, was sich hinter der Feindseligkeit verbirgt. Aber es war eher frustrierend", sagt er mit vollem Mund. „Er sollte sich für ein paar Tage im Dorf einquartieren und umhören. Der Mann hatte Jahre damit verbracht, den Untergrund für den African National Congress aufzubauen. Ein runder, rechtschaffener Mann, der seinen Krämerladen in Acornhoek dazu benützt hatte, die Nachbarschaft zu pflegen. Er wusste, wem er vertrauen konnte, und wem nicht. Aber er konnte nicht helfen."

„Warum?" fragt Nelio, der sich wundert mit welcher Ausführlichkeit Sutter ihm die Sache schildert.

„Ganz genau weiß ich es auch nicht. Er hat mir nur erklärt, dass er in das Dorf gefahren sei, wo er eine junge Frau nach einer Unterkunft fragte. Sie war sehr entgegenkommend, aber als er zu erkennen gab, dass er gerne in der Gegend Land kaufen wolle, meinte sie, das wäre kein guter Platz, um Land zu kaufen, hier gäbe es nur Schwierigkeiten. Als er sich nach den Schwierigkeiten erkundigte, hat sie ihm die Geschichte von dem weißen Farmer erzählt, der getötet wurde, weil er seine Arbeiter schlecht behandelt hatte, und jetzt würden sie die Polizei nicht mehr los. Dann wies sie auf einen jungen Mann, der sie schon die ganze Zeit beobachtet hatte. Er könne ihm mehr erzählen, seine Familie sei damals wegen der Sache im Gefängnis gewesen, meinte sie. Da ist mein ‚undercover' schleunigst wieder abgefahren. Als Grund nannte er, dass sie in dem Dorf wahrscheinlich einen Mörder decken, und jetzt kommt er, unangekündigt, und stellt Fragen, die sich nach Polizei anhören. Er wisse, dass in ähnlichen Situationen Männer umgebracht wurden. Dann gab er mir die Anzahlung zurück und ging." Sutter steht auf, geht an die niedrige Kommode neben dem Tisch, entnimmt ihr einen Korkenzieher und öffnet die Flasche Rotwein, die Josepha bereitgestellt hat. „Du auch?"

„Nein, danke. Ich bleibe beim Wasser. Warum haben Sie überhaupt dieses Land gekauft? Und warum gehen Sie nicht einfach woanders hin, wenn Sie wissen, dass die Leute Sie hier nicht haben wollen?"

Sutter hebt verwundert den Kopf, als verstünde er die Frage nicht richtig. Für einen Moment betrachtet er Nelio voller Misstrauen. „Weil es zum Verkauf stand, und weil mir das Land gefällt. Es ist genau das, was ich haben wollte. Außerdem gehöre ich nicht zu denen, die den Schwanz einziehen, wenn es eng wird. Ich habe noch nie aufgegeben, gehört zu meinen Prinzipien: Sachen durchstehen, bis ich gewinne, oder mir alles um die Ohren fliegt", fügt er lachend hinzu.

Als er nicht weiter redet, sagt Nelio, vorsichtig Sutters Reaktion abschätzend. „Hier ist nicht mehr alles wie früher, als die Weißen noch uneingeschränkt das Sagen hatten. Mandela ist frei und die Leute rechnen mit einem Sieg des ANC bei den nächsten Wahlen. Dann steht als erstes die Landfrage an. Und wenn Rinder im Spiel sind, wird es sehr emotional. Warum kommen die Leute aus dem Dorf überhaupt zu Ihnen? Allein aus Angst vor der Polizei?"

Sutters Miene verdüstert sich, bis ein kurzes, sarkastisches Lachen aus ihm hervorbricht. „Ich vermute aus reinem Aberglauben. Bei den Löwen befindet sich ein weißes Junges. Das Albino macht sie unsicher, sie wollen vermeiden, dass irgendein böser Zauber auf ihr Dorf fällt. Da ist es ihnen schon lieber, ich kriege alles ab, den Zauber und die Schwierigkeiten mit der Polizei." Sutter schenkt sich Wein nach, wobei er achtlos ein paar Tropfen verschüttet. Dann reicht er Nelio die Flasche, der aber weiterhin den Kopf schüttelt. „Trinkst du überhaupt Alkohol?"

„Wasser reicht mir."

Sutter reagiert, als könne er sich ein Leben ohne Alkohol nicht vorstellen. Er zieht die Augenbrauen hoch und stellt die Flasche wieder auf den Tisch. „Auf alle Fälle habe ich die Farm rechtmäßig erworben. Ich will friedlich mit den Leuten zusammenleben, aber ich traue ihnen so wenig, wie sie mir“, sagt er bestimmt.

Nach einer kurzen Pause, in der jeder seinen Gedanken nachhängt, sagt Sutter: „Du hast vorhin gesagt, dass alle mit einem Sieg des ANC rechnen. So wird es wohl kommen, nur was dann? Keiner dieser selbst ernannten Revolutionäre hat ausreichend Erfahrung, um dieses große Land zu führen. Und falls sie alle Weißen hinauswerfen, wird es das Ende der Republik sein, so wie wir sie kennen.“ Er nimmt einen Schluck Wein und sieht aus dem Fenster, dabei schüttelt er nachdenklich den Kopf. „Bevor es dazu kommt, gehe ich lieber“, sagt er leise. „Ich will nicht warten, bis eine Situation wie in Zimbabwe entsteht. Deshalb möchte ich, dass du die Farm übernimmst, als mein Verwalter. Und Joao braucht eine vernünftige Ausbildung, er ist zu klug, um hier zu vergammeln. Was denkst du?“

Nelio sieht verblüfft auf Sutter, als könne er nicht glauben, was er gerade gehört hat. „Das kommt sehr überraschend“, sagt er, und nimmt einen Schluck Wasser. Für einen Moment kämpft er mit sich, wobei er vermeidet Sutter anzusehen. Schließlich, als hätte er sich zu etwas durchgerungen, sagt er: „Als wir durch den Park flüchteten, dachte ich nur ans Überleben.“ Er wirkt befreit, froh endlich mit jemand darüber reden zu können. „Ich dachte, der Krieg könne nicht ewig dauern und wollte so schnell wie möglich zurück nach Mozambique. Aber die Kämpfe ziehen sich hin und das Land liegt am Boden. Ich danke Ihnen für alles, was Sie für uns getan haben, aber ich kann trotzdem nicht sofort zusagen. Bis zu den Wahlen hier wird viel passieren. Vielleicht bricht Chaos aus, wer kann das heute wissen. Wenn alles gut gehen sollte, können wir reden, falls Ihr Angebot dann noch gilt."

Sutter wundert sich, bemüht es nicht zu zeigen. „Es ist eine gute Chance, Nelio, warum ergreifst du sie nicht?"

„Darüber kann ich jetzt nicht sprechen."

„Wie du willst. Lass uns über deine Flucht ein andermal reden. Ich möchte wissen, was damals passierte."

„Ja. Ich sollte jetzt gehen, Joao fragt sich bestimmt, was Sie mit den Löwen vorhaben."

„Wir müssen sie betäuben und in den Krügerpark zurückbringen. Die Tiere sind schwer zu handhaben, wenn sie bewusstlos sind, deshalb brauche ich dich und Joao. Einer der Männer aus dem Dorf wird uns begleiten, er weiß, wo sich das Rudel aufhält, aber ich will mich nicht allein auf ihn verlassen. Joao soll eines der Gewehre tragen, er ist ein guter Junge, dem ich vertrauen kann. Morgen früh, kurz nach Sonnenaufgang, brechen wir auf. Es wird ein langer Tag werden. Achte darauf, dass wir genug Proviant und vor allem Wasser mitnehmen. Um die Gewehre kümmere ich mich selbst."

Als Nelio seine Schlafhütte betritt, hört er Joao's Stimme aus der Dunkelheit. „Ihr habt lange geredet. Will er uns nicht mehr haben?"

„Nein, im Gegenteil. Du sollst bei der Löwenjagd eines der Gewehre tragen, er vertraut dir, sagt er. Seltsam, dabei dachte ich immer, er mag dich nicht. Er glaubt, dass er das Land verlassen muss, wenn der ANC an die Macht kommt. Dann braucht er jemand, der für ihn die Farm verwaltet. Ich soll das machen, aber ich weiß nicht, ob ich das will. Und er meint, es würde langsam Zeit für dich auf eine Schule zu gehen."

Joao bleibt still zusammengekrümmt auf dem blanken Lehmboden sitzen.

Nelio, dessen Augen sich inzwischen an die Dunkelheit gewöhnt haben, sieht seinen Sohn, die Arme um die Knie geschlungen, wie er nachdenklich an den nackten Zehen zupft. „Wird es hier auch Krieg geben?", fragt Joao unvermittelt.

Nelio hört die Angst in der Stimme. Ich hätte ihn besser vorbereiten müssen, nicht einfach nur ein paar Brocken hinwerfen, die er gar nicht schlucken kann, denkt er. „Hoffentlich nicht, aber ich bin mir nicht sicher. In den großen Städten herrscht anscheinend eine Art Kleinkrieg zwischen den Xhosas und den Zulus. Die Weißen sitzen daneben und warten ab, als hätten sie nichts damit zu tun. Früher wurden Leute wegen einer Kleinigkeit erschossen und jetzt denken viele, die Unruhen wären inszeniert, um die Weißen an der Macht zu halten. Trotzdem verlassen immer mehr Weiße das Land, und Sutter wird wohl bald auch dazu gehören. Er ist in letzter Zeit sehr auf der Hut."

„Hat er etwas verbrochen?"

„Das weiß ich nicht. Er hat uns geholfen, aber wir sind nicht seine Freunde. Er ist Weiß, wir sind Schwarz. Er hat alles, wir haben nichts." Nelio schweigt und starrt in die Nacht. „Wenn ich die Verwaltung annehme, ist es eine echte Chance für uns", sagt er schließlich.

„Josepha meint auch, ich müsse auf eine Schule, aber ich will nicht weg von dir."

„Du sollst einmal selbst entscheiden können, was du aus deinem Leben machst. Du bist talentiert, aber du musst noch viel lernen."

Joao sieht gespannt auf seinen Vater, dessen Umrisse er nur schemenhaft wahrnimmt. „Du hast dich bereits entschieden! Ist es so?“, fragt er und steht auf.

„Nein, aber du bist kein kleiner Junge mehr, Joao. In der Nähe gibt es eine Missionsschule, sagt Sutter, wir sollten darüber nachdenken.“

„Warum will er, dass ich mit zu den Löwen komme?“, fragt Joao über die Schulter, und macht einen Schritt in die klare Nacht, als würde ihn das Thema Schule schon nicht mehr interessieren.

„Er braucht uns, die betäubten Tiere sind schwer. Und er glaubt, dass uns die Leute danach besser akzeptieren. Vermutlich hat er Recht, es kommt darauf an, wie es ausgeht“, ruft ihm Nelio hinterher.

Joao taucht ein in die Dunkelheit, doch Nelio weiß, dass er zu den Geparden geht, wo er immer sitzt, wenn er etwas zu verarbeiten hat. Das ruhelose Vorbeistreichen der Katzen beruhige ihn, hat er einmal gesagt.

Nach einiger Zeit kommt Joao zurück, und setzt sich mit gekreuzten Beinen vor seinen Vater auf den Boden. „Ich möchte mitkommen, und ich werde in diese Missionsschule gehen, wenn du es willst. Wann brechen wir auf?“

„Bei Tagesanbruch. Ich sage Sutter Bescheid.“

Als Nelio gegangen ist, bleibt Joao noch eine Weile wie erstarrt sitzen. Er fürchtet sich vor den Löwen, die Bilder und Geräusche ihrer Flucht durch den Krüger Park kommen zurück. Vor seinen Augen sieht er das brandige Bein seiner Mutter Ana, hört ihren rasselnden Atem, und auf einmal wünscht er sich von einem der Löwen zerrissen zu werden. Durch die offene Tür zeichnet der tief stehende Mond ein fahles Viereck auf den Lehmboden. Joao steht auf und machte sich auf den

Weg zu Josepha. Auf der Terrasse sieht er Sutter und Nelio im Gespräch vertieft. Im Hintergrund laufen Nachrichten über den Zerfall des Sowjetimperiums.

9

Löwenjagd

Noch bevor es hell wird, belädt Nelio den Bakkie mit mehreren Kanistern Wasser, Brot und Streifen getrockneten Straußenfleischs. Die Gewehre, ein 6,5 mm Manlicher, mit dem Nelio inzwischen gelernt hat umzugehen, und zwei großkalibrige Doppelläufer, hängt er in die Haltevorrichtung an der Rückseite des Fahrerhauses.

Sutter hat die Waffen in der Nacht sorgfältig gereinigt und macht jetzt Joao mit dem Sicherheitsmechanismus vertraut. „Die schmeißen jeden Elefanten um, die Löwen haben keine Chance, du brauchst dir also keine Sorgen zu machen", flachst er.

Während sie noch das Auto beladen, steht plötzlich der Mann aus dem Dorf vor ihnen, der sie zu den Löwen führen soll. Unterm Arm trägt er eine alte AK 47. Sutter sieht ihn verwundert an, und sagt ein paar hastige Worte auf Afrikaans, worauf der Mann nur mit den Schultern zuckt, das halb automatische Gewehr auf den Beifahrersitz legt, und in aller Ruhe auf die Abfahrt wartet.

Die Piste schlängelt sich durch eine dichte Buschlandschaft, überquert ausgewaschene, um diese Jahreszeit trockene Flussbette, bis sie sich in der offenen Savanne verliert. Nach drei Stunden Fahrt haben sie weniger als vierzig Meilen zurückgelegt, und die Sonne beginnt zu stechen. Am Ende einer sandigen Senke und dem kurzen Anstieg auf die Kuppe eines kleinen Hügels können sie das Gelände vor ihnen übersehen. In großer Höhe ziehen Geier ihre Kreise.

„Dort muss es sein. Sie fliegen sehr hoch, d.h. die Löwen sind noch an der Beute", sagt Sutter, schaltet den Motor aus und sucht mit dem

Fernrohr das lang gestreckte Tal ab. „Es sind vier, zu viele, um alle zu betäuben. Den Löwen schaffe ich, vielleicht noch ein Weibchen, aber die beiden anderen werden sich aus dem Staub machen. Wir müssen uns etwas anderes überlegen." Er verzieht das Gesicht, als hätte er nicht damit gerechnet, und reicht Nelio das Glas. „Was hältst du davon? Ich habe keines der Jungen gesehen."

Nelio nimmt das Fernglas, richtet die Schärfe auf seine Augen ein, und berichtet, als würde er ein Protokoll verlesen: „Sie haben eine Impala erlegt. Der Löwe ist satt und hat sich bereits in den Schatten zurückgezogen. Zwei Löwinnen sind noch am Kadaver, aber sie streiten sich nicht mehr um die Beute. Eine Löwin liegt etwas abseits unter einem Busch. Ich kann ihre beiden Jungen gut sehen. Das eine ist viel heller, das Albino wahrscheinlich, genau kann ich es nicht erkennen."

Als Nelio das Fernglas zurückgibt, fällt ihm auf, wie nervös der Mann aus dem Dorf am Sicherheitsmechanismus der AK 47 fingert. Er sitzt sprungbereit, die Maschinenpistole zwischen den Beinen und starrt auf die Geier. Hoffentlich geht das gut, denkt Nelio, mir wäre wohler, wenn er das Ding nicht in Händen hielte.

„Wir versuchen es trotzdem mit der Betäubung", sagt Sutter. „Ich glaube nicht, dass sie uns angreifen, sie sind satt und träge. Nur auf die Löwin mit den Jungen müssen wir achten. Der Wind steht gegen uns, sie können uns nicht riechen, und vermutlich auch nicht richtig erkennen, was auf sie zukommt. Ihr Instinkt lässt sie eher ein großes Tier vermuten. Wenn ich halte, gibst du mir das Gewehr mit den Betäubungspatronen. In der Manlicher und der Springfield lassen wir besser scharfe Munition, man kann nie wissen. Joao, es ist besser du entsicherst die Gewehre schon jetzt. Aber halt sie gut fest, nicht, dass sie aus Versehen losgehen."

Sutter schaltet den Motor ein und rollt langsam in Richtung des Rudels.

Die Löwin hat ihre Jungen inzwischen zu dem Kadaver geführt, während sie sich, im Schatten der Akazie, neben ihrem Gefährten niederlässt. Sie blickt gelassen auf das Fahrzeug, das sich nähert und dessen Umrisse sie nur verschwommen erkennt. Sie nimmt keine Menschenwitterung wahr, aber sie beobachtet das Fahrzeug und bewegt ihr Haupt von einer Seite zur anderen. Dann, während sie noch zögert, ob nicht doch Gefahr besteht, sieht sie, wie sich die Gestalt eines Mannes von dem Vehikel löst. Sie erhebt sich, wendet den Kopf in Richtung ihres mächtigen Gefährten und ruft die Jungen zu sich. Dann springt sie der Deckung der nahen Büsche zu. Im selben Moment beginnt ein Rattern und sie spürt den Einschlag in ihrer Flanke. Siedende Übelkeit steigt in ihr auf, trotzdem trabt sie weiter in Richtung Busch, während das Krachen um sie herum kein Ende nimmt.

„Ich hab sie erwischt, sie werden keines unserer Rinder mehr reißen", schreit der Mann aus dem Dorf hysterisch, nachdem er aus dem Auto sprang und das komplette Magazin auf die Tiere abgefeuert hat.

Für eine Sekunde wirkt Sutter perplex. „Waaas", schreit er, würgt den Motor ab und rennt um den Bakkie herum, um dem Mann die Waffe aus der Hand zureißen. Als der die Maschinenpistole festhalten will, tritt ihm Sutter mit voller Wucht in den Unterleib. Wie ein leerer Sack kippt der Mann nach vorne und Sutter schlägt ihm die Faust ins Gesicht. Sofort fließt Blut aus Mund und Nase. Doch bevor Sutter weiter auf den Mann einprügeln kann, fällt ihm Nelio in den Arm. „Es reicht", sagt er, doch Sutter hat sich bereits wieder unter Kontrolle. Er bückt sich, hebt die Kalaschnikow auf und wirft sie auf die Pritsche des Bakkie.

„Tu das nie wieder", sagt er drohend zu Nelio. „Sieh zu, dass er sie nicht mehr zu fassen kriegt." Dann wendet er sich an den Mann aus dem Dorf, der zusammen gekrümmt auf dem Boden sitzt und seine aufgeplatzte Lippe betastet. „Haben sie dir gesagt, dass du das machen sollst?", fragt er übertrieben ruhig, als müsse er seine Aggressivität mit Gewalt unterdrücken. „Am liebsten würde ich dich erschießen." Er wirkt jetzt ruhiger, doch sein Gesicht ist blass, fast durchscheinend. Nur die Augen verraten noch seine unbändige Wut. „Wir müssen die Löwin finden", wendet er sich an Nelio. „Sie wird ihre Jungen nicht allein lassen. Aber wenn sie getroffen ist, was ich bei dem Streufeuer vermute, wird sie auf uns warten."

„Was heißt das? Was wollen Sie tun?" Nelio packt die Angst, weil er plötzlich begreift was Sutter vorhat. Dabei lässt er Joao keinen Moment aus den Augen.

„Nicht viel Alternativen. Wir werden hineingehen und sie suchen."

„Können wir sie nicht einfach vertreiben? Oder der Mann schießt eine Garbe Munition ins Gras und kriegt sie damit."

Sutter sieht ihn irritiert an. „Vertreiben geht nicht, sie wird ihre Jungen nicht allein lassen. Und aufs Geratewohl hineinfeuern bringt auch nichts, sie kann überall sein. Vermutlich liegt sie flach auf dem Boden und wartet, bis wir nahe genug sind. Dann greift sie an", sagt er lapidar, als wäre es das Natürlichste auf der Welt.

„Und wenn Sie den Mann allein losschicken. Schließlich hat er uns das Ganze eingebrockt."

„Was soll das, Nelio, wir sind keine Mörder." Sutter ist ungehalten und dreht sich ab.

„Ich will nicht, dass Joao da hineingeht."

„Ich weiß, aber wir haben keine Wahl." Sutters Antwort kommt scharf, er will keine Widerrede mehr hören und lässt Nelio einfach stehen.

„Warum nehmen wir nicht nur die beiden Jungen und verschwinden?", ruft ihm Nelio hinterher, in einem letzten, verzweifelten Versuch Joao herauszuhalten.

„Nein", sagt Sutter, und richtet sich an den Mann aus dem Dorf. „Geh und such ihre Schweißspur. Ich bin drei Schritte hinter dir, mit einem entsicherten Gewehr. Glaub ja nicht, dass du abhauen kannst, es wäre mir ein Vergnügen dich wie einen räudigen Hund, zu erledigen. Joao, du trägst das andere Gewehr, und Nelio bleibt beim Auto. Habt ihr mich verstanden? Es gibt nichts mehr zu diskutieren", sagt er kalt und wendet sich an Joao, der die ganze Zeit bleich auf der Pritsche des Bakkie gesessen und hilflos zugesehen hat. „Gib mir das kurze, großkalibrige. Du behältst die Springfield und reichst sie mir, sobald ich mit der Kurzen gefeuert habe. Nelio, du nimmst die Manlicher und passt auf, dass uns die Löwin nicht im Rücken anfällt. Wenn wir erst einmal im Gras sind, kannst du uns nicht mehr helfen."

Sutter nimmt das Gewehr, das ihm Joao reicht, wirft die Betäubungspatronen aus und lädt die Doppelläufige mit scharfer Munition.

„Ich will nicht, dass Joao da hinein geht", sagt Nelio tonlos vor Angst.

„Es wird ihm nichts passieren, er hat zwei Mann vor sich. Wir brauchen dich als Rückendeckung, du kannst nicht an seiner Stelle gehen“, sagt Sutter.

„Lass es Vater, er hat Recht. Er kann nicht beide Gewehre tragen und gleichzeitig schießen.“ Joaos Stimme krächzt, als er von der Pritsche steigt und sich neben Sutter stellt. „Kann ich einen Schluck Wasser haben?“

Nelio geht zum Auto und holt einen der Plastikkanister. Schwer ist er, viel schwerer als sonst, und das Wasser schimmert bläulich durch das Plastik. Während Joao trinkt, beobachtet Nelio das hohe Gras mit den vereinzelten Felsen darin. Ein Windstoß lässt es leise wogen. Als Nelio auch dem Mann aus dem Dorf den Kanister reicht, sieht er die Angst in seinen Augen.

„Gut, gehen wir“, sagt Sutter und stößt dem Mann aus dem Dorf den Gewehrlauf zwischen die Rippen.

Fünfzig Meter tiefer im Gras liegt die Löwin flach hingestreckt am Boden. Ihre Ohren sind angelegt, und die einzige Bewegung ist ein schwaches Zucken ihres langen Schwanzes. Ihre Weichen sind nass und heiß, und Fliegen sitzen auf der kleinen Öffnung, die die Kugel in ihr lehmfarbenes Fell gerissen hat. Als sie sich erheben will, um ihre Jungen zu suchen, durchzuckt sie der Schmerz und ihre Pranken graben sich in die ausgedörrte Erde. Sie kann die Männer sprechen hören, und plötzlich kommen die Stimmen auf sie zu. Ihr Schmerz, ihre Übelkeit und Hass verdichten sich zum Sprung. Ihr Schwanz zuckt auf und nieder, und als die Männer den Rand des Grases betreten, stößt sie ein heiseres Röcheln aus und greift an.

Alles, was Joao wahrnimmt, ist, dass der Mann aus dem Dorf rennt, und Sutter das Gewehr hochreißt. Dann hört er zweimal, kurz hintereinander, ein lautes Krachen, und sieht die Löwin auf Sutter zukriechen. Sie sieht grausig aus, als wäre ihr ein Teil des Kopfes weggerissen. Sutter steht unbeweglich mit ausgestreckter Hand und wartet auf die Springfield. „Gib", sagt er, ohne die Augen von der sterbenden Löwin zu wenden. Joao zittert am ganzen Leib und reicht ihm das Gewehr, worauf Sutter sorgfältig zielt, ein letztes Mal schießt, und der kriechende, lehmfarbene Rumpf der Löwin in einem letzten Zucken erstarrt.

In dem Moment verlässt Joao alle Kraft, seine Beine versagen, und er sinkt zu Boden, wo er hemmungslos zu schluchzen beginnt. Auf einmal spürt er Sutters Hand auf der Schulter und sieht seinen Vater auf sich zueilen.

„Er hat sich glänzend gehalten", hört er Sutter wie aus weiter Ferne, bevor ihn Nelio in die Arme nimmt.

Sutter geht inzwischen von einem Löwen zum anderen, prüft, ob sie noch leben und beugt sich schließlich zu den beiden fauchenden Jungen. Dann winkt er Joao zu sich. „Komm, sie brauchen dich. Du musst dich jetzt um sie kümmern, eine Mutter haben sie ja nicht mehr. Wenn wir sie durchbringen wollen, müssen wir uns beeilen."

Dann geht er zu dem Mann aus dem Dorf und spricht ein paar hastige Worte mit ihm, die sich wie Befehle anhören. Der Mann sieht ihn nur feindselig an, zieht ein langes Buschmesser aus dem Gürtel und schneidet jedem der toten Tiere die Schwanzquaste ab. Er wickelt die

Trophäen in ein schmutziges Tuch und verschwindet hinter ein paar Felsen im Busch.

„Warum?", fragt Nelio.

„Er braucht einen Beweis für das Dorf", sagt Sutter. „Ich hab ihn weggeschickt, kann ihn nicht mehr ertragen. Soll er doch sehen, wie er allein zurück kommt." Er wendet sich an Joao und deutet auf die beiden Löwenjungen. „Was machen wir mit ihnen? Wir können sie nicht hier lassen, jetzt, da sie keine Mutter mehr haben. Hast du dir schon überlegt, wie wir sie nach Hause bringen?"

„Sie sind ruhiger geworden", sagt Joao, „vielleicht kann ich sie zum Auto tragen und während der Fahrt auf der Pritsche bei mir behalten."

„Gut, wenn du glaubst du schaffst es. Zieh dir meine Regenjacke an, damit du nicht völlig zerkratzt wirst, und dann nichts wie weg. Die Kadaver überlassen wir den Hyänen, ich will keine Trophäen von durchlöcherten Löwen. Nelio, willst du bei Joao sitzen, oder kommst du zu mir nach vorne?"

Nelio sieht fragend auf seinen Sohn.

„Setz dich ruhig zu ihm, ich komme schon klar mit den beiden", sagt Joao voller Stolz. Dann hebt er die tapsigen Tiere auf die Pritsche, setzt sich zwischen sie und klemmt sich je eines der fauchenden Kätzchen unter den Arm.

Auf der Farm wartet Josepha bereits auf sie. Ihr Gesicht leuchtet, als sie Joao unverletzt sieht, und er ihr freudestrahlend ein Löwenbaby entgegenhält.

„Wir brauchen etwas warme Milch, die beiden haben seit Stunden nichts zu trinken gekriegt", ruft ihr Sutter noch aus dem fahrenden Auto zu und lacht, als sie eilends im Haus verschwindet.

„Darf ich mich weiter um sie kümmern?", fragt Joao, während er, das hellfarbene Weibchen unterm Arm, von der Pritsche steigt.

„Natürlich, das ist jetzt dein Job", sagt Sutter. „Sie brauchen dich, es wird aber nicht leicht werden. Ich hoffe, sie vertragen Kuhmilch, ansonsten musst du versuchen in der Umgebung eine Hündin zu finden, die gerade geworfen hat. Du solltest ihnen einen Namen geben. Wie wär's mit Rani für das Weibchen? Rani heißt, glaube ich, eine indische Göttin, vielleicht hilft sie uns, die Beiden aufzuziehen."

„Rani ist gut", nickt Joao und trägt die beiden Löwenjungen in seine Hütte.

10

Limpopo

Als Sutter, zurückgezogen in seinem Arbeitszimmer, der Eröffnungs-
rede de Klerks vor dem Parlament in Pretoria lauscht, ahnt er, dass
seine Zeit im Süden Afrikas abgelaufen ist. Auf dramatische Weise ver-
kündet der Präsident der Südafrikanischen Republik die Aufhebung
des ANC Banns und die Legalisierung anderer Untergrundorganisatio-
nen. Die Zeit für Verhandlungen ist gekommen, sagt er.

Nach der Rede telefoniert Sutter stundenlang mit Pretoria. Am
nächsten Tag transferiert er den größten Teil seiner liquiden Mittel in
die Schweiz.

Am Abend des elften Februars 1990 ruft er Nelio Machel zu sich,
nachdem tagsüber die Verhandlungen mit Nelson Mandela über eine
Regierungsbeteiligung des African National Congress begonnen haben.
Kaum, dass sich Nelio gesetzt hat, sagt Sutter übergangslos: „Es ist soweit, Nelio. Ich habe de Klerks Rede im Radio gehört, er ist nicht mehr
Herr der Lage. Ab jetzt, so wie sich die Dinge entwickeln, könnte es
auch zum Bürgerkrieg kommen. Daran will ich nicht teilhaben, ich hab
zu viele davon erlebt."

Nelio nickt nur schweigend, sodass es Sutter als Bestätigung auffas-
sen kann. Die Townships brennen, die Weißen sehen tatenlos zu und
Sutter hat Angst, denkt er. Sie haben die Zulus und die Xhosas aufeinander gehetzt, dachten im Chaos ließe sich ihre Macht erhalten. Sie haben sich getäuscht. Zu lange leben die schwarzen Minenarbeiter, wie
Sardinen zusammen gepfercht in ihren Hostels. Untermenschen, losge-
rissen von ihren Familien und weggeworfen wie Treibgut, wenn sie

nicht mehr arbeiten können. Dass der Hass explodieren würde war nur eine Frage der Zeit. Plötzlich verachtet er Sutter, dessen Stimme er nur noch gedämpft, wie durch einen Nebel wahrnimmt.

„Südafrika wird nicht mehr sein wie früher. Für mich ist es besser zu gehen. Du musst dich entscheiden, Nelio, ob du die Farm verwalten willst, oder nicht."

Warum fragt er überhaupt, denkt Nelio. Er weiß doch, dass ich gar nicht anders kann. „Ja, ich habe damit gerechnet. Ich mache es, aber nicht zu lange." Kaum ist es ausgesprochen, fühlt er sich miserabel. Wie ein Verräter kommt er sich vor. „Es ist wegen meiner Tochter Marta", fügt er entschuldigend hinzu. „Früher oder später muss ich zurück nach Mozambique. Ich muss sie suchen, das schulde ich meiner Frau Ana. Es war ihr letzter Wunsch bevor sie starb. Ich würde mir nie verzeihen, wenn Marta noch lebte und ich hätte nichts unternommen sie zu finden."

„Marta?"

„Meine Tochter."

„Du hast nie von ihr gesprochen. Was ist wirklich passiert, Nelio?"

Nelio zögert, reibt seine Hände an der alten Arbeitshose ab und presst den Rücken gegen die hölzerne Lehne seines Stuhls.

Sutter sieht ihm an, wie schwer er sich tut. „Vielleicht kann ich dir bei der Suche helfen. Erzähl mir, was passiert ist", sagt er leise.

Nelio schüttelt den Kopf, doch dann bricht es aus ihm heraus: „Dieser verdammte Krieg. Ich war mit Joao auf Arbeitssuche in Maputo. Als wir zurückkamen hatte eine Horde marodierender Soldaten unser Haus abgebrannt und meine Tochter entführt. Ab da wollte Ana nur noch weg, egal wohin. Sie sprach kaum noch, wollte nur weg. Es gab ja auch nichts mehr, für das es sich gelohnt hätte zu bleiben. Im Nachhinein, glaube ich, war es die Angst um Joao, dass wir ihn auch an den Krieg verlieren könnten. Also machten wir uns auf, quer durch den Park. Anfangs kamen wir gut voran, bis uns eine Gruppe Ranger entdeckte. Sie schossen auf uns, und Ana wurde am Bein getroffen. Als wir flüchtend einen Abhang hinunter stürzten, verloren wir den Proviant und zwei unserer Wasserkanister." Nelio hört einfach auf und wischt sich über die Augen. In Gedanken sieht er Ana im Schatten des verkrüppelten Baums auf dem nackten Boden liegen. Joao sitzt bei ihr, mit einem schmutzigen Lappen versucht er die Fliegen von ihrem brandigen Bein zu verscheuchen.

„Und was passierte dann?", hört er Sutter aus weiter Ferne.

„Ana ist nach drei Tagen gestorben, Wundbrand vermutlich. Ich weiß es nicht. Vielleicht hat sie auch die Strapazen nicht mehr ertragen und einfach aufgegeben. Wir haben sie neben einem Felsen begraben. Ich dachte, wir könnten sie später holen, aber es ist so lange her und ich werde die Stelle bestimmt nicht mehr finden."

„Und der Ranger?" fragt Sutter.

Nelio richtet sich auf. Er betrachtet Sutter, als wäre er sein Richter. In seinem Kopf läuft ein Film in Endlosschleife ab. Er sieht, wie er sich mit letzter Kraft den Hügel hoch quält. Sieht, wie sich der Mann unter die geöffnete Motorhaube seines Landrovers beugt. Das Motorgeräusch übertönt seine Schritte. Und er hört das Knacken, ein überlautes Knacken, als er, rasend vor Durst, dem Mann die Haube ins Genick schlägt. Sutter glaubt, ich habe ihn umgebracht, denkt er. „Wir haben mit dem Tod des Rangers nichts zu tun, wenn Sie das meinen. Es gab viele Flüchtlinge, die den Park durchquerten." Nelio's Blick, vorbei an

Sutter, hinaus in die unendliche Landschaft, beweist eher das Gegenteil.

„Ist gut", sagt Sutter, und zieht ruhig an seiner Zigarette: Er hatte eine Tasche mit Proviant der Parkverwaltung bei sich, als ich sie auflas, denkt er.

„Ich will, dass Joao es schafft", sagt Nelio nach einiger Zeit. „Er braucht eine Chance, die kriegt er nur in Südafrika. Was mit mir passiert, ist mir egal. Sagen Sie, was ich tun soll."

Sutter legt die Zigarette auf den Rand des Aschenbechers. „Es tut mir leid um deine Frau und Tochter, aber was passiert ist, ist passiert. Joao braucht dich, er ist zu klug um hier auf der Farm zu versauern. Er wird sich durchbeißen, wenn du ihm eine Starthilfe gibst, davon bin ich fest überzeugt. Er sollte studieren, das Land braucht Leute wie ihn. Ich habe Freunde an der Witwatersrand Universität, sie können ihm helfen. Wegen der Kosten mach dir keine Sorgen, er kann mir das Geld später zurückzahlen. Oder ich gebe ihm ein Stipendium, als Gegenleistung, dass du die Farm führst. Die Suche nach deiner Tochter müssen wir Leuten überlassen, die etwas davon verstehen, allein schaffst du es nie. Was hältst du davon?"

„Ich hole mir ein Glas Wasser", sagt Nelio. Als er zurückkommt, setzt er sich Sutter gegenüber, und sagt, ohne ihm in die Augen zu sehen. „Sie wollen mich kaufen, nicht wahr? Für wie lange?"

Sutter lehnt sich zurück und sieht auf die Felsen, die durch den vollen Mond fahl angeleuchtet werden. „Kaufen ist kein schönes Wort. Ich möchte dich an die Farm binden, fünf Jahre meinetwegen. Du erhältst einen fairen Vertrag, Joao ist gesichert und du kannst später immer noch nach Mozambique zurückkehren. - Du glaubst wahrscheinlich ich mache alles nur mit Geld. Es stimmt. Für die meisten Menschen ist Geld ein starker Motor, aber es hilft nicht immer. Bei dir bin ich mir nicht sicher." Er zögert kurz, nimmt sein Rotweinglas und hält es wie eine Kristallkugel gegens Licht. „Vielleicht fällt es dir leichter zu bleiben, wenn ich dir erzähle, weshalb ich nach Südafrika gekommen bin. Ich möchte keinen angestellten Verwalter, ich will einen Partner, dem ich vertrauen kann."

Sutter nimmt einen Schluck und hört in die Dunkelheit, aus der das unaufhörliche Zirpen der Zikaden tönt. „Das werde ich vermissen, wenn ich wieder in Europa bin", sagt er mehr zu sich selbst, und spricht dann lange über die Zeit in Nigeria. Rhodesien deutet er nur an.

Draußen hören sie das heisere Husten Ranis. „Sie übt", sagt Sutter. „Joao hat gute Arbeit geleistet, ich hatte nicht geglaubt, dass er sie durchbringt. Wir müssen überlegen, ob wir sie in die Freiheit entlassen können. Bist du sicher, dass du nichts trinken willst, außer Wasser?"

„Wasser ist gut", sagt Nelio. „Warum sind Sie nicht in Nigeria geblieben?", fragt er mehr aus Verlegenheit und ist überrascht, als Sutter darauf eingeht.

„Am Ende des Biafra Kriegs wurde mein Freund umgebracht. Er war ein gottverdammter Träumer mit einem großen Herzen. Völlig sinnlos sein Tod. Es war ein Krieg wie jeder andere, die Menschen verhungern, andere werden erschossen, wieder andere werden reich. Er hätte sich nicht einmischen dürfen, einfach den Dingen ihren vorgegebenen Lauf lassen. Und wenn schon, dann wenigstens die Gewinnerseite wählen. Ich frage mich heute noch, ob ich seinen Tod hätte verhindern können. Wenigstens hätte ich mich um seine Tochter kümmern müssen, aber ich habe es nicht getan. Ich weiß nicht einmal, ob sie noch lebt. Wahrscheinlich wollte ich etwas gut machen, als ich euch beide an dieser Kreuzung sitzen sah." Sutter schweigt und starrt für eine Weile vor sich hin. „Was meinst du?", fragt er endlich. „Könntest du es wenigstens die nächsten fünf Jahre machen, dann ist Joao aus dem Schneider?"

Die Nachrichten aus Pretoria machen ihm zu schaffen, denkt Nelio. Er will mir nicht an den Kragen. Der Tod des Rangers ist ihm egal. „Was genau erwarten Sie von mir?" fragt er schließlich und sieht, wie Sutter erleichtert aufatmet.

„Das gleiche wie jetzt, nur unter Vertrag. Du entscheidest was gemacht wird und berichtest mir halbjährig wie es läuft. Du wirst fest angestellt und Joao bekommt ein Stipendium bis zum Ende seiner Ausbildung. Jura wäre gut. Wie gesagt, Südafrika braucht Leute wie ihn. Aber du sollst nicht das Gefühl haben, dass ich dich kaufen will. Wann immer du gehen willst, ich werde dich nicht aufhalten."

Nicht schlecht, denkt Nelio, er kennt mich, weiß, dass ich loyal zu ihm halten werde. Und Joao wird das Gleiche tun. Den Ranger behält er in der Hinterhand. Er wird die Karte spielen, wenn er sie braucht. „Gut, Sie können sich auf mich verlassen."

„Danke Nelio. Ich werde nächste Woche nach Europa fliegen, einen Freund treffen, den ich lange nicht gesehen habe. Ich bin froh, dass du es machst."

11

Brüssel

„Du hast zugenommen", sagt Sutter, als ihm Peter Slate in dem Restaurant am Grand Place in Brüssel die Hand reicht, wo sie sicher sein können, dass nicht jeder am Nachbartisch ihr Gespräch mithört. Slate hat es seit ihrer gemeinsamen Zeit in Nigeria über einige Zwischenstationen in die Europäische Kommission geschafft. Er leitet die Abteilung für osteuropäische Kooperation und erlebt aus erster Hand, wie ein Imperium verramscht wird. Allein aus den Arsenalen der Ukraine verschwinden in kurzer Zeit fünfunddreißig Milliarden Dollar an Waffen. Das meiste geht in die Krisenregionen Afrikas, Liberia, Elfenbeinküste, Sudan. Rasend schnell versinkt das Herz des Kontinents im Chaos.

„Ja, aber du bist sicher nicht gekommen, um mir einen neuen Diätplan vorzuschlagen", sagt Slate gereizt. „Warum zögerst du? Bin ich von dir gar nicht gewöhnt. Es ist eine glänzende Gelegenheit und du weißt es, sonst wärst du nicht hier."

„Jetzt setz dich erst mal, bevor du mich in der Luft zerreißt."

„Hab ich nicht vor, schließlich brauchen wir dich noch." Slate schiebt einen Stuhl zurecht und zwängt seinen massiven Körper zwischen die Armlehnen.

„Wer ist wir?", fragt Sutter.

„Mein Mittelsmann in der Ukraine und ich."

„Ein Geschäftspartner?"

„So könnte man es nennen. Vorerst aber nur eine Bekanntschaft aus dem Job."

„Integration Osteuropas?"

„Ja, aber noch gibt es nichts zu integrieren. Wird aber nicht mehr lange dauern, dann ist es soweit. Du stellst eine Menge Fragen, hast du schon einmal von need to know gehört."

„Warum sollte ich nicht fragen, schließlich erwartest du, dass ich meinen Kopf hinhalte, da will ich wenigstens wissen auf was ich mich einlasse. Jetzt erzähl schon, am Telefon hast du dich eher bedeckt gehalten."

Slate zuckt mit den Schultern als wolle er sagen: Das ist kein Thema das sich zur Veröffentlichung eignet. „Du hast ganz gut verstanden, immerhin bist du hier." Er räuspert sich und beugt sich leicht über den Tisch. „Die Sache ist wasserdicht, damit erst gar keine Zweifel aufkommen. Ich weiß aus verlässlicher Quelle, dass noch einiges zu holen ist, aber die Leute stehen Schlange und mein Mittelsmann wartet nicht ewig. Ich habe ihm erzählt über welches Netzwerk du in Afrika verfügst, das hat ihn beeindruckt. Jetzt soll es ganz schnell gehen, weil er sieht, wie ihm die unteren Ränge das Wasser abgraben und er nichts dagegen tun kann. Er will am Ende nicht der einzige hochrangige Militär sein, der mit leeren Händen dasteht, während sich seine Kollegen eine goldene Nase verdienen."

Slate ist anzusehen, wie verärgert er über Sutters taktieren ist. Ganz offensichtlich befürchtet er, dass ihm der Deal durch die Lappen gehen könnte, wenn Sutter nicht mitmacht. Ein hoher General im russischen Verteidigungsministerium drängt ihn seinen Abnehmer für die Waffen zu nennen, doch Sutter zögert noch. Als Slate Sutter in Südafrika anrief war der zuerst begeistert, doch dann bekam er kalte Füße. Es gelang

Slate gerade noch ihn zu dem Besuch in Brüssel zu überreden, wo er ihm sämtliche Details offenlegen wollte.

„Wie gesagt, es geht um Flugzeuge, drei Antonovs, die Piloten werden gleich mitgeliefert." Slate spricht einen Tick zu schnell und ärgert sich sofort, weil er Sutter keinesfalls zeigen will, wie sehr er unter Druck steht. Er zügelt sich und spricht betont ruhig weiter: „Die Maschinen stehen auf einem Militärflughafen in der Nähe von Lemberg. Dort werden sie auch beladen und du bestimmst wo die Waffen hin sollen. Was kann da schon schief gehen. Du musst nur sicherstellen, dass die Geldübergabe funktioniert. Die Flugzeuge sind das Sahnehäubchen, du kannst sie behalten und die nächsten zwanzig Jahre für deine sonstigen Geschäfte einsetzen. Deine amerikanischen Freunde werden sich die Finger danach lecken. Schließlich brauchen sie immer mal Transporter ohne Hoheitszeichen, die in Krisenregionen nicht auffallen."

„Die Geldübergabe mache ich selbst?", fragt Sutter, als hätte er nicht richtig zugehört. „Die Ausfuhrdokumente, wer besorgt die?"

„Ein ukrainischer Beamte im Zoll. Er ist eingeweiht. Also kann ich mit dir rechnen?", fragt Slate und klingt, als würde ihm ein Stein vom Herzen fallen.

„Langsam, ich verstehe noch nicht alles. Du weißt, wie es ist. Irgendein Pilot säuft und redet zu viel. Eine Maschine stürzt ab und sie finden die Fracht. Alles kann passieren, und auf einmal bist du mitten drin im Schlamassel. Andererseits bricht die Sowjetunion nur einmal auseinander." Slate kann es nicht lassen, denkt Sutter, dem das Geschäft immer noch nicht ganz geheuer ist. Ich hab keinerlei Erfahrung im Osten, kenne die Leute nicht, weiß nicht wie sie ticken. Wenn ich es mache, muss ich mich ganz auf das Urteil Slate's verlassen. Er scheint mir verdammt nervös zu sein, anscheinend braucht er das Geld. Sein gigantischer Bauch lässt auf einen ausschweifenden Lebenswandel schließen. Aber so viel kann er gar nicht essen, wie ihm diese Transaktion an Provisionen einbringen wird.

„Sag ich doch", presst Slate hervor. „Wir haben bereits 1991, Mann, die besten Stücke sind bereits weg, und wenn du noch lange zögerst ist nichts mehr da, für das es sich lohnt einzusteigen. Du gründest eine eigene Firma, über die alles läuft und was soll in einer gut geführten Export/Import Firma schon groß schief gehen. So lange die Papiere stimmen, kann dir keiner ans Bein pinkeln. Früher hättest du sofort zugegriffen."

„Früher war ich jung. Eigentlich habe ich andere Pläne."

„Nach Asien auswandern und die Nordkoreaner beglücken?", fragt Slate süffisant.

„Nein, etwas weniger Anstrengendes. Private Equity, das braucht keinen Halbschatten und ist, wenn du es richtig machst, mindestens genauso lukrativ. Die Leute geben mir Geld, weil sie mir vertrauen. Ich bin ein guter Verkäufer."

„Weiß ich, aber gierig und ehrgeizig bist du auch. Zier dich also nicht zu lange, du machst mich nervös."

„Leider vertragen sich diese Finanzgeschäfte nicht so gut mit Waffen", fährt Sutter ungerührt fort.

„Kommt ganz darauf an, wie und wo du das Geld anlegst", brummt Slate und grinst unverschämt. „Vertrauen?", sagt er und bläst die Luft durch die Nase. „Du bist Waffenhändler, Thomas, ein gwiefter sogar. Vom ersten Tag an, seit du in Lagos eingestiegen bist, hab ich das gewusst. Warum willst du woanders dilettieren? Private Equity, so ein Quatsch.“

Dilettieren, denkt Sutter. Er hat keine Ahnung, oder er ist neidisch. „Warum bist du damals Hals über Kopf ausgestiegen, wir waren ein gutes Team?“

Slate sieht Sutter an, als hätte er die Frage längst erwartet, aber jetzt nicht mehr damit gerechnet. „Meine Nerven. Es waren meine Nerven, sie haben einfach nicht mehr mitgespielt. Als Kofi erschossen wurde, ging es los. Anfangs konnte ich es noch überspielen, aber dann wuchs die Angst, bis ich es nicht mehr ertragen konnte. Jetzt gefällt mir mein Job, ich will ihn behalten. Ich kann gut reden und bekomme sogar Geld dafür. In der Kommission muss ich mir keine Sorgen machen, im Stra-ßengraben zu landen.“

„Aber mir mutest du zu, meine Haut zu Markte zu tragen. Dass ich auch Angst haben könnte, kommt dir gar nicht in den Sinn.“

„Hast du?“

„Nein.“

„Na also.“

Sutter schweigt und sieht lange aus dem Fenster. In der Spiegelung der Scheibe sieht er einen Mann, der auf die Sechzig zugeht. Das Haar glatt nach hinten gekämmt, an den Schläfen schon leicht ergraut. Die Augen hart, nicht die Andeutung eines Lächelns, die Mundwinkel nach unten gezogen. Es ist mein Misstrauen, das sie erschreckt, denkt er. Der Mund und das Kinn. Die Augen können sie nicht lesen. Sie halten mich für eine Spinne, die sie in ihrem Netz gefangen hält.

Sutter legt die Serviette zur Seite, die er im Gespräch gedankenlos zerknüllt hat. „Du willst, dass ich für dich die Kastanien aus dem Feuer hole, ist es nicht so?", fragt er.

Slate stemmt sich hoch, als wolle er gehen. Doch sein schwerer Körper erlaubt keine zu hastigen Bewegungen, also setzt er sich wieder, findet eine bequeme Position und atmet hörbar aus. „Ich dachte ich täte dir einen Gefallen, aber ich hab mich wohl getäuscht. Falls du denkst du kannst es allein machen, wie bei dem Raketen Deal in Nigeria, vergiss es. Ohne mich kommst du an die Ukrainer gar nicht ran, sie arbeiten nicht mit Leuten, die sie nicht kennen. Und mich kennen sie schon seit einiger Zeit. Wer weiß, ob deine Private Equity nicht noch floppt. Das Management verspricht dir das Blaue vom Himmel, aber nichts davon tritt ein, dann bist du pleite. Soll schon vorgekommen sein. Vielleicht brauchst du dann das Geld, das du mit den Antonovs verdienst, um über Wasser zu bleiben. - Außerdem verstehst du nichts von start-ups, aber das habe ich, glaube ich, schon gesagt. Du willst nur spielen auf deine alten Tage, weil dir langweilig ist und dir die Farm auf den Wecker geht. Zu einsam und wohl auch zu wackelig geworden in einem Südafrika, das längst nicht mehr der sichere Hafen von früher ist. Also kommst du ins Grübeln, so ist es doch, oder? Private Equity, so ein Blödsinn, und du glaubst auch noch ich nehme dir das ab. Mit mir steigst du noch einmal richtig ein in ein Geschäft, das wir beide gut beherrschen. Außerdem ist die Sache spannend, wenn dich das Geld schon nicht mehr interessiert."

Der alte Slate, sein Zynismus hat eher zugenommen, denkt Sutter. Große Szenarien ausbreiten, aber selbst schön im Hintergrund bleiben. „Du hast keine Ahnung von Geldgeschäften. Allein, wie du das Wort aussprichst, zeigt mir, wie wenig du davon verstehst. Aber wahrscheinlich spielst du mir auch nur ein großes Theater vor. Private Equity ist eine seriöse Sache, kein blindes Zocken. Oder was willst du andeuten?"

„Ich will gar nichts andeuten. Ich denke nur, dass du dir mit einer gut getarnten Transportfirma keine Sorgen machen musst. Es reicht ein Briefkasten auf den Bahamas, ein Anwalt, der die Firma für dich vertritt und ein möglichst fantasievoller Name. Wie wär's mit Golden Wing Transports?", er nimmt einen Schluck Wein und lacht, als hätte er einen guten Witz gemacht. „Niemand kommt drauf, was du wirklich treibst. Und wenn du's richtig anstellst, kriegst du vielleicht sogar Zuschüsse von der EU. Schließlich transportierst du ja wertvolle Waren, Fisch zum Beispiel, auf dem Rückflug vom Viktoriasee. Wer fliegt schon gerne mit leeren Frachtflugzeugen durch die Gegend." Slate sieht triumphierend auf Sutter, als hätte er ihm gerade einen wasserdichten Plan präsentiert.

Entweder er spinnt, oder er hat die ganze Aktion bereits sauber durchdacht, denkt Sutter und sieht nur weiter schweigend aus dem Fenster.

„Deine Geldgeschäfte kannst du ja auch als Tarnung betreiben", fährt Slate zunehmend begeistert fort.

Als Tarnung, denkt Sutter. Er hat wirklich keine Ahnung. Aber die Idee mit den Flugzeugen hat etwas. Und an die sowjetischen Waffen komme ich ohne seine Hilfe wirklich nicht ran. „Also gut, reden wir ernsthaft darüber. Du bist sicher, dass die Antonovs in einem Top-Zustand sind?"

„Todsicher."

„Und deine Mittelsmänner sind verlässlich und wasserdicht?"

„Absolut."

„Sag den Russen, dass sie das Geld nur in Tranchen erhalten."

„Klar doch. Außerdem sind es Ukrainer, keine Russen. Kannst du das Essen übernehmen, ich bin in Eile?" Slate wuchtet sich aus seinem Sessel und greift nach der Aktentasche.

„Schon gut. Seit wann bist du denn so pingelig."

Slate hebt, ohne darauf einzugehen die Hand und zuckt mit den Schultern. „Ich kümmere mich um den Termin", sagt der über die Schulter und watschelt zum Ausgang, ohne sich noch einmal umzudrehen.

Ich werde Goddard mit ins Boot holen, denkt Sutter, während er Slate zusieht, wie er über den Platz zum Auto geht. Mit der CIA habe ich eine offene Flanke weniger und eine solide Geschäftsbasis obendrein. In der Scheibe sieht er verschwommen sein Spiegelbild, überlagert von den Bürgerhäusern auf der anderen Seite des Platzes. Er sieht einen Mann im maßgeschneiderten Anzug, grau wie alle seine Anzüge, die sich nur in Nuancen voneinander unterscheiden. Der einzige Farbtupfer ist die modische Seidenkrawatte, auf deren morgendliche Auswahl er viel Sorgfalt verwendet. Ganz schön weit weg von meiner Safarimontur, denkt er.

Er winkt dem Kellner und bestellt einen Espresso. Während er noch darauf wartet, schiebt er in Gedanken den Daumen unter das Kinn und drückt mit dem Zeigefinger die Nasenspitze nach oben, eine Bewegung, die er sich in den letzten Jahren angewöhnt hat, wenn er über einem Problem brütet. Ich werde es machen, denkt er. Ich werde ein Büro in Zürich anmieten, noch bevor ich nach Südafrika zurück fliege.

Slate hat völlig recht, was soll ich noch dort unten, weit ab vom Schuss, wo die Hälfte meiner Kontakte bald im Gefängnis landen wird. Nelio ist ein guter Verwalter, um die Farm brauche ich mir keine Sorgen machen.

12

Johannesburg

Es ist Frühling in Südafrika und das Land fiebert den ersten freien Wahlen entgegen, als Joao sein Studium an der Witwatersrand Universität beginnt. Am Tag der Einschreibung nimmt er den Bus nach Braamfontain, dem Sitz der Universität, während die anderen, meist weißen Studenten, im eigenen Auto vorfahren. Er fühlt sich klein und unbedeutend, als er vor den hoch aufragenden Granitsäulen des Eingangsportals steht. Ob ich einer akademischen Laufbahn gewachsen bin, fragt er sich, als er die tonnenschwere Last der südafrikanischen Geschichte auf seinen Schultern spürt.

Außerhalb des Campus, in den Townships Johannesburgs, haben die Kämpfe zwischen den Zulus und Xhosas zugenommen. Auf den staubigen Straßen zwischen den verhassten Unterkünften der Minenarbeiter finden blutige Schlachten statt. Die Polizei greift selten ein, als käme ihnen das Chaos gerade recht.

Joao fühlt sich schuldig, wie kann es sein, dass ich studiere, während sie sich die Schädel einschlagen, denkt er. Zuweilen stiehlt er sich nachts nach Alexandra, einem besonders unruhigen Township, mitten in der Stadt. Dort besucht er eine schummrige Kneipe, weil er es kaum ertragen kann in einer weißen Enklave zu leben, während andernorts die Straße brennt.

Eines Abends trifft er dort Jason Breklin, einen Fotografen mit Berufsverbot, weil er es gewagt hat das ganze Ausmaß des Chaos' in den Townships zu dokumentieren und über eine Zeitung in London zu veröffentlichen. Die beiden freunden sich an, treffen sich regelmäßig, und bald bringt Jason auch seinen Bruder Aaron mit. Jason ist es auch, der den Kontakt zur Jugendorganisation des African National Congress herstellt.

An einem trüben, regnerischen Morgen sieht Joao die junge Frau zum ersten Mal. Sie sitzt nur eine Reihe entfernt von ihm in der Bibliothek, ohne von ihm Notiz zu nehmen. Ihre halblangen, dunkelbraunen Haare hängen ihr wie ein Vorhang ins Gesicht, während sie konzentriert einen Stapel Bücher durcharbeitet. Er vermisst sie, als sie eines Tages nicht erscheint. Doch als sie am nächsten Tag wieder an derselben Stelle sitzt, hüpft sein Herz. Schließlich entschließt er sich sie anzusprechen. „Joao Machel", stellt er sich vor. „Ich sehe dich schon eine Weile hier, bist du neu an der Uni?"

Sie legt das Buch zur Seite und blickt auf. Überrascht, leicht irritiert zuerst, dann schmunzelnd. „Hier wird nicht geredet", sagt sie leise.

Ich mag ihre Lachfalten, denkt er, als er sich neben sie setzt. „Ich weiß, aber wie hätte ich denn vorgehen sollen, um dich kennen zu lernen?", flüstert er. „Was studierst du?"

„Medizin. Und du?"

„Soziologie und politische Wissenschaften."

„Das stelle ich mir schwierig vor", sagt sie abweisend, um das Gespräch schnellstmöglich zu beenden.

„Warum? Aber vielleicht meinst du die Verhältnisse, oder täusche ich mich."

„Du hast mich schon verstanden."

Joao verzieht das Gesicht zur Andeutung eines Lächelns. Er fühlt sich hilflos, weiß nicht wie er mit der Situation umgehen soll, doch er will noch nicht aufgeben. „Warum Südafrika, du kommst aus Europa, oder? Dein Akzent...? Und wie du heißt, willst du mir nicht sagen, oder?"

Er verhört mich richtiggehend, denkt sie. „Verena Arnold, ich komme aus Deutschland. Normalerweise arbeite ich im Norden, in der Nähe Acornhoeks. Wits betreibt dort eine Rural Facility zu der auch ein Krankenhaus gehört. Reicht das?", fragt sie und wundert sich weshalb Joao's Gesicht plötzlich aufleuchtet.

„Hey, Acornhoek, das kenne ich. Ich komme auch aus der Gegend. Mein Vater ist Verwalter eines Wildreservats in der Nähe von Phalaborwa. Sutter Wildlife Reserve, vielleicht kennst du es ja."

„Nein, noch nie gehört."

„Und wie lange bleibst du noch in Südafrika?"

„Nicht mehr lange." Sie fragt sich, weshalb sie dieses Gespräch nicht längst beendet hat. Doch irgendwie gefällt ihr der schlaksige, lang aufgeschossene Junge. Die Art wie er seine Rastalocken aus der Stirn streicht, als wären sie lästige Fliegen. Seine feingliedrigen Hände, mit denen er manche Wörter, die ihm wichtig erscheinen, gestenreich untermalt. Vor allem gefällt ihr sein Englisch. Es schwingt und bekommt eine verspielte Leichtigkeit, wenn er ganze Silben verschluckt. Vielleicht stammt er aus Brasilien, denkt sie. „Die Aufseherin schaut schon ganz böse auf uns. In Deutschland hätten sie uns längst hinaus geworfen. Wir müssen aufhören zu reden."

„Schade, was hältst du von einer Tasse Tee, in einer kleinen Buchhandlung in der Nähe? Sie gehört meinem Freund", schlägt er vor, „da können wir ungestört reden."

„Tee in einer Buchhandlung? In einer Stunde habe ich eine Vorlesung. Immunologie, aber das Fach hatte ich schon in Deutschland."

„Dann passt es doch. Gehen wir", sagt er und nimmt einfach ihre Tasche.

Sie reagiert irritiert, steht dann aber trotzdem auf, packt die Bücher zusammen und bringt sie zum Desk. „Na gut, ich hoffe der Tee ist dort besser als hier in der Cafeteria." Kopfschüttelnd folgt sie ihm zum Ausgang.

Ein paar Blöcke weiter, in einer ruhigen Gasse, deren Häuser schon bessere Zeiten gesehen haben, bleibt Joao vor einem herunter gekommenen Gebäude stehen. Er deutet auf die verwitterte Tür unter der Treppe. „Aarons Buchhandlung, ich hab nicht zu viel versprochen."

„Laufkundschaft gibt es hier aber wenig", sagt Verena misstrauisch, als sie die gusseisernen Stufen hinunter steigen.

„Er verkauft hauptsächlich an Leser, die genau wissen was sie wollen. Die meisten kommen regelmäßig, um sich mit ihm über Neuerscheinungen zu unterhalten. Aaron ist Fachmann für amerikanische Literatur. Aus Deutschland habe ich noch nie etwas bei ihm gesehen." Joao geht hinein, als wäre er hier zuhause.

Zwei große Zimmer, bis an die Decke voll gestopft mit Büchern. Dazwischen ein paar bequeme Lehnsessel, wahllos im Raum verteilt. Fotobände auf den Sitzflächen, die jemand durchgeblättert und vergessen hat zurück ins Regal zu stellen. In der Ecke des Hauptraums ein kleiner Beistelltisch mit Kasse, daneben ein Computer älteren Modells. Hinter dem Monitor lugt ein schmaler, blonder Mann mit randloser Brille hervor. Als er Joao erkennt, steht er auf und umarmt ihn.

Es riecht nach Staub und brüchigem Papier.

„Ich habe versucht dich zu erreichen, aber du warst wie vom Erdboden verschluckt. Aaron Breklin", sagt er, und reicht Verena die Hand. „Bist du Joao's neue Freundin?".

„Verena Arnold. Nein, er hat mich gerade in der Bibliothek vom Arbeiten abgehalten und auf dem Weg hierher hat er von deinem phänomenalen Tee geschwärmt", sagt sie und lacht, als wäre es völlig in Ordnung die Arbeit eine Zeit lang aufzuschieben.

„Schade. Ich dachte, eine Freundin täte ihm gut, damit er ab und zu unter Menschen kommt. Mit Tee hat er dich gelockt, das ist neu." Aaron dreht sich zu Joao und legt einen Arm um seine Schultern. „Wo warst du die ganze Zeit? Ich hab mir Sorgen gemacht."

„Auf der Farm, Vater ging es nicht gut."

„Wieder ok?"

„Ja."

„Jetzt solltest du aber auch einlösen, was du Verena versprochen hast. Tee!", sagt Aaron und schüttelt den Kopf. „Du weißt ja, wo du alles findest. Ich muss euch nur leider allein lassen, eine dringende Bestellung. Verena, bitte fühl dich wie zuhause."

„Aaron hält sich nicht gern mit Nebensächlichkeiten auf", sagt Joao, und mustert seinen Freund, der nur theatralisch die Arme hebt. „Sieh dich um, Verena, der Tee kommt gleich", damit verschwindet er hinter einem rostfarbenen Vorhang in der Kochnische, wo kurz darauf der Wasserkessel zu pfeifen beginnt.

Verena stellt sich unschlüssig vor eines der Regale und prüft die Buchrücken, aber sie kennt nur Nadine Gordimer.

„Du stehst vor lauter südafrikanischen Schriftstellern. Schau dir André Brink an, schräg rechts oben, direkt vor dir. Er ist mein Favorit, vielleicht gefällt er dir auch", ruft Aaron aus seiner Ecke, wobei er Verena über seine randlose Brille mustert.

Als Joao mit einem Tablett, zwei Tassen und einer gusseisernen Teekanne zurückkommt, sieht er Verena mit *An Act of Terror* in der Hand. „Es ist gerade erst herausgekommen. Was hältst du von Brink?" fragt er, um sich gleich darauf an Aaron zu wenden. „Ich hab dich gar nicht gefragt. Auch Tee?"

„Danke, ich hab schon fünf Tassen hinter mir."

„Dann nicht. Komm Verena, wir setzen uns möglichst weit weg von ihm. Leute die arbeiten, machen mich nervös. Hast du schon viele Südafrikaner gelesen?", fragt er, während er einen Sessel für sie freimacht.

„Wenig, etwas von Gordimer, so, so", rümpft sie die Nase. „André Brink kenne ich überhaupt nicht, über was schreibt er?"

„Hauptsächlich über unsere Misere in Südafrika. Auch einer, der uns gern von außen betrachtet, aber es lohnt sich trotzdem, ihn zu lesen."

Verena rührt gedankenverloren im Tee, bläst vorsichtig über die Tasse und nimmt einen Schluck. „Schmeckt gut, danke. Ich komme kaum noch zum Lesen. Vermutlich weil ich mich von wildfremden Menschen ansprechen lasse, die mich an geheime Orte südafrikanischer Welten entführen", sagt sie verschmitzt. „Du liest viel, Joao?", fragt sie.

Joao wechselt einen flüchtigen Blick mit Aaron, umfasst seine Teetasse mit beiden Händen und hält sie gegen den Mund, ohne zu trinken. Er setzt an, um etwas zu sagen, lässt es aber, als hätte er sich entschlossen, die Bemerkung über den geheimen Ort zu ignorieren.

„Ja, Bücher sind meine Lehrer, mein Gewissen, alles."

„Alles? Hast du keine Familie?"

„Doch, einen Vater und eine Art Onkel. Er ist Weiß, und Besitzer der Farm, auf der ich aufwuchs, bevor ich auf die Missionsschule kam. Und dann gibt es noch eine Löwin, die ist auch weiß, eine Albino, ganz selten in der freien Natur. Ich habe sie als kleines Kätzchen bekommen, da war ich gerade fünfzehn geworden."

„Hört sich nicht an, wie eine Standardfamilie." Verena wiegt den Kopf hin und her, als überlege sie, ob sie glauben soll, was Joao erzählt. Im Hintergrund lacht Aaron gehässig auf.

„Du sagst es. Sie haben die Mutter umgebracht, diese Wilderer, und jetzt gehört ihm die Löwin exklusiv", bemerkt er trocken und tut, als starre er vollkonzentriert auf den Bildschirm seines Computers.

„Du bist ja nur neidisch auf meine Löwin, Aaron", sagt Joao und signalisiert mit breitem Grinsen seine Sympathie for den Freund. „Wie lange bleibst du in Josi?", fragt er Verena.

„Nur ein paar Wochen. Bevor ich zurück nach Deutschland fliege, fahre ich noch nach Durban, zu Freunden meines Onkels. Bei denen kann ich bis zum Abflug wohnen. Ich liebe das Meer."

„In Mozambique war ich einmal am Meer, aber das ist lange her", sagt Joao verträumt. „Wann fährst du nach Durban? Aaron und ich müssen bald nach Pietermaritzburg, wir haben dort ein gemeinsames Projekt. Von dort ist es nicht weit bis Durban, wir könnten dich mitnehmen. Aaron hat einen alten Mini, da passt du sicher auch noch hinein. Das Gepäck kommt sowieso auf den Dachträger. Was meinst du, Aaron?"

„Wenn sie sich ganz klein macht, und nicht mit einer Ladung Koffer anrückt, meinetwegen! Kannst du auch fahren?", fragt er Verena.

„Ja, schon, ich fahre im Norden, aber hier in der Stadt sehr ungern.
Der Linksverkehr auf den Stadtautobahnen ist mir nicht geheuer.“

„Weiter draußen geht es ruhiger zu“, sagt Joao schnell. „Wäre doch
schön, spart dir ein Ticket.“

„Ich muss erst darüber nachdenken. Jetzt sollte ich aber zurück an
die Uni. Bis ein andermal, Aaron“, sagt Verena und steht auf.

„Ich bringe dich hin“, sagt Joao und schnappt sich ihre Tasche, bevor
sie sie erreichen kann. „Bis nachher, ich komme noch mal vorbei. Wie
lange bist du noch hier“, fragt er Aaron im Gehen.

„Lange. Eigentlich bin ich immer hier. Bis bald, Verena.“

Während sie die Treppe hochsteigen, hängt für einen Moment ein
betretenes Schweigen zwischen ihnen. Schließlich sagt Joao. „Ich wollte dich nicht überfahren mit der Durban Idee, ich dachte nur…. Bist du
jetzt verärgert?“

Verena sieht ihn skeptisch von der Seite an. „Ich weiß nicht, ob ich
mit euch fahren will, ich kenne dich doch gar nicht, und Aaron sah
auch nicht gerade begeistert aus.“

„Entschuldige, ich mache alles falsch. Können wir uns nicht einfach
irgendwo hinsetzen und reden, ohne dass du jedes Wort auf die Gold-
waage legst. Ich möchte eigentlich nur in deiner Nähe sein. Das will ich
schon, seit ich dich zum ersten Mal in der Bibliothek gesehen habe.
Wegen dir bin ich täglich hingegangen und hab auf dich gewartet, aber
du hast mich nicht bemerkt“, sagt er, lacht verlegen und schlenkert
hilflos mit den Armen.

„Du bist verrückt, Joao. Komm, da drüben im Schatten, ich habe
Zeit“, oder ich nehme sie mir einfach, denkt sie.

Unter einem blühenden Jakarandabaum streift sie ihre Jacke ab, setzt sich drauf, und lädt ihn ein, sich neben sie zu setzen. „So, jetzt erzähl, die Nachmittagsvorlesung lasse ich sausen." Aufmunternd legt sie ihre Hand auf seinen Unterarm, leicht, damit er es nicht als Vertraulichkeit auffasst. „Erzähl mir einfach von deiner seltsamen Familie. Das mit der Löwin hast du erfunden, nicht wahr, um mich zu beeindrucken, oder?"

„Nein." Er schüttelt den Kopf, verwundert, wie sie überhaupt auf so einen Gedanken kommen kann. „Sie heißt Rani. Warum sollte ich so etwas erfinden? Ich war fünfzehn, und sie vielleicht ein paar Wochen alt, als ich sie bekam. Mein Onkel, der übrigens auch aus Deutschland stammt, musste ihre Mutter erschießen, als sie uns angriff." Für einen Moment hängt er seinen Gedanken nach, das Bild der angreifenden Löwin vor Augen. „Rani hängt an mir, als wäre ich ihre Ersatzmutter. Wenn ich sie besuche, ist sie anfangs immer ein bisschen beleidigt, aber es dauert nicht lange, dann spielt sie mit mir wie früher. Vater ist zunehmend besorgt, er meint, sie weiß nicht, wie stark sie geworden ist. Und außerdem sei sie ein wildes Tier. Das sagt er jedes Mal, wenn ich zu ihr ins Gehege gehe. Aber für mich ist sie wie eine Freundin. Ich glaube nicht, dass sie mir etwas tun würde. Wir überlegen, ob wir sie freilassen sollen, zurückbringen in den Krüger Park, wo ihr Rudel vermutlich hergekommen ist. Ich fürchte aber, dass sie verhungert, wenn wir sie auswildern, schließlich konnte ich ihr nicht das Jagen beibringen", sagt er, lacht und krempelt den rechten Hemdärmel hoch. Er zeigt auf drei tiefe Kratznarben auf dem Unterarm. „Die sind von ihr, aber sie hat es bestimmt nicht gewollt. Sie spielt gern, aber seither passe ich besser auf."

Verena blickt auf die tiefen, hellroten Striemen auf der dunklen Haut, bläst die Luft aus, als könne sie nicht glauben, was sie sieht. „Du spinnst wirklich", sagt sie, und für eine Weile sehen sie schweigend einem alten Mann im Park zu, wie er das Laub zu kleinen Haufen zusammenrecht und in einen Plastiksack stopft. „Was ist mit deiner Mutter, du hast sie mit keinem Wort erwähnt?", fragt sie nach einiger Zeit.

„Sie ist gestorben, an Blutvergiftung, als wir durch den Krüger Park geflohen sind", antwortet er schroff, als wolle er nicht darüber reden.

„Wie furchtbar." Verena fühlt sich völlig hilflos, will mehr wissen, doch sie traut sich nicht nachzufragen.

Joao betrachtet sie als verstünde er erst jetzt was sie meint. „Nein, nein, so ist es nicht", sagt er abwehrend. „Du denkst, ich mochte sie nicht. Eher das Gegenteil, sie war wunderbar. Mir gingen nur plötzlich die Kämpfe in den Townships durch den Kopf. Wir konnten fliehen, aber die Leute dort haben keine Wahl, sie müssen bleiben und darauf warten, was mit ihnen geschieht. Wohin sollten sie auch gehen."

Das bewegt ihn anscheinend mehr als der Tod seiner Mutter, denkt Verena, nimmt gedankenverloren eine Zigarette aus der Schachtel und zündet sie an. Sie nimmt einen tiefen Zug und reicht Joao die Schachtel. „Rauchst du auch?"

Er schüttelt nur stumm den Kopf.

„Hast du mit den Unruhen zu tun?", fragt sie, nachdem sie schweigend ein paar Züge genommen hat. „Warum bringen sie sich um? Sind sie frustriert, weil die Verhandlungen so lange dauern, oder ist das Ganze inszeniert, damit am Ende alles beim Alten bleibt? Kannst du es mir erklären?"

Joao zögert, denn eigentlich will er nicht darauf eingehen. Doch etwas in ihrer Stimme verrät ihm, wie besorgt sie ist. Er denkt an den Mann auf den Knien, den brennenden Autoreifen um den Hals. Das Geschrei auf den staubigen Straßen, den Geruch von Abfall und dem Blut der leblosen Körper, auf die in blinder Wut eingehackt wird. Wie soll ich ihr den Anblick eines Menschen erklären, der auf offener Straße abgefackelt wird? Wie du dich schämst, weil du dem Mann nicht helfen kannst? „Weißt du, die jetzige Regierung spielt sehr kunstvoll mit der Furcht der Menschen", sagt er endlich. „Die Leute sollen glauben, dass es nur eine Frage der Zeit ist, bis das ganze Land kommunistisch wird, falls es eine schwarze Regierung gibt. Ganz bestimmt werden wir gegeneinander gehetzt, weil die Regierung hofft mit Teilen und Herrschen noch eine Weile durchzustehen. Aber sie täuscht sich, es sind die letzten Zuckungen eines Regimes, dessen Zeit längst abgelaufen ist."

Während sie nachdenklich eine Jakarandablüte betrachtet, taxiert er jede ihrer Regungen, als fürchte er, dass sie die falsche Antwort geben könnte. Dabei geht ihm ein Gedicht *Firna Zerbsts* durch den Kopf:

> *We've given up. It's over;*
> *Night shift workers, tired,*
> *We don't look at each other.*
> *We think of separate beds.*

„Du bist sehr offen, Joao." Verena spricht stockend, zögert, bevor sie es ausspricht. „Gleichzeitig machst du mir Angst. Vielleicht denkst du, ich sehe nicht, was hier abläuft. Aber du täuscht dich. Du hast keine Ahnung, wie es in meinem Krankenhaus zugeht. Die Menschen, die dort sterben, sind alle Schwarz. Weiße kommen nicht zu uns. Wir können oft nur Schmerzen lindern, zu mehr reicht es nicht. Auch wenn ich nur ein Besucher bin, zerreißt es mich zuzusehen, wie die Menschen leiden. Du sagst sie und wir. Ich weiß nicht wer sie und wir ist."

Joao denkt an Jason Breklin, Aarons Bruder, der aufgehört hat zu fotografieren, weil er die eigenen Bilder nicht mehr ertrug. Sie weiß nicht wirklich, was bei uns los ist, denkt er. Wie sollte sie auch. „Tut mir leid, Verena, ich denke in Kategorien von Weiß und Schwarz, Gut und Böse. Mein Kopf sagt mir, dass es falsch ist, aber mein Herz braucht etwas, an das es sich klammern kann. Ich hätte mich besser beherrschen sollen, aber du bist wie ein Schlüssel zu meinem Inneren, das ich tief verschlossen glaubte. Erzähl mir von dir, von Deutschland. Was machst du, wenn du wieder dort bist? Warum hast du ausgerechnet *An Act of Terror* herausgegriffen? Hat es mit euren eigenen Terroristen zu tun? Wie heißen sie gleich, Rote Armee Fraktion, oder so ähnlich? Haben sie aufgegeben?"

Verena lacht erleichtert, dass er nicht noch tiefer in Südafrikas Malaise herumwühlt. Wir beide haben sowieso keine Lösung parat, denkt sie. „Das ist zu viel auf einmal. Dafür bräuchten wir mindestens eine Woche, um alles durchzukauen. Aber mir schlafen schon jetzt die Beine ein. Du scheinst dich gut auszukennen bei uns, aber vergiss nicht, ich bin Medizinerin, wir neigen dazu die Welt mit unseren Augen zu sehen, manche nennen es Scheuklappen."

„Aber du hast keine, oder?", fragt er angriffslustig.

„Ich dachte, du magst mich", lacht Verena.

„So war es nicht gemeint. Dann erzähl mir eben etwas Einfaches. Was hat dich auf die Idee gebracht, hierher zu kommen?"

Sie zieht die Augenbrauen hoch, als wolle sie sagen: Jetzt wird es erst richtig kompliziert. „Mein Onkel, ein richtiger Onkel...", ergänzt sie schnell. „…er ist Universitätsprofessor und hat ein neues chirurgisches Verfahren entwickelt. Damit tingelt er auf sämtlichen Ärztekongressen der Welt herum. Hier in Südafrika hat er Freunde am Groote Schuur Krankenhaus, die meinten, ich müsse erst etwas von der Welt sehen, bevor ich in einem Operationssaal hängen bleibe.“

„Und wie heißt dein Onkel?“

Verena schüttelt den Kopf, als ginge ihn das nichts an. „Konrad Arnold, Professor Dr. Dr. Konrad Arnold. Warum interessiert dich das überhaupt?“

„Weil ich wissen will, wem ich verdanke, dass du hier bist. Ein big shot also. Und deine Eltern, was machen die?“

„Du bist ganz schön neugierig“, sagt sie und lacht, als Joao nur bestätigend mit dem Kopf nickt. „Vater führt eine kleine Firma, die ihm und seinem Bruder, dem bereits erwähnten Onkel, gemeinsam gehört. Wenn es Vater gerade einfällt, hört er nächtelang Blues, lautstark und am liebsten von John Lee Hooker, bis die Leute aus der Umgebung anrufen und sich über den Lärm beschweren. Mutter schläft schon lange mit Ohrenstöpseln. Die Sklaven des amerikanischen Südens hätten diese Musik erfunden, weil sie das Stampfen der Züge auf dem Weg in die Freiheit im Ohr behalten wollten, gibt Vater als Erklärung für seine nächtelangen Exzesse an, als würde das völlig ausreichen. Dabei kann er nur nicht schlafen, weil er sich Sorgen um die Firma macht.“

„Sklaven“, sagt Joao und betrachtet sie nachdenklich. „Ich glaube nicht, dass man Schmerzen mit Musik überdecken kann“, bricht es aus ihm hervor. „Und deine Mutter, findet sie das in Ordnung?“, fragt er schnell, als wolle er seine Schärfe vergessen machen.

Verena zuckt mit den Schultern, als gäbe es darauf keine Antwort. „Sie sorgt dafür, dass Vater trotz allem auf dem Boden bleibt. War das jetzt detailliert genug?" Seinen Ausbruch beim Thema Sklaven überhört sie geflissentlich. Was geht ihn die Musikvorliebe meines Vaters an, denkt sie, ich hätte es nicht erwähnen dürfen.

„Seltsam, wie du das sagst, als hättest du ein Problem mit deinem Vater."

Er hat immer nur gearbeitet, denkt sie. Soll ich ihm sagen, dass ich nach Berlin geflüchtet bin, weil ich Bayern und meine Familie mit all ihrer Selbstgerechtigkeit nicht mehr ertrug. Dass mich das Leben in Grünwald erstickt hätte, wenn ich noch länger dort geblieben wäre. Er würde es nicht verstehen. Er weiß gar nicht, was eine Familie ist. Aber vielleicht tue ich ihm Unrecht, er war vierzehn, als sie aus Mozambique flohen. „Meine Familie ist kompliziert, ich kann es dir nicht mit ein paar Worten erklären", sagt sie in einem Ton, der jede Nachfrage verbietet. „Erzähl mir lieber mehr über Südafrika. Mein Onkel Konrad findet es großartig. Er meint, es wäre eines der wenigen Länder, in denen die Welt noch in Ordnung ist. Deshalb wollte er auch, dass ich jetzt komme, nicht erst nach den Wahlen. Ein Jammer, dass alles kaputt gehen wird, wenn die Schwarzen an die Macht kommen, hat er gesagt. Jetzt, wenn ich die Berichte über die Unruhen in den Townships lese, frage ich mich, ob er nicht Recht hat. Sag, dass es nicht stimmt."

Wenn wir an die Macht kommen, denkt Joao. „Er kennt die falschen Leute, bestimmt nur lauter Weiße. Sie haben Angst, und die verstümmelt ihr Denken. Die Unruhen in den Townships sind leicht zu schüren, weil sich in der Apartheid eine Menge Hass aufgestaut hat. Jetzt, da die Hoffnung auf Freiheit keimt, entlädt sich dieser Hass, wie bei einem Überdruckventil. Aber keine Sorge, das geht vorüber. Du kannst deinem Onkel sagen, dass wir niemand aus dem Land treiben werden", sagt er bestimmt und hebt seine Hand, als wolle er sie berühren.

„Und was ist, wenn die Pessimisten recht haben?", fragt sie nachdenklich, ohne seine angedeutete Geste wahrzunehmen.

„Die Weißen? Sie werden nicht gewinnen. Aber wenn sie ihre Kafirs schicken, wird es Krieg geben, und ganz Afrika wird um Jahrzehnte zurückgeworfen. Aber sie werden nicht gewinnen", wiederholt er, als wäre er nicht wirklich sicher. „Ihre Zeit ist abgelaufen. Wir Schwarze werden gewinnen und wir werden es schaffen das Land zu versöhnen, trotz der Wunden, die sie uns zugefügt haben. Vielleicht gerade deshalb, weil wir aus Robben Island gelernt haben, dass Wegsperren und Umbringen, nichts hilft."

Er spricht, als wüsste er, von was er redet. Und er scheint mitten drin zu stecken, denkt sie. Plötzlich spürt sie, wie sich ihr Herz verkrampft. „Ich bin auch Weiß, Joao, warum bist du so offen zu mir?"

„Du sprichst kein Afrikaans. Deine Hautfarbe ist mir egal. Für mich bist du nur Verena und ich mag deinen Akzent."

Sie lächelt, als gefalle ihr, was er sagt, doch sie glaubt ihm kein Wort. „Mit wem arbeitest du, Joao?" Ich möchte, dass er weiß, wie sehr ich ihm zugehört habe und wie sehr ich ihn verstehe, denkt sie.

„Das erzähle ich dir ein andermal. Komm mit nach Durban, ich möchte länger mit dir zusammen sein", sagt er abrupt und sieht sie bittend an.

Für einen Moment fühlt sie sich bedrängt, will ihn zurückweisen, doch dann merkt sie, wie ernst es ihm ist. „Ich werd's mir überlegen, aber jetzt sollten wir gehen", sagt sie leise.

Zwei Wochen später fahren sie kurz nach dem Frühstück los. Der volle Dachständer erinnert Verena an die überladenen Autos, mit denen die Gastarbeiter früher auf der Heimfahrt in den Süden am Irschenberg hängen blieben. Der Bauernhof der Arnolds lag in der Nähe, auf dem sie als Kind, zusammen mit ihrem Cousin, Viktor, die Sommerferien verbrachte. Manchmal fuhren sie mit dem Fahrrad hin und sahen zu, wie die türkischen Gastarbeiter versuchten ihre überhitzten Motoren wieder flott zu kriegen. Schon verwunderlich, denkt sie, als sie es sich auf der Rückbank bequem macht: Jetzt fahre ich mit zwei jungen Männern, die ich kaum kenne, im Land herum, und unser Gefährt sieht so überladen aus, wie damals. Kein Hahn kräht danach, wenn ich einfach verschwinde. Aber warum denke ich so etwas, ich vertraue den beiden.

„Kommst du klar da hinten, willst du nicht doch lieber vorne sitzen?", fragt Joao.

„Es ist ganz bequem, mach dir keine Sorgen. Wenn ihr wollt, kann ich später auch eine Strecke fahren."

„Worauf du dich verlassen kannst", sagt Aaron. „Na dann los. Du hast alles gut festgezurrt?", fragt er Joao.

„Ja, bombensicher. Das fragst du immer, als hätten wir je etwas verloren." Joao grinst, prüft aber trotzdem, ob die Gurte richtig festgezurrt sind.

In einer halben Stunde sind sie aus der Stadt. Der Verkehr auf der Nationalstraße drei in Richtung Durban fließt träge und geht bald in ein entspanntes Fahren über. Keinem ist so richtig nach sprechen zumute, bis Aaron sich zu Verena umwendet. „Wie lange bist du schon in Südafrika?"

„Seit sechs Monaten."

„Und gefällt es dir bei uns? Wo warst du überall?"

„Nur in Kapstadt und jetzt im Norden, in der Limpopo Region. In Kapstadt haben sie mich gleich in ein ambulantes Ärzteteam gesteckt. Wir haben in den Townships die Verwundeten eingesammelt und sie schnellstmöglich ins Krankenhaus gebracht. Meist waren die Fotografen schneller als wir, und ich weiß heute noch nicht, wie sie überhaupt erfuhren, wo es gerade gekracht hatte. Sie wollten nur ihre Bilder. Keiner ist je auf die Idee gekommen zu helfen. Das Gemetzel habe ich nicht lange ausgehalten, und als in Acornhoek eine Stelle frei wurde, ließ ich mich dahin versetzen. Es war eine Art Regionalkrankenhaus, wo auch einiges zusammenkam, aber nichts im Vergleich zu Kapstadt."

Verena wundert sich über sich selbst, wie viel sie erzählt hat. Ist eigentlich nicht meine Art, denkt sie. Aus den Augenwinkeln sieht sie wie Joao auf Aaron blickt, dessen Gesicht sich versteinert hat. „Was ist, habe ich etwas Falsches gesagt?"

„Nein, nein, ist schon gut", sagt Aaron mit belegter Stimme.

„Aber du hast doch was?"

„Es ist die Bemerkung über die Fotografen", sagt Joao. „Warum erzählst du ihr nicht, was passiert ist?"

„Was soll ich sagen, er ist tot. Es ist nicht ihre Schuld, dass Jason sterben musste."

„Dann mach ich's eben, sie meint sonst, es hätte mit ihr zu tun", sagt Joao. „Du hast mit keinem Wort erwähnt, Verena, dass du auch in Kapstadt warst, ich dachte du wärst immer nur in Acornhoek gewesen." Er

klingt verwundert, als würde es einen Unterschied machen wo sie
überall war. „Aaron stammt aus einer alten deutschen Einwandererfa-
milie, lauter Richter, Anwälte und Grundbesitzer, wie er selber sagt.
Früher hatte er zwei Brüder, Jason, der älteste, und David dazwischen.
Warum eigentlich diese alttestamentarischen Namen?", fragt er Aaron.

Der windet sich ein wenig, als wolle er lieber nicht darüber reden,
aber dann geht er doch darauf ein: „Vater wollte das so. Er fand, es
würde uns die nötige Disziplin verpassen, wenn wir wüssten, woher
wir kommen. Auch wenn das alte Testament schon eine Weile her ist.
Wir drei haben in der Schule ganz schön darunter gelitten."

„Auch eine Methode", sagt Joao und wackelt zweifelnd mit dem Kopf.
„Jason war gewissermaßen das schwarze Schaf in dieser angesehenen
Familie, die sich nicht entscheiden konnte, auf welcher Seite sie stand.
Auf unserer, oder auf Seiten der Unterdrücker."

„Quatsch, Vater wusste immer wofür er stand. Er war einfach nur
streng", sagt Aaron.

Joao zuckt nur mit den Schultern, als könne man das auch ganz anders sehen.

„Was hat ihn denn zum schwarzen Schaf gemacht?", fragt Verena.

„Nichts, außer, dass er aktiv gegen die Apartheid kämpfte. Mit seinen
Mitteln halt. Er wollte nicht nur darauf warten, dass sich die Verhältnisse von allein ändern. Das hat ihn das Leben gekostet", sagt Aaron,
schaltet den Blinker ein und wechselt auf die Überholspur, erst dann
redet er weiter. Stockend zuerst, doch dann sprudelt es richtiggehend
aus ihm heraus. „Jason hat eine Zeit lang für die Times gearbeitet, aber
seine Bilder von den Minenarbeitern in ihren Unterkünften waren für
einige Leute zu viel. Unterkünfte, wie sich das anhört." Voller Verach-

tung wiederholt er das Wort, spuckt es richtiggehend heraus. „Das sind nichts als verdreckte Hasenställe mit einer Dusche auf dem Hof und zwei Toiletten für fünfzig Mann. - Zuerst zwangen sie die Times Jason zu entlassen, aber als er als freier Fotograf einfach weiter machte, wurden die Methoden härter. Nach den anonymen Anrufen kamen die zerstochenen Autoreifen, und schließlich fand man ihn in einer dunklen Gasse, nicht weit von der Redaktion der Times entfernt. Seine Kamera lag zertreten neben ihm. Mit dem Messer hatte der Mörder eins von Jasons Bildern auf seine Brust geheftet. Es war vermutlich ein Killer, den sie für ein paar Rand engagiert hatten. Wir fanden nie heraus, wer es wirklich war. So sehr wir es auch versuchten, wir rannten gegen eine Gummiwand.“

Verena beugt sich vor und küsst Aaron auf die Wange. „Es tut mir leid“, sagt sie, und legt ihre Hand auf seine Schulter.

„Es ist die Sinnlosigkeit. Er war einer der besten Fotografen, besser als die Geier, die du erwähnt hast und denen es meist nur um ein schnelles Bild geht. Vielleicht hätte er den Pulitzerpreis gewonnen. Er hat den Mut gehabt, das Morden beim Namen zu nennen. Ein bezahltes Gemetzel nämlich, bei dem die Regierung zusieht, als hätte sie nichts damit zu tun.“ Aaron blickt starr gerade aus, die Hände verkrampft, die Knöchel weiß vor Anspannung. Verschämt reibt er sich eine Träne aus den Augen.

„Machst du dir Vorwürfe, dass du ihm nicht geholfen hast?“, fragt Verena.

„Nein. Er wollte allein arbeiten. Wollte nicht, dass einer von uns mit hinein gezogen wird. Ich glaube er wusste, was ihm bevorstand.“

Für eine Weile dringt nur das gleichmäßige Dröhnen der Reifen in den Innenraum. Plötzlich bläst Aaron die Luft durch die Nase und schüttelt sich, als wolle er die bösen Gedanken weit von sich weisen. „Wir sollten mit Verena ins Land hinein fahren, weg von diesem Highway. Hier in der Nähe war ich zusammen mit Jason, ein halbes Jahr bevor er starb. Auf der Strecke gibt es eine Farm, die hausgemachte Gerichte anbietet, ich bekomme langsam Hunger. Was meint ihr, wir haben Zeit", sagt er aufgeräumt.

„Von mir aus gern. Und du Verena?", fragt Joao.

„Ich verlass mich ganz auf euch, es ist euer Land."

„Gut, dann biege ich am Mooi River Valley ab."

Nachdem sie die Nationalstraße verlassen haben, ziehen lang gezogene Hügel in Richtung Berge. Tiefe Schluchten zerfurchen das Land. Am Himmel stehen Wolkenhaufen, wie weiße Gnome über kleinen Inseln aus rohen Zementblockhäusern mit strohgedeckten Rundhütten dazwischen. Weiße Kühe grasen auf den Weiden, hingetupfte Punkte auf einem weiten Grün.

„Die Zulus leben hier. Von hier aus sind sie gegen ihre Nachbarvölker angerannt und haben gegen die Buren gekämpft. Aber jetzt kämpfen sie nur noch gegen die Armut", sagt Aaron und nimmt die Straße nach Rosetta, um am Kamberg Trading Post auf eine rote Piste einzubiegen, die bald in ein schmales Band übergeht, das sich in der endlosen Weite am Fuß der Drakensberge verliert. An einem breiten Flussbett, dessen Böschung von den Frühjahrsfluten tief in den Mutterboden gegraben wurde, hält er an. „Ich habe mich verfahren", sagt er, als er den Motor abstellt. „Irgendwo hier gibt es eine Missionsschule, die ich mit Jason besucht habe. Er nahm die verbrannten Hütten auf, die von einem nächtlichen Überfall übrig geblieben waren. Er wollte dokumentieren, dass die Kämpfe zwischen den Zulus und den Xhosas längst auch auf dem Land angekommen waren, aber es hat sich keiner für die Bilder interessiert. Auf dem Weg gab es ein paar Dörfer, die aussahen als hätten die Menschen hier seit ewigen Zeiten friedlich gelebt. Das wollte ich dir eigentlich zeigen, Verena, aber ich muss die richtige Abzweigung verpasst haben."

„Friedlich? Hier ist seit Jahren nichts mehr friedlich", stößt Joao hervor. „Sie kommen manchmal jede Nacht, um den Leuten zu zeigen, dass sie der ANC nicht schützen kann. Was hier auf dem Land stattfindet, davon kriegt die halbe Nation nichts mit."

„Siehst du Verena, er lässt nicht locker. Joao ist einer, der nicht locker lässt. Deshalb hat er sich auch so gut mit Jason verstanden", sagt Aaron und zuckt bedauernd die Schultern. „Wir müssen umkehren, das wird nichts mehr mit der Mission. Außerdem habe ich jetzt wirklich Hunger."

„Willst du ein paar Trockenfrüchte?" Verena kramt in ihrer Tasche, holt eine Tüte Aprikosen hervor, reißt sie auf und reicht sie Aaron. „Danke, dass ihr mich mitgenommen habt. Die Gegend erinnert mich ein wenig an Bayern, das Alpenvorland, wo ich aufgewachsen bin. Im Sommer, auf dem Bauernhof meines Großvaters, es war wunderbar." Mit einem tiefen Atemzug saugt sie den Geruch der Landschaft in sich auf. Erst dann steigt sie ins Auto.

Zurück auf der Teerstraße finden sie am Ufer eines kleinen Sees die Farm, die Aaron erwähnte. Im Wasser spiegelt sich das am Horizont aufragende Felsmassiv. Ein schmaler Steg führt auf den See hinaus an dessen Ufer sich eine Kolonie Webervögel eine Weide als Brutstätte erwählt hat. Ihr Zwitschern dringt bis zu ihnen.

Joao, fasziniert von der Kunst der Vögel, geht hin und sieht eine Weile zu, wie sie aus ihren hängenden Nestern aus und ein schlüpfen. Als er zurückkommt und sich neben Verena auf die verwitterte Veranda setzt, erntet er den verstohlenen Blick der weißen Bedienung, die ihn mit einer Mischung aus Neugierde und Verachtung anblickt. „Sie fragt sich wahrscheinlich, wie ihr mit mir zusammen reisen könnt. Aber sie traut sich nicht etwas zu sagen, so weit sind wir immerhin schon. Jetzt braucht Mandela nur noch die Verhandlungen erfolgreich abzuschließen, dann können wir anfangen das Land zu befrieden. Wenn uns die Regierung nicht vorher noch ein dickes Ei legt und alles im Chaos versinkt", sagt Joao, während er der Bedienung nachsieht, die eher widerwillig ihre Bestellung aufgenommen hat.

Aaron hat ein paar flache Steine gesammelt und versucht sie auf dem glatten Wasser zum Springen zu bringen. Doch es gelingt ihm nur die Enten zu verscheuchen. „Wird schon gut gehen, irgendwann kommen auch die schlimmsten Sachen zu Ende. Ich will nicht mehr politisieren, ich hab nur noch Hunger", sagt er über die Schulter.

„Was macht ihr beide wirklich?", fragt Verena, während sie noch auf das Essen warten.

Aaron und Joao sehen sich verwundert an. „Was meinst du?", fragt Joao schließlich.

„Ich glaube euch das mit der Buchhandlung nicht. Es gibt zu viele Andeutungen über schwelende Konflikte und so."

Aaron überlässt die Antwort Joao, der gerade den Mund öffnet, als die Bedienung zurückkehrt und sich mit den Fäusten auf den Hüften vor sie stellt. „Der bekommt hier nichts", sagt sie in Afrikaans, indem sie mit einem leichten Nicken auf Joao weist. „Mein Bruder weigert sich für einen Schwarzen zu kochen."

Im ersten Moment sind sie völlig perplex, dann schnappt Aarons Oberkörper nach vorne und das Blut schießt ihm ins Gesicht. Seine Hände packen die Tischplatte, bis das Weiß aus den Knöcheln tritt. Kurz sieht es aus, als wolle er sich auf die Frau stürzen, doch er zügelt sich und zischt nur drohend: „Und das gefällt dir natürlich, du Schlampe. Deshalb hast du so dämlich geglotzt, als du die Bestellung aufgenommen hast. Ihr beide, du und dein ehrenwerter Bruder, gehört wohl zu den Unverbesserlichen. Ihr merkt nicht einmal, dass sich der Wind längst gedreht hat und dass er euch bald ins Gesicht wehen wird. Mann, in was für einem Land leben wir eigentlich."

„Lass gut sein, Aaron", sagt Joao und legt seine Hand auf Aarons Arm. „Sie war es nicht, die Jason umgebracht hat."

„Lass mich. Entschuldige Verena, so etwas wollten wir dir eigentlich ersparen", sagt Aaron, und geht einfach weg.

„Warum reagiert er so unglaublich aggressiv", fragt Verena, als Aaron es nicht mehr hören kann.

„Er hat Jasons Tod nie verkraftet." Joao steht auf und will zu Aaron, doch der winkt ab und geht weiter weg. „Jason hat uns von dem Massaker in Boipatong erzählt, weil wir wissen wollten, weshalb er aufgehört hatte zu fotografieren." Joao sagt es ganz ruhig, nachdem er sich wieder zu Verena gesetzt hat. „Er konnte einfach nicht mehr. Die Bilder hätten ihn umgebracht, hat er uns nach einer halben Flasche Whiskey gestanden. Das Umbringen haben dann andere übernommen. Ich hatte gehofft Aaron hätte es geschafft darüber hinweg zu kommen, aber es ist wohl noch zu früh."

Für eine Weile hängt betretene Stille zwischen ihnen, bis Verena leise fragt: „Boipatong, ist das ein Ort?"

„Ja, im Vaal Complex, siebzig Kilometer südlich von Johannesburg. Die Polizei hatte Inkatha Kämpfer bewaffnet, um einen Konflikt mit dem ANC zu provozieren. Als Jason dort ankam war es bereits geschehen. Eine Bande bewaffneter Zulus hatte fünfundvierzig Menschen massakriert und zwanzig weitere schwer verwundet."

„Ich hab davon gelesen", sagt Verena.

„Was du wahrscheinlich nicht gelesen hast, ist, dass sie mit dem klaren Auftrag zu töten losgeschickt wurden." Joao spricht jetzt wie in Trance, als hätte er das Massaker vor Augen. „Mit Lastwagen hat man sie hingekarrt und unter den Augen der Polizei an der Peripherie der Stadt entladen. Jason war nur der Blick auf das Chaos und das Bild eines neun Monate alten Jungen geblieben. Sie hatten ihn in den Armen der Mutter zu Tode gehackt. Der kleine Körper lag auf einer Decke, mit dem Gesicht nach unten. Neben ihm saß seine Tante, deren leere Augen das Kind suchten, während die Tränen langsam auf ihren Wangen trockneten. Der Junge sah aus, als würde er schlafen, aber da war diese klaffende Wunde auf dem Kopf. Von einer Machete, die sich tief in den weichen Schädel gegraben hatte. Jedes Detail hat uns Jason beschrieben, als wolle er die Bilder in seinem Kopf an uns weitergeben. Danach hat er aufgehört zu fotografieren und bald darauf wurde er erstochen. Aaron und ich sind dann der Jugendorganisation des ANC beigetreten. Irgendetwas mussten wir ja tun."

„Was für ein furchtbares Land. Du solltest zu ihm gehen", sagt Verena und blickt auf Aaron, der unbeweglich unter der Weide mit den Webervögeln steht. „Ich glaube er braucht dich."

„Ja", sagt Joao, und fügt im Aufstehen hinzu. „Es wird noch lange dauern, bis solche Leute wie hier sich ändern. Aber jetzt weißt du immerhin, weshalb Aaron und ich uns engagieren. Irgendwann werden dir die separaten Toiletten und getrennten Parkbänke zu viel. Die Busse, vorne Weiß und alles frei, hinten schwarz und brechend voll. Früher, wenn ich meinen Vater besuchte, musste ich mir immer einen Plan machen, wo ich essen konnte. Erst wenn ich das Gatter der Farm durchquert hatte, fühlte ich mich freier."

Verena nickt nur verloren, und sieht zu, wie Joao zu Aaron geht und seinen Arm um dessen Schulter legt.

Kurz darauf machen sie sich auf den Weg zurück zur Schnellstraße nach Durban.

Die kleine schummrige Bar am Hafen Durbans riecht nach Rauch und abgestandenem Bier. Aaron hat bereits ein Viertel der Flasche Whiskey vor ihm getrunken, Joao ist zu Bier übergegangen, während Verena gelegentlich am Strohhalm ihrer Cola saugt.

„Woher aus Deutschland kommt deine Familie ursprünglich, Aaron?", fragt sie.

„Irgendwo aus dem Norden, glaube ich", sagt Aaron und nimmt noch einen Schluck.

„Warum säufst du so? Ist es einer deiner schlimmen Tage?", fragt Joao.

„Dieses Weib geht mir nicht aus dem Sinn. - Mein Bruder kocht nicht für den da. - Mit solchen Typen schaffen wir es nie, egal wie die Wahlen ausgehen.“

„Aber das ist doch nichts Neues. Deshalb musst du dir nicht die Leber ruinieren“, sagt Joao.

„Du hast ja Recht.“ Wie zur Bestätigung schiebt Aaron die Whiskeyflasche von sich. Er greift nach der neben ihm liegenden Packung und stößt eine filterlose Zigarette heraus, klopft sie auf dem Handrücken zurecht und steckt sie sich seitlich in den Mund. „Und du willst wirklich wissen wo ich herkomme?“, fragt er Verena.

„Ja.“

Seine Hand zittert, als er sich die Zigarette anzündet. Er inhaliert tief und bläst den Rauch durch die Nase aus. Er nimmt einen zweiten Zug und während ihm der Rauch noch aus dem Mund quillt beginnt er zu sprechen. „Wir sind schon lange hier. Der Ururgroßvater wurde nach der 48er Revolution in Deutschland nach Südafrika gespült, aber keiner spricht darüber, irgendwie ist das Thema tabu. Nur manchmal bei Familienfeiern kommt es zur Sprache, als wollten wir uns versichern, dass wir zu Recht in diesem Land sind.“ Ganz beiläufig stößt er eine weitere Zigarette aus der Schachtel und reicht sie Verena. „Du auch? Joao raucht nicht.“

Sie schüttelt lächelnd den Kopf. „Sie sind mir zu stark.“

Umständlich schiebt er die Zigarette zurück in die Schachtel, räuspert sich und fährt fort. „Wir sind wirklich überzeugte Südafrikaner, mit Haut und Haaren. Keiner käme auf die Idee auszuwandern. Trotzdem stecken wir irgendwie dazwischen, weder englisch, noch richtige

Afrikaaner. Du weißt schon, die mit den Ochsenkarren und den Wagenburgen."

„In die sich einige wieder zurück sehnen", wirft Joao ein, doch Aaron überhört ihn einfach.

„Anfangs lebten wir in der Nähe East Londons, wo die Engländer eine Pufferzone gegen die verfeindeten Xhosas errichtet hatten. Wir Deutsche waren der Puffer", lacht er gehässig. „Später zog die Familie nach Kapstadt. Nur meine Eltern kamen aus beruflichen Gründen nach Johannesburg. Jetzt, nach Jasons Tod, bedauern sie es mehr denn je. Mutter hasst die Stadt richtiggehend, als hätte es nicht überall passieren können. Sie hat Jasons Tod nie verkraftet und frisst alles in sich hinein."

„Wie könnte sie auch", sagt Verena. „Und du, und dein anderer Bruder?"

„Was meinst du? Wie wir beide es verkraftet haben?"

„Ja."

„Nicht gut. David ist nach Australien gegangen, vorübergehend sagt er, aber ich glaube ihm nicht. Und ich hab diese Buchhandlung eröffnet, um mich abzulenken, bis ich merkte, dass ich dort weitermachen muss, wo Jason aufgehört hat. Also habe ich meinen Laden zu einem Treffpunkt für uns Junge im ANC gemacht. Die Sicherheitspolizei hat mich gewarnt, aber sie können mir nichts nachweisen. Jetzt halten sie sich zurück, ich nehme an, sie warten die Wahlen ab."

„Was war Jason für ein Mensch?", fragt Verena nach einiger Zeit.

„Er war wunderbar", beteiligt sich Joao, als wäre er in Gedanken ganz weit weg gewesen. „Als sie ihn getötet haben, wollte ich das Studium aufgeben. Josepha hat mich überredet weiterzumachen."

„Wer ist Josepha?“, fragt Verena.

„Sutters Haushälterin. Neben Vater und Aaron die Einzige, der ich uneingeschränkt vertraue.“

Für eine Weile starren sie still vor sich hin, jeder gefangen in seiner eigenen Welt.

„Es ist lange her“, sagt Aaron schließlich, richtet sich auf und drückt den Rücken durch. „Zeit für ein anderes Thema. Wir wär’s mit Literatur, ein weites Feld“, sagt er aufgekratzt. Doch als keiner so richtig darauf anspringt, sagt er bedauernd zu Verena. „Wir sind schon eine seltsame Runde. Den Trip hast du dir wahrscheinlich ganz anders vorgestellt.“

„Schon gut“, sagt sie mit der Andeutung eines Lächelns. „In Kapstadt habe ich einige Studenten getroffen, die wunderbare Reden hielten, doch dann sind sie nach Hause gegangen, und haben sich von ihren schwarzen Hilfen den Cocktail an den Pool bringen lassen. Ihr beide seid mir lieber.“

„Danke. Von der Sorte gibt’s hier mehr als genug“, sagt Aaron, und verzieht sein Gesicht zu einer verächtlichen Grimasse.

„Aaron und ich sind fertig in Pietermaritzburg“, wirft Joao ein. „Es ging schneller als wir dachten. Ich würde gern nach Maputo fahren, von hier ist es nicht so weit. Der Krieg ist vorbei, die Stadt ist sicher, hat ein Kommilitone erzählt, der vor Kurzem dort war. Aber allein ist es zu langweilig. Mozambique ist ganz anders als Südafrika, weicher, freundlicher. Was denkst du, Verena?“

„Ich soll mitkommen?“, fragt sie verblüfft.

„Ja, warum nicht.“

„Wie er das wieder hinzaubert", sagt sie zu Aaron und lacht ganz hell, als freue sie sich über das Angebot. „So ähnlich hat er es inszeniert, als er mich in deine Buchhandlung einlud. Damals war es der Tee, jetzt ist es Maputo. Dabei ist es gar keine schlechte Idee, besser als in Durban nur am Strand zu liegen. Kommst du auch mit, Aaron?"

„Nein, geht nicht. Ich muss nächste Woche wieder in Josi sein. Aber ihr könnt den Mini haben, wenn ihr wollt, ich nehme den Zug zurück, ist mir sogar lieber. Und warum bleibt ihr nicht für ein paar Tage in unserem Haus in Kosi, es liegt auf halber Strecke, falls ihr über Golella fahrt."

13
Kosi

Unterwegs nach Maputo merkt Verena, dass sie sich, egal wo sie halten, eigenartige Blicke einfangen. Die Weißen versuchen es eher zu verbergen, doch die Schwarzen begegnen ihnen mit unverhohlener Ablehnung. Als würden wir etwas Unrechtes tun, denkt sie. Und beim Mittagessen in Jozini, einem kleinen Ort an der Abzweigung in Richtung Küste, kann sie sich nicht mehr zurückhalten. „Seit wir Durban verlassen haben wirst du immer nervöser. Als Aaron noch dabei war, fiel es mir nicht so auf, aber jetzt überall diese schiefen Blicke. Und meist reagierst du, als wolltest du gleich losrennen und den Leuten den Kopf einschlagen. Stimmt etwas nicht mit uns beiden?"

Joao schüttelt nur kurz den Kopf, als wolle er nicht darüber reden. Doch dann schiebt er den halb vollen Teller zur Seite und sagt irgendwie erleichtert: „Ich hatte gehofft du würdest es nicht bemerken. War wohl nichts. Ich hatte es nicht erwartet, als ich dich einlud mitzukommen. Nicht so krass."

„Was denn? Was meinst du?"

„Sie halten dich vermutlich für eine Touristin, die sich einen schwarzen Liebhaber geangelt hat. Nicht gerade ein Kompliment für uns beide", sagt er und nimmt ihre Hand, doch er lässt sie sofort wieder los. „Ich hoffe, du kannst damit umgehen. Stört es dich sehr?"

„Du meinst Schwarz und Weiß, Weiß und Schwarz, geht alles nicht. Mensch Joao, wenn ich so denken würde hätte ich doch schon in Johannesburg nein gesagt. Glaubst du, ich wäre mit dir in Aarons Buchhandlung gegangen, wenn ich so dächte? Hältst du mich für bescheuert? Ich kenne diese Blicke, seit ich in Südafrika bin. Sie sind mir egal."

„Ich hatte es nicht erwartet, nicht so sehr", schiebt er nach. „Es macht mich ziemlich nervös." Für eine Weile sieht er sie mit traurigen Augen an, dann nimmt er ihre Hand und drückt sie. „Ich hasse ihr Glotzen. Vermutlich bin ich einfach nur naiv. Lass uns gehen, wir müssen noch vor Einbruch der Dunkelheit in Kosi sein." Er legt das Geld auf den Tisch, winkt der Bedienung und deutet mit dem Finger auf die Scheine unter dem Bierglas. Auf dem Weg zum Auto sagt er: „Ein Aufseher des Tembe Parks wartet am See, um uns überzusetzen. Eigentlich ist es eine Süßwasser-Lagune, in der sich Nilpferde tummeln, sagt Aaron. In der Nacht sollte man denen besser nicht begegnen. Deshalb müssen wir pünktlich sein. Zum Haus ist es dann nicht mehr weit, es liegt mitten in den Dünen. Ich bin richtig gespannt."

„Ich auch, ich liebe das Meer."

Die Sonne hängt bereits überm Horizont, als sie Kosi erreichen. Der Aufseher drängt und weist bei der Überfahrt wiederholt auf kleine Fontänen in Ufernähe. „Hippo", sagt er jedesmal. „Ihr müsst aufpassen. Wenn euch ein alter Bulle begegnet, nehmt ihr besser schnellstens Reißaus. Vor allem in der Dämmerung dürft ihr nicht im Wald spazieren gehen."

Der Ranger beeilt sich das Gepäck auszuladen, dann führt er sie durch einen Wald aus Krüppeleichen und Schlingpflanzen, der bald in dicht mit Seegras bewachsene Hügel übergeht. Die ganze Zeit riechen sie die Salzluft während das Raunen der Brandung langsam anschwillt. Nach einem tief eingeschnittenen Hohlweg zwischen haushohen Dünen liegt plötzlich das aufgewühlte Meer vor ihnen. Gischt hängt in der

Luft. Die Wellen brechen sich an einem dem Strand vorgelagerten Felsenriff und laufen auf eine menschenleere, weit geschwungene Bucht. Überall liegen halb im Sand vergrabene Treibholzstämme, die aussehen, als wären sie verblichene Knochengerüste prähistorischer Tiere. Hinter einer Düne duckt sich das graue Schilfdach des Breklin'schen Hauses.

„Das ist es", sagt der Aufseher und weist auf das Haus. Er hilft Joao den angewehten Sand vor der Eingangstür wegzuräumen, schließt auf und verlässt sie mit einem kurzen Gruß. Er hat es eilig noch vor Einbruch der Dunkelheit über die Lagune zu kommen.

Während sich Joao im Haus umsieht, zieht Verena ihre Turnschuhe aus und setzt sich in den warmen Sand mit Blick aufs Meer. Fantastisch, denkt sie, jetzt noch schwimmen, allein in einem endlosen Ozean. Kein Mensch weit und breit, als wären wir die letzten Überlebenden einer großen Katastrophe. Plötzlich befällt sie Furcht vor dem Alleinsein mit Joao, vor der Stille des großen Hauses, der Einsamkeit des endlosen Strands. Keine Unterströmungen, keine Haie, hat Aaron gesagt, denkt sie, schüttelt sich und geht zurück ins Haus.

Erleichtert registriert sie, dass Joao das Gepäck bereits in zwei getrennten Zimmern untergebracht hat. „Ich gehe schwimmen, die Wellen scheinen nicht allzu hoch zu sein. Kommst du mit? Es gibt keine Unterströmungen hat mir Aaron versichert."

„Ich kann nicht schwimmen", sagt er verschämt. „Aber ich könnte es versuchen, wenn du mir hilfst und wir in der Brandung bleiben, wo ich noch Boden unter den Füßen spüre."

„Du musst nicht", sagt sie, als sie sich, bereits an der Tür, noch einmal zu ihm umdreht.

„Aber ich will."

Am Strand bleibt sie lange im feuchten Sand stehen und beobachtet wie ihre Füße immer tiefer im Schlick versinken. Auf einmal spürt sie, wie ihr Joao ein Handtuch um die Schultern legt und sie sachte berührt. Als sie sich zu ihm umdreht, streift ihre Brust seine nackte Haut. Für einen Moment steht er da, als wäre nichts geschehen, dann küsst er die kleine Grube an ihrem Hals. Lächelnd löst sie sich aus seiner Umarmung. „Wir sollten das nicht tun, Joao. Ich muss zurück zu meinen kleinen Schlachten im Operationssaal, und du musst hier bleiben, dem ANC zum Sieg verhelfen und aufpassen, dass dein Land nicht im Chaos versinkt. Glaub mir, es ist besser so." Sie denkt an die Sommer auf dem Bauernhof ihrer Familie. An Viktor, den sie zu lieben glaubte, wie Teenager eben lieben. Und wie sehr er sich inzwischen verändert hat. Seine komplizierten Erklärungen, mit denen er alles rechtfertigt, wenn es ihm nur genügend Geld einbringt. Wie anders Joao ist, denkt sie, und wünscht sich er hätte sie nicht sofort wieder freigegeben. Dann springt sie kopfüber in die Brandung.

Beim Abendessen will sie ihm etwas sagen, ist aber noch unschlüssig, wie sie es ausdrücken soll.

„Du hast etwas. Weil ich mich am Strand falsch benommen habe?", fragt er.

„Nein, das war schön. Ich will mich für unser Gespräch nach dem Besuch in Aarons Buchhandlung entschuldigen", sagt sie sofort.

Er sieht sie nur fragend an.

„Erinnerst du dich, unter dem Jakarandabaum?"

„Ja, natürlich. Aber warum willst du dich deshalb entschuldigen?"

„Du hast damals ganz beiläufig erwähnt, dass ihr durch den Krüger Park geflohen seid, und dass deine Mutter dabei umkam. Ich bin darüber hinweggegangen, als wäre ihr Tod nicht der Rede wert. Dabei habe ich dauernd überlegt, wie schmerzhaft der Verlust für dich gewesen sein muss, aber ich konnte einfach nicht nachfragen, ohne dass es billig geklungen hätte. Jetzt denke ich, dass ich dich damals sehr verletzt habe, und dass ich nicht will, dass du denkst ich hätte es absichtlich getan."

Joao sieht vorbei an Verena aus dem Fenster, ein gefrorenes Lächeln um die Mundwinkel. Als er sich zu ihr dreht, wischt er verschämt eine Träne weg. „Früher war es eine offene Wunde, jetzt ist es nur noch eine Narbe, sie brennt manchmal mehr, manchmal weniger. Mutter war ein fröhlicher Mensch, bevor meine Schwester entführt wurde. Danach kam sie mir vor, als wäre sie versteiner. Ich habe fürchterlich unter ihrer Sprachlosigkeit gelitten und konnte nicht verstehen, was in ihr vorging. Und ich habe mich schuldig gefühlt, weil ich mit Vater nach Maputo gegangen war. Dabei hätte es nichts geändert, wenn ich zuhause geblieben wäre. Wahrscheinlich hätten sie mich kaltblütig erschossen. Aber um das zu verstehen, war ich zu jung."

Verena presst seine Hand. „Ich würde dir gerne zuhören", sagt sie ermunternd.

Er sieht sie an, lächelt gequält und schüttelt den Kopf, als könne er immer noch nicht fassen, was damals passierte. „Sie haben unser Haus abgebrannt. Danach wollte Mutter nur noch weg. Auf der Flucht, glaube ich, hat Vater uns das Leben gerettet. Mutter war gestorben, weil wir ihr nicht helfen konnten und wir waren dabei zu verdursten. Vermutlich musste Vater einen Ranger töten, um an Wasser zu kommen.

Er ist allein losgegangen, und ich dachte er hätte mich verlassen. Aber auf einmal kam er mit einem vollen Kanister, einem Gewehr und einer Karte zurück. Ein paar Tage später, als wir bereits auf Sutters Farm waren, stand in der Zeitung, dass sie einen Ranger mit gebrochenem Genick bei seinem Auto gefunden hätten. Sutter ließ die Zeitung tagelang herumliegen, als wolle er Vater sagen: Pass auf, ich weiß alles. Manchmal denke ich, ich sollte Aaron davon erzählen, aber dann reden wir doch lieber über den ANC und über Rugby." Er stößt ein nervöses Lachen hervor. Es hört sich wie ein missglückter Versuch an, die Erinnerung endlich abzuschütteln. „Später kam diese Wut, dass sie mir das angetan hatte, als hätte sie gewählt zu sterben", sagt er leise, und nimmt einen großen Schluck Wein.

„Willst du nicht mehr darüber reden?" fragt Verena.

„Nein, es hilft mir", sagt er schnell. Dabei betrachtet er sie ängstlich, als frage er sich, ob sie nicht doch nur aus Höflichkeit zuhört. Schließlich gibt er sich einen Ruck, bemüht, die Geschichte möglichst schnell zu beenden: „Die ganze Nacht umkreiste uns eine Hyäne. Ich wusste anfangs gar nicht, was dieses schreckliche Gelächter war, aber es war entsetzlich. Irgendwann muss ich dann vor Erschöpfung eingeschlafen sein. Als ich aufwachte, war Mutter bereits tot. Wir saßen dann einfach nur neben ihr, Vater und ich, bis die Sonne aufging. Dann haben wir Steine auf sie geschichtet. Vater hat gesagt, wir würden zurückgehen und ihre Gebeine holen, um sie richtig zu begraben, aber das hat er nur gesagt, um mich zu beruhigen. So, mehr gibt es nicht. Du bist die Erste, der ich alles erzählt habe." Er atmet tief durch, als wäre eine riesige Last von ihm genommen.

„Und dein Vater?"

„Er spricht nicht darüber. Wir tun einfach so, als wäre nichts gewesen. Keine verlorene Frau, keine verschleppte Tochter, kein toter Ranger, nur wir beide, gestrandet in einem neuen Leben. Vielleicht bin ich deshalb verunsichert, wenn ich an Mozambique denke, wer weiß, was dort auf mich wartet."

Verena spürt, dass er noch nicht fertig ist.

„Als Sutter anbot meine Ausbildung zu bezahlen, wollte ich zuerst nicht annehmen. Für Vater war es vermutlich noch schlimmer, weil er wusste, dass er mich allein von seinem damaligen Gehalt nicht auf die Schule schicken konnte. Deshalb fing ich, sobald ich konnte, in der Jugendorganisation des ANC an. Jasons Tod hat nur alles beschleunigt. Auf einmal wusste ich, was ich zu tun hatte. Diese Straßenkämpfe werden von bezahlten Agenten der Regierung angezettelt, sie hetzen die Leute aufeinander. Glaubst du, Sutter wollte mich kaufen?"

Das also ist es, denkt sie. „Wer weiß, was für Beweggründe er hat. Aber du darfst nicht alles in dich hinein fressen, Joao. Noch hat er nichts als Gegenleistung verlangt, oder?"

„Nein, aber das kann noch kommen. Ich will keiner seiner Lakaien werden. Und mit seinen Machenschaften will ich auch nichts zu tun haben. Trotzdem verdanke ich ihm viel, eigentlich alles was ich heute bin."

„Nein, das verdankst du nur dir selbst", sagt sie bestimmt.

Joao atmet tief durch, sieht sie ungläubig an und wechselt das Thema. „Ich habe ein bisschen Angst vor Maputo."

„Warum?", fragt sie verwundert. „Ich dachte, du willst da hin. Wegen mir brauchen wir nicht zu fahren. Meinetwegen können wir auch ein paar Tage länger hier bleiben und gleich wieder zurück fahren. Die Bucht ist traumhaft schön."

„Nein, nein. Ich will nach Maputo. Will wissen, wie es aussieht, jetzt, da der Krieg vorbei ist. Vielleicht erfahre ich dort auch mehr über mich selbst. Manche denken, ich wäre ein Schwarzer, den Sutter gewendet hat, aber Aaron meint, ich solle nicht auf sie hören. Glaubst du, ich gehe in die Townships, weil ich mir etwas beweisen will? Flüchtlingsjunge in einem fremden Land, muss besser sein, als alle anderen, oder so ähnlich?"

Verena betrachtet ihn, als sähe sie plötzlich eine völlig neue Seite an ihm. „Warum glaubst du, dass du ausgerechnet in Maputo erfährst wer du bist? Weil du einmal dort warst? Aber das war mit deinem Vater zusammen, der Arbeit gesucht hat. Das macht die Stadt noch lange nicht zu deiner Stadt. Oder willst du nur nach Mozambique, weil du die Sprache sprichst? Vermutlich ist Maputo eine afrikanische Stadt wie viele andere auch, vom Krieg gezeichnet, voller verunsicherter Menschen. Wir werden es ja bald sehen." Verena schenkt sich Wasser nach und betrachtet Joao, der in Gedanken ganz woanders zu sein scheint. „In meinen Augen musst du dir überhaupt nichts beweisen", sagt sie leise. „Wahrscheinlich hast du den Tod deiner Mutter nie verarbeitet, deshalb suchst du. Aber außer deinem Vater gibt es niemand, mit dem du darüber reden kannst. Doch er hat eine Mauer um sich gebaut, damit er seine Trauer ertragen kann. Also schleppst du deinen Rucksack allein."

„Danke für die Analyse", sagt Joao, ohne, dass es komisch klingt. „Du meinst, ich soll einfach damit leben?" Er steht auf, geht ans Fenster und starrt auf das schwarze Meer. Dann wischt er sich über die Augen und setzt sich wieder neben sie, wobei ihm ein verlegenes Lächeln übers Gesicht huscht. „In Thokoza, in einer Ausbuchtung der Khumalostrasse, sah ich eine alte Frau, die neben ihrer getöteten Enkelin saß. Sie war nur neun Monate alt, als sie von Inkatha Aktivisten zu Tode gehackt wurde. Als ich die Männer fragte, weshalb sie das getan hätten, sagten sie nur: Vergiss nicht, dass Schlangen neue Schlangen gebären. Ich war sprachlos vor Entsetzen. Alles findet statt, ohne, dass ich etwas dagegen tun kann. Das tote Kind, der brennende Mann, ich fühle mich schuldig.“ Abrupt schweigt er und starrt nur vor sich hin. Sie traut sich nicht ihn aus seinen Gedanken zu reißen, bis er sich aufrichtet, tief einatmet und sagt: „Jetzt ist genug mit Trübsal. Ich bin so froh, dass du mitgekommen bist. In Jozini, beim Essen, wäre ich fast umgekehrt. Ohne dich hätte ich es vermutlich getan.“

Verena führt seine Hand zum Mund und küsst sie. „Ohne mich wärst du in Jozini gar nicht in die Situation geraten“, sagt sie lächelnd. Er ist eine einzige große Wunde, denkt sie. Ein Falter prallt schon seit einiger Zeit gegen das Fliegengitter, angezogen vom Licht der Öllampe. Er kann nicht herein, denkt sie, so wie Joao nicht aus seiner Haut kann. „Erzähl mir mehr, ich hör dir einfach zu.“

„Manchmal fühle ich mich wie ein Baum ohne Wurzeln“, sagt er leise, als müsse er Rechenschaft ablegen. „Ich bin talentiert, habe ein paar Klassen übersprungen, und bin jetzt einer der Jüngsten an der Universität, aber es bedeutet mir nichts. Wenn mich einer als Kokosnuss beschimpft, packt mich die Wut. Nur weil Sutter das Studium bezahlt, verrate ich doch nicht meine Leute. Aber was ist, wenn die Wahlen in einer Katastrophe enden? Wenn Mandela genauso wird, wie jeder andere Big Man in Afrika? Dann muss ich weg von hier, aber wo soll ich hin? Zurück nach Mozambique? Nach Europa? - Die Frau am Fuß der Drakensberge, die uns wegen mir nichts zu essen gab, sie hat keine Zweifel. Sie ist Weiß, da hat sie Recht, auch wenn sie noch so dumm ist. Entschuldige, das hätte ich nicht sagen sollen, du bist ganz anders."

Verena schweigt betreten, weiß nicht was sie davon halten soll. „Du nimmst alles viel zu ernst", sagt sie nach einigem Überlegen. „Du kannst die Welt nicht allein kurieren. Die meisten von uns sind nur ein kleines Rädchen in einer Maschine, die sich immer schneller dreht. Es spielt keine Rolle, ob du Schwarz oder Weiß bist."

„Wahrscheinlich hast du Recht. Übrigens, du siehst wunderschön aus."

„Ein Kompliment, woher hast du das?"

„Hab ich gelesen, gehört sich so bei Frauen, stand da", sagt er und strahlt sie an. „Deine Therapie wirkt anscheinend, ich fühle mich ganz leicht."

„Ist nur der Wein."

„Nicht nur, ich fühle mich etwas hilflos in deiner Gegenwart."

„Unsinn, ich bin so froh, dass du mich mitgenommen hast. Ohne dich hätte ich dieses Haus, den Strand, diesen Traum einer Bucht nie gesehen. Jetzt bin ich auf Mozambique gespannt, ich möchte wissen, woher du kommst."

Die nächste Stunde sitzen sie beim Flackern der Öllampe und erzählen sich alles, was ihnen in den Sinn kommt. Joao spricht viel über seine Hoffnung auf ein neues Südafrika. Und Verena erzählt von ihren Sommermonaten auf dem Bauernhof ihrer Großeltern. Von ihrer Mädchen-Schwärmerei für Viktor, einem entfernten Cousin, der immer noch nicht weiß, was er mit seinem Leben anfangen soll. „Komm", sagt sie plötzlich, steht auf, nimmt ihr Glas und die Weinflasche und macht sich auf den Weg nach draußen. „Es ist eine sternklare Nacht, wir setzen uns an den Strand. Ich habe noch nie davon gehört, dass Nilpferde im Meer schwimmen.“

„Und das ganze andere Zeug, das draußen herumschleicht?“

„Die werden uns schon nichts tun.“ Verena klingt leicht angetrunken, resolut, als könne ihr keiner etwas anhaben. „Wir gehen nur bis zur Kuppe der Düne vor dem Haus.“

Wie mutig sie ist, denkt Joao, nimmt eine Jacke und stolpert in der Dunkelheit hinterher. Draußen, auf der Spitze einer hohen Düne, nimmt sie seine Hand und zieht ihn zu sich. Er legt ihr die Jacke um die Schultern und sie sitzen nur da und sehen auf die weißen Kronen der Wellen, wie sie unermüdlich auf den Strand zurollen.

Am nächsten Morgen hängt eine leichte Unsicherheit zwischen ihnen.

Während sie sich duscht, deckt er den Tisch und wartet nervös, bis sie aus dem Bad kommt. Alles kann passieren, denkt er, dass sie mich verachtet, mich ablehnt, sofort zurück fahren will, ohne mir eine Erklärung zu geben. Doch dann, als sie strahlend und wohlriechend erscheint, geht sie einfach zu ihm und küsst ihn lange auf den Mund. „Es war schön“, sagt sie.

Während des Frühstücks reden sie kaum. Sie denkt: Ich werde mit ihm nach Maputo fahren, wir werden uns über Gott und die Welt unterhalten, und nachts werden wir miteinander schlafen. Ich will nicht an meine Familie denken, ich werde mit Joao zurück nach Durban fahren und von dort über Johannesburg nach München fliegen. Er wird in

Südafrika bleiben, und sie werden die Wahlen gewinnen. Joao wird aufsteigen und mithelfen das Land zu verändern.

Ich werde das Studium beenden und an der Charité praktizieren. Ganz langsam werden die Bilder in meinem Kopf über den Strand, das Haus in den Dünen, die tellergroßen Spuren der Nilpferde im Schlamm des Kosi Sees, und die Nächte mit Joao verblassen.

Und wir werden uns nie mehr wiedersehen.

Nach einer Woche rauschhafter Tage und Nächte in Maputo, bringt er sie zum Flughafen in Durban. Menschen begrüßen und verabschieden sich. Es gibt keine brennenden Townships, keine Erinnerung an die Flucht durch den Krüger Park. Verena küsst ihn, geht durch die Ticketkontrolle und verschwindet hinter einer blinden Glaswand. Er hat Angst sie zu verlieren, so wie er Jason verloren hat. Plötzlich scheint alles um ihn herum still zu stehen. Bänke, Boden, Menschen verharren. Geräusche werden dumpf, das Licht stimmt nicht mehr. Ein Junge mit einem Rollkoffer rempelt ihn an, die Mutter im Schlepptau. Joao steht lange unbeweglich in der Halle. Er sieht sich von außen, ein Fremder, mit dem ihn nichts mehr verbindet. Irgendwann setzt er sich, betrachtet seine Hände, spürt wie das Gefühl zurückkehrt. Er geht zur Toilette, wäscht sich das Gesicht und betrachtet sich im Spiegel, bis er sich wiedererkennt.

14

Abschied

Zur selben Zeit, als Joao mit Verena nach Maputo reist, sitzt Sutter in einer Hafenkneipe Odessas und wartet auf seinen ukrainischen Geschäftspartner. General Schirkow hat darauf bestanden bei der Verschiffung der Waffen dabei zu sein. Anscheinend will er vermeiden, dass in letzter Minute noch etwas schief geht, denkt Sutter. Aber wahrscheinlich geht es ihm um den Aluminiumkoffer, den ich zwischen den Beinen habe. Er setzt sich um und stellt ein Bein schützend auf den Koffer, damit auch ja niemand auf die Idee kommt ihn zu entreißen. Dabei ist er der einzige Gast in der Kneipe, die gerade erst aufgemacht hat.

Sutter wirkt gelassen, als er zusieht, wie Panzer, Haubitzen, Mörsergranaten im Bauch des Liberianischen Frachters verschwinden, doch innerlich ist er auf dem Sprung.

Ein Koffer, vollgestopft mit Dollarbündeln, zwei Millionen, ist kein Pappenstiel, denkt er. Viele Männer sind schon für kleinere Beträge umgebracht worden.

Endlich fährt Schirkows schwarze Limousine vor und hält direkt am Kai. Der General steigt aus, spricht ein paar Worte mit dem Chauffeur und kommt zu Sutter ins Lokal. Sutter sieht irritiert dem davonfahrenden Wagen nach, weil er nicht versteht was abläuft. Sein eigenes Auto hat er hinter einer nahe gelegenen Lagerhalle geparkt, um sofort zu verschwinden, sollte die Übergabe schief gehen.

Die Zollbeamten sind gut geschmiert, was soll schon passieren, denkt er. Doch das ungute Gefühl, das ihn beschlich, als er in das schäbige Lokal trat, will ihn nicht verlassen.

Ohne großes Begrüßungszeremoniell setzt sich Schirkow an Sutters Tisch. Er stößt einen kleinen Seufzer aus und deutet auf den Aluminiumkoffer. „Ist es da drin?“

„Ja, wie vereinbart in großen Scheinen.“

„Kann ich sie sehen?“

„Hier?“, fragt Sutter verblüfft.

„Warum nicht, es ist ja keiner da. Der Kellner sieht beim Verladen zu.“

„Wie Sie wollen.“ Sutter hebt den Koffer auf die Tischplatte, stellt die Schlüsselkombination ein und öffnet den Deckel um einen Spalt.

Der General wirft nur einen kurzen Blick auf die feinsäuberlich gestapelten Geldbündel und strahlt. „Ich habe den Fahrer in die Stadt geschickt, dass er uns einen Wodka besorgt, den besten den es gibt. Schließlich haben wir etwas zu feiern. Es ist die größte Lieferung, die wir je gemeinsam gemacht haben.“

Feiern, nicht nötig, denkt Sutter, mir ist es lieber ich komme hier ganz schnell wieder weg. Mit einer entschlossenen Handbewegung schiebt er den Koffer über den Tisch. „Er gehört Ihnen.“

Schirkow streicht liebevoll über Aluminiumhaut und hält den Koffer für einen Moment in beiden Armen, als wiege er ein kleines Kind. Dann stellt er ihn, wie auch Sutter zuvor, zwischen die Beine. Sie versuchen etwas Small Talk, doch Schirkows Englisch ist schlecht und Sutter spricht kein Russisch. So bleiben ihnen nur ein paar unverbindliche Allgemeinplätze, bis endlich der Chauffeur erscheint. Er stellt eine Flasche Wodka auf den Tisch und bleibt stehen, als erwarte er weitere Instruktionen. Doch Schirkow verscheucht ihn mit einer ungeduldigen Handbewegung, und der Mann geht, ohne Sutter auch nur eines Blicks gewürdigt zu haben, zum Auto. Mit einer herrischen Handbewegung verlangt Schirkow zwei Gläser, schenkt sie voll Wodka und prostet Sutter zu: „Nasdrowje, Thomas, oder sollte ich Prost sagen."

„Prost, Jewgenij", sagt Sutter. Eigentlich habe ich ihn nie gemocht, denkt er. Vermutlich geht es ihm ähnlich. Er vertraut mir nicht, Slate ist es, dem er vertraut. Der eine frisst, der andere säuft zu viel. Immerhin scheinen sie sich auf das ‚Zuviel' geeinigt zu haben.

Sie trinken schweigend und als Sutter bereits spürt, wie ihm der Schnaps im Magen rumort, steht der General auf und macht eine flüchtige Verbeugung. Er nimmt den Koffer unter den Arm und geht, ohne sich sonst wie zu verabschieden zur Limousine. Der Fahrer hält ihm die hintere Tür auf, und Schirkow hebt, bevor er einsteigt, zum Abschied noch kurz die Hand. Sutter sieht wie er den Koffer auf den freien Platz neben sich legt und wartet, dass der Fahrer zusteigt. Als der den Motor startet, kracht es und das Auto fliegt auseinander. Blechverkleidungen segeln durch die Luft, der Gestank von Schwefel und schmelzendem Gummi wabert bis zu Sutter ins Lokal. Ein brennender Reifen rollt zum Kai und kippt um, bevor er ins Wasser stürzt. Das, was vom Auto noch übrig ist, brennt lichterloh.

Als Sutters Gehirn wieder normal zu arbeiten beginnt, sieht er die Glasscherben im Lokal, die zerborstenen Flaschen und umgestürzten Stühle. Er tastet sich ab, registriert den verschmutzten Anzug, doch ansonsten ist alles ganz. Nur beiläufig registriert er, wie sich der Kellner das Blut von der Stirn wischt. Den beiden im Auto ist nicht zu helfen, denkt er. Sie müssen es mit Fernbedienung gemacht haben, das heißt, es gibt jemand der zusah, wie sie ins Auto stiegen. Aber warum jagen sie Schirkow mitsamt des Geldes in die Luft. Macht keinen Sinn, außer sie glauben, dass der Koffer leer war. Aber vielleicht ging es gar nicht um Geld, es ist besser ich verschwinde, bevor hier das Chaos ausbricht.

Sutter steht auf und geht langsam, wie jemand der mit der ganzen Angelegenheit nichts zu tun hat, zu seinem Wagen. Er lässt die Lagerhallen hinter sich und fährt sofort zum Flughafen. Dort nimmt er die erstbeste Maschine in den Westen.

Zwei Tage später informiert er Slate, dass er für weitere Waffengeschäft mit Ländern der früheren Sowjetunion nicht mehr zu haben ist.

„Was ist passiert? Ein Freund hat mich informiert, aber er wusste nichts Genaues. Die Regierung hat die ganze Sache unterdrückt. Lokal heißt es, es wäre ein Unfall gewesen. Schirkow bekommt ein Staatsbegräbnis und posthum den Verdienstorden der Ukraine.“

„Wer war es?“, fragt Sutter.

„Kann ich dir nicht sagen. Aber ich vermute eine Fraktion in der Armee, die ihm das Geld geneidet hat. Du warst zu erfolgreich, Thomas.“

Was für ein Unsinn, denkt Sutter. „Es ist passiert nachdem ich ihm das Geld übergab. Es macht keinen Sinn zwei Millionen in den Kamin zu jagen. Sie hätten sich den ganzen Klamauk sparen können, wenn sie mir den Koffer abgenommen hätten. Aber vermutlich ging es ihnen gar nicht ums Geld. Ich verstehe das Land nicht, die Menschen ticken irrational, es ist besser ich steige aus.“

„Jetzt lass erstmal Gras darüber wachsen. In ein paar Tagen weiß ich mehr. Wie lief es denn ab, du warst doch dabei.“

„Dabei? Eher daneben und weit genug weg. Wie verabredet hatte ich ihm in der Hafenkneipe, runde hundert Meter vom Kai entfernt, das Geld übergeben. Schirkow hatte den Fahrer weggeschickt, um zur Feier des Tages eine Flasche Wodka zu holen, das Beste vom Besten, wie er sagte. Und als der Fahrer zurück kam, parkte er direkt vor dem Frachter. Keiner der beiden schien irgendetwas zu befürchten. Als das Auto in die Luft flog, dachte ich: Was für Idioten sind das denn, lassen ihn mit einem Koffer voll Geld ins Auto steigen, um es postwendend in die Luft zu jagen. Schien mir keinen Sinn zu haben. Ich hab nicht lange nachgedacht und mich lieber aus dem Staub gemacht."

„Ungehindert?", fragt Slate gespannt.

„Ja, wahrscheinlich hatte ich einfach nur Glück. Ich hab den nächstbesten Flieger genommen und das Land verlassen."

„Gut. Und jetzt, was denkst du jetzt?"

„Nichts, ich will nichts mehr damit zu tun haben. Vorerst hat sich niemand bei mir gemeldet. Keine Forderungen, absolute Stille. Ich hoffe es bleibt so."

„Sie müssen dich gesehen haben."

„Gut möglich. Ich glaube es ging ihnen nicht um Geld. Sie wollten eine Demonstration. Jemand anders war der Empfänger ihrer Message."

„Du redest, als wüsstest du wer ‚sie' ist."

„Nein, weiß ich nicht, interessiert mich auch nicht. Das Muster kommt mir nur bekannt vor. Als Kofi dran war, ging es vermutlich auch nicht um ihn. Er war nur unser ‚soft belly', an ihn kamen sie am leichtesten ran. Einen von uns beiden, dich oder mich wollten sie wahrscheinlich treffen. Sie wollten uns loswerden, raushaben aus dem Land. Und bei dir hat es ja auch sofort geklappt."

„Bei dir doch auch."

„Ja, aber nur halb. Übrigens, ich fliege morgen nach Südafrika und bin für eine Weile nicht erreichbar."

Ungewöhnlich, denkt Nelio, als ihn Sutter zu sich ins Studio ruft. Sutter ist glatt rasiert und trägt Krawatte und Anzug, nicht die übliche Safarimontur.

„Ich muss für eine Woche nach Pretoria, wann ich zurück komme hängt davon ab, wie alles läuft", sagt Sutter, kaum dass sich Nelio gesetzt hat.

„Aber Sie kommen zurück?", fragt Nelio, der Sutters Anspannung spürt.

„Ja, aber es kann sein, dass ich danach gehen werde. Ich vermute, dass meine Zeit hier abgelaufen ist. Südafrika versinkt in Anarchie, und die Wahlen werden alles nur noch verschlimmern. Wenn sie, wie ich vermute, mit einer riesigen ANC-Mehrheit ausgehen, fliegt das Land auseinander. Die Weißen hauen ab und der Rest kollabiert. Möchtest du etwas trinken?"

Sutter schenkt sich ein Glas Whiskey ein und reicht Nelio die Flasche, doch der wehrt ab.

„Zu früh am Tag." Er glaubt er kann mich auf seine Seite ziehen, denkt Nelio, glaubt ich gehöre ihm.

„Du kommst schon noch drauf. - Mandela meint es gut, aber die Realität findet auf den Straßen statt. Ein paar Verrückte denken sie könnten das Rad zurückdrehen, und unsere Nachbarn horten bereits Waffen. Sie rüsten auf und erwarten, dass ich mich auf ihre Seite schlage. Aber ich will nicht für eine verlorene Sache kämpfen. Wir müssen ernsthaft über deine zukünftige Rolle reden, Nelio."

„Ich rechne seit einiger Zeit damit. Sie können sich auf mich verlassen." Es ist so weit, denkt Nelio, ist vermutlich besser, wenn er geht. „Drei Jahre, dann ist Joao mit dem Studium fertig. Das gibt Ihnen ausreichend Zeit einen anderen Verwalter zu finden."

Sutter schwenkt den Whiskey im Glas, ohne etwas Besonderes im Blick zu haben. In Gedanken sieht er Nelio und Joao, abgerissen und halb verhungert, an der Kreuzung sitzen. Und er sieht sich mit ausgestreckter Hand auf Joaos Gewehr warten, während die Löwin auf ihn zu kriecht. Joao hatte Angst, ich konnte es riechen, aber er ist nicht gerannt, denkt er. „Ich hatte gehofft, du würdest auf Dauer hier bleiben, dass es früher oder später auch deine Farm wird. Wenn du zurück nach Mozambique gehst, fängst du wieder von vorne an, das ist nicht gut in deinem Alter. Hier hast du alles, was du brauchst." Sutter nimmt einen Schluck und betrachtet Nelio, der in sich hinein zu horchen scheint. „Ich habe dir und Joao südafrikanische Pässe besorgt. Ihr könnt bleiben, solange ihr wollt, keiner kann euch mehr ausweisen. Frag mich nicht, wie das möglich war. Es gibt ein paar Leute in der Regierung, die mir verpflichtet sind. Und vergiss nicht, diese Farm ist inzwischen Joao's Zuhause. Aber vielleicht hast du recht, ich habe nie Kinder gehabt, ich weiß nicht, was es bedeutet eine Tochter zu verlieren. - Drei Jahre sind in Ordnung", sagt er abrupt, steht auf und verlässt das Studio ohne Gruß.

Kurz darauf hört Nelio den Landrover vom Hof fahren. Er bleibt noch eine Weile sitzen und betrachtet das Studio, als sähe er es zum ersten Mal. Die Bücher, den Kamin mit dem ausladenden Sims, auf dem eine nigerianische Bronze steht. Doch er kann sich nicht konzentrieren, die Gedanken schweifen ab und so spielt er die verschiedenen Gespräche mit Sutter durch. Warum will er ausgerechnet mich, denkt er. In seinen Augen bin ich vermutlich ein Zugelaufener über den er nach Belieben verfügen kann. Er hat nie gesagt, was er wirklich tut, woher sein Geld stammt. Von der Farm allein kann er nicht leben, sie ist nur sein Rückzugsgebiet. Joao's Zuhause? Wie kommt er überhaupt darauf? Joao hat kein Zuhause, nicht seit wir Mozambique verlassen haben.

„Vielen Dank für den Pass und das Vertrauen. Ich werde Sie nicht enttäuschen. Joao kommt in zwei Wochen. Er möchte mit Ihnen reden", sagt er schließlich ins leere Zimmer. Mit einem Ächzen steht er auf, streckt sich und verlässt mit hängenden Schultern den Raum, als hätte er eine entscheidende Partie verloren.

Am Wahltag erringt der African National Congress einen überwältigenden Wahlsieg. Danach verbringt Sutter lange Stunden im Studio, um seine Papiere zu ordnen, das Meiste verbrennt er. Manche Aufzeichnungen packt er zu kleinen, handlichen Paketen, und bringt sie eigenhändig nach Hoedspruit, von wo er sie postlagernd in die Schweiz schickt. Auf der Farm herrscht gespannte Betriebsamkeit. Die Arbeiter reden viel untereinander, doch sobald Sutter auftaucht, herrscht betretenes Schweigen. Nelio versucht so gut wie möglich seiner Arbeit nachzugehen, bis ihn Sutter zu sich ins Studio ruft.

Die Nächte sind kühler geworden. Josepha hat Feuer gemacht und Sutter sitzt vor dem Kamin, ein Glas Whiskey in der Hand. Er sieht versonnen den Kringeln seiner Zigarette nach. Zu seinen Füßen liegen die Hunde und heben nur kurz den Kopf, als Nelio das Zimmer betritt.

„Bring das Tablett dort auf der Anrichte, und setz dich zu mir. Wir haben zu reden", sagt Sutter kurz angebunden, als Nelio abwartend in der Tür stehen bleibt.

Nelio holt die zwei Gläser, eine Karaffe mit Wasser, Rotwein, Käse und Obst, die Josepha vorbereitet hat, und setzt sich neben Sutter. Er vermeidet es ihn direkt anzusehen. „Ist es jetzt soweit?", fragt er.

„Ja, ich habe in Zürich ein Büro und ein Haus angemietet, für eine Investment- und Vermögensverwaltung. In Zukunft werde ich häufig und lange in Europa sein. Ich hoffe es bleibt bei unserer Vereinbarung, wie besprochen."

„Ja, drei Jahre. Sie glauben, dass es in Südafrika nicht gut gehen wird?"

Sutter sieht nachdenklich auf Nelio, wobei seine Augen einen mitleidigen Ausdruck annehmen. „Es kann nicht gut gehen. Regenbogen-Nation, ein schönes Wort, dabei lauert der Hass hinter jeder Wegbiegung. Die Menschenschlangen vom Wahltag warten nicht ewig, sie wollen Wasser in ihren Hütten, Strom und genug zu essen. Hehre Reden helfen dann nicht mehr. Und wenn die Regierung nicht liefert, werden sich die Leute auflehnen. So ist es seit Jahrtausenden und warum sollte es hier anders sein. Was glaubst du, geht in den Köpfen der Weißen vor? Sie warten vielleicht noch eine Weile, aber diejenigen, die dazu in der Lage sind, haben sich längst entschieden", gibt er sich selbst die Antwort und nimmt einen Schluck Whiskey. Dann redet er nahtlos weiter, als wäre Nelio gar nicht im Raum. „Sie haben sich einen englischen oder australischen Pass besorgt und werden das Land verlassen.

Früher oder später, das ist so sicher wie das Amen in der Kirche. Die Besten sind sowieso schon weg, die anderen schwimmen noch eine Weile mit, und gehen dann in die innere Emigration. Ich gehe lieber, bevor es richtig kracht, und du bist meine Versicherung, dass hier alles ruhig bleibt." Sutter zündet sich eine Zigarette an, inhaliert tief und bläst den Rauch ins Feuer, als wolle er unterstreichen, wie recht er hat. Er stellt die Whiskeyflasche zur Seite, nimmt den Rotwein und schenkt beide Kristallgläser voll. „Auf die gewonnenen Wahlen", sagt er und prostet Nelio zu. „Ich hoffe, dass der ANC Geduld hat und schnell lernt, wie dieses Land tickt. Vielleicht erweist sich meine Schwarzmalerei ja auch als falsch, als das Trauma eines alten Mannes, der mit der Welt nicht mehr klar kommt." Er lacht gehässig, als hielte er das für ziemlich unwahrscheinlich.

Nelio dreht das Rotweinglas, als hielte er es für einen Fremdkörper. Er hebt es an den Mund, um zu trinken, doch dann betrachtet er nur die Reflexe des Kaminfeuers durch den Kelch hindurch und stellt das Glas zurück auf den Tisch. Er kann gehen wohin er will, denkt er. Leute wie er brauchen nicht durch den Krüger Park zu fliehen, um sich in Sicherheit zu bringen. „Auf die gewonnenen Wahlen", sagt er und hebt sein Glas erneut. „Joao kommt übermorgen. Sie wissen, dass er in die Kommission berufen wurde, der Bischof wollte es so."

„Ja, ich weiß. Und ich bin stolz auf ihn. Das Land braucht Leute wie Joao. Sag ihm, wie sehr ich mich freue ihn zu sehen."

„Kann ich ihm sagen, dass Sie das Land verlassen werden?"

„Natürlich, damit hat er doch längst gerechnet. Joao weiß mehr als du glaubst, und ich bin in Pretoria kein unbeschriebenes Blatt. Sein Aufstieg in der neuen Regierung ist keine Überraschung, ich habe mich nicht in ihm getäuscht. Und sag ihm, dass ich keinen Cent seines Stipendiums zurück haben will."

Nelio nickt und stellt das Rotweinglas unberührt auf den Teetisch neben sich. „Danke. Dank für alles, was Sie für uns getan haben und immer noch tun. Ich hoffe, ich enttäusche Sie nicht. Auf was soll ich während Ihrer Abwesenheit achten?"

Ein feines Lächeln spielt um Sutters Mund, als hätte er nichts anderes erwartet. „Dass du dich nicht überforderst. Du bist ein guter Mann, Nelio, und wirst es schon richtig machen. Wenn es geht, werde ich einmal im Jahr hier sein. Pass besonders auf Rani auf, vielleicht musst du sie frei lassen. Sprich mit Joao darüber, er wird wissen, was das Beste für sie ist."

„Wie kann ich Sie erreichen, falls es nötig sein sollte?"

„Dort in der Schublade des Sekretärs liegt ein Kuvert, darin findest du alles. Ich möchte, dass du ins Haupthaus ziehst. Nimm den Gästetrakt, er ist bequemer als deine Hütte, und mach es, solange ich noch da bin. Alle sollen wissen, dass du der neue Chef bist. Josepha freut sich darauf, dass du das Haus übernimmst. Die leeren Zimmer machen ihr Angst, sagt sie. Um meine Wohnräume brauchst du dich nicht zu kümmern, Josepha macht das. Halt du nur die Farm in Schuss. Übrigens, ich habe dein Gehalt erhöht. Dasselbe, was ich einem guten, weißen Verwalter bezahlen müsste", sagt er gönnerhaft. „Ich hoffe es ist dir recht."

„Das ist mehr als ich erwarten konnte." Warum freue ich mich nicht, denkt Nelio. Es sind keine Almosen, die er verteilt, aber er bleibt der Herr und ich bin sein Knecht, egal wer bleibt und wer geht. Joao muss es schaffen zu den Herren zu gehören. „Brauchen Sie mich noch? Dann gehe ich jetzt."

„Schick Joao zu mir, sobald er ankommt", ruft ihm Sutter hinterher.

Als Joao nach der Landung in Hoedspruit die ausklappbaren Treppen des Flugzeugs hinuntersteigt, sieht er seinen Vater bereits hinter dem Zaun des lehmfarbenen Abfertigungsgebäudes stehen. Er trägt ein ausgewaschenes Hemd und olivgrüne Baumwollhosen mit großen Taschen an den Schenkeln. Ein Mann, der in die Landschaft passt, als wäre er hier verwurzelt, dabei lebt er in Gedanken immer noch in Mozambique, denkt er, und hebt die Hand, als Zeichen, dass er Nelio gesehen hat. Er geht in die Gepäckhalle, nimmt seine Tasche vom Förderband und geht quer über den Parkplatz auf seinen Vater zu, der bereits vor dem Auto auf ihn wartet.

Joao will nicht lange bleiben, das Treffen mit Sutter kommt ihm eher ungelegen, aber Nelio hat darauf bestanden, dass er kommt, um sich von Sutter zu verabschieden. Du schuldest es ihm, hat er gemeint, als hätte es dieser Erinnerung bedurft.

„Du hast ein paar graue Haare zugelegt", sagt Joao, als er Nelio umarmt. „Schön, dass du mich abholst. Aber ich hätte mir auch einen Mietwagen nehmen können, es hätte dir die lange Fahrt erspart."

„So sehe ich dich wenigstens für ein paar Stunden, bevor Sutter dich in Beschlag nimmt und du den Rest der Zeit mit Josepha und Rani verbringst."

„Höre ich da ein wenig väterliche Kritik?"

„Nein, nur Stolz auf dich. Wie geht es in Johannesburg, wie laufen die Vorbereitungen in der Kommission?"

Joao atmet tief aus und lässt resigniert die Schultern fallen. „Es kommt jetzt alles zur Sprache, die ganze verdammte Vergangenheit. Wir dachten, allein das Reden über die Apartheid brächte Erleichterung, aber das war reines Wunschdenken. Wie geht es bei dir?"

„Gut, alles gut. Willst du fahren?", sagt Nelio einen Tick zu schnell, und deutet auf den weißen Bakkie hinter ihm.

„Neues Auto?"

„Ja, vor einem Monat gekauft. Willst du?"

„Gern." Joao nimmt den Autoschlüssel, wirft die Tragetasche auf die Rückbank und klemmt seine langen Beine unter das Lenkrad. Während sich Nelio anschnallt, legt ihm Joao die Hand aufs Knie. „Jetzt sag schon, wie es dir wirklich geht. Dein ‚Gut' hört sich für mein Verständnis eher schlecht an. Willst du diese Verwaltung überhaupt?"

„Nein, nein, wirklich, alles gut", sagt Nelio und zuckt mit den Schultern, als wolle er sagen: So ist es halt, was soll ich machen. „Ich glaube, Sutter meint es wirklich erst. Er vertraut mir. Wir haben einen Vertrag geschlossen, mit allem, was dazugehört. Nächste Woche werde ich ins Haupthaus ziehen, und du kriegst dein eigenes Zimmer, er will es so. Er zieht nach Zürich, hat er gesagt."

„Warum nicht nach Deutschland, da kommt er doch her?"

„Keine Ahnung."

„Und was macht er in der Schweiz?" Joao sagt es unbeteiligt, als wäre ihm egal, was Sutter macht, solange er nur Südafrika verlässt. Vorsichtig lenkt er das Auto auf die Landstraße nach Norden.

„Vermögensberatung, hat er gesagt. Was immer das heißt. Er hält große Stücke von dir und will unbedingt mit dir reden, bevor er geht."

Wundert mich nicht, denkt Joao. „Das will ich auch. Warum geht er ausgerechnet jetzt? Er hat länger gewartet, als die meisten Weißen, die es sich leisten können das Land zu verlassen. Weißt du es?"

„Vermutlich hat er die Wahlen abgewartet. Er hat uns Südafrikanische Pässe besorgt."

Joao schüttelt irritiert den Kopf. „Was soll das? Er weiß doch, dass ich mit unserer Einbürgerung gewartet habe, bis du dich entschließen kannst für immer hier zu bleiben."

„Du solltest dich trotzdem bei ihm bedanken."

„Ja, auch wenn es für ihn nur ein weiteres Puzzlestück ist, mit dem er uns zur Dankbarkeit verpflichten will."

„Vielleicht wollte er auch nur helfen. Er glaubt nicht an das Gerede von der Regenbogen Nation. Er meint, es wären zu viele alte Rechnungen offen, die jetzt beglichen würden. Die Farmer in der Nachbarschaft bewaffnen sich, sagt er, aber er will nicht zwischen die Fronten geraten. Vielleicht hat er ja recht."

„Und? Was glaubst du?"

Nelio zögert lange, bevor er stockend antwortet. „Die Menschen kämpfen seit Jahrhunderten um lumpige Vorteile, um Ideologien, um alles Mögliche. In Mozambique haben wir ein Jahrzehnt um nichts gekämpft. Und jetzt ist das Land zerstört, deine Mutter ist tot, und Marta ist verschwunden. Ich bin nur traurig, Joao. Was hier passiert, geht mich eigentlich nichts an."

So hat er noch nie gesprochen, denkt Joao. Er weiß, dass ich nach Südafrika gehöre, aber vermutlich will er mir sagen, dass er zurück muss, später wahrscheinlich, und dass ich ihn nicht davon abhalten darf.

„Hier ist meine Chance, Vater. Ich will etwas daraus machen.“

„Ich weiß.“

Joao stellt den Kleinlaster in den Schatten der alten Pappeln und geht zu Josepha, die auf den Stufen der Veranda bereits auf ihn wartet. Er sieht die tiefen Furchen in ihrem Gesicht und wie sie sich bemüht aufrecht zu stehen, als müsse sie ihm etwas beweisen. Und er sieht ihre alten Augen, die liebkosend auf ihm ruhen. Meine stumme Ersatzmutter, denkt er, während er die Stufen zur Veranda hinauf eilt. Als er sie umarmt, fällt ihm auf, wie klein sie geworden ist. Er beugt sich zu ihr und küsst sie auf beide welken Wangen, die den herben Duft einer alten Landfrau verströmen.

In dem Moment kommt Sutter durch die Halle auf sie zu. „Joao, schön dich zu sehen. Du hast zugelegt“, sagt er, und mustert Joao von oben bis unten.

„Es ist eine Weile her, seit wir uns gesehen haben. Ich war ein paar Mal hier, Vater besuchen, aber Sie waren immer unterwegs.“

„Es sind aufregende Zeiten, vieles ändert sich.“ Sutter klingt vage, als wolle er sich nicht zu früh festlegen. „Ich hab von deinem neuen Engagement in der Kommission gehört. Vielleicht erzählst du mir wie es dort zugeht. Wie wär’s heute Abend beim Essen, wenn ihr nichts anderes vorhabt. So gegen acht?“, fragt er Nelio, der an den Stufen zur Veranda stehen geblieben ist.

„Das schaffe ich nicht, wir arbeiten im Norden, den Zaun ausbessern. Ich habe den Männern versprochen, sie ins Dorf zu bringen, da werde ich nicht rechtzeitig zurück sein. Außerdem reden Sie besser allein mit Joao. Wenn es um Politik geht, kann ich sowieso nichts beitragen.“

„Wie du willst, dann eben nur wir beide", sagt Sutter und schickt sich
an ins Haus zurück zu gehen.

„Kann ich mir ein Pferd nehmen, ich möchte gern ins Gelände. Es ist
lange her, dass ich draußen war", ruft ihm Joao hinterher.

„Natürlich, warum fragst du überhaupt. Nimm Elsa, sie freut sich bestimmt raus zu kommen. Pass aber auf, sie ist lange nicht geritten worden, da reagiert sie manchmal etwas nervig. Du weißt ja, wo du alles
findest."

„Danke, ich werde gut auf sie achtgeben."

Joao trägt seine Tasche in die Hütte des Vaters und wirft sie auf das
Feldbett, das Nelio eigens für ihn aufgestellt hat. „Ein Gutes hat der
Umzug ins Haupthaus, ich bekomme endlich ein richtiges Bett." Er
lacht kurz auf, wird aber sofort wieder ernst. „Er hat mir Elsa angeboten, das hat er noch nie getan. Und du traust ihm immer noch nicht,
oder?", fragt er im Ton eines Interviewers, der sich langsam zum Kern
der Sache vortastet.

„Er schätzt dich eben. Elsa ist launisch, aber das weißt du ja", vermeidet Nelio eine direkte Antwort. „Und lass Josepha wissen, wohin du
reitest, damit wir dich finden, falls du abgeworfen wirst."

Er will nicht darüber reden, denkt Joao. „Warum kommst du nicht
zum Abendessen? Du könntest doch leicht um acht zurück sein, es ist
dann längst dunkel, und du solltest sowieso nicht so lange draußen
bleiben."

„Ich habe das Gefühl, er will mit dir allein sein. Für ihn bist du wie
ein Sohn, ich störe da nur."

„Ein Sohn? Ich bin dein Sohn und brauche keinen anderen Vater."
„Ich weiß."

Joao steht auf und stellt sich in die Öffnung der Hütte, von wo er Ranis weitläufiges Gehege einsehen kann. Doch die Löwin ist nirgends zu erblicken. „Du hast etwas. Hat es mit mir zu tun? Mit meiner Arbeit in der Kommission?", fragt er schließlich.

„Nein, ich bewundere, dass du diese Bürde auf dich nimmst. Ich frage mich nur, ob du wirklich Politiker werden musst. Ab einem bestimmten Punkt werden sie dich nicht mehr allein lassen. Bist du erfolgreich, wirst du umlagert von Speichelleckern, wenn nicht, kennt dich keiner mehr. Ich mache mir Sorgen, dass du nicht die nötige dicke Haut dafür hast."

„Lass gut sein, Vater. Ich glaube, ich weiß, wann ich aufhören muss, und ich habe viel gelernt in den letzten Monaten." Joao denkt an Verena, die etwas Ähnliches gesagt hat, als sie sich von ihm verabschiedete. Sie halten mich für zu weich, zu empfindsam, aber sie täuschen sich. Wenn es darauf ankommt, weiß ich, was ich zu tun habe. „Vielleicht bin ich zu kompliziert für die Politik, aber ich muss es wenigstens versuchen. Wir können es nicht nur den alten Männern im ANC überlassen, da hat Sutter völlig Recht. Keiner von ihnen lebt ewig, und wer weiß schon, welche Rachegefühle doch noch durchbrechen. Diese Kommission: Manchmal denke ich, ich kann es nicht mehr ertragen, dabei hat es gerade erst begonnen." Er hängt kurz seinen Gedanken nach und wechselt übergangslos das Thema. „Ich habe über Sutter nachforschen lassen, aber wir sind nicht fündig geworden. Jeder in meinem Team ist überzeugt, dass er die ganzen Jahre mit der Staatssicherheit zusammen gearbeitet hat, aber es gibt keine Beweise. Vermutlich wird ihm jetzt der Boden zu heiß, und er weiß nicht mehr, woher der Wind weht."

Nelio betrachtet seinen Sohn, der ihm im schummrigen Halbdunkel der Hütte plötzlich viel älter vorkommt. Er ist immer noch mein Junge, denkt er, auch wenn er inzwischen erwachsen ist. „Du wirst es schon richtig machen. Ich bin gespannt, was dir Sutter sagt. Lass es nicht auf einen Bruch ankommen. Egal was passiert, lass dich nicht provozieren, du verdankst ihm zu viel."

Joao ist noch nicht lange im Gelände, dann macht ihn die Stille der Landschaft bereits nervös. Es gelingt ihm einfach nicht seine Gedanken zu sammeln und sich auf das Pferd zu konzentrieren. Mit der Zeit überträgt sich seine Unruhe auf die Stute, und beim Abstieg in ein ausgewaschenes Flussbett wären sie durch einen Schrittfehler fast kopfüber die Böschung hinunter gestürzt. Wir hätten uns beide das Genick brechen können, denkt Joao, es ist meine Schuld, das Gelände eignet sich nicht, ziellos durch die Gegend zu trotten.

Er reitet zurück, sattelt ab und bringt Elsa auf die Koppel. Danach geht er zu Rani, die jedoch lange nicht kommt. Sie schmollt, denkt er, und will wieder gehen. Da sieht er Bewegung im hohen Gras. Kurz darauf steht sie vor ihm. Meine erwachsene Löwenfreundin in ihrem elfenbeinfarbenen Kleid, denkt er, öffnet das Gatter und streicht ihr über den Kopf. Als sie sich auf den Rücken wälzt, um zu spielen, setzt er sich zu ihr und legt den Kopf auf ihre Flanke. Ihre Pranken hat sie, einer Umarmung gleich, entspannt von sich gestreckt, er kann den Staub in ihrem Fell riechen.

Was für ein Irrsinn, denkt er, ich liege neben einer Bestie, der ich mehr vertraue als irgendeinem der Leute, denen ich Tag für Tag gegenüber sitze. So viele Geschichten, Fakten und Informationen, doch sie zählen nicht. Es sind die Gesichter, die Stimmen, die Tränen der Opfer. Es ist real, es sind unsere Leute, keine unpersönlichen Wesen. Es ist die Mutter, die über dem vergifteten Körper ihres sterbenden Sohnes weint. Der Sergeant, der auf einmal begreift, was er angerichtet hat. - Verena habe ich vertraut, und auf Vater kann ich mich verlassen, egal was kommt. Aber sonst? Joao richtet sich auf und streicht Rani über den Kopf: „Ich muss gehen, du kannst mir auch nicht helfen, aber ich komme wieder. Bis bald, Rani."

Den Rest des Nachmittags verbringt er zusammen mit Josepha, die jedesmal glücklich ist ihn zu sehen. Ihr Haar ist noch grauer geworden, das Gesicht eine vom Wetter gegerbte Landschaft, und die Schrift auf ihren kleinen Zetteln erinnert ihn inzwischen an das Krakeln kleiner Kinder. Als er ihr von der neuen Verfassung und der Kommission erzählt, hört sie aufmerksam zu, und wiegt nur gelegentlich zweifelnd den Kopf. Ab und zu nickt sie zustimmend, aber so richtig kann er sie nicht deuten.

„Du findest falsch, was wir tun? Ist es das, was du mir sagen willst?", fragt er schließlich.

Sie schüttelt vehement den Kopf und betrachtet ihn aufmerksam.

„Was ist es dann?"

Sie kritzelt lange auf ihrem Blatt Papier, und schiebt es zögernd über den Tisch.

Die Leute lügen, es ist zu schmerzhaft, niemand kann auf sein eigenes Leid zurückblicken, ohne die Wahrheit zu verdrehen, liest er laut vor, und sieht, wie sie bestätigend nickt.

Joao stützt die Ellenbogen auf den Küchentisch und hält die Hände vors Gesicht, wobei er tief ausatmet und resigniert die Schultern hängen lässt. „Genauso ist es, aber wir haben keine Wahl", sagt er, und streicht sich mit Daumen und Zeigefinger über die Augen. Dann richtet er sich wieder auf und sieht sie an. „Sutter will mich sprechen. Was denkst du?"

Er hat Angst, steht auf dem Zettel.

Joao nickt, steckt die beiden Zettel ein und geht hinaus, um die letzten Strahlen der untergehenden Sonne aufzusaugen.

Während Joaos Ausritt hat Sutter im Kamin des Arbeitszimmers ein starkes Feuer entfacht, in das er gelegentlich das eine oder andere Blatt Papier hineinwirft. Als er einen verstaubten Stapel, eine durch ein rotes Band zusammen gehaltene lose Sammlung handschriftlicher Aufzeichnungen, Zeitungsausschnitten und alten Fotos in die Hand nimmt, lächelt er, lehnt sich zurück und öffnet den Knoten: Peter Slates gesammelte Werke zu Nigerias Kolonialzeit, monatelang hat er damit verbracht im Schein seiner Tranfunzel, denkt er. Damals glaubten wir noch an etwas. Alles ließ sich rechtfertigen im Schatten des Kalten Kriegs. Man musste Partei ergreifen, schwarz oder weiß, irgendetwas dazwischen ging nicht. Zwei Grünschnäbel, die glaubten die Welt retten zu können. Bis Kofis Leiche vor uns lag. Ab da wurde alles anders. Slate weiß nicht, dass ich sein Konvolut habe. Es würde ihm nicht gefallen, wenn es plötzlich auftauchte und in die falschen Hände geriete.

Sutter blättert flüchtig in dem Stapel Papier, entnimmt die vergilbten Fotos und legt sie neben sich auf den Schreibtisch. Den Rest wirft er ins Feuer.

Ich hätte Joao die Aufzeichnungen zeigen können, aber er hätte es wahrscheinlich als Versuch eines weißen Kolonialisten verstanden, der sich im Nachhinein rechtfertigen will, denkt er. Feuer und Tod haben dieselbe Wirkung, alles zerfällt zu Asche. Er hebt ein paar Papierfetzen auf und bringt sie zum Kamin. In dem Moment hört er das Klopfen an der Tür. „Komm rein Joao", sagt er, und legt ein Buch auf Slates alte Fotos.

Als Joao eintritt, sieht er Haufen von Papieren nach Themen geordnet, wahllos im Raum verteilt. Es riecht nach brennendem Holz, vermischt mit Sutters Zigarettenrauch. Die Bluthunde liegen lang hingestreckt vor dem Kamin und heben zur Begrüßung nur kurz den Kopf. Sutter räumt auf, der letzte Akt bevor er verschwindet, denkt Joao und bleibt abwartend stehen. Einer der Hunde erhebt sich, kommt zu ihm, und lässt sich kraulen. Sie sind alt geworden, denkt er. In einem Moment der Orientierungslosigkeit sieht er sich als Junge bei der Ankunft auf der Farm. Die Arme stocksteif am Körper, von Angst paralysiert.

„Wie war der Ausritt?", fragt Sutter.

„Nicht so gut. Ich war zu unkonzentriert, Elsa spürte das. Sie braucht Führung, trottet nicht so gern gedankenverloren durch die Landschaft. Als sie immer nervöser wurde, bin ich umgekehrt."

„Ja, sie mag es, wenn man ihr zeigt wo's langgeht. Fast wie die Menschen, sie brauchen auch Führung." Wie zur Bestätigung zucken Sutters Augenbrauen hoch. „Wie läuft es in der Kommission? Du scheinst bedrückt."

„Sieht man mir das schon an?" fragt Joao, wobei ihm ein schiefes Lächeln um die Mundwinkel spielt. „Wir sind dabei uns zu organisieren und sammeln einzelne, besonders krasse Fälle, aber es wird noch dauern, bis wir die ersten Gegenüberstellungen hinkriegen. Sie können sich vorstellen, dass sich nicht jeder danach reißt vor der Kommission zu erscheinen. Einige wichtige Leute haben sich abgesetzt, es wird schwer werden sie aus Australien in den Zeugenstand zu holen. Vor ein paar Tagen kam ein alter Lehrer in mein Büro. Sein einziger Sohn ist während der Apartheid ermordet worden, ohne dass sein Leichnam je gefunden wurde. Der Mann fragte, was er tun könne um endlich zur Ruhe zu kommen. Ich konnte ihm nicht helfen. Dabei will er eigentlich nichts anderes, als sein Kind begraben. Und ich sitze hinter meinem Schreibtisch und denke: Vater hätte es genauso ergehen können, wenn es mich bei einer der Unruhen erwischt hätte. Es wird Zeit, dass wir den Albtraum aufarbeiten, aber ich fürchte es wird schlimm werden." Joao schweigt abrupt, als hätte er bereits zu viel gesagt. Er sieht ins Feuer, während Sutter ihn nachdenklich betrachtet. „Ich habe Ihre Bibliothek immer als Sakristei empfunden. Josepha ließ mich zuweilen einen Blick hineinwerfen. Heute bin ich zum ersten Mal hier drinnen. Wie viele Bücher Sie haben", wechselt Joao das Thema. Er klingt müde.

„Sie sind nur Ballast. Nein, ich sollte das nicht sagen. Über die Jahre waren sie auch gute Freunde. Ich werde sie hier lassen. Du kannst dich jederzeit bedienen, es würde mich sogar freuen. Du hast dich sicher gefragt, weshalb ich dich sprechen wollte."

„Ja."

„Ich will dir etwas erzählen, das dir vielleicht hilft. Aber lass uns zuerst essen. Setz dich bitte, ich schaue nach, wie weit Josepha schon ist."

Allein, hebt Joao eines der am Boden liegenden Papiere auf, lässt es aber gleich wieder fallen, als hätte er sich die Finger verbrannt. Er setzt sich vor den Kamin und klopft einem der Hunde auf die Schulter. Im Feuer sieht er einen Stapel verkohlter Blätter. Sutter scheint es ernst zu meinen, denkt er.

Josepha kommt herein und lächelt ihm zu, während sie den kleinen Esstisch am hinteren Ende des Studios für zwei Personen deckt.

„Es dauert noch eine Weile", sagt Sutter, als er zurückkommt und sich neben Joao setzt. „Josepha hat gerade erst zu kochen begonnen, also lass uns ein bisschen plaudern. Glaubst du wirklich ihr schafft es?"

„Was meinen Sie?"

„Zu regieren, ohne dass das Land auseinander bricht."

„Wir versuchen's."

„Ich hoffe, ihr schafft es."

„Aber warum gehen Sie dann?"

„Weil ich nicht daran glaube. Die Hürden sind einfach zu hoch. Ich habe zu oft erlebt, wie eine neue Regierung in Afrika mit hochfliegenden Ideen begann, um dann schnell in einem Sumpf aus Korruption und Nepotismus zu versinken. Ich war in deinem Alter, vierundzwanzig, als ich nach Nigeria kam. Ende der Sechziger war das. Kaum war ich dort, brach der Biafra Krieg aus." Sutter lacht gehässig, als hätte er selbst den Ausbruch des Kriegs zu verantworten.

„Ihre Schuld?", fragt Joao und grinst.

„Das wäre zu viel der Ehre." Sutter nimmt einen Schluck Wasser, legt ein paar Holzscheite ins Feuer und sieht zu, wie sie anbrennen.

„Sie denken, die Situation, damals in Nigeria, gleicht der unseren heute?", fragt Joao.

„Vielleicht, es ist noch zu früh um das beurteilen zu können. Und vielleicht schafft ihr es ja doch, die Hunde an der Leine zu halten. Ich wollte dich sprechen, damit du verstehst, warum ich mich um dich gekümmert habe und warum ich besser das Land verlasse. Du siehst ja, dass ich meine Zelte abbreche." Sutter deutet auf die verstreuten Papiere im Raum und setzt sich wieder neben Joao. „In Nigeria ging es um Öl, um Unabhängigkeit und Selbstachtung. Lauter Dinge für die es sich zu kämpfen lohnt, denken die, die davon profitieren." Er lacht hämisch, als würde ihm nichts davon etwas bedeuten. „Der Norden gewann und der Süden ist bis heute eine offene Wunde. Und hier in Südafrika, dasselbe giftige Gebräu. Wenn du Religion durch Rasse, und Öl durch Rohstoffe ersetzt, hast du unser Szenario. Es braucht nur ein paar gierige Leute zu viel, und schon kocht der ganze Kessel über. Dann platzt die schöne Illusion einer Regenbogen Nation wie eine Seifenblase."

In dem Moment steckt Josepha den Kopf durch die Tür und deutet auf den Esstisch. „Wir können beim Essen weiterreden", sagt Sutter und steht auf.

Bisher hast nur du geredet, denkt Joao. Lauter Sprüche mit denen den Schwarzen jahrzehntelang die Apartheid übergestülpt wurde. Ihr könnt es nicht, zu dumm, zu ungebildet, unberechenbar. Ohne uns Weiße geht nichts. Eine schwarze Regierung bedeutet Kommunismus, den Niedergang des Abendlandes, lauter pathetischer Quatsch. Lass es gar nicht an dich ran, Joao, du hast Vater versprochen zuzuhören.

Am Esstisch schenkt Sutter beide Weingläser voll, wobei er plötzlich inne hält und fragt. „Du trinkst doch Wein, oder?"

„Ja, aber nicht regelmäßig. Ich bin eher ein Biertrinker."

„Normal in deinem Alter." Sutter wartet bis Josepha eine dampfende Schüssel mit Eintopf und großen Brocken Antilopenfleischs aufgetragen hat, bevor er fortfährt. „Es duftet wunderbar, Josepha. Bitte bedien dich, Joao", sagt er und reicht ihm einen großen Schöpflöffel.

„Woher wissen Sie überhaupt, was ich tue. Wir fangen gerade erst
an? Ich habe nicht einmal Vater alles erzählt. Er soll sich keine Sorgen
machen." Joao sieht gespannt auf Sutter, wartet auf dessen Reaktion,
während er sich seinen Teller belädt und versucht so gelassen wie
möglich zu wirken.

„Meine Freunde in Pretoria wissen so etwas. Du bist in ihrem Visier,
immer schon, seit du begonnen hast mit Jason Breklin loszuziehen. Die
Aktionen, die Jason angezettelt hat, waren ihnen ein Dorn im Auge,
aber den Tod hat er schon selbst verschuldet."

„Und das soll ich glauben?"

„Es spielt keine Rolle, ob du es glaubst oder nicht. Jason ist tot, du
kannst ihn nicht zurückbringen. Und dass Aaron zwischen die Fronten
geriet war auch allein seine Schuld. Die Kämpfe in den Townships haben sich verselbstständigt, die Polizei kann nur noch zusehen. Die Xhosas und die Zulus müssen das alleine ausfechten. Du gehörst weder zu
den Einen noch den Anderen, und hast zu viel Talent, um in irgendeiner Gosse zu krepieren. Ich habe schon einmal einen Freund verloren,
in Nigeria, der sich mit blutendem Herzen auf die falsche Seite geschlagen hatte. Du sollst nicht denselben Fehler machen, zumindest
sollst du wissen, auf was du dich einlässt."

„Ich kann auf mich aufpassen. Außerdem glaube ich nicht, dass ich
auf der falschen Seite stehe. Südafrika ist nicht Nigeria. Wir haben die
Wahl gewonnen, die Kämpfe ebben ab", sagt Joao und sieht feindselig
auf Sutter, der unbeirrt fortfährt.

„Ja, aber keiner weiß, wie es weitergeht. Und vergiss nicht, in der
Kommission werden nicht nur Freunde gemacht. Da wird sehr viel

Dreck nach oben kommen, und niemand weiß, wie es letztlich ausgeht."

Das stimmt, denkt Joao. Nur eins ist sicher, es wird schief gehen, wenn alle abhauen und das Land der Straße überlassen. Er nimmt einen Schluck Wein und sieht Sutter direkt in die Augen. „Warum sind Sie aus Nigeria geflohen?"

„Nicht geflohen, einfach weggegangen. Der Krieg war zu Ende, und einigen Leuten, die der Krieg und wohl auch ein bisschen mein Tun, reich gemacht hatten, wurde ich ein Dorn im Auge. Sie hatten gewonnen, sie brauchten mich nicht mehr, und mein Erfolg stieß ihnen sauer auf. Damit muss man rechnen."

„Und dann?"

„Nach Rhodesien, bis Ian Smith alles durcheinander brachte. Als Mugabe an die Macht kam, habe ich es mir eine Weile angesehen, aber als Weißer hatte ich keine echte Chance. Also habe ich die Farm in Südafrika gekauft. Ich dachte, hier würde ich bleiben."

„Und, warum gehen Sie dann?", wiederholt Joao seine Frage. „Ausgerechnet jetzt, wo das Land Sie braucht. Niemand bedroht Sie. Wir wollen, dass das Land zusammen wächst, sich aussöhnt. Ist es nicht wie Verrat, uns gerade jetzt in Stich zu lassen?"

Sutter löffelt schweigend seinen Eintopf, als hätte er gar nicht gehört, was ihm Joao vorgeworfen hat. Erst nach einiger Zeit sagt er ganz ruhig: „Verrat ist ein großes Wort. Du bist noch jung, um es in den Mund zu nehmen. Man muss an das glauben, was man verrät. Und ich, ich glaube nicht an Südafrikas Zukunft. In ein paar Jahren wird es sein wie in Zimbabwe, es ist nur eine Frage der Zeit. Hier hat sich zu viel Schutt angesammelt zwischen Weißen und Schwarzen, der noch abgetragen werden muss. Wer weiß, was unter dem ganzen Dreck hervorkommt. Die alten Wunden sind noch nicht verheilt, und früher oder später wird einer kommen, der sie neu aufreißt, um seine Haut zu retten. Ich bin zu alt, um mir das anzusehen, geschweige denn beim Heilen zu helfen. Das Land braucht Leute, die daran glauben, dass es mit der Regenbogen Nation klappen könnte. Leute wie dich. Ich hätte es mir nicht verziehen, wenn dir etwas Ähnliches wie Breklin zugestoßen wäre."

Sutter denkt an Rufus Amokali, seine verkrüppelten Beine, wie er sich auf seinem Rollbrett durch die Reihen der Zuschauer schob. Er denkt an Peter Slate's Hütte am Rande des Sahel und die sternklaren Nächte, in denen der Pot vor Slate's Haus besonders gut zu gedeihen schien. Und dann Slate's Anruf am Morgen, als er ihm ein paar weitere, gut erhaltene Antonov Transporter zum Kauf anbot. Die Sache mit Schirkow wäre längst vergessen, und er solle schnell zugreifen. Die Verkäufer der Flugzeuge würden gerne mit ihm arbeiten, gerade weil sie ihn für verlässlich hielten. Vielleicht hätte ich mich nie mit den Achebes einlassen sollen, dann wäre alles ganz anders gekommen, geht ihm durch den Kopf, während er Joao zuhört, wie er Südafrikas Politik verteidigt.

„Es wäre schrecklich, wenn alle Weißen gingen", sagt Joao gerade. Er hat kaum etwas gegessen, weil er sich in Rage geredet hat. „Mandela ist kein Ian Smith, er ist auch kein Mugabe. Aber natürlich wird sich etwas ändern müssen. Wenn alles beim Alten bleibt, fliegt uns Südafrika zurecht um die Ohren. Wir beide, Thomas, schulden dem Land etwas, ich mehr als Sie. Und ich schulde Ihnen. Deshalb habe ich hart gearbeitet, weil ich meinen Teil der Schuld abtragen will."

Gedankenverloren greift Sutter nach dem Weinglas. Er hat Abichi vor Augen, wie er sich mit der Reitgerte auf den Stiefelschaft schlägt. Und er sieht Kofis Leichnam, wie er gebrochen und blutüberströmt vor Cléo liegt. „Du irrst Joao, ich lebe in einer anderen Welt. Ich schulde niemand etwas, und du schuldest mir auch nichts. Vergiss das Stipendium, ich will nichts zurück haben. Ich hoffe nur, dass das Land in Zukunft von guten Leuten regiert wird, die nicht nur daran denken sich die Taschen voll zu stopfen. Integre Leute, wie du. Deshalb haben wir darauf geachtet, dass dir nichts passiert. Ich weiß es klingt komisch, noch dazu von jemand, dem in deinen Augen das Land egal ist. Aber das stimmt nicht. Ich mag Südafrika, ich war gern hier, ich sehe nur nicht, wie es gut gehen kann. Iss etwas, bevor das Essen kalt wird. Du hast Josephas Eintopf immer gern gemocht."

Für einen Moment ist Joao perplex, dann lenkt er das Gespräch auf ein paar belanglose Episoden aus der Kommission, um dann bald zu gehen. Nachdem er sich verabschiedet hat, steht er noch eine Weile auf der Veranda und starrt in die Dunkelheit. Was Sutter eigentlich sagen wollte, ist ihm nicht ganz klar geworden, außer, dass er eine düstere Zukunft für Südafrika sieht, und seine Freunde ihre Hand schützend über ihn gehalten haben. Wer sind die? Was wollen sie, denkt er.

Vielleicht sollte ich zu Rani gehen, bei ihr ist alles klar, murmelt er, geht die Treppen hinunter, bis an den Zaun des Geheges und stellt sich eine Weile davor. Sie wird bald auftauchen, denkt er, lautlos an meiner Hand vorbei streichen und sich liebkosen lassen.

Als er ihren Schatten kommen sieht, spürt er gleich darauf ihren heißen Atem auf der Hand. „Du und Vater, ihr seid die einzigen, denen ich wirklich vertrauen kann", sagt er in die Dunkelheit. „Ich komme morgen wieder, wenn es hell ist." Er zupft zum Abschied ihr Ohr und geht zur Hütte seines Vaters.

„Ihr habt lange gesprochen", sagt Nelio, als er eintritt.

„Er hat gesprochen, ich habe zugehört. Warum machst du kein Licht?" Joao klingt abwesend, den Kopf immer noch beladen vom Gespräch mit Sutter.

„Ich sitze gern im Dunkeln. Es gibt den Gedanken Auftrieb, lässt sie ungehindert fliegen."

„Und wo sind sie gelandet?"

„Sie landen immer bei euch, Ana, Marta und dir. In letzter Zeit meist bei dir."

Die Traurigkeit in Nelio's Stimme ist Joao nicht entgangen, es schmerzt ihn, aber er weiß, dass er ihm nicht helfen kann, ohne sich selbst aufzugeben. „Du machst dir Sorgen um mich?", fragt er halbherzig.

„Ja, ich weiß nicht, wo du hinsteuerst. Und ich weiß langsam auch nicht mehr, wo ich hingehöre."

„Warum? Du bist ein erfolgreicher Verwalter. Sutter hat dich gerade befördert, das ist doch ein blütenreiner Vertrauensbeweis. Du ziehst in Kürze ins Herrenhaus und regierst Sutters Königreich nach freien Stücken. Das ist mehr, als wir je erwarten konnten."

„So sieht es aus. Aber ich verstehe einfach nicht, weshalb er das alles für uns tut."

Ich hab's gewusst, denkt Joao, er vertraut ihm nicht. „Ich bin auch skeptisch, aber solange er dich nicht für eines seiner dubiosen Geschäfte einspannt, kann dir nichts passieren. Und wegen mir brauchst du dir keine Sorgen zu machen. Ich weiß, was ich will: Meinen Job in der Kommission gut machen, und dann sehen wir weiter. Die alten Kader des ANC leben nicht ewig. Die Partei braucht junge Leute, wenn unser Experiment nicht wie eine Seifenblase zerplatzen soll, da hat Sutter völlig recht. Er denkt übrigens ich würde überall mitmischen, aber er täuscht sich."

„War das Gespräch so schlimm?"

Joao zögert mit der Antwort. Er setzt sich neben seinen Vater auf dessen Bett, er riecht das frisch gedeckte Strohdach und hört das Husten der Löwen im Gehege. Aus dem Haus dringt das gedämpfte Bellen der Hunde. Er denkt an die Kämpfe in den Townships und an Verenas ängstliche Augen, als er ihr davon erzählte. „Nein, nicht wirklich", sagt er. „Wir haben einfach nur um den heißen Brei herum geredet. Ich frage mich natürlich was er treibt. Die Farm allein kann es nicht sein, sie wirft nichts ab. Dabei brauchen wir vermutlich nur eins und eins zusammen zählen. Nigeria, Krieg; Rhodesien, Krieg; gleich daneben Mozambique, auch dort Krieg. Er kommt nach Südafrika und spricht fließend portugiesisch. Wo braucht er das? In Angola, da war auch Krieg. Eine wunderbare Konstellation für einen, der es versteht seine weit verzweigten Freunde bei Laune zu halten, mit Waffen, oder was sie sonst alles brauchen. Leute wie er benötigen nur einen Konflikt, den Rest erledigen sie dann schon. Wahrscheinlich hat er auch in Südafrika in der trüben Apartheid-Suppe mitgemischt. Irgendeiner musste ja die Sanktionen unterlaufen. Jetzt geht er sicherheitshalber, bevor alles auffliegt. Uns brauchte er immer nur als Tarnung. Ein schwarzer Flüchtling als Verwalter, und ein aufstrebender Politiker im ANC, der ihm verpflichtet ist. Nicht schlecht, darauf lässt sich notfalls zurückgreifen."

„Hm. Vor Jahren hat er mir auch von seiner Vergangenheit erzählt, und ich habe auch nur zugehört."

„So ist das, Vater. Wir sind nicht stark genug, um uns in den Wind zu stellen, ohne umgeblasen zu werden. Das will ich ändern, deshalb arbeite ich Tag und Nacht. Ich weiß nicht, wer alles hinter Sutter steht. Er deutete an, dass seine Freunde mich beschützt hätten, als es in den Townships hoch herging. Kann sein, kann aber auch nicht sein, ich weiß es nicht. Er hat seinen besten Freund im Biafra Krieg verloren, sagt er. Vielleicht, vielleicht auch nicht, er kann uns alles erzählen. Einerseits kommt er mir glatt vor, wie ein Aal, andererseits starr und unbeweglich, wie ein Felsblock der in der Sonne schmort und auf seine letzte große Chance wartet."

„Und das hat er dir alles gesagt?"

„Nein, ich spüre das nur. Sutter glaubt an nichts, außer an sich selbst."

„Und, an was glaubst du?"

Joao betrachtet das in der Dunkelheit schemenhafte Profil seines Vaters, während Ärger in ihm aufsteigt. Doch der verflüchtigt sich schnell, als er versteht was Nelio sagen will. „Vater, was soll das? Meinst du wirklich ich quäle mich Tag für Tag durch endlose Sitzungen, nur um mich der Partei anzudienen. Ich tue es, weil wir die Vergangenheit aufarbeiten müssen, wenn wir eine Zukunft haben wollen. Und weil ich an dieses Land glaube. Hier entsteht etwas Großartiges. Wenn es gelingt, wird es Auswirkungen auf ganz Afrika haben. - Vermutlich fragst du dich, ob wir nicht besser nach Mozambique zurückgehen sollten, aber es ist zu früh, und vielleicht ist mein Platz auch für immer hier."

„Woher weißt du, dass es zu früh ist. Der Krieg ist seit langem vorbei?“

„Ich war dort, vor ein paar Monaten, zusammen mit einer Freundin“, sagt Joao nach einigem Zögern und wartet auf die Reaktion seines Vaters. Aber der starrt nur auf den Boden. „Ich konnte bisher nicht mit dir darüber reden.“

„Warum? Wegen ihr?“

„Hauptsächlich wegen ihr. Ich hatte nicht damit gerechnet mich zu verlieben. Sie ist Weiß, Medizinstudentin, und machte ein Praktikum, ganz in der Nähe von Acornhoek. Sie ist längst zurück in Deutschland, aber ich kann sie nicht vergessen.“

„Hast du Sutter davon erzählt?“

„Nein, es geht ihn nichts an.“

Für eine Weile sitzen sie schweigend in der Dunkelheit. Durch einen Spalt in der Tür dringt fahles Mondlicht in die Hütte. Endlich fragt Nelio: „Und Mozambique, wie sieht es aus?“

„Wir waren nur in Maputo, ich kann dir nicht sagen, wie es zuhause aussieht. Der riesige Hotelkasten, den sie an der Lagune bauen wollten, kam über den Rohbau nie hinaus. Jetzt ist es eine Ruine, die langsam vor sich hin rottet. Wenigstens ein paar Obdachlose haben etwas davon. Mir scheint, in Mozambique wird es noch dauern, bis es besser wird.“

Joao hört das Scharren der Füße seines Vaters, mit denen er Kreise in den Lehmboden der Hütte malt.

„Und, wie soll es je besser werden, wenn die Besten gehen?“, hört er Nelios traurige Stimme aus der Dunkelheit.

„Vater, mach es mir nicht zu schwer. Mein Platz ist hier. Hier habe ich Freunde. Jason hat hier sein Leben verloren. Aaron wurde vor drei Monaten schwer verletzt, als er aus Versehen zwischen zwei verfeindete Gruppen geriet. Ich muss mich um ihn kümmern, seine Eltern sind zurück nach Kapstadt gezogen, weil sie Johannesburg nach all dem, was passiert ist, nicht mehr ertragen konnten. Ich hab dir nichts davon erzählt, weil ich dich nicht beunruhigen wollte.“

Nelio richtet sich auf und atmet hörbar aus. „Wie geht es ihm?“

„Langsam besser, er ist stark, er schafft es. - In Maputo fühlte ich mich anfangs wie zuhause, aber es war nur das wohlige Gefühl unsere Sprache zu hören, und es wurde mit jedem Tag schwächer. In Mozambique würde ich wieder ganz von vorne anfangen.“

„Du hast recht, lass uns schlafen gehen. Willst du sie wiedersehen, diese Frau?“

„Ja, aber ich weiß nicht wie. Vielleicht war es für sie auch nur ein unbedeutendes Abenteuer.“

Thomas Sutter sitzt am Schreibtisch seines Büros in Männedorf, einem Vorort Zürichs, den schwarzen Drehstuhl weit nach hinten geneigt. In der Hand hält er eine Tasse mit heißem Wasser, die er mit seinem seidenen Taschentuch umfasst. Er schlürft vorsichtig, wobei er über den Rand der Brille den gewaltigen Bauch Peter Slate's betrachtet. Außerhalb des Panoramafensters liegt der Zürichsee noch in solidem Grau. Der Himmel strahlt bereits, und über dem Wasser beginnen sich die ersten Nebelfetzen aufzulösen.

„Du bewegst dich zu wenig."

Slate lässt es kalt, er legt seine Hände schützend auf den Bauch und betrachtet sie wohlwollend, wie zwei gut geratene Kinder. „Wie sollte ich? Mein Körper eignet sich nicht für exzessive Bemühungen", sagt er und lacht. „Gott sei Dank bist du nicht mein Fitness Trainer, sonst müsste ich dich in einer dunklen Gasse erwürgen."

„Wenn dann schon erschießen, geht aber nicht, weil wir beide kaum gemeinsam in diese Gasse passen würden", sagt Sutter mit gespieltem Ernst. „Warum bist du gekommen? Ich hab dir bereits am Telefon gesagt, dass mir der Deal zu heiß ist."

„Quatsch, was soll daran heiß sein! Das läuft ab wie beim ersten Mal in Lemberg. Auch der Zollbeamte ist derselbe. Und diesmal kannst du sogar deine eigenen Piloten stellen. Was soll also schief gehen. Es ist eine glänzende Gelegenheit, Thomas. In weniger als einem Jahr hast du den Kaufpreis wieder eingespielt."

Derselbe Zollbeamte, er konnte Schirkow schon nicht helfen, denkt Sutter. „Der Preis stimmt nicht und das Risiko ist mir einfach zu hoch", sagt er und schüttelt den Kopf. „Außerdem steckt mir die Geschichte mit Schirkow noch in den Knochen. Ich will nicht derjenige sein, der diesmal hochgeht. Ich habe mir vorgenommen keine Sowjet-Deals mehr anzufassen. Du weißt, wir haben eine der früheren Maschinen im Sudan verloren. Der Pilot hat sich beim Landeanflug verschätzt - Totalschaden. Sturzbetrunken wahrscheinlich. Wenigstens ist die Maschine nicht explodiert. Stell dir vor der ganze Kram wäre wie ein Depot für Feuerwerkskörper in die Luft geflogen."

„Ist er aber nicht. - Es war ein Sandsturm, Thomas. Der Pilot hätte die Landung nie versuchen dürfen."

„Sag ich doch. Hat er aber. Sturzbetrunken eben, kann jeden Tag wieder passieren. Ich will keinen Zeitungsschnüffler, der in meiner Vergangenheit wühlt, weil er gerade nichts anderes zu tun hat. Und dem das Aufdecken eines kleinen Waffenschmuggels gerade recht käme, um seine Redaktion zu besänftigen. Meine Private Equity Geschäfte beginnen gut zu laufen, eigentlich brauche ich den Kick einer Waffenlieferung nicht mehr."

Slate sieht Sutter an, als könne er nicht glauben, was er gerade gehört hat. „Die Maschinen sind fast neu, in einem Topzustand, wie gesagt. Der Preis lässt sich verhandeln. In einem Jahr hast du alles wieder herein geholt. Du weißt doch, wie die anderen Maschinen laufen, die reinsten Geldautomaten", sagt er beschwörend.

Eigentlich hat er Recht, denkt Sutter, und sieht aus dem Fenster. Draußen beginnt der See mit der aufgehenden Sonne zu glitzern, doch Sutter nimmt es kaum wahr. Nach einiger Zeit legt er die Kappe seines Füllfederhalters zur Seite, die er die ganze Zeit unschlüssig hin und her gedreht hat und wendet seinen Stuhl, sodass er Slate frontal ansieht.

„Du glaubst, wenn du nur auf Provision arbeitest, kann dir nichts passieren. Deshalb schiebst du andere vor. Ist es nicht so?“

Slate zuckt zurück, als hätte ihn eine Wespe gestochen. Er wuchtet seinen massigen Körper auf die Beine und greift nach der Aktentasche, zögert und stellt sie zurück auf den Boden. Er geht ans Fenster und sieht auf den See. „Ich dachte wir wären Freunde“, sagt er mit dem Rücken zu Sutter. „Dachte ich täte dir einen Gefallen, aber ich hab mich wohl getäuscht. Dabei ist der Tipp Gold wert. Bei deinen Geldgeschäften schiebst du das Risiko doch nur von einer Tasche in die andere. Und manchmal verrechnen sich die Leute auch bei Geldgeschäften und dann stehen sie mit leeren Händen da“, sagt er betont ruhig, als hätte er Sutters Anschuldigung noch nicht verwunden. „Und deine Freunde in Washington, was ist mit denen. Sie brauchen diese Transporter“, gibt er sich selbst die Antwort. „Wenn du es nicht machst, wird es eben ein anderer tun. Sie werden nicht mit ihren eigenen Hoheitszeichen in Afrika herumfliegen, nur weil du plötzlich kalte Füße bekommst. Außerdem fehlt dir die eine Maschine, die du in der Wüste verloren hast.“

Der alte Slate, immer die gleiche Litanei, denkt Sutter. Schon fast bewundernswert, wie kämpft. Er gibt nie auf, wenn er etwas wirklich will. „Du hast keine Ahnung von Risikokapital, allein wie du das Wort aussprichst, die pure Verachtung. Aber wahrscheinlich spielst du mir auch nur ein großes Theater vor. Meine Anlagefirma ist eine seriöse Sache, kein blindes Zocken. Die Leute geben mir Geld, weil sie mir vertrauen.“

Slate schüttelt verächtlich den Kopf. „Gut möglich, dass ich nichts von Risikokapital verstehe, aber komm mir nicht mit Vertrauen, das ist mein Spezialgebiet. Nichts geht bei meinen Geschäften ohne Vertrauen. Die meisten deiner Finanzanlagen sind doch nur eine Drehtür, schnell rein, alles ausquetschen und mit möglichst viel Gewinn bald wieder raus. Wie soll da jemand darauf bauen können."

„Aber auf Waffen schon", grinst Sutter.

„Waffen braucht man immer, die kannst du sehen und anfassen. Das ist doch was. Und seit wann hast du überhaupt Skrupel? Natürlich kannst du die Finger von dem Deal lassen, aber die Arsenale der Sowjetunion sind fast ausgeräumt und eine zweite Gelegenheit wie diese bekommst du nicht. Ich denke nur, dass du dir keine Sorgen machen musst, die beiden Geschäfte könnten sich in die Quere kommen. Deine Transportfirma läuft über den Briefkasten auf den Bahamas, und ob du noch ein paar Flugzeuge zusätzlich draufpackst, spielt in meinen Augen keine Rolle. Die Geldgeschäfte kannst du ja ruhig weiter betreiben. Als Tarnung vielleicht gar nicht so übel."

Als Tarnung, denkt Sutter, aber es stimmt, die Seed ist noch nicht stabil, das Geschäft verläuft zyklisch. Eine kleine Wirtschaftskrise und schon klebe ich an der Wand. Bisher bin ich mit den Waffen ganz gut gefahren. Und Schirkow, was kümmert mich Schirkow, der ist in der Tat Schnee von gestern. „Also gut, reden wir ernsthaft, du bist sicher, dass die Antonovs in einem Top-Zustand sind?"

„Todsicher."

Sutter atmet tief durch. Er sieht, wie in Slates Gesicht Hoffnung aufkeimt. „Was wollen sie haben?"

„Fünf Millionen Dollar, aber die sind verhandelbar, meiner Meinung nach."

„Das ganze Paket, inclusive der Waffen?"

„Ja."

„Verpackt und mit allen Papieren? Ich will mit der ukrainischen Bürokratie nichts zu tun haben.“

„Wird alles geregelt. Du besorgst das Geld und verscherbelst auf eigene Rechnung. So wie immer.“

„Sag ihnen, ich mache es für vier. Alles darüber fasse ich nicht an. Das Risiko ist mir zu hoch.“

„Das wird eng.“

„Du schaffst das schon, ich vertraue deinem Verhandlungsgeschick. Immerhin kriegst du ja zehn Prozent, also streng dich auch an. Noch etwas, ich muss zuvor mit Goddard reden. Kann gut sein, dass sie ganz froh wären, wenn ich die Flotte ausbaue.“

„Sag ich doch. Wie lange brauchst du?“

„Gib mir eine Woche.“

„Ok. Noch etwas?“

„Ja, sag den Russen, dass sie das Geld nur in Tranchen erhalten. Und ich will die Flieger sehen, bevor ich sie übernehme.“

„Klar doch, ich kümmere mich um einen Termin. Dann ist es wohl besser ich gehe jetzt, sonst fällt dir noch mehr ein, mir das Leben schwer zu machen.“ Slate lacht und nimmt seine Tasche. „Ich muss mich beeilen, sonst erwische ich den Flieger nicht mehr. Die Strecke am See entlang ist ziemlich befahren und eine andere kenne ich nicht. - Du wirst sehen, es klappt wie am Schnürchen.“

„Hoffen wir’s“, sagt Sutter und steht auf, um Slate zum Ausgang zu begleitet.

Ich werde Goddard mit ins Boot holen, denkt er, nachdem sich die Aufzugstür geschlossen hat. Mit ihm als Auftraggeber habe ich eine of-

fene Flanke weniger und eine solide Geschäftsbasis obendrein. Irgendwo in Afrika kracht es immer.

16 Ahnung

Sutter hat bereits den zweiten Tag auf der Baseler Investorenkonferenz verbracht, als er Viktor Menges Vortrag über die Antar AG hört. Noch einer der vielen jungen Männer, die Geld suchen, um ihre unausgereiften Ideen zu finanzieren, denkt er. Doch er bleibt sitzen und hört sich den Vortrag bis zu Ende an. Die Firma ist ihm nicht so wichtig, eine von vielen auf der Konferenz, aber der junge Mann fasziniert ihn immer mehr. Vor allem seine Stimme löst etwas in ihm aus, eine Erinnerung, die er nicht zuordnen kann. Als Viktor Menge seine Präsentationsunterlagen zusammenklaubt, geht Sutter zu ihm und stellt sich als potenzieller Investor vor. Menge ist sofort hellwach und als ihn Sutter auf einen Kaffee einlädt, stimmt er sofort zu.

„Jetzt erzählen Sie mal", sagt Sutter, kaum dass sie sich gesetzt haben. „Wie sind Sie überhaupt zu Ihren Anteilen gekommen?"

Für einen Moment sieht Menge auf Sutter, als fände er die Frage völlig daneben.

Die gefällt ihm nicht, denkt Sutter, scheint ein wunder Punkt zu sein.

Doch dann spricht Menge völlig offen über seine Verbindung zur Antar. Ganz so, als hätte er zuvor nur kurz überlegt, wie er es am besten formulieren soll. „Nach der Wiedervereinigung habe ich geholfen, die Patente der Antar aus dem Bestand der Treuhand herauszulösen. Die Treuhand ist Ihnen sicher ein Begriff, oder."

„Ja, mehr als mir lieb ist."

Menge grinst. „Haben Sie viel Geld im Osten verloren?", fragt er unverhohlen schadenfroh.

„Es hält sich in Grenzen. Aber sie wollten mir erzählen, wie sie an Ihren Anteil kamen.“

„Ja, Entschuldigung. Wie gesagt, ich hab denen geholfen, aber sie konnten mich nicht bezahlen, also boten sie mir statt cash Anteile an. Und als die Firma an die Börse ging, besaß ich plötzlich ein nettes kleines Aktienpaket.“

„Und das wollen Sie jetzt verkaufen. Warum?“

„Die Antar plant eine Kapitalerhöhung, da kann ich nicht mithalten“, sagt Menge. „Es ist besser für mich jetzt auszusteigen, als immer weiter verwässert zu werden.“

„Sie brauchen Geld?“

„Ja, das auch.“

„Was erwarten Sie?“

„Nur den Tageskurs.“

„Ich könnte interessiert sein“, sagt Sutter und denkt: Ich mag den Burschen, vielleicht könnte ich ihn auch woanders einsetzen, wenn die Übernahme nicht klappt. „Aber zuerst muss ich mehr über die Firma in Erfahrung bringen. Wer könnte mir dabei helfen? Sie?“

„Ich bin schon lange raus aus dem operativen Geschäft. Den Vortrag habe ich nur aus alter Treue gehalten und weil sie keinen anderen mehr hatten, der vernünftig präsentieren kann. Und ein wenig habe ich natürlich auch an meine Aktien gedacht. Verständlich oder?“ Er lacht und sieht gespannt auf Sutter, welche Reaktion er zeigt. „Am besten Sie reden direkt mit Dr. Anisevic, sie ist eine der Gründer und jetzt alleinige Geschäftsführerin. Früher gab es zwei Gründer, aber den Einen hat es nach dem Börsengang zurück an die Universität gezogen. Sagen Sie ihr einen schönen Gruß von mir.“

„Interessant", sagt Sutter und gibt Viktor seine Karte. „Melden Sie sich bei Gelegenheit", sagt er im Gehen.

„Dr. Anisevic hat sich für elf Uhr angemeldet", sagt Janet, Sutters Sekretärin, ein paar Wochen später, als sie morgens den Tagesplan durchsprechen.

„Schneller als erwartet, vor zwei Tagen am Telefon war sie noch sehr zurückhaltend", grinst Sutter selbstgefällig, wie eine Katze, die ihre Beute vor sich sieht. „Es wird wohl stimmen, dass die Antar dringend frisches Geld braucht. Lassen Sie den Kaufvertrag von Menge's Aktienpacket noch bis Ende des Monats liegen, ich will erst mal sehen, ob es sich überhaupt lohnt bei der Antar einzusteigen. Was steht noch an?"

„Heute nichts mehr, ich habe Ihnen den Tag frei gehalten, weil ich nicht wusste, wie lang die Sitzung mit Dr. Anisevic dauert. Ein Brief ihres Verwalters in Südafrika ist angekommen, ich habe ihn oben auf die Unterschriftsmappe gelegt."

Nachdem Janet gegangen ist, öffnet Sutter Nelio's Brief und erfährt, dass dessen Tochter Marta gefunden wurde, oder besser das, was von ihr übrig blieb. Sie ist gleich nach der Entführung in einem Feuergefecht im Norden Mozambiques umgekommen, und erst jetzt durch ihr Amulett identifiziert worden. Nelio erwähnt auch, dass sich die weißen Nashörner, die er vor zwei Jahren neu eingesetzt hat, prächtig entwickeln, und Rani mit zwei Jungen zurück gekommen ist. Joao lasse ihn grüßen, er sei im ANC aufgestiegen und arbeite jetzt im Planungsstab des Präsidenten. Schließlich bittet er darum auf der Farm bleiben zu dürfen. Nach Martas Tod gäbe es keinen Grund mehr für ihn nach Moz-

ambique zurückzukehren, und Joao sei sowieso tief in Südafrika verwurzelt.

Sutter schickt sich an einen Kondolenzbrief ins Diktiergerät zu sprechen, als Janet den Kopf durch die Tür steckt und Dr. Anisevic avisiert.
Er legt Nelios Brief zur Seite, nimmt die Unterlagen zur Antar aus der
Besprechungsmappe und geht ins Konferenzzimmer. Auf dem Weg
dorthin kommt er an Janet's Schreibtisch vorbei und bittet sie den Ver-
waltervertrag für Nelio zu erneuern. „Nehmen Sie als Muster den be-
stehenden Vertrag, verlängern Sie die Laufzeit um weitere fünf Jahre
und erhöhen Sie sein Gehalt um zwanzig Prozent. Das müsste reichen.
Sie finden den alten Vertrag unter Südafrika, Nelio Machel."

Vom Gang aus sieht er durch die gläserne Trennwand, wie eine
schmale Frau im dunkelgrauen Hosenanzug am Fenster steht und auf
den See blickt. Er begrüßt sie strahlend, die Hand weit ausgestreckt,
als wären sie die besten Freunde. Ausgeprägte Ringe unter den Augen,
zu lange im Büro, zu viele Zigaretten, denkt er: „Thomas Sutter, Sie haben uns gleich gefunden?"

„Olivera Anisevic", sagt sie, und reichte ihm eine gepflegte Hand. „Ja,
anstandslos, die Wegbeschreibung Ihrer Sekretärin war sehr klar."

„Freut mich zu hören, das macht sie gut. Was darf ich Ihnen zu trinken anbieten?"

„Danke, ich hatte bereits Kaffee." Sie setzt sich Sutter gegenüber an
den Konferenztisch und wartet ab. Doch als Sutter sie nur lächelnd betrachtet, sagt sie leicht irritiert: „Sie möchten vermutlich gleich zur Sache kommen. Ihre Assistentin sagte, Sie hätten nur eine Stunde Zeit."

„Janet liebt es meinen Tag sauber zu takten." Er grinst, als wäre das
ein unvermeidlicher Teil seines Jobs, den es zu ertragen gilt. „Aber ma-

chen Sie sich wegen der Zeit keine Gedanken, wir nehmen uns soviel wir brauchen. Wann fliegen Sie zurück?“

„Erst morgen. Ich treffe noch einen Freund zum Abendessen, er arbeitet hier an der Universität.“

„Wie schön“, sagt Sutter und lässt offen was er damit meint. „Ich habe vor Kurzem den Vortrag von Viktor Menge auf der Investorenkonferenz in Frankfurt gehört. Er hat die Antar als vielversprechendes Unternehmen dargestellt. Arbeitet Menge noch für Sie?“

„Gelegentlich. Er hat für uns den Vortrag in Frankfurt gehalten, weil ich selbst verhindert war. Und sonst habe ich niemand, der uns so eloquent präsentieren kann wie Viktor.“

„Er hat Ihnen bei der Ausgründung aus dem Leunakonzern geholfen, hat er gesagt“, wirft Sutter ein.

„Und dafür Anteile erhalten“, sagt sie eine Tick zu scharf. „Die möchte er anscheinend verkaufen, wurde mir zugetragen. Mir persönlich hat er jedoch nichts gesagt. Braucht er ja auch nicht, sind Sie interessiert?“

Sie klingt verärgert, denkt Sutter. So ganz harmonisch scheint das Verhältnis zwischen den beiden nicht zu sein. „Sie planen ein ambitioniertes Wachstum, dazu brauchen Sie neues Geld, nehme ich an. Nicht ganz einfach in einem verunsicherten Markt“, sagt er, ohne näher auf seine Absichten bezüglich Menge’s Aktien einzugehen.

„Hat Menge das gesagt?“, fragt sie misstrauisch.

„Nein, nicht direkt. Aber die Zahlen in seiner Präsentation zeigen es ganz deutlich. Wohin soll die Reise gehen?“

„Wir wollen verstärkt in die Arthroskopie investieren und gleichzeitig den Pharmabereich ausweiten“, sagt sie. Seine Bemerkung zum

Markt ignoriert sie. „Ambitioniert ist das richtige Wort. Ob unser ti-
ming stimmt, wird sich bald zeigen."

„Warum keine Kapitalerhöhung?"

„Zu kompliziert. Wir sind klein, ich scheue den Aufwand bei unge-
wissem Ausgang. Am liebsten wäre mir ein Großinvestor, der uns für
ein paar Jahre begleitet, bis wir aus dem gröbsten heraus sind."

„Deshalb sind Sie hier?"

„Ja."

Sutter nickt und sieht an ihr vorbei aus dem Fenster. Sie macht das
gut, denkt er, völlig entspannt, vielleicht steht sie doch noch nicht mit
dem Rücken zur Wand, wie Menge vermutet. Ich hör's mir einfach an.
„Dann erzählen Sie mal. Wie kam es überhaupt zur Antar. Die Firma
wurde 1992 gegründet, wenn ich richtig gelesen habe."

Für einen Moment wirkt sie verunsichert, doch dann räuspert sie
sich und spricht ausführlich über die Zeit der Wiedervereinigung. Als
die Leuna fast zusammenbrach und drastisch beschnitten wurde, bis
außer der Chemie nichts mehr übrig blieb. Und wie sie plötzlich mit einem Bündel an Pharma-Patenten dastand, die keiner haben wollte.
„Auf einmal wimmelte es von Beratern, die uns das Blaue vom Himmel
versprachen. Einer davon war Viktor Menge", fügt sie hinzu, als ginge
sie davon aus, dass er Sutters Quelle ist. „Bis wir 1997 zur allgemeinen
Überraschung den Sprung an die Börse schafften", schließt sie. Dabei
kann sie kaum verhehlen, wie stolz sie immer noch über den Coup ist.

„Das war vor der Dot-Com Krise, als sich noch Sachen platzieren ließen, die keiner für möglich gehalten hätte", sagt Sutter, wobei er sie
freundlich anlächelt. „Heute geht das nicht mehr." Besser ich hole sie
gleich zurück in die Realität, denkt er. Außerdem weiß sie jetzt, mit

wem sie es zu tun hat. Speak softly but carry a big stick, die alte Devise.
„Sie sprechen in der Mehrzahl, Frau Anisevic. Ihr Gründungspartner nehme ich an. Heute sind Sie aber die alleinige Geschäftsführerin, wenn ich richtig gelesen habe?"

„Ja, mein Partner ist gleich nach der Halteperiode ausgestiegen." Über ihr Gesicht huscht ein flüchtiges Lächeln, während sie das große Ölgemälde in Sutters Rücken betrachtet. „Aber jetzt geht das Geld aus dem Börsengang zur Neige. Wir brauchen neue Mittel, um unser Entwicklungsprogramm auszuweiten."

Sutter nimmt einen Schluck Wasser und beginnt mit dem Stift zu spielen, der ungenutzt auf einem Block weißen Papiers vor ihm liegt. Unbewusst dehnt er seine Nackenmuskulatur. „Ich habe Ihr Unternehmen prüfen lassen, spannend, sonst wären wir wohl kaum zusammen...", sagt er und beobachtet ihre Reaktion. „...aber es gibt noch ein paar Ungereimtheiten."

Sie sieht ihn fragend an. „Ungereimtheiten?"

„Warum hat ihr Partner sofort alle seine Anteile verkauft? Das tut man normalerweise nicht, wenn man Vertrauen ins Unternehmen hat. Schon gar nicht als Gründer", sagt Sutter ungerührt.

Für einen Moment zögert sie mit der Antwort. „Ich kann Sie verstehen, aber seine Entscheidung hatte wenig mit dem Unternehmen zu tun, er wollte einfach zurück an die Universität. Er bekam ein Angebot, das er nicht ausschlagen konnte. Er brauche Sicherheit, war seine Erklärung für den Ausstieg. Die finde er nicht in der Wirtschaft, hat er gesagt. Ein grundehrlicher Mensch, ich habe ihn vermisst, war mir anfangs nicht sicher, ob ich es allein schaffe."

„Und jetzt?"

„Ich liebe mein Unternehmen, wie ein Kind, das ich nie hatte."

Sutters Augenbrauen zucken nur kurz nach oben, doch er bohrt nicht weiter nach, greift nach der Wasserflasche und deutet damit auf ihr halb volles Glas. Als sie abwinkt, schenkt er sein eigenes Glas voll. Die ganze Zeit über lässt er sie nicht aus den Augen. „Er hatte einen guten Riecher", sagt er schließlich. „Ihr Aktienkurs ist seither stetig gefallen."

„Der Kurs wird auch wieder steigen. Anfangs hielt ich seinen Ausstieg noch für Verrat. Wir haben uns nächtelang gestritten, aber letztlich war es besser für uns alle."

„Warum?"

„Seine Selbstzweifel haben mich völlig zermürbt. Ohne ihn konnte ich mich ganz auf das Unternehmen konzentrieren."

„Und Sie, haben Sie auch verkauft?"

Sie sieht Sutter in die Augen, während auf der Stirn ein paar Schweißperlen erscheinen. Auf ihrer türkisfarbenen Seidenbluse bilden sich kleine, dunkle Flecken. Sie setzt sich kerzengerade und sagt gedehnt, als ginge das Sutter eigentlich nichts an. „Nur einen Teil, um meine Schulden zu begleichen. Ich halte nach wie vor fünfundzwanzig Prozent der Aktien."

Sutter nickt gedankenverloren und lehnt sich weit zurück. Mit einer Hand schiebt er die Nase hoch, wobei er das Kinn mit dem Daumen unterstützt und kaum hörbar nuschelt. „Also eine Sperrminorität."

„Das kann man so sehen. Aber ich wüsste nicht, gegen was ich mich sperren sollte", sagt sie unsicher.

„Das weiß man immer erst im Nachhinein, aber auf Sie trifft das sicher nicht zu", sagt er übertrieben freundlich und nickt André Höri zu, seinem Analysten, der sich schweigend neben ihn gesetzt hat. „Dr. André Höri", stellt ihn Sutter vor. „André hat Ihre Zahlen geprüft. Ihn müssen Sie vor allem überzeugen."

Höri knipste ein routiniertes Lächeln an, und nickt flüchtig in Richtung der Frau, als wolle er sagen: Jetzt mach schon, ich habe nicht alle Zeit der Welt. Außerdem bin ich sowieso nur hier, weil mich Sutter dazu beordert hat.

„Na dann schießen Sie mal los mit ihrer Strategie", sagt Sutter aufmunternd.

Am Ende der Sitzung fragt Sutter, als er Dr. Anisevic die Hand schüttelt, ganz beiläufig. „Wer ist diese Dr. Inka Menge in ihrem Scientific Board?"

„Die Mutter Viktor Menges, sie ist eine der renommiertesten Chirurginnen Deutschlands. Kennen Sie Dr. Menge?", fragt sie neugierig.

„Nein, ich glaube nicht. Der Name Inka hat mich nur aufmerksam gemacht, nicht gerade häufig. Vor Jahren kannte ich eine Inka, die damals Medizin studierte. Aber vermutlich gibt es viele Inkas", sagt Sutter und lacht.

„Dr. Menge spricht übrigens nächste Woche auf einem Arthroskopie Kongress in London über unsere Produkte. Falls sie eine fundierte Meinung über die Antar hören wollen."

„Mal sehen, wann genau ist der Kongress?"

„Am Mittwoch ist Dr. Menges Vortrag."

„Das könnte klappen, ich bin nächste Woche sowieso in London, in einer anderen Sache. Vielleicht ergibt es sich ja. Na dann, Frau Dr. Anisevic. Vielen Dank fürs Kommen, wir sind jetzt um Einiges schlauer.

Ihr Unternehmen sieht ganz interessant aus. Wir melden uns in drei
vier Wochen, so lange müssen wir noch brüten. Sie finden den Weg?"

„Ja, die Fahrt am See entlang war wunderschön."

„Danke, aber passen Sie auf beim Fahren. Die Strecke hat eine der
höchsten Unfallraten der Schweiz. Wahrscheinlich weil die Leute mehr
auf den See gucken, als auf die Straße", sagt Sutter und reicht ihr die
Hand. „Dann bis bald. Ich bringe Sie zum Aufzug."

Auf dem Weg zurück ins Büro denkt er: Die Firma ist interessant,
aber mit Anisevic könnte es schwierig werden. Es ist ihr Lebenswerk
und sie wird das Baby mit Zähnen und Klauen verteidigen, wenn es
eng wird. Ein Typ wie Viktor, jung und mit einem Schuss Skrupellosigkeit, würde mir besser gefallen an der Spitze. Mal sehen, noch ist es
nicht soweit.

Als er an Janets Schreibtisch vorbeikommt, sagt sie schnell, bevor er
in seinem Zimmer verschwinden kann. „Ein Joao Machel hat angerufen. Er sagt, er kennt Sie aus Südafrika und will Sie besuchen kommen.
Ist er der Sohn Ihres Verwalters?"

„Ja, Joao", sagt Sutter verwundert. „Hat er eine Nummer hinterlassen?"

„Ja, aber er ruft morgen noch mal an, hat er gesagt."

„Versuchen Sie's gleich. Vielleicht ist er noch im Büro. Und suchen
Sie mir alles über eine Dr. Inka Menge heraus. Sie ist Chirurgin, sitzt im
Scientific Board der Antar. Und dann buchen Sie mir einen Flug nach
London. Nächste Woche, Dienstag hin, Mittwoch Abend zurück, wie
immer im Sheraton, Knightsbridge. Und besorgen Sie mir eine Karte
für den dortigen Arthroskopiekongress." Er sieht zu, wie sie ihre Notizen macht und dann zu ihm aufblickt, als spüre sie, dass er noch nicht

fertig ist. „Ja", sagt er, „dann holen Sie mir noch Viktor Menge ans Telefon, aber erst nachdem ich mit Joao gesprochen habe."

Es dauert nicht lange, dann meldet sich Janet über die Gegensprechanlage. „Ich habe Joao Machel jetzt am Apparat."

„Gut, stellen Sie durch." Sutter lehnt sich zurück, er lässt es zwei, dreimal läuten, bevor er abhebt. „Joao, was treibt dich um? Du rufst doch sonst nie an", sagt er und klingt, als freue er sich wirklich.

„Ich wollte nicht stören. Ein Freund hat mir erzählt, wie gut Ihre Geschäfte laufen, da bleibt nicht viel Zeit für fruchtloses Gerede, dachte ich. Aber jetzt brauche ich vielleicht Ihre Hilfe."

„Ist etwas passiert? Wie geht es deinem Vater, ich habe gerade seinen Brief erhalten, er will auf der Farm bleiben, und ich bin froh darüber. Bitte sag ihm das, und dass der Vertrag in der Post ist."

„Danke, er wird sich freuen. Aber es geht nicht um Vater, es geht um mich. Ich bin immer noch im Planungsstab des Präsidenten, habe aber eine neue Aufgabe gekriegt. Die Regierung will verstärkt in die Bio-Medizin einsteigen und ich soll mich darum kümmern. Da dachte ich, Sie könnten mir vielleicht den einen oder anderen Tipp geben."

„Hast du schon einen Plan?"

„Nur ein grobes Konzept. Ich möchte ein paar Firmen in Deutschland und England besuchen und würde auch gern in Zürich vorbeikommen, wenn ich darf."

„Natürlich, du bist immer willkommen. Brauchst du vorab etwas, oder hast du schon alles?"

„Danke, meine Leute sind dabei ein ganzes Buch zusammenzustellen. Die wesentlichen Spieler in der Bio-Med Branche und so. Danach basteln wir an einer Regierungsempfehlung. Aber ich möchte auch ein paar Gespräche direkt führen, damit ich nicht völlig unbeleckt dastehe", sagt er und lacht mit einem leichten Glucksen in der Stimme.

Meine Leute, sagt er, denkt Sutter. Er ist weit gekommen. Seine Stimme klingt wie Nelio's, vorsichtig tastend, als würde er jedes einzelne Wort abwägen. Fröhlicher klingt er, er ist ja auch noch jung.

„Wie alt bist du jetzt, Joao?"

„Einunddreißig. Warum fragen Sie?"

„Weil ich immer noch den Teenager vor mir sehe, wenn ich dir zuhöre. Immer noch Rastalocken?"

„Die sind lange weg. Es ist schon eine Weile her, dass wir uns zuletzt gesehen haben."

„Du warst gerade in die Wahrheitskommission berufen worden. Und jetzt im Planungsstab des Präsidenten. Das ist wunderbar."

„Danke, aber es ist beileibe nicht alles wunderbar. Wir tun, was wir können, nur frage ich mich manchmal, ob es reicht."

„Es ist nie genug, mach dir darüber keine Sorgen. Sobald dein Zeitplan steht, ruf mich an. Und grüß deinen Vater, er hat mir auch von Marta erzählt. Hat euch ihr Tod sehr getroffen?"

Für eine Weile herrscht Stille in der Leitung. Nur das Rauschen der Elektronik ist im Hintergrund zu hören. Sutter denkt bereits er hätte Joao verloren, doch dann sagt der ganz ruhig. „Wir hatten nichts anderes erwartet. Nur gut, dass sie nicht so lange leiden musste." Nach einer weiteren Pause, als hätte er erwogen, ob er überhaupt darüber reden soll, erwähnt Joao eher beiläufig. „Rani ist zurück, sie hat zwei Junge mitgebracht. Aber das hat Vater sicher auch geschrieben."

„Ja, er meinte, du kämst gut klar mit ihnen."

„Sie sind... ich weiß nicht wie ich's sagen soll, ich mag sie sehr. Erinnern Sie sich noch an Rani, sie ist älter geworden, spielt nicht mehr mit mir, kümmert sich nur noch um ihre Kinder." Joao's Stimme klingt auf einmal sehr schüchtern, als er fragt: „Wann kommen Sie wieder einmal nach Südafrika?"

„Weiß ich noch nicht", sagt Sutter. „Ich bin hier ziemlich eingebunden. Und dein Vater macht seine Sache so gut, dass die Farm auch ohne mich funktioniert. Er schreibt, die weißen Nashörner hätten sich voll eingelebt. Toll, es war seine Idee sie auf die Farm zu holen. Und natürlich erinnere ich mich an Rani. Ohne dich wäre sie eingegangen, wie ihr Bruder."

„Nein, nein, sie war von Anfang an die Stabilere. Vater liebt seinen Job. Sie wissen, wie dankbar wir Ihnen sind."

„Lass gut sein, Joao, ich bin froh, dass du es geschafft hast. Und dein Vater hat sich jeden Rand tausendmal verdient. Du weißt, wie sehr ich ihn schätze."

„Ja, ich weiß. Ich melde mich in den nächsten Tagen wegen meines genauen Reiseplans."

Nachdem er aufgelegt hat, steht Sutter auf und stellt sich ans Fenster. In Gedanken sieht er die getöteten Löwen vor sich, riecht den Angstschweiß Nelio's, als er ihm sagt, dass sie ins hohe Gras müssen, um die angeschossene Löwin zu finden. Joao hat sich fantastisch gehalten, schon damals wusste ich, dass er ein Großer werden kann.

Er geht zurück zum Schreibtisch und lässt sich mit Viktor Menge verbinden. Kaum, dass er ihn in der Leitung hat, sagt er übergangslos: „Ich habe heute lange mit Dr. Anisevic gesessen. Es könnte passen.

Wenn Sie immer noch verkaufen wollen, übernehme ich Ihre Aktien zum Tageskurs. Einverstanden?"

„Ja, selbstverständlich. Es lohnt sich also doch auf diese Konferenzen zu gehen." Viktor ist die Erleichterung richtiggehend anzuhören.

Einen Monat später kommt Joao Machel nach Zürich. Sutter zeigt ihm die Büros der Seed Private Equity und stellt ihm ein paar seiner Leute vor. Zum Mittagessen nimmt er ihn ins Alte Schiff in Männedorf, sein Stammlokal, wo er eine Fensternische mit Blick auf den See reserviert hat. Der Hochsommer hat sich voll entfaltet und Gewitterschwüle liegt bleiern über dem Wasser. Ihr Tisch steht neben einer weit geöffneten Tür, durch die leichter Luftzug in den Innenraum dringt. Einer der Türflügel schirmt sie von der dicht besetzten Terrasse ab, sodass niemand ihr Gespräch mithören kann.

Er ist keiner meiner üblichen Kunden, denkt Sutter. Wir hätten uns auch auf die Terrasse setzen und offen über alles reden können. „Seit wann bist du schon in Europa", fragt er, nachdem sie bestellt haben.

„Seit einer Woche. Ich bin nach London geflogen, und dann mit dem Zug nach Cambridge und Manchester gefahren, um ein paar hochinnovative Firmen zu besuchen. Für mich ist es das erste mal in Europa. London erschien mir etwas hektisch, aber letztlich kam ich ganz gut klar damit. Toll welche Menschenmassen durch die Tube geschleust werden. Johannesburg bräuchte so ein Transportsystem, aber das wird wohl nie etwas werden mit unserem von den Minen durchlöcherten Boden. Hier ist es angenehm ruhig im Vergleich zu London."

„Du vermisst die Farm", sagt Sutter und lacht.

„Ja, kann man wohl sagen. Sie ist immer noch mein Rückzugsort, wenn mir die Stadt zu sehr zusetzt."

„Was meinst du mit klar kommen in London? Die Ticketautomaten der Tube?"

Joao lacht. „Nein, das hatte ich schnell heraus." Dann sieht er auf Sutter, als hätte er erst jetzt verstanden, auf was er hinaus will. „Sie meinen weil ich schwarz bin?"

„Nein, wie kommst du darauf. Hautfarbe bedeutet mir nichts, das solltest du wissen. Aber du bist das erste mal in Europa und Afrika ist sehr viel anders, jünger, farbiger, lauter. Mich interessiert, was du siehst."

„Weniger hektisch, meinen Sie? Bestimmt nicht ganz so dicht gepackt." Er überlegt einen Moment, fragt sich, worauf Sutter hinaus will. „Ja, es ist anders", sagt er und lächelt verträumt, als spräche er von einer Liebe. „Für mich besonders. Ich komme aus einem Dorf, das durch den Krieg verwüstet wurde. Meine Mutter ist wegen Wundbrand gestorben, den man mit ein bisschen Chlorgas hätte behandeln können. Und meine kleine Schwester wurde von ein paar zerlumpten Soldaten entführt, die wahrscheinlich nicht einmal lesen und schreiben konnten. Ich hab erlebt, wie sich meine eigenen Leute in den Townships massakriert haben und konnte nichts dagegen tun. Trotzdem liebe ich Afrika. Und dann komme ich nach London und stehe auf dem Trafalgar Square am Fuß der Statue Nelsons, und fühle ..." Joao hört einfach auf. Was denn, denkt er, wie beeindruckend die Gebäude sind, wie beängstigend der Verkehr, und wie erdrückend die Last der Geschichte. Das würde er vermutlich gerne hören, aber so war es nicht. „...Nichts", sagt er. „Ich habe nichts gefühlt außer Trauer. Vermutlich können Sie das nicht verstehen. Es ist Ihre Welt, egal, ob Sie in Berlin, London oder Paris sind, es bleibt Europa. Meine Welt sieht anders aus. Vielleicht habe ich deshalb eine so enge Beziehung zu Rani, sie ist mein Afrika. Ich bin sehr gern auf der Farm, das verdanke ich Ihnen."

Sutter nimmt die Brille ab und legt sie neben sein Besteck. Er hat Angst zu versagen, denkt er, während er die Sonnenreflexe auf dem Wasser betrachtet. „Du hörst dich bitter an, fühlst du dich überfordert?"

„Nein, eigentlich nicht. Aber vielleicht will ich es mir nur nicht eingestehen. Wir haben uns viel vorgenommen in Südafrika. Der Präsident ist ein ehrlicher Mann, aber um ihn herum formieren sich die Bataillone, die Milch und Honig wollen, ohne etwas dafür zu tun."

„Die Minen verstaatlichen und alles umverteilen, meinst du das? Und auch noch so, dass möglichst viel beim ANC hängen bleibt." Sutter klingt verärgert und schüttelt den Kopf, als wüsste er genau, dass es der sichere Weg in den Staatsbankrott wäre.

„So ähnlich, und die Landreform gleich obendrauf", bestätigt Joao. „Aber das geht nicht, außer wir fahren das Land absichtlich an die Wand. Aber keine Sorge, noch ist alles im Fluss. Noch regiert die Hoffnung, dass alles besser wird. Doch eigentlich haben wir außer unserer Freiheit noch nicht viel erreicht. Das Rassen-Problem ist inzwischen zweitrangig, viele Weiße sind froh, dass die Apartheid vorbei ist. Ihre schlimmsten Befürchtungen haben sich schließlich nicht bewahrheitet. Die paar ewig Gestrigen, die immer noch von weißer Vorherrschaft träumen, zählen nicht. Trotzdem, wenn wir Fehler machen, und zu viel auf einmal wollen, fliegt uns das Land um die Ohren."

„Du machst dir Sorgen?", fragt Sutter und nickt, als könne er ihn gut verstehen.

Joao verzieht das Gesicht, unentschlossen, wie er darauf reagieren soll. „Wenn ich spätabends das Büro verlasse, frage ich mich zuweilen, ob wir es überhaupt schaffen können. - Als wir kurz vor Ihrer Abreise aus Südafrika miteinander sprachen, es war auf der Farm, Sie erinnern sich vielleicht, sagten Sie so etwas wie: Wir leben in unterschiedlichen Welten, ich schulde niemand etwas, und du schuldest mir auch nichts. - Ich habe oft darüber nachgedacht, und glaube, es stimmt nicht. Niemand ist wirklich schuldenfrei. - Wann kommen Sie zurück, oder bleiben Sie für immer in Europa?"

Sutter sieht an Joao vorbei auf den Kellner, der an einem anderen Tisch etwas umständlich die Speisen serviert. „Quäl dich nicht", sagt er endlich. „Ihr macht das schon richtig. Ich hätte nie gedacht, dass es überhaupt so lange gut geht. Du sprichst von Freiheit und vergisst, dass es sich dabei um eine Schimäre handelt. Wenn du auf dem Trafalgar Square stehst, hast du Jahrhunderte von Verteilungskämpfen unter den Pflastersteinen. Und in Paris, Berlin, oder jeder anderen europäischen Stadt, ist es genauso. Europa ist auf einem Feld aus Blut und Tränen entstanden, vergiss das nicht. In Südafrika kommt das alles noch. Ihr dürft euch nur nicht beirren lassen, von dem, was in Europa und Amerika passiert. Ihr müsst euren eigenen Weg gehen. - Hier brabbelt auf einmal jeder vom Sieg des Kapitalismus, als wüssten sie was das bedeutet. Am schlimmsten sind die, die ununterbrochen von einer neuen Weltordnung reden. Lauter Geschwätz, Utopien von Leuten, die sich schon in die Hosen machen, wenn sie nur ihren Schreibtisch verlassen." Sutter schenkt die Gläser nach und prostet Joao zu. „Ich weiß

auch nicht wo's langgeht. Ich spüre nur, dass sich der Westen insbe-
sondere an einer Weggabelung befindet. Dass wir in einer Sackgasse
stecken, aus der es weder vor noch zurück geht. Verstehst du, was ich
meine?"

Nein, ich verstehe nichts, außer, dass er sich für Europa entschieden
hat, denkt Joao. Schade, wir könnten Leute wie ihn gebrauchen, trotz
oder gerade wegen seiner Vergangenheit. Ich werde ihm nicht sagen,
dass ich von seinen früheren Geschäften weiß, sie sind lange her. „Früher dachte ich, der Kolonialismus wäre an allem schuld. Aber das
stimmt nicht. Wir Afrikaner sind wirklich anders, tief drinnen ticken
wir anders, auch wenn wir westliche Kleidung tragen und mit Vorliebe
eure dicken Autos fahren", sagt er und lacht, als wolle er seine Unsicherheit überspielen. „Jetzt rede ich schon wie ein Leitartikelschreiber,
dabei hasse ich diese Generalisierung: Wir Afrikaner. Wir sind kein
Jota weniger differenziert als ihr Europäer. Ein Somali hat mit einem
Zulu so wenig gemeinsam wie ein Ire mit einem Sizilianer. Entschuldigung, ich habe mich verrannt. Interessiert Sie meine Meinung überhaupt?"

Sutter lächelt. „Doch, aber ich habe den Eindruck, dass du mit dir
kämpfst. Kann es sein, dass alles ein bisschen zu schnell geht?", fragt
er.

„Sie sind ein guter Beobachter."

„Wo ist das Problem?"

„Ich habe mich in eine deutsche Ärztin verliebt. Sie war in Südafrika,
machte dort ein Praktikum. Es ist schon eine Weile her, aber wir haben
uns regelmäßig geschrieben, und nächste Woche treffe ich sie in Berlin. Ich weiß nicht, wie ich damit umgehen soll. Mit Vater kann ich

nicht darüber reden, er würde eine weiße Frau für falsch halten, obwohl er sie gar nicht kennt. Was halten Sie davon?"

„Weil sie weiß ist?", fragt Sutter, lacht kurz auf und hebt sein Glas. „Ist doch wunderbar, lass es einfach auf dich zukommen. Ich habe einige schwarze Frauen gekannt, aber du siehst, ich bin allein."

„Das sagt sich so leicht, auf mich zukommen lassen. Ich bin schon mittendrin, und völlig unerfahren in solchen Dingen."

Sutter tätschelt Joao's Arm. „Das lernst du schon, bleib einfach du selbst. Ich habe dich beobachtet, wie du Rani aufgezogen hast. Damals war ich mir sicher, dass du schaffst, was du dir vornimmst. Bisher habe ich mich nicht getäuscht. Wie heißt deine Ärztin?"

„Verena Arnold. Sie kommt ursprünglich aus München, wie Sie."

Sutter reibt sich plötzlich die Schläfen, als wolle er eine Erinnerung herausquetschen. „Arnold, Arnold, in unserer Nachbarschaft in Grünwald, gab es eine Familie Arnold, alte Nazis wie meine Pflegeeltern. Sie hatten zwei Söhne, unangenehme Kerle in meinen Augen. Der eine war abgehoben, elitär, der jüngere dagegen kräftig, ruppig, und hatte einen seltsamen Namen, den ich vergessen habe. Reizbar waren sie beide, und immer mit dem Schäferhund unterwegs. Wir hatten wenig Kontakt, denn in deren Augen war ich das arme Pflegekind, mit dem man sich besser nicht abgab. Willst du, dass ich mich erkundige, woher deine Freundin stammt? Es wäre zu seltsam, wenn es sich um dieselben Arnolds handelt. Es kostet mich nur ein paar Anrufe."

„Nein, nein, ich will ihr nicht hinterher spionieren."

„Und du hast sie nur einmal gesehen, danach habt ihr euch geschrieben, das war alles?"

„Ja, es reicht doch."

„Na hoffentlich wirst du nicht enttäuscht." Sutter nimmt die leere Weinflasche aus dem Kübel und winkt dem Kellner. „Du wolltest doch noch, oder?"

„Ja gern, er schmeckt gut. Was ist das für einer?"

„Ein Fendant, hier aus der Gegend. - Vielleicht sollten wir jetzt langsam über unser Geschäft reden, sonst ist der Tag vorbei und du hast nichts anderes von mir bekommen, als hehre Sprüche zu einer Welt, die sich sowieso nicht ändern lässt. Zuwenig für einen aufstrebenden Politiker. Hier ist eine Liste von Firmen, einschließlich der jeweiligen Ansprechpartner, die mit dir reden wollen. Wenn du willst, dass ich dich bei dem Einen oder Anderen avisiere, gib mir Bescheid. Mir wäre es aber lieber, du machst das allein. Wir wollen Regierung und Privat nicht zu sehr vermengen."

Als Kinder hatten Viktor Menge und Verena Arnold regelmäßig ihre Sommerferien auf dem Bauernhof der Arnolds verbracht. Der Hof lag in einem Tal am Fuß der Alpen, nicht weit entfernt von einem See, den die zurückweichenden Gletscher vor Jahrtausenden geformt hatten. Mit ihren Rädern konnten sie den See erreichen, wo Konrad Arnold eine Mole für sein Segelboot gemietet hatte. Ganze Tage verbrachten sie, in der Sonne bratend, auf den warmen Holzplanken des Stegs.

Konrad Arnold war zu einem weltweit geachteten Chirurgen aufgestiegen, und die Affäre, die ihn früher einmal mit Inka Boysen, Viktors Mutter, verband, war in eine verlässliche Freundschaft übergegangen. Als Inka, kurz nachdem Viktor geboren wurde, Jonas Menge, einen mit Konrad befreundeten Arzt heiratete, festigten sich die Bande eher. Jeden Sommer verbrachten die Familien gemeinsam auf dem Hof der Arnolds. Erst als Konrad im fortgeschrittenen Alter, Sabeth, eine junge, ambitionierte Assistenzärztin, zur Frau nahm, wurden die häufigen Familienfeste seltener. Die beiden Frauen mochten sich nicht. Inka, die inzwischen zur arrivierten, international anerkannten Chirurgin aufgestiegen war, konnte es sich nicht verkneifen, Sabeth eine von Konrad ausgehaltene, schöne Puppe zu nennen.

Als sich Konrads Parkinson bemerkbar machte und schnell verschlimmerte, suchte er immer häufiger Inkas Rat. So auch, als er einen Manager für die Leitung der Mikro System suchte, einer Firma, die er vor langer Zeit zusammen mit seinem Bruder Frohmut gegründet hatte. In den letzten Jahren hatte die Firma jedoch den Anschluss an die Konkurrenz verloren und lebte nur noch von der Substanz. Konrad spürte längst, dass er handeln musste, wollte er nicht alles verlieren. Doch er tat sich schwer seinen eigenen Bruder als Geschäftsführer abzulösen und das Unternehmen einem Fremden anzuvertrauen. Und so brachte Inka ihren Sohn, Viktor, ins Gespräch, als es darum ging die Mikro System von Grund auf zu sanieren.

Konrad gefiel die Idee, auch weil er immer noch daran glaubte, dass Viktor sein Sohn sein könnte, obwohl es Inka vehement bestritt. Nach einigem Zögern entließ er Frohmut und berief Viktor zusammen mit Sabeth, seiner Frau, in die Geschäftsführung der Mikro System.

Es ging nicht lange gut. Viktor erwies sich als zu unerfahren und Sabeth als flatterhaftes Leichtgewicht.

Jetzt steht Viktor, zwei Jahre nachdem er Thomas Sutter kennen lernte, mit dem Rücken zur Wand. Die Mikro System schreibt höhere Verluste, als vor seiner Ernennung zum Geschäftsführer. Und das Geld aus dem Verkauf der Antar Anteile, das er leichtsinnigerweise bei der Sanierung eingesetzt hat, ist weitgehend aufgebraucht.

Eines Nachts, Konrad Arnold hat schon eine Weile geschlafen, erwacht er schweißgebadet und hört wie sein Herz schlägt. Der Versuch das Bett zu verlassen und allein ins Bad zu gehen, gelingt ihm nur mit größter Mühe. Als er sich am Schlafzimmer seiner Frau vorbei quält, sieht er durch die offene Tür das leere, unberührte Bett.

Nach einer Stunde, die ihm endlos erscheint, kommt Sabeth und geht geradewegs ins Bad. Er hört, wie sie sich die Zähne putzt und eine Dusche nimmt. Wenigstens erspart sie mir den Geruch ihres Liebhabers, denkt er.

„Wo warst du?“ fragt er durch die angelehnte Tür in die Dunkelheit.

„Oh, bist du noch wach?" Ihre Überraschung klingt gekünstelt, als sie in ihrem Bademantel vor ihm steht.

„Wo warst du?"

„Viktor und ich haben uns verquatscht. Die Firma geht uns nicht aus dem Kopf."

„Viktor? Ausgerechnet Viktor, bis nachts um vier? Du hältst mich … wohl für bescheuert."

„Was willst du hören, Liebling?"

„Wo warst du?"

„In einer Bar und dann sind wir noch am Fluss entlang gegangen, um etwas frische Luft zu schnappen."

Konrads Atem geht stoßweise, er versucht krampfhaft die Wörter zu formen. „Ist das … ein neuer Name dafür, frische Luft … schnappen. Du bist eine Schlampe, durch und durch verdorben."

Wir waren einmal glücklich zusammen, denkt sie, und jetzt behandelt er mich, als wäre ich sein persönlicher Besitz. „Schlampe!", sagt sie kalt. „Du, der sich jede ins Bett geholt hat, die er nur kriegen konnte, nennst mich eine Schlampe. Ich sollte dich verlassen, dann siehst du ja, wie du klar kommst. Du bist gar nichts mehr ohne mich, nur noch ein alter, böser Tattergreis. Was erwartest du eigentlich von mir, dass ich die Nächte über hier sitze und deine Hand halte?", fragt sie giftig.

„Nicht mit Viktor … und nicht auf meinem Buckel. Und wie … soll es weitergehen. Ich soll ihm wohl … auch noch dankbar dafür sein?"

„Warum nicht? Lass mich jetzt, ich bin müde, und mir ist kalt."

„Du denkst … du kannst dir alles erlauben."

„Konrad, treib's bitte nicht auf die Spitze. Es ist schwer genug, deine Krankheit, die Firma, wir brauchen keinen weiteren Zwist." Soll ich ihm sagen, dass mir Viktor eigentlich nichts bedeutet, denkt sie. Es war ein Fehler, ihm die Leitung zu geben, er kann es einfach nicht. Und im Bett ist er auch nicht sehr überzeugend. Aber Konrad wird mich für verrückt halten, wenn ich jetzt damit anfange.

Sie bleibt fröstelnd in der Tür stehen und hört, wie seine Atmung langsam verflacht.

„Noch … bin ich nicht am Ende“, hört sie seine Stimme, wie aus weiter Ferne.

Das sagen alle, die sich bis zuletzt ans Leben klammern, denkt sie. „Wirklich, ich bin sehr müde“, sagt sie fast flehentlich.

„Ich dachte, wir hätten … einen Pakt, nicht vor meinem Tod, du wolltest dich … zurückhalten, du hast es … versprochen“, hört sie seine gepresste Stimme aus der Dunkelheit.

„Ja, aber ich habe mich nicht daran gehalten. Gelegentlich brauche ich eben etwas Entspannung.“

„Ich habe dich … aus dem Dreck gezogen, ist das … der Dank?“

„Werd bitte nicht theatralisch, Konrad, ich friere.“

„Du wartest nicht lange, … wenn du einen Vorteil … für dich siehst, ich hätte es … früher wissen müssen.“

Mein Gott, was für ein Theater, dabei geht es ihm ja doch nur um die Firma, denkt sie. Er war es doch, der Viktor als Geschäftsführer haben wollte, weil sein cholerischer Bruder alles durcheinander brachte. Er hat gewartet, bis Fromut den Karren an die Wand fuhr und jetzt beschuldigen sie Viktor gemeinsam, dass er das Wrack nicht schnell genug flott kriegt. Ich hätte trotzdem nicht mit Viktor schlafen dürfen, aber jetzt ist es nun mal passiert. „Ich will nicht mehr reden“, sagt sie, dreht sich um und geht.

„Aber ich will. Und noch lebe ich", ruft er ihr hinterher, als sie mit einem Achselzucken die Tür ihres Schlafzimmers schließt.

„Konrad weiß alles", sagt Sabeth ganz beiläufig, als sie Viktor am nächsten Tag in der Firma gegenüber sitzt.

„Warum? Hast du es ihm gesagt?"

„Er war noch wach, als ich zurück kam. Schämst du dich?" Amüsiert beobachtet sie seine Reaktion, als verfolge sie ein klinisches Experiment.

„Er hat mich zum Geschäftsführer gemacht, er vertraute mir, auch wenn er nicht so richtig von mir überzeugt war. Wie soll ich jetzt mit ihm reden? Du hast alles nur noch komplizierter gemacht mit deinem losen Mundwerk."

„So ist das, Viktor, wir tun etwas, und dann müssen wir damit leben. Übrigens, ich werde mit Frohmut sprechen, nur so. Ich möchte zu gerne wissen, woher Konrad seine Informationen bezieht. Von dir wohl kaum, und von mir auch nicht, also bleibt nur Frohmut, der hat bestimmt immer noch seine Zuträger in der Firma."

Was habe ich falsch gemacht, denkt Viktor. Erst fängt sie mit mir ein Techtelmechtel an, dann erzählt sie es Konrad, und jetzt will sie auch noch mit Frohmut reden. Über was? Die Zuträgerei ist doch nur vorgeschoben. Dabei dachte ich, ich wäre am Ziel, hätte die Firma und die Frau. Was für ein Idiot ich bin. „Und du glaubst tatsächlich, Frohmut würde dir das sagen. Ausgerechnet dir, seiner besten Feindin. Lieber beißt er sich doch die Zunge ab."

„Sei nicht so brutal, ich mag das nicht. Warum sollte er nicht mit mir reden? Er hasst mich. Gut, es beruht auf Gegenseitigkeit. Und irgendwie verbindet so ein Hass ja auch. Am meisten aber hasst er dich, er würde alles tun, um dir zu schaden. Deshalb wird er mit mir reden. Ich muss nur herausfiltern, was stimmt und was nicht. Aber das ist nicht schwer bei Frohmut, er kann sich schlecht beherrschen und verstellen schon gar nicht."

„Mach doch was du willst, nur komm nicht angekrochen, wenn es, wie so oft, in die Hosen geht", sagt er bissig. „In euren Augen bin ich ja doch nur der kleine Angestellte, den ihr nach Belieben herum kommandieren könnt."

„Bist du beleidigt?", fragt sie scheinbar besorgt. „Wir sind zusammen in der Sache, das hast du wenigstens immer gesagt. Ich verlasse mich auf dich, oder hat sich plötzlich etwas geändert?"

Sie verlässt sich auf mich, dass ich nicht lache. „Nein, nichts hat sich geändert. Es ist nur..., Konrad hat, als er mir die Firma anvertraute, etwas gesagt, das mir immer wieder durch den Kopf geht. Es fiel mir nur gerade wieder ein", versucht er dem Gespräch eine andere Wendung zu geben.

„Hat es mit uns beiden zu tun?"

„Nein, glaube ich nicht. Er meinte, ich solle nie das Denken durch das Nachdenken verwechseln. Und ich solle nie vergessen, dass ich aus einem guten Stall komme. Seither rätsle ich, was er damit wohl gemeint haben könnte."

„Warum hast du ihn nicht gefragt?"

„Es ging nicht, ich war viel zu glücklich über sein Vertrauen. Und was mache ich Idiot? Ich schlafe mit dir, und du erzählst es ihm auch noch. Er hält mich jetzt für einen Schweinehund, dabei will ich gar nicht, dass er so über mich denkt."

Dann hättest du es dir halt vorher überlegen sollen, denkt Sabeth, der Viktors Getue langsam auf die Nerven geht. „Du misst dem Ganzen eine Bedeutung bei, die es überhaupt nicht hat, Viktor. Aber du musst das Unternehmen in den Griff kriegen. Ich kann dir dabei nicht helfen."

„Ich bemüh mich ja. Wenn der Auftrag aus China kommt, haben wir's geschafft."

„Ja, hoffentlich", sagt sie kalt.

„Bestimmt, du wirst sehen. Aber du hättest es Konrad nicht sagen dürfen."

Waschlappen, denkt sie, ich bin umgeben von Waschlappen.

Tage später sitzt Viktor abends noch im Büro und die Zahlen des Monatsberichts beginnen vor seinen Augen zu verschwimmen. Bleierne Müdigkeit hat ihn im Griff. Ich glaubte es allen beweisen zu müssen, denkt er, und jetzt liefere ich ihnen genau den Beleg für mein Versagen: Ein kleiner, übermotivierter Blindgänger bin ich.

Er nimmt eine Zigarette aus der Schachtel und schiebt sie gleich wieder zurück. Ich darf nicht soviel rauchen, das Zeug bringt mich noch um, denkt er. Was soll's, ich fahre nach Hause, es hilft niemandem, wenn ich jetzt schlapp mache, dadurch werden die Zahlen auch nicht besser. Er schaltet den Computer aus, prüft die Anzeige seines Mobiltelefons und macht sich auf den Weg zum Auto. Als er seinen silbernen Porsche auf die Straße lenkt, hört er das leise Grummeln des Motors in seinem Rücken. Wie ein kleiner Junge freut er sich darauf, dass sich das Geräusch gleich in ein Brüllen und Fauchen verwandeln wird. Nach einem langen Waldstück, kurz vor der Autobahn-Auffahrt, sieht er den Rehbock mitten auf der Straße. Die Scheinwerfer blenden ihn, und so bleibt er verwirrt stehen, als das Auto auf ihn zurast. Erst im letzten Moment versucht er zur Seite zu springen, aber es ist bereits zu spät.

Viktor vernimmt einen dumpfen Schlag und überlegt kurz, ob er überhaupt anhalten soll. Dann fährt er zur Seite, stellt den Wagen in eine Ausbuchtung der Straße, und geht mit der Taschenlampe einmal um das Auto herum. Er findet nur einen Kratzer am linken Kotflügel, ein Büschel Haare und Blut auf der Stoßstange. Verärgert geht er zurück, bis er im Kegel der Taschenlampe den Rehbock findet, der mit zerschmetterten Hinterläufen auf dem feuchten Asphalt liegt. Blut rinnt ihm aus dem Maul. Als er Viktor kommen sieht, versucht er sich trotz seiner gebrochenen Hinterläufe ins Unterholz zu schleppen.

Blöd, ausgerechnet mitten in der Nacht, denkt Viktor. Verena wird wissen, was ich tun muss, sie ist Ärztin, sie weiß, wie man mit so einer Situation umgeht. Er nimmt sein Handy aus der Manteltasche und sucht ihre Nummer.

„Arnold", hört er eine verschlafene Stimme.

„Verena, hier ist Viktor, tut mir leid, dass ich dich geweckt habe, aber es ist etwas passiert."

„Bist du verletzt?"

„Nein mir geht es gut. Ich hab nur gerade einen Rehbock angefahren. Er stand ganz plötzlich vor mir. Wenn ich ausgewichen wäre, läge ich jetzt vermutlich im Straßengraben. Das Tier lebt noch, seine Hinterläufe scheinen gebrochen zu sein, ich kann ihn doch nicht einfach liegen lassen?"

„Natürlich nicht, du musst die Polizei rufen. Die wird ihn wahrscheinlich erschießen. Außerdem brauchst du sie sowieso, sie müssen den Schaden aufnehmen, sonst bockt die Versicherung."

„Für jemand, den ich gerade aufgeweckt habe, kannst du ganz schön klar denken."

„Was soll das Viktor, ich dachte du willst meinen Rat. Außerdem bringt mich ein bisschen Blut nicht gleich aus der Fassung."

„Hatte ich vergessen. Ich würde dich gern mal wieder treffen, zum Essen, oder so."

„Ich dachte, du hast wegen des Rehs angerufen. Oder war das nur ein Vorwand?"

„Nein, der Bock liegt vor mir. Soll ich dir ein Foto schicken, aber es ist wahrscheinlich zu dunkel. Ich würde dich nur gern mal wieder sehen. Das mit deinem Vater tut mir leid."

„Es ist nicht deine Schuld, aber ich will das jetzt nicht diskutieren. Ruf mich morgen an, wenn ich ausgeschlafen bin. Gute Nacht Viktor."

„Gute Nacht, ich melde mich."

„Warum musste es ausgerechnet hier sein?" fragt Verena. „Das Essen ist teuer und es hallt fürchterlich. Es kommt mir vor, als säße ich bei den anderen Gästen mit am Tisch. Wir hätten uns auch in Grünwald treffen können?"

„Grünwald ist mir zu nah an deiner Familie. Außerdem mag ich die Atmosphäre des Literaturhauses. Hat so einen leicht intellektuellen Anstrich, finde ich. Es hilft mir, dass ich nicht völlig durchdrehe."

Verena geht nicht darauf ein und zieht anstelle einer Antwort nur die Augenbrauen hoch. „Ist das dein Porsche, dort auf dem Gehsteig?"

„Ja, ganz neu. Eine Belohnung für die Mühen, die mir deine Familie aufgehalst hat. Übrigens siehst du blendend aus, deine Praxis scheint dir zu bekommen." Viktor sieht sie an, als erwarte er eine Belohnung für das Kompliment.

„Seit wann hast du dir denn dieses widerliche Süßholzraspeln angewöhnt, nichts als leeres Geschwätz. Was willst du dir eigentlich beweisen, mit so einem Auto."

„Gar nichts, ist toll wie es beschleunigt", sagt er beleidigt.

„Ich finde es einfach ärgerlich, dass so etwas überhaupt gebaut wird. Nur damit Leute wie du, auf der Straße paradieren können, und dann auch noch glauben, uns Anderen die Welt erklären zu müssen."

„Liest du neuerdings die Wirtschaftsnachrichten?" Viktor klingt spöttisch, doch irgendwie auch erleichtert über Verenas Reaktion. Wie der Teenager, der er alles erzählen konnte, wissend, dass sie nichts davon je weiter erzählen würde.

„Ja, stell dir vor, aber meist ist das Schmierentheater nicht zu ertragen. Dieses pathologische Geschwätz, Hochzeit im Himmel und so, dabei weiß jeder Straßenjunge, dass Daimler und Chrysler nicht zusammenpassen."

„Hm, ganz schön aggressiv. Außerdem sind die längst wieder geschieden und Schrempp ist in der Versenkung verschwunden, musst du wohl überlesen haben. Du klangst nicht besonders erfreut, als ich dich gestern anrief. Schön, dass du überhaupt Zeit für mich hast."

„Danke für die Belehrung. Du hast mich aus dem ersten Schlaf gerissen. Ich gehöre zu den Menschen, die am Tag arbeiten und in der Nacht schlafen."

„Tut mir leid."

„Schon gut, aber ich würde gerne wissen, was das ganze Theater um Vaters und Konrads Firma soll. Du führst dich anscheinend auf, als wärst du der Großmogul. Dabei gehört die Firma immer noch uns."

Deshalb hat sie also zugesagt, denkt Viktor. Was soll ich ihr sagen, dass ihr Vater in den letzten Jahren Mist gebaut hat, dass ich es zwar auch nicht besser kann, aber noch nicht aufgegeben habe. Ich muss sie erst mal runter holen von ihrer moralischen Warte. „Wie lange bleibst du noch in München?", fragt er, ohne auf die Firma einzugehen.

„Nur ein paar Tage. Mutter wollte, dass ich komme. Sie glaubt, ich wirke beruhigend auf Vater. Er ist ziemlich unausstehlich geworden, seit ihn Konrad an die Luft gesetzt hat. Du willst wohl nicht darüber reden, oder?"

„Nein, ich arbeite mir nur die Hacken ab", sagt Viktor, und betrachtet eingehend die ersten Falten auf ihrer Stirn. „Ihr Arnolds tut gerade so, als gäbe es nichts anderes auf der Welt, als eure Firma. Erzähl mir lieber warum du deine Praxis in Berlin hast. Kannst du uns Bayern nicht mehr leiden?"

„Ich merke schon, du blockst alles ab, aber so leicht kommst du mir nicht davon. Berlin gefällt mir halt. - Wie ging die Sache mit dem Reh schließlich aus. Im Nachhinein habe ich mich gefreut, dass du angerufen hast. Auf die Polizei hättest du aber auch von allein kommen können."

Er lacht und nickt. „Sie haben den Bock erschossen und den Kadaver in den Straßengraben geworfen. Jemand anders wird ihn wohl später abgeholt haben. Am nächsten Morgen war er jedenfalls nicht mehr da."

„Und der Porsche, ist er sehr verbeult?", fragt sie eher schadenfroh als bedauernd.

„Nur zerkratzt.“

„Eine richtige Beule hätte ich dir schon gewünscht. Mit so einem Auto herumfahren, es passt einfach nicht zu dir. Hast du schon gewählt?“, wechselt sie das Thema.

„Nein, ich kam nur ein paar Minuten vor dir, hatte nicht einmal Zeit richtig zu parken, weil ich dich nicht allein sitzen lassen wollte. Und jetzt darf ich mir deine Prügel abholen und werde platt gemacht.“

„Du Armer, wie leid du mir tust. Es sind die Gene meines Vaters, kann man nichts machen.“ Sie schüttelt irritiert den Kopf, kann sich dann aber nicht zurückhalten ihn weiter anzugreifen. „Ist doch völlig absurd, du, Geschäftsführer eines Unternehmens, das die Brüder über Jahrzehnte aufgebaut haben. Konrad präsentiert dir die Firma auf dem silbernen Tablett, und schickt seinen Bruder in die Wüste, damit du die Karre an die Wand fahren kannst. Ich fasse es immer noch nicht. Eigentlich hatten wir uns das ganz anders vorgestellt.“

Viktor sieht sie fragend an. „Wie denn? An ein paar Schrauben drehen, leichtes Geld beschaffen und dann wieder verschwinden. Oder so ähnlich? Leider reicht das nicht, schon lange nicht mehr. Aber bestellen wir erst mal. Wenn wir schon streiten müssen, dann ist es besser nach dem Essen, da können wir dann richtig zur Sache gehen.“ Er zieht blasiert die Augenbrauen hoch und schlägt demonstrativ die Speisekarte auf.

„Na gut, wie du willst, aber ich werde nicht locker lassen, verlass dich drauf. Außerdem liegst du falsch. Was nimmst du?“

„Die Kalbsnieren.“

„Ich mag keine Nieren, sie erinnern mich zu sehr an die Anatomie. Ich nehme die gegrillte Pute mit Salat.“

„Bist du auf Diät, oder was soll das? Du hast doch sonst immer alles in dich hinein geschaufelt, und trotzdem nie zugenommen.“

„Das ist längst vorbei, wir haben uns lange nicht gesehen Viktor, die Zeit läuft weiter, auch ohne unser zutun.“ Sie lächelt verträumt und zuckt bedauernd mit den Schultern.

„Heißt das, wir könnten auch sachlich diskutieren? Ich muss mir also nicht das Herz aus der Brust reißen und dir zum Fraß vorwerfen?“, fragt er im Ton eines Mimen auf der Bühne.

„Ist mir zu steinern“, sagt sie todernst, und tätschelt seinen Unterarm. „Anscheinend immer noch der verträumte Dichter. Passt das denn zu deinem Manager-Dasein.“

Viktor zieht eine Schnute und überhört die Spitze. „Hm, steinern! Du willst wohl, dass ich dir beweise, was für ein Edelmann ich bin. Ich werde mein Klassenbewusstsein zurückstellen, dich zu mir auf meinen elitären Sockel heben und dir zeigen wo das gelobte Land liegt. Danach wirst du glücklich und entspannt von dannen ziehen. Wissend, in welch guten Händen sich das Unternehmen deiner Familie befindet“, deklamiert er ungerührt.

„Spinner! Alles ziehst du ins Lächerliche.“ Verena lächelt und ihre Stimme klingt nicht mehr verstimmt.

Viktor zieht künstlich beleidigt die Mundwinkel nach unten und winkt dem Kellner. „Wir nehmen die gegrillte Pute und die Kalbsnieren. Und“, er zögert kurz, „bringen Sie uns vorneweg das Risotto, das teilen wir uns. Einverstanden?“ Als Verena nickt, wendet er sich erneut an den Kellner. „Und bringen sie uns eine Flasche Barolo, zur Feier des Tages.“

„Du gibst ganz schön an, mit dem Geld meiner Familie", sagt sie schmunzelnd, als der Kellner gegangen ist.

„Vielleicht bezahle ich ja privat. Hängt davon ab, wie sehr du mich reizt."

„Auch dann kommt es immer noch von meiner Familie. Oder hast du etwa mehrere Jobs?"

„Wer weiß. Notfalls kann ich ja den Porsche verkaufen. Aber ich sehe schon, ich habe heute keine Chance. Dann reden wir eben über die Firma, nur lass bitte die Familie aus dem Spiel, das schaffe ich nicht auch noch", schiebt er schnell hinterher, lehnt sich zurück und sieht sie lächelnd an. Dann beugt er sich vor, stützt die Ellenbogen auf den Tisch und klemmt die Daumen unters Kinn. „Also, was willst du wissen?", fragt er ernst. „Wie es dazu gekommen ist? Wo wir stehen? Ob ich das Ding noch drehen kann?"

„Alles, ich will alles wissen, möglichst ungeschminkt."

„Na dann, ich hoffe, du zerreißt mich nicht in der Luft. Konrad und Sabeth haben mir diese Rolle mehr oder weniger aufgezwungen. Sie wollten, dass ich es wieder hinbiege, bevor Frohmut den Karren total an die Wand fährt. Dein Vater war nicht gerade erfolgreich in den letzten Jahren", fügt er hinzu, als er ihre abweisende Reaktion sieht. „Und vergiss nicht, es war Konrad, der Frohmut entlassen hat."

„Ich weiß. Konrad musste handeln, das sieht auch Vater ein. Nur wie er es gemacht hat, ruck zuck, keinerlei Vorwarnung. Und dann auch noch du, von tuten und blasen keine Ahnung, aber…", sagt sie.

„Aber was?", unterbricht er sie scharf.

„… aber eine große Klappe", beendet sie den Satz ganz ruhig. „Du führst dich auf, wie ein Messias, der sich einbildet er müsse uns von

den sieben Plagen befreien. Konntest du nicht mit Vater zusammenarbeiten? Warum grinst du so unverschämt?"

„Es war Moses, der mit den sieben Plagen. Aber ohne Spaß, du
kennst doch deinen Vater, er ist ein Despot. So einer will keinen neben
sich haben, der ihm täglich in die Karten schaut. Außerdem leben wir
in zwei verschiedenen Welten, er ist tief verwurzelt in der alten Indus-
triegesellschaft, und ich gehöre wohl dieser digitalen Bohème an, die
sich gerade so am Horizont abzeichnet. Blöd ist nur, dass die Firma irgendwo dazwischen hängt. Nein, Frohmuts Stil und meiner gehen
nicht zusammen."

„Was meinst du mit digitaler Bohème? Leute, die tagein tagaus nur
am Computer hängen?"

„Nein, nicht so extrem. Aber so ähnlich. Wir leben im neuen Jahrtau-
send, Verena, man kann sich inzwischen ganz gut aus dem Netz versorgen. Es ist alles drin, Marketing, Patente, Verträge, Menschen, die dir
helfen, wenn du dich komplett verrannt hast. Vor zehn Jahren musstest du noch tagelang auf Messen herumhängen, und dir jeden Schnip-
sel an Information mühsam zusammensuchen. Jetzt reicht oft eine
Stunde online und du hast mehr beisammen als früher nach einer Woche Knochenarbeit. Aber dein Vater hackt immer noch auf seinem ural-
ten Apple herum, der nicht mal einen vernünftigen Internet-Anschluss
hat. Und wenn ich andeute, dass das keinen Sinn macht, antwortet er,
ich solle mich um meinen eigenen Kram kümmern. So kann man nicht
arbeiten."

„Na, ganz so schlimm kann Vater nicht gewesen sein. Immerhin hat
er das Unternehmen dreißig Jahre lang erfolgreich geführt, und Konrad hat enorm von ihm profitiert. Aber was rede ich, du willst es allei-

ne machen, also musst du auch alleine klar kommen. Jammer nur nicht, wenn es schief geht."

Allein klarkommen! Wie Recht sie hat, denkt Viktor. Er sieht schweigend dem Kellner zu, wie er am Tisch die Weinflasche entkorkt, einen Schluck in sein Glas füllt und ihm den Korken reicht. Viktor kostet, hält den Korken kurz unter die Nase, nickt und sieht zu, wie der Kellner die Gläser füllt.

„Erfolgreich ist relativ, würde ich meinen, wenn das Unternehmen am Ende ohne Geld dasteht. Für die paar Maschinen und den guten Namen kannst du dir nicht viel kaufen. Na gut, du traust es mir nicht zu", sagt er ironisch, hebt sein Glas und prostet ihr zu. „Du magst sogar recht haben. Manchmal fühle ich mich wie ein Langstreckenläufer, der falsch trainiert hat. An manchen Tagen überwiegen die Zweifel, da würde ich am liebsten alles hinschmeißen. Das Schlimmste ist unsere Geldknappheit, die sich wie eine Zwangsjacke anfühlt. Du kommst ins Büro und weißt sofort: Heute wird dir der Hals wieder ein bisschen stärker zugeschnürt."

Verena, die schweigend, fast gelangweilt zugehört hat, richtet sich auf und sieht ihn nachdenklich an, als begreife sie langsam, was in ihm vorgeht. „Solange du dir noch einen Porsche gönnst, kann es nicht so schlimm sein", sagt sie kalt.

„Das hat miteinander nichts zu tun. Den Porsche hab ich mir gegönnt, nachdem ich meine Anteile an der Antar verkaufen konnte. Die Mikro System hat keinen Cent beigesteuert, nur zur Klarstellung. Nächste Woche werde ich den Schweizer Investor anrufen, Thomas Sutter, mit dem ich damals verhandelt habe. Wenn er auch bei der Mikro System anbeißt, bekommen wir hoffentlich etwas Luft."

„Warum erzählst du mir das? Weil du dir nicht sicher bist? Oder suchst du etwa meine Unterstützung? Sind wir deshalb hier?"

„Quatsch, ich wollte dich mal wieder sehen. Und ich kenne niemand mit dem ich lieber zusammen sein möchte."

„Bist du dir überhaupt sicher, dass sie verkaufen wollen?", fragt sie perplex, als hätte sie seine Bemerkung über die Sympathie nicht gehört. „Die Firma ist ihr Baby, wir Kinder kamen immer erst an zweiter Stelle."

„Ich weiß, aber ich finde es nur heraus, wenn ich ein konkretes Angebot habe. Dann müssen sie sich entscheiden, hü oder hott. Es sieht düster aus, wenn wir kein frisches Geld in die Firma kriegen."

Irritiert schüttelt sie den Kopf. „Davon verstehe ich nichts. Die Firma ist mir eigentlich egal, ich bin nur nach München gekommen, weil Mutter mich darum gebeten hat. Aber was machst du, Viktor, wenn dein Investor verlangt, dass du aufräumst, weil ihm die Rendite zu niedrig ist? Leute vernichten, ganze Familien ins Unglück stürzen?"

Sie versteht gar nichts, denkt er. „Rendite, Mensch Verena, es geht ums Überleben. Über Renditen mache ich mir die geringsten Gedanken. Denn wenn die ganze Firma eingeht, ratz fatz vom Markt verschwindet, was ist dann mit deinen Familien?"

Sie schüttelt den Kopf. „Du musst dich entscheiden, du bist der Geschäftsführer. Gutmensch und Bonze in einem geht wohl nicht", sagt sie, noch nicht bereit aufzugeben.

Hab ich doch schon längst, denkt er. „Wir machen seit Jahren Verluste, Verena. Wenn nichts Drastisches passiert, muss ich Konkurs anmelden. Ich muss es doch wenigstens versuchen, die Karre aus dem Dreck zu ziehen. Aber dazu brauche ich Geld. - Es geht mir nicht gut, Verena.

Seit ich diesen Job habe, fühle ich mich zuweilen, als wäre ich eine Abfalltonne, in die alle ihren Unrat kippen. Nur ich selbst habe noch keine Tonne gefunden, in der ich meinen Dreck abladen kann", sagt er fast flehentlich.

Plötzlich entsteht zwischen ihnen das Gefühl alter Vertrautheit. Verena sieht, wie seine traurigen Augen über ihren Körper tasten und nur kurz auf ihren Brüsten hängen bleiben. Es ist ihm egal, wie ich aussehe, denkt sie. Sie haben ihm etwas aufgebürdet, das er gar nicht tragen kann. Er ist immer noch der große Junge, ein Träumer, den ich als Teenager zu lieben glaubte. Und jetzt sitzt er hier und weiß nicht mehr ein noch aus.

„Viktor, du bist keine Tonne. Du könntest mit mir reden, aber du willst nicht. Wahrscheinlich denkst du immer noch, die Welt besteht aus Flipperkugeln, die du wie früher nach Belieben rauf und runter jagen kannst. Das Beste wäre, sie würden dich entlassen, dann bräuchtest du wenigstens nicht jeden Morgen in den Spiegel schauen, von wo ein Versager zurück blickt."

„Danke, aber du redest eine Menge Unsinn", sagt er verärgert.

„Warum Unsinn? Du siehst genauso unglücklich aus, wie manch einer meiner Patienten, der nur zu mir kommt, weil er nicht mehr weiter weiß. Dabei fehlt ihm gar nichts körperliches, er kommt nur nicht mehr klar mit sich selbst. Du hast Recht, wenn es um die Firma geht, reden wir über Dinge von denen ich wenig verstehe. Ich wollte sie nie verstehen, auch wenn Vater mich gedrängt hat, weil er für eine Weile glaubte, ich könnte in seine Fußstapfen treten. Egal, es geht nicht um mich. Ich komme hier herein, bin in deiner Welt, es ist laut und wir giften uns an. Auf einmal weiß ich nicht mehr, ob ich überhaupt noch zu dir durchdringe, oder ob alles, was ich sage, an deiner glatten Oberfläche abprallt, die du wie einen Wall um dich herum gebaut hast. Hörst du mir überhaupt noch zu, Viktor?"

Er erschrickt, als er seinen Namen hört. Bisher hätte es auch jemand anders sein können, dem sie die Leviten liest. Jemand, dem sie sich anvertraut, um ihre eigenen Ängste loszuwerden. „Spielen wir einen angeschimmelten Roman? Wir zwei als Protagonisten? Ich der gescheiterte Jungunternehmer auf der Couch, und du, die Psychotante mit dem Block daneben?" Er scheint verunsichert, hat es weniger zu Verena als zu sich selbst gesagt. Ganz so, als gingen ihm diese Zweifel schon einige Zeit durch den Kopf.

„Ja, das wird es wohl sein, ein angeschimmelter Roman. Ich spiele gern die Tante auf dem Stuhl neben der Couch. Aber mich stört, dass du auf der Couch längst eingeschlafen bist."

„Macht nichts, ich liebe Romane", sagt er abwehrend, als ginge ihm das Gespräch inzwischen zu nahe. „Der Wein ist nicht besonders gut, bestellst du uns einen anderen. Ich bin gleich zurück." Er steht auf, geht durch das angrenzende Café zur Toilette und betrachtet die kleinen runden Fliesen, als hätte er sie nie zuvor gesehen. Die Hände fühlen sich an, als wären sie abgestorben. Im Spiegel sieht er das Gesicht eines Fremden. Nur langsam spürt er sich wieder. Er spritzt kaltes Wasser ins Gesicht, trocknet sich mit einem Papiertuch ab und kehrt zurück.

„Du bist blass, alles ok?", fragt sie, als er sich setzt.

„Mach dir keine Sorgen, ich steh das durch."

In einer Mischung aus Zweifel und Mitleid sieht sie ihn an. Dann zuckt sie resigniert mit den Schultern. „Ich habe uns einen Brunello bestellt, ist das ok? Er geht auf meine Rechnung, widersprich erst gar nicht. Tut mir Leid, wenn ich zu direkt war. Du bist mein ältester Freund, Viktor, da will ich nicht hinter vorgehaltener Hand reden."

„Ich weiß. Denkst du manchmal noch an unsere Sommer auf dem Bauernhof? Du kamst mir immer so souverän vor, wie du mit hochge-krempelten Ärmeln im Schweineblut gerührt hast."

„Es war warm und durfte nicht gerinnen", sagt sie verträumt lä-chelnd. „Denkst du, ich bin deshalb Ärztin geworden?"

„Nein, wegen deiner Souveränität. Egal was du gemacht hast, es war immer richtig in meinen Augen. Ich habe dir blind vertraut."

„Und heute nicht mehr?"

„Es ist schwieriger geworden. Wir leben in verschiedenen Welten." Und du kommst aus einer Familie, die sich den Nazis angedient hat, denkt er. Eure Firma ist nicht nur auf Konrads Ideen und dem Mist dei-nes Vaters gewachsen, wie ihr so gerne kolportiert. Und ich soll die Klitsche erhalten, am besten noch ausbauen, das schafft mich, weil ich mich zu eurem Komplizen mache. Aber warum jammere ich, das mit dem Nazi-Großvater wusste ich schließlich zuvor. „Na gut, zurück zur Couch. Ich will versuchen ernsthaft über die Firma zu reden, aber na-gle mich bitte nicht fest. Ich weiß nicht, was ich mir versprach, als ich zusagte, die Leitung zu übernehmen, vermutlich eine Entscheidung aus dem Bauch. Sabeth, die wohl eher meine Aufpasserin sein sollte, erweist sich immer mehr als Klotz am Bein."

„Warum Klotz. Schläfst du mit ihr?"

„Sie bremst, wo immer sie kann, weil sie absolut nichts vom Geschäft versteht. Aber wie kommst du auf die Idee, dass ich mit ihr schlafe?"

„Tu nicht so, ich kenn dich doch. Sie wäre die erste Frau, der du nicht an die Wäsche gehst." Und gelegentlich braucht Sabeth wohl auch einen Mann, nachdem Konrad wohl kaum noch in Frage kommt, denkt sie. Und du, attraktiv, und jederzeit greifbar, passt doch.

„Verena, das ist ein klarer Missbrauch der Couch. Ok, wir haben ein paar Mal miteinander geschlafen, aber es bedeutet mir nichts."

„Außer, dass du nicht mehr frei bist in deinen Entscheidungen". Und in deiner Not vermutlich auch noch im Bett versagst, fügt sie in Gedanken hinzu. „Du bist ein armes Schwein, Viktor."

„Ganz schön aggressiv, weiß nicht, ob ich mir das alles anhören muss."

„Viktor, du spielst mit meiner Familie. Glaubst du wirklich, wir streichen dir übers Haupt und loben dich für das, was du allen antust? Du musst das wieder in Ordnung bringen."

„Du hast leicht reden. Was tue ich euch denn an? Ich zerreiße mich für diese Firma, die mir nicht einmal gehört. Und falls es stimmt, dass ich allein für die Misere verantwortlich bin, wie soll ich denn vorgehen, deiner Meinung nach, damit für alle wieder die Sonne scheint?"

„Egal wie, werde krank, bekomme einen Nervenzusammenbruch, alles, was dich aus dem Verkehr zieht. Dann müssen sie handeln. Mein Vater ist aufgelöst vor Schmerz über das, was ihm sein Bruder angetan hat. Konrad ist von dir enttäuscht, und Sabeth hat dich längst satt. Du bist schließlich nicht der erste Jüngling, den sie in ihr Bett geholt hat."

„Jüngling, Mensch Verena, ich bin einunddreißig. Ich kann nicht einfach hinschmeißen, ich käme mir vor wie ein Deserteur."

„Und, willst du warten, bis sie dich hinauswerfen?"

„Sie haben keinen Anderen, ich bin ihre letzte Hoffnung."

„So ein Blödsinn, sie brauchen nicht dich, sie brauchen einen gestandenen Manager, die gibt es wie Sand am Meer. Konrad ist schwach, aber nicht so schwach, dass er nicht mehr klar denken kann. Ich gebe dir noch drei Monate, maximal ein halbes Jahr, dann bist du fällig. Die Arnolds kennen kein Erbarmen, wenn etwas gegen ihren Strich läuft. Vergiss das nie."

„Hat dein Vater das gesagt?"

„Nein, wir sprechen nicht über dich. Vater petzt nie, das habe ich von ihm. Er frisst nur alles in sich hinein, bis es wie ein Vulkan aus ihm hervor bricht. Was ich gesagt habe, ist so augenfällig, dass es einen anspringt. Nur du siehst es nicht, weil du es nicht sehen willst."

Viktor blickt, vorbei an Verena, ins Leere. Er beißt die Zähne aufeinander, bis es schmerzt. Dann sagt er versöhnlich. „Du hast so eine Art, einen aufzubauen. Glaubst du, wir könnten uns ab und zu sehen? Ich hab lange nicht so offen mit jemand geredet. Es tut mir gut."

„Und mir, danach fragst du nicht? Du hast vorhin von dem Abfalleimer gesprochen, und jetzt glaubst du wohl, du hättest ihn gefunden. Nein Viktor, das hat keinen Sinn."

„Ich will keinen Schutt abladen, ich will dich nur zuweilen sehen. Ich verspreche dir, nicht mehr von der Firma zu reden. Es wäre nur schön, dich ab und an zu sehen."

„Und dann? Dann gehst du nach Hause, schläfst mit Sabeth und erwartest von mir, dass ich dich bei Vater verteidige."

„Nein Verena, du irrst dich. Erzähl mir lieber von Südafrika. Wie lange warst du eigentlich dort?"

Im ersten Moment reagiert sie abweisend, schüttelt den Kopf und funkelt ihn an. Dann als hätte sie es sich anders überlegt, sagt sie verträumt. „Fast ein Jahr. Ein schweres Jahr, aber es war trotzdem schön."

„Und was war so schön, dass sie sich gegenseitig umbrachten?", fragt er, als wolle er ihr etwas heimzahlen. „Zumindest stand das damals so in der Zeitung", schwächt er ab, als er ihre ablehnende Reaktion sieht.

„Du hast keine Ahnung und redest wie all die Leute, die schon einmal durch ein Wildreservat gefahren sind, und sich danach für Afrika-Experten halten. Das Land ist ganz anders, wenn du dich darauf einlässt."

„Und du hast das getan?"

„Ich glaube es zumindest. Manchmal denke ich es wäre fast zu viel gewesen, aber es ist so lange her. Trotzdem ist ein Teil von mir immer noch dort, und ich kann nichts dagegen tun. Ich habe damals einen Mann kennen gelernt, jünger als ich, Joao heißt er. Er ist mit seinem Vater aus Mozambique zu Fuß durch den Krüger Park geflüchtet und hat heute eine wichtige Position in Südafrikas Regierung. Wir haben uns all die Jahre geschrieben, seine Briefe sind so klar, so frei von Selbstzweifeln."

„Briefe? Im digitalen Zeitalter? Du bist so altmodisch wie dein Vater." Viktor strahlt sie an und presst ihre Hand. Doch tief drinnen spürt er, dass etwas zerbrochen ist. Anscheinend, denkt er, habe ich immer noch auf sie gebaut, auf meine schöne, verlässliche Freundin. Aber so, wie sie über diesen Mann spricht, ist das wohl vorbei.

„Ich mag Briefe schreiben. Nächste Woche treffe ich Joao in Berlin. Wir haben uns sehr lange nicht gesehen, vielleicht ist alles nur ein Irrtum. Ich bin ziemlich nervös."

„Du klingst, als wärst du verliebt. Ich beneide dich.“

Jean Junis Zimmer gleicht einer kahlen Verhörzelle, ein Schreibtisch mit einfachen Holzstühlen, dahinter ein Mann, der auf die Vierzig zugeht. Das volle Haar, scheinbar nur mit den Fingern aus der Stirn geschoben, wird an den Schläfen bereits grau. Das offene Jackett gibt den Blick auf den beginnenden Bauchansatz frei. Hinter einer randlosen Brille blicken ein paar graublaue, intelligente Augen auf Sutter.

Instinktiv spürt Sutter, dass ihm dieser Mann gefährlich werden kann. Ein Bluthund, denkt er, und gibt sich das Flair eines erfolgreichen Unternehmers der es sich leisten kann Juni ein paar Minuten seiner Zeit zu schenken. Doch innerlich ist er hellwach.

„Jean Juni. Schön, dass Sie so schnell gekommen sind. Vielen Dank, Sara, mehr brauche ich nicht", wendet sich Juni an die Polizistin, die Sutter zu ihm geführt hat. „Ich dachte, es wäre besser, sie bringt Sie zu mir, bevor Sie in unserem Labyrinth verloren gehen. Bitte setzen Sie sich doch. Jean Juni", sagt er erneut, und reicht Sutter die Hand.

„Sagten Sie bereits, was kann ich für Sie tun." Sutter übersieht die ausgestreckte Hand und setzt sich auf den angebotenen Stuhl. „Sie haben sich am Telefon reichlich kryptisch ausgedrückt. Ich war in den letzten Wochen viel verreist, sodass sich Einiges angesammelt hat."

Juni zuckt leicht mit den Schultern und lehnt sich zurück. Dann eben nicht, denkt er. Du wirst noch froh sein, wenn ich dir wieder einmal die Hand reiche. „Dachten wir uns schon", sagt er freundlich mit der Andeutung eines Lächelns. „Es wird nicht lange dauern, wir haben nur ein paar Fragen. Gestatten Sie?"

„Selbstverständlich, deshalb bin ich ja hier."

„Seit wann sind Sie schon in der Schweiz?"

„Seit Mitte der Neunziger Jahre."

„Immer schon in Männedorf, bei der Seed Invest?"

„Ja, ich habe die Seed gegründet. Aber Sie finden das alles auf unserer Website. Ich nehme kaum an, dass Sie mich deshalb einbestellt haben."

Juni sieht ihn kalt an, ohne im Geringsten auf ihn einzugehen. „Sie reisen häufig in die USA, darf ich fragen weshalb?"

„Dürfen Sie", sagt Sutter spöttisch. „Die Seed Private Equity hat einige Beteiligungen an amerikanischen Unternehmen, die mich gelegentlich nach Washington führen. Bei Dreien bin ich im Aufsichtsrat. Wollen Sie wissen um welche Unternehmen es sich handelt?"

„Nein, das wissen wir bereits."

„Gut, dann kann ich ja wieder gehen."

„Nicht so schnell Herr Sutter. Sie treffen sich in Berlin zuweilen mit einigen Herrn der amerikanischen Botschaft, James Goddard, unter anderem. Kann das sein?"

Sutter betrachtet Juni plötzlich viel aufmerksamer, als verstünde er erst jetzt, auf was es hinaus läuft. „Ja, wir treffen uns häufig. Goddard ist ein alter Freund, ich kenne ihn seit Anfang der siebziger Jahre. Er war für das Peace Corps in Nigeria, wo wir uns kennen lernten. Wie kommen Sie ausgerechnet auf ihn?"

„Und dann war er plötzlich in Berlin." Junis Stimme klingt blasiert, doch er zügelt sich sofort wieder. „Sie brauchen nur meine Fragen zu beantworten, Herr Sutter, wir führen keine Diskussion." Ganz ruhig sieht er Sutter in die Augen, wohl wissend, dass sie ihm nichts verraten werden.

Er hat nichts in der Hand, denkt Sutter, will mich nur nervös machen. Aber es muss ihn jemand mit Informationen füttern. Unwahrscheinlich, dass ein Schweizer Agent die Mitarbeiter der amerikanischen Botschaft beschattet, nur um mir etwas anzuhängen. Ob es Peter Slate ist? Er ist der Einzige, der meine Verbindung zu Goddard kennt. Oder Joao, vielleicht hat er angefangen nachzufragen, aber warum sollte er? Dieser Juni stochert wahrscheinlich nur im Nebel herum. „Finden Sie nicht, es wäre an der Zeit, mir zu sagen, was dieses Gespräch bezwecken soll. Oder handelt es sich etwa um ein Verhör?", fragt er gereizt. „Dann müsste ich nämlich meinen Anwalt dazu bitten. Ich will nicht, dass er mich im Nachhinein beschimpft, das Falsche gesagt zu haben." Sutter bemüht sich möglichst ruhig zu wirken, während er Juni nicht aus den Augen lässt.

„Wie kommen Sie darauf, Herr Sutter. Verhör, natürlich nicht. Aber gibt es das denn bei Ihnen, etwas Falsches sagen?" Juni strahlt, als wäre ihm ein großartiger Witz gelungen. „Trotzdem würde ich gerne weiter ausholen, vielleicht klärt sich dann ja manches von selbst: Sie waren Partner einer Firma in Kaduna, die sich im Biafra Krieg durch besondere Effizienz hervortat. Heute betreibt eine Ihrer weit verzweigten Firmen Flugzeuge aus der früheren Sowjetunion, die vornehmlich nach Afrika fliegen. Mehr brauche ich dazu nicht zu sagen. Sie haben einen südafrikanischen Pass, neben Ihrem deutschen, ungewöhnlich, oder? Sie waren lange im ehemaligen Rhodesien und fliegen regelmäßig nach Washington und Berlin, um dort Personen zu treffen, die uns nicht ganz unbekannt sind. Gelegentlich reisen Sie auch in die Ukraine, aber das ist ja jetzt ein freies Land, alles in Ordnung also." Er klingt unbeteiligt, wie ein Ankläger vor Gericht, der sich keine persönliche Meinung erlaubt. Dann beugt er sich vor, stützt die Arme auf den Schreibtisch und betrachtet Sutter, als wolle er jede seiner Regungen aufnehmen. Seine Stimme ist schärfer, als er fortfährt: „Sie brauchen keine weiteren Erklärungen abzugeben, Herr Sutter, aber wir möchten nicht, dass Sie Ihre früheren Aktivitäten in irgendeiner Weise, hier in der Schweiz, neu aufleben lassen. Ich glaube, Sie wissen, was ich meine. Wir haben es nicht gern, wenn in unserem Land potenzielle Konflikte angebahnt, geschweige denn ausgetragen werden. Haben Sie mich verstanden?"

„Nein, Herr Juni, habe ich nicht", sagt Sutter ganz ruhig. „Wie Sie schon sagten, es ist alles in Ordnung. Ich besitze eine gültige Aufenthaltserlaubnis für die Schweiz. Ich betreibe einen renommierten Fonds und zahle pünktlich meine Steuern. Meine Aktivitäten sind weltweit, ich brauche niemand um Erlaubnis zu bitten, bevor ich irgendwo hinreise. Auch brauche ich niemand zu sagen, was ich dort tue, solange ich mich im gesetzlichen Rahmen bewege. Mit Ausnahme meiner Sekretärin vielleicht", fügt er süffisant hinzu. „Falls Sie also etwas Konkretes vorzubringen haben, sollten Sie es sagen. Ansonsten würde ich gerne gehen."

Juni blickt auf Sutter, als könne er durch ihn hindurch sehen. „Wir haben nichts gegen Sie, Herr Sutter, noch nicht. Und es wäre uns lieber, wir würden nichts finden. Sie verstehen mich sicher."

„Das sagen Sie schon zum dritten mal, ich bin nicht taub, aber ich verstehe Sie trotzdem nicht! Warum suchen Sie überhaupt?"

„Das kann ich Ihnen nicht sagen."

„Gut. Dann kann ich ja gehen?"

„Selbstverständlich. Ich bringe Sie zum Ausgang. Südafrika, so sagt man, soll ein schönes Land sein."

„Ja, es ist wunderbar."

„Anders, als Nigeria?"

„Ganz anders. Kennen Sie Nigeria?"

„Ja, aus den Achtzigern. Interessant, aber auf Dauer nichts für mich."

„Ich war gern dort. Kommen Sie doch bei Gelegenheit nach Südafrika, vielleicht liegt Ihnen das besser, Sie können mein Tierreservat besuchen, ich lade Sie ein."

„Vielleicht, wer weiß schon was passiert. Auf Wiedersehen, Herr Sutter."

Sutter wiegt nur zweifelnd den Kopf und hebt zum Abschied die Hand.

Als er den Motor seiner Limousine startet, denkt er, sie haben nichts, aber sie werden versuchen mir das Leben schwer zu machen. Hier eine kleine Vorladung, dort eine Verzögerung bei der Einreise, später ein sorgenvoller Hinweis der Bank über unerwünschte Nachfragen der Behörden. Sie wollen mich loswerden.

Abends, in seinem abgedunkelten Büro, sieht er die Reflexion der Vollmondscheibe im See. Wie eine Schale flüssiges Silber, denkt er, und führt die Gedanken auf das Treffen mit Juni zurück: Es muss sich um die Antonovs handeln, denkt er. Keine Spuren hat Peter Slate gesagt, und jetzt liegt alles auf dem Schreibtisch eines Schweizer Inspektors. Ich sollte aussteigen, aber es geht noch nicht. Wenn ich es jetzt tue fällt mein ganzes Gebäude zusammen. Ich muss mit Slate und Goddard reden.

In dem Moment klingelt das Telefon. Er steht auf, sieht verwundert auf das Gerät und hebt zögernd den Hörer ab, als erwarte er eine unerfreuliche Nachricht. „Sutter", sagt er zögernd und hört die gepresste Stimme Viktor Menges, der sich dafür entschuldigt, noch so spät anzurufen. Typisch Sturm und Drang, denkt Sutter, der junge Mann glaubt, er kann mich mitten in der Nacht anrufen, nur weil ich ihm seine Antar Anteile abgekauft habe. „Was kann ich für Sie tun, Herr Menge, es ist fast Mitternacht", sagt er ungehalten.

„Es tut mir Leid, ich musste Sie unbedingt sprechen und Ihre Sekretärin hätte mir wahrscheinlich nur einen hinhaltenden Termin gegeben, wenn ich es tagsüber versucht hätte."

„Gut möglich. Sie haben Glück gehabt, dass ich überhaupt abgenommen habe. Nun sagen sie schon, was Sie wollen."

„Ich bin jetzt Geschäftsführer der Mikro System GmbH in München und finde, dass die Antar und die Mikro System gut zusammen passen, gerade weil sie Konkurrenten sind. Und wir suchen frisches Kapital", sagt Viktor schnell, als befürchte er, dass Sutter auflegt, bevor er zu Ende sprechen kann.

Ziemlich wirr, er meint wohl eine Fusion, aber was hab ich damit zu tun, denkt Sutter. Er spricht, als ginge die Welt unter, wenn die beiden nicht zusammen kommen. „Und nun möchten Sie, dass ich so locker diese Mikro System, so heißt sie doch, oder...?"

„Ja, in Straßlach bei München."

„... gleich dazu kaufe. Oder habe ich Sie falsch verstanden. Etwas hastig, finden Sie nicht? Wir knabbern noch immer an der Antar. Ihre Dr. Anisevic ist ziemlich sperrig, sie führt mich gerade ganz schön an der Nase herum", sagt Sutter vorwurfsvoll und überlegt, wie er das Gespräch möglichst schnell beenden kann.

„Sie war nie meine Anisevic, wie Sie es nennen. Wir hatten ein eher gespanntes Verhältnis. Meine Anteile musste ich mir erstreiten, sie gibt nichts freiwillig. Aber warum sollten Sie die Mikro System nicht übernehmen? Vielleicht können Sie dadurch ja gleich auch Ihre Probleme mit Dr. Anisevic lösen. Sehen Sie sich die Mikro System an, ich schicke Ihnen gerne unseren Geschäftsplan. Sie werden sehen, die beiden passen prima zusammen." Viktor spürt, wie Sutter nachzudenken beginnt.

„Was macht die Mikro System genau?"

„Medizintechnik, hauptsächlich minimal invasive Chirurgie."

„Die Antar baut ihr Arthroskopie Geschäft aus, meinen Sie das, mit passen?"

„Ja, genau."

„Und die Pharma?"

„Die lässt sich abstoßen."

Sutter lauscht dem Nachhall von Viktors Stimme und wartet ab. Als nichts mehr kommt, sagt er. „Ziemlich forsch für jemand der schon eine Weile aus der Antar raus ist. Woher haben Sie überhaupt Ihre Informationen? Egal, es ist zu spät jetzt ins Detail zu gehen, aber Sie könnten Recht haben. Schicken sie mir den Geschäftsplan, dann sehen wir weiter. Unsere Adresse in Männedorf haben Sie noch, oder?"

„Ja, habe ich. Und vielen Dank, Sie kriegen die Unterlagen spätestens Ende dieser Woche."

„Und rufen Sie in Zukunft zu den normalen Zeiten an. Sagen Sie meiner Sekretärin ich hätte um den Anruf gebeten."

„Mach ich, und bitte entschuldigen Sie die späte Störung.“

Die Stimme, ich kenne sie von irgendwoher, denkt Sutter, nachdem
er aufgelegt hat. Ist mir schon früher aufgefallen, und dann habe ich es
wieder vergessen. Schien mir nicht so wichtig. Und der Verdacht, dass
seine Mutter die Inka von Berlin sein könnte, hat sich nicht bestätigt.
Andererseits war ich zu weit weg von ihr, um das beurteilen zu können, sie müsste heute etwa so alt sein, wie ich. Ich hätte mich vorstellen sollen, aber dazu hatte ich keine Lust. Lächerlich, ihr die Hand zu
schütteln und zu fragen, ob sie vielleicht Ende der sechziger Jahre in
Berlin mit einem nigerianischen Abenteurer geschlafen hat.

Er bläst die Luft durch die Nase und löscht das Licht. In Gedanken
geht er zurück an den Fensterplatz mit Blick auf den See. Goddard soll
herausfinden, was dieser Juni eigentlich will. Außer Langley steckt
selbst dahinter, und will mir durch die Blume zu verstehen geben, dass
ich nicht über die Stränge schlagen darf. Irgendetwas läuft verkehrt,
denkt er, geht zurück zum Schreibtisch und legt die Beine auf die Platte. Er verschränkt die Arme hinter dem Kopf und lässt das Gespräch
mit Juni noch einmal Revue passieren. Ich muss auf die Zwischentöne
achten, denkt er, vielleicht wollte er mir etwas sagen, das ich überhört
habe.

Als er mit einem leichten Stöhnen aufsteht und den Schreibtisch ab-
sperrt, sieht er müde aus. Ein großer, alter Mann, dessen breite Schultern zusammenfallen, wie ein Ballon, dem die Luft entweicht. Dann
nimmt er den Mantel und verlässt das Büro mit schwerem Gang. Die
Halle ist leer und das Licht bereits auf Notbeleuchtung. Während er auf
den Aufzug in die Tiefgarage wartet, denkt er an Mörder, die ihn am
Auto erwarten könnten. Beim Öffnen der Aufzugstür schnappt er für

einen Moment nach Luft. Unten, auf dem Weg zum Auto, traut er sich nicht, sich umzudrehen. Wie ein Kind im Dunkeln.

Joao ist zu früh dran und setzt sich in eine der kleinen Nischen neben dem Eingang zu Friedas Schwester, einem Restaurant in der Nähe des Hackeschen Markts, das ihm der Concierge des Hotels empfohlen hat. Von hier aus kann er die Straße beobachten, in der Hoffnung Verena so bald wie möglich zu sehen. Was für eine traurige Stadt, denkt er, als er die tief hängenden Wolken über Berlin betrachtet. Wenn es wenigstens regnen würde. Gießen, meinetwegen, alles, nur nicht dieses ewig gleichbleibende Grau.

Der Vortag war eine einzige Enttäuschung gewesen. Verena hatte ihn vom Flughafen abgeholt, und im Auto hatte ihn der Duft ihres Parfüms fast verrückt gemacht vor Verlangen nach ihr. Jetzt fragt er sich, ob der Abend das Ende ihrer Beziehung war. Er ist frustriert und Berlins bleierner Himmel hilft nicht, seine Stimmung aufzuhellen. Plötzlich läutet das Mobiltelefon und es gelingt ihm gerade noch rechtzeitig es aus der Manteltasche zu fischen, bevor die Verbindung gekappt wird.

„Ich schaffe es nicht rechtzeitig", hört er Verenas atemlose Stimme. „Ich bin noch in der Praxis, irgendein Notfall, aber ich komme auf alle Fälle, bitte geh nicht weg. Wie geht es dir heute?"

„Euer Wetter schlägt mir aufs Gemüt, und Gestern kriege ich auch nicht aus dem Kopf. Irgendwie habe ich das Gefühl, alles falsch gemacht zu haben."

Verena antwortet nicht gleich. Dann, als er sich schon wundert, ob sie aufgelegt hat, antwortet sie leise. „Mir geht es genauso. Vielleicht haben wir zu viel erwartet. Die Vorstellung, dass gestern das Letzte war, was ich von dir in Erinnerung behalte, belastet mich. Lass uns nachher darüber reden. Ich komme so bald ich kann, aber geh bitte nicht weg."

„Natürlich nicht."

Wir leben zu weit auseinander, denkt er und legt das Telefon neben das Besteck. Ein ganzer Kontinent liegt zwischen uns, das bringt jede Beziehung früher oder später in Schwierigkeiten. Trotzdem hätte ich mich beherrschen müssen. Ich wollte sie so sehr berühren, in einer einzigen großen Umarmung alles nachholen, was wir all die Jahre versäumt haben. Vielleicht hätte ich mich bereits am Flughafen an sie herantasten sollen, mit all den Menschen um uns herum als Puffer. Und nicht in ihrer Wohnung über sie herfallen, wie ein ausgehungertes Tier.

Für eine Weile sieht er einem älteren Paar am Nebentisch zu, das sich anscheinend nichts mehr zu sagen hat. Schweigend essen sie, ohne den anderen auch nur anzusehen. Als er sich wieder der Straße zuwendet, sieht er Verena auf dem gegenüber liegenden Trottoir. Sie winkt und strahlt über's ganze Gesicht, als er zu erkennen gibt, dass er sie gesehen hat. Sie trägt eine weiße, eng anliegende Baumwollbluse, die ihre Brust betont, und Jeans mit einem breiten Gürtel, gespickt mit Nieten. Die Jacke hat sie locker über die Schulter geworfen. Gehetzt wirkt sie, als sie zwischen zwei vorbeifahrenden Autos die Straße überquert.

„Ich dachte schon, du wärst gegangen, aber ich kam einfach nicht los." Sie umarmt ihn und küsst ihn lange auf den Mund.

„Jetzt setz dich erst mal, du bist ja ganz aufgelöst." Erleichtert spürt er, wie die Spannung von ihm abfällt.

„Ist doch nicht verwunderlich. Ich treffe einen bildschönen Mann, jung und dynamisch, Aufsteiger in der Südafrikanischen Regierung, der eigentlich nur nach Berlin gekommen ist, um mit mir zu schlafen. Und dann schaffe ich es nicht rechtzeitig aus der Praxis. Den letzten Patienten hätte ich am liebsten erwürgt, er kam einfach nicht zu Ende mit seinen Wehwehchen.“ Mit einem Stoßseufzer lässt sie sich auf den nächstbesten Stuhl fallen.

„Hm“, sagt er und grinst. Er denkt an ihr erstes Treffen, das Sitzen unter dem Jakaranda Baum, als ihm Firna Zerbsts Gedicht durch den Kopf ging:… *We think of separate beds.* Dabei lese ich kaum Gedichte, denkt er. Verena löst es aus, ich mag sie wirklich sehr.

„Gestern Abend, was hat dich da getrieben? Allein die Erinnerung an meinen Körper, am Strand und zwischen verschwitzten Bettlaken, kann es nicht gewesen sein. Das war vor Jahren. Nichts davon lässt sich wiederholen.“

„Halt langsam, du bist zu schnell, das macht mich nervös.“

„Das bin ich schon den ganzen Tag“, sagt sie, lächelt verschämt und sieht ihn an, als hätte sie nur auf diesen einen Moment gewartet. „Wir müssen reden.“

„Du bist noch gar nicht richtig da“, strahlt er. „Gib mir deine Jacke, und dann sollten wir bestellen, beim Essen redet es sich leichter. Außerdem habe ich Hunger und bin schon halb betrunken. Ich habe bereits zwei Gläser Rotwein hinter mir. Bei diesem Wetter brauche ich Rotwein, sonst erdrückt mich eure graue Suppe“, fügt er augenzwinkernd hinzu.

„Schon zwei Gläser! Sollte ich auch tun, gibt mir Zeit zum Durchzuatmen.“ Sie lacht und sieht ihn an, wie jemand, der endlich gefunden hat, was er lange suchte. „Warum hast du dir eigentlich deine Dreadlocks abgeschnitten? Ich mochte sie, aber gestern wollte ich nicht fragen." Sie lehnt sich zurück und betrachtet ihn, wie er schmunzelnd der Bedienung winkt. Ungläubig ihn hier zu sehen, vergleichend, was von ihm mit ihrer Erinnerung an die gemeinsame Zeit in Südafrika übereinstimmt.

„Sie wurden mir zu heiß. Außerdem bin ich kein Student mehr, auch wenn ich mir manchmal wünsche noch einer zu sein." Er zuckt mit den Schultern, als wüsste er nicht recht, wie er es sagen soll. „Gestern, das war nicht ich. Wann immer ich dir schrieb, dachte ich an diesen einen Moment, wo ich dich in die Arme nehmen kann. Entschuldige, ich hab es einfach verbockt."

Verena nimmt seine Hand und presst sie. „Es war das erste mal, dass ein Mann so ungestüm über mich hergefallen ist. Ich war überfordert. Hast du überhaupt seit Mozambique mit einer anderen Frau geschlafen?", fragt sie rundheraus.

„Nicht wirklich. Mit ein paar Kommilitoninnen, die auch nichts anderes wollten, als Druck ablassen. Mit dir ist es ganz anders."

„Glaubst du, wir machen uns etwas vor?"

„Ich weiß nicht, ich bin nur gern mit dir zusammen. Aber ich mache mir keine Illusionen. Du gehörst hierher, in deine Praxis, und ich gehöre nach Südafrika. Manchmal bilde ich mir sogar ein, ich werde dort gebraucht und könnte etwas bewegen."

„Aber natürlich wirst du gebraucht. Versuch erst gar nicht dich klein zu reden."

„Nein, das ist es nicht. Ich weiß, was ich kann, aber ich komme von weit her und habe eine lange Strecke vor mir, ohne zu wissen wo sie hinführt", sagt er nachdenklich. „Verzeihst du mir?"

„Wie kannst du fragen, deshalb bin ich doch hier. Aber jetzt lass uns nicht mehr darüber reden." Sachte legt sie ihm den Zeigefinger auf den Mund und drückt seine Hand.

„Danke", sagt er erleichtert. „Kurz bevor ich losfuhr, erhielt ich die Anfrage einer Journalistin aus Nigeria, sie will mich in Johannesburg treffen, gleich wenn ich zurück bin. Es geht um das neue Südafrika, Rainbow und so, das Übliche halt. Mein Bauch sagt mir aber, dass es ihr eher um Thomas Sutter geht. Sie hat ein paar irritierende Bemerkungen gemacht."

„Wer ist Sutter?"

„Entschuldige, ich dachte, ich hätte dir von ihm erzählt. Ihm gehört die Farm, die mein Vater verwaltet. Bevor ich nach Berlin kam, haben wir uns in Zürich getroffen, er besitzt dort eine Private Equity Firma und schaufelt Geld."

„Komisch, irgendwoher kenne ich den Namen. Nicht von dir, aber ich komme jetzt nicht drauf. Warum irritiert dich der Anruf? Sie ist Journalistin, vielleicht hat sie etwas über den Mann herausgefunden über das sie mit dir reden will."

„Ja, aber warum sagt sie das nicht."

„Vielleicht weil du sie sonst nicht hättest sehen wollen."

„Das hab ich auch gedacht. Sie ist Nigerianerin mit einer deutschen Mutter, hat sie gesagt. Schreibt viel über Südafrika, ein lohnendes Thema bei all den Veränderungen in den letzten Jahren, hat sie gemeint. Vermutlich will sie wissen wo Mbeki hinsteuert, als würde ich ihr das auf die Nase binden, wenn ich es wüsste. Ich bin mir ziemlich sicher, dass sie eine doppelte Agenda hat", kommt er auf seine Vermutung zurück. „Die Andeutungen über Sutter machen mich misstrauisch. Würde mich nicht wundern, wenn sie heraus finden will, wer er wirklich ist."

„Und kennst du ihn denn so gut? Vielleicht will sie auch nur wissen wer du bist."

„Warum ich, ich bin ein unbeschriebenes Blatt. Und warum sollte sie sich ausgerechnet über Sutter erkundigen, wenn sie mich meint. Sie kann mich direkt fragen."

„So denken Frauen nicht. Außerdem bist du kein unbeschriebenes Blatt, die Kämpfe in den Townships, deine Zeit in der Kommission, dein Aufstieg unter Mbeki. Wenn ich etwas mehr über Südafrika wissen wollte, würde ich auch jemand wie dich fragen."

„Hm", sagt Joao, doch er klingt nicht überzeugt. „Sutter ist ziemlich vielschichtig", sagt er und schüttelt den Kopf. Er lehnt sich zurück und sieht der Bedienung zu, wie sie die Speisen auflegt. Als sie Wein nachschenkt, fragt er, wobei er Verena zublinzelt: „Haben Sie auch einen Rotwein aus Südafrika?"

„Ja, einen Stellenbosch. Möchten Sie ihn probieren?"

„Wollen wir?", fragt er Verena.

„Lieber nicht, ein Glas reicht mir. Ich muss fahren."

„Gut, dann trinken wir den Stellenbosch eben wenn du mich besuchen kommst", sagt Joao, und streicht Verena kurz übers Haar. „Und was noch könnte sie über mich wissen wollen? Dass ich mit einer deutschen, zivilisierten Ärztin ins Bett gehe und ihr schmachtende Briefe schreibe?", fragt er verschmitzt.

Verena lächelt, nimmt ihr Weinglas und prostet ihm zu. „Du bist wirklich kein unbeschriebenes Blatt, Joao. Und du bist auf Sutters Farm mit einer Löwin aufgewachsen. Vielleicht denkt diese Frau, wenn sie dich versteht, sieht sie Sutter wie in einem Spiegel.“

„Du machst dich lustig über mich. Ich tauge nicht als Sutters Spiegelbild. In Zürich saßen wir einen ganzen Nachmittag zusammen und sahen auf den See.“

„Ohne etwas zu sagen?“

„Nur kurze Sätze, mit langen Pausen, wie es gestandene Männer im Busch nun mal tun.“ Joao lacht laut auf, als er Verenas verblüfftes Gesicht sieht. „Ich hatte ihn lange nicht gesehen. Er sah genauso aus wie früher, etwas eleganter, aber sonst derselbe harte Kerl“, nickt er ganz ernsthaft.

„Bewunderst du ihn etwa?“

„Warum sollte ich?“

„Es hörte sich so an. Sie kommt eigens aus Nigeria, hast du gesagt? Was hat Nigeria mit Südafrika zu tun? Scheint mir alles ziemlich verworren.“

„Das habe ich mich auch gefragt.“ Er nimmt Verenas Hand und küsst ihre Fingerspitzen. „Es reicht, ich weiß gar nicht, weshalb ich ihren Besuch erwähnt habe. Sutter muss sich in mein Unterbewusstsein eingenistet haben. Dabei möchte ich über uns beide reden. Warum kommst du nicht zu mir, ein paar Wochen wenigstens. Ich hab ein neues Haus in Melville und könnte dir mehr zeigen, als nur den schmalen Streifen zwischen Durban und Maputo?“ Doch kaum gesagt, bereut er es sofort, als er ihre abwehrende Reaktion sieht.

„Joao, ich habe eine Praxis, die kann ich nicht einfach zusperren, um mit dir durchs Land zu tingeln", sagt sie lächelnd aber bestimmt.

„Verstehe." Für einen Moment sieht er wie ein enttäuschter kleiner Junge aus. „Aber zwei Wochen müssten wir doch hinkriegen, wenn wir wirklich wollen", versucht er es erneut.

„Wenn wir wirklich wollen", wiederholt sie. „Wann könntest du denn?", fragt sie und registriert erleichtert, wie sich sein Gesicht aufhellt. „Dein Kalender ist bestimmt dichter gepackt als meiner."

„Sag mir einfach wann du kannst, ich schaffe es dann schon, mich frei zu schaufeln. Ich habe seit drei Jahren keine Minute für mich gehabt, Mbeki schuldet mir ein paar Tage Urlaub. Aber jetzt lass uns gehen, ich will dich festhalten. Nimmst du mich mit nach Hause?"

„Ja."

„Ich habe schon bezahlt." Im Aufstehen steckt er seine Nase wie zufällig in ihr Haar, bevor er ihr die Jacke um die Schultern legt.

20 Kontakt

Warum finde ich nur diese verdammte Kneipe nicht, denkt Christina Araba, nachdem sie die siebte Straße in Melville, einem Vorort Johannesburgs, ein paarmal auf und ab geschlendert ist. Der Name klang portugiesisch, ich hätte ihn aufschreiben sollen. Blaue Säulen mit einem kleinen Portikus über dem Eingang, nicht zu verfehlen, wenigstens daran erinnere ich mich. Definitiv auf der siebten Straße hat Joao Machel gesagt.

Auf einmal sieht sie direkt gegenüber eine Reihe blau gestrichener, ansonsten roh belassener Baumstämme, die einen schmalen schindelgedeckten Dachvorsprung tragen. In der Mitte der groben Pfosten führt eine Doppelschwingtür ins Lokal. Ein Westernsaloon, denkt sie, er hat das mit dem Portikus sarkastisch gemeint. So hatte ich ihn nicht eingeschätzt.

Gleich beim Betreten des Restaurants sieht sie Joao mit einer weißen Frau ins Gespräch vertieft. Sie geht an der Bar entlang an ihren Tisch und als Joao sie erkennt, huscht ein erfreutes Lächeln über sein Gesicht. Er steht auf und reicht ihr die Hand. „Ich hatte Sie bereits abgeschrieben, dachte, Sie hätten es sich anders überlegt", sagt er und weist auf seine Begleiterin. „Verena Arnold, eine Freundin aus Deutschland. Verena ist Ärztin und lebt in Berlin."

„Tut mir leid, ich hatte den Namen des Lokals vergessen und bin auf der Suche ein paarmal die siebte Straße rauf und runter geirrt, bevor ich die blauen Säulen sah", sagt Christina erleichtert und wendet sich Verena zu. „Christina Araba, sind Sie Berlinerin?", fragt sie auf Deutsch und reicht ihr die Hand.

„Wahlberlinerin", sagt Verena überrascht. Joao hat sie gut beschrieben, denkt sie. Wie eine Gazelle: Groß, schlank, extrem kurz geschnittene Haare. Sie müsste Ende dreißig sein, hat er vermutet. Ich mag ihre kehlige Stimme. „Ihr Deutsch ist ausgezeichnet, wo haben Sie es gelernt?"

„Ich bin in Ostberlin geboren, meine Mutter ist deutsch", sagt Christina kurz angebunden, als wolle sie das Thema nicht weiter vertiefen. Als sie sich Joao zuwendet, wechselt sie ins Englische. „Vielen Dank, dass es doch noch geklappt hat. Nach dem Interview in Ihrem Büro hatte ich eigentlich nicht mehr damit gerechnet."

„Weshalb? War ich zu abweisend?"

Christina schaukelt abwägend mit dem Oberkörper, als fände sie abweisend das falsche Wort, so ganz aber auch wieder nicht. „Sie haben alle meine Fragen zu Thomas Sutter rigoros abgeblockt."

Joao strahlt sie an, als müsse sie sich schon selbst fragen, warum er das tat. „Sie hatten sich angemeldet, um über Südafrika zu sprechen. Ich dachte, es geht um Mbeki's Strategie, aber nein, es ging um Sutter. Der gehört aber zu meinem Privatleben und hat in meinem Büro nichts zu suchen." Joao lacht entspannt, doch die Art, wie er die Augenbrauen hochzieht, lässt klar erkennen, wie wenig er ihr Versteckspiel schätzt.

„Es tut mir leid, ich hätte mich schon am Telefon klarer ausdrücken müssen. Aber ich fürchtet Sie würden sofort das ganze Interview abblocken, wenn ich sofort mit Sutter anfange. Dabei wollte ich nur ein paar Hinweise, wer Thomas Sutter wirklich ist. Sie wuchsen auf seiner Farm auf, da dachte ich, Sie könnten mir helfen."

„Warum legen Sie nicht ab? Diesmal ist der Abend streng privat, nur zur Klarstellung. Also bleibt der Präsident aus dem Spiel."

„Natürlich." Christina, leicht irritiert, versucht in Joao's Gesichtszü-
gen zu lesen, wie er das gemeint haben könnte. Zur Bestätigung sieht
sie auf Verena, doch die lächelt nur freundlich zurück. „Ich behalte den
Mantel lieber in der Nähe, mein Telefon ist in der Tasche. Ich möchte
auch nicht zu lange bleiben, nicht, dass ich Ihren gemeinsamen Abend
störe. Den Präsidenten werde ich mit keinem Wort erwähnen", fügt sie
schmunzelnd hinzu. „Warum wollten Sie, dass wir uns erneut treffen?"

Joao hebt die Schultern, als könne er auch nicht genau sagen, weshalb er um das Treffen bat. „Ich konnte Sie doch nicht mit leeren Händen zurück fliegen lassen", sagt er schließlich und hebt in einer um
Verständnis heischenden Geste die Hände. „Außerdem war ich neugierig geworden. Sutter hat meinem Vater und mir sehr geholfen, als wir
nach unserer Flucht aus Mozambique nicht mehr weiter wussten.
Auch später noch, ich verdanke ihm viel. Das heißt nicht, dass ich alle
Facetten an ihm kenne, aber es interessiert mich natürlich wer er
wirklich ist. Vielleicht wissen Sie mehr über ihn, als ich. Immerhin hat
er lange in Nigeria gelebt und wohl auch dort gearbeitet. Ich wollte nur
nicht im Büro darüber reden."

Christina sieht ihn lange schweigend an. „Wirklich? Sie sagten wirk-
lich. Also denken Sie, er ist eigentlich ein Anderer, als die Fassade, die
er vor sich her schiebt." Sie sieht gespannt auf Joao, als hänge von der
Antwort viel für sie ab. Aber Joao schüttelt den Kopf, als hätte er wirklich eher beiläufig gemeint, zumindest keinen tiefenpsychologischen
Hintersinn. Als er beharrlich schweigt, fragt sie: „Kennen Sie Nigeria?"
Ihr Ton ist schärft, leicht inquisitorisch geworden, als hätten seine
Kenntnisse über die Verhältnisse in Nigeria entscheidenden Einfluss
auf das weitere Gespräch.

„Nur von der Landkarte. Wann war Sutter in Nigeria?" Joao hat die Veränderung in ihrer Tonlage bemerkt, doch er bemüht sich nicht darauf zu reagieren. Er bleibt ganz ruhig, die Hände entspannt auf den Tisch gelegt. Mit einem Blick streift er Verena und lächelt ihr zu.

„Ende der sechziger Jahre, während des Biafra Kriegs. Ich war noch ein kleines Mädchen. Mein Vater und Sutter haben in Nigeria zusammengearbeitet."

Verena, die interessiert zugehört hat, sieht verwundert auf Christina. „Aber warum mussten Sie dann die lange Reise nach Johannesburg machen, konnten Sie nicht ihren Vater fragen?", wirft sie ein.

„Mein Vater wurde ermordet, und ich vermute, dass Sutter daran beteiligt war", sagt Christina und betrachtet Verena, als hätte sie einen schlechten Scherz gemacht. „Deshalb bin ich hier, ich will herausfinden, was wirklich passiert ist."

Verena sieht Hilfe suchend auf Joao, doch der beobachtet Christina, wie ein Arzt, der die Symptome seines verunsicherten Patienten wahrnimmt, ohne sie einer spezifischen Krankheit zuordnen zu können. Er hat es mit keinem Wort erwähnt, hätte mich warnen müssen, denkt sie. „Entschuldigen Sie, das konnte ich nicht wissen", sagt sie leise.

„Natürlich nicht, wie sollten Sie. - Herr Machel, ich will nicht lange darum herum reden. Ich weiß, dass Sutter, nach Vaters Tod, ganz plötzlich nach Rhodesien ging. Später fand ich ihn als Besitzer einer Farm in Südafrika, die er offen auf seinen Namen eingetragen hat. Da stieß ich auch auf Sie und ihren Vater. Und dann tauchte Sutter auf einmal in der Schweiz auf. Ich nehme an, er hat Südafrika verlassen, weil ihm die neue Regierung nicht passte, vielleicht hatte er ja auch einiges zu verbergen, die Apartheid war schließlich kein Spiel für kleine Jungen", sagt sie atemlos. „Leute wie er brauchen solche Phasen, wo ganze Länder im Chaos versinken. Daher wundert mich, weshalb er Südafrika verlassen hat", fügt sie schnell hinzu.

Joao lehnt sich zurück. Spiel für kleine Jungen, wie leicht sich das sagt, denkt er. „Chaos? Hier gibt es kein Chaos, gab es nie. Und die Wahrheit über Sutter werden Sie hier nicht finden, falls es so etwas wie eine Wahrheit überhaupt gibt. Ich bezweifle es. Wer sind Sie wirklich Frau Araba? Es kommt selten vor, dass mich eine Journalistin um ein Interview bittet, und dann geht es nur um ihre persönlichen Belange."

Für einen Moment wirkt Christina verunsichert, doch sie fängt sich schnell. „Sie haben Recht, ich hätte ein anderes Wort als Chaos wählen sollen. Vielleicht kam mir das Wort in den Sinn, weil ich selbst, solange ich denken kann, im Chaos lebe. Und ja, ich habe mich unprofessionell verhalten. Aber wie gesagt, ich befürchtete, Sie würden das ganze Interview ablehnen, wenn es nur um Sutter ginge. - Ich bin investigative Journalistin, 1963 in Ostberlin geboren, wo mein Vater damals studierte. Und ich bin unabhängig, arbeite also für keine Organisation, falls Sie das meinen." Sie sieht kurz von Verena zu Joao, als erwarte sie eine Frage, aber als keiner etwas sagt, fährt sie in ihrem Stenogrammstil fort. „1968 lernte Sutter meinen Vater in Berlin kennen und bot ihm einen Job in seiner nigerianischen Firma an. Bis zum Ende des Biafra Kriegs arbeiteten sie eng zusammen."

„Wann war das?", fragt Joao.

„1971. Meine Mutter war Kommunistin in der DDR, sagte Vater", versucht sie nahtlos weiter zu reden, doch Joao unterbricht sie erneut.

„Woher wissen Sie das alles, Sie müssen noch sehr jung gewesen sein, als ihr Vater starb." Seine Stimme trieft jetzt vor Misstrauen.

„Ich war sieben", sagt sie kalt.

„Entschuldigung, ich werde Sie nicht weiter unterbrechen."

„Danke. Weshalb ich nicht bei meiner Mutter blieb, als Vater die DDR verließ, weiß ich nicht. Ein halbes Jahr vor Vaters Tod hat er Cléo, eine Igbo, geheiratet, die mich wie ihr eigenes Kind behandelte. Sie hat mich sogar auf eine deutsch-katholische Schule geschickt, damit ich meine Wurzeln nicht verliere", fügt sie hinzu und sieht lachend auf Verena. Für einen Moment wirkt sie wie befreit, als mache ihr der Gedanke an Cléo und die Schule Freude. Nach einem Schluck Wasser fährt sie fort: „Deshalb spreche ich Deutsch, und wegen eines Schweizer Freundes, mit dem ich eine Weile in Lagos zusammenlebte. Er bestand darauf, Deutsch mit mir zu reden, weil ich schließlich halb deutsch sei", lacht sie eher bitter. „Ich erzähle Ihnen das, damit Sie mir glauben, nicht um Sie zu verwirren. Sollte ich das tun, sagen Sie es bitte". Sie greift erneut nach dem Wasserglas, lässt es aber stehen und redet weiter. „Meine Stiefmutter ist vor einem Jahr gestorben, sie hat bis zuletzt Sutter für den Mörder meines Vaters gehalten. Aber das glaube ich nicht, zumindest nicht direkt, dafür ist er viel zu gerissen. Jetzt versuche ich herauszufinden, was damals wirklich passiert ist. Ich bin keine Spionin, auch kein geprellter Geschäftspartner, nur eine Journalistin, die mit ihren begrenzten Mittel arbeitet. Ich will nur wissen, warum mein Vater sterben musste." Sie sieht auf Joao und schüttelt den Kopf. „Sie glauben mir nicht. In Nigeria war es ähnlich, meist zurückhaltendes Schweigen. Sutter ist ein Schattenmann", sagt sie bestimmt. „Es gehört zu seiner Tarnung, die Leute um ihn herum für sich einzunehmen." Dann, ohne eine Antwort abzuwarten, fragt sie: „Haben Sie schon bestellt? Ich sterbe fast vor Hunger."

„Nein, wir hatten auf Sie gewartet." Joao klingt irritiert, er presst Verenas Hand, um ihr zu zeigen, dass er sich den Abend ganz anders vorgestellt hatte. „Verena, weißt du schon was du nimmst?"

Nachdem jeder ein Sandwich und ein Glas Wein bestellt hat, fragt Joao: „Was erwarten Sie von mir, Frau Araba? Sutter ist vielschichtig, aber das macht ihn nicht zum Mörder. Ich kann Ihnen sagen, wo er sich aufhält, da gibt es kein Geheimnis."

„Das weiß ich, mein Freund, der Schweizer, hat ihn kürzlich getroffen, aber das Gespräch war nicht sonderlich ergiebig. Wir vermuten, dass die Seed Private Equity eine Fassade ist, hinter der er seine wirklichen Geschäfte verbirgt."

Joao sieht lange auf Christina, zögert, ob er darauf eingehen soll. Er dreht sich zu Verena, die aber nur gespannt auf Christina blickt. „Vor ein paar Monaten saßen wir in Zürich zusammen. Er war wohlauf und alert. Die Seed ist sehr erfolgreich", sagt er, doch sein Zögern deutet eher darauf hin, dass er nicht tiefer in das Thema Sutter eindringen will. „Ob er sonst noch etwas macht, konnte ich nicht erkennen. Jedenfalls hat er es mit keinem Wort erwähnt. Auf der Farm führte er das übliche Leben eines Großgrundbesitzers. Er liebt große Tiere." Joao überlegt kurz, ob er es dabei belassen soll, fragt dann aber: „Was macht Ihr Schweizer Freund? Sie haben von ihm gesprochen, als wäre er ein Eckpfeiler Ihrer Suche."

„Habe ich das?", schüttelt Christina den Kopf.

„Ja, als wäre er wichtig."

„Ist er auch. Er arbeitet in einer Sondereinheit für Wirtschaftskriminalität im Schweizer Justizministerium und glaubt inzwischen, dass Sutter tatsächlich etwas zu verbergen hat."

„Inzwischen?", fragt Joao und lehnt sich zurück, um dem Kellner zu ermöglichen, die Teller mit den Sandwiches auf den Tisch zu stellen.

„Er hatte ursprünglich dieselben Zweifel wie Sie", sagt Christina, greift nach ihrem Essen und beißt herzhaft hinein. Dabei versucht sie jede Regung Joao's zu erfassen.

„Tut mir leid, ich finde Sutters Story immer noch plausibel", sagt Joao lapidar. „Er macht viel Geld im Biafra Krieg, hat Glück und baut sich ein weit verzweigtes Netz in Afrika auf. Immerhin lebt er seit 1966 auf diesem Kontinent. In Südafrika arbeitet er mit der weißen Regierung zusammen, das taten viele. Und als Mandela an die Macht kommt, verlässt er das Land, wie viele andere auch, die sich mit einer schwarzen Regierung nicht abfinden wollten. Wir hatten damit gerechnet und waren eher überrascht, dass es nicht mehr waren. Jetzt kommen einige wieder zurück." Joao schüttelt irritiert den Kopf, über sich, weil er sich verrannt hat. „Tut mir leid, jetzt bin ich doch in die Politik gerutscht. Ist wohl mein Herzblut. Aber zurück zu Sutter. - Mit seinem Geld baut er sich ein neues Geschäft auf und ist erfolgreich. Was ist daran verwerflich? Einmal haben wir, noch auf der Farm, über Ihren Vater gesprochen, da klang es so, als wären sie Freunde gewesen. Vielleicht war sein Tod ja doch ein Unfall." Joao nimmt einen Schluck Wein und wartet ab.

Christina betrachtet ihn zunehmend argwöhnisch, mit der einen Hand die Faust der anderen knetend. „Ich kann nicht glauben, was Sie gerade gesagt haben. So naiv können Sie doch nicht sein", sagt sie schließlich. „Warum sollte ich eine Geschichte erfinden. Der Mann war nicht in Afrika, um sich ein Netzwerk zu stricken. Er war an jedem Gefahrenherd irgendwie beteiligt, und immer hatte es mit Waffen zu tun. Und der Tod meines Vaters war kein Unfall. Er hatte eine Kugel im Kopf, als sie ihn fanden."

„Woher wissen Sie das? Kugel im Kopf und so. Sie waren sehr jung, wie Sie selbst gesagt haben." Joao klingt jetzt ziemlich genervt.

„Cléo hat es mir erzählt, kurz bevor sie starb. Warum sollte sie mich anlügen? Früher oder später werden Sie herausfinden, dass Sutter ein ganzes Gebäude aus Halbwahrheiten, wie eine Mauer um sich herum errichtet hat. Dann werden Sie an mich denken. Sie lügen alle, diese Art Männer. Sie haben ihre Geschichte so oft verbogen, dass sie Wahrheit und Dichtung nicht mehr auseinander halten können. Glauben Sie mir, ich habe viele von ihnen interviewt, es ist immer dasselbe Muster."

Joao zuckt bedauernd die Schultern und seine Körpersprache verrät, dass er das Thema am liebsten beenden würde. „In meinen Ohren klingt es stark nach Verschwörungstheorie. Falls Sutter aber doch etwas mit dem Tod Ihres Vaters zu tun haben sollte, glaube ich kaum, dass er sich mir gegenüber erklären würde. Ich werde ihm sagen, dass wir uns getroffen haben, das werden Sie sicher verstehen."

„Natürlich, vielleicht ist er ja völlig unschuldig am Tod meines Vaters, ich will es nur wissen. - Ein Jahr, bevor Vater starb, habe ich noch auf Sutters Knien gesessen, ich hoffe, er erinnert sich daran. Irgendwann werde ich ihn besuchen, falls er mich empfängt", fügt sie leise hinzu, schiebt ihren Teller mit dem halb gegessenen Sandwich zurück und nimmt einen letzten Schluck Wein. „Ich muss gehen, bitte verstehen sie mich nicht falsch, aber ich möchte jetzt lieber allein sein. Es wäre schön, Sie beide einmal wiederzusehen, vielleicht in Berlin, Verena, man kann ja nie wissen. Hier…", sie kramt in ihrer Tasche und legt zwei Visitenkarten auf den Tisch, „…falls sie mich erreichen wollen." Sie steht auf, nimmt ihren Mantel und legt einen Geldschein zu den Karten.

„Lassen Sie", sagt Joao, „sie sind unser Gast."

„Sie können mich jederzeit anrufen, wenn Sie in Berlin sind", sagt Verena, und reicht Christina ihre Karte.

„Danke, mache ich bestimmt. Sie brauchen mich nicht einzuladen", sagt Christina zu Joao und lässt das Geld liegen.

Nachdem sie gegangen ist, fragt Verena: „Hast du das erwartet? Sie scheint ganz schön durcheinander."

„Nein, oder vielleicht doch. Ich habe ein bisschen über sie recherchiert, nachdem sie sich angemeldet hatte. Ich fand wenig, ein paar Artikel, ziemlich aggressiv geschrieben. Du hast Recht, sie scheint verwirrt. Nicht verwunderlich, wenn stimmt, was sie sagt."

„Traust du Sutter denn?"

Joao macht eine Grimasse, als gefiele ihm die Frage nicht. „Die Oberfläche sieht ganz normal aus", sagt er nachdenklich. „Aber wenn du alle seine Stationen aneinander reihst, findest du tatsächlich einen roten Faden: Er war immer ganz in der Nähe eines Brandherds, meist sogar mitten drin. Da hat sie völlig recht. Aber das allein bedeuten nichts, schließlich gab es viele Brandherde in Afrika. Auf alle Fälle sieht es so aus, als verstünde er seine Spuren zu verwischen. Nur Zürich, die Seed, passt nicht ins Bild. Als ich ihn besuchte, machte er ein paar Andeutungen über seine Zeit in Nigeria. Ich vermute, dass er und Christinas Vater im Biafra Krieg beide Seiten mit Waffen beliefert haben. Und möglicherweise rührt Sutter immer noch in dieser trüben Suppe, wo Waffen in großem Stil verschoben werden und die Regierungen wegsehen, weil sie die Händler als nützliche Idioten betrachten, die die schmutzige Seite einer scheinbar ausweglosen Situation bedienen."

„Du glaubst ihr also? Waffenhandel?" Verena schüttelt den Kopf, als könne sie nicht glauben in was für eine Geschichte sie geraten ist.

Joao spürt ihre Irritation, gleichzeitig aber auch ihre Neugierde. Ihr geht es wie mir, wir beide haben keine Ahnung, wie sich Biedermänner hinter einem Wall von Halbwahrheiten verschanzen. „Gut möglich, von irgendwo muss sein Geld ja herkommen. Diese Art Geschäfte sind sehr einträglich, und sie könnten zu ihm passen."

„Was für eine gruselige Geschichte. Mord, Waffenhandel? Normalerweise lese ich keine Krimis, höchstens am Strand, aber da war ich auch schon lange nicht mehr. Das letzte Mal mit dir in Kosi, seither nur noch Praxis. Aber eigentlich ist es ganz schön spannend, findest du nicht auch?" Verena erschauert, als würde sie ein leichtes Frösteln verspüren. „Lass uns über etwas anderes reden", wechselt sie das Thema und drückt Joao's Arm. „Sie ist eine schöne Frau. Hat sie dir gefallen?"

„Ja, aber nicht so gut wie du."

21 Vabanque

Konrad Arnolds Tod kommt trotz seiner langen Krankheit überraschend. Zur Beerdigung sind viele Menschen, ehemalige Kollegen, Geschäftsfreunde, auch Schaulustige erschienen. Freunde? Nein, Freunde gab es wenige in Dr. Arnolds Leben.

Der Grünwalder Pfarrer gibt sich besondere Mühe und München hat seinen zweiten Bürgermeister entsandt, der eine salbungsvolle Rede hält, die im Gedränge um das Grab weitgehend untergeht.

Mit den Kindern zur Seite, steht Sabeth direkt vor dem Sarg. Zwei Schritte hinter ihr Frohmut, dessen Frau und Verena, die eigens aus Berlin angereist ist. Frohmut scheint ehrlich betroffen vom Tod seines Bruders, als hätte er ihn so schnell nicht erwartet. Viktor ist irgendwo in der Menge aufgegangen.

Sabeth nimmt wenig wahr von dem Andrang hinter ihr. Alles an ihr ist schwarz, nur das feuerrote Haar quillt in kräftigem Schwall unter dem breitkrempigen Hut hervor und verleiht ihr das Aussehen eines Paradiesvogels inmitten eines Schwarms schweigsamer Krähen. Über dem Grab wölbt sich der Baldachin einer hohen Rotbuche, die sich wie ein dunkler Schatten über die Anwesenden beugt. Die Kränze und Blumengebinde leuchten vor der drohenden Wolkenwand einem Haufen hingeworfener Juwelen gleich. Der Wind beginnt aufzufrischen. In der Ferne macht sich das erste Donnergrollen bemerkbar.

Sabeths Gedanken sind bei der letzten Nacht, die sie allein mit Konrad verbrachte.

Sie fand ihn im Rollstuhl, den er zur Diele hin dreht, als sie nach Hause kam. „Bist du es ... Sabeth?" Die Stimme klang rau und freundlich, wie sie ihn lange nicht gehört hatte.

„Ja, tut mir Leid, ich habe mich verspätet. Der Verkehr auf der Autobahn wird immer schlimmer, es hat fast eine Stunde gedauert bis zu unserer Ausfahrt. Wie geht es dir? Ich ziehe mir nur schnell die Schuhe aus. - Wann ist Dorothee gegangen? Bist du schon lange allein? Ist alles in Ordnung?"

„Es ist wie immer. Wir ... müssen reden", sagte er und verzog seinen Mund zu einem schiefen Lächeln.

„Tun wir das nicht gerade? Hast du einen deiner bösen Momente, oder auf was muss ich mich einstellen?", versuchte sie es mit Leichtigkeit und merkte sofort, wie falsch es klang. Am liebsten hätte sie losgeheult, denn kurz zuvor hatte ihr Viktor gestanden, dass der Auftrag aus China geplatzt war. Wir bekommen etwas Neues, hatte er gemeint, doch sie spürte, wie hilflos und verloren er war. Auf einmal war es aus ihm herausgebrochen: Satt habe er es, immer wieder gegen eine Wand anzurennen. Die dauernden Sticheleien ihres ehrenwerten Mannes und seines abgewirtschafteten Bruders hasse er wie die Pest. Schon verblüffend finde er es, wie viel Gift alte, kranke Männer noch versprühen können. Und sie solle doch endlich aufhören, den beiden sämtliche Firmeninterna brühwarm aufzutischen, nur weil die beiden den maroden Laden einmal gegründet hatten und daher nicht loslassen könnten. Dieses alberne Familientheater wolle er nicht länger mitmachen.

Ich hätte zurück brüllen sollen, denkt sie am Grab, als sie teilnahmslos die Beileidsbekundungen entgegen nimmt. Denn Viktor ist es doch, der uns die ganze Misere eingebrockt hat. Er ist schuld daran, was passiert ist. Gequält presst sie die Hände ihrer Kinder, als suche sie Halt.

„Frohmut … meint, dass sich eure chinesischen Träume… in Luft aufgelöst haben. Was macht ihr jetzt?", fragte Konrad am selben Abend. Ich hätte nicht so überreagieren dürfen, aber der ganze Ärger über Viktor und das Gemauschel der Brüder hinter meinem Rücken hatte sich aufgestaut. Doch Konrad hat ganz ruhig weiter geredet, als wäre ich ihm längst völlig egal. „Ich weiß, … dass du Frohmut hasst. Es beruht… auf Gegenseitigkeit. Aber mach dir keine… Sorgen wegen China … es war sowieso nur eins von Viktors Hirngespinsten. Was passiert jetzt?", fragte er und nahm mir dadurch den Wind aus den Segeln.

„Weiß ich doch nicht, Viktor führt, ich helfe ihm nur, damit ihr nicht wie die Hyänen über ihn herfallt, wenn euch nicht gefällt, was er macht. Was schlägst du vor, du hast doch sonst auf alles eine Antwort." Da hätte ich gehen sollen, dann wäre alles nicht passiert, denkt sie. Ich hätte raus gemusst aus diesem Haus, der Atmosphäre eines Krankenzimmers, Luft holen, durchatmen, aber ich habe es nicht getan.

Konrad schwieg, schien zu überlegen, ob es Sinn hatte weiter zu reden. „Viktor kann es nicht… und du kannst es auch nicht. Wir brauchen einen erfahrenen Manager", sagte er schließlich.

„Du hast leicht reden. Wer würde denn so dumm sein die Führung einer Firma zu übernehmen, in der zwei alte Männer nicht loslassen können? Wir sollten Viktor dafür danken, dass er nicht schon längst hingeschmissen hat."

„Ja, vielleicht. Aber so wie jetzt… geht es nicht weiter. Was schlägst du …vor?"

„Ich will gar nichts vorschlagen. Mir ist das alles zutiefst zuwider. Viktors Zaudern, Frohmuts Sticheleien und dein Misstrauen, ich ertrage es einfach nicht mehr." Ich habe ein Glas Wasser geholt, und versucht meine Gedanken zu ordnen, aber es ging nicht. Ich wollte Viktor nicht einfach fallen lassen, nicht zu Konrads Bedingungen. Ich habe sie gehasst, sie alle, aber am meisten Konrad.

„Können wir … nicht wie zwei erwachsene Menschen reden, die sich einmal gemocht haben?", fragte er, als ich mit dem Glas in der Hand zurückkam.

„Ja, wenn du unbedingt willst."

„Gut, dann lass … es uns mit möglichst wenig …Emotion tun. Sie schmerzen nur… und kosten mich das letzte… Quäntchen an Energie. - Ich möchte… Frohmut noch eine Chance geben."

„Das ist doch lächerlich, nach allem, was er dir angetan hat! Und was passiert mit Viktor, was passiert mit mir?"

„Du bist meine Frau und kümmerst dich … um die Kinder. Um mich wirst du dich nicht mehr lange kümmern müssen", sagte er. „Viktor interessiert mich nicht mehr, er hat versagt, … ich hatte große Hoffnungen in ihn…, dachte er hätte etwas von mir, es war ein Fehler."

„Wie weit ist das schon gediehen? Bist du dir sicher, dass Frohmut mitzieht? Du warst es, der ihn entlassen hat. Warum denkst du, dass er dir jetzt aus der Patsche hilft?"

„Er hat keine Wahl, sonst verliert er … seinen Anteil an der Firma."

„Es war Frohmut, der die Verluste angehäuft hat, und jetzt soll er plötzlich alles richtig machen?"

„Verluste kommen und gehen. Ich hab die… Nerven verloren, als ich ihn entließ. Nein…, Frohmut kennt die Firma,… sie ist sein Baby. Er wird alles wieder ins Lot bringen. - Viktor hat nur Mist gebaut... er lebt in einem Wolkenkuckucksheim ... erfindet seine eigene Realität. China ... hat bei mir das Fass... zum Überlaufen gebracht. Wenn... wir nicht handeln, stehst du bald... mit leeren Händen da.“

„Und, was ist, wenn ich nicht einverstanden bin, ich habe jetzt alle deine Vollmachten? Ich kann tun und lassen was ich will. Wer soll mich daran hindern?“

„Ich, meine Liebe. Vergiss nicht, noch lebe ich. Die... Vollmachten werden dir ... nichts nützen, ich werde sie ... widerrufen. Es sind meine Anteile,... kann damit machen, was ich will. - Frohmut wird mitziehen, verlass dich drauf. Er hat seine Ablösung nie verwunden.“

„Und, warum fragst du jetzt mich?“

„Ich will, ... will, dass du einverstanden bist, du bist meine Frau.“

„Deine Frau? Dein willfähriges Instrument meinst du wohl?“ - Ich hätte es nicht tun dürfen, er war so gebrechlich. Aber irgendetwas musste ich tun, denkt sie, und schüttelt abwesend die Hände von Trauergästen, die sie nicht kennt. - „Der Herr gibt, der Herr nimmt, und der Herr bist immer noch du“, sagte ich und fühlt mich, als hätte ich die Hälfte meines Lebens im Schatten eines Despoten verbracht.

„Was meinst du? Machst du mit, ... oder kämpfst du dagegen?“, fragte er ungerührt.

„Ich weiß es nicht. Es kommt mir so schäbig vor. Wie soll es denn im Detail ablaufen?“

„Darum wird sich Frohmut kümmern. Mit meiner Unterschrift, ... beim Notar, ist für mich ... alles erledigt.“

„Also hast du es bereits getan.“

„Nein, ich will dich … überzeugen. Falls du zustimmst,… gebe ich Frohmut morgen Bescheid, er soll alles vorbereiten.“

Konrad log, wie er es immer tat, wenn er etwas nicht klar aussprechen wollte, denkt sie. Nur diesmal war es eine Lüge zu viel.

„Bitte … gib mir etwas von dem Haloperidol, ich schlafe danach besser“, sagte er. „Ich bin … müde, unser Gespräch hat mich … angestrengt.“

Er ließ mir keine Wahl, denkt sie. Als ich den Kühlschrank öffnete, um die Haloperidol Kanüle herauszunehmen, sah ich das Insulin. Er kann es nicht mehr selbst machen, dachte ich. Er wollte immer, dass ich ihm helfe, wenn es soweit ist, und jetzt war es eben soweit. Die Demütigung mit Frohmut zu arbeiten hätte ich nicht ertragen. Ich helfe Konrad doch nur, dachte ich, als ich mit der Spritze in der Hand vor ihm stand. Was ist, wenn das Insulin nicht so wirkt, wie sie sagen? Konrad nimmt so viele Medikamente, die die Wirkung abschwächen können. Was ist, wenn der Hausarzt auf einer Autopsie besteht? Er wird es nicht tun, er kennt Konrads Zustand und hat selbst gemeint, es könne jeden Tag passieren, ging mir durch den Kopf, als er zu schlafen schien, den Kopf ins Kissen vergraben. „Konrad, das Haloperidol“, sagte ich. Er öffnete die Augen und lächelte.

„Ich habe nachgedacht, wie es war, als wir uns kennenlernten“, sagte er und gab mir den rechten Arm.

Ich legte die Kompresse an und sah, wie die Vene heraustrat. Ich wollte nicht daran denken, wie es war, als wir uns kennenlernten. Ich wollte, dass es vorbei ist.

„Hast du…, hast du … es getan?“, flüsterte er.

Da wusste ich, dass er wieder gewonnen hatte.

Im Hintergrund steht Viktor, und betrachtet die versteinerte Miene Inka Menges, die Sabeth wie eine Freundin umarmt, und wortlos weggeht. Die beiden mögen sich nicht, denkt Viktor, aber Mutter war völlig aufgelöst, als sie von Konrads Tod erfuhr. So habe ich sie nie zuvor gesehen. Für einen Moment wollte sie mir etwas sagen, doch dann zog sie sich wieder in ihr Schneckenhaus zurück. Konrad war eigentlich kein Mann, den man mochte. Zu erfolgreich, zu unnahbar, am Ende nur noch böse. Da ist mir sogar Jonas als Vater noch lieber. Dieser Sutter dagegen ist anders, glatt ja, aber irgendwie verstehe ich ihn. Eine ganz neue Erfahrung, dass ich mich zu einem dieser alten Männer hingezogen fühle.

Viktor verlagert sein Gewicht auf das andere Bein, er spürt, wie der dumpfe Schmerz im Kopf langsam nachlässt. Wenn nur das Gewitter endlich käme, denkt er, und schiebt sich näher ans Grab, um zu kondolieren.

Mit den ersten Tropfen löst sich die Trauergemeinde fluchtartig auf. Sabeth, die Kinder an sich gedrückt, steht allein vor den Kränzen. Ausdruckslos sieht sie in die offene, von Blumen überquellende Grube. Ihr Hut hat sich inzwischen widerstandslos dem Regenguss ergeben. Als Viktor anbietet sie wegzuführen, sagt sie. „Lass nur, wir drei schaffen das schon, aber komm bitte morgen vorbei, wir müssen reden.“

In dem Moment kracht es und Viktor sieht mit Entsetzen, wie der Blitz in eine der großen Tannen, die nur Meter außerhalb des Friedhofs stehen, eingeschlagen hat. Verdammt, denkt Viktor, sogar im Tod will uns Konrad noch zeigen, wer das Sagen hat.

Am nächsten Tag, als Sabeth erst nach mehrmaligem Läuten die Tür öffnet, sieht Viktor sofort, dass sie getrunken hat. „Bist du allein?", fragt er, „Wo ist Dorothee, wo sind die Kinder?"

„Dorothee hab ich weggeschickt, ich konnte sie nicht mehr ertragen. Sie schlich wie ein geprügelter Hund durchs Haus, und die Kinder sind woanders auch besser aufgehoben. Verena kümmert sich um sie und bringt sie zurück ins Internat. Du kommst zu früh, ich bin überhaupt nicht fertig", sagt sie und schlingt den seidenen Morgenmantel enger um den Körper. „Die Nacht war furchtbar. Komm rein, nimm dir etwas zu trinken, ich brauche nur ein paar Minuten."

„Wie geht es dir?", fragt Viktor, doch sie antwortet nur mit einem Schulterzucken, während sie sich auf den Weg ins Bad macht. „Soll ich wieder gehen? Ich kann später zurückkommen", ruft er ihr hinterher.

„Nein, bleib, ich bin gleich soweit. Mach's dir in der Zwischenzeit bequem. Es gibt viel zu besprechen!"

Hm, denkt er, so professionell kenne ich sie gar nicht. Hätte nicht gedacht, dass sie sein Tod so mitnimmt. Er geht zum Getränkeschrank und schenkt sich einen Campari mit sehr viel Orangensaft ein. Für eine Weile hört er nur das gleichmäßige Rauschen der Dusche. Immerhin singt sie nicht, denkt er, und fühlt sich irgendwie beschwingt, als wäre ihm eine Last von den Schultern genommen worden.

Als Sabeth in ihrem seidenen Morgenmantel aus dem Bad kommt, zeichnen sich ihre Brustwarzen unter dem leichten Gewebe ab. Ihr nasses Haar hat sie flüchtig zurückgebürstet, und zum ersten Mal fallen ihm die Sommersprossen in ihrem ungeschminkten Gesicht auf.

„Was ist, du schaust so komisch?" Sie setzt sich gegenüber und lässt
es zu, dass die Schösse des Morgenmantels Knie und Schenkel freige-
ben. Viktor kann den Ansatz ihrer Schamhaare sehen.

„Nichts, du bist schön", sagt er verlegen.

„Unsinn, aber es tut gut, das von dir zu hören. Du hast es lange nicht
gesagt. Eigentlich noch nie, wenn ich mich richtig erinnere. Wer von
uns beiden hat überhaupt den anderen verführt?"

„Das willst du jetzt wissen? Gestern war seine Beerdigung", sagt er
verblüfft.

„Glaubst du, Konrad sitzt in der Ecke und hört uns zu?" Amüsiert
lässt sie wie zufällig den Morgenmantel weiter auseinander fallen.

„Was soll das?"

„Meinst du, ich gehöre mit in sein Grab. Wir sind nicht mehr bei den
alten Assyrern, oder wer immer die Frauen lebendig begrub, wenn der
König starb. Sei nicht kindisch. Komm her."

Sie nimmt seine Hand und legt sie auf ihre Brust. „Ich würde gerne
mit dir schlafen, aber du scheinst plötzlich so hilflos. So kenne ich dich
zwar nicht, aber es gefällt mir."

„Sabeth, jetzt? Hier, zwischen all den Blumen?"

„Ja, warum nicht?"

„Aber nicht unter seinem Foto", sagt er halbherzig.

„Vielleicht geht es mir ja danach besser." Sie lässt den Morgenmantel
fallen und nimmt ihn bei der Hand. „Komm", sagt sie und führt ihn in
ihr unaufgeräumtes Schlafzimmer.

Wow, denkt er, sehr viel Zeit lässt sie nicht verstreichen. Doch dann
spürt er nur noch, wie er sie begehrt. Für einen kurzen Moment, bevor

er in ihr versinkt, sieht er ein aufgerissenes Kuvert auf dem Schminktisch.

„Hätte ich nicht für möglich gehalten", sagt er, als er schwer atmend
neben ihr liegt.

„Was hattest du denn gedacht, dass es unanständig ist, dass du nicht
kannst? Dafür bist du viel zu jung." Spitzbübisch zupft sie ihn am Ohrläppchen und streicht ihm über die Lippen. „Ich muss mit dir reden,
Viktor." Ihre Stimme klingt weich und entspannt.

„Aber das tun wir doch gerade, oder willst du, dass wir uns anziehen, bevor du mich in deine Geheimnisse einweihst." Er lacht, doch es
klingt unsicher, zu unwirklich erscheint ihm die ganze Situation. Sie
nackt neben ihm, im Vorzimmer Konrad's Bild, umgeben von einem
Meer weißer Lilien. Ihr Duft muss mir den Kopf vernebelt haben, denkt
er.

„Nein, es ist besser so." Sie richtet den Oberkörper auf und stützt
sich auf den Ellenbogen, um Viktor anzusehen. Die Nacht, als Konrad
starb, geht ihr durch den Kopf. „Du bist meine Frau und kümmerst dich
... um mich und die Kinder", hat er gesagte, denkt sie. Er hielt mich für
sein Hab und Gut, fand es nicht einmal nötig mit mir zu reden, bevor er
uns beide an die Luft setzte. Bin gespannt, wie Viktor reagiert, wenn er
erfährt, dass er keinen Job mehr hat.

Viktor spürt, dass sie in Gedanken ganz woanders ist. Er betrachtet
ihre leicht gesenkte Brust, nimmt eine Brustwarze zwischen die Zähne
und beißt zart hinein. „Jetzt red schon, dich plagt etwas, das nichts mit
Konrads Tod zu tun hat. Oder?"

Sie lächelt immer noch, doch langsam schleicht sich ein verräterisches Glitzern in ihre Augen. „Genau. Unser Spiel ist aus. Ich bin ruiniert, und du stehst auf der Straße." Sie wartet einen Moment und beobachtet seine Reaktion. Als er weiter schweigend an die Decke starrt, als wäre es noch nicht bis in die Tiefen seines Hirns durchgedrungen, fährt sie fort. „Nach Konrads Tod, fand ich auf dem Schreibtisch einen Umschlag, an mich adressiert, ohne weiteren Kommentar. Dort liegt er, du hast ihn vorhin angesehen, als wüsstest du bereits, was drin steht. Es ist Konrads Vermächtnis. Er hat Frohmut wieder eingesetzt und anscheinend kann der jetzt machen, was er will. Für mich ist es ein einziger Affront. Wenn Konrad wenigstens noch darüber geredet hätte, aber er erging sich nur in dubiosen Andeutungen. Und dann finde ich es schön sauber verpackt auf seinem Schreibtisch, an mich adressiert, als hätte er mit seinem Tod gerechnet. Es ist ein Albtraum."

Viktor starrt nur weiter an die Decke. Mist, denkt er, er hat uns alle ausgetrickst und dann hat er sich mir nichts, dir nichts verabschiedet. Nicht die feine Art, aber typisch.

„So sag doch etwas", reißt sie ihn aus seinen Gedanken.

„Du hast es also bereits bei der Beerdigung gewusst", sagt er und atmet tief durch. „Und keinen Ton gesagt."

„Hätte ich eine Szene machen sollen? Vor wem? Vor dir, vor Frohmut? Du hältst mich wohl für dümmer als ich bin."

„Ich glaube, wir sollten uns anziehen", vermeidet er eine direkte Antwort. Er geht ins Bad, kommt aber gleich wieder zurück und schlüpft hastig in die Kleider. „Damit habe ich nicht gerechnet. Vor einiger Zeit vielleicht, aber jetzt nicht mehr. Hatte er früher schon Andeutungen gemacht?"

„Nein, nichts. Er war nicht gerade glücklich über unsere Arbeit, aber das wussten wir ja. Und dass wir miteinander schliefen, machte alles nur noch schlimmer", fügt sie unnötigerweise hinzu. „Er hielt sich mit seiner Kritik nicht gerade zurück. Was machen wir nun?"

Das mit dem Schlafen war längst vorbei, denkt Viktor, aber was spielt das jetzt noch für eine Rolle. „Ich weiß es auch nicht. Dir bleiben doch immer noch seine Vollmachten, oder hat er sie widerrufen, ohne dass du es gemerkt hast. Du hast nichts abgezeichnet, um das er dich schnell zwischen Tür und Angel zu unterschreiben bat. Als du in Eile warst und keine Zeit hattest es genau zu lesen. Wegen seines Nachlasses oder Ähnliches, in dem er dir die Rücknahme der Vollmachten untergejubelt haben könnte?"

„Viktor", sagt sie tadelnd. „Natürlich nicht, Konrad war todkrank, sogar gesund hätte er so etwas nicht getan."

Immerhin hat er uns klassisch ausmanövriert. Nicht schlecht für einen Todkranken, denkt Viktor. „Entschuldige, so war es nicht gemeint. Dann hat er es allein mit Frohmut über den Notar gespielt. Darf ich die Papiere sehen?"

„Sie liegen auf meinem Schminktisch, meine Morgenlektüre gewissermaßen. Ich mache mir inzwischen einen Espresso. Für dich auch?"

„Ja, gern", sagt Viktor, bereits auf dem Weg.

Als er zurückkommt, setzt er sich zu ihr an den Küchentisch, nimmt das Gesicht in beide Hände und streicht die Augenbrauen glatt. Er stützt das Kinn auf beide Daumen und sagt resigniert: „Es sieht nicht gut aus. Er hat alles vom Notar beglaubigen lassen. Frohmut bestimmt jetzt den Zeitplan. Irgendwann wird er dir die Pistole auf die Brust setzen. Für mich ist es wohl besser ich sehe mich nach einem neuen Job um."

Für eine Weile sitzen sie schweigend da, bis das Zischen des Dampfrohrs ertönt. Sabeth steht auf, holt die beiden Tassen von der Espressomaschine und stellt eine vor Viktor. Sie selbst nimmt sich einen gestrichenen Teelöffel Zucker und rührt bedächtig, während sie Viktor schweigend betrachtet, als erwarte sie eine Antwort.

„Aber vielleicht täusche ich mich auch", sagt er noch bevor er den ersten Schluck genommen hat. Er klingt nicht mehr ganz so hoffnungslos. „Die Firma braucht Geld, so oder so. Wir könnten Fakten schaffen und einen Teil der Firma verkaufen, bevor uns Frohmut an die Luft setzt. Was denkst du?"

Sie antwortet nicht gleich, nippt nur an ihrem Kaffee. Schließlich sagt sie gedehnt: „Dein Kaffee wird kalt. Was meinst du mit verkaufen?"

„Mit Geld kann ich umgehen, ich weiß wie man es beschafft. Wenn es uns gelingt einen Investor zu finden, der uns hilft die Firma auszubauen, wird es schwer für Frohmut, das einfach zu ignorieren. So bleiben wir im Spiel. Ich weiß nur nicht, ob ich es schnell genug hinkriege. Soll ich, oder soll ich nicht? Wenn ja, muss ich mich beeilen."

„Ach Viktor, es scheint alles so kompliziert."

„Sabeth, es ist deine einzige Chance, wenn du nicht die nächsten zehn Jahre vor Frohmut zu Kreuze kriechen willst." Er drängt, stößt es hastig hervor, als befürchte er, dass sie nein sagen könnte.

„Du bist gemein, ihr Zahlenmenschen seid alle gemein, ich hätte mich nie auf euch einlassen dürfen."

„Glaubst du, du wärst ohne mich besser dran?", fragt er kalt. „Aber so ist es nun mal, wer einsteigt muss wissen auf was er sich einlässt. Und manchmal verliert man eben auch. Was willst du, soll ich oder soll ich nicht?"

„Geh und versuch's." Sie wirkt resigniert, hilflos und für einen Augenblick sieht sie aus, als würde die Luft aus ihr entweichen.

„Ja, aber du lässt mich nicht im letzten Moment hängen, oder?", fragt er nach, ob sie es auch wirklich meint.

„Viktor! Wann habe ich dich schon hängen lassen?"

„Gut, ich halte dich auf dem Laufenden. Aber jetzt brauche ich etwas Starkes nach diesem Schock. Du auch?"

„Ja bitte."

Er geht zum Getränkeschrank und kommt mit zwei halb vollen Gläsern Whiskey zurück. „Straight, wie immer." Mit einem aufmunternden Lächeln reicht er ihr das Glas. „Je länger ich darüber nachdenke, scheint mir ein Teilverkauf der einzig gangbare Weg. Frohmut ist nicht der Schnellste, außerdem wird er pietätvoll eine Weile warten, und denkt wahrscheinlich, dass ihm sowieso nichts passieren kann, mit seinen wasserdichten Vollmachten. Vielleicht wird er auch eine Weile zusehen, wie wir beide strampeln. Wie eine Spinne, die uns in ihrem Netz gefangen hat. Aber ich komme ihm zuvor, und plötzlich steht er mit leeren Händen da." Je länger Viktor redet umso euphorischer klingt er. Er scheint sich an den eigenen Worten zu begeistern und agiert, als hätte er bereits gewonnen.

Sabeth hört mit Skepsis, wie er sich an seinen Wunschvorstellungen berauscht. „Ach du mit deinen grandiosen Ideen. So sehr viele haben bisher nicht funktioniert, aber vielleicht klappt es ja diesmal. - Viktor, glaubst du, Konrad hat damit gerechnet, dass er stirbt? Warum hat er den Umschlag an mich adressiert, er muss etwas geahnt haben. Irgendwie macht das Ganze keinen Sinn."

„Wie kommst du denn auf die Idee. Der Zeitpunkt ist Zufall, reiner Zufall. Du bist Ärztin, du weißt besser als ich, wie es um ihn stand."

„Ich hab so ein komisches Gefühl. Was ist, wenn ihm Dorothee geholfen hat. Er könnte sich die nötigen Sachen besorgt und sie gebeten haben ihm zu helfen. Sie war so durcheinander, wie ich sie nie zuvor erlebt habe."

„Sie hat ihn gemocht. Sei froh, Sabeth, dass es vorbei ist. Er hatte am Ende kein gutes Leben mehr, vergiss das nicht. Es ist egal, wie es passierte. Außerdem warst du mit ihm allein, als er starb, hast du gesagt."

„Ja, aber...", sie stoppt abrupt, als hätte sie bereits zu viel gesagt. „Und es spielt jetzt auch keine Rolle mehr, ob er uns beiden vertraute", fügt sie schnell hinzu.

„Ja, wir können ihn nicht mehr enttäuschen", bestätigt Viktor. „Ab jetzt geht es nur noch um Frohmut. Er oder wir, das macht alles viel leichter."

„Ich bin froh, dass du das so siehst. Es stimmt, es war das Beste, was Konrad passieren konnte, bevor es noch schlimmer wurde. Er hätte es so gewollt." Sie atmet auf, greift nach dem Whiskeyglas und stellt sich ans Fenster von wo sie den Garten überblicken kann.

Viktor spürt, dass es besser ist zu gehen. Er steht auf und legt seine Hand auf ihre Schulter. „Es war ganz sicher das Beste", sagt er leise. „Ich muss jetzt gehen, Sabeth, kommst du klar allein?" Während er noch auf ihre Antwort wartet, denkt er: Es hat sie stärker getroffen, als ich dachte. Soll mir egal sein, ich muss mich um meinen eigenen Kram kümmern. Er geht zum Tisch zurück und stürzt den Kaffee hinunter, den Whiskey gleich hinterher. Als sie endlich antwortet, hört er, dass sie geweint hat.

„Es geht schon besser. Schön, dass du gekommen bist, und vielen Dank für alles. Sehe ich dich bald?"

„So oft du willst, ruf mich an. Aber am Montag solltest du in die Firma kommen, nur kurz, die Leute brauchen das Gefühl von Kontinuität, sie sind sonst zu verunsichert. Und gib mir bitte Bescheid, wenn sich Frohmut meldet." Er geht zu ihr und küsst sie auf den Mund. Sie wirkt gefasst, die Tränen hat sie längst getrocknet.

An der Tür dreht er sich noch einmal um, lächelt ihr zu und hebt beide Arme, mit den Daumen nach oben.

„Gut, dass Sie gleich kommen konnten", sagt Thomas Sutter und geht mit ausgestreckter Hand auf Viktor zu.

„Ich war so erleichtert, als Ihre Sekretärin anrief und den Termin bestätigte", sagt Viktor, während er überschwänglich Sutters Hand schüttelt. „Ich bin an einem See aufgewachsen, in der Umgebung Münchens. Für mich ist dieser Blick aus dem Fenster ungeheuer beruhigend." Er weist auf das Blau des Zürichsees, das nur gelegentlich von den Wellen eines vorbeifahrenden Passagierschiffs gebrochen wird.

Der fällt mir richtiggehend um den Hals, denkt Sutter, aber er ist schließlich noch jung, da darf er das. Für einige Menschen scheint der See tatsächlich magische Wirkung zu haben. Die Anisevic stand genauso am Fenster und träumte. „Hat man Ihnen nichts zu trinken angeboten?"

„Doch, Kaffee, mehr davon vertrage ich nicht. Ich bin richtig froh, dass es so schnell geklappt hat" wiederholt sich Viktor. „Wollen wir gleich über unsere Planung reden?"

„Immer langsam", sagt Sutter und mustert Viktor, bis der anfängt nervös an sich herumzunesteln. „Über die Mikro System reden wir später, wenn einer meiner Analysten dabei ist. Zuerst möchte ich mich ausführlich mit Ihnen allein unterhalten. Mir liegt daran meine Geschäftspartner zu kennen, bevor ich mich näher auf sie einlasse. Als Sie uns die Anteile an der Antar verkauften, ging alles sehr schnell, es gab keine Gelegenheit sich auszutauschen. Erzählen Sie mir wer Sie sind, und lassen Sie sich Zeit. Bleiben Sie über Nacht, oder müssen sie heute noch zurück?"

Er will mich besser kennen lernen, denkt Viktor, warum? Es geht um eine Transaktion, die Zahlen sprechen für sich. Soll mir egal sein, wie er vorgeht, Hauptsache ich komme an sein Geld. Aber anscheinend meint er es ernst, sonst bräuchte es dieses Ritual nicht. „Ich habe den letzten Flug gebucht, gegen neun, ich hoffe das reicht."

Um Sutters Mund blitzt ein amüsiertes Lächeln auf, das aber gleich wieder verschwindet. „Allemal. Na dann, schießen Sie los."

Viktor schlägt die Mappe vor ihm auf, als wolle er daraus vorlesen, lässt es dann aber und sieht Sutter in die Augen. „Wo soll ich anfangen?"

„Wo Sie wollen."

„Na gut. Ich habe Volkswirtschaft studiert, in Frankfurt, schon vor fünf Jahren abgeschlossen. Seither laboriere ich an einer Doktorarbeit, aber ich komme nicht richtig voran. Zu viele Projekte nebenher, das macht es mühsam. Wahrscheinlich sollte ich mich auf eine Sache konzentrieren."

„Und warum tun Sie es nicht?"

„Es kommt immer etwas Neues, Interessanteres. Manchmal frage ich mich, ob ich die Doktorarbeit überhaupt noch brauche. Auf alle Fälle habe ich sie jetzt erst einmal auf Eis gelegt."

„Und die anderen Projekte, wie steht's damit?", fragt Sutter, der sich wundert, weshalb ihn das überhaupt interessiert. Normalerweise hätte er Viktor längst in der Kategorie - Tanzt auf allen Hochzeiten - abgelegt.

„Eines der Projekte war der Börsengang der Antar und jetzt die Mikro System, die mich ziemlich auf Trab hält. Wie geht es der Antar übrigens, seit Sie aufgestockt haben?"

Sutter zieht nur die Augenbrauen hoch und wackelt leicht mit dem Kopf. Es ist ihm anzusehen, wie wenig er die Frage schätzt. „Die Beteiligung wird von einem meiner Leute betreut, ich habe damit wenig zu tun", lügt er. „Wahrscheinlich wissen Sie mehr über die Firma als ich. Aber erzählen Sie weiter. Wie lange sind Sie schon bei der Mikro System GmbH?"

„Seit einem Jahr. Wir machen noch Verluste, weil meine Vorgänger den Markt verschlafen haben und zu lange auf ihren Hochpreisprodukten sitzen blieben. Operativ schreiben wir aber bereits schwarze Zahlen. Nur reicht das nicht, um das weitere Wachstum zu finanzieren. Wir wollen nach China und den dortigen Markt ausbauen. Die Aussichten sind gut."

Das sagt jeder, denkt Sutter. „Wie sind Sie denn zu dem Job gekommen? Etwas ungewöhnlich in Ihrem Alter."

„Es gab Unstimmigkeiten in der Gründerfamilie. Der Mehrheitsgesellschafter, Professor Konrad Arnold, übertrug mir die Geschäftsführung, als sich sein Parkinson verschlimmerte. Leider ist er vor kurzem verstorben."

Sutter sieht verblüfft auf Viktor. Arnold, schon wieder Arnold, denkt er. Joao hat von einer Arnold gesprochen, Ärztin, aber das war wohl eher Zufall. Doch auf einmal fällt es ihm wie Schuppen von den Augen: Professor Arnold, Dr. Dr. Konrad Arnold, Inka hat von ihm gesprochen. Sie hat damals bei ihm famuliert. Es war die Erinnerung an ihre Stimme, die mich nicht sofort auflegen ließ, als Viktor mitten in der Nacht anrief. Dieselbe rauchige, leicht belegte Stimme, die mich schon in Berlin an ihr faszinierte. Bei ihrem Vortrag in London hab ich sie nicht erkannt. Es ist so lange her und das Mikrofon hat ihre Stimme verzerrt.

Ein exzellenter Vortrag, ruhig und selbstbewusst, auch wenn sie in manchen Antworten fast arrogant rüber kam. Ich darf mir nichts anmerken lassen. „Und jetzt haben sie Angst, dass Sie unter die Räder kommen, weil Ihr Mentor weg ist. Ist das der Grund für die plötzliche Eile?", fragt er ganz ruhig.

„Nein, wie kommen Sie darauf. Es geht nur darum, unsere Optionen auszuloten. Die Familie vertraut mir vollkommen. Ich bin praktisch mit der Tochter von Professor Arnolds Bruder aufgewachsen."

„Interessant. Was macht Ihr Vater?"

„Er leitet die Pathologie eines großen Klinikums in der Nähe von München. Außerdem ist er Mehrheitsgesellschafter einer Pharmafirma, die aus Kartoffelstärke Antibiotika kultiviert."

„Sie kommen also aus einem guten Stall. Alles Mediziner?"

„Ja, lauter Mediziner, nur ich bin das schwarze Schaf", sagt Viktor und lacht kurz auf.

Sutter betrachtet ihn aufmerksam. Mitte dreißig würde ich schätzen, denkt er. Er könnte mein Sohn sein. Blödsinn, es war nur eine Nacht, aber die Nähe in ihren Armen habe ich nie vergessen. Er sieht ihr ähnlich, und doch wieder nicht.

„Das macht nichts. Wir alle sind vom Leben durcheinander gewürfelt. Ich hatte mal eine Freundin, sehr erfahren, weit gereist, aus einem alten Adelsgeschlecht. Sie lebte lange in Rom, zusammen mit ihrem Vater. Als der starb, kehrte sie nach Deutschland zurück. Ihr war wohl das Geld ausgegangen, so genau weiß ich es nicht, sie sprach nicht gern über diesen Teil ihres Lebens. Wir trafen uns gelegentlich, wenn ich in Deutschland war, um Schach zu spielen. Eines Abends, nachdem sie ein Glas zu viel getrunken hatte, meinte sie, es wäre doch verwunderlich, dass die Alliierten nach dem zweiten Weltkrieg nicht alle Deutschen ausgerottet hätten. Es wäre wirklich nichts dran an diesem beschissenen deutschen Kleinbürger. Halten Sie das für sehr elitär?"

Viktor erstarrt vor Schreck, mein Gott, an wen bin ich denn hier geraten, denkt er. Verena könnte so etwas sagen, an einem ihrer schlechten Tage, wenn sie ihre Familie nicht mehr ertragen kann. Aber nicht er, er kennt mich doch überhaupt nicht. Nur ja keine Unsicherheit anmerken lassen, aber irgendetwas muss ich sagen, ich kann es nicht einfach übergehen. Wenn ich die Antwort verbaue, ist es aus mit dem Geld. „Möglicherweise hat Ihre Freundin nicht sehr viele Kleinbürger gekannt, und sich nur über ein paar Touristen auf der Piazza Navona geärgert. Dann passiert schnell mal, dass man Leute zum Teufel wünscht, weil einem dies oder jenes an ihnen missfällt. Heute, würde ich meinen, klingt so eine Ansicht etwas antiquiert. Was macht ihre Freundin, wenn sie keine Bonmots verteilt?"

Sutters Mundwinkel schnellen kurz nach oben, als amüsiere ihn Viktors Antwort. „Im Winter geistert sie gerne in Indien herum. Aber die meiste Zeit verbringt sie in Griechenland, in einem kleinen Dorf, wo sie mit einem Esel zusammenlebt."

„Einem Esel von Mensch?"

Sutter grinst jetzt wie ein zufriedener Kater. „Nein, einem richtigen. Sie schätzt ihn sehr." Langsam verändert sich seine Körpersprache. Er drückt den Rücken durch, legt die Arme auf den Tisch und beginnt mit dem Stift auf seinem leeren Schreibblock zu daddeln. „Ihre Antwort ist sehr diplomatisch, Herr Menge, aber Sie brauchen sich keine Sorgen zu machen, ich gehöre nicht zum alten Adel. Ich weiß, wie man sich hocharbeitet. Aber lassen wir das, ich wollte nur hören, ob sie mit silbernen Löffeln aufgewachsen sind."

„Und, welchen Eindruck haben Sie jetzt?"

„Dass Sie den Erfolg wollen, ihren eigenen, nicht den Ihres Vaters, schon gar nicht den der Arnolds. Sie vertreten deren Interessen, aber es fällt ihnen zunehmend schwer. Als Geschäftsführer glaubten Sie anfangs, es wäre Ihr Unternehmen, und jetzt merken Sie, dass Sie nur deren Handlanger sind. Und wenn Sie das Unternehmen wieder auf Kurs gebracht haben, wird man Sie zurück in die Wüste schicken. So machen es alle, denen der Besitz mehr bedeutet, als die Menschen um sie herum. Tief drinnen wissen Sie das, deshalb wollen Sie selbst Eigentümer werden. Ist es nicht so?"

Viktor sieht verblüfft auf Sutter. „Ich wusste nicht, dass Sie Hellseher sind. Eigentlich kam ich wegen Ihres Geldes. Aber so abwegig ist der Gedanke nicht", sagt er, wobei er sich bereits damit abgefunden hat, dass es wohl nichts werden wird mit Sutters Einstieg bei der Mikro System.

„Tja, so leicht kommt man nicht an mein Geld", sagt Sutter und stahlt über das ganze Gesicht. „Dann lassen Sie uns mal über das Eingemachte reden, deshalb sind Sie ja schließlich hier. Wie viel brauchen Sie? Ich meine, was brauchen Sie wirklich, damit es wieder rund läuft, nicht nur, um Sie über Wasser zu halten. Ich bin nicht daran interessiert, Ihr Unternehmen vor dem Absaufen zu retten. Wenn es nicht genug Ausbaupotenzial besitzt, lasse ich die Finger davon. So still wie die Firma in den letzten Jahren vor sich hindümpelte, ist sie für mich uninteressant. Und ich möchte wissen, was bei uns hängen bleibt, wenn der turn-around klappen sollte. Normalerweise steigen wir nicht ein, ohne

Aussicht auf eine Rendite von mindestens dreißig Prozent. Klingt hoch, ist in Anbetracht der Risiken aber eher niedrig. So jetzt sind Sie dran."

Viktor ist überrascht, mit dieser Wendung hat er nicht mehr gerechnet. Er wollte mich nur aus der Reserve locken, denkt er. „Wir brauchen drei Millionen Euro. Das Geld geht in den Ausbau des internationalen Vertriebs, vielleicht eine halbe Million in die Produktentwicklung, das wird sich in den nächsten Wochen zeigen. Nichts wird ausgeschüttet. Dafür bekommen Sie fünfundzwanzig Prozent Anteile an der Firma."

„Ziemlich hoch die Bewertung. Sie gehen von zwölf Millionen aus, nicht schlecht in Anbetracht ihrer Verluste."

„Ja, aber wir können nicht nur auf Heute sehen, die Mikro System war über lange Jahre eine solide Cash Cow, da will ich sie wieder hinbringen."

„Und Sie trauen sich das zu?"

„Ja, wir sind auf dem besten Weg."

„Das weiß man immer erst hinterher. Stimmen die Arnolds Ihrer Bewertung zu?"

„Im Prinzip ja."

„Was heißt im Prinzip?"

„Sie sind immerhin bereit, Anteile abzugeben. Die Bewertung erscheint ihnen fair, natürlich wollen die Besitzer immer mehr, als die Käufer bereit sind zu zahlen, aber da erzähle ich Ihnen ja nichts Neues. Es wird auf die Rechte ankommen, die sie mit einer Minderheit erwerben."

Sutters Augen formen sich zu schmalen Schlitzen. Er schüttelt den Kopf und sagt bestimmt, als gäbe es nichts daran zu rütteln. „Ich will keine Minderheit, schminken Sie sich das gleich ab. Entweder ich erhalte einundfünfzig Prozent oder ich fasse das gar nicht erst an."

„Zu der genannten Bewertung? Aber, soviel Geld brauchen wir gar nicht."

„Sie täuschen sich, das ist ja nur der Kaufpreis. Danach kommen die Investitionen, um den Laden wieder flott zu kriegen. Und Sie wären der erste Manager, der sich dabei nicht verschätzt. Außerdem kriegen sie das Geld nur in Tranchen, die an solide Meilensteine gebunden sind. Sagen Sie das Ihren Besitzern, es stecken zu viele Risiken in dem Geschäft."

Der ist knochenhart, denkt Viktor, aber er ist unsere einzige Chance. „Ich kann das nur zur Kenntnis nehmen, Herr Sutter. Ich muss es den Arnolds vortragen, es ist mehr als ich erwartet hatte. Wie sähe denn die Zusammenarbeit zwischen uns beiden aus?"

Sutter sieht ihn verwundert an. „Die Frage kommt etwas früh, finden Sie nicht, Herr Menge? Sie machen ihren Job wie bisher, gut hoffentlich. Wenn nicht, trennen wir uns. So einfach ist das. Die Bewertung hängt natürlich davon ab, wie glatt die due diligence verläuft. Aber das wissen Sie ja."

Verdammte Gier, warum kannst du nicht die Klappe halten, denkt Viktor und nickt. „Kann ich Ihnen sonst noch etwas zum Unternehmen sagen, zum Markt, zu den Produkten. Soll ich separat mit Ihrem Analysten reden?", fragt er unsicher.

„Nein, das machen wir später, verdauen Sie jetzt erst einmal, was ich Ihnen gesagt habe. Reden Sie mit Ihren Altvorderen, wenn die dann immer noch verkaufen wollen, rufen Sie mich an. Brauchen sie ein Taxi?"

„Danke, ich habe einen Mietwagen genommen. Sie residieren wunderbar, direkt am See", fügt Viktor lahm hinzu, weil er nicht versteht, warum auf einmal alles ganz schnell geht.

„Danke, ich brauche gute Mitarbeiter, denen muss ich etwas bieten. Na dann." Sutter steht auf und signalisiert damit, dass das Gespräch beendet ist. „Ich bringe Sie zum Aufzug, nicht dass Sie mir verloren gehen", sagt er leichthin.

Als Viktor durch die Aufzugstür tritt, dreht er sich noch einmal um und hebt unbeholfen die Hand. „Ich hoffe, wir sehen uns bald wieder", sagt er, während sich die Schiebetür schließt.

Er ist viel zu schnell auf die Bewertung eingegangen, denkt er auf dem Weg zum Auto. Und dann habe ich mich auch noch verplappert. Das wird wohl nichts. Aber falls er doch will, was ist, wenn ich den Preis zu niedrig angesetzt habe? Ich kriege das Gefühl nicht los, dass es ihm weder um mich noch um die Bewertung ging. Irgendetwas passt hier nicht richtig.

Im Spätherbst des Jahres zweitausenddrei landet Christina Araba in Berlin. Als sie durch die automatische Schiebetür am Flughafen Tegel nach außen tritt, packt sie eine graue, nasskalte Hand. Die Luft riecht nach Schnee.

Zur selben Zeit fällt es Thomas Sutter immer schwerer neues Geld zu beschaffen, um seine Altinvestoren bei Laune zu halten. Seine Waffengeschäfte laufen schlecht, seit der Westen in Afghanistan und dem Irak einmarschiert ist. Goddard hat die Kontakte auf ein Minimum reduziert, und in der Private Equity zeichnet sich bereits die kommende Finanzkrise ab. Sutters Beteiligungen sind praktisch unverkäuflich geworden, an einen Börsengang ist kaum noch zu denken. Er fragt sich, wie lange er noch durchhält.

Als er nach einem Geschäftsessen ins Büro zurückkommt, findet er auf der Anrufliste auch Viktor Menge und Christina Araba vor.

„Diese Christina Araba, was wollte sie?", fragt er Janet.

„Nichts besonderes, nur, dass sie Sie gerne treffen möchte. Sie hat gesagt, sie kennt Sie von früher."

„Haben Sie ihre Nummer?"

„Ja, es ist eine Berliner Vorwahl." Janet sieht ihn fragend an, als erwarte sie eine Erklärung oder zumindest Anweisung was sie jetzt tun soll.

„Sie ist die Tochter eines alten Freundes. Rufen Sie bitte gleich zurück, die anderen auf der Liste können warten. Bei Viktor Menge geht es ja doch wieder nur um den Einsteig in seine Münchner Firma."

Kurz darauf stellt Janet die Verbindung her und Sutter ruft mit aufgekratzter Fröhlichkeit. „Christina, nach all den Jahren. Ich wusste nicht einmal, ob du überhaupt noch lebst. Entschuldige, das hätte ich nicht sagen sollen. Wo bist du, was machst du?"

„Ich bin in Berlin, auf den Spuren meines Vaters", sagt sie überrascht von dem überschwänglichen Empfang. Schnell wählt sie denselben vertrauten Ton wie Sutter. „Außerdem will ich die Stadt kennen lernen, schließlich bin ich hier geboren. Ich höre, du bist ein gefragter Mann, hättest du trotzdem Zeit für mich? Vielleicht könnten wir uns in Berlin treffen."

„Wie lange bleibst du?"

„Bis Ende des Monats."

Für eine Weile herrscht Stille in der Leitung während Sutter in seinem Kalender blättert. „Das könnte klappen. Eines unserer Unternehmen hat seinen Sitz in Teltow, im Süden Berlins. Am Dienstag nächster Woche bin ich dort. Mittwoch oder Donnerstag kann ich mir frei halten. Ich hänge einen Tag dran, wenn du willst."

„Mittwochabend wäre wunderbar." Christina, verwundert über soviel Entgegenkommen, weiß nicht recht wie sie darauf reagieren soll. „Und wo?", fragt sie.

„Warum nicht im Hilton am Gendarmenmarkt? Du kannst es nicht verfehlen. Ich wohne immer dort, wenn ich in Berlin bin."

„Soll ich dich vorher noch anrufen?"

„Nicht nötig. Um acht in der Bar, da kann ich dich nicht verfehlen. Wir können etwas trinken und danach zusammen essen gehen, wenn dir die Gesellschaft eines alten Mannes nicht zuwider ist."

Das hatte ich nicht erwartet, denkt sie. Wir haben uns dreißig Jahre nicht gesehen, er kennt mich nur als kleines Mädchen, und jetzt diese Freundlichkeit. Er spielt mit mir. Egal, es ist meine Chance. „Gern. Ich freue mich, warum bist du so freundlich", kann sie sich nicht verkneifen nachzufragen. Doch sie beißt sich sofort auf die Lippen, als hätte sie einen gravierenden Fehler begangen.

„Hey, du bist Kofis Tochter, du hast auf meinen Knien geschaukelt, reicht das nicht, um freundlich zu sein", lacht er. „Wie erkenne ich dich? Das kleine Mädchen mit den abstehenden Zöpfen dürfte wohl kaum noch passen."

‚Ite, missa est - gehet hin in Frieden', klingt ihr die Stimme der Nonne in den Ohren, mild und freundlich, am Tag als Kofi erschossen wurde. ‚Deo gratias - Dank sei Gott dem Herrn', haben wir geantwortet, denkt sie. Erst als sie gegangen ist, durften wir auf den Schulhof. Sie sieht Celia vor sich, als sie aus der Schule kam, Cléo aufgelöst in Tränen. Im Hintergrund Sutter, schweigend auf Celia sehend. Was soll ich tun, Cléo kann sie nicht allein großziehen?, fragte ihn Celia. Du musst dich um die beiden kümmern, ich werde bald das Land verlassen, sagte er. Ich erinnere mich wie gestern, denkt sie. Ich durfte Kofis Leichnam nicht sehen.

„Du erkennst mich schon, allzu viele schwarze Frauen wird es wohl nicht geben in dieser Bar", sagt sie reserviert.

„Na gut, ich spreche sie einfach alle an", lacht er hell auf, als gefalle ihm die Vorstellung.

Nachdem sie aufgelegt hat, starrt sie eine Weile sprachlos auf das tote Telefon. Er hört sich völlig natürlich an, nicht wie einer, dem das schlechte Gewissen im Nacken sitzt, denkt sie. Irgendetwas stimmt nicht, er hat viel zu viel gelacht, wo es eigentlich nichts zu lachen gab. Entweder ich habe mich verrannt, oder er ist ein glänzender Schauspieler. Ich brauche jemand mit dem ich sprechen kann. Jean geht nicht, er ist verreist, schwer erreichbar, hat er gesagt. Und hier in Berlin kenne ich niemand, außer Verena Arnold, Joao Machels Freundin. Sie gab mir ihre Karte. Reicht das um sie anzurufen? Was soll's, ich versuch's, sie machte einen patenten Eindruck.

Christina nimmt den Hörer ab und wählt Verenas Praxisnummer. „Spreche ich mit Verena Arnold?", fragt sie, als sie eine weibliche Stimme hört.

„Nein, Dr. Arnold spricht gerade mit einem Patienten. Kann ich Ihnen vielleicht helfen."

„Das glaube ich kaum. Ich bin eine Bekannte von Verena, wir kennen uns aus Südafrika. Ich wollte ihr nur sagen, dass ich in Berlin bin und sie gerne treffen möchte."

„Warum versuchen Sie es nicht später noch einmal. Halt, da kommt sie gerade. Einen Moment bitte."

Christina hört Getuschel im Hintergrund, dann meldet sich Verena. „Verena Arnold. Meine Dame hat ihren Namen nicht verstanden, um was handelt es sich bitte?"

„Christina Araba, wir haben uns in Johannesburg getroffen."

Für eine Weile lauscht Verena dem Nachklang von Christinas Stimme, deren leichtes Klicken sie an den Wortschwall der Xhosa Kinder erinnert, wenn sie ihr aufgeregt etwas erzählen wollten. Als die Stille in der Leitung anhält, merkt sie erst, dass sie vergessen hat zu antworten. „Oh natürlich. Hallo Christina, Ihre e-mail habe ich erhalten, aber meine Antwort kam immer wieder als Fehlermeldung zurück. Ich woll-

te Ihnen sagen, dass Sie herzlich willkommen sind, und auch bei mir
wohnen können, aber jetzt sind Sie vermutlich bereits hier. Oder sind
Sie etwa noch in Lagos?"

„Nein, ich bin schon seit Freitag in Berlin. Ich wollte fragen, ob wir
uns vielleicht treffen könnten."

Weshalb ich, denkt Verena, das Treffen in Johannesburg galt nur
Joao, und das Ergebnis war eher mager gewesen. Er traut ihr nicht, will
die Geschichte über den Tod ihres Vaters nicht glauben. Warum jagt
sie ein Phantom, das noch dazu ganz offen in Zürich residiert. Die ganze Geschichte macht wenig Sinn, hat Joao gesagt. Trotzdem, die Frau
hat mir gefallen, eine Kämpferin, es müsste mehr davon geben. „Wie
wäre es diesen Samstag, ich habe keinen Notdienst und meine Praxis
ist geschlossen. Haben Sie Zeit?"

„Natürlich."

„Dann machen wir es doch. Kennen Sie das Viertel Prenzlauer Berg?
Da gibt es ein nettes Restaurant, das Yala Yala in der Kopenhagener-
straße. Ganz in der Nähe meiner Praxis."

„Prenzlauer Berg, natürlich, da bin ich geboren. Ich kenne die Ko-
penhagener."

„Wie passend. Wie wär's um elf, oder ist Ihnen das zu früh. Ich lade
Sie gern zum Frühstück ein."

„Danke, das ist sehr nett. Ich muss mit jemand reden und außer Ihnen kenne ich niemand in Berlin. Ich hoffe es kommt Ihnen nicht ungelegen."

„Nein überhaupt nicht, ich freue mich darauf Sie wiederzusehen."

Christina ist zu früh dran und als sie die Speisekarte des Yala Yala überfliegt, merkt sie, dass sie in einem arabischen Restaurant gelandet ist. Im ersten Moment will sie sofort wieder gehen, doch dann bestellt sie ein Glas Wasser und wartet auf Verena. Als die atemlos und verspätet erscheint, fragt Christina, noch bevor Verena ihren Mantel ablegen kann, ob sie auch woanders essen können.

„Klar, ich frühstücke sowieso lieber in einem kleinen Blumenladen, ganz in der Nähe. Ich habe ihn nur nicht gleich vorgeschlagen, weil er schwer zu finden ist. Es gibt dort auch frei herum fliegende Papageien", fügt Verena lachend hinzu.

„Papageie in Berlin? Wegen mir?", fragt Christina trocken, doch Verena ist bereits auf dem Weg nach draußen und hat es nicht mehr gehört.

„Warum wollten Sie partout nicht im Yala Yala bleiben?", fragt Verena, als sie die Straße überqueren. „Sie sahen richtig verstört aus."

„Ich mag keine Muslime", stößt Christina hervor, als wäre ihr das Thema unangenehm. „Vielen Dank übrigens, dass Sie Zeit für mich haben. Ich weiß, ich habe Sie überfallen, aber Sie sind die Einzige, die ich in Berlin kenne. Und ich musste unbedingt mit jemand sprechen, sonst wäre ich geplatzt."

„Warum, was ist passiert?"

„Ich habe mit Sutter telefoniert, und jetzt bin ich völlig durcheinander. Er war ausgesprochen freundlich und will mich am kommenden Mittwoch im Hilton treffen."

„Sutter, der Mann von dem Sie vermuten, dass er Mitschuld am Tod Ihres Vaters hat? Und schon in vier Tagen?"

„Ja, wir sprachen in Johannesburg über ihn."

Anstelle einer Antwort weist Verena auf eine von Blumen und Bäumchen in großen Tontöpfen eingerahmte Tür. „Wir sind da, das Café mit den Papageien.“

Christina sieht sich neugierig um und lacht dann erleichtert auf. „Ich mag Blumen, auch Papageien, aber eben keine Muslime.“

„Deshalb wollten Sie nicht im Yala Yala bleiben?“

„Ja.“

„Hat die Animosität gegen Muslime auch etwas mit Ihrem Vater zu tun?“, fragt Verena, während sie sich an einen kleinen Tisch in der Ecke des Cafés setzen.

„Ich kann es nicht richtig erklären. Es hängt vermutlich mit unserer Situation in Nigeria zusammen. Ich war noch sehr klein, als Vater und ich die DDR verließen. Sutter hat uns nach Kaduna geholt, das ist schon ziemlich nördlich. Ich ging dort zur Schule, aber die anderen Kinder haben mich nicht akzeptiert. Ich war das einzige Kind mit heller Haut. Vielleicht habe ich meine Wut von damals auf die Haussa übertragen, die heute die meisten Schlüsselpositionen im Militär besetzen und damit umgehen, als gehöre ihnen das ganze Land. Irgendwie habe ich immer das Gefühl, dass mein Vater in diesem Sumpf aus Stammesfehden und Korruption umgekommen ist. Aber das ist vermutlich nur ein Vorurteil. Was nehmen Sie, Verena? Ich darf Sie doch so nennen, und ich würde Sie gerne einladen, wenn Sie mir schon Ihre Zeit schenken.“

„Nein, nein, die Einladung geht auf mich. Ich freue mich, dass Sie an mich gedacht haben.“ Mit einem neugierigen Lächeln reicht sie Christina eine Speisekarte. „Eine englischsprachige gibt es hier leider nicht, es ist mehr ein Blumenladen und hat mit Touristik wenig zu tun. Aber Ihr Deutsch ist so gut, dass Sie bestimmt wunderbar zurecht kommen."

„Es geht, aber ich würde trotzdem gerne ins Englische wechseln. Sie sprechen es makellos, wie ich in Johannesburg gehört habe."

„Danke, aber da gibt es schon noch einiges zu verbessern. Vor allem bin ich aus der Übung, aber unser Gespräch hilft mir ja jetzt."

„Außerdem fällt dann auch das förmliche Sie weg", ergänzt Christina. „Das you ist mehrdeutig, finde ich, jeder kann hineinlesen was er will."

„Wir können aber auch im Deutschen zum Du wechseln, wenn Sie das wollen. Ich fände es gut."

„Gern, aber lass uns trotzdem englisch reden, ich fühle mich einfach sicherer."

Auf einmal wirkt Christina viel lockerer. Sie erzählt, wie sie versuchte ihre Mutter zu finden, aber bisher ohne Erfolg. Doch vor allem spricht sie über das Telefonat mit Sutter, wie sehr es sie durcheinander gebracht hat.

„Warum?", fragt Verena. „Ich dachte, du wolltest ihn treffen, damit er dir sagt, ob er etwas mit dem Tod deines Vaters zu tun hat."

Für einen Moment hängt nur das Kreischen der Papageie in der Luft. „Glaubst du wirklich, dass er das tun würde?", fragt Christina erstaunt. „Meine Hand halten, mir übers Haar streichen und gestehen: Mein armes Mädchen, verzeih mir, aber ich musste es tun. Er war mir im Weg, also blieb mir gar nichts anderes übrig, als einen Killer zu beauftragen. Ich glaube, das würde er nicht tun", sagt sie bestimmt.

„Aber wie willst du sonst vorgehen? Mit ihm essen und über alte Zeiten reden, als er dich auf dem Schoß geschaukelt hat. Du weißt nicht was vorgefallen ist, und er hat bestimmt alles verdrängt."

Christina sieht sie lange schweigend an. Sie nickt, als würde sie Verena recht geben. Dabei zögert sie nur, will Zeit gewinnen, weil sie plötzlich nicht mehr sicher ist, ob sie Verena wirklich in ihren Plan einweihen soll. So gut kenne ich sie doch gar nicht, denkt sie, und was ist wenn sie mich auslacht. Doch dann gibt sie sich einen Ruck. „Ich habe mir etwas ausgedacht, wie es in Lagos funktionieren könnte, aber hier weiß ich nicht." Sie fixiert Verena, als wolle sie jede ihrer Regungen aufnehmen.

Doch Verena sieht sie nur verständnislos an. „Hört sich sehr geheimnisvoll an", sagt sie mit der Andeutung eines Lächelns. „Aber schieß los, ich bin geübt im Zuhören, das verdanke ich meinen Patienten."

„Bitte denk nicht, dass ich krank bin. Ich bin nur ratlos. Ich habe den Mann so lange gesucht, dass ich es am Ende nicht verbocken will."

„Jetzt machst du mich aber neugierig."

„Na gut." Christina setzt sich kerzengerade hin, als könne sie damit ihre Unsicherheit überspielen. „Er wohnt im Hilton am Gendarmenmarkt, und ich soll ihn dort am Mittwochabend treffen. Aber ich kann da nicht hin. Ich schaffe es einfach nicht, den Mörder meines Vaters zu besuchen, um ein paar belanglose Worte mit ihm zu wechseln. Nein, ich kann das nicht", sagt sie bestimmt. „Also muss eine andere hin. Und wenn es sich ergibt, soll sie mit ihm schlafen. Ihr sagt er vielleicht wer er wirklich ist. Alle Männer reden im Bett, auch wenn sie meist nur prahlen. Was glaubst du?"

Verena wirkt ehrlich verblüfft. Sie ist eine Journalistin, wie kommt sie denn auf so etwas, denkt sie. „Meinst du mich?"

Christina bricht in schallendes Gelächter aus. „Nein, nein, nicht du", prustet sie los. „Du sollst nur helfen meine Gedanken zu ordnen. Das andere muss ich schon alleine hinkriegen, vielmehr die Andere in mir, die ihn zur Strecke bringen soll." Sie strahlt, erleichtert, dass sie Verena nicht schlichtweg für verrückt erklärt hat. Langsam beruhigt sie sich und atmet erleichtert auf.

„Ich glaube, du hast zu viele Bond Filme gesehen", sagt Verena. „Da mag so etwas funktionieren, aber in Wirklichkeit?", platzt es aus ihr heraus.

„Ich gehe hin, zur verabredeten Zeit, spiele eine Hostess und verführe ihn. Er kennt mich ja nicht, zumindest nicht so, wie ich heute aussehe. Ich spreche ihn an, er reagiert, wir gehen auf sein Zimmer. Wenn er mir vertraut wird er reden." Christina wirkt, als wäre sie völlig überzeugt von ihrem Plan. Sie tut, als wäre es ein Leichtes für sie, Männer im Hotel aufzugabeln.

„Weiß nicht", sagt Verena zweifelnd. „Vielleicht geht das in Lagos, aber hier...?"

„Du glaubst, es klappt nicht?"

„Es scheint mir so absurd."

Christina überlegt, als ließe sie Verenas Bemerkung einsinken, und schüttelt dann den Kopf. „Vielleicht ist es bei euch anders, aber Celia, meine Tante, hat immer gesagt: Der einzige Ort, an dem sich Männer öffnen, ist zwischen den Schenkeln der Frauen. Alles andere ist nur Bühne, auf der sie lügen, fantasieren und ihre wahren Absichten verschleiern. Ich glaube ich muss es probieren."

„Du hast eine kluge Tante."

„Ja, sie war wunderbar, vor einem Jahr ist sie gestorben. Soll ich, oder soll ich nicht", insistiert Christina.

„Wie soll ich das wissen, die ganze Sache ist viel zu persönlich. Was machst du, wenn du in seinem Zimmer bist und er nur mit dir schlafen will, ohne überhaupt den Mund aufzumachen. Er nimmt dich und lässt dich fallen, wie ein benütztes Handtuch. Wenn er fertig ist, legt er das Geld auf den Nachttisch, dreht sich um und schnarcht. Und du kannst schauen wo du bleibst." Verena schmunzelt, als sehe sie die Szene plastisch vor sich.

„Hey, du machst dich lustig über mich, aber so läuft das nicht. Nein, nicht so, ich spiele mit ihm, irgendetwas werde ich erfahren, das spüre ich. Später habe ich ihn dann in der Hand."

„Warum glaubst du das? Wenn er der skrupellose Machtmensch ist, den du vermutest, amüsiert ihn deine Charade bestenfalls." Verena ist jetzt ganz ruhig, als mache sie sich ernsthaft Sorgen um Christina. „Außerdem bewegst du dich auf sein Niveau und spielst ihm voll in die Hände. Ich würde es nicht tun."

„Ich muss, er lebt wie eine Krankheit in mir. Auf keinen Fall kann ich hingehen und sagen: Hi, hier bin ich, Christina, die nur darauf gewartet hat, dich zu umarmen, Onkel Thomas. Das kann ich nicht. Ich muss ihn aus mir herausreißen. Und ich darf meinen Schweizer Freund nicht enttäuschen, er verlässt sich auf mich. Er glaubt fest daran, dass Sutter schuldig ist. Um ihn zur Strecke zu bringen brauchen wir aber Beweise. Und etwas besseres fällt mir nicht ein."

Als Sutter pünktlich in die Bar kommt, spürt Christina instinktiv, dass er es ist. Zur Bestätigung prüft sie ein verschwommenes Foto von ihm, das ihr Jean Juni gegeben hat. Sie wartet ab. Dann geht sie an Sutters Tisch vorbei zu einem Ständer mit Journalen und entnimmt eine

Vogue. Auf dem Rückweg sieht sie Sutter provokativ an, doch er zeigt keine Regung. Während sie gelangweilt in der Vogue blättert, wirft sie wiederholt einen Blick auf Sutter.

Der trinkt in schneller Folge zwei Gläser Rotwein, schließlich steht er auf und fragt den Barkeeper etwas, das Christina nicht versteht. Als der verneint, setzt sich Sutter zurück an seinen Tisch. Eine halbe Stunde über der verabredeten Zeit steht er auf und kommt an Christinas Tisch. „Sie sind nicht zufällig Christina Araba?", fragt er höflich.

„Nein", sagt sie und lacht ihn an. „Ich heiße Elewa. Erwarten Sie jemand?"

„Ja, eine alte Bekannte, aber sie hat mich wohl versetzt."

„Das kann passieren." Jetzt ganz ruhig bleiben, denkt sie, während sie ihn aufmerksam betrachtet. Ich hätte nie gedacht, dass ich ihm je wieder so nahe kommen würde. „Warum setzen sie sich nicht für einen Moment zu mir, vielleicht hat sie sich nur verspätet", sagt sie leichthin und deutet auf den freien Stuhl neben sich.

Er ist nur kurz irritiert, Prostituierte vermutlich, denkt er, aber nicht schlecht, wie sie das macht. Lässt sich Zeit, und bei der ersten Gelegenheit schnappt sie zu. Er betrachtet sie ungeniert und sagt mit einem bedauernden Achselzucken. „Wohl kaum, trotzdem vielen Dank für das Angebot, ich nehme es gerne an. Ich hole nur schnell mein Glas." Auf dem Weg zu seinem Platz winkt er dem Kellner und bestellt ein weiteres Glas Rotwein, das er sich an ihren Tisch bringen lässt. Nachdem er sich gesetzt hat, fragt er: „Sind Sie zu Besuch in Berlin? Aus Westafrika würde ich annehmen."

„Nein, wie kommen Sie darauf, ich lebe hier."

„Kam mir nur so in den Sinn. Ich habe lange in Nigeria gearbeitet, der Tonfall Ihres Englisch, Sie könnten von dort sein. Und was machen sie in Berlin?“

„Ich studiere Kunst und Literatur.“

Ein kurzes Lächeln zuckt über sein Gesicht. „Sie haben spät angefangen?“

„Ist das ein Kompliment?“

„Nur eine Beobachtung, eher eine Frage. Ich habe Sie hier noch nie gesehen.“

„Sie meinen?“

„Könnte ja sein, so ein Studium ist teuer.“

Er beißt an, denkt sie, nur nicht die Nerven verlieren. Du hast es eingefädelt, jetzt ziehe es auch durch. „Ja, deshalb suche ich auch gelegentlich einen Freier, für eine Nacht.“

„Dachte ich mir. Und, habe ich die Prüfung bestanden?“

„Weiß ich noch nicht. Es kommt darauf an.“

„Auf was?“

„Auf den Freier.“

Ich bin zu alt für solche Spiele, denkt er. Aber sie ist wunderbar. Eine Nacht mit ihr, zum Abschied ein Händedruck, keine Erpressung, keine falschen Gefühle, warum nicht. Ihr Problem, wenn sie meinen Körper für zu alt hält, einen anderen habe ich nicht. „Ich würde mich gerne zur Verfügung stellen, falls Sie keine sonstige Lösung für diese Nacht finden.“

„Vielleicht sollte ich aufhören zu suchen“, sagt sie unentschlossen, sodass es sich wie eine Frage an sich selbst anhört. „Kommen Sie, zeigen Sie mir Ihr Zimmer“, schiebt sie schnell hinterher, um jeden Zweifel auszuräumen. „Aber ich bin teuer", rutscht es ihr heraus, bevor sie sich auf die Lippen beißen kann.

„Kein Problem, darüber brauchen Sie sich keine Gedanken zu machen. Aber ich möchte nicht, dass Sie mit mir zusammen aufs Zimmer gehen. Ich bezahle und gehe voraus. Kommen Sie in etwa fünfzehn Minuten nach, Suite 246. Was hatten Sie?"

„Einen Campari Soda."

„Dann bis später." Er geht an den Bartresen und zeichnet die Rechnung ab, dann nimmt er den Aufzug in den zweiten Stock. In der Suite registriert er nur flüchtig, dass sie bereits das Bett für die Nacht gerichtet haben. Er klappt den Laptop auf, fährt ihn hoch und tippt in die Google-Maske Christina Araba ein. Sie ist älter geworden, murmelt er halblaut, als ihr Bild auf dem Monitor erscheint. Er schaltet den Computer aus und setzt sich in einen Sessel, von wo er den französischen Dom sehen kann. An diesem Platz habe ich Kofi getroffen, denkt er, und jetzt seine Tochter. Der Kreis schließt sich anscheinend. Ein paar Minuten später klopft es an der Tür. Er lässt Christina ein und fragt, ob sie etwas trinken will. Sie lehnt ab und gibt ihm zu verstehen, dass sie am liebsten gleich zur Sache kommen möchte.

„Es kostet tausend Euro", fügt sie verschämt hinzu.

„Einverstanden, aber zuerst möchte ich wissen, auf was ich mich einlasse. Elewa hört sich eher wie ein Fantasiename an. In Nigeria, wo ich einige Jahre lebte, kannte ich einmal ein Mädchen, Celia hieß sie. Sie war wunderschön, ging tagsüber brav zur Schule und abends verkaufte sie ihren Körper meistbietend. Eigentlich waren ihr die Freier egal, nur ausreichend Geld mussten sie haben, darauf legte sie Wert. Sie wollte sich nicht unter Wert verkaufen, sagte sie mir, alles andere wäre ihr egal. Sie spüre nichts, wenn sie mit jemandem schlafe, der ihr nichts bedeutet. Am wenigsten mit einem Weißen. - Ist das Kunststudium erfunden? Wie heißt du wirklich, eine Prostituierte scheinst du mir jedenfalls nicht zu sein."

„Warum sagst du das", fragt sie den Tränen nahe. „Was habe ich falsch gemacht?"

„Alles, Christina, alles machst du falsch", sagt er kalt, und sieht, wie sie in Tränen ausbricht, sich aber ganz schnell wieder fängt.

„Celia war wunderbar. Einen Teil des Geldes, das sie von den Freiern bekam, hat sie in die Ausbildung eines kleinen Mädchens gesteckt, deren Vater ermordet wurde", sagt sie unter Tränen. „Wie hast du herausgefunden wer ich bin?".

„Du hast eine attraktive Website. Investigative Journalistin, erfolgreich, ich sollte stolz auf dich sein, bin es aber nicht. Warum ziehst du so eine erbärmliche Schau ab? Und was willst du überhaupt von mir?"

Sie trocknet sich die Tränen ab, und sieht ihn lange schweigend an.

„Brauchst du Geld? Hier sind die tausend Euro, ich will nichts dafür, außer, dass du wieder gehst. Wenn du in dem Gewerbe etwas werden willst, musst du noch üben. Außerdem bist du dafür zu alt", sagt er brutal.

„Danke, jetzt gefällst du mir schon besser. Weg mit dem Lack des Biedermanns, er hat dir sowieso nicht gestanden. Ok, es war dumm von mir, aber du weißt ja gar nicht, wie lange ich bereits hinter dir her bin."

„Was soll der Unsinn, ich habe mich nie versteckt."

„Das sagst du so einfach. Du hast einen Wall aus Geld um dich gebaut, Leute, die dich abschirmen, so leicht kommt keiner an dich ran.

Du glaubst niemand Rechenschaft schuldig zu sein, aber du täuscht dich. Seiner Vergangenheit entkommt man nicht ewig. Deine Fassade beginnt zu bröckeln, Thomas, und wenn ich dich so ansehe, scheint bereits der alte Wolf durch."

„Warum suchst du mich?", wiederholt Sutter seine Frage, ohne auf ihre Anschuldigung einzugehen.

„Wegen Vater natürlich, wenn du ihn nicht umgebracht hättest, könntest du meinethalben deine Waffengeschäfte betreiben, bis du alt wirst."

Bin ich doch schon, denkt er, steht auf und sieht auf den erleuchteten Gendarmenmarkt, auf dem sich ein paar verlorene Touristen herumtreiben. Sie weiß gar nichts, denkt er, sie will mich nur provozieren. Er dreht sich um, wo Christina mit übergeschlagenen Beinen dasitzt und ihn erwartungsvoll ansieht. „Dann ist es wohl besser, du gehst jetzt. Das Geld kannst du behalten, nimm es als Lohn für eine schlechte Performance."

„Ich will dein Geld nicht, ich möchte eine Antwort."

Sutter wendet sich abrupt ab und geht ins Bad. Er betrachtet sich im Spiegel, aus dem ihm ein Fremder entgegen blickt, zu dem er eine undeutliche Verbindung hat. Er wäscht sich die Hände und sprüht sich kaltes Wasser ins Gesicht. Als er sich aufrichtet, sieht er Christina im Spiegel, wie sie nackt am Türrahmen lehnt. Er dreht sich um und legt schweigend seine Hand auf ihre Brust. Sie lässt es ohne Widerspruch geschehen. Als sie sich lieben, geschieht es in völliger Stille.

Wie ein Duell, denkt sie, und Bilder Jean Junis gehen ihr durch den Kopf.

Als Sutter stumm neben ihr liegt und an die Decke starrt, fragt sie: „Warum hast du ausgerechnet nach mir im Internet gesucht?"

„Du warst die Einzige die wusste, dass ich genau um diese Zeit in dieser Bar sein würde, es war nicht schwer. Ich bin morgen und übermorgen noch in der Stadt, ich lade dich zum Essen ein, dann kannst du alles fragen, was du willst, aber jetzt ist es besser du gehst. Ich habe ihn nicht ermordet."

„Ich weiß." Sie steht auf, zieht sich an und geht, ohne ihn noch einmal anzusehen.

„Morgen, die selbe Zeit, am selben Ort, ich werde auf dich warten", ruft er ihr hinterher, bevor die Tür ins Schloss fällt.

Am nächsten Abend sind sie beide Punkt acht Uhr in der Bar. „Mein Gott, wie schön du bist!", sagt Sutter, als er sie auf beide Wangen küsst.

„Du brauchst mich nicht zu schonen, ich habe es gewollt", sagt sie, und löst sich aus seiner Umarmung. Sie zieht ihre Jacke aus, und legt sie auf den Stuhl neben sich.

„Darüber reden wir später, möchtest du etwas trinken?", fragt er.

„Ein Wasser bitte."

„Für die Dame ein Wasser, und für mich ein Glas Rotwein", sagt er zu der jungen Bedienung, die sich in Erwartung einer Bestellung neben sie gestellt hat. „Wie kommt es eigentlich, dass du so gut Deutsch sprichst? Es fiel mir gestern schon auf, aber da konnte ich dich nicht fragen, denn da warst du ja jemand anders." Amüsiert bemerkt er, wie sie unter ihrer dunklen Haut errötet.

„Was für ein Einstieg, du lässt mir nicht viel Luft" Sie klingt verlegen, massiert beide Hände, traut sich nicht sie auf den Tisch zu legen.

„Warum? Du hast gesagt ich soll dich nicht schonen, also erzähl."

„Cléo hat darauf bestanden, dass ich deutsch lerne. Sie hat mich auf eine katholische Schule deutscher Nonnen geschickt, weil sie meinte, als halbe Deutsche müsse ich zumindest die Sprache richtig sprechen. Ich fand das anfangs gar nicht gut, aber jetzt bin ich froh darüber. Übrigens, als du das mit Celia gesagt hast, habe ich dich gehasst. Ich habe Celia geliebt, sie war wunderbar."

„Wenn es dich beruhigt, ich hab sie auch geliebt. Sehr sogar für eine Weile. Aber sie gehörte jemand anderem. Letztendlich war sie es, die mir in Nigeria geholfen hat, die großen Sachen an Land zu ziehen. Ohne sie wäre ich nie so schnell in die Startlöcher gekommen. Ich weiß auch, dass sie dich geliebt hat. Du warst das Kind, das sie nie bekommen konnte. Als ich Hals über Kopf Nigeria verlassen musste, hat sie mir versprochen sich um dich und Cléo zu kümmern. Sie hat ihr Versprechen gehalten."

„Woher weißt du das?"

„Ich bin nicht von gestern. Und dein Hass...."

„Lassen wir das, Thomas, zumindest nicht schon jetzt. Kannst du dich noch an Cléo erinnern?"

„Natürlich, warum fragst du, ist etwas passiert?"

„Sie ist vor zwei Jahren, ein Jahr vor Celia, gestorben, mit sechzig, das ist alt bei uns. Das ist nicht auf dich gemünzt", schiebt sie schnell hinterher, als sie seine abwehrende Handbewegung sieht.

Doch, doch, du willst mich nur daran erinnern, dass der Sex eines alten Mannes gestern Abend nicht so toll war, denkt er. „Es tut mir leid wegen Cléo. Du hast sie wirklich gemocht." Sutters Stimme klingt traurig, mitfühlend, als wüsste er, was Christina durchgemacht hat. Was es bedeutet ohne Eltern aufzuwachsen. Mit keinem Wort deutet er an, dass er vom Tod der beiden Frauen längst erfahren hatte.

„Ja sehr. Sie war so weise. Aber jetzt erzähl von dir, was hast du in all den Jahren gemacht, seit du Nigeria verlassen hast."

Wenn Sie etwas im Schild führt, dann hat sie sich wunderbar unter Kontrolle, denkt er. „Mal das, mal jenes, es war nicht immer leicht. Aber jetzt geht es mir gut. Ich bin ein Finanzhai geworden, einer von denen, die Firmen aufkaufen, um sie dann teurer wieder zu verkaufen. Das geht manchmal gut, oft aber auch nicht. Seit einigen Jahren sitze ich jetzt schon in der Schweiz, wegen der Steuer, damit ich auch wirklich jedes Klischee meiner Branche erfülle."

Sie sieht ihn nur kopfschüttelnd an. „So langsam kriege ich doch Hunger. Ich bin den ganzen Tag in der Stadt herumgelaufen. Wann willst du gehen?"

„Am besten gleich." Mit einer Handbewegung winkt er die Bedienung zu sich. „Ist Kofi der Grund, weshalb du gestern diese Show abgezogen hast?"

„Natürlich. Ich wollte endlich herausfinden, wer du wirklich bist."

Endlich, denkt er. Wie lange sucht sie schon? „Und du glaubst, das erfährt man, wenn man mit Jemandem schläft?" Zweifel sind ihm ins Gesicht geschrieben. Er zieht die Augenbrauen hoch und grinst, als halte er die ganze Idee für hanebüchen.

„Nicht immer, aber manchmal doch. Ich habe es immerhin versucht."

Sutter schüttelt den Kopf. „Eine schlechte Idee wird durch noch so gute Ausführung nicht besser", sagt er. „Von Männern, die im Bett schwadronieren, solltest du die Finger lassen."

„Dann war ich bei dir ja gut aufgehoben. Du hast kein Wort gesagt."

„Du hast nicht gefragt", sagt er lächelnd. „Vielleicht hätte ich gezwitschert wie ein Akkordeon, wenn du den richtigen Knopf gedrückt hättest."

„Wohl kaum." Sie denkt, er hat schöne Augen. Achtung Christina, du darfst dich nicht von ihm einlullen lassen. „Du hast mich weggeschickt", sagt sie lahm. „Es war alles ein Fehler."

„Nein, du bist gegangen. Es war wunderbar, und vielleicht hätten wir tatsächlich geredet, wenn du mehr Geduld gehabt hättest. Für Männer meines Alters ist Geduld das Wichtigste. - Was hast du denn bisher herausgefunden, oder bin ich deine einzige Quelle?", wechselt er das Thema, als wolle er ihr weitere Peinlichkeiten ersparen.

„Ich war auf der Birthler Behörde. Eine Freundin hat mich auf die Idee gebracht. Und an der Humboldt Universität, wo Vater studiert hat."

„Birthler, was ist das?"

„Eine Zentrale, an der die Stasiakten aufbewahrt werden. Dort können die Leute herausfinden, ob sie früher bespitzelt wurden. Du siehst, ich habe mich schlau gemacht." Christina fällt auf, wie aufmerksam Sutter auf einmal zuhört.

„Vermutest du, dass er für die Stasi gearbeitet hat?", fragt er leichthin, während er die Rechnung abzeichnet.

„In den Akten gibt es so Andeutungen, nichts Klares, hätte mich auch gewundert, aber meine Journalistennase sagt mir, dass es durchaus hätte sein können. Warum fragst du?"

„Nur so. War es schwer an seine Akte zu kommen?"

„Ich hab's einfach versucht. Es wurde aber viel komplizierter, als ich erwartet hatte, und ohne eine freundliche Frau in der Behörde, die vermutlich alle Regeln brach, wäre ich nie dran gekommen. Der Moment, als ich die Akte in Händen hielt, war sehr beklemmend."

„Warum hast du nicht deine Mutter gefragt?"

„Wie sollte ich, bis gestern wusste ich noch nicht einmal, dass sie noch lebt. Jetzt weiß ich es", sagt sie traurig, während sich ihre Augen mit Tränen füllen.

Sie will mir nicht an den Kragen, denkt er. Sie will nur wissen, wer sie ist. „Und warum weißt du es jetzt? Und warum so traurig, es scheint mir eher eine gute Nachricht."

„Ich bin heute Morgen zu ihrer alten Adresse gegangen, und da steht ihr Name auf dem Klingelbrett, Hanna Pautz, eingraviert auf einem Messingschild. Aber ich habe mich nicht getraut zu läuten."

Sutter schüttelt ungläubig den Kopf. „Warum?"

Christina sieht ihn völlig perplex an. „Ich hab sie mehr als dreißig Jahre nicht gesehen. Ich weiß nicht wie sie aussieht. Sie hat mich weggegeben. Vielleicht erinnere ich sie an Kofi und sie hasst mich, wenn sie mich sieht. Reicht das nicht?"

Sutter nickt und wechselt das Thema, als wären ihm diese Art von Gefühlsaufwallungen zuwider. „Hast du beide Akten gelesen?"

„Nein, nur Vaters. Mutters Akte darf ich ohne ihre Erlaubnis nicht einsehen."

„Eigentlich hochinteressant. Ausgerechnet Stasiakten. Auf die Idee muss man erst mal kommen. Wer hat dir den Tipp gegeben, über diese Behörde meine ich? Du hast vorhin einen Namen genannt, aber ich habe ihn nicht verstanden."

„Verena Arnold, die Freundin Joao Machels. Derselbe, der auf deiner Farm aufgewachsen ist."

„Welch ein Zufall", sagt Sutter, dem ein wissendes Lächeln um die Mundwinkel spielt. Verena Arnold mit Joao Machel, Joao mit Christina, sie mit diesem Inspektor, der mir wie eine Laus im Pelz sitzt, denkt er, und zieht unbewusst die Augenbrauen hoch. „Erzähl mir von dieser Birthler Behörde, wie läuft das so?"

Christina wirft ihm einen überraschten Blick zu, er macht das gut, denkt sie, lässt nicht locker, wie ein Bluthund. „Die sitzen in einem riesigen Gebäude am Alexanderplatz, das aussieht, als würde es gleich zusammenfallen. Der Portier in seinem vergammelten Glaskasten hatte keine rechte Lust meine Geschichte anzuhören. Schließlich nahm er aber doch die Personalien auf und wunderte sich, dass ich in Ostberlin geboren bin. Er wurde etwas freundlicher und schickte mich zum Büro einer jungen Frau, der ich die ganze Geschichte noch einmal erzählen durfte. Anfangs war sie ziemlich skeptisch, aber immerhin tippte sie den Namen meines Vaters in den Computer. Und da, plopp, taucht er auf, Kofi Araba, auf dem Bildschirm einer deutschen Behörde, deren einzige Aufgabe es ist, die Spitzelvergangenheit ihrer Bürger zu verwalten. Schon seltsam, findest du nicht? Aber die Absurdität des Ganzen wurde mir erst später bewusst. In dem Moment fühlte ich mich nur, als hätte ich im Lotto gewonnen. Auf alle Fälle wollte die junge Frau mir jetzt helfen und versprach, die Akte auszugraben und mich dann anzurufen. Das passierte tatsächlich vor drei Tagen. Seither renne ich mit Watte im Kopf durch Berlin."

„Irre, und was hast du über deine Mutter gefunden?"

„Nichts von Belang, nur den Hinweis, wo sie und Kofi zusammen lebten. Über mich, ein Kind von fünf Jahren stell dir vor, stehen ein paar hässliche Kommentare ihrer Aufpasser drin. Die erspare ich dir lieber, es war halt eine andere Zeit."

„Und was steht über Kofi drin?"

„Dass er ein glühender Anhänger Nkrumah's und Fanti gewesen ist, und vor seinem Studium in Accra gelebt hatte. Aber das wusste ich schon vorher. In deren Augen war er ein politischer Aktivist, linientreu, wie sie es nennen. Warum Vater zurück nach Afrika ging, steht nicht drin."

„Hm", brummt Sutter. „Übrigens, ich habe ein großes Bild von ihm im Büro, in Zürich. Er hat es gemalt, kurz vor seinem Tod. Du kannst es jederzeit haben, es ist aber wirklich groß."

„Ich wusste gar nicht, dass er gemalt hat. Es passt bestimmt nicht in mein kleines Haus", sagt sie bedauernd.

„Dann müssen wir dir eben ein größeres Haus besorgen", lacht Sutter. „Es ist ein schönes Bild, du wirst es mögen. Dein Vater war ein Multitalent, er konnte viele Sachen. Aber lass uns jetzt gehen. Wir können im Restaurant weiterreden, ich habe für halb neun reserviert. - Wie geht es dir sonst in Berlin?", fragt er, als er ihr in die Jacke hilft. „Frierst du nicht? Du solltest dich wärmer anziehen. Wenn das alles ist, was du gegen die Kälte hast, gehen wir morgen einkaufen. Planst du länger zu bleiben?"

Interessant, wie er sich vortastet, denkt sie. „Lass nur, es stimmt, das Wetter ist absolut scheußlich." Sie geht durch die Schwingtür auf den Platz, dreht sich um und fragt: „Wohin?"

„Gleich dort drüben", sagt er, und weist quer über den Platz in eine kleine Seitenstraße an der Längsseite des Gendarmenmarkts. „Ich dachte zur Feier des Tages steht uns eines der besten Restaurants der Stadt doch zu.“

Sie zuckt nur mit den Schultern, als wäre es ihr völlig egal.

„Du hast nicht gesagt, wie es dir geht“, fragt er nach.

Sie schlägt fröstelnd den Kragen hoch und macht ein paar Schritte, ohne zu antworten. Das Pflaster ist schwarz vom Nieselregen, und die letzten Blätter fallen von den gestutzten Ahornbäumen am Rand des Platzes.

„Nicht gut, eher durchwachsen.“ Für einen Moment zögert sie, fragt sich, ob sie schon soweit sind, dass sie es sagen kann, ohne dass er sofort abblockt. „Thomas, du musst mir erklären, wie alles zusammen hängt. Fast alles, was ich zusammentragen konnte, macht keinen Sinn. Ich will eigentlich nur wissen, was für ein Mensch Kofi war. Vielleicht erfahre ich dadurch auch mehr über mich. Kind einer deutschen Mutter und eines ghanaischen Vaters, Standard hört sich anders an, oder etwa nicht? Ein Multitalent war er, sagst du, aber was bedeutet das. Mutter heißt Hanna Pautz, wohnt immer noch in der Paul-Robeson-straße 47, und die Stasi gab ihr den Decknamen Dornröschen. Wenigsten haben sie ihr eine schöne Tarnung gegeben, findest du nicht auch?“, dabei schnaubt sie verächtlich durch die Nase. „Vater hieß Accra, nicht gerade einfallsreich. Lauter Puzzlestücke, die keinen Sinn ergeben. Mich beherrscht ein schrecklich hilfloses Gefühl, so schlimm, dass ich sogar mit dir geschlafen habe, nur um aus dem Tunnel heraus zu kommen, in dem ich mich anscheinend verirrt habe. Ich weiß nicht mehr, was ich tun soll.“

Er sieht sie von der Seite an, nicht sicher, ob sie ihm etwas vorspielt, um ihn aus der Reserve zu locken. „Bei deiner Mutter läuten und sehen was passiert. Wenn du es nicht tust, wird es dich auf ewig verfolgen“, sagt er kalt und beschleunigt die Schritte. „Mit Kofi ist es schwieriger, ich glaube nicht, dass du je herausfindest wer er wirklich war. Vielleicht willst du auch gar nicht alles wissen.“

„Thomas, ich bin Journalistin, an harte Sachen gewöhnt. Lagos schreibt keine Partygeschichten, für viele ist es der Vorhof zur Hölle, vergiss das nicht“, sagt sie, wobei sich ihre Gesichtszüge verhärten.

So hat er auch ausgesehen und mit den Zähnen gemahlen, wenn er etwas wollte, wirklich wollte, und die Zeit für Geschwätz und Gelächter abgelaufen war, denkt Sutter. „Gut Christina, es ist deine Entscheidung. Manches wird dir nicht gefallen, und manches weiß ich auch nicht. Vor allem die Zeit bevor wir uns kennen lernten, wann Kofi Hanna traf und wie sie in der DDR zurecht kamen. Für einen Schwarzen war es auch damals nicht leicht. Es muss etwas zwischen den beiden gegeben haben, über das er nie sprach, höchstens in Andeutungen. Aber lass uns das alles beim Essen besprechen, wir sind gleich da.“

Mit einer schnellen Bewegung greift sie nach seinem Arm und hält Sutter zurück. „Bitte Thomas, sag mir soviel du weißt, sag mir alles, mich bringt die Ungewissheit um. Seitdem ich hier bin, habe ich keinen Boden mehr unter den Füßen. Es ist, als wäre ich in eine Welt eingetaucht, in der nur Taubstumme leben“, sagt sie bitter.

„Ich werde mich bemühen, Christina. Wir sind da, das Pau, eigens für dich angerichtet“, sagt er galant.

Der Oberkellner hält ihnen die Tür auf, begrüßt Sutter wie einen alten Bekannten und führt sie an den reservierten Tisch. Gleich darauf bringt er die Speisekarten. Christina lässt sich durch das luxuriöse Ambiente überhaupt nicht beeindrucken und fragt nur, weshalb sie keine

Preise nennen. Als Sutter meint, das wäre hier so üblich, die Preise stünden nur in der Karte des Zahlenden, zuckt sie mit den Schultern, und schiebt die Karte von sich. „Bestell du, du kannst das bestimmt besser."

„Irgendwelche Vorlieben?"

„Egal, bestell einfach", sagt sie den Tränen nahe.

„Was ist?", fragt er.

„Einfach alles zu viel. Trotzdem, Thomas, erspar mir nichts. Ich bin kein kleines Mädchen mehr, das ihr beschützen müsst."

„Warum sagst du das?"

„Das Gefühl hatte ich immer, solange Vater noch lebte, dass er mich vor etwas beschützen wollte. Dabei war er es, der schließlich Schutz gebraucht hätte."

Sutter legt die Speisekarte zur Seite und stützt das Kinn auf die Hand. Mit dem Zeigefinger schiebt er die Nasenspitze hoch und blickt auf seine Begleiterin, als sähe er eine andere Person. Dann, mit einer ärgerlichen Handbewegung hat er den Kellner verscheucht, der die Bestellung aufnehmen wollte, sagt er: „Du bist klug, Christina, du weißt wie trügerisch Erinnerungen sind." Er räuspert sich, überlegt kurz und fährt dann fort. „Ich kann nicht garantieren, dass meine Version auch wirklich der Wahrheit entspricht, aber was soll's." Er winkt dem Kellner und gibt in kurzen präzisen Sätzen die Bestellung auf. Ganz so, als wolle er möglichst wenig Zeit durch Nebensächlichkeiten verlieren. Dann beginnt er ohne weitere Überleitung zu erzählen. „Es war 1968, auf einem Kongress in Westberlin, als ich Kofi kennen lernte. Die Deutsche Botschaft in Lagos hatte mich gebeten über den Biafra Krieg zu sprechen. Kofi kam eigens aus Ostberlin angereist und stellte so aggressive Fragen, dass sich die Veranstaltung richtiggehend in Chaos auflöste. Er agierte wie der klassische Agent Provokateur. Zuerst war ich richtig böse auf ihn, aber dann erwies er sich als ganz umgänglicher Typ. Ich hatte die These vertreten, dass sich die Großmächte aus der Dritten Welt heraushalten sollten, weil sie wegen ihrer Interessen im Kalten Krieg mehr Schaden anrichteten als Nutzen. Das fand er richtig, aber irgendwie hielt er die Amerikaner doch für schlechter als die Russen. Ich dachte es hätte mit seinem Stipendium zu tun, irgendetwas musste er dem Osten schließlich zurückgeben. Später, nachdem ich ihn nach Nigeria geholt hatte, fand ich heraus, dass ihn Politik eigentlich nicht richtig interessierte. So war das."

So war das, einfach so, als fände das Leben zwischen zwei Aktendeckeln statt, denkt sie. „Was hat ihn interessiert?"

„Die Menschen, du vor allem."

Sie atmet tief ein, bohrt nicht weiter nach. Hab Geduld, denkt sie, lass ihm Zeit, er soll denken, dass er alles unter Kontrolle hat. Konzentrier dich auf das, was er nicht sagt, du bist Journalistin, du kannst das. „Wie kamst du überhaupt nach Afrika, für einen Deutschen doch ziemlich ungewöhnlich, oder?."

„Komisch, das hat Kofi auch gefragt." Sutter zuckt die Schultern, als verstünde er nicht weshalb jemand solche Fragen stellt. „Lass uns erst etwas trinken, ich bin schon ganz trocken vom vielen Reden."

Nachdem der Kellner den Rotwein und eine große Flasche Wasser gebracht hat, prostet Sutter Christina zu. „Auf deine Suche, und vielleicht wirst du ja auch noch fündig."

Den Wein scheint er hier immer zu trinken, denkt sie. Warum sonst hat er abgewinkt, als ihm der Kellner einen Probeschluck geben wollte.

Kaum gedacht, ärgert sie sich über den nutzlosen Gedanken. Ich bin dabei ihm auf den Leim zu gehen, er lässt mich nicht an sich ran, erzählt nur gerade genug, um mich bei Laune zu halten. So komme ich nie an den Punkt, wo er sich öffnet. Ich sollte gehen, das wird heute nichts mehr, Christina, geht ihr durch den Kopf, während Sutters Stimme kaum noch zu ihr durchdringt.

„Warum ungewöhnlich?", sagt er. „Ich wollte unbedingt raus aus Deutschland. Der Mief der sechziger Jahre hat mich erdrückt." Sutter merkt, dass sie nur mit halbem Ohr zuhört, er sieht das Bild der toten Mutter vor sich, denkt an die Erniedrigungen des ungeliebten Pflegekinds, die gnadenlosen Bandenkämpfe auf den Schuttbergen Münchens, die allgegenwärtige Munition nach dem Krieg.

„Und warum Nigeria?", fragt Christina.

„Der Deutsche Akademische Austauschdienst hat mir ein Praktikum in Kano angeboten. Reiner Zufall, ich hätte alles genommen." Sutter hält einen Moment inne, als liefe ein innerer Film vor seinen Augen ab. „Auf der Konferenz in Berlin beschimpfte mich nicht nur Kofi, die anderen hielten mich erst recht für ein Gesinnungsschwein, weil ich nicht bereit war, die reine Lehre der Linken zu vertreten."

„Und was war das?" Christina wirkt auf einmal hoch konzentriert, als hätte sie in seiner Bemerkung eine neue Fährte entdeckt.

„Die Amerikaner waren Schweine, hauptsächlich wegen Vietnam, und die Sowjets die Heilsbringer. Mir war das alles zu simpel. Ich wollte weder über den Kalten Krieg noch über Vietnam reden, mich interessierte nur Nigeria. Sie hielten Biafra für einen Stellvertreterkrieg, aber keiner machte sich die Mühe etwas genauer hinzuhören."

„Du klingst bitter, aber du willst mir wahrscheinlich nur ein Gefühl für die Zeit geben. Kofi hat sich also für den Osten, und du für den Westen entschieden. Oder sehe ich das falsch?"

„Ich habe mich eindeutig für den Westen entschieden, und für den Mammon. Bei Kofi bin ich mir nicht sicher. Und werde es wohl auch nicht mehr erfahren", sagt er traurig. „Ich wollte unabhängig sein, und keiner sollte mich am Nasenring durch die Manege führen dürfen. Kofi war voller Ideale, zumindest hörte es sich so an. Manchmal musste ich ihn zügeln, wenn er wieder einmal über's Ziel hinaus schoss." Sutter lächelt verträumt, als seine Gedanken zu den Anfangsjahren in Nigeria abdriften. Er schüttelt sich, um zurück in die Gegenwart zu kommen. „Nach der Konferenz, die übrigens gar nicht weit entfernt von hier im Westen stattfand, steckte mir ein Mann eine Karte zu, die ihn als Mitarbeiter der amerikanischen Botschaft auswies. James Goddard hieß er und rekrutierte Leute."

„Du hast all die Jahre für die Amerikaner gearbeitet?" fragt sie verblüfft.

„Nein, nicht für, mit. Und auch kein Spion, solltest du das meinen. Spione sind arme Kerle, die ihr Leben lang einer Illusion auf den Leim gehen. Sie fühlen sich irgendeiner Idee verpflichtet, die sich dummerweise meist als Trugbild erweist. Spionieren fanden wir lächerlich, Kofi und ich. Wir wurden etwas, das uns nur uns selbst verpflichtete."

„Und?"

„Jetzt iss erst mal. Nicht, dass dir noch der Appetit vergeht. Prost Christina, schön dass du da bist."

Sie schüttelt unwirsch den Kopf, doch dann geht sie darauf ein. „Prost Thomas. Und danke dir, auch für gestern Abend, dass du mich nur ein ganz klein wenig missbraucht hast."

Sutter schmunzelt. „Ich sah das eher anders herum", sagt er und strahlt sie an, als bereite ihm ihre Scharade nachträglich noch großes Vergnügen.

„Bin ich zu aufdringlich? Du willst nicht, dass jemand zu tief in deiner Vergangenheit stochert, oder?", fragt Christina, die nur lustlos ein paar winzige Bissen gegessen hat. „Manchmal scheinst du in Gedanken ganz woanders zu sein."

„Ich hab nur darüber nachgedacht, wie ich Kofi hier in der Nähe getroffen habe. Die Kneipe existiert nicht mehr, aber ich erinnere mich noch, dass es dunkel und stickig war. Es gab nichts, außer schalem Bier."

„Du verwirrst mich. Manchmal bist du offen, als könne dir niemand etwas anhaben, dann wieder verschiebst du alles in einen undurchdringlichen Nebel. Ich hatte einen ganz anderen Menschen erwartet."

Sutter lässt den Stil des Weinglases los, den er in Gedanken hin und her gedreht hat. „Was für einen denn?"

Verschlossen, lauernd, all das, was Männer sind, die etwas zu verbergen haben, rutscht es ihr fast heraus, aber sie hält sich zurück. „Als Kind kamst du mir immer so verschwiegen vor, so fokussiert, und dann warst du auf einmal verschwunden, als hätte es dich nie gegeben. Cléo machte ein paar dunkle Andeutungen. Ich glaube, sie mochte dich nicht besonders. Vielleicht, weil sie Kofi mit niemand teilen wollte. Vielleicht wollte sie ihn auch nur beschützen."

„Vor mir?“, fragt er erstaunt. „Kofi war ein starker Mann, er wusste was er tat. Es gab nach seinem Tod ein Problem, für das mich Cléo verantwortlich machte. Seit der Zeit war unsere Beziehung gestört. Ist alles Schnee von gestern.“

Christina lacht nervös, als hätte sie seine Taktik durchschaut. Aufschieben und wegdrücken, denkt sie, darin ist er Weltmeister. Und im Erzählen von Halbwahrheiten. Alles, was ihn verraten könnte umschifft er möglichst schnell, bevor es richtig zur Sprache kommt. „Du sprichst in Rätseln, aber das machen Geheimnisträger wohl so. Also keine Spione“, sagt sie und registriert das flüchtige Lächeln um Sutters Mundwinkel.

„Dieser Mann an der US-Botschaft, von dem ich dir erzählt habe, der hatte einen Narren an mir gefressen und ließ einfach nicht locker. Aber dich interessiert sicher mehr, wie es mit Kofi weiterging.“ Er hält inne, doch als sie schweigend an ihm vorbei sieht, fährt er fort. „Kofis Stipendium wurde nicht verlängert, weil Nkrumah, der damalige Ministerpräsident Ghanas und Kofis Förderer, geschasst worden war. Mittellos konnte Kofi nicht in der DDR bleiben, also nahm er meine Einladung an und kam zusammen mit dir nach Lagos. Du warst höchstens sechs Jahre alt, und Kofi und ich haben versucht, dich bei Laune zu halten. War gar nicht so einfach. Erst als Kofi Cléo fand, war ich raus aus der Kinderbetreuung“, sagt Sutter und strahlt sie an, als sähe er immer noch das kleine Kind mit den abstehenden Zöpfen vor sich.

„Fünf war ich.“

„Das weißt du so genau?“

„Cléo hat es mir oft genug erzählt. Aber irgendwas muss mit Spionage gewesen sein, dann eben mit den Anderen. Es gibt so eine dubiose Andeutung in Vaters Akte."

Sutter grinst auf einmal wie eine schnurrende Katze, als freue ihn, wie sie der Wahrheit immer näher kommt. „Wow, vielleicht sollte ich diese Akte auch lesen."

„Geht nicht, du bist nicht verwandt. Sein Deckname war übrigens Accra, aber das habe ich schon gesagt", maßregelt sie sich selbst. „Ich bin wahrscheinlich das Ergebnis einer Liebesnacht, die nie hätte sein dürfen."

„Hm, nicht schlecht gelungen, für nur eine Nacht", lacht er.

„Und was wurde schließlich aus eurer Zusammenarbeit?", fragt Christina plötzlich viel aggressiver, als ginge ihr das Geplänkel auf die Nerven.

Sutter lehnt sich zurück und betrachtet sie amüsiert. „Ich wundere mich über dich, Christina. Du kommst, um herauszufinden was mit deinen Eltern passierte, dabei suchst du einen Spion. Du findest die seltsamsten Sachen in der Akte deines Vaters, willst darüber aber nicht reden. Du schläfst mit mir und jetzt sitzt du mir gegenüber und tust so, als wäre es das normalste auf der Welt, was deinem Vater passiert ist." Sutters Stimme ist jetzt bar jeder Freundlichkeit. Seine Augen sind verengt. Gnadenlos wirkt er, als er so starr auf seine Begleiterin blickt.

Auf einmal sacken Christinas Schultern nach unten, alle Kraft scheint aus ihr zu entweichen. Sie sieht an Sutter vorbei auf das Treiben im Lokal und sagt ganz leise: „Ich hatte genug Zeit, über alles nachzudenken, bevor wir uns trafen. Welchen Unterschied macht es schon, was damals war. Es ist längst vorbei. Ich will von dir nur noch wissen, wie der

Rest des Puzzles aussieht. Ob ihr nun spioniert habt, oder nicht, ist mir eigentlich egal."

„Bist du so stark oder tust du nur so, Christina?"

„Nein, ich bin nicht stark", sagt sie bestimmt. „Abgebrüht vielleicht, Lagos ist eine harte Stadt. Aber die Sache mit Vater ist ganz anders. Mir fehlt einfach die Distanz."

Er sieht ihr an, wie sie sich bemüht tapfer zu sein, dabei kann sie ihre Unruhe kaum noch verbergen. Ich darf sie nicht schonen, sie hat Recht, Schonung ist schlimmer als die Wahrheit, denkt er.

„Na, ganz so schlimm ist Lagos auch wieder nicht. Aber wie du willst, reden wir darüber, was damals in Nigeria passierte. Ich wurde Waffen-händler, und dein Vater half mir dabei", sagt er mit brutaler Offenheit, das Gesicht zu einer Maske versteinert.

Er sieht, wie sie zusammenzuckt.

„Einfach so, ihr habt die Waffen per Post bestellt und wieder teuer verkauft?", versucht sie es auf die leichte Tour, um ihre Verunsiche-rung zu überspielen. Doch gleich hat sie sich wieder unter Kontrolle. „Du willst mich auf den Arm nehmen."

„Nein, es war von Anfang an ein Tanz auf dem Vulkan. Der Krieg half, ohne ihn wären wir gar nicht in der Lage gewesen überhaupt einzu-steigen. Es ist ein schwieriges Geschäft, brutal und gefährlich. Unseres florierte, weil wir ohne Scheu zwischen den Blöcken agierten. Kofi zapfte den Osten an, ich den Westen. Und Celia half mir die richtigen Leute im nigerianischen Militär kennenzulernen. Das ging solange gut, bis Kofi die Spielregeln verletzte und Waffen abzweigte, die jemand anders bezahlt hatte. Das fanden sie nicht so gut, und gaben ihn zum

Abschuss frei." Er schweigt, wartet auf ihre Reaktion, doch sie sieht ihn nur entsetzt an.

„Was meinst du mit Spielregeln? Und wer sind sie?", fragt sie mit krächzender Stimme.

„Er hat mit den Aufständischen sympathisiert und damit den Achebes einen Vorwand geliefert ihn fallen zu lassen."

„Achebes?"

„Meine nigerianischen Partner, mit denen ich die Firma gegründet hatte. Frank, so alt wie ich und sein Vater, ein Oba aus Kaduna, der uns anfangs die Türen öffnete. Alles bevor Kofi kam. Sie waren dagegen gewesen, dass ich Kofi geholt habe, weil sie nicht wollten, dass ich mein eigenes Team aufbaue. - Vermutlich hatten sie ihr eigenes Spiel gespielt, ohne dass Kofi und ich etwas davon wussten. Vielleicht war es Frank, der Sohn, ein ausgefuchster Taktierer, der sich verzockt hatte, und Geld brauchte. Also hat er die Waffen zweimal verkauft. Vielleicht war es auch Abichi selbst."

„Abichi, der Kommandeur an der Südfront?"

„Ja, er hatte ein Interesse daran, dass der Krieg weiter ging, nur so blieb seine Machtbasis intakt. Es wäre nur logisch gewesen, dass er heimlich auch die Aufständischen mit Waffen versorgte. Aber bestimmt weiß ich es nicht. Ist nur eine Vermutung, die aber Sinn macht, so funktionierte unser Gewerbe nunmal. In einem Bürgerkrieg gibt es keine klaren Fronten, nur Interessen. Du weißt nie genau wer dein Freund oder Feind ist. Damals hätten wir aufhören müssen mit dem Waffenhandel, solange wir noch eine Chance hatten ungeschoren davon zu kommen. Andere haben es getan und sitzen jetzt in Brüssel hinter einem aufgeräumten Schreibtisch."

„Du meinst Slate?"

Sutter lässt sich nichts anmerken. Sie hat ihre Hausaufgaben gemacht denkt er, wie eine gute investigative Journalistin eben. „Das tut
nichts zur Sache", sagt er kurz angebunden.

Christina schweigt und sieht auf das Pärchen am Nebentisch, das
sich gestritten hat und jetzt versucht ruhig miteinander zu reden. Sie
sieht den älteren, eleganten Mann daneben mit einer schönen Frau, deren Hand er hält. Seine Geliebte vermutlich, denkt sie. Dann gibt sie
sich einen inneren Ruck und fragt: „Und warum haben sie dich verschont?"

Sutter zuckt nur mit den Schultern, als hätte er sich das selbst oft genug gefragt und keine Antwort gefunden. „Vermutlich konnten sie meine Verbindung zur CIA nicht richtig einschätzen, sie wollten wohl keine Verwicklungen. Aber ich musste raus aus Nigeria, Celia riet mir
dazu. Sie war die Einzige der ich vertraute. - Weißt du, wenn du aus-
klammerst, was mit den Waffen geschieht, dann ist es ein Geschäft wie
jedes andere auch, es geht nur ums Geben und Nehmen. Aber es ist gefährlich und Verrat endet fast immer tödlich. Das ist alles", versucht er
abzuwiegeln, ohne auf ihre eigentliche Frage einzugehen.

„Alles? Das soll alles sein", schreit sie, um sich gleich wieder zu zügeln, als sie die Reaktion der Menschen an den anderen Tischen bemerkt. „Du bist so pathetisch", presst sie hervor. „Es heißt, du hättest
Kofi an Abichi ausgeliefert, um deine eigene Haut zu retten."

Das ist es also, denkt Sutter. Die Andeutung eines Lächelns erscheint
auf seinem Gesicht. „Was soll ich dazu sagen", sagt er leise. „Es stimmt
nicht, aber du wirst es mir nicht glauben. Ich hätte Kofi nie verraten, er
war meine andere Hälfte, mein Afrika. Er hätte sich nicht so bedin-

gungslos auf die Seite der Igbos schlagen dürfen. Er hat hoch gepokert und verloren. Kofi war ein Idealist, und ich habe es zu spät bemerkt. Ich konnte ihm nur helfen sein Geld in die Schweiz zu schaffen, mehr ging nicht. Er wollte, dass du versorgt bist, wenn ihm etwas zustoßen sollte. Cléo glaubte immer, ich besäße den Code seines Nummernkontos und hätte ihn betrogen, aber es stimmt nicht. Das Geld liegt in Zürich und wartet auf den Besitzer des Codes. Ich weiß nicht wer ihn hat."

Christina atmet tief durch. „Warum bist du geworden, was du bist, Thomas?", fragt sie dann.

„Was meinst du?"

„Man wird nicht einfach zum Waffenhändler."

„Menschenverachtung, ist es das, was du denkst?"

„Ja, oder was immer. Du weißt es anscheinend selbst nicht. - Das Geld in Zürich interessiert mich nicht, Thomas. Ich will nur wissen, ob du Kofi verraten hast."

„Nein, zumindest nicht aktiv."

„Aber du wusstest, was sie vorhatten?"

„Abichi hat Kofi anfangs vertraut. Aber als er merkte, dass Kofi mit den Igbos sympathisierte, ließ er ihn fallen. Meinen Vorschlag, Kofi außer Landes zu bringen, haben die Achebes abgelehnt. Das Militär bestünde auf einer finalen Lösung, meinten sie, aber vermutlich wollten sie uns nur loswerden. Aber das sagte ich schon. Als ich Kofi warnte, hat er nur gelacht. Bald darauf war er tot."

„Und dann, nach Nigeria, bist du gleich nach Südafrika gegangen?" fragt sie abweisend, wie ein Buchhalter, der sich vorgenommen hat die

Sitzung zu Ende zu bringen, auch wenn er sich nichts mehr davon verspricht.

„Nein, nicht gleich, hauptsächlich Rhodesien und überall."

„Und dann Südafrika?"

„Ja, bis Mandela an die Macht kam."

In Gedanken scheint sie wegzudriften. Sie nickt nur leicht, als suche sie bereits nach einer Antwort, bevor sie die Frage stellt: „Was bist du nur für ein Mensch, Thomas?"

„Frage oder Ausrufezeichen? Und du willst das wirklich wissen, ganz ungeschminkt?"

„Ja, das war der Zweck unseres Treffens."

„Das wird schwierig. Was ist, wenn wir uns nicht darauf einigen können?"

„Nichts. Es wäre nur eine weitere Lüge von vielen."

„Immerhin eine gute Basis. Wie wär's mit Waffenhändler und Spieler. Lauter schöne Amulette, Zeichen, die man sich umhängen kann, um sich befreit zu fühlen, weil man dem Unfassbaren einen Namen geben konnte. Die Leute sehen dich an, sehen deinen Hänger und schon passt du in ihre gedankliche Schublade. Das ist gut, es beruhigt, man braucht sich keine weiteren Gedanken mehr zu machen."

„Du willst ablenken. Das tust du immer."

„Vielleicht. Diesmal aber nicht wirklich. Vielleicht will ich nur testen, wie gut du bist."

„Du bist ein echter Söldner, Thomas."

Er nickt und schüttelt den Kopf in einem, als könne er sich nicht richtig dafür begeistern. „Nicht ganz falsch, aber auch nicht ganz richtig. Händler des Todes trifft es vielleicht am besten. Der Begriff ist nur

etwas abgelutscht, deshalb benütze ich ihn nicht gern", sagt er ungerührt. „So werden Leute wie ich genannt, zumindest in Filmen", fügt er
hinzu.

„Unfassbar." Sie schüttelt hilflos den Kopf. Dann, als wolle sie beweisen, dass sie sich noch nicht geschlagen gibt, fragt sie: „Und warum bist
du wieder nach Europa zurückgekehrt?"

Er zieht die Schultern hoch und atmet hörbar aus. „Weil mir langweilig wurde. Ja, das war's wahrscheinlich. Und weil ich genug Geld
besaß, um diese Investment Firma zu gründen. Es läuft gut, anscheinend klebt mir der ‚Midas Touch' an den Fingern. Du kannst ihn haben,
wenn du willst. Und, was machst du jetzt, nachdem du alles weißt?"

Christina atmet tief durch. „Alles? Warum sollte ich dir glauben? Du
sagst ja selbst, dass Erinnerungen trügerisch sind. Außerdem hast du
mit keinem Wort die Flugzeuge erwähnt, mit denen immer noch Waffen nach Afrika transportiert werden, damit das Morden kein Ende
nimmt. Wer hat dir die Transporter überhaupt besorgt? Du bist wohl
kaum in der Sowjetunion, pardon, die gibt es ja nicht mehr, also Russ-
land, Ukraine oder sonst einem kommunistischen Restposten herum
gereist, um alte Flugzeuge aufzustöbern."

Sutter bleibt völlig ruhig. Sie sammelt und bohrt tiefer, denkt er. Anscheinend weiß sie mehr, als ich dachte. Vielleicht hat sie Slate ange-
zapft, ohne, dass er mir davon erzählte. Ziemlich unwahrscheinlich, er
ist zu schlau, um sich auf so ein Versteckspiel einzulassen. „Ich dachte
es geht um deinen Vater", sagt er gelassen. „Alles andere gehört nicht
hierher. Und ich weiß nicht von welchen Flugzeugen du sprichst."

Er sieht sie an, als erwarte er eine Antwort. Doch als sie nur immer
wieder den Kopf schüttelt, sagt er: „Du vertraust mir nicht, Christina.

Gut so. Meine Welt, musst du wissen, liegt im Verborgenen. Es gibt wenig Fakten, die nach außen dringen. Das verunsichert. Und wir, die im Halbschatten operieren, zeigen jenen, die in der Sonne stehen, immer nur einen kleinen Spalt unserer Welt. Gerade genug, damit sie für einen Moment aus der Balance geraten. Ich habe dir mehr erzählt, als ich es eigentlich wollte. Trotzdem tust du gut daran nicht alles für bare Münze zu halten. Es ist besser so, Christina. Besser für uns beide. Wir sollten gehen.“

Nach dem dritten mal Läuten will Christina wieder gehen. Sie steht vor dem schmucklosen Eingang eines Berliner Mietshauses in der Paul-Robesonstraße und spürt, wie die Spannung langsam von ihr abfällt. Wieder nicht da, denkt sie fast erleichtert, als sie plötzlich die verzerrte Stimme einer Frau in der Gegensprechanlage hört: „Warum läuten Sie denn wie wild, wer sind Sie, und was wollen Sie überhaupt?"

„Entschuldigen Sie die Störung, Frau Pautz. Ich bin Christina Araba, die Tochter von Kofi Araba, falls Sie sich noch an meinen Vater erinnern können. Ich würde gerne mit Ihnen sprechen."

Die Reifen der vorbeifahrenden Autos wummern auf dem Kopfsteinpflaster hinter ihr. Christina spürt, wie sich ihre Kehle zuschnürt. Aus dem Lautsprecher klingt nur das leise Knacken der offenen Leitung. „Christina", hört sie plötzlich eine kleine, verwehte Stimme, „komm herein, ich wohne im Hinterhaus, im vierten Stock." Dann summt der Türöffner.

Christina schiebt die Tür auf und muss sich in der dunklen Passage erst einmal gegen die Wand lehnen. Ihr ist, als würde ihr der Boden unter den Füssen entzogen. Ich habe sie gefunden, denkt sie, noch kann ich gehen, und alles bleibt wie es ist.

Sie reißt sich zusammen, und als sie, vorbei an der Werkstatt eines Geigenbauers, das verwahrloste Treppenhaus hinaufsteigt, riecht es nach Wachs und abgestandenem Kohl. Über ihr hört sie, wie eine Tür geöffnet wird.

„Ich bin hier Christina", sagt die Stimme einer Frau.

Christina fühlt, wie sich ihre Brust verkrampft. Sie weiß nicht, ob es die endlosen Stufen sind, oder doch eher die Angst davor ihre Mutter zu treffen. Als sie um die letzte Treppenbiegung geht, sieht sie vor der offenen Tür eine mittelgroße Frau stehen, deren kurz geschnittenes Haar grau geworden ist. Eine Landkarte aus Sorgen ist ihr ins Gesicht geschrieben. Abgehärmt steht sie da und betrachtet sie erwartungsvoll und ängstlich. Augen, Mund und Nase sind die ihren.

„Wie groß du bist und so schön", sagt eine Stimme, die sie nicht kennt. „Ich sollte dich umarmen, aber ich weiß nicht, wie man eine Tochter umarmt, die man seit dreißig Jahren nicht gesehen hat. Hier bist du geboren, dort in dem Zimmer", sagt die Frau noch auf dem Gang mit zittriger Stimme und weist auf eine winzige Kammer, in der nur ein aufgeräumtes Bett zwischen kahlen Wänden steht. Die ganze Wohnung wirkt improvisiert, der Wäscheständer im Wohnzimmer, den Hanna nicht rechtzeitig wegräumen konnte, die enge, abgenützte Küche, die zur Hälfte geteilt wurde, um ein kleines Bad abzutrennen.

Sie ist arm, denkt Christina. Sie schämt sich für ihre Mutter, schämt sich für sich, weil sie ihr nicht helfen konnte. Dass das nicht ging, ist ihr in dem Moment egal. „Ich habe nicht mehr geglaubt, dass es dich gibt", sagt sie endlich, und schließt ihre Mutter in die Arme.

Hanna nimmt es hin, als wäre ihr jede körperliche Nähe fremd. „Entschuldige, ich bin ganz durcheinander. Ich kann es einfach nicht fassen", sagt sie verlegen, und greift nach Christinas Hand. Klar und karg ist das Wohnzimmer, die Wände verwaschen gelb, der Farbdruck einer Kandinsky Kopie nachlässig ohne Rahmen auf den Putz gepinnt. Hanna nimmt die Wäsche vom Ständer und schiebt sie, ohne zu falten, in eine

Schublade der Kommode. Dann stellt sie den Ständer in die Ecke und betrachtet schweigend ihre Tochter.

„Ich weiß nicht, wie ich dich ansprechen soll? Mutter? Hanna?", fragt Christina, die sich auf den angebotenen Stuhl setzt und ihre Mutter nicht aus den Augen lässt.

„Sag einfach Hanna", sagt die Frau mit scheuem Lächeln und sieht plötzlich um Jahre jünger aus.

„Ich würde aber gerne Mutter sagen. Ein Wort, das ich ganz, ganz selten benützt habe."

Hannas Augen werden feucht, um ihre Mundwinkel zuckt es. „Wie hast du mich gefunden?", versucht sie sich zu fangen. „Du hast doch Zeit, oder?" Die Frage klingt ängstlich, getrieben von der Sorge jetzt nur ja keinen Fehler zu machen.

„Natürlich habe ich Zeit. Deine Adresse steht in Kofis Stasi Akten, die ich vor drei Tagen einsehen durfte. Seitdem bin ich jeden Tag gekommen und habe geläutet, aber du warst nie da. Heute wäre ich auch fast wieder gegangen, aber dann hast du geöffnet."

Ich war immer da, denkt Hanna, aber wem sollte ich schon öffnen, es ist doch meist nur der Briefträger der unten herein will. Zu mir kommt er nie. Als Christina die Stasi Akten erwähnte ist sie innerlich zusammengezuckt, doch sie lässt sich nichts anmerken. „Du sprichst sehr gut Deutsch, wie kommt das?", fragt sie. „Als Kind hast du viel geredet. Die Leute auf der Straße haben sich gewundert, wie ein kleines Mädchen, noch dazu schwarz, so gut deutsch sprechen konnte. Sie waren einfach dumm."

„Cléo bestand darauf, dass ich auf die Deutsche Schule in Lagos gehe. Sie meinte, wenn ich schon eine halbe Deutsche sei, dann solle ich auch die Sprache behalten. Man könne nie wissen zu was es einmal gut sein könnte."

„Cléo?"

„Meine Stiefmutter, Kofi nahm eine andere Frau in Nigeria, kurz bevor er starb."

Hanna scheint plötzlich weit weg zu sein. „Ich kann kein Englisch und du sprichst wahrscheinlich kein Russisch", sagt sie nach einiger Zeit.

„Nein, kein Wort", sagt Christina und lacht befreit auf. Russisch, denkt sie, was für Möglichkeiten ich hätte. Ein Fressen für eine schwarze Journalistin, ich könnte meine Recherchen im Osten direkt führen, denn irgendwo von dort müssen Sutters Antonovs ja herkommen. „Erzähl mir, was du all die Jahre gemacht hast", sagt sie mit einem befreienden Lächeln.

Hanna antwortet nicht gleich, betrachtet nur ihre im Schoß gefalteten Hände. Die Schultern hängend kraftlos herunter und langsam rinnen ihr ein paar Tränen übers Gesicht.

Christina steht auf und nimmt sie in die Arme. „Entschuldige Mutter, ich will dich nicht überfahren, aber so bin ich halt. Es wird bestimmt leichter, wenn wir über alles reden."

„Ja, aber ich kann noch keinen klaren Gedanken fassen. Entschuldige, ich weiß überhaupt nicht wie mir geschieht."

„Soll ich gehen und morgen wiederkommen?"

„Nein, nein, ich bin so glücklich, dass du da bist. Als ich deinen Namen hörte, dachte ich für einen Augenblick ich werde ohnmächtig. Ich begann am ganzen Körper zu zittern und konnte mich kaum noch auf den Beinen halten. Die ganze Zeit überlegte ich, dass ich die Wäsche wegräumen muss, aber ich konnte mich nicht bewegen." Sie schüttelt den Kopf, als wundere sie sich, wie dumm sie ist. „Ohne die vielen Treppen zwischen uns wäre ich vermutlich zusammengebrochen. Es fiel mir schwer die Tür zu öffnen, und als ich deine Schritte hörte, dachte ich, es zerreißt mich. Und jetzt sitzt du in meiner Wohnung, wie ein Sonnenstrahl nach einer langen Nacht. Ich weiß nicht, was ich tun soll", wiederholt sie sich und lässt ihren Tränen freien Lauf.

„Hör auf, Mutter, sonst fang ich auch noch an zu weinen."

Hanna kramt ein zerknittertes Taschentuch aus ihrer abgetragenen Jacke und trocknet die Wangen. Sie strafft sich. „Ich mach uns eine Tasse Tee." Ohne Christina's Zustimmung abzuwarten, steht sie auf und geht in die Küche. Während sie das Wasser aufsetzt, ruft sie: „Nimmst du Zucker? Und du willst wirklich, dass ich von mir erzähle? Es gibt nicht viel, und es wird weh tun? Ich weiß auch nicht, ob ich es schaffe, es ist so lange her. All die alten Wunden."

„Wie soll ich wissen wer du bist, Mutter, wenn du mir nichts erzählst", ruft Christina zurück. „Vielleicht erfahre ich ja auch etwas über mich. Kofi kann mir keine Antwort mehr geben. Weißt du überhaupt, dass er gestorben ist?"

„Ja, ein Mann kam vorbei und brachte mir die Nachricht", sagt Hanna, die mit einem Tablett in der Hand aus der Küche tritt. „Es ist eine Ewigkeit her, ich war noch so jung", sagt sie und atmet tief durch, als sie die Tassen und die Teekanne auf den Tisch stellt. „Er gab mir einen Umschlag, von Kofi an mich adressiert, aber es war nichts drin, außer einem Blatt Papier mit dem Kopf einer Schweizer Bank, und einer von Hand geschriebenen Nummer. Kein einziges persönliches Wort von Kofi. Zuerst dachte ich, er hasst mich über den Tod hinaus, doch dann tröstete ich mich, dass er den Inhalt vermutlich verwechselt hatte. Aber eigentlich war ich froh, dass nichts in dem Brief stand. Ich hatte Angst davor zu wissen, wie es euch geht und doch nichts tun zu können. Der Umschlag muss noch irgendwo sein, ich habe ihn bestimmt nicht weggeworfen. Ich bin nicht besonders ordentlich mit so Sachen, musst du wissen."

„Ein Mann, sagst du. Könnte es sein, dass es Sutter war?" Christina hat sich aufgerichtet und sieht gespannt auf ihre Mutter.

„Wie soll ich das wissen, ich kenne keinen Sutter. Ich kann mich auch nicht daran erinnern, dass er überhaupt einen Namen genannt hat."

„Es kann nur Sutter gewesen sein", sagt Christina bestimmt. „Ich habe ihn vorgestern getroffen, hier in Berlin, er hat mit keinem Wort erwähnt, dass er dich nach Vaters Tod besucht hat!"

„Vielleicht war es ein anderer. Der Mann tauchte nur kurz auf, unangemeldet, und ich wollte ihn zuerst gar nicht herein lassen. Erst als er erwähnte, dass er ein Freund Kofis sei machte ich auf. Er blieb nicht lange, sagte ein paar belanglose Worte über Kofis Tod, an die ich mich nicht mehr erinnern kann und ging dann bald wieder. Der Mann, vor allem die Nachricht, hat mich so erschreckt, dass ich gar nicht richtig zuhören konnte. Er kann alles möglich gesagt haben, ich weiß es nicht. Bevor er ging, meinte er, dass ich mich nicht um dich sorgen müsse. Daran kann ich mich genau erinnern. Als er mir den Brief übergab, sagte er, ich solle ihn dir erst geben, wenn du alt genug wärst. Ich hab ihn natürlich sofort geöffnet, aber da war nur diese Nummer drin. Die ganze Sache kam mir völlig absurd vor. Später habe ich den Brief vergessen."

„Es kann nur Sutter gewesen sein."

„Tut mir leid, ich kann dir nicht helfen. Wie gesagt, er kam, sagte ein paar belanglose Worte, übergab mir den Brief und ging wieder. Du, hat er gemeint, wärst gut aufgehoben", wiederholt sie traurig, wie ein Kind, das sich schuldig fühlt.

„Und du hast nicht nachgefragt, wie und wo du mich findest?"

„Nein", sagt Hanna, schüttelt den Kopf und sieht aus dem Fenster. „Es hätte mich zerrissen, wenn ich gewusst hätte wo du bist. Das wirst du nicht verstehen, aber ich war gefangen in diesem Staat. Ich hatte kein Recht auf dich und konnte sowieso nicht weg, um dich zu holen." Hannas Stimme ist härter geworden. Sie sitzt nicht mehr wie ein Häufchen Elend auf dem Stuhl. In Gedanken scheint sie weit weg zu sein, als gingen ihr Bilder der damaligen Zeit durch den Kopf. Sie richtet sich auf, greift nach der Teekanne und füllt die Tassen nach. Wortlos reicht sie die Zuckerdose über den Tisch, doch Christina wehrt ab.

Christina, die nur halb zugehört hat, weil sie an den Abend mit Sutter denkt, schüttelt irritiert den Kopf. Auf einmal glaubt sie zu verstehen, welche Scharade er ihr vorgespielt hat. Und ich hätte ihm fast geglaubt, denkt sie. Wütend schnaubt sie durch die Nase. Ruhig, Christina, ruhig, es ist nicht Mutters Schuld, dass ich ihm fast auf den Leim gegangen bin. Sie atmet ein paarmal tief ein und aus, um sich zu beruhigen. Ich darf sie nicht überfahren, denkt sie. Sie hat zu lange allein gelebt, versteht wahrscheinlich gar nicht, was ihr gerade passiert. Wie sollte sie auch. „Erzähl mir, wie du Kofi kennen gelernt hast, Mutter?", sagt sie leise, als sie merkt, wie sich ihre innere Ruhe langsam auf Hanna überträgt.

Hanna nimmt einen Schluck Tee und erzählt von der kleinen Familie, die sie einmal mit Kofi und Christina besaß. „Er kam in eines unserer Kammermusik Konzerte und lud mich danach auf ein Bier ein. Die Leute gafften, aber mich interessierte nur, wie er über Musik schwärmte. Ich war hingerissen von ihm, so groß, so schön. Heute frage ich mich manchmal, ob ich ihn überhaupt geliebt habe. Manchmal denke ich, wie es gewesen wäre, wenn ich ihn nie getroffen hätte."

„Weil er schwarz war?", fragt Christina scharf.

„Nein, ich mochte ihn, wie er war. Ich weiß nicht warum ich diese Gedanken habe. Sie schwappen einfach hoch, ich kann nichts dagegen tun."

„Und jetzt ich, die dich wieder aus deinem Leben reißt. Ist es das, was du sagen willst, Mutter?"

Hanna schnäuzt in ihr zerknittertes Taschentuch und sieht verzweifelt auf Christina. „Es war so kurz und ist so lange her."

So geht es allen, denkt Christina, wir haben immer nur ein kleines Zeitfenster, in dem unsere Optionen ausgestellt sind. Und wenn wir nicht zugreifen, sind wir arm, einsam und verloren. „Glaubst du, dass Kofi mich geliebt hat?"

„Wie kannst du daran zweifeln." Hanna richtet sich auf, als täte ihr die Erinnerung gut. „Er hat dich vergöttert. Einmal, da warst du krank, vielleicht zwei oder drei Jahre alt, ich weiß es nicht mehr. Du hast ununterbrochen geschrien, weil dir etwas weh tat. Aber du konntest uns nicht sagen was es war. In seiner Verzweiflung, weil er dich nicht beruhigen konnte, begann Kofi zu singen. Da wurdest du ruhig. Aber jedesmal wenn er aufhörte, fingst du wieder an zu brüllen. Da hat er die gan-

ze Nacht gesungen, bis du am frühen Morgen in seinen Armen eingeschlafen bist."

„Und du, warum hast du uns gehen lassen?"

Hanna windet sich, die Frage bereitet ihr offensichtlich Schmerzen.
„Ich hatte keine Wahl, wir hatten keine Wahl. Die Zeit war nicht reif für
ein gemischtes Paar", gibt sie eine vorgefertigte Antwort, die ihr seit
Jahren durch den Kopf gegangen sein muss.

Da ist noch mehr, als sie zu sagen bereit ist, denkt Christina. Vielleicht später, wenn sie mir vertraut, können wir darüber reden. „Hast
du je seine Akte gelesen?", fragt sie leise.

Hanna schüttelt vehement den Kopf, als hätte sie einen Schlag erhalten. „Nein, wir waren nicht verheiratet. Ich dürfte nicht, auch wenn ich
wollte. Und meine Akte hat mir völlig gereicht. Sie müssen uns ununterbrochen observiert haben. Ich weiß nicht warum."

Christina fragt sich, wie viel in Hannas Beziehung zu Kofi im Verborgenen liegt und wie viel sie ihr jetzt schon an Fragen zumuten kann.
Auf einmal fühlt sie sich entsetzlich müde und leer, doch sie will noch
nicht aufgeben. „Was war das für eine Zeit, Mutter? Warum war Kofi
überhaupt hier. Als ich Vaters Akte las, bekam ich Angst vor dem Staat
in dem ihr gelebt habt."

Hanna zögert, will abwehren, doch dann sucht sie nur nach den richtigen Wörtern. „Das habe ich mich mein ganzes Leben lang gefragt. Wir
waren jung und ich verstand nicht, was mit uns passierte. Ich wollte
Musik studieren, aber das durfte ich nicht. Die DDR brauchte Ingenieu-
re, Wissenschaftler. Weil ich gut war in Mathematik, ließen sie mich
Chemie studieren. Ich habe das Fach von Anfang an gehasst." Hanna
steht auf und reißt das Fenster auf. Für eine Weile starrt sie in die

Dämmerung und atmet die kalte Luft ein. Dann geht sie zurück zu Christina und streicht ihr übers Haar, als säße das kleine Mädchen von damals vor ihr.

„Ich war fünf Jahre alt, als Kofi mich mit nach Nigeria nahm. Warum ging er nicht nach Ghana, zu seiner Familie? Warum bin ich nicht bei dir geblieben?" bohrt Christina nach, als sich Hanna wieder gesetzt hat.

„So viele Fragen und kaum Antworten, ich verstehe dich gut. - Er hatte keine Chance. Kofi war überzeugter Kommunist, ein glühender Anhänger Nkrumah's. Ihm verdankte er sein Stipendium, doch als die Militärs Nkrumah wegputschten konnte er nicht mehr zurück nach Ghana. Also versuchte er sich hier durchzuschlagen, aber es ging nicht. - Dich wegzugeben war der größte Fehler meines Lebens, ich hätte dich behalten sollen, egal wie schwer es geworden wäre." Hanna sagt es, ohne Christina anzusehen. Sie blickt verloren aus dem Fenster, als hätte sie ein Bild vor Augen, das sie nie losgelassen hat. „Ich war nahe an einem Nervenzusammenbruch, alles um mich herum begann sich aufzulösen. Sie haben uns einfach auseinander gerissen. Kofi wäre zerbrochen ohne dich, er sagte immer du wärst sein zweites Herz. Und als er das Jobangebot aus Nigeria erhielt, nahm er sofort an, weil er glaubte dich dadurch behalten zu können. Mich wollte er sobald wie möglich nachkommen lassen, aber mein Ausreiseantrag wurde abgelehnt. Ab da behandelten sie mich wie einen Republikflüchtling." Hanna nimmt einen Schluck Tee und sieht ängstlich auf Christina, wie sie ihre Erzählung aufnimmt. Doch die sitzt nur da und wartet ab. „Ich musste das Studium aufgeben und hatte Glück, dass ich eine Stelle als Chemiefacharbeiterin bekam. Nach eurer Ausreise war ich allein und ihr wart wie vom Erdboden verschluckt, bis dieser Mann auftauchte und mir die

Nachricht von Kofis Tod brachte. Meine Fragen nach dir konnte oder wollte er nicht beantworten. Er sagte, es ginge dir gut", schließt sie und hört nur noch in sich hinein.

Während Christina sie still betrachtet, fragt sie sich, wie viel von ihr von Hanna stammt. Sie wirkt so passiv, denkt sie, es muss Kofis Ungestüm sein, das mich umtreibt. „Sutter muss der Mann gewesen sein, der dir den Brief brachte", sagt sie in die Stille. „Er hat nicht fair gespielt. Als ich ihn traf hat er mir alles Mögliche erzählt. Über dich wollte er nicht reden und hat so getan, als kenne er dich gar nicht. Was hatte ich nur erwartet? Der Mann lügt, und ich dumme Kuh hätte ihm fast geglaubt."

Hanna lacht kurz auf und für einen Moment sieht sie glücklich aus.

„Warum lachst du, habe ich etwas Falsches gesagt?", fragt Christina.

„Nein, mir hat nur die dumme Kuh gefallen. Dein Deutsch ist wirklich sehr gut."

„Dumme Kuh hat mich ein Junge an der Schule in Lagos genannt, um mich klein zu machen. Erst als ich ihn vor versammelter Klasse verprügelte, gab er Ruhe. Die dumme Kuh blieb anscheinend hängen", lacht Christina, das Bild des Schulhofs in Lagos vor Augen. Den großen Affenbrotbaum im hinteren Eck des Schulhofs mit der Schaukel und den fliegenden Hunden, die sich jeden Nachmittag auf die Jagd machten. „Hast du Sutter abgenommen, was er dir über Kofis Tod erzählt hat?"

„Ja, warum sollte ich nicht? Ein Unfall, es hörte sich plausibel an."

Fast alles, was er sagt hört sich plausibel an, denkt Christina. „Es war kein Unfall", stößt sie hervor und schüttelt zur Bestätigung vehement den Kopf. „Ich vermute eher ein Komplott, in dem Kofi zerrieben wurde. Sutter muss mittendrin gewesen sein. Nicht, dass er Kofi selbst umgebracht hat, dafür ist er viel zu gerissen, aber er wird seine Hand im Spiel gehabt haben. Cléo wollte immer, dass Kofi aussteigt, aber das ging wohl nicht mehr. Und jetzt, da ich Vaters Akte gelesen habe, glaube ich auch zu wissen, weshalb."

„Umgebracht? Aussteigt? Ich verstehe gar nichts."

Christina atmet tief ein, als wäre ihr plötzlich bewusst geworden wie sehr sie Hanna überfordert. Zu früh, zu schnell, denkt sie, du kannst sie nicht sofort mit deinem ganzen Ballast erschlagen. Was soll's, sie ist meine Mutter, sie muss damit klar kommen, ich musste es auch. „Macht nichts, ich erklär's dir gleich. Ich glaube, Kofi wurde noch in Ostberlin vom Sowjetischen Geheimdienst angeheuert. Wahrscheinlich hat er sich nichts dabei gedacht, sie entsprachen seiner Ideologie und bildeten die Speerspitze einer Weltrevolution, die er für überfällig hielt. Doch als Nkrumah gestürzt wurde, ließen ihn alle fallen, die Sowjets, weil er ihnen nichts mehr nützte und die neue ghanaische Regierung sowieso. Kommunisten waren auf einmal nicht mehr gefragt in Ghana. Plötzlich stand Kofi mit leeren Händen da, ohne Geld, ein Schwarzer, gestrandet in einem fremden Land."

„Ja, so war es, aber vom KGB hat er nie gesprochen", sagt Hanna fast erleichtert, etwas beitragen zu können.

Verblüfft nimmt Christina wahr, wie wenig Hanna die Sache mit dem KGB zu überraschen scheint. Sie nimmt sich vor später nachzufassen und spinnt ihren Verdacht weiter. „Wie hätte er darüber reden sollen? Konnte er sich denn auf dich verlassen?" Sie erwartet keine Antwort und fährt nahtlos fort. „Nach Sutters Jobangebot konnte er die Verbindung zum KGB wieder aufnehmen. Die Russen hatten Interesse an ihm, der Biafra Krieg eskalierte und sie brauchten Leute vor Ort. Das scheint mir plausibel, doch Sutter stellt es so dar, als hätte Kofi ihn um Hilfe gebeten. Er selbst hatte nach eigenen Worten bei der CIA angeklopft, damit sie ihn beim Aufbau seines Waffenhandels unterstützte. Sutter brauchte die CIA, um seine Abhängigkeit von den Nigerianischen Partnern zu reduzieren, aber er spielte nicht ganz sauber. Er holte sich Kofi, um gleichzeitig die Kontakte zu osteuropäischen Lieferanten aufzubauen. Was Sutter aber nicht wusste, war Kofis Verbindung zu den Sowjets. Irgendwann, ich vermute, als er Cléo kennenlernte, hat Kofi dieses Schaukelspiel nicht mehr ausgehalten und wollte aussteigen. Da haben sie ihn umgebracht."

„Das ist ja furchtbar. Weißt du das, oder existiert alles nur in deiner Gedankenwelt. Und wer ist sie?"

Christina lächelt. „Glaub mir Mutter, ich mache das professionell, ich habe einen Riecher für so etwas. Es mag nicht alles stimmen, aber so ganz daneben liege ich selten. Sutter gab mir seine private Telefonnummer, und er will, dass ich ihn auf dem Laufenden halte. Das zeigt, dass er mich ernst nimmt. Sie, das sind meiner Meinung nach Sutter und seine damaligen Partner in Nigeria. Wahrscheinlich haben noch ein paar Leute im nigerianischen Militär mitgemischt. Ich glaube kaum, dass sich die CIA oder der KGB die Finger schmutzig gemacht hätten. Dafür war Vater ein zu kleines Rad."

Hanna schüttelt den Kopf. „Aber warum hätte dieser Sutter Kofi etwas antun sollen? Die beiden mochten sich, zumindest hat Kofi das gesagt, als er das Angebot aus Nigeria erhielt."

„Das mag schon stimmen, aber wir beide wissen nicht, was in Nigeria passierte. Sie waren Waffenhändler, da kann es schnell vorkommen, dass du deine Haut retten musst, und dann geht es nur noch um die Frage: Du oder die Anderen. Mit einem kleinen Dienst kannst du dir deine Feinde für eine Weile vom Hals halten, zumindest solange, bis du dich in Sicherheit gebracht hast. Kofi und Sutter sangen nicht im Kirchenchor, sie wussten, auf was sie sich einließen. Und die Militärs fackeln nicht lange, wenn einer suspekt wird, dem sie einmal vertraut haben. Vor allem wenn sie die eigenen Waffen auf der Seite ihrer Feinde entdecken."

„Furchtbar, und du hast das immer gewusst?"

„Nein, ich vermute es nur, seit ich Vaters Akte gelesen habe, und seit ich vor ein paar Tagen mit Sutter sprach. Die Akte ist voller versteckter Hinweise. Eins ist jedoch klar, nachdem Nkrumah weg war, wollten sie Vater hier nicht mehr haben."

„Das würde erklären, weshalb sie ihn auswiesen, aber warum bestand er darauf dich mitzunehmen?"

Warum? Warum sagt sie das? Wer anders als sie könnte das wissen, fragt sich Christina. „Hast du nicht gesagt, ich wäre sein zweites Herz gewesen?"

„Ja, das hat er gesagt. Es war eine schreckliche Zeit, Christina. In meiner Erinnerung verschwimmt so manches, ich weiß nicht mehr, weshalb er darauf bestand dich mitzunehmen."

„Vielleicht brauchte er mich, um dem ganzen Irrwitz einen Sinn zu geben. Vielleicht war ich eine gute Tarnung für ihn, wer weiß das schon", sagt Christina bestimmt, als wolle sie sich ihrer selbst versichern. „Auf alle Fälle war er ein liebevoller Vater. Wie alt warst du, Mutter, als ich zur Welt kam?"

„Neunzehn, mit jeder Menge Flausen im Kopf. Mein Vater machte wegen Kofi jedes Mal eine Szene, wenn ich die Eltern auf dem Dorf besuchte, wo ich umgeben von Gartenzwergen aufwuchs. Mutter hat nur still gelitten. Als ich schwanger wurde, bin ich nicht mehr hingegangen. Ich habe ihnen nach der Geburt ein Foto von dir geschickt, aber keine Antwort erhalten. Sie haben dich nie gesehen. Vor ein paar Jahren sind sie kurz hintereinander gestorben. Mein Gott was hatten sie für Vorurteile.“

Sie schweigen, jede mit ihren Gedanken beschäftigt, bis Christina sagt: „Komm, lass uns raus gehen. Wir sollten feiern, nicht hier Trübsal blasen. Es kommt nicht so häufig vor, dass eine Tochter ihre Mutter nach dreißig Jahren wiederfindet. Eine Freundin hat mir ein nettes Café in einem Blumenladen gezeigt. Es ist nicht weit von hier und hat sogar frei fliegende Papageien.“

„Papageien, hier in Berlin. Und eine Freundin hast du auch?“

„Ja, stell dir vor. Sie hat mir viel geholfen in den letzten Tagen. Ich habe sie in Südafrika kennengelernt.“

„Du bist viel unterwegs.“

„Es ist mein Beruf.“

Hanna nickt, als hätte sie sich ein Leben in Freiheit immer gewünscht. „Wie ich dich beneide. Wo ist das Café?“

„In der Schönhauser Allee, ganz nahe an der U-Bahn Station.“

„Wenn ich gewusst hätte, dass du kommst, hätte ich etwas eingekauft.“

Christina spürt Hannas Unsicherheit, sie sieht die abgenutzten Möbel, die Armut, die aus allen Ecken starrt. „Ich lade dich ein, das wollte ich immer schon, meine Mutter einladen." Sie legt den Arm um Hannas schmale Schultern und schiebt sie sachte in Richtung Ausgang.

„Ich muss mich erst ein wenig zurecht machen, so kann ich doch nicht gehen", wehrt sich Hanna.

„Es ist nichts besonderes. Wir passen prima zwischen die Papageien, so wie wir sind."

Als sie die Treppen hinunter gehen, wirkt Hanna tapsig. Das geht nicht mehr lange, dann schafft sie die Treppen nicht mehr, denkt Christina. Ich muss etwas anderes für sie finden. Sie erschrickt, ich bin Nigerianerin, denkt sie, Lagos ist meine Stadt, ich will nicht, dass plötzlich alles anders ist, nur weil ich Mutter gefunden habe. Ich kenne sie kaum, wir werden noch viel zu reden haben, bevor ich mich entscheide ihr zu helfen. Aber das mit der Schweizer Bank und der Nummer muss ich klären. Kofi war kein Träumer und schon gar nicht nachtragend, vielleicht ist es der fehlende Code, von dem Sutter sprach.

Nachdem sie sich im Café unter eine hoch aufragende Pflanze mit riesigen Blättern gesetzt haben, sagt Christina mit gespielter Leichtigkeit. „So, jetzt erzähl mir, was du all die Jahre gemacht hast. Vorhin hast du dich noch versteckt, nicht wahr?"

„Es geht nicht auf Knopfdruck, bitte dräng mich nicht. Ich begreife einfach nicht, was mit mir passiert. Ich fühle mich, als würde alles um mich herum einstürzen und ich..."

„Was ist Mutter?"

„Nichts, nichts, es geht schon wieder. Ich habe Angst, Angst um dich. Nicht hier in Berlin, außerhalb. Es gibt Orte bei uns, an denen Leute wie du zu Tode geprügelt werden, nur wegen ihrer Hautfarbe. Keiner der Glatzköpfe, die gerne zuschlagen, fragt sich, ob du eine weiße Mutter hast und hier geboren bist."

„Ich kann mich wehren, mach dir wegen mir keine Sorgen."

Hanna schüttelt nur den Kopf und sieht sich um, ob ihnen auch ja niemand zuhört. Als sie sich Christina zuwendet, wirkt es, als wäre sie ertappt worden. „Es gibt nicht viel zu erzählen", sagt sie und wartet ab. Doch als Christina fragend die Augenbrauen hochzieht, als nehme sie ihr das nicht ab, redet sie stockend weiter. „Manchmal denke ich mein Leben wäre zu Ende gewesen, als ihr beide gegangen seid. Dann beschimpfe ich mich innerlich, dass nicht alles umsonst gewesen sein kann." Das Kreischen eines Papageis lässt sie zusammenzucken. Sie dreht sich um und sucht den Vogel. Doch dann, als hätte sie sich endlich entschlossen offen zu reden, lässt sie sich nicht mehr beirren. „Ich habe nicht geheiratet, und wohne immer noch in derselben Wohnung, wie du ja gesehen hast. Als die Wiedervereinigung kam, dachte ich, alles würde besser werden, aber für uns vierzigjährige gab es plötzlich nur noch verschlossene Türen. In den Augen der Westler tickten wir nicht richtig, ideologisch verblendet, falsch gepolt, hieß es. Meine alte Firma schrumpfte und schrumpfte, bis sie schließlich an einen Investor verkauft wurde, der uns das Blaue vom Himmel versprach. Aber eigentlich war er nur an den Grundstücken interessiert. Unsere Jobs waren ihm egal. Eine Weile hielt ich durch, dann war auch ich dran. Ab und zu traf ich eine meiner früheren Kolleginnen auf ein Glas Wein, aber dann wurde mir das ewige Jammern über die Ungerechtigkeit der Welt zu lästig. Jetzt komme ich oft tagelang nicht aus der Wohnung. Ich sehe viel fern, aber manchmal weiß ich danach nicht einmal, was ich gesehen habe. So verstreicht die Zeit. Es geht mir nicht schlecht, ich konnte das Haus meiner Eltern verkaufen und habe jetzt das Nötigste. Aber ich muss mich bescheiden, du hast die Wohnung ja gesehen. Ich erhalte eine kleine Rente vom Staat, einem Staat den ich immer abgelehnt habe. Absurd. Eigentlich fühle ich mich wie eine Verliererin."

„Du hörst dich deprimiert an", sagt Christina. „Warum hast du nie Kontakt zu der Schweizer Bank aufgenommen? Auf dem Briefbogen, den dir Kofi geschickt hat, steht ihre Adresse, hast du gesagt."

Hanna setzt sich gerade hin und nimmt einen Schluck Wasser, sie wirkt irritiert. „Du wirst es nicht glauben, aber ich wollte den Brief wegwerfen, hab es aber bestimmt nicht getan, das weiß ich noch. Wo ich ihn hingelegt habe, keine Ahnung. Wenn ich zurück in der Wohnung bin werde ich ihn suchen. Vielleicht habe ich den Umschlag auch absichtlich verlegt, ich wollte euch beide vergessen." Erschrocken hält sie die Hand vor den Mund, als merke sie, was sie gesagt hat. Ängstlich versucht sie Christinas Reaktion zu erhaschen, doch die sitzt nur da, ein verträumtes Lächeln um die Mundwinkel. Entschuldigend, als ließe sich die Bemerkung damit aus der Welt schaffen, wiederholt sie. „Ich mache mich gleich später auf die Suche, es war vor mehr als dreißig Jahren." Hanna nimmt die Speisekarte, öffnet sie und legt sie gleich wieder zurück auf den Tisch. Für einen Moment wirkt sie völlig verloren. Als Christinas Schweigen wie eine schwarze Wolke über ihnen zu schweben beginnt, strafft sich Hanna und sieht ihrer Tochter direkt ins Gesicht. „Ich wollte euch nicht vergessen, aber ich ertrug es nicht mehr an euch zu denken, ohne.... - Kofi und ich träumten von einer anderen Gesellschaft, wir glaubten an die DDR. Doch als sie drohten dich uns wegzunehmen und in ein Waisenhaus zu stecken, brach meine Welt zusammen. Dass sie mir später das Studium verweigerten, spielte schon keine Rolle mehr."

Christina schüttelt ungläubig den Kopf. „Warum Waisenhaus?", fragt sie distanziert, eher aus Höflichkeit. Dabei geht ihr ein Gedanke nicht aus dem Kopf: Vergessen! Sie wollte uns vergessen. Egal, was sie noch sagt, es ist in der Welt und ich muss damit leben.

Hanna atmet jetzt als trüge sie eine schwere Last. Sie scheint sich zu fragen, ob sie überhaupt die Kraft hat die ganze Vergangenheit neu aufzurollen. Sie vermeidet Christina anzusehen und sucht in den mannshohen Pflanzen im Rücken ihrer Tochter, halt für ihre rotierenden Gedanken. Als sie endlich zu einer Antwort ansetzt, klingt es verloren. „Ich war neunzehn, ledig, mit einem schwarzen Freund. Solche Verhältnisse wolle man nicht auch noch unterstützen. Du konntest es an ihren Gesichtern sehen, auch wenn es keiner offen aussprach. Alles bekamst du nur auf Zuteilung: Wir brauchten eine größere Wohnung, aber auf einmal war unser Antrag verschwunden. Wir brauchten ein Kinderbett, doch die Bestellung sei nie angekommen, hieß es. Wir rannten nur noch gegen Gummiwände. Als ihr beide nach Afrika gegangen wart, wurde es vorübergehend leichter, aber nachdem ich den Ausreiseantrag gestellt hatte, um zu euch zu kommen, war ich für sie erledigt."

„Aber Kofi war doch Agent der Sowjets, so steht es zumindest andeutungsweise in den Akten. Die Russen hatten das Sagen in der DDR", sagt Christina fassungslos.

„Nicht alles stimmt in diesen Akten. Kofi war kein Agent, nicht zu der Zeit, als er noch studierte. Vielleicht wurde er es später, als Preis für irgendetwas, das er versprochen hatte." Hanna's Stimme ist fester, ihre

Körpersprache entschiedener geworden, als wäre sie froh endlich alles aussprechen zu können. „Ich kann mir nicht vorstellen, dass Kofi ein Spitzel war, aber vielleicht will ich es auch nicht. Andererseits habe ich mich mein Leben lang der Realität verweigert. Aber genug, nichts davon ist mehr zu ändern, erzähl mir lieber von dir.“

„Gleich Hanna, ich muss das alles erst verdauen.“ Christina steht auf und geht zur Toilette. Sie wirft sich kaltes Wasser ins Gesicht und betrachtet ihre müden Augen. Die ganze Zeit geht ihr Hannas Satz nicht aus dem Kopf: Ich wollte euch vergessen. Warum bin ich dann noch hier?, fragt sie sich, und zwingt sich zurück zu gehen.

Am Tisch erwartet sie eine aufgeräumte Hanna, als hätte sie inzwischen ihre Gedanken geordnet und bereit über alles offen zu reden. „Sag mir wenigstens, wie du dich fühlst, bist du Nigerianerin, oder ist ein kleiner Rest Berlinerin in dir? Was denkst du, wenn du so durch unsere Straßen gehst?“

Das ist sie, die Millionen-Dollar-Frage, denkt Christina. Sie kommt zu früh, wir kennen uns nicht gut genug für eine klare Antwort. Und ich will sie nicht verletzen, auch wenn sie mich vergessen wollte. Wer bist du? Gehörst du nicht doch eher hierher? Ist Lagos nicht zu gefährlich? Warum kommst du nicht nach Europa, alle anderen wollen doch auch hierher? Wer all die anderen sind, fragt schon keiner mehr, zu kompliziert, zu anstrengend, sie müssten sich damit auseinander setzen. Ich kann sie nicht mehr hören, immer dieselben Fragen. Besser, ich lasse ihr keine Illusionen. „Vor ein paar Jahren habe ich Kofis Familie in Ghana besucht. Alle waren sehr nett zu mir. Einer meiner Cousins fuhr mit mir die Küste entlang zum Elmina Castle, einem ehemaligen Sklaven Fort. Dort wurden die Menschen wie Vieh zusammengepfercht, bevor die Schiffe kamen, um sie abzuholen. Die Dunkelheit, der Dreck und Gestank müssen furchtbar gewesen sein. Damals habe ich mich entschieden schwarz zu sein. Ich habe Tage gebraucht, um die Sklaverei aus meinem Unterbewusstsein zu bannen, es wird mir nie ganz gelingen. Die Antwort auf deine Frage, Mutter, ist, dass ich nicht weiß wer ich bin. Manchmal, in den letzten Tagen, dachte ich, ich könnte nach Berlin gehören. Es ist eine interessante Stadt, spannend, lebendig und witzig, ich mag die Leute, aber ich bin noch nicht angekommen. Ich habe nur eben über den Zaun geguckt. Vielleicht wird es besser, wenn ich mit Sutter abgerechnet habe, wenn ich weiß, was mit Vater geschah, egal was, ich muss es wissen.“

Hanna sieht lange auf Christina, als sähe sie wieder das kleine Mädchen vor sich, das sie, ohne zu kämpfen, abgab. „Als ich Kofi kennen lernte, träumte ich davon, aus meinem Elternhaus auszubrechen. Ich träumte von einer gerechten Welt, in der die Starken für die Schwachen da sind. Wo wir unseren Besitz fair auf alle verteilen. So stand es zumindest in den Büchern, die ich damals verschlang. Kofi gab mir für ein paar Jahre das Gefühl von Freiheit. Für mich war er nicht Schwarz, für mich war er ein großer, wunderschöner Mann, der sich in mich verliebt hatte. In mich, die sich vor der Welt fürchtete, die in ihren Büchern lebte und nur dann glücklich sein konnte, wenn uns ein makelloser Satz unseres Streichquartetts gelang. Kofi wollte kämpfen, er sah klar, was um ihn herum vor sich ging. Ich wollte nur, dass sie mich Musik studieren lassen. Als uns die Nachbarn scheel ansahen, als sie über deine Hautfarbe gehässige Bemerkungen machten, war ich immer noch bereit, es auf die Einzelnen zu schieben. Erst als ihr weg wart, kam es mir vor, als wäre mir ein Schleier von den Augen gerissen worden. Plötzlich sah ich, was hier ablief, ein gigantisches Experiment, mit uns Menschen als Versuchskaninchen. Ich habe mich geschämt, und ich habe mich unsäglich nach euch gesehnt. Die Vorstellung von euch beiden in Nigeria und ich alleine hier, ohne die geringste Chance euch wenigstens besuchen zu können, hat mich fast umgebracht." Hanna hört einfach auf, wie eine Spieluhr deren Feder abgelaufen ist. Für einen Augenblick scheint sie nur dem Kreischen der Papageien zuzuhören. Dann, als würde sie aus Gedanken erwachen, die sie weit weg getragen haben, sagt sie leise. "Lass dich nicht von Sutter in die Irre führen, Christina. Kofi ist tot, du kannst ihn nicht zurückbringen. Falls Sutter in seinen Tod verwickelt war, lass ihn nicht dein Leben auch noch zerstören, er ist es nicht wert."

"Das ist leicht gesagt, Mutter. Ich weiß noch nicht, was ich mache, aber ich könnte es nicht ertragen, wenn er Schuld an Vaters Tod hat und ich lasse ihn einfach davonkommen. Vielleicht ist das Rache, vielleicht auch nur mein ausgeprägter Gerechtigkeitssinn." Christina ringt mit sich, als stäube sich etwas in ihr, den Gedanken auszusprechen. Doch dann kann sie ihn nicht mehr zurückhalten. "Warum hast du nie versucht, mich zu dir zu holen, nachdem du von Kofis Tod erfahren hast?"

Hanna sieht aus dem Fenster, als könne sie draußen auf der Straße eine Antwort finden. Auf eine Straße, die seit Jahren nicht mehr grau und verfallen ist. Auf der allenthalben neue Geschäfte entstanden sind, mit jungen Menschen hinter ihren Laptops, die nicht wissen wie die DDR war. Wo man nicht einfach auf ein Amt gehen konnte, um einen Pass zu beantragen. Wo man nicht zum nächstbesten Arzt für die Tropenimpfungen gehen konnte, um danach das Visum für Nigeria abzuholen. Wie soll ich es ihr erklären, denkt sie. Wie soll ich ihr erklären, was es heißt, machtlos einer alles beherrschenden Clique ausgeliefert zu sein. Einem Staat, der Kinderbetten willkürlich verteilte und Wohnungen nach Parteizugehörigkeit vergab. „Es war alles anders, Christina, damals zählte der Einzelne nicht viel. Ich war nicht privilegiert, lebte am Rand, unauffällig und verbittert. Mir fehlte die Kraft dich zu finden. Ich hätte gar nicht gewusst, wie ich es anstellen soll. Jedes Mal, wenn ich an dich dachte, schmerzte es so sehr, dass ich es auf Dauer nicht ertrug. Also habe ich versucht dich zu vergessen."

„Vergessen, seine eigene Tochter vergessen? Du hast es schon einmal gesagt und ich kann es nicht mehr ertragen", sagt Christina. Schreit es fast hinaus und springt auf. Sie reißt ihre Jacke an sich und will gehen.

„Aber das kannst du doch nicht tun", sagt Hanna hilflos. Vor den Augen rast ihr schäbiges Leben vorbei. Sie sieht den Sozialarbeiter vor sich, wie er ihr Zwangsadoption androht, sieht Kofi, Christina auf dem Arm, wie er in Schönefeld übers Rollfeld geht. Sie fragt sich was ihr noch bleibt, wenn Christina jetzt geht. „Ich wollte doch nur, dass du mich verstehst. Dass du begreifst, in welcher Zeit wir damals lebten, und wie wenig wir eigentlich tun konnten. Aber es ist schwer mit Worten zu beschreiben, noch dazu für jemand, der es nicht selbst erlebt hat. Ich habe dich nie wirklich vergessen. Aber ich wusste mit der Zeit nicht mehr, an was ich mich erinnern könnte. Es geht nicht, es geht einfach nicht, du kannst mich nicht verstehen. Wie...", sie nimmt ihr Taschentuch aus dem Ärmel und beginnt hemmungslos zu weinen.

„Schon gut, Mutter, verzeih mir, ich erwarte viel zu viel von dir."

„Aber ich will", schluchzt Hanna. „Ich will so sehr, dass du verstehst, mir glaubst, wenn ich dir sage, dass ich um mich selbst betrogen wurde. Wie ich mich danach gesehnt habe in Rom spazieren zu gehen, oder den Duft der Wüste einzuatmen. Wir lebten in einem riesigen Gefängnis." Verschämt sieht sie um Zustimmung heischend auf Christina. „Nach einiger Zeit verwindest du das, aber dass sie dich um dich selbst betrügen, um deine Eigenschaften, das verwindest du nie. Sie forderten mein Verständnis, wo es nichts zu verstehen gab, meine Einsicht, meine Geduld, wo ich doch vor Ungeduld bebte. Ich wollte zu euch, aber es ging nicht. Ein Auto, das immer wieder mit angezogener Bremse gefahren wird, geht kaputt. So fühlte ich mich, und dann ging ich ja auch kaputt. Und als die Mauer fiel, merkte ich erst, dass ich nicht mehr zu reparieren war. Ich hatte begonnen, mir meine Gefühle zu verbieten, und wenn sie sich nicht verbieten ließen, habe ich sie verschwiegen. Nach solchen Jahren, Christina, ist alles in dir abgestorben."

Christina hat die ganze Zeit still zugehört, ohne die Augen vom Gesicht der Mutter zu wenden. „War das dein Leben?", fragt sie endlich ganz ruhig.

„Ja, ich glaube schon."

Christina stützt den Kopf in die Hand, und starrt auf einen Punkt über Hannas Kopf. „Es ist zu viel für mich, ich kann nur schwer damit umgehen. Ich ertrage es einfach nicht deine Hand zu halten, als wäre nichts gewesen. Ich brauche Zeit, bitte versteh das. Ich gehe jetzt, aber mach dir keine Sorgen, ich komme wieder, ganz bestimmt." Sie steht auf, geht an die Theke und bezahlt den Tee, der kalt und unberührt geblieben ist. Ohne sich noch einmal umzudrehen, verlässt sie das Lokal. Auf der Straße kann sie die Tränen nicht mehr zurück halten.

Nach einer unruhigen Nacht, Sutter und Hanna haben sich in ihrem Kopf zu einem unentwirrbaren Knäuel verheddert, muss sie mit jemand reden. Sie misstraut beiden, weiß nicht mehr, was an den Geschichten Dichtung und Wahrheit ist. Sie fragt sich längst, ob sie überhaupt noch wissen will, was damals passierte. Doch sie ist noch nicht bereit aufzugeben, aber sie weiß auch nicht, was sie jetzt tun soll. Schließlich macht sie sich, wie ferngesteuert, erneut auf den Weg in die Café-Blumenhandlung mit den Papageien.

Nachdem sie eine Tasse Tee und ein Croissant bestellt hat, ruft sie Verena an. Die Sprechstundenhilfe nimmt ab, und es dauert eine Weile bis Verena ans Telefon kommt. Ihre Stimme klingt freundlich und neugierig. „Und, wie ist es gegangen?"

„Was meinst du? Meine Mutter?", fragt Christina.

Verenas Verblüffung ist unüberhörbar. „Irre. Du hast sie gefunden! Und jetzt?"

„Muss ich mit dir reden, sonst platze ich. Aber du hast etwas anderes gemeint?"

„Ich dachte, du willst mir von Sutter erzählen, den wolltest du doch treffen. Aber deine Mutter, nach dreißig Jahren, das ist viel wichtiger. Ich kann dich aber nicht sofort kommen, ich bin mitten in einem Patientengespräch."

„Verstehe ich. Wann hast du Zeit, für einen Kaffee? Irgendwo in der Stadt?"

„Heute noch?"

„Ja, so bald wie möglich."

„Lass mich nachsehen, ich bin gleich wieder zurück." Christina hört
das Knacken in der Leitung, als Verena den Hörer ablegt. Dann, im Hintergrund das Gespräch mit ihrer Assistentin. „Ich kann eine verlänger-
te Mittagspause machen", sagt sie, als sie den Hörer wieder aufnimmt.
„Wie wär's in einer Stunde, im Balzac, an der Schönhauser Allee, direkt
gegenüber der U-Bahn Station."

„Wunderbar, Balzac, ich weiß wo es ist. Dann bis gleich." Christina
kappt die Verbindung, nimmt eine der herumliegenden Zeitungen und
beginnt achtlos darin zu blättern. Als sie merkt, wie ihre Gedanken immer wieder zurück zu Verena wandern, legt sie die Zeitung zurück und
lauscht dem Gekreische der Papageien. Meine ganz privaten Tropen
inmitten Berlins, schmunzelt sie. Verena ist so direkt, so ehrlich, der
einzige Mensch, den ich kenne, bei dem ich nicht auf der Hut sein
muss, denkt sie. Ich werde ihr alles erzählen. Mit einer flüchtigen
Handbewegung bittet sie die Bedienung um die Rechnung.

Im Balzac setzt sie sich in eine Ecke, holt einen Espresso von der
Theke und betrachtet die vorbeieilenden Menschen auf der Straße. Wo
bin ich, denkt sie? Im Niemandsland, verrannt und verwirrt, gibt sie
sich selbst die Antwort. Was habe ich erreicht? Eher wenig. Sutter entgleitet mir in einen Nebel aus Halbwahrheiten und Mutter habe ich aus
dem Gleichgewicht gebracht.

Kurz darauf sieht sie Verena die Straße überqueren. Sie schlängelt
sich zwischen den Autos durch, als gäbe es keine Ampel zu beachten.
Als sie das Lokal betritt, steht Christina auf und winkt sie zu sich. Wie
zwei Freundinnen, die sich lange nicht gesehen haben.

„Wie gefällt dir deine Mutter?", fragt Verena sofort, noch bevor sie sich setzt. „Ich bin gespannt wie ein Flitzebogen. Von Sutter kannst du mir später erzählen."

„Sie ist in Ordnung", sagt Christina lapidar.

„Das ist alles?"

„Traurig ist sie, als wäre das Leben vorüber gegangen, ohne sie wahrzunehmen. Und jetzt kommt ihre vergessene Tochter, und reißt alle alten Wunden auf. Das ist nicht fair von mir, ich weiß, du musst es nicht sagen." Christina schlägt mit der flachen Hand auf den Tisch, um ihre Hilflosigkeit zu unterstreichen. „Aber es war auch nicht fair von ihr, mich einfach nach Afrika gehen zu lassen, als hätte es mich nie gegeben."

„Sie hat dich bestimmt nicht vergessen." Verena betrachtet Christina wie ein Analyst, der sich fragt, was davon Selbstmitleid oder doch eher Verwundung ist.

„Es ist nur so ein Gedanke, einer von vielen, die mir den Verstand vernebeln. Sie ist nett, ängstlich, aber vielleicht wird man das in ihrem Alter. Sie will mir so viel erzählen, aber das meiste verstehe ich nicht. Und manches aus ihrer Zeit in der DDR wühlt sie immer noch auf. Es muss ein fürchterlich ungerechter Staat gewesen sein. Mich schmerzt ihr zuzusehen, wie sie sich in der Erinnerung windet. Als ich nach Berlin kam, konnte ich mir nicht im Traum vorstellen, was jetzt alles auf mich einstürmt. Vaters KGB-Vergangenheit, Sutters Lügen und Mutters Lebensbetrug in einem Staat, den es gar nicht mehr gibt. Es ist wie ein Gebirge über das ich hinweg muss."

Verena reagiert verblüfft. „KGB? Was ist das denn?"

„Steht in seinen Stasi Akten, nicht explizit, aber in Andeutungen. Er scheint für sie gearbeitet zu haben. Damit hatte ich nicht gerechnet, aber Kofi war wohl nicht der edle Ritter, als den ich ihn immer sehen wollte. Ich bin nahe daran aufzugeben. Soll ich oder soll ich nicht?"

„Dazu kann ich dir nicht raten. Einerseits wäre es bestimmt besser alles abzuschließen, aber du hast so tief gegraben, dass du es wahrscheinlich als eine Niederlage empfinden würdest. Wenn du weiter machst, pass auf, dass du es nicht zu nah an dich ran lässt. Manch einem meiner Patienten geht es ähnlich. Sie haben das Gefühl vom Leben erdrückt zu werden. Es hilft, sagen sie, wenn sie ihre Geschichte erzählen können. Ich hol mir einen Kaffee, dir auch?"

„Danke nein."

Als Verena mit einem Milchkaffee in der Hand zurückkommt, setzt sie die Tasse ab und zieht den Stuhl näher zu Christina. „Erzähl mir deine Geschichte. Wir haben Zeit, ich habe den Nachmittagstermin abgesagt. Am besten fängst du mit Sutter an. Er beschäftigt dich seit Jahren, mehr noch als deine Mutter." Sie nickt aufmunternd, doch Christina geht nicht gleich darauf ein, also schiebt sie hinterher, um ihr das Reden zu erleichtern. „Du willst wissen wer Sutter ist, aber vielleicht geht es dir gar nicht um ihn, sondern um dich. Wer bin ich, Schwarz oder Weiß, Nigerianerin oder Deutsche? Warum reagiere ich so und nicht anders? Woher stammt das Mal auf meiner Hüfte?" Verena klingt jetzt sehr bestimmt, ganz die Ärztin, die eine Patientin vor sich hat, um die sie sich Sorgen macht.

Christina betrachtet sie für einen Moment voller Misstrauen. Doch dann atmet sie tief aus, lässt die Schultern fallen und sagt resigniert. „Gut möglich, ein ganzes Gebirge, wie gesagt."

„Wie war das Treffen mit Sutter?"

„Ich habe mit ihm geschlafen." Christina zieht eine Schulter hoch und lächelt verschämt, als hätte sie etwas Unanständiges getan. „Es hat mir nichts bedeutet. Du hattest Recht, er hat kein Wort gesagt. Eigentlich hat er sich wie ein Gentleman verhalten."

„Hat er dich gezwungen?"

„Nein, es fand einfach statt. So genau weiß ich nicht mehr, weshalb ich es überhaupt tat. Am nächsten Abend sind wir zusammen Essen gegangen. Irgendein Edelrestaurant am Gendarmenmarkt, den Namen habe ich vergessen. Er war ausgesprochen höflich und hat mir eine lange Geschichte erzählt. Vermutlich lügt er, ich weiß nur nicht, ob er es aus Kalkül oder aus Überzeugung tut."

„Deine Scharade war also völlig umsonst."

„Nein, nicht ganz. Ich weiß jetzt mit wem ich es zu tun habe. Und dann gab es einen Moment, wo ich mich zwingen musste ihn nicht zu mögen. Ein schreckliches Gefühl, er hat Augen.... Aber am Ende hat er mir doch gezeigt, wie brutal er sein kann. Das hat mich wieder beruhigt. Glaubst du, ich könnte die ganze Zeit ein Phantom gejagt haben?"

„Wer weiß", sagt Verena verblüfft. „Eigentlich unfassbar, du schläfst mit dem Mann, den du für den Mörder deines Vaters hältst, und lässt es einfach von dir abperlen. Ich könnte das nicht. Ich hab den Zucker vergessen", sagt sie und steht auf.

Als sie zurück kommt, sagt Christina: „Du könntest es schon, wenn du müsstest. Aber du würdest es nicht tun." Sie drückt Verenas Arm, lässt ihn aber gleich wieder los, als wäre sie einen Schritt zu weit gegangen. „Bist du jetzt verärgert?"

„Nein, warum? Oder vielleicht doch, zumindest ein bisschen. Du fragst mich um Rat und dann tust du genau das Gegenteil."

„Du hast gesagt, du kannst mir nicht raten, es wäre zu persönlich."

„Ja, du hast Recht. Ich dachte nur…. Aber was soll's, wir alle machen Fehler und dann müssen wir damit leben. Wie geht es deiner Mutter, kannst du mit ihr reden?"

„Was meinst du, ob ich sie verstehe?"

„Ja."

„Nicht alles, noch ist es zu früh. Sie lebt so sehr in ihrer eigenen Welt, und ich bin noch nicht angekommen. Berlin ist so voller Erinnerungsfragmente für mich. Sie tauchen auf, wie aus einem Nebel. Dabei war ich viel zu klein, es kann sich also nicht um meine eigenen Erinnerungen handeln. Aber ich habe Vaters Aufzeichnungen gelesen, er war anscheinend sehr gerne in der Stadt. - Gleich nachdem ich in Berlin ankam, bin ich zur Spree gegangen. Dort, wo das Bodemuseum wie ein Schiffsbug ins Wasser ragt. Vater muss häufig im Pergamonmuseum gewesen sein, seine Notizen sind voller Hinweise auf die Assyrische Kultur. Es beschäftigte ihn anscheinend, dass wir Afrikaner in unserer Geschichte kaum mit Stein gearbeitet und schon gar nichts aufgeschrieben haben, Songhai, Mali, Benin, alles vom Sand verweht, oder in der feuchten Hitze vermodert, hat er geschrieben." Christina hört in sich hinein. Vor ihren Augen sieht sie das kleine Mädchen, das bei schlechtem Licht ihrem Vater zusieht, wie er spät Abends in sein kleines schwarze Buch schreibt.

„Denkst du häufig an deinen Vater?", reißt sie Verena aus ihren Gedanken. „Erzähl mir mehr von ihm. Ich dachte, wenn du über Sutter sprichst, erfahre ich auch mehr über dich. Aber vielleicht ist es besser du erzählst mir von Kofi. Wer ist er in deinen Augen?"

Christina schüttelt den Kopf, hält inne und schüttelt den Kopf erneut. „Es ist so lange her. Einiges habe ich dir und Joao schon in Melville erzählt. Für mich ist er ein großer, starker Mann, der mich in die Luft wirft und mit einem tiefen Brummton wieder auffängt. Wie ein Löwe kam er mir vor. Heute weiß ich, dass er ein träumender Idealist gewesen sein muss. Die Agentenrolle, die Zusammenarbeit mit Sutter, der Waffenhandel, alles wurde ihm vermutlich aufgezwungen. Als Afrikaner in einem feindseligen Europa hatte er wahrscheinlich nicht viele Optionen. In Nigeria fühlte er sich sicher. Zu sicher vielleicht, wenn er glaubte, den Rebellen im Nigerdelta helfen zu können, obwohl der Krieg längst entschieden war. Aber das sind lauter Vermutungen. Sutter hat ganz offen über diese Zeit in Nigeria gesprochen, aber er dreht alles so hin, dass nichts an ihm hängen bleibt."

„Was hat er denn gesagt?"

„Er ist ein notorischer Lügner und sieht die Dinge heute so und morgen anders. In dem Sumpf, in dem er watet, gibt es keine klaren Verhältnisse. Er spricht in Halbwahrheiten bei denen du am Ende nicht mehr weißt, was Dichtung und Wahrheit ist." In einem langen Monolog, den sie nur unterbricht, um ein Glas Wasser zu holen, erzählt Christina alles, was sie von Sutter erfuhr.

„Und jetzt steckst du in der Krise", sagt Verena lapidar, als hätte sie nichts anderes erwartet.

Christina bläst die Backen auf und lässt die Luft entweichen. „Gut möglich. Als ich dich anrief, fühlte ich mich wie eine Ertrinkende, die nach einem Strohhalm greift. Verzeih Verena, der Vergleich hinkt."

„Nein gar nicht, ich kann dich gut verstehen. Aber ist es wirklich nur die Suche nach dem Mörder deines Vaters? Irgendwie spüre ich, dass da noch mehr ist.“

„Es ist alles zusammen. Als Afrikanerin bin ich ein Nichts für euch Europäer. Das begreifst du erst richtig, wenn du an euren Grenzen stehst.“ Christina lächelt verloren und zuckt bedauernd mit den Schultern. „Ich war Mitte zwanzig, als ich das erste Mal zurück nach Europa kam. Eigentlich hielt ich mich für weiß, schließlich habe ich eine weiße Mutter. Aber als sie mich allein wegen meiner Hautfarbe aussortierten, packte mich die Wut. Ich dachte an Frantz Fanon, seinen Hass auf den Westen. Dachte an Camus, der sich gegen diesen Hass gewehrt hat. Trotzdem wurde er aus seinem geliebten Algerien vertrieben. Ich dachte an den Biafra Krieg, in dem Vater irgendwie mitmischte. Bei dem es um Unabhängigkeit und Öl ging. Und um Waffen, die für Kofi möglicherweise der Schlüssel zu einem selbstbestimmten Leben waren. Und wenn ich heute einen Artikel über das Nigerdelta schreibe und das vom Öl verschmutzte Wasser sehe, weiß ich, dass sich nichts geändert hat.“

„Ich verstehe nicht alles, es ist mir zu verworren. Ich merke nur, wie sehr dich deine Suche aufwühlt. Und weil du nicht klar siehst, machst du Europa für die Misere zwischen Afrika und dem Westen verantwortlich.“ Trauer schwingt in Verena's Stimme. Sie macht sich Vorwürfe, dass es ihr nicht gelingt ins Innerste von Christina's Welt vorzudringen.

„Nicht allein. Wir müssen aufhören, an eurem Gängelband zu gehen. Erst wenn ihr uns braucht, werden wir in euren Augen ein Recht darauf haben mit am Tisch zu sitzen.“

„Wer ist wir?“

„Wir Schwarze.“

„Du hast dich also entschieden?“

„Sieh mich doch an. Der Zöllner an der Grenze sieht nicht meine Gedanken, er sieht nur meine Hautfarbe.“

Das Wetterleuchten im Nahen Osten wird immer dräuender, als Frohmut Arnold wieder einmal ziellos durch das Alpenvorland fährt. Nachdem er erneut die Geschäftsführung der Mikro System übernommen und Viktor an die Luft gesetzt hat, musste er erkennen, dass die Firma dringend Geld brauchte, um zu überleben. Also bat er Viktor widerwillig ihm bei der Suche nach Investoren zu helfen. Seit Monaten hat er jedoch nichts von ihm gehört, und er beginnt sich ernsthaft Sorgen zu machen, wie lange die Firma noch ohne Finanzspritze durchhält.

Schuberts Winterreise klingt aus dem Autoradio und als die Stimme des Tenors langsam Frohmuts wabernde Gedanken durchdringt, sieht er in der Ferne einen einsamen Baum in der frostigen Landschaft stehen. Der Winter hat sich früh angemeldet, und die Wiesen mit einer luftig weißen Decke überzogen. Frohmut nimmt den Feldweg, der direkt unter den Baum führt, und stellt das Auto ab. Er steigt aus, um die klare, frische Luft einzuatmen.

Ich liebe dieses Land, aber ich weiß nicht, ob es mich noch braucht, denkt er. Es ist so anders geworden, schneller, flexibler, all das, was ich hasse. Du wirst alt Frohmut, du solltest wirklich aufhören. Die Firma braucht einen, der die Zügel in die Hand nimmt. Keinen wie Viktor, der sich nur aufplustert. Einen soliden Arbeiter, wie ich es vor zwanzig Jahren war. Aber jetzt bin ich müde. Konrad hat mir das nur aufgebürdet, weil er keinen anderen gefunden hat. Das ganze Gerede über Brüder, gemeinsame Verantwortung gegenüber der Familie, alles nur geheuchelt, damit ich nicht nein sage.

Was weiß ich, was Viktor macht, ob er überhaupt etwas tut, denkt Frohmut. Er wird vermutlich weiter seine Spielchen treiben, und am Ende einen Investor präsentieren, dem ich nicht gewachsen bin. Vielleicht war es das, was Konrad wollte: In einem letzten Akt von Zerstörung alle gegeneinander ausspielen. Nur ja nichts zurücklassen, außer einem Chaos, das nach seinen Regeln abläuft.

Frohmut geht zurück zum Auto, schaltet die Sitzheizung ein, und betrachtet die erstarrte Landschaft. Der Liederzyklus ist an der Stelle angelangt, wo der alte Mann seine Reise ohne Wiederkehr antritt. Konrad ist schon weit voraus, ich kann ihn nicht mehr sehen, denkt Frohmut, als sein Mobiltelefon klingelt. „Arnold", sagt er und hört eine ihm unbekannte Stimme.

„Sind Sie der Besitzer der Mikro System GmbH?"

„Ja, was wollen Sie?"

„Mein Name ist Thomas Sutter, ich bin Gesellschafter der Seed Private Equity in der Schweiz. Viktor Menge, ich nehme an Sie kennen ihn, spricht mit uns über den Verkauf Ihrer Firma. Er sagt, er hat die Exklusivrechte, und ich wollte eigentlich nur von Ihnen hören, ob das stimmt."

Für eine Weile ist Stille in der Verbindung, dann überschlägt sich Frohmut, als hätte er jetzt erst begriffen, um was es sich handelt. „Oh, Herr Sutter, natürlich, Viktor hält mich auf dem Laufenden. Selbstverständlich hat Viktor alle Vollmachten."

„Gut, damit ist alles gesagt. Viktor war in den letzten Wochen nicht gerade aufdringlich", schiebt Sutter hinterher. „Aber jetzt will er auf einmal, dass wir uns in München treffen. Ist Ihnen das Recht, bereits nächste Woche? Später bin ich länger verreist, dann ginge es wahrscheinlich erst wieder nach Weihnachten."

Aufdringlich, denkt Frohmut, kann man wohl sagen. Ich darf ihm nicht zeigen, wie verärgert ich über Viktor bin. „Verstehe. Viktor ist noch jung, kommunizieren ist nicht seine Stärke, aber er hat andere Fähigkeiten. Von mir aus gerne nächste Woche."

„Dann machen wir es doch. Mir ist der Trubel um die Feiertage sowieso zuwider. Treiben Sie keinen zu großen Aufwand, Herr Arnold, ich will mir nur einen ersten Überblick verschaffen. Meine Sekretärin meldet sich bei Ihnen wegen der Details. Übrigens ich habe einen Vortrag von Dr. Inka Menge gehört, über Arthroskope, die Ihre Firma entwickelt hat. Ist sie mit Ihnen noch verbunden?"

„Ja, sie sitzt bei uns im Beirat."

„Wunderbar, dann bis bald."

Kaum dass er aufgelegt hat, ruft Frohmut Viktor an. „Hallo, hier läuft etwas schief!", sagt er übergangslos. „Dieser Investor, Sutter, hat mich gerade angerufen und gefragt, ob ich es wirklich ernst meine mit dem Verkauf. Du rührst dich seit Wochen nicht, und jetzt will der Mann uns plötzlich besuchen. Was läuft denn da?"

Viktor lässt sich Zeit und sagt dann eher gelangweilt. „Weiß ich doch nicht."

„Was soll das, ich dachte, du verhandelst mit ihm! Der Mann will nächste Woche kommen, ich bin nicht darauf vorbereitet."

„Dann müssen Sie sich eben beeilen, Frohmut. Ist doch toll, dass er sich für die Firma interessiert, viel Glück."

Frohmut hätte am liebsten losgebrüllt. Durchatmen, befiehlt er sich, ganz ruhig bleiben. „Was ist eigentlich los?", fragt er schließlich betont langsam.

„Was soll los sein? Das müssen Sie sich schon selbst fragen. Ich warte seit Wochen auf Ihren Vertrag."

„Was für ein Vertrag? Meinst du wegen deiner Exklusivität?"

„Natürlich. Hatten Sie gedacht, ich arbeite umsonst."

„Das ist der Hammer. Du hast also nichts unternommen, außer mit diesem Schweizer geredet?"

„Er ist Deutscher, und warum sollte ich mehr tun. Ich bin schließlich kein Helfer der Menschheit. Sie hätten ja auch nachfragen können, wie es so läuft, aber das wäre wahrscheinlich unter Ihrer Würde gewesen."

„Mensch Viktor, in meinem Alter reicht ein Handschlag, noch dazu zwischen Leuten die sich seit Jahr und Tag kennen, auch wenn sie sich nicht gerade grün sind. Für mich war alles klar, als mich Sabeth anrief und sagte, dass du es machst."

„Hm. Wie naiv sind Sie eigentlich, Frohmut. Ich muss doch wenigstens wissen, zu welchen Konditionen ich antrete. Ein warmer Händedruck reicht mir nicht."

Für eine Weile ist Stille in der Verbindung, dann sagt Frohmut jede Silbe betonend: „Fünf Prozent auf den Transaktionspreis, das reicht dir wohl nicht?"

„Natürlich reicht mir das, es ist sogar sehr fair." Viktor klingt überrascht, als hätte er mit weniger gerechnet. „Aber woher sollte ich das wissen. Gedanken lesen kann ich nicht."

Und einiges andere auch nicht, denkt Frohmut. „Ich hatte es mit Sabeth vereinbart und sie sollte es dir sagen. Mir schien, sie wäre der bessere Ansprechpartner für dich. Wir beide haben es ja nicht so sehr miteinander. Aber vielleicht täusche ich mich ja und du bist inzwischen ein gestandener Manager geworden."

Nein, Sie täuschen sich nicht, Herr Arnold, denkt Viktor. „Hat sie halt vergessen. Aber ist ja auch egal. Fünf Prozent ist in Ordnung. Können Sie mir das bestätigen? Meine Fax-Nummer haben Sie ja."

„Verdammt noch mal Viktor", brüllt Frohmut endlich los, weil er seinen Ärger nicht mehr zurückhalten kann. „Der Mann kommt nächste Woche."

„Ok, ok, ganz ruhig bleiben. Ich hab die Sache schleifen lassen, weil ich ja wirklich nicht wusste, ob Sie es ernst meinen. Sabeth wollte schließlich früher nie verkaufen, und so dachte ich, sie beide hätten sich anderweitig geeinigt. Wäre ja völlig in Ordnung gewesen. Ich hab mich nur gewundert, weshalb Sie kein einziges mal nachfragten, wie es mit der Refinanzierung läuft. Macht man normalerweise, wenn einem das Wasser bis zum Hals steht. Egal, Sie brauchen sich trotzdem keine Sorgen zu machen. Die Präsentation steht, und ich werde sie halten, wenn Sie das wollen. Das Fax zu meiner Provision hätte ich trotzdem gern vorab."

„Mann, was für ein penetranter Lümmel du doch bist. Natürlich sollst du präsentieren, aber schick mir die Unterlagen so schnell wie möglich, damit ich nicht völlig blöd dabei sitze."

„Mach ich, elektronisch oder lieber mit der Post?", fragt Viktor, zögert kurz und sagt dann: „Penetrant würde ich es nicht nennen, und Lümmel schon gar nicht. Ich hab mir für Ihre Firma den Arsch aufgerissen."

„Schick's mit der Post", sagt Frohmut, dem das ganze Gespräch zuwider ist. „Sutter hat auch nach deiner Mutter gefragt, ob sie möglicherweise für uns arbeitet, als Berater oder so ähnlich. Hast du ihm den Floh ins Ohr gesetzt?"

„Das hat er nicht von mir. Ich weiß nicht, was er von ihr will, außer, dass er ihre Arbeit schätzt. Er hat ihren Vortrag in London gehört, anscheinend hat ihm gefallen, was sie vortrug."

„Na dann. Wann schickst du die Präsentation?"

„Gleich morgen."

Eine Woche später parkt Sutter den Mietwagen auf dem ausgewiesenen Besucher-Stellplatz und geht an ein paar verwilderten Büschen vorbei zum Eingang der Mikro System. Vor dem aus Glas und Stahl gehaltenen Gebäude steht ein älterer, schwerer Mann und erwartet ihn. „Frohmut Arnold, wir haben telefoniert. Willkommen bei der Mikro System", sagt er und reicht Sutter im Gehen die Hand

„Wo ist Herr Menge?", fragt Sutter sofort.

„Viktor wird sich leider verspäten. Am Frankfurter Flughafen gab es anscheinend einen Bombenalarm. Er musste umbuchen, jetzt hofft er in spätestens zwei Stunden hier zu sein. Hatten Sie wenigstens einen guten Flug?"

„Ja, alles glatt gelaufen, Flug pünktlich, kein Stau auf der Autobahn, und ich fand Sie auf Anhieb. Die Navis sind schon eine gute Sache. Bedauerlich, dass Herrn Menge noch nicht da ist, aber vielleicht hat es ja auch etwas Gutes. So können wir beide uns erst mal in Ruhe unterhalten."

Er traut Viktor nicht, denkt Frohmut, wobei er Sutter schräg ansieht. „Wir gehen am besten in mein Büro", sagt er übertrieben freundlich. „Unser Besprechungszimmer ist ein nach allen Seiten offener Glaskasten. Wenn uns die Leute dort sehen, geht das Gemunkel gleich wieder los. Wir sind ein kleines Unternehmen, und die Gerüchte schwirren nur so seit Konrads Tod und dem erneuten Wechsel in der Geschäftsführung. Ich nehme an, Viktor hat Sie informiert", sagt er und weist Sutter den Weg.

„Ja, hat er. Bedauerlich, der Tod Ihres Bruders." Sutter hört sich eher desinteressiert an, als zähle für ihn nur die Gegenwart. „Mir geht es heute hauptsächlich darum Sie kennenzulernen und ein Gespür für die Firma zu entwickeln. Herrn Menge habe ich bereits gesagt, dass ich Vertrauen in die handelnden Personen haben muss, sonst fasse ich so ein Projekt wie Ihres gar nicht erst an. Wenn ich Ihnen vertrauen kann, sind wir schon einen ganzen Schritt weiter."

„Dann sind wir ja auf einer Wellenlänge", sagt Frohmut und hält Sutter die Tür zu seinem Büro auf. „Kaffee?", fragt er, kaum dass sie sich gesetzt haben.

„Danke, ich bin Teetrinker geworden, zu viele Sitzungen. Aber Wasser reicht auch."

„Dann sehen wir mal, was wir haben."

Nachdem Frohmut den Raum verlassen hat, betrachtet Sutter interessiert die grauen Teppiche an den Wänden, die riesige Vitrine voller Operationsbestecke im Hintergrund, und Frohmuts vorsintflutlichen Computer auf einem makellos aufgeräumten Schreibtisch. Alles reichlich antiquiert, denkt er. Wer hängt sich denn Teppiche an die Wand, außer hier wird gern gebrüllt, und es soll nicht jeder hören.

„Der Tee kommt gleich", sagt Frohmut, wieder zurück. „Mit was soll ich anfangen?"

„Ist das ihre ganze Produktlinie?", fragt Sutter, und weist auf die Vitrine.

„Nur unsere Anfänge. Aber da komme ich noch drauf." Übergangslos beginnt Frohmut über die Gründung, den anfänglich sehr dynamischen Aufbau, und Konrads frühere Rolle zu referieren. Langatmig breitet er jedes Detail der Familiengeschichte aus, wie ein Rentner, der sich freut endlich einen Zuhörer gefunden zu haben. Offensichtlich hat er Sutters Bemerkung über das Vertrauen sehr persönlich genommen. Die wachsende Unruhe Sutters scheint er nicht wahrzunehmen. Nach einiger Zeit bringt die Sekretärin Tee und eine Schale mit Gebäck.

Anfangs hört Sutter noch ruhig zu, doch dann platzt ihm der Kragen. „Wissen Sie Herr Arnold, Sie haben mir jetzt jedes Detail ihrer Firmengeschichte erzählt, eindrucksvoll, sicher, aber das was ich brauche haben Sie mit keinem Wort erwähnt. Zukunft, ich will wissen, wie Sie die Zukunft Ihrer Firma sehen. Schön, Sie haben einen guten Namen, aber wenn ich mir ihre Zahlen ansehe, dann brauchen Sie vor allem neue Produkte. Der gute Name wird schnell wertlos, wenn Sie nichts in der Pipeline haben. Ich hatte gehofft, Viktor würde ein paar Details vorbereiten, aber jetzt ist er leider nicht da."

Frohmuts Augenbrauen ziehen sich zusammen, als hätte er nicht richtig gehört. „Sagten Sie nicht, Ihnen sei Vertrauen wichtiger als Zahlen?" Auf einmal hasst er den Mann in seinem blütenweißen Hemd mit der feuerroten Krawatte. Er hasst den gedeckten, grauen Anzug, die makellos sauberen Schuhe. Vor allem hasst er die sündhaft teure Uhr, die nicht zu übersehen ist. Er hört, wie Sutter weiterredet, es rauscht

einfach an ihm vorbei, und für einen Moment ist ihm völlig egal, was er
sagt. Er denkt an den Besuch der Banker in ihren dunklen Nadelstrei-
fen, die er in einem letzten Versuch ein Darlehen zu bekommen, ins
Unternehmen geladen hatte. Er hatte gelächelt, als sie tuschelten ange-
sichts des ölverschmierten Bodens in der Werkstatt. Hatte versucht,
nicht hinzuhören, als sie seine Fertigungshalle mit einem alten Opel
verglichen. Hatte erzählt, dass er bereit sei, das Haus zu verpfänden,
weil er sowieso die meiste Zeit in der Firma sei. Aber es hatte alles
nichts genützt.

„Richtig, aber wenn Sie wollen, dass wir einen Schritt voran kommen, müssen Sie schon etwas mehr liefern als ihre Familiensaga. Entschuldigen Sie meine Offenheit, aber wir sind ja nicht für eine Teestun-
de zusammengekommen", sagt Sutter. „Ich verstehe, dass dieses Werben um Geld eine schmerzliche Erfahrung für Sie ist, Herrn Arnold. Sie
waren immer unabhängig, nicht wahr?"

„Ja, zwanzig Jahre lang. Und jetzt erwischen Sie mich auf dem
falschen Fuß. Eigentlich sollte Viktor diese Präsentation halten, ich
hatte nicht damit gerechnet, dass es so schnell konkret würde."

„Tut mir leid, aber bei mir ist Zeit auch Geld", sagt Sutter. „Nachdem
ich nun schon einmal hier bin, müssen wir uns halt für eine Weile
durchmogeln und hoffen, dass Viktor noch rechtzeitig kommt", schiebt
er versöhnlich hinterher. Er dreht sich um und weist auf die Produk-
t-Vitrine. „Damals ging es Ihnen gut", sagt er, und stellt sich vor den
Glasschrank, als wolle er die Exponate einzeln begutachten. „Sieht
nach den Anfängen der minimal invasiven Chirurgie aus."

„Ja, damit fing alles an. Es war ein großer Erfolg, wir hätten die
Stückzahlen hochfahren sollen."

„Und? Warum haben sie es nicht getan?"

„Wir dachten, wir hätten eine unangreifbare Nische und haben lieber auf hohe Preise gesetzt. Das war ein Fehler. Ab da sind die anderen an uns vorbei gezogen."

Noch so einer, der sich in seine Arbeit verliebt hat, denkt Sutter. Die Anisevic tickt so ähnlich. Ich muss sie beide entsorgen, wenn das etwas werden soll. Aber wenn Viktor nicht bald kommt, lasse ich am besten die Finger von der Sache. Die Fusion zweier Blinder macht noch lange keinen Sehenden. „So ist das", sagt er milde, als wüsste er von was er spricht. „Die falschen Entscheidungen verfolgen einen ewig. – Oh, da ist Viktor, anscheinend hat er es doch schneller geschafft, ich habe ihn gerade aus dem Taxi steigen sehen."

„Wunderbar", sagt Frohmut erleichtert und wartet ab, bis Viktor atemlos die Tür aufreißt.

„Hallo, mea culpa, mea maxima culpa, es war tatsächlich ein Bombenalarm, der sich, Gott sei dank, als falsch erwies. Als ich anrief, sah es aus, als ginge heute gar nichts mehr", stößt er hervor, stürmt ins Büro und schüttelt beiden die Hand. Bei Frohmut weitaus weniger enthusiastisch als bei Sutter, was der zur Kenntnis nimmt, als hätte er nichts anderes erwartet. „Sind Sie schon durch, die Tinte auf dem Übernahmevertrag getrocknet? Entschuldigung, das hätte ich nicht sagen sollen. Geben Sie mir ein paar Minuten, ich fahre nur schnell den Computer hoch."

In der nächsten Stunde zeichnet Viktor ein großes Gemälde über die vielversprechenden Aussichten der Mikro System. Gelegentlich unterbricht ihn Sutter durch präzise Fragen. Frohmut hält sich völlig zurück. Als es zur Bewertung und möglichen Ausstiegsszenarien für die Seed

Private Equity kommt, geht Viktor einfach darüber hinweg, als ginge ihn der Punkt nichts an. Die Fusion mit der Antar erwähnt er mit keinem Wort.

„Das war gut, Herr Menge", sagt Sutter am Ende des Vortrags. „Wir werden uns das genauer ansehen. Am besten schicke ich in der nächsten Woche meinen Analysten vorbei. Wenn alles glatt geht, sind Sie bald im Besitz eines Übernahmeangebots. Wären Sie damit einverstanden, Herr Arnold?"

„Selbstverständlich."

„Gut, dann hat sich der Besuch ja doch gelohnt. Ich muss gehen, sonst verpasse ich den Flieger. Viktor, könnten Sie mich zum Flughafen bringen?", fragt Sutter ganz beiläufig, nachdem er sich von Frohmut verabschiedet hat. „Es gibt noch ein paar Details, über die ich gerne mit Ihnen sprechen möchte."

„Mit Vergnügen", sagt Viktor, dem die Überraschung ins Gesicht geschrieben steht. Auf dem Parkplatz, als sie vor Sutters Mietauto stehen, reicht ihm Sutter die Autoschlüssel.

„Wollen Sie?", fragt er in einem Ton, der keine Ablehnung zulässt. „Sie kennen sich hier aus, und ich kann freier reden, wenn ich nicht auf den Verkehr achten muss."

„Ein schöner Wagen", sagt Viktor, als er zur Fahrerseite geht.

„Wie mein Privates, ich hasse es mich umzustellen, wenn ich reise", sagt Sutter und wirft seine Aktentasche auf den Rücksitz.

Viktor steuert vorsichtig auf die Straße und nimmt den Münchner Außenring zum Flughafen. Nur keinen Fehler machen, denkt er. Anscheinend liebt er diese kleinen Tests. Ich muss mich an die Dimensionen gewöhnen, im Verhältnis zu meinem Porsche fährt sich dieses

Flagschiff wie ein Panzer. „Wann geht Ihr Flieger?", fragt er, nachdem er eine Weile hinter einem Lastwagen hergefahren ist.

„Erst in zwei Stunden. Sie können trotzdem die Spur wechseln, es macht keinen Spaß hinter einem Laster zu hängen. Aus meiner Sicht lief es ganz gut, aber die Firma steht nicht gerade glänzend da. Allein schafft sie das nie. Was glauben Sie, wie schnell wir die Übernahme durchziehen könnten?"

„Ein paar Monate wird es schon dauern." Viktor zieht den Wagen auf die linke Spur und beschleunigt, nur um gleich wieder abzubremsen.

„Sie schauen etwas bedröppelt. Wer bezahlt Sie eigentlich?"

Bedröppelt, denkt Viktor. Er behandelt mich wie seinen Chauffeur, gleichzeitig soll ich ihm helfen seine Gedanken zu ordnen. „Die Verkäufer, wie üblich."

Sutter zieht die Mundwinkel nach unten, als gefalle ihm das gar nicht. „Ich möchte, dass Sie diese Beteiligung für mich durchziehen. Ich zahle Ihnen zehn Prozent auf den Transaktionspreis. Überlegen Sie es sich, wir haben Zeit. Aber ich verlange absolute Loyalität."

Er will mich kaufen, denkt Viktor. Warum eigentlich nicht. Frohmut schulde ich gar nichts, sein Fax über die fünf Prozent ist eher unverbindlich gehalten. Kann gut sein, dass ich bei ihm am Ende mit leeren Händen dastehe. Und die Sache mit Sabeth ist längst vorbei, ihr gefällt sowieso nicht, was ich tue. Sutter könnte das Sprungbrett sein, nach dem ich lange gesucht habe. Geduld, Viktor, du hättest es in Zürich fast vermasselt. „Das kommt überraschend", sagt er lahm.

„Alles hat eben seine Zeit. Habe ich Ihnen eigentlich gesagt, welche Rolle Sie bei der Fusion spielen werden? Wenn Sie einverstanden sind natürlich", fügt Sutter schnell hinzu.

„Sie haben ein paar Andeutungen gemacht, mehr nicht."

„Ich wusste ja nicht, wie es heute läuft, aber jetzt würde ich gerne Nägel mit Köpfen machen. Also, so sieht's aus: Die Antar hat noch Geld aus dem Börsengang, damit kaufen wir die Mikro System. Meine Seed agiert eigentlich nur als Treibriemen, oder schießt ein Überbrückungsdarlehen zu, falls es nötig sein sollte. Ich garantiere den Deal, bleibe aber im Hintergrund, und Sie ziehen die Fusion durch. Mit den anderen Gesellschaftern der Antar, den Schweizern vor allem, bin ich klar, die sind sogar froh, dass wir endlich etwas tun. Die Anisevic macht mir noch Sorgen, aber letztendlich hat sie keine Chance. - Sobald die Tinte auf den Übernahmedokumenten trocken ist kommen Sie zu mir. Sie erhalten einen Vertrag als Investmentberater, mit allen Freiheiten. Dann übernehmen Sie meinen Sitz im Aufsichtsrat der Antar, aus dem ich mich bei der nächsten Hauptversammlung zurückziehe. Später, wenn die Anisevic weg ist, übernehmen Sie den Vorstand der fusionierten Firma, damit können Sie loslegen. Was halten Sie davon?"

Wow, wie eine Spinne, denkt Viktor. Er hat nicht auf meine Antwort gewartet, als hätte er mich bereits im Sack. Aber wie soll die Anisevic denn weg sein, ihr gehört doch der Laden.

Um ein Haar hätte er die Abfahrt zum Flughafen verpasst. „Und ich soll die Antar führen? Ohne die Anisevic, auf Dauer? Aber ich kenne deren Geschäft doch gar nicht gut genug."

„Das schaffen Sie schon", sagt Sutter und lacht über das verblüffte Gesicht Viktors. Insgeheim denkt er, es kommt etwas früh für ihn, dabei ist die Fusion ja eigentlich seine Idee.

„Wenn ich ehrlich bin, verstehe ich nur Bahnhof", sagt Viktor.

„Wundert mich nicht, ist ja auch nur skizzenhaft. Wir müssen noch mehr Fleisch dazu packen, damit das Baby richtig laufen lernt, nicht dass es uns bereits im Kindbett erstickt. Glauben Sie mir, Sie kriegen diese Fusion hin, Sie müssen es nur richtig wollen.“

Wie eine Spinne, die gerne Puzzle spielt, denkt Viktor, und ich bin eins seiner Puzzlestücke. Aber vielleicht gelingt es mir ja auch irgendwann, das ganze Puzzle zu kriegen. „Ich muss mir das noch genau überlegen. Hört sich aber richtig spannend an“, antwortet er zurückhaltend.

„Tun Sie das, Sie werden es nicht bereuen. Und bitte geben Sie den Mietwagen zurück, die Rechnung kommt in mein Büro“, sagt Sutter beim Aussteigen. Er nimmt seine Aktentasche vom Rücksitz und verschwindet im Terminal.

Das Alpenpanorama mit den verschneiten Berggipfeln zieht unbeachtet unter ihm vorüber. Sutter bittet die Stewardess um ein Glas Wasser und lässt das Gespräch mit Viktor noch einmal Revue passieren. Gut, dass ich seine Mutter aus dem Spiel gelassen habe, denkt er, Inka Menge's Bild vor Augen, wie sie die Treppen zum Vierjahreszeiten hochsteigt. Nach ihrem Vortrag in London hatte er einen Headhunter auf sie angesetzt, weil er einen Ersatz für Dr. Anisevic brauchte, und zu seiner Überraschung hatte Inka sofort zugestimmt, ihn in München zu treffen.

In dem weitläufigen Foyer des Hotels herrschte reger Betrieb, ein Kommen und Gehen von der Maximilianstraße durch die Drehtür in die Weite des Foyers. Manche trugen Pelze, die meisten graue Anzüge, die Einheitskluft des modernen Managers. Aus einem Korridor erschien eine Prozession von älteren Herren und Damen in Abendkleidern, angeführt von einem Pagen, der ein Wägelchen mit zellophanumhüllten Bouquets vor sich her schob.

Er sah Inka bereits, als sie die Stufen zum Eingang hinauf stieg. Sie ließ sich von der Drehtür mitnehmen, und blieb erst einmal in der Hotelhalle stehen. Dort nahm sie die regenverspritzte Brille ab, zog ein Tuch aus der Brusttasche ihres taillierten Mantels und trocknete die Gläser. Erst dann sah sie sich genauer um. Er stand auf, ging ihr entgegen und stellte sich vor. „Thomas Sutter, schön, dass Sie kommen konnten.“

„Wie haben Sie mich gleich erkannt?“, fragte sie überrascht.

„Ich habe ihren Vortrag in London gehört.“

Sie sah blendend aus, wie sie ihre makellosen Beine perfekt positioniert hielt. Viktor hat ihre Stimme, das leichte verschlucken der Endsilbe, dachte er, während er mit halbem Ohr ihrem Werdegang zuhörte. In London war er sich noch nicht sicher gewesen, zu weit weg und nach dem Vortrag war sie plötzlich verschwunden. Doch jetzt, im Laufe des Gesprächs, verdichtete sich sein Verdacht, dass es sich um dieselbe Inka handelte, mit der er vor Jahren eine Nacht in Berlin verbracht hatte. Also schob er immer wieder kleine Geschichten aus Nigeria in ihren Redefluss, als wolle er sich dadurch interessant machen. Herausheben aus dem Meer grauer Anzüge um sie herum. Mit der Zeit wurde sie unruhig, bis sie sich aufrichtete und ihn lange betrachtete, als wachse ein Verdacht in ihr. Sie fragte, ohne eine Verbindung mit ihrem Werdegang zu erwähnen, ob er das Berlin der achtundsechziger kannte. Die Straßenschlachten, die ewigen Diskussionen und Streiks an den Universitäten. Als es die Mauer noch gab und die Stadt überhaupt ganz anders war als heute.

Er schmunzelt, als er die Szene vor Augen hat. Sie hat sich ganz vorsichtig heran getastet, denkt er. Ich konnte nicht mehr länger warten, ohne sie zu verletzen. „Ja, ich war dort, eine Demo habe ich sogar hautnah erlebt, näher als mir lieb war. Damals habe ich eine junge Frau kennen gelernt, sie war wunderbar. Es ist lange her, Inka, und den Nachnamen brauchten wir damals nicht. Du warst ziemlich unglücklich in deiner Beziehung, und ich war dabei meine Firma in Nigeria aufzubauen." Sie sah mich lange an, ohne ein Wort. Ich dachte schon sie geht, doch sie blieb einfach sitzen. „Ich konnte dich nicht erreichen, die Nummer, die auf deinem Brief stand, stimmte nicht. Anfangs war sie immer besetzt dann auf einmal tot. Sie war meine einzige Verbindung zu dir. Ich habe immer an dich gedacht, auch heute noch."

„Was für eine Geschichte", antwortete sie und lächelte verträumt. „Auch damals hast du mir Geschichten erzählt. - Es war nur eine Nacht, ich habe so etwas nie wieder getan. Hast du mich deshalb hierher bestellt?"

Bestellt, dachte er. „Nein, Inka, nicht bestellt. Ich wollte dich in meine Firma holen. Alles, was dir der Headhunter gesagt hat, stimmt. Als ich deinen Vortrag in London hörte, dachte ich, du wärst die ideale Kandidatin für die Antar. Du kennst das Unternehmen, dein Sohn hielt früher Anteile daran. Vor ein paar Jahren habe ich sie ihm abgekauft. Dass du die Inka von damals bist, habe ich erst jetzt bemerkt. Es ist alles ein großer Zufall. Was wirst du jetzt tun?"

„Ich weiß es nicht", sagte sie und stand auf.

In einem plötzlichen Impuls berührte er sie und strich ihr mit dem Finger wie zufällig über den Mund. Sie senkte die Augen, wich aber nicht zurück. Im Gegenteil, sie reagierte, küsste mit den Lippen leicht seine Hand. Dann ging sie, ohne sich noch einmal umzudrehen.

In derselben Nacht rief sie an und fragte, ob sie ihn am nächsten Morgen im Hotel treffen könne. Er stimmte sofort zu.

Als sie sich aus der Lobby meldete und nach seiner Zimmernummer fragte, musste er erst auf dem Schlüssel nachsehen, so verblüfft war er. Doch als sie vor ihm stand, küsste er sie und sie küsste ihn. Für einen Moment fühlte er sich wie ein Ertrinkender, als er an den Augenblick in Berlin dachte, wo er wie von Sinnen in ihr versunken war.

„Willst du das wirklich", fragte sie, als er sie entkleidete, „Ich bin eine alte Frau."

„Und ich ein alter Mann. Ich wollte es so lange ich denken kann, aber ich wusste nicht, wie ich dich wiederfinde."

Später, als sie entspannt nebeneinander lagen, fragte sie: „Was erwartest du jetzt von mir?"

„Ich weiß, ich darf nichts erwarten, aber es wäre schön, wenn du mir ein kleines Fenster deines Lebens öffnetest. Dass du die Menschen um dich herum beim Namen nennst, nicht mein Mann, mein Sohn, ich will ihre Namen hören, erst dann kann ich sie mir vorstellen. Viktor ist der Einzige aus deiner Umgebung, den ich kenne." Doch kaum, dass er es ausgesprochen hatte, bereute er es sofort, als er ihre abwehrende Reaktion sah.

„Für jemand, den es eigentlich nicht gibt in meinem Leben, verlangst du zu viel. Du willst nicht nur die Namen hören, du willst auch ein Teil von mir werden. Das steht dir nicht zu. Ich habe damals lange auf dich gewartet, auf irgendein Lebenszeichen, aber es kam nichts."

„Wir wollten uns noch einmal treffen, bevor ich zurück flog, aber du bist nicht gekommen", antwortete er lahm, doch sie ging gar nicht darauf ein.

Schweigend lag sie neben ihm, und als er spürte, wie die Distanz zwischen ihnen wuchs, erwähnte er beiläufig, dass er beabsichtige enger mit Viktor zusammenzuarbeiten.

„Er ist ein guter Junge", fügte er gönnerhaft hinzu und sah, wie sie sich verkrampfte.

Sie richtete sich auf, sah ihn an, als wundere sie sich, wie sie überhaupt in dieses Bett gekommen war. „Ich möchte nicht, dass du je mit Viktor über unsere Beziehung redest, bitte versprich mir das", sagte sie schroff. Dann stand sie auf und zog sich wortlos an. Er versuchte erst gar nicht sie zurückzuhalten.

Während die untergehende Sonne die Alpengipfel in ein zartes Rosa taucht, denkt er an die Bettlaken im Vierjahreszeiten, feucht von ihren Körpern. Er sieht Inka's schmale, bleiche Beine vor sich, ihr Becken voller Lust, kaum zu unterscheiden vom Schmerz. Er lehnt sich zurück und schnallt sich an. Die Maschine befindet sich bereits im Landeanflug auf Zürich. Viktor hat ihre Augen, aber er hat meine Hände, denkt er, und sieht, wie lange Schatten die Wiesen neben dem Rollfeld in einen grauen Teppich verwandeln.

Es ist frühmorgens, von den Isarauen zieht leichter Nebel in die Stadt. München erwacht gerade, als Viktor Menge am Fluss entlang zum Flughafen fährt, um nach Berlin zu fliegen. Er hat Sutters Angebot angenommen, den Fusions-Plan mit der Antar ausgearbeitet, und ist auf dem Weg ihn abzuschließen. Olivera Anisevic hat anfangs noch mitgezogen, aber in letzter Zeit sperrt sie sich. Auch Frohmut bremst, indem er alles was Viktor vorschlägt unterläuft. Und Sabeth zeigt schon lange kein Interesse mehr an der Firma.

Nach der Landung in Berlin Tegel nimmt er den Spandauer Damm, die Clay Allee, über Zehlendorf, durch Kleinmachnow bis nach Teltow. Die Fahrt verläuft glatt, nirgends ein Stau. Er parkt den Mietwagen auf dem mit Schlaglöchern übersäten Stellplatz der Antar, und steigt die zwei Treppen hinauf in sein temporäres Büro. Dort legt er den Mantel ab, stellt die Aktentasche neben den Schreibtisch und geht zu Dr. Anisevic. Als er ihr die Hand reicht, sieht er, wie welk ihre dunkle Haut geworden ist. Zu viele Zigaretten, denkt er, und betrachtet ihre kräftigen Haare, in denen sich die ersten grauen Strähnen zeigen. Dann setzt er sich ans schmale Ende ihres Besprechungstischs.

Sie nimmt gegenüber Platz und wartet ab. „Kaffee?", fragt sie schließlich.

„Ja, gern."

„Immer noch Espresso?"

Er grinst, nickt und sieht ihr nach, als sie den Raum verlässt.

Kurz darauf kehrt sie mit einem Tablett zurück, darauf zwei Tassen Espresso und Zucker. Nachdem sie sich gesetzt hat, sagt sie ganz ruhig, als hätte sie es sich draußen genau überlegt. „Ich glaube, Viktor, ich weiß, weshalb Sie hier sind. Die Anzeichen in den letzten Monaten waren zu offensichtlich. Aber bevor Sie es aussprechen, und es dann wie eine Wand zwischen uns steht, lassen Sie mich ein paar Worte sagen, vielleicht verstehen Sie dann besser, wie alles gekommen ist. Wären Sie damit einverstanden?"

„Selbstverständlich", sagt er entgegenkommend.

Sie nimmt einen Schluck Kaffee und sieht Viktor an, als frage sie sich, ob es überhaupt Sinn hat darüber zu reden. „Als wir, Michael Tarkus und ich, die Antar gründeten, waren wir in geschäftlichen Dingen reichlich unerfahren", beginnt sie schließlich doch. „Er leitete das Medizingerätelabor der Leuna und ich arbeitete unter ihm an einem Projekt, das ich vergessen habe. Aber das wissen Sie ja schon alles. Sie waren ja von Anfang an dabei." Sie wirkt ungehalten, als ärgere sie sich über den missglückten Einstieg.

Sie glaubt mir ausgeliefert zu sein, denkt Viktor. Dabei könnte sie aufstehen und einfach gehen, es würde nichts ändern an dem, was auf sie zukommt. Ich muss versuchen sie zu entspannen, Konfrontation gleich am Anfang bringt nichts. „Es ist lange her. Wie kamen Sie überhaupt in die DDR, Sie sind doch Serbin, oder?"

„Entschuldigen Sie, mich macht dieses Gespräch nervös. Versuchen Sie erst gar nicht mich zu beruhigen. Lassen Sie uns doch gleich zur Sache kommen. So heißt es doch, nicht lange fackeln, kein darum herum reden, es so schnell wie möglich hinter sich bringen."

„Was ist los, erzählen Sie, es interessiert mich", lässt er sich nicht aus der Ruhe bringen. „Wir kennen uns zwar schon lange, trotzdem weiß ich wenig über Sie persönlich."

So richtig scheint sie nicht zu glauben, dass sein Interesse an ihrer Person ehrlich ist. „Na gut. Wir waren eine kleine Gruppe jugoslawischer Studenten, die sich im Ausland beweisen sollte. Serben, Kroaten, Bosniaken, es spielte keine Rolle. Nach Moskau konnten wir nicht, nachdem Tito sich mit den Russen überworfen hatte, also blieb nur die DDR und ich landete in Leipzig. Eigentlich eine schöne Zeit, ich konnte forschen, Michael hielt die Hand schützend über unser Labor und beschaffte das Nötigste. Wie er das machte, weiß ich bis heute nicht, ist auch nicht mehr wichtig. Seine Stasi Akte möchte ich aber trotzdem nicht lesen." Sie lacht kurz auf, als könne sie sich durchaus vorstellen, was drinsteht. Dann schüttelt sie sich, wie ein Hund, der aus dem Wasser steigt. „Alles Schnee von gestern, entschuldigen Sie, so lange wollte ich Sie gar nicht mit meiner Vergangenheit belästigen. Zu dem, was uns beide betrifft, ist nicht viel hinzuzufügen, das meiste kennen Sie bereits. Als die Seed bei uns einstieg, gleich nachdem Sie ihren Anteil verkauft hatten, wurde auf einmal alles anders. Wir brauchten ein detailliertes Budget, Meilensteine und was sonst noch. Sie wissen schon. Noch einen Kaffee?"

„Danke, nein." Ja, das weiß ich, denkt er, wir kontrollieren gern. „Ich dachte immer, sie wurden gestärkt durch die Seed."

„Ja und nein. Der Börsengang kam zu früh. Wir waren nicht reif dafür. Nur noch in Quartalsberichten zu denken und bei jedem Pups eine Pressemitteilung herausgeben, das passte nicht zu uns. Ich dachte Sutter versteht das, dass er uns den Rücken frei hält, aber er hat uns nicht geholfen."

„Und dann, ab wann, kamen Sie so richtig in die Bredouille?"

„Als wir es allen Recht machen wollten. Aber mit meiner kleinen Mannschaft war das nicht zu schaffen. Deshalb stecken wir jetzt fest, kein Geld mehr, also auch keine Expansion, damit noch weniger Geld, es ist zum Verrückt werden. Als die Seed die Fusion mit der Mikro System ins Gespräch brachte und Sie wieder auftauchten, um sie voranzutreiben, dachte ich kurz, wir könnten es trotzdem schaffen. Aber es sollte wohl nicht sein. Ich kann Ihnen mit einem neuen Management nur viel Glück wünschen. Das ist es doch, was Sie mir sagen müssen" bemerkt sie ganz beiläufig mit leichtem Lauern in der Stimme. „Sutter hat schon früher versucht mich loszuwerden, aber er bekam im Aufsichtsrat keine Mehrheit für meine Ablösung zusammen. Doch er hat nie aufgegeben, und als er die Stimmen der Schweizer Aktionäre hinter sich brachte, wusste ich, dass meine Stunde geschlagen hat. Er musste nur noch alles auf die Reihe kriegen. Mich ärgert, dass wir heute gar nicht so schlecht dastehen, das verdankt er allein mir."

„Mit: Auf die Reihe kriegen, meinen Sie mich?", fragt Viktor ungerührt.

„Ja, Sie sind doch mein Nachfolger, es bietet sich zumindest an? Oder ist es Ihre Mutter?"

„Lassen Sie Mutter aus dem Spiel, sie hat mit dem Ganzen nichts zu tun", sagt er gereizt und denkt: Ich hasse es, wenn Leute spekulieren und Gerüchte verbreiten. „Was mich betrifft liegen sie völlig richtig. Sutter ist nicht mehr bereit, weiteres Geld zuzuschießen, solange Sie an Bord sind. Ihren Anteil werden wir natürlich zum Tageskurs ablösen. Ich hoffe aber, dass sie mir im Übergang als Beraterin erhalten bleiben." Viktor klingt hart, unerbittlich, als gäbe es darüber nichts mehr zu diskutieren. Sie hätte Mutter aus dem Spiel lassen sollen,

denkt er. Aber so ist die Anisevic halt, den Mund immer ein bisschen
zu voll nehmen und auch noch zum falschen Zeitpunkt. Er sieht, wie
sich in ihren Augen Tränen bilden, die sie wie lästige Fliegen weg-
wischt.

„Entschuldigen Sie, es war nur ein kleiner Moment der Schwäche.
Die Antar ist mein Baby, ich habe mich gehen lassen", sagt sie mit belegter Stimme.

„Ich bin nur der Überbringer der schlechten Nachricht."

„Weiß ich. Trotzdem sind Sie mir allemal lieber als Sutter."

„Wann möchten Sie, dass wir die Details regeln? Morgen, so am späten Vormittag?"

„Ja, das gibt mir Zeit für ein gutes Frühstück, das erste nach vielen
Jahren."

Einen Monat später zieht Viktor eine ähnliche Show mit Frohmut Arnold ab. Zweiter Akt, selbe Tragödie, denkt er, als er sich in Frohmuts
Büro niederlässt. Als erstes werde ich den Teppich von den Wänden
reißen, geht ihm durch den Kopf, während er noch auf Frohmut wartet. Und die Vitrine mit den Uraltprodukten schmeiße ich auch hinaus.
Alles nur Nostalgie, die nichts bringt außer Staub. Hell, weiß und aufgeräumt muss es aussehen, ein echter Neuanfang.

„Gratuliere Viktor, du scheinst die Treppe hinauf gefallen zu sein,
seit du diesen Sutter getroffen hast", sagt Frohmut, als er endlich
kommt. Irgendeine Begrüßungsformel spart er sich. Auch auf das obli-
gatorische Händeschütteln verzichtet er. Er setzt sich auf die Schmal-
seite des Besprechungstischs, das Fenster im Rücken, und wartet ab.

Er denkt, wenn er die Sonne im Rücken hat, treffe ich ihn nicht, denkt Viktor, als er den schweren, müden Körper Frohmuts betrachtet. Was für ein dämlicher Gedanke, wir sind in keinem Western und Pistole hat er auch keine, zumindest weiß ich nichts davon. Er sieht müde aus, weich gekocht, egal was heute passiert, sehr viel länger schafft er den Job sowieso nicht mehr. „Komisch, dass Sie das so sehen, Frohmut. Die Geschäftsführung der Antar habe ich nur vorübergehend übernommen, bis es wieder besser geht."

„Besser geht, natürlich, was sonst. Bei einem so erfolgreichen Manager wie dir kann man nichts anderes erwarten. Schließlich hast du bei uns ja gezeigt, wie man ein Unternehmen an den Rand des Ruins bringt." Frohmut trieft vor Sarkasmus, doch seine Verunsicherung ist zum Greifen spürbar.

Es nützt nichts lange um den Brei herum zu reden, denkt Viktor. Je länger es dauert desto aggressiver wird er nur. Ruhig bleiben, ganz ruhig bleiben. „Jetzt hören Sie schon auf, Frohmut, so kommen wir nicht weiter. Ich muss ernsthaft mit Ihnen reden. Sutter will, dass wir mehr aus der Mikro System machen, bevor er weiteres Geld hineinsteckt."

„Weiteres Geld? Dass ich nicht lache. Wir haben keinen roten Heller von ihm gesehen, außer einem teuer verzinsten Darlehen."

„Das wir so schnell wie möglich in eine Beteiligung umwandeln wollen. Aber zuerst muss die Fusion stehen, nur leider halten Sie von der nichts", sagt Viktor kalt. „Ich verstehe ja Ihren Frust, aber wir sind nun mal der Ansicht, dass es weder die Mikro System noch die Antar allein auf Dauer schaffen können. Zusammen, glauben wir, haben beide eine reelle Chance zu wachsen und letztlich zu überleben. Die Verhältnisse im Markt kennen Sie besser als ich."

„Ach Viktor, du mit deinen grandiosen Ideen. Hast du immer noch nichts dazu gelernt?"

„Was meinen Sie? Das Konzept ist gut!"

„Auf dem Papier vielleicht. Aber wie soll ich denn meine bayrischen Sturköpfe nach Brandenburg verfrachten? Die kündigen doch eher, als dass sie zu den Preußen gehen. Und umgekehrt genauso. Zwei Standorte rentieren sich nicht für so ein kleines Unternehmen, da stimme ich dir zu. Nimm mehr Geld in die Hand und hol einen Teil der Antar Mitarbeiter hierher, das könnte gehen. Aber das, was du dir ausgedacht hast, Viktor, funktioniert nur auf dem Papier, die reale Welt sieht anders aus. Mit mir musst du dich nicht mehr lange herumschlagen, ich bin schon lange ein Dinosaurier und sehe die Chancen nicht mehr. Nach der Übernahme durch Sutter dachte ich wir hätten eine Verschnaufpause, aber es war nur die Eröffnung der nächsten Runde. Warum lässt du mich nicht einfach gehen."

„Aber darüber reden wir doch gerade."

„Hoppla, das hatte ich glatt vergessen." Frohmut klingt spöttisch, doch auf der Oberlippe zeigen sich die ersten Schweißtropfen. „Dann sag schon, was du willst, du hast eingeladen, also fang auch an. Ich hoffe du bist fair, schließlich habe ich den Laden lange genug geführt."

„Fair! Was ist schon fair, Frohmut. Ihre Anteile sind an bestimmte Meilensteine gebunden, keinen Einzigen haben Sie erreicht, deshalb schulden wir Ihnen eigentlich gar nichts. Sutter ist da ganz meiner Meinung, er drängt mich sogar ja nicht einzuknicken. Aus familiären Gründen vielleicht, was weiß ich, was er denkt. Dabei habe ich nie an Sonderkonditionen gedacht. Also reden wir nur über Ihren Vertrag als Geschäftsführer."

Frohmut ist blass geworden, als hätte er diese Minimalposition nicht erwartet. „Und was heißt das?" fragt er unsicher.

„Wir werden Ihren Vertrag auflösen, wegen mangelnder Performance."

„Und wenn ich dagegen klage?"

„Werden Sie verlieren. Tun Sie sich keinen Zwang an, alles was Sie durch ein Verfahren erreichen sind hohe Anwaltskosten. Ich an Ihrer Stelle würde mich auf einen Vergleich einlassen. Wir sind bereit Ihnen entgegen zu kommen, damit ich in Ruhe arbeiten kann und nicht die halbe Zeit mit Rechtsstreitigkeiten zu tun habe."

„Und wie hoch wäre der Betrag?" Frohmut wirkt, als hätte er bereits aufgegeben. Seine Stimme klingt tonlos, kaum hörbar. Alles Kämpferische von vorhin ist Resignation gewichen.

„Das ist noch nicht endgültig entschieden, wir wollten Ihre Reaktion abwarten. Aber ich glaube, ich könnte einen fairen sechsstelligen Betrag durchsetzen."

Frohmut lehnt sich zurück, verschränkt die Hände über dem Bauch und streckt die langen Beine aus. „Wie hoch?", fragt er schließlich.

„Zweihunderttausend."

Frohmut schnappt mit dem Oberkörper nach vorne und bricht in einer wütenden Aufwallung in hysterisches Gelächter aus. Nach einiger Zeit beruhigt er sich, vermeidet jedoch Viktor anzusehen und starrt nur auf die Produktvitrine in dessen Rücken.

„Das ist fair für ein Unternehmen, das kurz vor der Insolvenz steht", sagt Viktor ungerührt. „Glauben Sie mir, Frohmut, es hat mich eine Menge Überredung gekostet, um Sutter zu irgendeiner Zahlung zu bewegen. Ich habe mich aber dafür eingesetzt, weil wir uns so lange kennen und ich will, dass die neue Firma eine Chance bekommt."

„Und was machst du in dieser neuen Firma?" Frohmut wirkt jetzt ganz ruhig, höflich fast, wie jemand, der sich längst damit abgefunden hat, was mit ihm passiert.

„Ich leite sie, zumindest für eine Weile."

„Dachte ich mir. - Weißt du eigentlich, wer dieser Sutter ist? Verena sagt, er lässt sein Anwesen in Südafrika von Rottweilern bewachen. Und hier in Europa scheinst du einer davon zu sein. Blutsauger nennt man Leute wie euch."

Viktor schießt Röte ins Gesicht. Jetzt ist er zu weit gegangen, denkt er, und zählt bis zehn, um sich zu beruhigen. „Woher will Verena das wissen. Kennt sie Sutter überhaupt?", fragt er betont ruhig, obwohl es in ihm brodelt.

„Nein, sie kennt ihn nicht persönlich, aber sie kennt jemand, der auf Sutters Farm aufgewachsen ist. Der scheint nicht so viel von ihm zu halten."

„Was ist das, ein Tribunal? Das müssen Sie schon mit Sutter selbst führen. Ich kann Ihnen nur raten, unser Angebot anzunehmen." Viktor legt seine Hände auf den Tisch, als wolle er sie unter Kontrolle halten. Sein ganzer Körper wirkt, als befände er sich auf dem Sprung.

Auf einmal atmet Frohmut tief durch. „Du gibst mir nicht viel Spielraum, aber so war es ja immer, wenn du geglaubt hast auf der Siegerstraße zu sein."

„Frohmut, bitte ersparen Sie uns das." Viktor weiß, dass er gewonnen hat, erleichtert lehnt er sich zurück. Nur jetzt keinen Triumph erkennen lassen, denkt er. „Hier geht es nicht um eine Abrechnung, und wir sind auch nicht in einem romantischen Musical, wo jeder ein wenig singen darf und am Ende geht alles gut aus. Die Seed hat leider nichts zu verschenken. Mit genügend Abstand finden Sie wahrscheinlich die genannten Konditionen ganz in Ordnung."

Frohmut nickt nur, nicht zustimmend, eher als Eingeständnis seiner Niederlage. „Wie viel Bedenkzeit habe ich?", fragt er schließlich.

„Eine Woche, zwei, wenn Sie wollen. Danach kündigen wir."

Frohmut wirkt plötzlich um Jahre gealtert. Für eine Weile starrt er still vor sich hin. Dann erhebt er sich ächzend und sagt resigniert. „Ist wohl besser du gehst jetzt. Gute Nacht, und viel Glück, Viktor. Hoffentlich passiert dir nicht einmal das gleiche wie mir."

„Das weiß man nie."

„Wie du sagst, wir sind in keinem Musical. Aber mit Sabeth musst du schon selber reden, das nehme ich dir nicht ab."

Sabeth Arnold ist schon vor der verabredeten Zeit gekommen, weil sie Viktor nicht auch noch den Platzvorteil lassen will. Aber wahrscheinlich hat er den sowieso, denkt sie. Er hörte sich an, als wäre er häufiger hier. Als sie durch die Bar zum eigentlichen Restaurant geht, wundert sie sich über die vielen Leute ihres Alters, die alle auf jemand zu warten scheinen.

„Könnten Sie nachsehen, ob ein Herr Menge reserviert hat?", fragt sie die Concierge.

Die junge Frau, zu lässig für Sabeth, fährt mit dem Finger die Reservierung rauf und runter und schüttelt dann bedauernd den Kopf. „Leider, aber das macht nichts, wir sind nicht ausgebucht."

„Dann einen Tisch für zwei Personen bitte. Möglichst am Fenster."

„Lassen Sie mich nachsehen, dort drüben wird gerade etwas frei.
Wäre Ihnen das Recht?"

„Ist doch wunderbar."

„Wollen Sie noch an die Bar gehen, bis Ihre Begleitung kommt?"

„Nein, lieber gleich zum Tisch. Falls sich ein Herr Menge bei Ihnen
meldet, wären Sie so nett, ihn zu mir zu führen?"

„Gern."

Es dauert nicht lange, dann sieht sie Viktor den Marstallplatz überqueren, den Kopf tief in den hochgestellten Mantelkragen gezogen. Der
Wind wirbelt Staub und Unrat über die Pflastersteine. Wo sind seine
Locken hin, denkt sie. Vermutlich glaubt er, Stoppelhaare gehören zu
einer erfolgreichen Managerkarriere.

Als Viktor Sabeth am Fenster sitzen sieht, winkt er und beschleunigt
seine Schritte. Kurz darauf steht er vor ihr und strahlt über das ganze
Gesicht. „Bonsoir Madam, comment ca va. Du siehst aus wie ein Frühlingstag. Schön, dass du kommen konntest", er küsst sie auf beide
Wangen, wobei er sie sachte an der Schulter berührt. „Du duftest gut,
aber das hast du ja immer schon", sagt er betont geheimnisvoll. Er
zieht den Mantel aus und gibt ihn dem Kellner.

„Aprilschauer meinst du wohl? Du kannst mich auch auf den Mund
küssen, oder genierst du dich mit einer alten Frau." Sabeth lächelt verträumt, als gingen ihr längst vergangene Bilder durch den Kopf. Verwundert registriert sie, wie verunsichert er reagiert, sich aber sofort
wieder fängt.

„Nein, wie eine strahlende Sonne natürlich, und von alt kann keine
Rede sein. Gut siehst du aus, wirklich. Es ist warm hier." Er legt das
Jackett ab und hängt es über die Lehne seines Stuhls. „Das Küssen ma-

che ich beim nächsten Mal, versprochen. Ich kann es aber auch gleich nachholen." Betont theatralisch springt er auf, als wolle er das Küssen sofort nachholen. Lachend wehrt sie ab und sieht zu, wie er die Arme ausbreitet und tief einatmet, als nähme er den Duft einer betörenden Blume wahr. „Du siehst wirklich fantastisch aus, kein Stuss. Wie machst du das nur? Morgens ein opulentes Frühstück, ausführlich die Zeitung, danach eine leichte Massage vom Beau deiner Wahl, und immer möglichst früh ins Bett. Ist das dein Geheimnis? Wie geht es den Kindern?"

„Was für ein Süßholzraspler", schmunzelt sie. Für einen Moment scheint sie zu überlegen, ob sie den leichten Ton beibehalten soll und entscheidet sich dagegen. „Den Kindern geht es gut", sagt sie ernst. „Ich habe mich gefreut, als du angerufen hast, nur warum so geheimnisvoll? - Der Anzug steht dir übrigens gut, du hättest mich fragen können bevor du das Jackett ablegst. Früher hast du immer eine Krawatte getragen, aber das weiße Hemd allein gefällt mir besser. Anscheinend willst du niemand mehr etwas beweisen."

„Danke." Viktor überhört ihre kleine Spitze bewusst, und geht nicht näher auf die Kleider ein. „Was findest du denn so geheimnisvoll?"

„Frohmut hat ein paar Andeutungen gemacht, aber letztlich nur gesagt, dass du mir alles selbst erzählen wirst. Und jetzt machst du Komplimente. Kein gutes Zeichen. Seit wann kannst du überhaupt Französisch?"

„Immer schon, ich habe es nur vor dir verschwiegen, wie ich alles Wichtige vor dir verberge. Zumindest scheinst du das zu glauben, wenn ich deine Bemerkung am Telefon richtig interpretiere."

„Nicht so schnell, was machen wir den ganzen Abend, wenn wir sofort loslegen. Wo sind deine Haare hin?“

„Alles weg, ratz fatz, es war einfach Zeit. Hast du dich schon entschlossen, was du essen möchtest?“

„Wie sollte ich, du lässt mich ja nicht zum Atmen kommen.“

„Hey, du warst doch schon eine Weile hier, alle Zeit der Welt, um die Karte zu studieren.“

„Stell dir vor, es gibt tatsächlich noch höfliche Menschen, die warten, bis ihre Verabredung kommt.“

„Seltsam, das soll es tatsächlich geben. Wollen wir kurzzeitig Frieden schließen, damit wir nicht verhungern?“

„Streiten wir schon?“, fragt sie scheinheilig. „Noch nicht, finde ich. Sie haben Nieren, die magst du doch?“

„Ja stimmt, also hast du doch schon stibitzt“, sagt er neckisch. „Aber ich nehme lieber das Risotto Milanese, extra viel Meeresfrüchte. Mache ich immer, wenn ich hier bin. Und du?“

„Ich auch, mit dem Risotto hast du mich schließlich geködert.“

Viktor grinst unverschämt. „So leicht geht das? Also, was sollte die Bemerkung?“

Sabeth zögert, ihr hat das kleine Geplänkel gefallen, es ist der Viktor, den ich mag, schlagfertig und ein bisschen hinterhältig, denkt sie. „Frohmut glaubt, du willst uns über den Tisch ziehen, dass du uns immer einen Zug voraus bist, und dass wir nichts dagegen tun können. Ist das so?“

„So ein Quatsch. Wer ist wir?“

„Eigentlich nur Frohmut und ich. Vielleicht noch unsere Anwälte.“

„Touché", sagt er, wobei ein breites Grinsen auf seinem Gesicht erscheint, doch es wirkt aufgesetzt. „Du hast dich mit Frohmut verständigt, ihr wollt also klagen?"

Sabeth antwortet nicht, betrachtet ihn nur bedauernd. „Nein", sagt sie endlich. „Du tust mir leid, Viktor. Wie fühlt es sich an, hinter jeder Bemerkung ein Komplott zu vermuten?"

Er will sofort antworten, lässt es aber, und sieht den Papierfetzen nach, die über den leeren Marstallplatz fegen. Dann sieht er ihr in die Augen und sagt: „Es hörte sich verdammt nach Drohung an. Und du denkst wirklich, ich würde dich über den Tisch ziehen wollen? Ausgerechnet dich. Du weißt, ich tue nur meinen Job."

„Aber wie du ihn machst, das stört anscheinend einige", sagt sie kalt. „Immerhin zerreißen sie sich das Maul darüber. Was regt sie denn so auf?"

„Weiß nicht, ich sage die Wahrheit, zumindest das, was ich dafür halte."

„Wahrheit? Ein ziemlich großes Wort."

„Wir können nur die Wörter benützen, die wir haben. Es stimmt, manchmal ist das Falsche wahr und die Wirklichkeit nur ein Traum. Wenn du das meinst, stimme ich dir völlig zu. Aber lassen wir die Spitzfindigkeiten. Ich will nur in die schwarzen Zahlen kommen und dass die Fusion erfolgreich verläuft."

„Und das um jeden Preis?" Sie hört sich an, als wäre sie völlig im Reinen mit sich. Wie zur Bestätigung tätschelt sie seine Hand.

Viktor nickt, greift nach dem Wasserglas und stellt es zurück, ohne zu trinken. „Natürlich musst du das sagen. Geldmenschen sind nun mal gierig in deinen Augen." Er verzieht das Gesicht und schiebt einen unsicheren Lacher hinterher. „Entschuldige, war nicht so schlimm gemeint, ich bin etwas überarbeitet. Was hat dir Frohmut erzählt?"

„Dass du uns loshaben willst. Er rät mir, dein Angebot abzulehnen. Aber ich will es von dir selber hören." Ein Schuss Traurigkeit schwingt in ihrer Stimme.

„Was soll ich sagen? Sutter denkt, die Fusion mit der Antar macht Sinn, darauf war er von Anfang an aus. Ich glaube er hat Recht. Die Mikro System allein ist zu schwach, um auf Dauer zu überleben. Natürlich ist das schmerzhaft für euch, und natürlich benützt Sutter mich als Kettenhund, aber so ist es nun mal. Vor ein paar Tagen habe ich die Gründerin der Antar entlassen müssen, weil sie sich gegen die Fusion gesperrt hat. Das war auch kein Spaß."

Sabeth hört ihm jetzt aufmerksam zu. „Warum willst *du* diese Fusion, Viktor? Bei Sutter kann ich es verstehen, der will seinen Einsatz verdoppeln, oder verdreifachen, um sich dann zu verabschieden. Aber warum du? Oder bist du bereits Teilhaber der Seed und spekulierst auf einen hohen Bonus?"

Viktor nimmt eine Packung Grissinis aus dem Ständer, reißt das Papier auf und beginnt an einer der dünnen Brotstangen zu knabbern. Er greift nach dem Weinglas und dreht es unschlüssig hin und her. „Ich bin kein Teilhaber, noch nicht. Die Fusion hat nichts mit meinen persönlichen Zielen zu tun. Sie macht einfach nur Sinn. Wir kriegen bessere Produkte und kommen schneller in den Markt. Das reicht, alles andere wird sich zeigen."

„Dann müsst ihr es wohl tun. Lass uns über meinen Anteil reden." Auf einmal klingt sie nur noch geschäftsmäßig. Erinnerungen an ihre gemeinsame Zeit bei der Mikro System, den gelegentlichen Beischlaf am Ende einer langen Sitzung, hat sie zur Seite geschoben. Jetzt geht es nur noch um Interessen, um Geld.

„Bist du mir böse?", fragt er scheu, als er ihre Veränderung wahrnimmt.

„Warum sollte ich. Die Dinge sind, wie sie sind. Ich glaube nicht, dass du mich betrügen willst, auch wenn es für Frohmut so aussieht. Aber vielleicht waren meine und Frohmuts Erwartungen immer schon zu hoch. Ich habe viel dazu gelernt, seit Konrads Tod. Neulich hat sich mir eine Freundin offenbart. Ihr Mann war sterbenskrank und hat sie monatelang angefleht, ihm beim Sterben zu helfen. Er wollte einfach gehen, solange er noch klar denken konnte. Sie hat es schließlich getan, aber jetzt verfolgt es sie Tag und Nacht. Wenn du so etwas hörst, tritt alles andere in den Hintergrund. Ich bin jetzt viel mit den Kindern zusammen, sie geben mir Halt."

Viktor sieht sie lange nachdenklich an. Er ahnt, dass sie mit der Freundin sich selbst meint. Unsinn, denkt er, auch wenn ich ihr damals alles zugetraut hätte. Doch so schnell der Gedanke gekommen ist, so schnell verwirft er ihn wieder. „Kann ich dir helfen?"

„Nein, ich muss schon selbst damit klar kommen. Aber lass uns wieder über die Firma reden, es ging mir nur so durch den Kopf."

„Konrad hatte keine gute Zeit mehr, du weißt das! Als er mich an die Luft setzte, war es wie ein letzter Coup. Danach wäre nichts mehr gekommen von ihm."

„Ich weiß, das macht es aber nicht leichter. Du musst aufpassen, dass du nicht webst und webst, und am Ende hast du dich in deinem eigenen Netz verfangen."

„Was meinst du?"

„Du weißt schon. Aber sag, was bietest du mir an?"

Sie spricht wie Konrad in seiner verschwurbelten Art, nichts als Andeutungen. Ich solle nicht beim Nachdenken das Denken vergessen, oder so ähnlich, hat er gesagt. Was kümmert's mich, er ist tot und sie muss selbst klar kommen. Viktor will nicht an ihre gemeinsame Zeit denken, schon gar nicht jetzt, wo es darauf ankommt mit ihr abzuschließen. Mechanisch nennt er eine Zahl. „Fünfhunderttausend, für deinen Anteil." Er wartet ab, doch als sie nicht darauf eingeht, sagt er: „Ich würde sie nehmen. Du kannst natürlich auch in der Firma bleiben, niemand will dich hinaus drängen, aber dann läufst du Gefahr, alles zu verlieren."

Sie nimmt es ungerührt zur Kenntnis, fragt nicht einmal nach und sagt nur: „Wie stehst du zu Sutter, traust du ihm?"

„Ja sehr, und ich glaube, er vertraut mir auch. Manchmal sieht er mich an, als wäre es völlig egal, was ich mache, er findet es immer gut. Er hat dieselben Hände wie ich, nur sind seine voller Flecken. Und wenn er sie länger vor sich liegen hat, treten die Adern auf den Handrücken hervor. Weiß nicht, warum ich dir das erzähle."

„Du magst ihn halt."

„Vielleicht. Er ist so anders, als Jonas, Konrad und all die alten Männer, die ich bewundert und gleichzeitig gehasst habe. Die Fusion wird spannend, wenn ich erstmal loslegen kann. Eine echte Herausforderung."

„Gut, du brauchst das."

„Geht es dir wirklich besser, du warst ganz schön durcheinander nach Konrads Tod?"

„Da ging es mir auch besonders schlecht. Deine Mutter hatte mich angerufen, kurz bevor du kamst, sie wollte wissen, wie es mir ginge. Sie hatte mich noch nie zuvor nach meinen Gefühlen gefragt, ich dachte immer sie mag mich nicht.“

„Warum hat sie gefragt, wegen Konrads Tod?“

„Das weiß ich nicht. Irgendwie hatte ich das Gefühl, es ginge gar nicht um mich, sondern um sie, vielleicht auch um dich. Aber ich hab nicht nachgefragt. Auf alle Fälle hatte ich das Gefühl, dass ihr Konrads Tod weit näher ging, als sie es sich eingestehen wollte.“

Viktor stützt das Kinn auf die Hände, streicht sich über die Augen und betrachtet Sabeth. „Wer weiß schon, was im Kopf Anderer vorgeht, auch wenn sie dir noch so nahe sind. Bist du einverstanden mit den fünfhunderttausend?“

„Ja, du kannst alles fertig machen.“

„Hat es geklappt?“ fragt Sutter und seine Stimme klingt gelangweilt.

Die Details interessieren ihn nicht, denkt Viktor, er braucht mich nur als Handlanger. Ich sollte mir keine Illusionen über ihn machen. „Sie haben alle akzeptiert. Anisevic verkauft zum Tageskurs und bei den Arnolds war ich mir von vornherein sicher. Und wie geht's jetzt weiter?“

„Wir gehen genauso vor wie verabredet. Zuerst die außerordentliche Hauptversammlung, danach übernehmen Sie erst mal kommissarisch die Geschäftsführung, so für ein Jahr, das müsste reichen, um die Fusion abzuschließen.“

„Das ist in einem Jahr nicht zu schaffen“, wirft Viktor ein.

„Das packen Sie schon, einfach loslegen. Und Glückwunsch, das mit den Dreien haben Sie gut hingekriegt.“

„Danke.“

Nachdem Viktor aufgelegt hat, betrachtet er eine Weile das stille Telefon. Mit einem Federstrich bringen wir ganze Lebensplanungen durcheinander, denkt er. Einfach so, weil es uns nicht mehr passt, wie sie arbeiten. Weil sie nicht genug erwirtschaften. Weil sie nicht schnell genug auf die Beine kommen. Alles hehre Gründe für ein Wirtschaftsseminar, aber für die Menschen ist es eine Katastrophe. Wir verstecken uns in teuren Hotels, unter Maßanzügen und leisten uns köstliche Essen, alles Humbug, dahinter verbirgt sich immer ein Raubtier. Dabei sind wir selbst getrieben und austauschbar. Vielleicht bin ich doch nicht so gut geeignet für diese Art Job, denkt er, und schaltet die Abendnachrichten ein, bevor er allein zum Essen geht.

Sutter lässt das Telefon klingeln, dreht sich nicht einmal weg vom Fenster und blickt unverändert auf den See. Ich halte es nicht mehr lange durch, denkt er. Wenn einer meiner Großanleger abspringt, bin ich erledigt. Ich muss mit Arjun und George reden. Noch so eine Bettel-tour, die mir langsam zum Hals heraus hängt. Singapurs Glitzerfassade, und Arjun's Geschichten im Cricketklub, wie jedesmal. Dann nachts im Flieger nach Los Angeles. Nerven gespannt wie Drahtseile. Die Ansa-gen der Flughafensprecher, Nadelstiche in ein überreiztes Gehirn. Wei-ter nach New York, die Zeitverschiebung in den Knochen, orientie-rungslos, trotzdem am nächsten Tag George, König in seinem Glaspa-last. Dabei sehne ich mich längst zurück nach meiner Farm, aber noch ist es zu früh, um aufzugeben.

Als Janet ihren Kopf durch die Tür steckt, dreht er sich um und sagt: „Ist gut, ich brauche noch ein paar Minuten, dann bin ich wieder für Sie da."

„Diese Frau lässt sich nicht abwimmeln und macht seltsame Andeu-tungen, dass Sie unbedingt mit Ihnen sprechen muss. Sie hat schon ein paar Mal angerufen und meint, es könnte schlimme Folgen für Sie ha-ben, wenn Sie sich weiter verleugnen. Vielleicht sollten Sie doch direkt mit ihr reden." Janet hört sich genervt an, als hätte sie es satt immer neue Ausreden zu erfinden.

„Gut, ist sie noch dran?"

„Ja, ich stelle durch."

Aus dem Hörer klingt die rauchige Stimme einer Frau mit osteuro-päischem Akzent, den er nicht zuordnen kann. „Guten Morgen, mein

Name ist Olga Zevec, spreche ich mit Herrn Thomas Sutter persönlich?"

„Ja, Thomas Sutter", sagt er, während das Gefühl einer zuschnappenden Falle in ihm wächst.

„Ich bin Anwältin. Es geht um meinen Mandanten", sie spricht schnell, ohne ihm Zeit zu lassen eine Frage dazwischen zu schieben. „Er hat mich beauftragt, Ihnen auszurichten…", sie hält inne, als würde sie ihre Notizen prüfen, „…dass Viktoria in guter Verfassung ist, aber die Kaviar-Erträge zurückgehen. Viktoria, wie die englische Königin, in deren Reich die Sonne nie unterging, und nach der ein See in Ostafrika benannt ist. Mein Mandant meint, Sie kennen diesen See von früher, Herr Sutter."

Ihr Ton ist schärfer geworden, fordernd, was Sutter fast erleichtert zur Kenntnis nimmt. Sie ist kein Profi, denkt er. „Ich weiß nicht wovon Sie reden. Natürlich kenne ich den Viktoriasee. Alle Welt kennt ihn. Sagen Sie ihrem Mandanten er kann mich direkt anrufen, wenn er etwas von mir will, ansonsten danke ich Ihnen für den Hinweis."

Für einen Moment herrscht Stille in der Leitung, dann sagt sie mit betont ruhiger Stimme, als wolle sie, dass er auch wirklich jedes Wort versteht. „Mein Mandant weiß, was mit den Flugzeugen transportiert wird, er möchte ihnen helfen das Geschäft auszuweiten. Denken Sie darüber nach, wir werden uns in nächster Zeit wieder melden." Damit legt sie auf. Das Display zeigt keine Nummer an.

Helfen? Wer hilft da wem, denkt Sutter. Vielleicht ziehen Sie ja rein zufällig einen kleinen Erpressungsversuch ab mit ihrer Bardamenstimme und dem anwaltlichen Gehabe? Sie und ihr Komplize, pardon, Mandant, als wüsste ich nicht, dass die Waffen vom Viktoriasee auf dem Landweg nach Ruanda gelangen, um dann im Kongo zu versickern.

In der Scheibe des Panoramafensters sieht er sein verschwommenes Spiegelbild. Die Geheimratsecken und die scharfen Falten um die Mundwinkel. Er weiß, dass sich seine Augen in sekundenschnelle in abweisende Schlitze verwandeln können. Weiß, wie ihn seine Geschäftspartner hassen, wenn er die Verhandlungen strafft und ihnen keine Chance lässt. Es hat alles nichts genützt, denkt er, unzählige Schlachten gewonnen, aber am Ende den Krieg verloren, nur weiß es noch keiner außer mir.

Er geht ein paar Schritte vor dem Fenster auf und ab, wobei er in Gedanken den Daumen unter das Kinn schiebt und mit dem Zeigefinger die Nasenspitze nach oben drückt. Eine Bewegung, die er sich in den letzten Jahren angewöhnt hat, wenn er allein über ein Problem nachdenkt.

Sie wissen, mit wem sie es zu tun haben, das ist es, was sie mir sagen wollen, denkt er. Sie glauben, mich in der Hand zu haben, und sie werden die Karte spielen, wann immer es ihnen genehm ist. Man kann meine Geschäft nicht nebenher machen, und die Waffen mit dem Geld zu vermengen war wohl von Anfang an keine gute Idee. Du wirst alt, Thomas, früher hätte dich keiner erpresst. Er nimmt den Hörer ab und ruft Peter Slate an.

„Wir müssen reden", sagt er, als er Slate's brüchige Stimme hört.

„Wann?"

„Sobald wie möglich."

„Ich reserviere uns das Übliche", sagt Slate und legt auf.

Er hört sich an wie ein alter Mann, denkt Sutter. Ihre Telefonate sind mit den Jahren immer kürzer geworden, doch Sutter weiß, dass das ‚Übliche' das kleine Nebenzimmer eines Restaurants am Grand Place ist, wo sie sich immer treffen, wenn er nach Brüssel kommt.

Gleich darauf lässt er sich Arjun Raha geben und kündigt seinen Besuch in Singapur an. Als Grund nennt er den Halbjahresbericht des Fonds, den er ihm persönlich erläutern will. Raha zögert kurz und stimmt dann zu. Er hat etwas, denkt Sutter, nachdem er aufgelegt hat. Wahrscheinlich ist es die Angst um sein Geld. Was soll's, er ist nicht der Einzige.

Er bittet Janet ihm George Clay, seinen größten Fonds-Investor in New York, zu geben, und als er Clays aufgekratzte Stimme hört, beginnt er sich zu entspannen. Sie sprechen lange und am Ende verabreden sie sich in New York, drei Tage nach dem Treffen mit Raha.

Eine weitere Erdumrundung, denkt Sutter. Anstrengend, doch wenn sie still halten, und Clay vielleicht sogar etwas zuschießt, kriege ich wieder Luft. Er lehnt sich in seinem Kippstuhl zurück, legt die Beine auf den Schreibtisch und zündet sich eine Zigarette an. Während er durch den Rauch die vorbeifahrenden Ausflugsschiffe auf dem Zürichsee betrachtet, denkt er: Irgendwie muss ich herausfinden, wer sich hinter der rauchigen Stimme verbirgt.

Ein paar Tage später sitzt Sutter in dem verabredeten Lokal am Grand Place Peter Slate gegenüber und fragt ihn, was er vom Krieg im Irak hält.

„Keine Meinung, aber Mission accomplished ist wohl nicht ganz treffend", sagt Slate, und schnauft gehässig. „Sollte ich wetten, würde ich sagen, das fliegt den Amerikanern noch um die Ohren. Aber ich wette nicht, habe ich noch nie getan." Er nimmt einen Schluck Wasser und sieht Sutter an, als sähe er eine völlig neue Seite an ihm. „Wir haben uns lange nicht gesehen, wie geht es dir? Du siehst überarbeitet aus. Am Telefon klangst du ziemlich gehetzt."

Sutter räuspert sich. Soweit ist es also schon, dass sie am Telefon merken, wie schlecht es mir geht, denkt er. „Etwas Stress, nicht mehr als gewöhnlich. Sehe ich aus, wie einer, der am Abschnappen ist?"

„Bist du es?", fragt Slate und grinst unverschämt.

„Quatsch. Hast du Zeit, oder muss ich mich beeilen? Wie wär's mit einer richtig guten Flasche Wein?"

„Immer dabei. Aber jetzt red schon, du bist bestimmt nicht gekommen, um dir meine Ansichten über die Weisheit der Amerikaner anzuhören."

„Im Alter sehnt man sich halt gelegentlich nach guten Freunden." Sutter wirkt versonnen und betrachtet durch die Butzenscheiben die verzerrte Fassade der Bürgerhäuser auf der gegenüberliegenden Seite des Platzes. „Mich hat eine Frau angerufen", sagt er endlich. „Rauchige Stimme, osteuropäischer Akzent. Sie behauptet Anwältin zu sein. Ihr Mandant würde mir gerne helfen, das Geschäft mit den Antonovs auszubauen." Sutter wartet ab, wie Slate reagiert. Doch als der nur stoisch, an ihm vorbei, dem Kellner zusieht, wie er das Besteck auflegt, fährt er fort. „Außerdem hat mich ein Schweizer Inspektor interviewt, Jean Juni heißt er. Er hat nur ein paar dumme Fragen gestellt, nichts Konkretes, lauter Andeutungen. Du kennst vermutlich weder die Eine noch den Anderen?"

Slate schüttelt irritiert den Kopf, als fände er allein schon die Frage eine Zumutung. „Wie kommst du überhaupt darauf?"

„Man weiß ja nie. Und Christina Araba, Kofis Tochter hat mich in Berlin getroffen, ist alles nur Zufall oder? Sie hat auch die Flugzeuge ins Spiel gebracht, als wüsste sie Bescheid."

„Über was? Deine Geschäfte oder die Einsatzbereitschaft jedes einzelnen Flugzeugs. Ein wenig präziser musst du schon werden, mein Lieber, wenn du klare Antworten willst."

Hey, denkt Sutter, so etwas hätte er sich früher nie getraut, als er mich für seine dubiosen Projekte noch brauchte. Er antwortet nicht, sieht nur gespannt auf Slate, wobei er amüsiert registriert, wie der unruhig wird.

„Du verdächtigst mich?", fragt Slate schließlich, bemüht weniger aggressiv zu klingen als zuvor. „Warum sollte ich dir ein Bein stellen? Ich habe mit deinen Geschäften nichts mehr zu tun, Thomas."

Außer, dass du einen schönen Batzen Geld eingestrichen hast. Aber vielleicht hast du das ja längst vergessen, denkt Sutter.

„Warum hat dich Christina in Berlin getroffen? Hat sie gesagt, was sie will?", fragt Slate.

Sutter zuckt mit den Schultern und verzieht das Gesicht zur Grimasse. „Sie wollte nur wissen, wie es damals in Nigeria zuging, und wie sie dich erreichen könne. Die Antonovs hat sie nur beiläufig erwähnt. Einfach mal auf den Busch klopfen, vermute ich. Irgendwas kommt immer dabei raus, die alte Journalisten Masche eben. Ich habe ihr gesagt, dass wir beide uns kaum noch sehen, aber ich gab ihr deine Nummer, schien mir besser, als vorzutäuschen, dass wir uns aus den Augen verloren haben."

„Dachte mir schon, dass der Kontakt von dir kommt. Sie rief mich an, und bald darauf, auf dem Weg zurück nach Lagos, saß sie bereits in meinem Büro. Du musst aufpassen, sie ist hartnäckig, clever und teuflisch schön. Das hilft zuweilen bei der Recherche“, sagt er und schiebt ein selbstgerechtes Lachen hinterher.

„Warum hast du mir nichts gesagt?“

„Warum sollte ich, du hast mich ja auch nicht über dein Treffen mit ihr informiert. Noch dazu gibst du ihr meine Nummer.“ Slate's Ton klingt wieder versöhnlicher, als er fortfährt: „Es schien mir nicht wichtig genug. Bei mir fragen viele Reporter an, wollen alles mögliche wissen, und dann versandet die Sache wieder. - Was wollte dieser Inspektor von dir, glaubst du, dass Christina dahinter steckt?“

Sutter sieht jetzt offen misstrauisch auf Slate, der lustlos in seiner Vorspeise stochert. „Warum bist du so nervös“, fragt er. „Nigeria liegt lange zurück. Alles, was damals passierte, ist verjährt.“

„Da bin ich mir nicht sicher, will es auch gar nicht herausfinden. Nachdem sie Schirkow's Auto in die Luft gejagt hatten, bin ich ausgestiegen. Keine Waffen mehr, ein für allemal raus. Mir gefällt es in Brüssel, ich will nicht, das irgendjemand in meiner Vergangenheit herum stochert. Hat dieser Inspektor etwas in der Hand gegen dich?“

„Nein.“ Mensch Slate, du bist wirklich ein Weltmeister im Verdrängen, denkt Sutter. Hast wohl vergessen, dass du mir lange nach Schirkow's Attentat noch ein paar zusätzliche Flugzeuge vermittelt hast. Die Provision hast du aber dankend angenommen. „Jean Juni, so heißt der Inspektor, er arbeitet in einer Spezialeinheit für Wirtschaftskriminalität, vermutet wohl - so schätze ich mal - eine Verbindung zwischen der CIA und den Flugzeugen. Nicht verwunderlich, ich frage mich eigentlich nur, warum sie nicht schon früher darauf gekommen sind. Liegt doch auf der Hand, dass wir nicht nur Fischfilets und Tomaten transportieren. Wahrscheinlich hatten wir einfach nur Glück, dass sich keiner um uns gekümmert hat. Ich könnte James Goddard bitten dafür zu sorgen, dass die Schnüffelei aufhört, das hat er auch früher schon getan. Nur blöd, dass ausgerechnet jetzt mein Fonds ins Schlingern gerät. James hat mich immer davor gewarnt zu viele Sachen auf einmal anzupacken, und jetzt hat er recht."

„Ich hab dich auch davor gewarnt."

„Ja, aber nur weil du den Deal in der Ukraine haben wolltest. - Seit dem Anruf der rauchigen Stimme geht mir der Gedanke nicht mehr aus dem Kopf, dass alles zusammenhängt. Dieser Juni gehört zu einer schweizer Einheit gegen Wirtschaftskriminalität, sagt mein Anwalt."

„Hast du schon gesagt", unterbricht Slate, doch Sutter lässt sich nicht beirren.

„Kann gut sein, dass er sogar mit den Amerikanern kungelt. Die machen seit New York viel Druck, weil sie glauben, den Terror nur über die Geldflüsse in den Griff zu kriegen."

„Warum fragst du nicht deinen alten Freund in Langley. Der müsste doch wissen, ob da etwas gegen dich läuft, wie hieß er gleich?"

„James Goddard?"

„Der den du vorhin erwähnt hast?"

„Ja."

„Ich hab nicht gleich geschaltet, ist vermutlich das Alter. Der Typ schien mir immer gut informiert zu sein."

„Vielleicht steckt er ja selbst hinter der Sache!"

„Hm. Tolle Freunde, aber was rede ich, so funktioniert unser Geschäft eben. Trotzdem solltest du das Risiko eingehen. Lieber er, als weiter im Nebel herum stochern. Schließlich kannst du keine Anzeige aufgeben: Werde erpresst, Erpresser bitte melden für weiterführende Diskussionen." Slate lacht höhnisch, als gefalle ihm die Idee. „Von mir erwarte nichts, ich bin raus aus allem."

„Und deine Anteile?"

„Die habe ich an einen Russen verkauft, schon lange. Vermutlich war er nur der Strohmann Schirkow's. Hat mich aber nicht gekratzt, so lange ich wie verabredet das Geld bekam. Du hast geglaubt, ich sei immer noch drin?"

„Ja, eigentlich schon." Der lügt doch, denkt Sutter, oder ich hab's übersehen. Du musst besser aufpassen, Thomas, du tanzt auf zu vielen Hochzeiten. „Irrtum, uns verbindet nur noch Nostalgie, Thomas", hört er Slate, dessen Stimme sich gefestigt hat. Wie ein alter Mann, der es genießt plötzlich wieder mitmischen zu können, denkt Sutter. Dabei hat er Recht, ich sollte Goddard fragen, was sich da zusammenbraut. Das Risiko, dass die CIA dahinter steckt muss ich eingehen.

Sutter hebt sein Weinglas vor die Augen und betrachtet Slate, wie durch eine Kristallkugel. „Ja, werde ich machen. Und dieser Russe, an den du verkauft hast, hat nicht zufällig eine Sekretärin mit rauchiger Stimme und osteuropäischem Akzent?"

Peter Slate lehnt sich zurück und streicht sich über den mächtigen Bauch. „Ist das ein Verhör?", fragt er verärgert. „Ich dachte, wir wollten entspannt zu Abend essen. Natürlich kenne ich einige rauchige Frauenstimmen, aber ich bezweifle, dass dich eine davon anrief. Mich hat jedenfalls niemand angerufen, außer Christina. Was hat die Frau denn gewollt?", fragt er spöttisch.

Am liebsten wäre Sutter gegangen, das bringt nichts mehr, denkt er. Verlorene Zeit, nur noch Gelaber zweier alter Männer. Außer Slate spielt mir eines seiner Versteckspiele vor und ich gehe ihm gerade auf den Leim. Es wäre nicht das erste Mal. Er atmet tief ein, und verzieht das Gesicht zu einem schiefen Grinsen, als er sich an eine seiner Grundregeln erinnert: Ruhig bleiben, abwarten und durchatmen, bis der Ärger verraucht ist. Also lehnt er sich behaglich zurück, als sei er Slate's Spiegelbild, nur dünner. Er legt die Fingerspitzen aneinander, und setzt einen milden, seelsorgerischen Ausdruck auf. Ganz der entspannte Gast, der mit seinem Tischnachbarn ausführlich über den Zustand der Welt plaudert. „Nichts", sagt er gelassen. „Sie meinte, ihr Mandant wüsste, was tatsächlich in den Maschinen transportiert wird und woher ursprünglich das Geld für den Kauf der Flugzeuge kam."

„Hm, und danach nichts mehr?"

„Nein, aber es kommt sicher noch etwas nach. - Dieser Sandstein der Häuser gegenüber erinnert mich an unsere Zeit am Rand der Wüste. Dein Häuschen außerhalb Kano's, umgeben von Dornenhecken, dahinter viel Sand, der in der Sonne leuchtete, wie die Fassade dort drüben. Kannst du dich noch an den Sternenhimmel in Nigeria erinnern?", wechselt er den Ton. Sutter klingt auf einmal locker und seltsam fröhlich. Aus der Küche dringt Musik, Sinatras *I did it my way*, begleitet vom krächzenden Organ eines der Köche.

„Was ist los mit dir? Wirst du melancholisch auf deine alten Tage?", fragt Slate.

„Keine Sorge, es ging mir nur so durch den Kopf."

Mit einem Kopfnicken weist Slate zur Küche. „We did it our way too."

Sutter zuckt nur mit den Schultern. „Den Song hast du wahrscheinlich bestellt. Aber mir ist nicht nach Singen zumute. Mir sitzt ein Erpresser im Nacken."

„Mann, das war ein Witz. Du hast doch von den Dornenhecken und dem Sternenhimmel gefaselt. Dabei kann ich mich nur an Staub und Dreck erinnern."

„Schon gut. Manchmal vermisse ich Afrika eben. Ich überlege, ob ich zurückgehen soll, vielleicht nach Südafrika. Es scheint dort besser zu laufen, als ich befürchtet hatte. Aber ich brauche erst einen Nachfolger, der meine Geschäfte in Zürich übernimmt. Du glaubst wirklich, ich sollte mit Goddard reden?"

„Ja, und Christina würde ich auch nicht auf die leichte Schulter nehmen."

„Macht sie mir Kofis Tod zum Vorwurf?"

Slate lässt die Frage offen und bohrt weiter nach den Flugzeugen. „Und du hast nicht den Eindruck, dass dieser Inspektor einfach nur hinter dem Transport-Unternehmen her ist? Offene Steuern und so. Vielleicht wollen sie dich auch nur raus haben, aus der Schweiz. Ein Kopfschmerz weniger", spekuliert er und stößt erneut sein gehässiges Lachen aus.

„Keine Ahnung, warum ich ausgerechnet jetzt ins Fadenkreuz eines frustrierten Beamten kommen sollte. Immerhin ging es jahrelang gut."

Als eine adrette junge Frau den Hauptgang bringt, zeigt sie ihnen die große Dorade auf einer Silberschüssel und überlässt dem Kellner das Entgräten. Sie sehen ihm schweigend zu, wie er fachmännisch den

Fisch zerlegt, die Gläser nachfüllt und sich mit einem Kopfnicken verabschiedet.

„Wann hast du eigentlich Kofi kennen gelernt?", fragt Slate, als sie wieder allein sind.

„Achtundsechzig in Berlin, aber das weißt du doch."

„Und wann brachte er Christina mit nach Nigeria?", fragt Slate ungerührt.

„Ein halbes Jahr später, mitten im Biafra Krieg. Ihre Mutter wollte sie wohl nicht behalten."

Slate schüttelt den Kopf, als finde er die Erklärung wenig stichhaltig. „Eigentlich nicht verwunderlich, dass sie immer noch auf der Suche ist."

„Ja, aber in meinen Augen hat es keinen Sinn. Es ist so lange her. Sie sollte sich besser um ihr eigenes Leben kümmern und die Toten tot sein lassen."

„Als sie Kofi umbrachten, hatte ich kurzzeitig das Gefühl auf der falschen Seite zu stehen", sagt Slate. Gleichgültig klingt er, als spräche er zu sich selbst, müsse sich Rechenschaft geben, das sich nicht mehr ändern lässt.

Auf der falschen Seite? Ne, da war'st du nie, denkt Sutter. Du hast immer darauf geachtet auf der Seite der Sieger zu landen, und dass genug für dich abfällt. - Abgehauen bist du damals, bei Nacht und Nebel, als hättest du die Hosen gestrichen voll. In unserem Gewerbe gibt es keine falschen Seiten! Kofi wusste das, aber am Ende ertrug er die hohlen Augen und aufgeblähten Bäuche der Kinder im Nigerdelta nicht mehr. Ohne Goddard's Rückendeckung wäre ich auch nicht zurückgegangen nach Nigeria, als mich die Achebes versuchten an die Wand zu nageln. Aber mit Hilfe der CIA…. Sutters Gedanken driften ab, das erste Treffen mit Kofi in Berlin vor Augen. Er hat seinen Tod selbst verschuldet, denkt er. „In unserem Geschäft ist man besser auf gar keiner Seite, es geht immer nur um Geld", sagt er schließlich. „Du hast das gewusst, Peter. Eigentlich habe ich das sogar von dir gelernt. Verdreh also bitte nicht die Fakten, nur um etwas Zuckerguss über deine Erinnerung zu schmieren."

„Der Anblick von Kofis Leiche verfolgt mich bis heute. Hast du je erfahren, wer ihn umgebracht hat? Und was passierte, nachdem der Krieg vorbei war?", lässt Slate nicht ab.

„Was meinst du?" Sutter ist irritiert, weil er nicht erkennen kann auf was Slate hinaus will.

„Ach lass es, ich weiß doch was passiert ist."

„Es brennt immer irgendwo in Afrika, das weißt du so gut wie ich." Wie leicht es mir über die Lippen geht, denkt Sutter. Als wäre ich nicht einer von denen, die das Feuer mit Brennstoff versorgen.

„Er hatte ein Loch im Kopf! Warum dort, warum überfahren, warum wurde der Fahrer verschont? Wie kam Kofi überhaupt auf diese Straße, wo er sich nirgends verstecken konnte. Das sind nur so Gedanken, seit Christina bei mir war." Slate wirkt, als wolle er eigentlich nicht mehr darüber reden, verärgert, dass es ihm nicht gelingt davon loszukommen.

„Du grübelst zu viel, Peter, da kommt man schnell durcheinander." Der Fahrer sollte Cléo den Leichnam bringen, als Warnung an mich, denkt Sutter.

„Vielleicht. Ich habe Christina gesagt, dass sie nichts von mir erwarten kann. Es ist so lange her, um mich noch daran zu erinnern. Ich habe

hier einiges zu verlieren, und den Tipp mit den Flugzeugen hätte ich
dir auch nie geben sollen. Schirkow war mir ans Herz gewachsen, es
belastet mich, dass wir mitgeholfen haben, all die Leute, die ich eigentlich mochte, ins Grab zu bringen. Glaubst du wirklich, da kommt etwas
auf dich zu?"

Was für ein Gejammer, dieser Hosenscheißer war einmal ein verlässlicher Partner, denkt Sutter. Große Ideen, aber die Finger sollen
sich andere verbrennen. Wenn es heiß wird büxt er aus. Dabei fängt
das Spiel gerade erst an. Was macht er sich in die Hosen, von ihm will
ja keiner was. „Weiß nicht, ist noch zu früh. Was hat Christina denn
noch gefragt?"

„Für wen du wirklich arbeitest, die CIA nimmt sie dir nicht ab."

„Und das hat sie dir erzählt?"

„Warum nicht. Sie ist Journalistin, Thomas, eine ziemlich gute, wie es
scheint. Solche Menschen wissen, wie sie die Leute gegeneinander ausspielen können. Du solltest sie ernst nehmen!"

„Ich hab ihr alles erklärt, so gut ich konnte, aber sie braucht einen
Schuldigen, sonst kommt sie nicht zur Ruhe. Lass uns zahlen, Peter, ich
will den letzten Flug erreichen."

Dieser Juni macht mir Sorgen, denkt Sutter auf dem Weg zum Flughafen, er sieht aus wie ein Terrier, der sich schlecht von einer Fährte
abbringen lässt, wenn er erst mal Blut geleckt hat. Kann mir nicht vorstellen, dass Goddard ihm einen Wink gegeben hat. Ich werde Goddard
anrufen, am besten treffen, zwei alte Männer, die sich Geschichten erzählen. Dann sehe ich ja, wie er reagiert. Zuerst muss ich mich aber um
den Fonds kümmern, solange muss die rauchige Stimme schon warten.

Hoffentlich legt mir Viktor in der Zwischenzeit kein Ei, ich hab seit einiger Zeit nichts von ihm gehört.

Auf dem Rückflug durch die klare Nacht kann er Europa unten vorbei gleiten sehen. Ein einziger Teppich aus Lagerfeuern, denkt er, doch in Afrika herrscht immer noch tiefste Dunkelheit.

Sutter bestellt ein Glas Rotwein und schlägt die Herald Tribune auf, doch er kann sich nicht darauf konzentrieren.

Gleich nach der Landung ruft er, noch aus dem Auto, Goddard an. „Hi, James, ich will gar nicht lange darum herum reden, es geht um einen Inspektor Juni, hat er dich angerufen?"

„Ja, hat er. Macht einen vernünftigen Eindruck am Telefon. Ich habe ihm gesagt, er soll mir schicken, was sie gegen dich vorbringen, hat er aber nicht getan."

„Läuft da etwas, was ich nicht wissen darf?"

„Davon gibt es vieles. Aber reg dich nicht auf, ich lass dich nicht hängen, das weiß der Typ, deshalb schickt er ja nichts. Ich brauche nur etwas, um unsere Maschine anwerfen zu können. Ohne Papier geht hier gar nichts, wir sind schließlich eine Behörde." Goddard räuspert sich und lacht entschuldigend, als wäre ihm die Vorstellung eines gigantischen Beamtenapparats peinlich.

„Und wenn er doch etwas geschickt hat, und du hast es nur nicht mitbekommen, weil es bei einem deiner Leute gelandet ist, und jetzt erst langsam zu dir hochkocht?"

„Das ist natürlich möglich, wenn er es nicht direkt an mich adressiert hat. Was liegt dir überhaupt daran? Du rufst doch sonst nicht an, wenn einer deiner Deals sauer geht?"

„Das ist kein Deal mehr, hier geht es vielleicht um meinen Kopf. Dieser Juni bohrt in alle Richtungen. Ich will nicht, dass er herausfindet, wie sehr ich in der Klemme stecke."

„Brauchst du Geld, um es irgendwelchen dubiosen Gesellschaftern nachzuwerfen, damit dein Laden nicht hochgeht? Ist es das? Oder sind es die Antonovs, die dir wie ein Klotz am Bein hängen. Verkauf sie, aber gib mir Bescheid, wir brauchen die Transporter. Oder gründe eine kleine Airline, aber ja kein Aufsehen. Der Wind hat sich gedreht Thomas, alles, was im Entferntesten nach Terror riecht, macht dich verwundbar. Die Kerle mit den schwarzen Turbanen lassen nicht locker, aber sie haben die Schraube überdreht, merken es nur noch nicht."

„Ich weiß." Die alte Leier, denkt Sutter. Sie denken immer noch, sie können die Welt so hinbiegen, wie sie ihnen gerade passt. Dabei hat sich die Welt längst auf eine andere Ebene verabschiedet. Auswertung von Bewegungsprofilen, Berge von Informationen durchforsten, das Suchen der sprichwörtlichen Nadel im Heuhaufen. Aber so funktionieren Geheimdienste eben, möglichst wenig Neues, es könnte ja jemand dahinter kommen, dass sie eigentlich überflüssig sind. Lohnt sich nicht darüber zu streiten.

„Hör zu Thomas, ich will keine Schwierigkeiten kriegen, nur weil deine Finanzen nicht in Ordnung sind. Wenn alles sauber ist, helfe ich dir. Ich bin nächste Woche in Berlin. Warum treffen wir uns nicht dort, am gleichen Ort zur selben Zeit, wie immer."

„Nächste Woche ist gut. Eine Woche später muss ich nach Singapur und dann New York."

„Du reist viel!"

„Lässt sich nicht vermeiden, die Zeiten sind hart."

„Ja, wem sagst du das. Und dann hat noch eine Christina Araba nach dir gefragt. Sie ist Journalistin aus Nigeria. Kennst du sie?"

„Sie ist Kofis Tochter." Aber das weiß er doch, denkt Sutter. Anscheinend will er sich, genau wie Slate, davonstehlen, damit ja nichts seine Pension gefährdet.

Sutter sitzt schon eine Weile allein auf der Bank am Schlachtensee von wo er den Parkplatz sehen kann. Ein Rentner mit viel Zeit, der die herbstliche Sonne genießt. Er wartet auf Goddard, dass er das Auto abstellt, prüft ob alle Türen geschlossen sind, und sich umsieht. Dass er dann auf seine Bank zusteuert und sich ohne ein Wort neben ihn setzt.

Tatsächlich erscheint Goddard pünktlich zur verabredeten Zeit, zelebriert dasselbe Ritual wie seit Jahren und setzt sich neben Sutter auf die Bank. „Wie geht es dir", fragt er durch die Zähne.

Nur ja keinen Fehler machen, denkt Sutter, und lacht innerlich. Könnte ja sein, dass uns jemand beobachtet. „Gut, und dir?"

„Ich zähle die Tage. Lass uns gleich zur Sache kommen. Ich habe über meine Schweizer Freunde versucht herauszufinden, was dieser Juni von dir will, aber ich stoße auf eine Gummiwand. Und in der Agency arbeitet er mit einer Abteilung zusammen, die sich um Wirtschaftskriminalität kümmert. Anscheinend bist du in deren Fadenkreuz. Eigentlich hatte ich auf die Antonovs gewettet, das wäre leichter gewesen."

„Wie lange hast du noch, bis du dich aufs Fischen konzentrieren kannst?", fragt Sutter ungerührt.

„Nicht mehr lange, aber noch ist es zu früh darüber nachzudenken. Dieser Juni ist ein echter Bluthund, er gibt nicht auf, und Christina steht ihm in Nichts nach. Solide Recherche muss ich sagen, aber sie hat ja auch altes KGB-Blut in den Adern", sagt er mit der Andeutung eines Lächelns. „Jetzt erzähl schon, aber die ganze Geschichte, keine Auslassungen."

„Ich hab kein gutes Gefühl. Christina will den Tod ihres Vaters neu aufrollen. Vermutlich schiebt sie ihn mir in die Schuhe. Sie meint, jemand muss Kofi damals verpfiffen haben, er wäre zu schlau gewesen, um sich einfach auf offener Straße überfahren zu lassen. Und wenn sie weiter herumschnüffelt, laufe ich Gefahr mitsamt meiner ganzen komplizierten Maschinerie aufzufliegen."

„Und, hat sie Recht, was Kofi betrifft?"

„Es ist die Version ihrer Stiefmutter. Cléo konnte mich nie ausstehen, und als die Schweizer Bank ihr den Zugang zu Kofis Konten verweigerte, erfand sie ein Komplott, das ich konstruiert hätte, um an Kofis Geld zu kommen. Dabei habe ich versucht ihr zu helfen, habe sogar direkt mit der Bank verhandelt, damit sie ihr auch ohne den Code Zugang verschafft. Aber es war nichts zu machen, das Geld liegt immer noch auf der Bank."

„Die alte Geschichte."

Für eine Weile sehen sie schweigend einem Jungen zu, der auf dem Parkplatz mit dem Fahrrad seine Runden dreht, bis Goddard eher beiläufig bemerkt. „Es wird viel zum Nachdenken geben."

„Hört sich philosophisch an", sagt Sutter leise.

„Bei der Herfahrt habe ich die Herbstblätter gesehen. Sie sind besonders farbig dieses Jahr. Da kommst du ins Grübeln. Jeden Herbst komme ich jetzt ins Grübeln. Für mich ist es Zeit, mir ernsthaft Gedanken zu machen." Goddard bläst die Luft durch die Zähne und fragt: „Was sage ich Christina, sie weiß offensichtlich einiges aus deiner Vergangenheit. Hast du es ihr erzählt, zumindest hörte es sich so an, als sie anrief?"

„Was soll das, James, willst du mir etwas Bestimmtes sagen, oder ist es eine versteckte Drohung?"

„Jetzt dreh nicht gleich durch, ich will nur, dass du die Sache ernst nimmst. Ich vermute, sie hat sich mit diesem Juni kurzgeschlossen. Er ist ein Profi. Wir kennen ihn noch aus dem Libanon. Ziemlich unberechenbar der Mann. An deiner Stelle würde ich auf der Hut sein."

„Hör auf James, ich bin nicht der große Strippenzieher im Hintergrund. Ohne eure Unterstützung wären wir eingegangen, bevor es überhaupt richtig losging in Nigeria. Kofis Spielchen haben mich damals genauso überrascht wie euch, das musst du mir glauben."

„Tu ich ja, aber es haben sich damals viele gewundert, warum du ausgerechnet einen KGB Mann nach Nigeria holst, noch dazu mitten im Krieg. Das macht es jetzt nicht leicht für dich einzustehen. Langley hat ein langes Gedächtnis, und einige Leute tragen dir immer noch ein paar Ungereimtheiten nach. Du kannst nicht darauf bauen, dass alle Zweifler von damals längst pensioniert sind. An deiner Stelle würde ich meine Sachen packen und untertauchen. Wie das geht weißt du ja. Könnte gut sein, dass ich nichts mehr für dich tun kann."

Er weiß etwas, über das er nicht reden will, denkt Sutter. Mehr als dreißig Jahre ist die Sache mit Kofi her, und wird anscheinend neu verpackt. Keine Ahnung, was sie vorbringen werden, aber sie scheinen es ernst zu meinen. „Woher kommen die Anschuldigungen?", fragt er nach einigem Überlegen.

„Keine Anschuldigungen, nur Fragen. In deiner Transportfirma spielt anscheinend einer falsch, das mögen sie nicht, am wenigsten nach 9/11. Und Simbabwe läuft auch aus dem Ruder, hängt wahrscheinlich zusammen. Ich würde dir raten den Fonds aufzulösen und die Schweiz zu verlassen. Die wollen dich sowieso nicht mehr haben."

„Und wo soll ich hin?"

„Kann ich dir nicht sagen, will ich eigentlich auch nicht. Ich habe nur noch Wochen bis zu meiner Pensionierung."

„Mich hat eine Frau angerufen, rauchige Stimme, osteuropäischer Akzent. Ich glaube sie will mich erpressen. Sagt dir das etwas?"

„Nein. Glaubst du wegen Simbabwe?"

„Vielleicht, aber ich wüsste nicht, was sie in der Hand hat."

„Das weiß man immer erst hinterher. Ich würde sie hinhalten und mich langsam aus der Schweiz zurückziehen. Da sitzt du wie unter einem Brennglas. Du hast doch noch deinen südafrikanischen Pass, das gibt dir Zeit, mehr kann ich nicht sagen, tut mir leid. Ich muss gehen, Thomas, viel Glück."

Als Goddard gegangen ist, bleibt Sutter noch eine Weile sitzen und betrachtet die vorbeilaufenden Jogger. Wenn sich nur Viktor entschließen könnte, die Seed zu übernehmen, denkt er. Dann könnte ich mich nach Südafrika absetzen und von dort alles in Ruhe regeln. Viktor ist viel zögerlicher, als ich es in seinem Alter war. Wäre schön, wenn ein Stück von mir in ihm erhalten bliebe. Schon komisch, wenn es Zeit wird zu gehen, wollen wir uns noch schnell ein Denkmal bauen. Wenigstens wünsche ich mir keine Pyramide, keinen Tempel, nur einen

Teil von Viktor. Er soll weiterführen, was ich begonnen habe, wenn überhaupt noch etwas übrig bleibt. In den Augen der Anderen bin ich ein Glückspilz, dabei habe ich immer nur die Banken gefüttert. Waffenhändler von Anfang bis zum Ende. Mit leeren Händen begonnen und mit leeren Händen aufgehört, werden sie auf meinen Grabstein schreiben, falls es überhaupt einen gibt.

Sutter schlägt den Kragen seiner Windjacke hoch und geht zum Auto. War vermutlich das letzte Mal hier, denkt er, als er den Motor startet und den Mietwagen auf die Straße lenkt.

Eine Woche später sieht er im Innenhof des Raffles, im Zentrum Singapurs, dem Kellner zu, wie er mit großer Geste seinen Wodka Tonic zelebriert. Er wartet auf Arjun Raha, trommelt nervös mit den Fingern auf der Tischplatte und fragt sich, was dessen Verspätung bedeuten mag. Das Flair des britischen Empires, das aus allen Ecken kriecht, macht ihn nervös. Die Kellner in ihren Fantasieuniformen, die gelassene Ruhe, lauter Symbole einer längst vergangenen Epoche, denkt er. In Kairo, Damaskus, überall das gleiche. Fehlen nur die rauschenden Feste, die Trunkenheit, die in den Nacken geschobenen Tropenhelme über den makellos gebügelten Ausgehuniformen. Lange her. Jetzt dreht sich alles nur noch um Geld.

Sutter weiß, wenn Raha ihn fallen lässt, ist es der Anfang vom Ende seines komplizierten Finanzgeflechts. Flucht, denkt er. Wenn George sein Geld auch abzieht, bleibt mir wirklich nur noch die Flucht. Er nimmt einen Schluck Wodka Tonic und als er sich suchend umdreht, sieht er Arjun Raha am Eingang des Hofs, wie er sich mit einem makellos gekleideten Chinesen unterhält. Ganz beiläufig hebt Raha die Hand, um Sutter zu zeigen, dass er ihn gesehen hat.

Als er einen Augenblick später an Sutter's Tisch kommt reicht er ihm die Hand. „Schön, dass du es geschafft hast, du warst lange nicht hier", sagt er noch bevor er sich setzt. „Du siehst gut aus, die Krise bekommt dir anscheinend."

Raha, wie immer geschmackvoll gekleidet, blütenweißes Hemd mit Krawatte, die er trotz der brütenden Hitze trägt, rekelt sich in den Korbstuhl. Der Anzug in hellem Grau, frisch gebügelt, die ganze Erscheinung der erfolgreiche Anwalt, der es sich leisten kann, dem Staat einen Teil seiner Zeit zu schenken. Aber Raha verschenkt nichts, er bringt Menschen zusammen, und lebt gut davon. Er hat Sutter beim Aufbau des Fonds geholfen, und seither im Beirat die Anteile Singapurs vertreten. Dabei ist er sich seiner Vorzeigerolle, als Inder in einem Meer von Chinesen, durchaus bewusst. „Was machst du, schon am Nachmittag Wodka trinken? Das stehst du bei dieser Hitze nicht lange durch. - Am Telefon hast du dich ziemlich bedeckt gehalten, was ist los?"

„Schien mir besser nicht zu sehr ins Detail zu gehen, wer weiß wer alles mithört. Du warst nicht gerade glücklich, als ich um den Termin bat. Der Fonds braucht Geld, um einen temporären Engpass zu überbrücken."

Raha nickt nur wissend, als käme es nicht überraschend. „Dachte ich mir, aber das Kapital macht sich rar. Hier warten zur Zeit alle ab, bis sich zeigt, was sich da am Horizont zusammenbraut. Es wird viel gemunkelt, und es kursieren ein paar Gerüchte über dich, die einigen Leuten nicht gefallen."

„Was für Gerüchte? Über mich gibt es Gerüchte, so lange ich denken kann."

„Ja, aber diesmal hört es sich anders an."

„Du meinst, ich kann von dir nicht allzu viel erwarten?"

Raha wiegt bedenklich den Kopf, als wäre das noch nicht entschieden. „Ich kämpfe darum, dass sie das Geld nicht Hals über Kopf abziehen. Aber lass uns in den Cricket Klub gehen, da können wir in Ruhe reden. Hier ist mir zu viel Touristik." Sutter nimmt die Geldbörse aus der Brusttasche seine Jacketts, doch Raha hält ihn zurück. „Lass mal, ich habe hier eine offene Rechnung. Wir können gehen, der Kellner weiß Bescheid."

Raha legt einen Schein für das Trinkgeld auf den Tisch und verlässt mit Sutter im Schlepptau das Hotel. Sie haben nur ein paar hundert Meter bis zum Scheitel einer weiten, ovalen Grünfläche, wo eines der letzten alten Gebäude Singapurs liegt: Der Cricket Klub, dessen altehrwürdige Holzvertäfelungen, nach Raha's Meinung, noch den Zigarrenrauch des britischen Offizierskorps geatmet haben. „Die Chinesen mögen den Klub nicht besonders." Raha weist im Gehen mit ausladender Geste auf das weitläufige Areal. „Er erinnert sie zu sehr an die Engländer. Sie nehmen ihnen übel, dass sie im Zweiten Weltkrieg beharrlich die Uneinnehmbarkeit Singapurs beschworen und die Stadt dann doch kampflos übergaben. Die Engländer hatten die Invasion der Japaner vom Meer her erwartet. Doch als die durch den Dschungel Malaysias kamen, ließ sich die Kanonen, die sie zuvor auf's Meer fixiert hatten, nicht schnell genug auf's Festland richten. Damals kamen die ersten Zweifel an der Unbesiegbarkeit der Engländer auf, bis zur Unabhängigkeit hat es trotzdem noch eine Weile gedauert."

Er doziert gern, denkt Sutter, als sie quer über den sattgrünen Rasen des Cricketfelds auf den Eingang des Klubs zugehen. „Und warum mögt ihr Inder den Klub so besonders? Wegen dem vielen Gras mitten in der Stadt, das euch an bessere Zeiten des indischen Crickets erinnert?"

Raha lacht. „Ich merke schon, hier spricht ein Experte. Aber du täuscht dich, vorige Woche haben wir Pakistan geschlagen. Das ist alles, was für uns zählt beim Cricket." Raha schmunzelt und hebt nur flüchtig die Hand, als sich der Portier am Eingang des Klubs vor ihnen verbeugt. „Wir haben teuer für unsere Eintrittskarte in dieses Land, diesen Klub, bezahlt. Dort, auf dem weiten Grün, steht jeder Grashalm für das Leben eines Inders", sagt er eher beiläufig, als sie die Treppe hochsteigen.

„Verstehe ich nicht", sagt Sutter.

„Wer, glaubst du, hat die Burma-Eisenbahn gebaut? Meistens Inder. Und wer hat die Rückzugsgefechte der Engländer geführt? Auch wir Inder. Mein Vater war einer davon. Der Cricket Klub ist nur eine winzige Entschädigung für die Opfer meiner Vorväter."

„War dein Vater bei der Kampagne dabei?"

„Na klar. Tief in seinem Herzen war er ein überzeugter Engländer. Die Niederlage gegen die Japaner hat er nie verkraftet. Er landete bis zum Ende des Kriegs im Lager, doch nach der Kapitulation der Japaner hatte er die Wahl, zurück nach Rangoon, oder hier bleiben. Er entschied sich fürs Bleiben. Ich bin ihm heute noch dankbar dafür. Komm wir gehen in den Rauchersalon, da sitzt es sich bequem und du kannst die Skyline sehen."

Die breite Treppe aus tiefbraunem Tropenholz und unzähligen Schichten von Bohnerwachs knarrt unter ihren Schritten. Oben wählt

Raha einen Tisch vor dem weit geschwungenen Panoramafenster von wo sie das Grün des Cricketfelds und dahinter die imposante Hochhauskulisse der Stadt sehen können. Mit zwei gespreizten Fingern in Richtung des hinter ihm stehenden Kellners, bestellt Raha Bier. „Du wolltest doch Bier, oder? Ist besser als noch ein Wodka Tonic. Du musst schließlich fit sein für das, was auf dich zukommt."

Sutter nickt nur zur Bestätigung. „Seltsam, wenn ich an Krieg denke kommt mir immer nur Europa in den Sinn. Vielleicht noch Afrika, da war ich schließlich lang genug."

„Globetrotter, man sollte ihnen nicht trauen", lacht Raha.

Für einen Moment zögert Sutter, überlegt, wie lange das Abtasten noch dauert und wann er endlich zur Sache kommen kann, ohne sich eine Blöße zu geben. Schließlich gibt er sich einen Ruck. „Jetzt sag schon Arjun, was sind das für Gerüchte und was kommt denn auf mich zu?"

„Das übliche halt", vermeidet Raha eine klare Antwort.

„Und?"

„Lass uns erst mal etwas trinken."

Äußerlich erscheint Sutter völlig gelassen, doch innerlich wächst die Unruhe. Was kommt denn auf mich zu, denkt er. Er weiß etwas, aber er will nicht darüber reden. „Jetzt sag schon, Arjun, dein Schattenboxen macht mich nervös. Für Versteckspiele sind wir zu lange befreundet."

Raha nimmt einen Schluck Bier, sieht Sutter in die Augen und legt den Kopf schief, bereit die schlechte Nachricht zu überbringen. „Vielleicht bist du zu alt für das, was du dir alles aufbürdest, Thomas. Bei deinen Geschäften in Afrika hättest du eigentlich wissen müssen, dass

Singapur mehr oder weniger chinesisch dominiert ist. Lass dich durch meine Rolle nicht täuschen, ich bin nur ihr Vorzeigeonkel. Die wesentlichen Entscheidungen fällen ganz andere Leute und es sind immer Chinesen. Chinas Interessen sind meist auch die unserer Regierung in Singapur. Und China hat nun mal ein nachhaltiges Interesse am Wohlergehen Mugabes. Warum habt ihr eure Lieferungen nach Simbabwe eingestellt? Es war nicht klug." Raha ist ehrlich bemüht so viel Besorgnis wie möglich in seine Stimme zu legen.

„Ich hatte keine Wahl." Sutter stottert fast, als er es sagt. Mist, denkt er, die Amerikaner haben mich gezwungen die Lieferungen einzustellen und jetzt habe ich die Chinesen am Hals. Man kann nicht gewinnen in einem Spiel bei dem laufend die Regeln geändert werden.

„Vielleicht musst du dir eine bessere Erklärung ausdenken, Thomas. Bei uns bist du erst mal zur Persona non grata geworden."

Das ist es also, denkt Sutter, Scheißspiel. „Ich musste etwas tun, die Schweizer sind misstrauisch geworden, und meine Freunde in den USA meinen es ernst mit dem Embargo", sagt er kleinlaut.

„Die Zeiten ändern sich und du musst abwägen wer deine Freunde sind. Wie geht es dem Fonds?"

„Wir halten uns über Wasser, aber es wird täglich schwieriger. Jeder wartet ab, wie sich die Krise entwickelt. Da seid ihr nicht die Einzigen. Ich hatte trotzdem auf eine Kapitalspritze von euch gehofft."

Raha greift nach dem Bierglas und prostet Sutter zu. Er stellt das Glas ab und sieht auf die Skyline Singapurs, als hätte er sie nie zuvor gesehen. „Eigentlich wollte ich unseren Termin in letzter Minute absagen, um dir eine lange Reise zu ersparen, aber dann sagte George, dass du sowieso über Asien nach New York fliegen würdest, da hab ich's gelassen. Ich hab bis zur letzten Minute für dich gekämpft, aber es ist ausgeschlossen, dass wir dir unter die Arme greifen. Du hast den falschen Zeitpunkt ausgesucht, Thomas. Aber ich kann dich wenigstens zum Essen einladen, was machst du heute Abend?"

Sutter lehnt sofort ab, hat keinen Sinn hier noch einen Tag länger zu vergeuden, denkt er. „Da bin ich bereits im Flugzeug nach Los Angeles. Ich hab die Reise ziemlich eng getaktet, weil ich so schnell wie möglich zurück sein will. - Die Ablehnung kommt nicht unerwartet, aber ich wollte es wenigstens versuchen euch umzustimmen. Nicht dass du mir später, wenn sich alles zum Guten gewendet hat, den Vorwurf machst ich hätte dich nicht gefragt."

„Tut mir leid, Thomas. Vielleicht hast du bei George mehr Glück. Wir beide haben über eine Kapitalspritze für deinen Fonds nachgedacht. Er schien nicht völlig abgeneigt zu sein und will sich deine Zahlen genauer ansehen. George war immer schon bereit ein höheres Risiko als der Rest der Investoren einzugehen. Falls er wider erwarten aufstockt, lass es mich wissen, vielleicht kann ich doch noch etwas für dich tun. Ich halte dir die Daumen, aber jetzt muss ich los. Viel Erfolg in New York und wenn sich das Blatt wenden sollte, ruf mich an. Ehrlich, bei mir hast du immer ein offenes Ohr."

Als Raha gegangen ist, lehnt sich Sutter zurück und starrt abwesend auf die Silhouette der Stadt. Türme voller Geld, denkt er, aber für mich ist nichts mehr dabei. Kurz darauf nimmt er das Taxi zum Flughafen.

Zwei Tage später, nach einem langen Nachtflug über den Pazifik und einer verkorksten Zwischenlandung in Los Angeles, sitzt er müde und gereizt im Wintergarten hinter der New York Library und sieht einem asketischen jungen Mann zu, der auf dem Rasen des Bryant Parks eine Art Tai Chi praktiziert. Die Hitze des verspäteten Sommertags scheint ihn nicht zu stören.

Sutter leidet unter der Zeitverschiebung und sorgt sich wegen des Treffens mit George Clay. Wenn er auch nichts nachschießt bin ich tot, denkt er, und bestellt sich ein Klub Sandwich und ein kleines Glas Bordeaux. Rotwein zum Mittag ist eigentlich out, geht ihm durch den Kopf, als er bedächtig den ersten Schluck nimmt. Es macht sie zu müde, heißt es, dabei waren die Verhandlungen früher viel lockerer, als es noch die Lunch Cocktails gab. Arbeiten um zu überleben. Pathetisch, wie wir uns immer mehr auf die Schultern laden. Knechte gesteigerter Produktivität, getrieben vom online Wahn des Internets. Irgendwann geht es nicht mehr schneller, hoffentlich nicht erst dann, wenn wir wieder auf dem Niveau eines Entwicklungslands angekommen sind. Aber vielleicht sind wir ja längst auf dem besten Weg dahin, wollen es uns nur noch nicht eingestehen.

Er beißt in sein Sandwich und fühlt sich auf einmal leicht und befreit, als er dem jungen Mann im Park dabei zusieht, wie er seine Sachen packt und in einer der Nebenstraßen verschwindet.

Sutter bezahlt, tritt auf die Straße und winkt ein Yellow Cab herbei. In einem der Glaspaläste der Park Avenue meldet er sich am Desk. Die junge Frau prüft ihren Besucher Kalender, und als sie Sutters Namen gefunden hat, streicht sie ihn aus. „Im vierundzwanzigsten Stock", sagt sie, knipst ein routiniertes Lächeln an und reicht ihm die Plakette zur Einlassschranke. Früher konnte ich da einfach durchmarschieren und jetzt mauern sie sich ein, jeder in seine kleine Burg, denkt Sutter. Verdanken wir alles diesen Verrückten, die sich Gotteskrieger nennen.

Vorbei an Wänden aus rotem Marmor geht er zu den Aufzügen, nennt dem Wachmann das Stockwerk und registriert verwundert, dass ihm der Mann die Tür aufhält.

Die Empfangsdame der Anwaltskanzlei, die ihn bereits erwartet hat, entschuldigt sich für Clay's Verspätung. Sie fragt, ob sie ihm etwas zu trinken bringen darf, als er verneint führt ihn in ein geräumiges, viel zu kaltes Besprechungszimmer. Tief unten liegt der East River, ganz nahe der Solitär der Vereinten Nationen und dahinter das Häusermeer Queens'.

Es gab eine Zeit, da wollte ich hier leben, aber das ist längst vorbei, denkt Sutter. Das war einmal ein freies Land, zumindest für die, die genügend Geld hatten. Und jetzt driftet es auseinander, regiert von einem Präsidenten, der sich von ein paar Kalten Kriegern an der Nase herumführen lässt. Und von Bankern, die sich hinter Algorithmen verstecken, die keiner mehr versteht. Die gerade deshalb den Leuten das Geld aus der Nase ziehen können, weil Niemand sie daran hindert das Blaue vom Himmel zu versprechen. Und wenn es zum Schwur kommt, die Chips auf dem Tisch liegen, sind die Kerle längst weg und verprassen ihre Boni auf einer Karibikinsel. Was regst du dich auf, Thomas, denkt er, du bist einer von ihnen und hast glänzend von einem System profitiert, das längst aus dem Ruder läuft. Fragt sich nur wie lange noch.

Nach einer halben Stunde über der Zeit, ohne, dass eine Sekretärin sich gemeldet hat, um Clay zu entschuldigen, will Sutter wieder gehen. Doch er zwingt sich zu bleiben. Du kämpfst bis zur letzten Minute, keiner soll sagen können, du hättest einfach aufgegeben, denkt er. Er steht auf, legt die Zeitung zur Seite und stellt sich ans Fenster.

Vor dem UN-Gebäude hält eine Motorradeskorte. Wir nehmen uns viel zu wichtig, denkt Sutter, und doch kochen wir alle nur mit Wasser. Und wenn das verdampft ist, können wir einpacken.

Endlich, eine Stunde über der verabredeten Zeit, kommt Clay. „Tut mir leid, Thomas, ich bin im Lincoln Tunnel stecken geblieben, keine Verbindung, einfach nur warten. Ich dachte schon ich ersticke da unten." Flüchtig umarmt er Sutter, zieht einen Stuhl herbei und setzt sich neben ihn. „Hoffentlich hast du dich nicht zu sehr gelangweilt. Sie hat dir ausgerechnet das große Besprechungszimmer gegeben, ist ja wie in einer Wartehalle", sagt er fröstelnd. „Und zu trinken hast du auch nichts, ich werde mich beschweren."

„Lass gut sein, George, ich wollte nichts."

„Na dann, schieß los. Wie war dein Besuch in Singapur? Erfolgreich hoffentlich. Arjun hat kalte Füße, ich konnte es sogar über's Telefon spüren."

Zu viel auf einmal, denkt Sutter. Ich muss ihn erst mal erden. „Gut siehst du aus, George."

„Man tut was man kann, aber wie geht es dir. Am Telefon klangst du, als wärst du mächtig unter Druck."

„Die Zeiten sind schwer, und die langen Flüge machen mich nur noch müde. Wir werden nicht jünger, George, nur dir sieht man es nicht an. Singapur war ein Flop."

„Überrascht mich nicht, die tun immer so als wären sie risikobereit, aber eigentlich wollen sie nur sicheres Geld anlocken. Eine Schweiz am Äquator mit China als riesigem Hinterhof."

Clay strahlt die Selbstsicherheit der Wohlhabenden aus, aber nichts von ihrer Arroganz. Seine Züge, sofern er sie nicht hinter der Maske professioneller Undurchdringlichkeit verbirgt, sind einnehmend und trotz seiner Jahrzehnte als Investor, erfrischend unzerknittert. George Clay, Fels in der Brandung, ein guter Mann in schweren Zeiten, mit beiden Füßen auf dem Boden, verheiratet mit einer fabelhaften Frau.

Er macht sich Sorgen um die hohe Summe, die er in meinem Fonds geparkt hat, denkt Sutter. „George, lass uns nicht lange um den heißen Brei herumreden. Ich möchte den Fonds ausbauen, dazu braucht es eine Kapitalspritze, aber die Zeiten stehen nicht auf Expansion, wie du weißt, also werde ich wohl etwas langsam treten müssen. Was hat Arjun gesagt?"

„Dass er nichts für dich tun kann. Deine Pläne passen nicht in die Zeit. Keiner von uns hat mehr große Spielräume. Es könnte eng werden, Thomas."

„Deshalb bin ich ja hier."

„Wie viel brauchst du, um über die Runden zu kommen?"

Ich hätte ihm auch gleich sagen können, dass ich mit dem Rücken zur Wand stehe. Das ganze Vorgeplänkel hätte ich mir sparen können. „Einen dreistelligen Millionenbetrag!"

„Mehr als ich dachte. Und dann? Willst du weitermachen, kannst du weitermachen? Es wird gemunkelt wegen deines Afrika Engagements."

Sie reden alle untereinander, denkt Sutter, irgendjemand füttert sie mit Informationen. „Ich glaube schon, dass ich damit durchkomme."

„Du glaubst?"

„Keiner weiß, wie tief die Krise wird."

„Du sagst es. Wie hoch?"

„150 Millionen."

„Kein Pappenstiel. Ich könnte mich dafür einsetzen, es wenigstens versuchen, aber die letzte Entscheidung liegt jetzt bei Bob Rogers, meinem Nachfolger. Ich steige Ende des Jahres aus, wird Zeit, dass ich mein Handicap verbessere, bevor es zu spät ist."

Auch das noch, denkt Sutter, ein neuer Mann, eine neue Bewertung, alles auf den Prüfstand, ich höre sie schon, die ewig gleichen Sprüche. „Du meinst, ich sollte auch langsamer treten?"

„Es trifft uns alle, irgendwann. Und du hast viele Nebenschauplätze. Könnte es sein, dass dich der Fonds nur noch am Rand interessiert?"

„Wie kommst du darauf, wir alle haben unsere Engpässe, du weißt, wie das Geschäft läuft. Wer füttert euch eigentlich mit Informationen. In der Firma weiß keiner, wie es wirklich aussieht. Es ist nicht zufällig eine Frau, rauchige Stimme, osteuropäischer Akzent?"

„Nein, ich spreche nur mit Arjun. Wie gesagt, wir machen uns Sorgen."

Auf dem Rückflug kann er nicht schlafen. Ich hätte den Kaviar weglassen sollen, denkt er, schält sich aus dem Liegebett und geht in den Servicebereich der ersten Klasse, wo er ein paar Kniebeugen macht, um den Kreislauf in Gang zu bringen. Die Stewardessen haben sich zurückgezogen und unten zieht die Südspitze Grönlands vorbei. Das weiß er von unzähligen Flügen über den Atlantik. Wenn wir abstürzen, dauert es nicht lang, dann ist alles vorbei, auch wenn wir den Sturz überleben sollten, den Rest erledigt das kalte Wasser, denkt er. Plötzlich entzündet sich der Himmel und erstrahlt in einer irisierend pulsierenden Farbenpracht aus grün, blau und verwaschenem Orange. Ein gutes Zeichen, denkt Sutter, ich habe lange kein Nordlicht gesehen.

Wieder in Zürich findet er Jean Junis Nachricht vor, dass er sich bei ihm melden soll. Am Tag darauf, nachdem er seinen Anwalt informiert hat, fährt er in die Innenstadt. Janet sagt er nicht, wo er hingeht. Sie ist daran gewöhnt, dass er oft Stunden spurlos von der Bildfläche verschwindet.

„Jean Juni", sagt der Mann, als sähe er ihn zum ersten Mal. „Bitte setzen Sie sich. Jean Juni", sagt er dann erneut, und reicht Sutter die Hand.

„Wir kennen uns bereits", sagt Sutter kalt, „was kann ich diesmal für Sie tun, oder wollen Sie wieder nur meine Zeit vergeuden?"

„Wir haben nur ein paar Fragen. Möchten Sie etwas trinken?"

„Gern, ein Glas Wasser, bitte."

„Wenn Sie gestatten, fange ich schon mal an, Sara bringt das Wasser gleich."

„Selbstverständlich, deshalb bin ich ja hier."

„Gut, dann will ich nicht mehr lange darum herum reden. Wir wissen, was in Ihren Flugzeugen transportiert wird, und dass sie regelmäßig auf einem Militärflughafen in der Nähe Harares landen. Außerdem weiß ich seit Kurzem auch, dass Ihr Finanzimperium zu wackeln beginnt. Damit zeichnet sich unter dem Dach der Schweiz ein potenzieller Skandal ab, den wir nicht haben wollen: Waffenhändler betreibt Geldwäsche unter dem Deckmantel der Schweizer Finanzaufsicht. Keine gute Schlagzeile, finden Sie nicht auch? Und übrigens, Ihre amerikanischen Freunde sind ganz auf unserer Seite, von denen können Sie keine Unterstützung erwarten."

Sutter sieht gelangweilt auf Juni, nimmt einen Schluck Wasser und sagt mit gespielter Ruhe: „Und was ist, wenn diese Schlagzeile so oder so erscheint, egal was wir beide vereinbaren? Ich werde von einer

Rauchstimme erpresst, die einen nicht unerheblichen Betrag auf ein Konto der Caymans fordert. Wenn das Geld nicht innerhalb von zehn Tagen eingeht, erscheint ein Artikel im Wallstreet Journal, vermutlich so ähnlich wie Sie es andeuten. Sie kennen die Dame nicht zufällig?"

„Nein, aber dafür kenne ich eine andere Dame, die Sie auch kennen, die der Meinung ist, dass Mord nicht verjährt. Wegen der Anrufe würde ich mir keine Sorgen machen. Wenn wir uns einigen, wird es keine weiteren Anrufe und keine Artikel geben."

Sutters Augenbrauen zucken nur kurz nach oben, ansonsten bleibt er regungslos sitzen. „Also, was wollen Sie?", fragt er schließlich.

„Eigentlich nichts Besonderes, nur dass Sie ihre Zelte woanders aufschlagen sollen. Wenn Sie auffliegen, was nach unserer Einschätzung jederzeit passieren kann, wollen wir nicht, dass es hier passiert. Aber wenn Sie uns ein paar Namen nennen, könnte es auch sein, dass wir Sie in Ruhe lassen."

„Grabesruhe?"

„Unsinn, nur ein paar Namen, damit wir wissen, ob wir auf der richtigen Spur sind."

„Es gibt keine Namen und keine Gesichter."

„Dann muss Ihr Fall wohl seinen Lauf nehmen."

Sutter lacht ihm ins Gesicht. „Sie hatten eine Affäre mit Christina, nicht wahr? Wann war das?"

„Das geht Sie nichts an."

„Sie ist wählerischer geworden, sucht ihre Partner besser aus. Stört Sie das?"

Juni sieht Sutter lange an. Sein Gesicht verhärtet sich. „Keine Namen", sagt er schließlich mit einem schiefen Grinsen. „Dann ist es wohl besser, Sie gehen jetzt."

„Darf ich das denn?" fragt Sutter süffisant.

„Sie sind ein freier Mann, fragt sich nur wie lange noch."

Sutter nickt, wie zur Bestätigung, und auf einmal strahlt er Juni an, als wäre der sein bester Freund. „Wie viel Zeit, glauben Sie, dass ich noch habe?", fragt er gut gelaunt.

„Das hängt von Ihnen ab. Ein halbes Jahr? Bestimmt nicht mehr", sagt Juni irritiert. „Übrigens, einen Teil ihrer Assets werden wir einfrieren, man kann nie wissen welche Forderungen offen sind."

„Das können Sie nicht, dazu fehlt Ihnen jede rechtliche Grundlage", sagt Sutter gelassen.

Jetzt lächelt Juni überlegen, als hätte er verstanden, welches Spiel Sutter ihm aufzwingen will. „Weiß ich, Sie können uns ja verklagen. Aber dann, wenn der Artikel über Ihr Schneeballsystem erscheint, sind Sie das Geld sowieso los. Ich würde Ihnen empfehlen, auf meinen Vorschlag einzugehen und stillschweigend abzuwickeln."

Sutter steht auf, nimmt seine Tasche und fragt: „War's das?"

„Ja."

„Warum tun Sie das? Es kann Sie Ihre Karriere kosten."

Juni zuckt mit den Schultern, als wäre ihm die Karriere völlig egal. „Ist mein Job. Und ich sagte schon, sie ist eine gute Freundin."

Sutter setzt an, will etwas sagen, lässt es dann aber. „Wann?"

„Das müssen Sie wissen. Von uns aus so schnell wie möglich."

„Gut. Ich will sehen, was ich tun kann. Aber keine Öffentlichkeit."

Juni zuckt erneut mit den Schultern und verzieht das Gesicht zu einem unverbindlichen Grinsen.

Mit dem ist kein Deal zu machen, denkt Sutter, er hält sich alle Optionen offen. Er steht auf, nickt und verlässt den Raum. Auf einmal scheint es nicht mehr wichtig, ob er sich in dem kahlen Gebäude verirrt.

Draußen blendet der See. Er setzt die Sonnenbrille auf und überquert die Straße, ohne zu sehr auf den Verkehr zu achten. Er geht ein paar Schritte am See entlang und steigt dann in seinen siebener BMW. Bevor er den Motor startet, denkt er kurz an Schirkow. In Gedanken sieht er dessen Limousine, wie sie durch die Explosion abhebt und sofort in einem Flammenmeer versinkt. Passiert hier nicht, denkt er, aber sie werden mir das Leben schwer machen. Dieser Juni gibt nicht auf, es geht nicht mehr um Christina, um Kofi, es geht jetzt um ihn und um mich. Er will das Spiel gewinnen und denkt er hat die besseren Karten, das macht den Kerl gefährlich. Im Büro muss ich prüfen, ob er das Einfrieren der Assets ernst gemeint hat. Wenn die Konten noch offen sind verlagere ich den größten Teil des Geldes nach Florida, die passende Firma habe ich schon. Seltsam, wie sich die Verhältnisse verschoben haben. Früher war die Schweiz der sichere Hafen und jetzt knicken sie alle vor den Amerikanern ein, während die die weltweiten Anlagen wie mit dem Fangnetz aufsaugen.

28 Misstrauen

Als Viktor, einen Blumenstrauß unterm Arm, Verenas Wohnung betritt, denkt er, dass sie das bessere Ende erwischt hat. Ein Beruf, vieles planbar, später ein Mann, eine geordnete Beziehung, ein Bündel alltäglicher Besorgungen und gemeinsamer Erlebnisse. Kinder, für die man wie selbstverständlich Verantwortung übernimmt, ein Ferienhaus an der Ostsee und Weihnachtsabende mit vielen Geschenken und echten Kerzen. Ob man zu so einem Leben geboren wird?

Er überreicht Verena den Blumenstrauß, den er schnell noch an einem S-Bahnhof gekauft hat, und küsst sie auf beide Wangen.

„Schön, dass du Zeit hast. Ich dachte schon, du sagst wieder in letzter Minute ab", begrüßt sie ihn.

„Hab ich das je getan?"

„Mehr als einmal, aber offensichtlich war es dir nicht so wichtig, sonst könntest du dich daran erinnern."

„Aber du verzeihst mir trotzdem."

„Was bleibt mir anderes übrig, du bist einer meiner besten Freunde, die muss man feinfühlig behandeln."

„Feinfühlig? Weil sie so empfindlich sind?", fragt Viktor.

Anstelle einer Antwort lächelt sie unbestimmt. „Die Blumen sind schön, danke. Wie geht es dir wirklich? Du scheinst entspannt, aber das sollten wir nicht zwischen Tür und Angel besprechen. Komm herein und fühl dich wie zu Hause. Wenn du willst, stelle ich dich vor."

„Lass nur, das mache ich schon selbst. Mir geht's gut, ich dachte, du weißt Bescheid."

„Ich hab nur so Andeutungen gehört, dass du in Sutters Firma die Treppe hinauf gefallen bist. Lass uns nachher darüber reden. Entschuldige, ich muss mich noch um ein paar Gäste kümmern, du verstehst."

„Geh nur, ich komme schon klar."

Verena umarmt einen Kollegen, in Begleitung seiner Freundin. Assistenzarzt an der Charité, war schon auf einer früheren Party, wenn ich mich richtig erinnere, denkt Viktor. Dahinter ein anderer, Jüngerer, auch in Schwarz, der eine Flasche Wein in der Hand hält, die ihm Verena abnimmt und in die Küche trägt.

Langsam füllt sich die Wohnung. Jemand macht sich am CD-Spieler zu schaffen, dann ertönt leise Musik, Jazz, die rauchige Stimme Kassandra Wilsons. Blue Label, denkt Viktor.

Sie stehen in Grüppchen zusammen, zu zweit, zu dritt, reden, trinken, nur Viktor geht allein auf den Balkon und raucht eine Zigarette. Keine Lust, denkt er, weiß nicht, was ich denen zu sagen hätte. Nachdem er sein Glas ausgetrunken hat, entschließt er sich, in die Küche zu gehen, um nachzufüllen.

Im Türrahmen steht Verena und unterhält sich auf englisch mit einem groß gewachsenen Afrikaner. „Viktor, das trifft sich gut. Das ist Joao, wir kennen uns aus Südafrika, ich habe dir von ihm erzählt. Joao arbeitet im Planungsstab des Präsidenten. Joao, das ist Viktor, ein Freund aus meiner Kinderzeit", sagt sie, indem sie nahtlos ins Englische wechselt. „Ich dachte, ihr beide habt vielleicht sogar berufliche Berührungspunkte. Viktor arbeitet seit langem in der Biomedizin, und Joao, entschuldige, wenn ich das nicht ganz richtig sage, bastelt an einigen Kooperationen auf diesem Sektor, um Firmen nach Südafrika zu locken. War das richtig?" Vertraulich legt sie ihre Hand auf Joao's Arm.

„Basteln und locken, genau richtig", lacht Joao, wobei er Viktor aufmerksam mustert.

„Hi, Viktor Menge." Viktor's Englisch klingt etwas angestaubt. Spontan reicht er Joao die Hand, was den in Verlegenheit bringt, weil er sein Weinglas umschichten muss. „Du also bist der Grund für Verenas Schwärmereien über Südafrika. Sie kam ziemlich beeindruckt zurück. Manchmal denke ich, sie würde lieber dort als hier leben, aber mit ihrer Praxis hat sie sich erst einmal Fesseln angelegt."

„Ja, leider", sagt Joao. „Was machst du in der Bio-Branche?"

„Ich investiere, Mergers and Akquisitions trifft es wohl am besten."

„Nachdem ich sowieso nichts beitragen kann, lasse ich euch lieber allein", sagt Verena und wendet sich einer Frau zu, die in ihrem karminroten Cocktailkleid und ihren ultrakurzen, pechschwarzen Haaren aussieht, als wäre sie gerade von der Bühne eines Jazzklubs gestiegen.

„Komm, die Couch ist gerade frei geworden", sagt Viktor, und zieht Joao am Arm mit sich. „Erzähl, was du machst. Vielleicht kann ich dir ja auch den einen oder anderen Tipp geben. Ich kenne mich ein bisschen aus in der Bio-Med Branche." Viktor nestelt an seiner Zigarettenschachtel, stößt einen Stängel heraus, und bietet ihn Joao an.

„Danke, ich rauche nicht."

„Gute Idee, ich sollte auch längst aufhören."

„Verena übertreibt", sagt Joao. „Eigentlich koordiniere ich nur unsere Aktionen in der Biomedizin. Wir leisten nicht viel auf diesem Gebiet, und ihr Europäer, geschweige denn die Amerikaner, nehmt uns nicht recht ernst."

„Und deshalb schielt ihr nach China", sagt Viktor und lacht hämisch. „So ist es immer, diejenigen, die zu spät kommen, zahlen auch noch

Eintritt. Wo wohnst du, in Europa? Oder machst du es aus Johannesburg?“

„Aus Pretoria“, sagt Joao leicht irritiert. „Warum Eintritt?“, fragt er.

„Glaubst du wirklich, die Chinesen haben etwas zu verschenken?“

„Nein, glaube ich nicht, aber wir haben inzwischen gelernt uns zu wehren.“

„Ich war noch nie in Südafrika“, wechselt Viktor das Thema, weil er spürt, wie sich Joao beim Thema China verspannt.

„Solltest du aber nachholen.“

Viktor nickt. Noch so etwas, das ich tun sollte, denkt er. „Stimmt. Wie kommst du voran mit deiner Suche?“

„Schwer, die meisten Firmen wollen nur Zugang zu unserem Markt. Dafür sind sie dann gerne bereit, ein kleines Büro in Südafrika zu unterhalten. Das reicht uns wiederum nicht.“ Bevor er weiter spricht prüft Joao kurz, ob ihm Viktor überhaupt noch zuhört. Der Gesprächslärm hat merklich zugenommen. „Die Einzigen, mit denen es etwas konkreter wurde, sind Beteiligungen einer Schweizer Investmentfirma.“

Viktor richtet sich auf und sieht gespannt auf Joao, als hätte ihn das Stichwort - Schweizer Investmentfirma - aufgeschreckt. „Wie heißen die? Vielleicht kenne ich sie, oder ist das vertraulich?“

„Nein, überhaupt nicht. Die Seed Private Equity. Ich bin auf der Farm des Mehrheitsgesellschafters aufgewachsen.“

„Thomas Sutter, meinst du den?“

„Ja.“

„Hey, für die arbeite ich.“

„Was für ein Zufall!“

Viktor grinst, wie ein kleiner Junge, der glaubt einer Verschwörung auf der Spur zu sein. „Zu viel der Zufälle. Vermute eher, dass Verena dahinter steckt, daher auch die Bemerkung von vorhin. Egal, ich freue mich trotzdem dich kennen zu lernen."

Was sollte sie für ein Interesse haben, denkt Joao. „Und was machst du bei der Seed?", fragt er verwundert.

„Zurzeit leite ich eine unserer Portfolio Firmen, die wir mit einem Münchner Unternehmen fusioniert haben, das einmal Verenas Familie gehörte. Soviel über Zufälle." Viktor lächelt vielsagend, als ließe sich allein daraus ableiten, dass Verena etwas im Schild führt. „Bin gespannt, ob uns Verena noch mehr Zufälle präsentiert. Was trinkst du, kann ich dir etwas mitbringen?", fragt er im Aufstehen.

„Gern, ein Glas Rotwein." Joao sieht ihm verdattert hinterher, als frage er sich, was Viktor mit seinen Andeutungen bezweckt.

Viktor schlängelt sich durch die Gäste bis zur Küche, wo Verena eine Art Selbstbedienungsbar aufgebaut hat. Im Türrahmen steht eine hochgewachsene Frau. Ihr Teint aus heller Schokolade, die Haare Streichholz kurz, wie ein Model mit den ersten Falten um die Mundwinkel, denkt er. Gelangweilt betrachtet sie das Treiben um sie herum. Er schiebt sich an ihr vorbei und sagt beiläufig. „Ist eng hier, kann zu Schwierigkeiten führen."

„Nur wenn man nicht aufpasst." Ihre Stimme, tief, rauchig, klingt eher unbeteiligt.

Das glaube ich auch, denkt Viktor, und bemerkt, dass das Glas in ihrer Hand noch voll ist. Grüne Augen, bei der Hautfarbe, wundert er sich und fragt: „Sie sind allein hier?"

„Was tut das zur Sache?"

Unter all den anderen Stimmen, Fetzen von Konversation, der Musik, die aus dem Wohnzimmer in den Flur dringt, klingt ihre Stimme plötzlich einen Tick zu energisch. Noch dazu bei der Gleichgültigkeit, die sie zur Schau trägt. „Dachte nur, die Art wie Sie die Leute betrachten."

Sie lehnt sich an die Wand und sieht ihn an, ohne zu antworten. Viktor hebt die Augenbrauen und geht in die Küche. Auf dem großen Holztisch stehen Salatschüsseln und Teller mit Aufschnitt, Käse, Fladenbrot, Baguette, Weintrauben und zwei Schalen mit bayrischer Creme, kaum berührt, umgeben von bereits geleerten Weinflaschen. Er findet eine halb volle Rotweinflasche und schenkt Joao's Glas nach. Sich selbst häuft er ein paar Schnittchen auf den Teller und macht sich auf den Rückweg.

Sie steht noch genauso da wie zuvor, lässig an den Türrahmen gelehnt und betrachtet die Leute. „Wir sitzen in Verena's Studio, ein interessanter Mensch aus Südafrika und ich. Außer Verena kennen wir auch niemand, haben Sie nicht Lust zu uns zu kommen?", fragt er.

„Ja, warum nicht", sagt sie zu seiner Überraschung und folgt ihm durch das Gedränge.

Als sie Joao erblickt, hellt sich ihr Gesicht auf. Sie geht mit ausgestrecktem Arm auf ihn zu, und sagt auf Englisch: „Hätte nicht gedacht, Sie hier zu treffen. Verena hat Sie mit keinem Wort erwähnt."

„Ihr kennt euch also bereits, noch so ein Zufall", bemerkt Viktor lapidar.

In dem Moment stößt Verena dazu. „Ihr habt euch also schon gefunden. Es sollte eigentlich eine Überraschung sein, aber der Trubel war weit schlimmer als ich dachte. Jetzt dauert es nicht mehr lange, die

Meisten sind schon gegangen. Joao Machel, Christina Araba, und das ist Viktor Menge, ein Jugendfreund." Mit einem aufmunternden Lächeln weist sie von einem zum Anderen, ganz die Gastgeberin, der es gelungen ist sie alle unter einen Hut zu bringen. „Ihr drei habt einen interessanten Berührungspunkt. Aber darüber reden wir später, geht mir ja nicht weg. Ich hole nur schnell etwas zu trinken."

„Hallo", sagt Viktor, und reicht Christina die Hand. „Wohnen Sie in Berlin?"

„Nein, in Lagos, Nigeria. Und Sie?"

„Ich arbeite außerhalb Berlins, in Teltow."

„Setzt euch doch", sagt Joao und nimmt Verena die Flasche Champagner ab, die sie zusammen mit neuen Gläsern gebracht hat.

„Jetzt sind nur noch zwei andere da, die sind am Ende aber immer mit sich selbst beschäftigt. Es dauert eine Weile, bis sie die Welt geordnet haben, dazu brauchen sie aber niemand sonst. Machst du auf, Joao?", fragt Verena.

„Gern, wozu ist der Champagner?"

„Zur Feier des Tages, euch alle beisammen zu haben. Das wollte ich schon lange." Verena wirkt entspannt, froh, dass der Trubel der Party vorbei ist.

Joao reißt die Banderole der Flasche ab und dreht die Drahtsicherung auf. Dann windet er vorsichtig den Korken hoch und schenkt ihre Gläser halb voll. „Und was führst du noch im Schild? Viktor meint, es wären zu viele Zufälle heute Abend", fragt er Verena und wendet sich, noch bevor sie antworten kann, an Viktor. „Du glaubst, sie hat alles geplant?"

„Ist kaum zu übersehen. Zuerst wir beide, in derselben Branche, noch dazu über die Seed Private Equity verbunden ...“

Christina setzt sich auf einmal kerzengerade hin und betrachtet Verena, als verstünde sie plötzlich.

„... und dann Christina, ich darf Sie doch so nennen, oder?“, fragt Viktor beiläufig, „...die aus Nigeria stammt, wo Sutter seine Spuren hinterlassen hat. Zuviel der Zufälle scheint mir.“ Viktor hebt sein Glas und blickt in die Runde. „Auf Verenas Überraschungen.“

„Woher kennen Sie Sutter?“, fragt Christina scharf. Die Aufforderung anzustoßen ignoriert sie, den Oberkörper weit nach vorne gebeugt, betrachtet sie Viktor, als wäre sie auf dem Sprung.

„Ich arbeite für ihn“, sagt Viktor, überrascht von ihrer Reaktion.

Verena, der Christinas Veränderung entgangen ist, strahlt übers ganze Gesicht, als wäre ihr ein glänzender Coup gelungen. „Natürlich ist es kein Zufall“, sagt sie. „Joao kam zu meinem Geburtstag eigens aus Südafrika, also habe ich diese Party organisiert. Und dann hat sich noch Christina angemeldet, die wegen ihrer Mutter in Berlin ist. Da hab ich gedacht, es wäre doch schön, wenn ihr beide auch Viktor kennen lernt. Schließlich habt ihr alle in diesem Sutter einen gemeinsamen Bekannten.“ Sie stoppt und sieht Beifall heischend in die Runde.

Doch Christina antwortet mit kaltem Lächeln. „Nein, Verena, wir drei haben nichts gemeinsam. Zumindest nichts was Sutter betrifft. Jeder von uns kennt einen anderen Sutter. Ich denke, dass er für den Tod meines Vaters verantwortlich ist, Joao schuldet ihm seine Karriere, und Viktor, wenn ich das richtig verstanden habe, arbeitet für ihn, so quasi als sein Auftragskiller. Einzig du, Verena, hast glücklicherweise nichts mit ihm zu tun. Du solltest es dabei belassen.“

„Auftragskiller! Nein…, das glaube ich nicht“, stottert Verena und sieht Hilfe suchend auf Joao. Dann auf Viktor, als erwarte sie, dass er sich wehrt.

„Auftragskiller!“, wiederholt Viktor. „Ganz schön hart. Sind wir hier in einem Film, und Verena hat vergessen mir das Drehbuch zu schicken? Oder besser in einem Tribunal“, er stellt sein Glas auf den Teetisch neben sich und sieht fragend in die Runde. „Sutter scheint hier nicht besonders beliebt zu sein. Ich muss sagen, mir gefällt er, und Auftragskiller kenne ich auch keine in seiner Firma. Zumindest weiß ich nichts davon.“

„Ich kann Leute nicht ertragen, die Sutter unbesehen für einen Ehrenmann halten“, platzt es aus Christina heraus.

„Aber das tut er doch nicht“, sagt Joao. „Und ich auch nicht.“

„Doch, Viktor hält ihn für einen erfolgreichen Investor. Und Sie, Joao? Keine Ahnung, was Sie über ihn denken.“

„Und warum sollte ich anders über ihn denken?“, fragt Viktor.

„Weil er keiner ist“, sagt Christina.

„Sagt wer?“, fragt Viktor jetzt mit voller Schärfe, als hätte er genug von Christinas Anschuldigungen.

„Die Tochter eines Mannes, den Sutter umgebracht hat.“

„Und gibt es dafür Beweise?“ Viktor bemüht sich ruhig zu bleiben, doch es gelingt ihm nur schwer.

„Warum soll ich jemand antworten, der von Sutter ein Gehalt bezieht, damit er andere Menschen in den Abgrund stößt“, sagt Christina. „Ihr werdet es bald sehen, Sutter hält nicht mehr lange durch, dann fällt seine Maske ab. In Viktor’s Augen lebt der Mann einsam und verloren in seinem Glaspalast und sorgt sich um das Wohl seiner Anleger.

Was für ein lächerliches Bild. Sutter ist ein zweiter Ponzzi, durch und durch verrottet und nur auf seinen Vorteil aus. Aber jetzt hat er sich verkalkuliert, schiebt das Geld seiner Anleger nur noch von einem Topf in den Anderen. Am Ende flieht er nach Südafrika, lacht sich ins Fäustchen und sieht zu, wie alles zusammenkracht."

„Wer sagt das?", fragt Joao.

„Ein Freund und einige andere, mehr kann ich noch nicht sagen. Es wird aber nicht mehr lange gut gehen, darauf könnt ihr euch verlassen. Keiner kennt Sutter wirklich, er hat zu viele Gesichter. Ich selbst wäre ihm fast auf den Leim gegangen", stammelt Christina, steht auf und will gehen.

„Jetzt warte doch, Christina. Es tut mir leid, ich hätte dich nicht ohne Vorwarnung mit Viktor zusammen bringen dürfen. Es ist meine Schuld", sagt Verena.

„Das hat mit Schuld nichts zu tun. Aber es war wirklich keine gute Idee. Ich rufe dich morgen an, Verena, wenn es mir besser geht."

Als Verena Christina zum Abschied an der Tür umarmt, ihr etwas Entschuldigendes ins Ohr flüstert, kommt Viktor dazu. „Ich wollte Sie nicht verletzen, Christina, aber Ihre Anschuldigungen sind ernst. Ich würde gerne ausführlicher mit Ihnen über Sutter sprechen. Schließlich arbeite ich für ihn. Und ich habe nichts bemerkt von dem, was Sie andeuten."

„Denken Sie, er trägt einen Mord wie eine Monstranz vor sich her?"

„Nein, natürlich nicht. Bitte, mir liegt viel daran."

„Ich bin nicht mehr lange in Berlin", sagt Christina ausweichend.

„Tue ihm doch den Gefallen", bittet Verena.

„Wie wäre es morgen?", drängt Viktor.

„Nein, da geht es nicht. Rufen Sie mich an, Verena hat meine Nummer.“

516

„Wissen Sie Viktor, in meinem Alter muss man anfangen die Verhältnisse zu ordnen. Für mich war die Zeit in der Schweiz immer nur ein temporärer Aufenthalt. Ich werde zurück nach Südafrika gehen, aber ich will das Unternehmen nicht ein paar anonymen Leuten anvertrauen, die mir jeden Monat Märchen erzählen, weshalb sie die geplanten Zahlen wieder nicht erreicht haben. Obwohl sie mir vorher Stein und Bein versicherten, dass es diesmal todsicher klappen würde. - Als ich in der Mikro System einstieg, lag mir neben dem Merger mit der Antar auch daran Sie besser kennen zu lernen. Ich wollte sehen, wie Sie sich anstellen und hab mich nicht getäuscht in Ihnen. Sie haben die Fusion glänzend gemeistert, aber jetzt sollten Sie neue Aufgaben übernehmen."

Viktor, den Sutter überraschend nach Zürich bestellt hat, sieht ihn nur fragend an.

„Um es kurz zu machen, ich möchte, dass Sie die Leitung der Seed übernehmen. Was halten Sie davon?"

Viktor blickt auf den See, bis die Stille fast unerträglich wird. „Es kommt überraschend", sagt er schließlich. „Sie haben zwar die eine oder andere Andeutung gemacht, aber ich wusste nicht, ob Sie es ernst meinen. Glauben Sie nicht, es könnte zu früh für mich sein?"

„Nein, Sie schaffen das. Sie sind ehrgeizig genug, um sich selbst anzutreiben, das ist wichtig. Der Rest lässt sich sowieso nicht planen. Wenn es Ihnen gelingt, das Portfolio zu erhalten und auszubauen, reicht mir das. Für einen alten Mann, ohne Familie, dem egal ist, was nach ihm passiert, bedeutet Geld nichts mehr. Für Sie dagegen soll es noch eine

Herausforderung sein, aber Sie müssen es wollen. Wenn Sie unsicher sind, lassen Sie es lieber sein. Denn wenn Sie annehmen, tun Sie es ohne Abstriche. Als General Manager erhalten Sie natürlich Anteile am Unternehmen, und wenn Sie erfolgreich sind, werden Sie reich damit. Reichtum ist wie ein Schlüssel, es gibt wenige Türen, die ihm verschlossen bleiben. Aber warum sage ich das?"

Viktor denkt, dass er zugreifen sollte, aber etwas hindert ihn daran spontan ja zu sagen. „Ich zögere, es kommt so überraschend, und ich habe noch nicht verstanden, was Sie von mir erwarten. Soll ich Ihr Statthalter sein, oder Ihr Partner?", fragt er ausweichend.

„Mein Partner natürlich", sagt Sutter spontan, als könne er sich gar nichts anderes vorstellen.

„Danke. Darf ich trotzdem ein paar persönliche Fragen stellen, bevor ich zusage?"

„Nur zu, fragen Sie."

„Welche Rolle spielt Christina Araba bei Ihrer Entscheidung zurück nach Südafrika zu gehen?", fragt er ganz ruhig und sieht, wie sich Sutters Gesichtszüge verhärten.

Jedes Wort scheint er abzuwägend, als Sutter endlich antwortet. „Ich hatte vor Wochen ein Gespräch mit Christina. Sie ist die Tochter meines früheren Partners in Nigeria. Am Ende des Biafra Kriegs kam Kofi, mein Partner, unter mysteriösen Umständen ums Leben. Christina wollte wissen, ob ich ihr mehr über den Tod ihres Vaters sagen könne, aber es gab nichts, was sie nicht schon wusste."

Nicht gerade überzeugend, denkt Viktor. „Und, gibt es noch andere Gründe, mit denen ich mich herumschlagen muss, wenn Sie in Südafrika sind?"

Sutter betrachtet Viktor jetzt offen misstrauisch. „Sie brauchen nicht zu befürchten mit meinen privaten Dingen behelligt zu werden", sagt er kalt.

„Was ist, wenn ich Sie betrüge?", fragt Viktor beharrlich weiter, obwohl er merkt, wie unangenehm Sutter die Fragerei ist.

Sutter betrachtet Viktor, als suche er nach dem Hintergrund dieser Frage. Offensichtlich hat er sie nicht erwartet und kann eigentlich nichts mit ihr anfangen. „Sie oder ein Anderer, welchen Unterschied macht das schon." Er überlegt kurz, ob er es sagen soll und entschließt sich dann doch. „Wenn Sie es zu bunt treiben, werden Sie sich verantworten müssen. Ansonsten ist es nur ein Ausweis Ihrer..." Sutter zögert erneut und grinst. „Resourcefulness. Schließlich ist einer der Gründe, weshalb ich Ihnen die Verantwortung anbiete, Ihre Cleverness. Ich traue Ihnen zu, das Unternehmen voran zu bringen, besser vermutlich, als ich es je konnte. Keine Sorge, schon in der Bibel wird der umsichtige Verwalter gelobt, der nicht zuletzt auch an sich selbst denkt."

Was immer das heißen mag, denkt Viktor und sieht wie der See vom Gleißen der untergehenden Sonne in ein stumpfes Grau übergeht. „Haben Sie keine Angst, in Afrika alles zu verlieren? Sie sind dort weit weg vom Schuss. Was ist, wenn Sie dort nicht mehr in die Zeit passen?"

„Ich bin südafrikanischer Staatsbürger. Denken Sie, ich gehe in ein Land in dem Mord und Totschlag herrscht? Dass dort jeder tun und lassen kann was er will, nur weil es von Schwarzen regiert wird?"

„Es ist noch nicht lange her, da hat Südafrika gebrannt. Die Zeitungen waren voll davon."

Sutter lächelt versonnen. „Ja", sagt er, legt den Kopf zur Seite und zuckt bedauernd mit den Schultern. „Es kann und wird vermutlich immer wieder passieren. Auch Europa, das Viele auf einmal für einen Hort an Stabilität und Gesetzestreue halten, ist nicht davor gefeit. Wir reden über Menschenrechte, machen aber trotzdem die Grenzen dicht. Staatsräson, muss so sein, geht nicht anders, alternativlos." Er verzieht das Gesicht, als könne man über Vieles, was in Europa geschieht, durchaus auch anderer Meinung sein. „Vergessen Sie nicht, hier wurden vor nicht allzu langer Zeit die mörderischten Kriege ausgefochten und das Recht gebeugt, dass die Balken krachten. Jugoslawien, die neunziger Jahre, wer hätte das gedacht. Es kann jederzeit wieder passieren, Viktor, machen Sie sich darüber keine Illusionen. Die paar Kleindarsteller, die sich gerne in Talkshows aufplustern und vom Ende der Geschichte reden, sollten sich auf die Zunge beißen, bevor sie ihre Weltverbesserungstheorien hinaus posaunen. Wenn es um Kriege geht, Viktor, geht es immer auch um Menschen, die sich nicht an Regeln halten. Das ist hier wie dort dasselbe. Ich gehe dahin zurück, wo ich mich zu Hause fühle."

Warum spricht er über Kriege, denkt Viktor, ich hab sie mit keinem Wort erwähnt. Kriege und Waffen, sie scheinen sein ganzes Denken zu beherrschen. Und er hört sich an, wie damals, als er mich fragte, ob man die deutschen Kleinbürger nicht doch lieber ausrotten sollte. Dabei verstehe ich ihn. Doch er macht es mir nicht leicht in seine Welt einzutauchen und vielleicht darin zu ertrinken. Rational sollte ich nein sagen, denn wenn nur ein Funken wahr ist, an dem, was Christina behauptet, will er sich nur meiner bedienen. Er setzt sich ab und ich bin dann doch nur sein Statthalter. Und dann? Trotzdem! Emotional drängt es mich ja zu sagen, es ist die Chance meines Lebens. Was kümmert mich Sutter, wenn er erst einmal auf seiner Farm sitzt und vor sich hin brütet. „Sie klingen, als hätten Sie sich innerlich längst verabschiedet, dabei hielt ich Sie immer für einen Kämpfer.“

Innerlich, was ist das denn, denkt Sutter. Innerlich bin ich schon seit vierzig Jahren weg. Er atmet tief durch und klingt distanziert, fast resigniert, als er weiter spricht. „Kämpfer brauchen etwas für das es sich lohnt zu kämpfen. Ich wollte Ihnen nur ein paar Gründe für meinen Abgang nennen. Auf einmal kam ich ins Schwätzen. Tut mir leid, eigentlich will ich Sie nur überreden den Job anzunehmen.“ Er lacht kurz auf, strafft sich und sagt ohne jede Altersweisheit in der Stimme. „Übrigens, ich kenne Ihre Mutter. Vor einiger Zeit wollte ich sie für die Antar anwerben, als Ersatz für die Anisevic, der ich nie vertraute. Das war noch bevor die Fusion spruchreif wurde, aber sie hat leider abgelehnt. Hoffentlich lassen Sie mich jetzt nicht auch hängen.“

„Wie viel Zeit geben Sie mir?“, fragt Viktor irritiert. Dauernd kommt Mutter ins Spiel, denkt er, als säße sie in den Rängen und applaudiert je nach Gusto.

„Warten Sie nicht zu lange.“

Zurück in Berlin ruft Viktor Inka an. „Warum hast du mir nicht erzählt, dass du Sutter kennst. Ich kam mir reichlich blöd vor, als er plötzlich aus heiterem Himmel auf dich zu sprechen kam. Er sagt, er hätte dir einen Job angeboten.“ Viktor klingt gereizt, als würde er ihr einen Vorwurf machen.

„Was meinst du? Natürlich kennt er mich“, sagt sie einen Tick zu schnell. „Wir haben uns bei einem Treffen des Scientific Board der Mikro System getroffen. Seit ich mich aus dem Board zurückgezogen habe, habe ich ihn nicht mehr gesehen. Das mit dem Job ist reine Erfindung." Die Telefonleitung ist auf einmal still, als wäre sie unterbrochen. Dann kommt Inkas belegte Stimme zurück. „Was stört dich daran?"

„Nichts, nur leider stimmt nicht, was du sagst. Sutter ist bei der Mikro System eingestiegen, als du schon längst nicht mehr im Board warst. Du bist zurückgetreten, als ich die Geschäftsführung übernahm. Wir wollten jeden Interessenkonflikt vermeiden."

„Was ist das, ein Verhör?"

„Nein, ich wundere mich nur." Auf einmal erscheint ihm Sutters Bemerkung völlig belanglos. „Tut mir leid, Mutter, ich hab mich gehen lassen. Sutter hat mir angeboten, die Seed zu übernehmen. Es ist ein fantastisches Angebot, aber ich weiß trotzdem nicht, ob ich darauf eingehen soll." Am anderen Ende der Leitung herrscht völlige Stille. „Warum sagst du nichts, ich habe dich um Rat gefragt?"

„Wirklich? Es hört sich eher an, als wolltest du nur deine Entscheidung verkünden?"

Verkünden, wie Moses, als er vom Berge Sinai herab stieg und die Israelis mit den zehn Geboten beglückte, die uns immer noch zu schaffen machen, lacht Viktor innerlich. Mutter ist klug, aber sie verbirgt etwas vor mir, denkt er. Doch warum sollte es auf einmal anders sein. Sie hat mich nie in den Arm genommen, wie andere Mütter, und mein aufgeschlagenes Knie geküsst. Manchmal denke ich, ich bin die Katastrophe ihres Lebens. „Ich suche wirklich deinen Rat, aber es ist auch in Ordnung, wenn du nicht darüber reden willst."

„Warum fragst du ausgerechnet mich?"

Irgendetwas stimmt hier nicht, denkt Viktor, so komisch reagiert sie doch sonst nicht. „Du bist meine Mutter, reicht das etwa nicht?"

„Entschuldige, so war es nicht gemeint, ich dachte nur."

„Schau Mutter, du und Jonas habt nicht gewollt, dass ich die Geschäftsführung der Mikro System übernehme, und im Nachhinein hattet ihr recht. Jetzt stellt sich dieselbe Frage wieder. Sutter offeriert mir die Seed auf dem silbernen Tablett. Nicht einfach, aber ich sollte es wenigstens versuchen, denke ich. Der Job ist fordernd, ich werde viel Geld verdienen, aber was mich wirklich interessiert, ist der Mann. Es ist, als würde er eine warme Decke über mich breiten. Verstehst du das?"

Sie antwortet nicht gleich. Doch dann sagt sie, weich, wie er sie nie zuvor gehört hat. „Ja Viktor, ich verstehe dich gut. Vielleicht solltest du vorbeikommen, bevor du dich entscheidest. Ich glaube, wir müssen reden."

„Aber das tun wir doch gerade", sagt er verblüfft.

„Nein, nicht telefonieren. Ich will dich ansehen können, während ich mit dir spreche. Es geht auch um mich."

Viktor stutzt. Es geht auch um sie, was soll das heißen, denkt er? „Wie du willst. Ich bin am Wochenende in München."

„Komm am Samstag um ein Uhr, ich mache uns etwas zu essen, wenn du willst."

„Kochen, extra für mich!"

„Als du klein warst habe ich oft gekocht."

„Das ist lange her. Dann bis Samstag, ich freue mich."

Wow, sie kocht! Das hat sie noch nie getan, und nur wir beide, denkt er, als er aufgelegt hat.

Am darauf folgenden Samstag steht er vor dem Haus im Münchner Süden, in dem er aufgewachsen ist. Vor Jahren waren die Eltern begeistert von einer Reise nach Kyoto und Nara zurück gekommen, und hatten das Haus völlig neu gestaltet. Jetzt gleicht es einer fernöstlichen Insel der Ruhe.

Wenigstens hat sie sich den Heckel nicht ausreden lassen, denkt er, als er bewundernd vor dem Porträt einer verlebten Berliner Tänzerin der zwanziger Jahre steht. Jonas hat es ihr in einem Anflug von Großzügigkeit geschenkt. Damals haben sie ihr Kriegsbeil begraben und in Zivilisiertheit umgetauscht, ich hätte sie geliebt, wenn ihnen das schon früher gelungen wäre.

„Du bist bereits da", reagiert Inka überrascht, als sie nichts ahnend aus der Küche tritt und ihn vor dem Bild stehen sieht.

„Ja, und ich hab sogar meinen Hausschlüssel gefunden." Viktor lacht und hält einen Schlüsselbund in die Höhe. „Ein schönes Bild." Anerkennend verzieht er das Gesicht und deutet auf den Heckel.

Wie ein Sammler, der gefunden hat, was er lange suchte, denkt Inka. Ich wusste gar nicht, dass ihn Kunst überhaupt interessiert. „Finde ich auch. Seit wann interessierst du dich für Kunst?"

„Immer schon, habe ich vor dir verborgen, wie so vieles andere auch", lacht er. „Vor ein paar Wochen habe ich mir eine kleine Arbeit von Drewes gekauft. Er gehörte zum Bauhaus Umfeld. Mit den Brücke Malern hatte er nichts zu tun. Nehme ich zumindest an, aber genau weiß ich es nicht."

„Hm, was du nicht alles treibst", sagt sie verblüfft. „Mir gefällt der Heckel, vor allem der Kontrast zu unserer minimalistischen Umgebung. Willst du etwas trinken, bevor wir essen? Ich habe nur eine Kleinigkeit vorbereitet."

„Gerne, ein Glas Wein. Warum tust du so geheimnisvoll?"

Inka hebt nur leicht die Schultern und geht lächelnd zurück in die Küche. Als sie mit einem Tablett, zwei Gläsern und einer Flasche Rotwein zurückkehrt, küsst sie ihn. „Schön, dass du gekommen bist. Wie geht es dir? Die üblichen Männerspiele machen dir zu schaffen, scheint mir." Flüchtig streicht sie ihm über die Haare, als käme ihr zu viel Nähe suspekt vor. „Aber mach erst mal die Flasche auf, dann können wir reden."

Viktor betrachtet sie bewundernd, für ihr Alter eine makellose Erscheinung, denkt er. Sie ist weicher geworden, hat ein paar Rundungen dazu gewonnen, aber sie stehen ihr gut.

Der Duft ihres leichten Parfums hängt in der Luft und er fragt sich, woher sie immer noch diese Souveränität nimmt. Mütter sind wie Chamäleons, denkt er, sie verändern sich mit der Stimmung ihrer Kinder. „Jetzt sag schon, warum soll ich den Job nicht annehmen?"

Sie sieht ihn lächelnd an, stellt das Weinglas ab und umfängt ihre Knie mit beiden Armen, wie ein kleines Mädchen. „Hab ich nicht gesagt. Was du am Telefon angedeutet hast klingt vielversprechend, aber du solltest wissen, was damit zusammenhängt, bevor du annimmst. Was hat Sutter dir von mir erzählt?"

„Er sprach nur von einem Job-Interview, das zu nichts führte, das war alles."

„Alles?" wiederholt sie automatisch. Sie sieht auf ihren Sohn, der ohne ihr Zutun ein Mann geworden ist. Sie schämt sich plötzlich für all die verpassten Gelegenheiten, die sie als Mutter gehabt hat. „Ich muss dir etwas sagen!"

„Ja, deshalb hast du mich doch herbestellt, oder?"

Sie betrachtet ihn eindringlich, als suche sie etwas in seinen Zügen. „Herbestellt?", sagt sie verträumt. „Wir sind schon ein eigenartiges Paar. Ich wollte ausführlich mit dir reden, aber du machst es mir nicht gerade leicht. Manchmal denke ich, ich hätte mich mehr um dich kümmern müssen."

Viktor sieht gespannt auf seine Mutter, die er so noch nie erlebt hat. In seinen Augen ist sie nie aus der Rolle der beherrschten, alles kontrollierenden Ärztin getreten, und jetzt auf einmal die Andeutung von Zweifel?

„Du bist der einzige Fixpunkt in meinem Leben, trotzdem war ich wohl keine besonders gute Mutter. Zu streng, zu fordernd, aber vielleicht verstehst du mich in ein paar Minuten besser. Du musst Geduld mit mir haben."

„Wir haben Zeit, Mutter."

Inka nimmt einen Schluck Wein. Als sie das Glas auf den Tisch zurückstellt, stößt der Stil an die Tischkante und ein paar Tropfen schwappen über, die sie mit der Serviette aufwischt. „Dein Großvater war ein anerkannter Landespolitiker voller eherner, konservativer Grundsätze, die ich nicht mit ihm teilte. Meine Erziehung war streng, wenn ich nicht korrekt mit Messer und Gabel aß, bekam ich links und rechts einen Brockhaus unter den Arm geklemmt. Und wenn mir einer davon herunter rutschte, war es aus mit Essen an diesem Tag. Ich wollte eigentlich nur weg von Zuhause, aber Berlin war anfangs eine Nummer zu groß für mich. Ich besaß keine Freunde und litt unter der Einsamkeit einer großen Stadt. Konrad, damals ein ausgesprochener Frauenheld, war am Virchow Klinikum, wo ich famulierte, bereits eine respektierte Größe. Es brauchte nicht viel, um mich in ihn zu verlieben. Für eine Weile hatten wir ein wunderbar freies Leben, aber Konrad wollte sich nicht binden. Ihm war seine Karriere wichtiger als ich."

Mein Gott, sie hatte eine Affäre mit Konrad Arnold und ich bin sein Sohn, schießt es Viktor durch den Kopf. Doch er beherrscht sich und zwingt sich ruhig zu bleiben.

„Eines Abends, Konrad und ich hatten uns fürchterlich gezankt, weil er nicht einsehen wollte, dass ich mehr von ihm brauchte, als ein paar verschwitzte Bettlaken, ging ich in eine politische Diskussion an der Schaubühne. Neben mir saß ein junger Mann, der mich zum Essen einlud. Er hatte irgendetwas mit der amerikanischen Botschaft zu tun, lebte aber in Nigeria, schon allein das fand ich faszinierend. Kurzum wir verbrachten die Nacht zusammen. Er erzählte wunderbare Geschichten vom Sahel, von Kano, von seiner Liebe zu Afrika. Es war Thomas Sutter. Ich mochte ihn, aber dann habe ich nie mehr etwas von ihm gehört. Zwei Monate später merkte ich, dass ich schwanger war." Inka wartet ab und betrachtet ihren Sohn, der gedankenverloren vor sich hinstarrt. „Ich weiß nicht wer dein Vater ist, Viktor. Ich dachte immer, es wäre Konrad. Vermutlich dachte er dasselbe, aber wir haben nie darüber gesprochen. Nur die Art, wie er dich behandelte, schien mir recht zu geben. Aber dann traf ich Thomas Sutter bei diesem Interview. Ich habe ihn anfangs nicht erkannt, doch als er begann von Afrika zu erzählen, habe ich genauer hingesehen. Ihr gleicht euch in Vielem, aber das kann natürlich auch Zufall sein. So, jetzt weißt du Bescheid."

Viktor sieht sie an, als erwache er aus einem Traum. „Und Jonas, wie passt der in diese Geschichte?"

„Er hat mich geheiratet. Als Konrad andeutete, ich solle lieber abtreiben, habe ich mich geweigert. Jonas hat mich verehrt und war glücklich, als ich seinem Werben nachgab. Das Kind hat ihn nicht gestört."

„Nicht gestört!", murmelt Viktor. „Und jetzt willst du, dass ich dir dankbar bin, nachdem du mich die ganze Zeit im Unklaren gelassen hast. Warum hast du nicht früher mit mir geredet, ich hätte dein Freund werden können, nicht nur dein ungeliebtes Anhängsel."

„Aber du warst nie ein ungeliebtes Anhängsel, weder für mich noch für Jonas. Wie hätte ich mit dir darüber reden können? Ich kannte diesen Thomas Sutter doch gar nicht. Er tauchte auf, wie ein Komet, und verschwand ohne eine Spur zu hinterlassen. Erst als mich sein Head Hunter ausgrub, traf ich ihn wieder, es war wie ein Schock. Du siehst ihm ähnlich, aber trotzdem weiß ich nicht, ob er dein Vater ist. Du könntest einen DNA Test machen lassen, wenn es dir soviel bedeutet. Für mich ist es nicht wichtig, war es nie. Ich wollte dich immer haben, hätte dich auch alleine groß gekriegt, aber Jonas bestand darauf, dass wir heiraten. Mit ihm war es ja auch leichter, obwohl wir uns viel gestritten haben."

Und mich zwischen euch aufgerieben habt, wie ein Sandkorn, das nicht in euer Getriebe passte, denkt Viktor. „Leichter", sagt er, „nicht für mich!"

„Entschuldige, so habe ich es nicht gemeint. Ich weiß, wie schwierig Jonas zuweilen ist, aber in den letzten Jahren ist es besser geworden."

„Prima, dann ist ja alles in Ordnung." Viktor nimmt einen großen Schluck Wein und stellt das Glas betont vorsichtig zurück auf den Couchtisch. „Und, was machen wir jetzt?"

„Nichts, wir leben unser Leben wie bisher. Ich wüsste nicht, weshalb du Sutters Angebot ausschlagen sollst."

Auf Viktors Gesicht zeichnet sich langsam ein sardonisches Lächeln ab. „Und, was ist, wenn er sich als ein getriebener Opportunist erweist, der nur darauf aus ist, andere zu beherrschen. Was ist, wenn er auf einmal mit leeren Händen dasteht, und ich für ihn die Kartoffeln aus dem Feuer holen darf?"

Inka betrachtet ihren Sohn irritiert. „Aber das Risiko gehst du immer ein, unabhängig, ob er dein Vater ist oder nicht. Wenn du Zweifel hast, lass es bleiben", sagt sie streng, doch Viktor hört ihr gar nicht zu.

„Toll, einfach weitermachen, ich bin zwar nur das Zufallsprodukt einer Liebesnacht, aber ich soll mir keine großen Gedanken darüber machen. Du hast ein Leben lang mit einem drögen Mann gebüßt und mich darunter leiden lassen. Der, den du wolltest, war zu beschäftigt, und der, von dem ich wahrscheinlich abstamme, verzog sich nach Afrika, um mich jetzt mit seinem ganzen Schutt zu beehren. Alles nur weil ich Nase, Mund und Hände habe, die ihm ähneln. Das ganze Gerede über meine Cleverness, die mir den Job einbringt, erstunken und erlogen. Wie banal kann es eigentlich noch werden, Mutter? Höllisch komisch, findest du nicht auch, ich fürchte nur, das Lachen bleibt mir im Hals stecken."

„Hör auf zu jammern, Viktor, dein Selbstmitleid geht mir auf die Nerven. Ich habe nicht gebüßt und dir hat nichts gefehlt. Jonas hat jahrelang deine Eskapaden ausgebügelt, vergiss das nicht. Wir alle sind Zufallsprodukte eines Moments, die ganze Welt besteht aus nichts anderem, also reiß dich zusammen, und spiel mir kein Theater vor."

„Ist gut Mutter, lass es. Das mit dem DNA-Test meinst du nicht ernst, oder?"

„Es ist deine Entscheidung."

„Du meinst also, ich kann ab jetzt zwischen drei Vätern wählen, Jonas, an dem ich mich reiben kann, Konrad, den ich im Nachhinein bewundern darf, und Sutter, der mir freundlich auf die Schulter klopft", sagt er sarkastisch.

„Sei nicht unfair, zumindest weißt du jetzt Bescheid, was mich betrifft."

„Fairness, noch so ein großes Wort, mit dem ich nichts anfangen kann. Jeder Loser verlangt fair behandelt zu werden. Ich habe dich immer in einer anderen Liga gesehen."

Für eine Weile sehen sie schweigend hinaus auf den Garten, der Viktor, trotz seiner absoluten Ordnung, plötzlich wie ein unentrinnbares Labyrinth vorkommt.

„Bleibst du über Nacht?" fragt Inka schließlich. „Ich habe das Gästezimmer für dich hergerichtet."

Das Gästezimmer, denkt Viktor, na wunderbar. „Ja, wenn ich dich nicht störe."

„Wir haben wirklich eine eigenartige Mutter-Sohn-Beziehung, findest du nicht auch?", fragt sie schüchtern.

„Durchaus. Aber ich glaube, ich brauche jetzt etwas Auslauf, nach allem, was du mir erzählt hast. Habt ihr noch mein altes Rennrad?"

„Natürlich, im Keller, du musst es wahrscheinlich nicht einmal aufpumpen, Jonas fährt gelegentlich damit."

„Immerhin etwas, das wir gemeinsam haben.“

„Sei nicht so gehässig.“

„Bis später, Mutter.“

Er nimmt den kürzesten Weg an die Isar und fährt noch vor dem Zoo auf den Uferweg nach Norden, über den Steg, vorbei am Deutschen Museum, vorbei an der Praterinsel, durch die Isarauen, immer weiter bis zum Wasserwerk. Als er den Kanal überquert, um in der Emeramsmühle etwas zu trinken, sieht er zwei junge Kerle mit nassen Haaren am Wasser in der Sonne sitzen, wie sie sich spielerisch mit kleinen Kieseln bewerfen.

„Springt ihr von hier oben, ist es weit runter?“ ruft er. Ohne zu antworten klettern die beiden die Böschung hoch und als sie schwer atmend vor ihm stehen, fragt der eine, höchstens vierzehn, braun gebrannt, lang und dünn mit dem unbestimmten Grinsen seines Alters im Gesicht: „Sollen wir es Ihnen zeigen?“

„Ja, gern“, sagt Viktor, während der Eine bereits auf die Brüstung steigt. Kaum, dass der Zweite neben ihm steht, lassen sie sich kerzengerade nach unten fallen und klatschen brüllend ins Wasser.

Als sie prustend wieder auftauchen, hält ihnen Viktor den erhobenen Daumen entgegen. „Prima“, ruft er und machte sich grinsend auf den Heimweg. Nichts hat sich geändert, denkt er, und erinnert sich an das Glücksgefühl des freien Falls, als er stundenlang mit Verena vom Sprungbrett in den See hüpfte, um danach wohlig auf den heißen Holzriemen des Arnold'schen Stegs in der Sonne zu rösten.

Ich werde Sutters Angebot annehmen, denkt er. Zuvor werde ich aber noch mit Christina reden, vielleicht erfahre ich von ihr, wer Sutter wirklich ist.

Zurück in Berlin ruft er Christina an und sie verabreden sich zum Frühstück in einem Café am Kurfürstendamm. Viktor kommt früher, um sie ja nicht zu verfehlen, doch als sie ausbleibt und auch nicht anruft, will er wieder gehen. Da sieht er sie auf der anderen Straßenseite. Den langen, dunkelbraunen Ledermantel hat sie eng um den Körper geschlungen und einen türkisfarbenen Schal lose um den Hals gewickelt. Als der Verkehr abflaut, kreuzt sie die Straße, prüft den Namen des Cafés und betritt den Raum. Viktor steht auf und geht ihr entgegen.

„Danke, dass du mich gleich abholst", sagt sie, wobei sie das vertraute Du wählt, dem sie sich auf Verena's Party noch verweigert hat. Betont distanziert reicht sie ihm die Hand. „Es erspart mir mich von jedem Mann taxieren zu lassen, bis ich dich gefunden habe. Ich hasse diesen Moment, wo man in ein Lokal tritt und alles in der Schwebe zu hängen scheint."

„Vielleicht hätte ich es tun sollen, erst mal abwarten und dir zusehen, wie du alle Männer verrückt machst." Er sagt es leichthin, angenehm überrascht über das Du. Mit der Andeutung einer einladenden Geste weist er ihr den Weg an seinen Tisch. Das leichte Erröten unter ihrer schokofarbenen Haut nimmt er lächelnd zur Kenntnis. Sie ist schön, denkt er, sie fände sicher eine Menge Interessenten.

„Darf ich dir den Mantel abnehmen?" fragt er.

„Den behalte ich lieber an, mir ist kalt." Sie wickelt den Schal ab und legt ihn über die Lehne ihres Stuhls. Dann betrachtet sie Viktor für eine Weile, ohne ein Wort zu sagen.

„Wie lange bleibst du noch in Berlin?" Verlegenheit schwingt mit in der Frage. Er denkt an den Abend bei Verena, wo sie ihn wie einen kleinen Jungen abgekanzelt hat. Irgendwie muss ich uns eine Brücke bauen, sonst kommen wir nie ins Gespräch. Immerhin ist sie gekommen, ein gutes Zeichen.

„Eine Woche noch, dann zurück nach Lagos. Kennst du Nigeria?"

„Nur von der Landkarte."

„Wie alle. Bist du Berliner?"

„Nein, ich komme aus München. Verena und ich sind dort zur Schule gegangen."

„Und jetzt arbeitest du in Teltow, am Kanal, wo früher die Menschen mit der Maschinenpistole am Ausreisen gehindert wurden?"

Wow, denkt Viktor, sie wartet nicht lange, um zur Sache zu kommen. „Ja, direkt am Kanal, ich kann die Schiffe vorbeifahren sehen. Es ist aber alles sehr friedlich heute. Was machst du beruflich?"

„Ich bin Journalistin, frei und ungebunden. Hast du schon gegessen? Ich bin spät dran, es tut mir leid."

„Nein, nur eine Tasse Kaffee. Ich dachte schon du hättest es dir anders überlegt."

„Entschuldige, normalerweise bin ich pünktlich, aber ich nahm die falsche U-Bahn. Das kommt davon, wenn man sich für eine Berlinerin hält und doch nichts von der Stadt versteht. Es wird Zeit, dass ich zurück nach Lagos komme, dort kenne ich mich wenigstens aus."

Ihre Mutter lebt hier, hat Verena gesagt, denkt Viktor. „Kommst du zurück?"

„Aus Lagos? Weiß ich noch nicht. Es hängt von den Umständen ab." Sie winkt der Bedienung. „Ich nehme das große französische Frühstück mit einem Extra Croissant und einem frisch gepressten Orangensaft."

„Für mich bitte die Rühreier mit Schinken und ein Kännchen Tee. Die Rechnung geht auf mich", sagt Viktor. Für eine Weile tauschen sie Allgemeinplätze aus, bis Christina fragt: „Warum wolltest du mit mir reden, Viktor. Bestimmt nicht, um das Leben einer nigerianischen Journalistin zu ergründen."

„Nein, wegen Sutter natürlich. Du hast auf der Party so aggressiv reagiert, dass ich verunsichert bin. Er hat mir vor ein paar Tagen seine Nachfolge in der Seed angeboten. Der Job ist fantastisch, aber irgendetwas hält mich davon ab einfach anzunehmen."

Christina sieht ihn misstrauisch an. „Ich bin nicht Sutters Freundin, wie du weißt."

„Gerade deshalb wollte ich mit dir reden."

„Wir beide kennen uns nicht gut genug, Viktor, warum sollte ich offen zu dir sein?"

„Warum nicht, was verlierst du? Ich bin nicht sein Spion, auch nicht sein verlängerter Arm, und schon gar nicht sein Auftragskiller."

„Das hat dich verletzt. Tut mir leid, so krass hätte ich es nicht formulieren dürfen." Sie überlegt, scheint zu prüfen, wie weit sie ihm gegenüber gehen kann. „Eigentlich hast du Recht, warum sollte ich dir misstrauen, du kannst sowieso nichts mehr daran ändern, was mit Sutter passiert. Ein Freund, er ist Inspektor für Wirtschaftskriminalität in der

Schweiz, hält mich auf dem Laufenden. Er rechnet damit, dass Sutter bald auffliegt.“

„Warum sollte er?“

„Schneeball vermutet Jean.“

Viktor nickt nachdenklich. „Könnte sein. Er will auf einmal zurück nach Südafrika. Das macht keinen Sinn bei einem florierenden Geschäft.“

„Siehst du“, sagt sie und beobachtet, wie es in ihm arbeitet.

„Woher kommt eigentlich deine Obsession? Ich hab das auf der Party nicht ganz verstanden, und Verena will nicht darüber reden, sie meint ich solle dich selber fragen.“

Christina nimmt einen Schluck Kaffee, zündet sich eine Zigarette an und sieht durch den aufsteigenden Rauch gelassen auf Viktor. Dann, als falle ihr erst jetzt das Rauchverbot ein, drückt sie die Zigarette wieder aus. „Obsession!“ Sie stößt ein bitteres Lachen aus. „Vielleicht ist es das wirklich? Mein Vater und Sutter waren mal Freunde. Im Biafra Krieg haben die beiden einen schwunghaften Waffenhandel betrieben, bis Vater umgebracht wurde, und Sutter Hals über Kopf Nigeria verließ. In so einer Konstellation kann alles passieren, ich möchte es nur wissen.“

„Und du denkst es war Mord? Warum kein Unfall?“, fragt er leise. „Ganz sicher scheinst du dir aber nicht zu sein. Tief drinnen schwingen ein paar Zweifel mit, scheint mir.“

Christina zieht die Augenbrauen hoch, als amüsiere sie sich über ihn. „Bist du ein Hobbypsychologe? Ich habe keine Zweifel. Wie schießt sich jemand in den Hinterkopf, nachdem er überfahren wurde?“

„Woher weißt du das?“

„Von Kofis Fahrer, der hat es meiner Stiefmutter erzählt. Sie haben den Fahrer verschont, damit er Cléo, meiner Stiefmutter, den Leichnam bringen konnte. Sollte wohl so eine Art Warnung sein, an alle, die mit Kofi zu tun hatten."

„Ich verstehe immer noch nicht, was Sutter damit zu tun hat. Du hast gesagt, er und dein Vater waren Freunde?"

„Ja, das waren sie auch. Freunde an einem Abgrund, in den Kofi gestürzt war. Er hing am Seil und hätte Sutter mit sich gerissen, wenn der das Seil nicht gekappt hätte. Es wäre ganz normal, wenn es so gewesen wäre. Ich will aber, dass Sutter es mir sagt. Das ist alles."

„Wie lange ist das her?" fragt Viktor.

„Lange, über dreißig Jahre."

„Und seit der Zeit suchst du nach den Hintergründen?"

„Nein, erst seit Cléo gestorben ist. Wirklich voran gekommen bin ich nur durch meinen Schweizer Freund. Sutter versteht es prächtig seine Spuren zu verwischen, aber langsam ergibt sich ein klares Bild. Verena gab mir die Idee Vaters Stasiakten einzusehen. Das war Gold wert. Ich erfuhr von seiner KGB-Verbindung. Sie müssen ihn, kurz bevor er nach Nigeria ging, angeheuert haben. Als ich Jean davon erzählte, klickte es bei ihm. Auf einmal reihte sich Eins ans Andere, und als wir tiefer gruben, stießen wir auf Sutters Schneeballsystem. Es sieht aus, als würde er seit Jahren das Geld aus den Waffengeschäften in den Fonds kanalisieren, um damit Verluste auszugleichen oder sagenhafte Renditen vorzutäuschen."

„Ist Jean dein Schweizer Freund?"

„Ja, ich dachte ich hätte es erwähnt."

Viktor schüttelt den Kopf, ohne zu sagen, was ihm missfällt. Er nimmt einen Bissen, kaut gemächlich und schluckt erst mal bevor er weiter fragt. „Wie hast du diesen Jean gefunden, einfach angerufen und um Hilfe gebeten? Ich dachte immer, diese Ermittlertypen sind eher schwer zugänglich."

„Wir kennen uns seit langem, noch aus Lagos, wo er vor Jahren an der Botschaft arbeitete. Da war er noch kein Ermittlertyp", sagt sie verächtlich, zieht eine Zigarette aus der Schachtel, stößt sie aber sofort wieder zurück. „Warum erzähle ich dir das überhaupt. Die ganze Geschichte hat nichts mit dir zu tun?"

„Aber warum sollte Sutter Geld von einer Tasche in die andere schieben? Beide Taschen gehören ihm", fragt er beharrlich weiter, ohne auf ihren Einwand einzugehen. „Es macht wirtschaftlich keinen Sinn. Du kannst ihn für den Waffenhandel verdammen, unmoralisch, klar. Aber dass er reales Geld in einen Fonds steckt von dem hauptsächlich seine Partner profitieren ist bestenfalls dumm. Ich kapier das nicht."

„Geldwäsche, so funktioniert Geldwäsche. Ist bei Drogen nicht anders", sagt sie triumphierend. „Du verdienst Unmengen und brauchst irgendein Vehikel, um das Geld reinzuwaschen. Vielleicht gibt es ja auch noch andere Gründe. Vielleicht weißt du weshalb er es tut."

„Warst du deshalb bereit mich zu treffen?"

„Vielleicht. Inzwischen interessiert mich Sutter über den Tod meines Vaters hinaus. Der Mann fasziniert mich einfach." Gedankenverloren spielt sie mit der Zigarettenschachtel.

„Hm", sagt Viktor und nickt, als hätte er seinen Kopf nicht ganz unter Kontrolle. Wie eine der japanischen Nickfiguren, die einmal angestoßen immer weiternicken. „Ziemlich starker Tobak“, sagt er und lässt offen was er meint.

„Du hältst ihn wohl immer noch für einen Gutmenschen?“ Christina betrachtet ihn, als zweifle sie am Sinn ihres Treffens. „Warum beschäftigt er dich überhaupt so sehr, der Job allein kann es nicht sein. Du kannst sein Angebot ablehnen und etwas anderes machen. Ich dagegen kann mich nicht einfach davonstehlen. Zu lange habe ich in seinem Morast gewühlt und jetzt muss ich durch, sonst bleibt von dem Dreck noch etwas an mir hängen. Außerdem geht es auch immer noch um meinen Vater.“

Und um meinen auch, denkt Viktor, und lehnt sich zurück. Draußen hat es zu regnen begonnen. „Ich mag ihn einfach, er vertraut mir, behandelt mich wie einen Sohn. Das ist neu für mich.“ Er atmet tief aus und wechselt das Thema. „Verena sagt, du hast deine leibliche Mutter gefunden. Wo lebt sie?“

Christina schüttelt zuerst unwillig den Kopf, als ginge ihn das nichts an. Dann antwortet sie doch. „Hier in Berlin. Sie wohnt in der alten Wohnung, in der ich vor vierzig Jahren geboren wurde. Seltsam, findest du nicht?“

„Ja, seltsam“, wiederholte er ihre Frage und betrachtet die vorbeieilenden Fußgänger auf dem Trottoir des Kurfürstendamms. Geschminkte Frauen auf dem Weg ins Theater, am Arm junger Männer seines Alters, aufgekratzt in Erwartung der Matinee. Verschwitzte Fahrradboten neben älteren Männern in ihren zerfließenden Körpern, alle schiebend, schnaufend, durch die Drehtür des gegenüberliegenden Lustspielhauses. „Aber was fehlt jetzt noch?“, fragt er.

„Dass er es zugibt, mehr will ich nicht." Sie ballt ihre Fäuste, als könne sie Sutter dadurch zur Aussage zwingen. Dann lässt sie den Oberkörper sacken, bläst die Luft durch die Nase und lacht. „Ich hatte ein langes Gespräch mit ihm, es war offen, aber alles hatte einen Unterton, eine doppelte Bedeutung. Er gab mir sogar das Gefühl, dass er mich beschützen wollte. Aber vor was? Später fand ich heraus, dass er log. Oder zumindest hat er nicht alles gesagt. Vermutlich ist der Mann zu komplex für mich."

„Woher weißt du, dass er log?"

„Seine und Mutters Geschichte decken sich nicht, und warum sollte mich ausgerechnet meine Mutter belügen."

Soll ich ihr von meiner Mutter erzählen, wie sie mich ein Leben lang im Dunkeln gelassen hat, fragt er sich, und verwirft den Gedanken gleich wieder. „Die Erinnerung ist so eine Sache. Sutter will alles kontrollieren, er schätzt keine Ausreden oder Erklärungen, weshalb etwas nicht funktioniert. Man muss die Verhältnisse eben gestalten, sagt er gern. Ende der neunziger Jahre, in der Dot-Com Krise, ist ihm die Seed fast in Konkurs gegangen. Das hat ihn, meiner Meinung nach, geprägt. Er würde alles tun, um sein Gesicht zu wahren." Viktor macht eine Pause und sieht der Bedienung zu, wie sie den Nebentisch abräumt. „Die Geschichte mit deinem Vater ist furchtbar. Ich hatte mein Leben lang ein gespanntes Verhältnis zum Mann meiner Mutter, den ich für meinen Vater hielt, dem ich aber nie etwas recht machen konnte. Jedes Mal, wenn ich glaubte, jetzt könne er nicht anders, als mich loben, fiel ihm etwas Neues ein, mich klein zu machen. Ich sag das nur, um dich aufzumuntern. Man weiß nie, wie sich Eltern entwickeln. In deinem Fall hast du dir immerhin eine Ikone bewahrt."

Christina lächelt verträumt und hält Viktor die Zigarettenschachtel hin. „Kommst du mit raus, mein Nikotingehalt im Blut ist zu weit abgesunken." Draußen, unter dem Baldachin am Eingang des Lokals, zündet sie sich eine Zigarette an und inhaliert tief. „Seltsam, als ich mit Mutter sprach, hatte ich dieses unbestimmte Gefühl, es wäre vielleicht besser gewesen, sie nicht getroffen zu haben. Aber das bin wohl eher ich, die dazu neigt andere Menschen auf einen Sockel zu heben. Heißt das, du kennst deinen leiblichen Vater gar nicht?", fragt sie.

„Vielleicht brauchen wir diese Sockel, weil wir nicht wissen, wer wir sind", sagt Viktor, den das Trommeln über seinem Kopf stört. Die Frage nach seinem Vater lässt er offen. „Gibst du mir auch eine?"

„Entschuldige, ich dachte du rauchst nicht."

„Stimmt, aber nach all dem, was du mir erzählt hast, brauche ich etwas, um den Kopf klar zu kriegen."

Nach Verenas Party ist Christina auf Hanna's Bitten in deren Wohnung gezogen. Sie schläft in ihrem früheren Kinderzimmer in der Hoffnung, dass dadurch etwas Vertrautheit entsteht. Doch die beiden Frauen bleiben sich fremd, so sehr sie sich auch bemühen aufeinander zuzugehen. Jetzt, nach dem Gespräch mit Viktor, ist Christina mehr denn je entschlossen nach Lagos zurück zu kehren. Vielleicht hilft mir die räumliche Distanz, denkt sie. Ich brauche mein gewohntes Leben, brauche Klarheit. Vielleicht lerne ich dann, was ich will.

Als sie mit Hanna darüber spricht, glaubt sie auch bei ihr Erleichterung zu spüren. Sie sehnt sich, genau wie ich, zurück in ihr früheres Leben, denkt Christina. Niemand, der von dir will, dass du dich erklärst. Niemand, dem du Rechenschaft ablegen musst für etwas, das sich nicht mehr ändern lässt. Ein paar Fragen muss ich aber noch klären, bevor ich gehe. Irgendwie muss ich versuchen ihr den Schleier an Andeutungen zu entreißen. „Ich habe gebucht Mutter", sagt sie eines Morgens, als sie zusammen mit Hanna das Geschirr abspült. „Am Dienstag geht mein Flug."

Hanna reagiert überhaupt nicht überrascht, geschweige denn enttäuscht. „Bleibst du für immer in Lagos?", fragt sie unbesorgt, als hätten sie Christinas Rückkehr schon wiederholt besprochen. Ein wenig klingt sie sogar erleichtert, dass es endlich soweit ist.

„Nein, ich komme zurück, aber ich weiß noch nicht wann", versucht Christina das Thema möglichst schnell zu beenden. Vielleicht will sie mich gar nicht loswerden, sie kann nur nicht darüber reden, wie sehr sie das Alleinsein geprägt hat. Ich kann es ja auch nicht, aber ich will wissen, was damals passiert ist, als sie mit Kofi zusammen war. Sonst bringt mich die Ungewissheit um. Wer weiß schon, ob ich sie jemals wiedersehe. „Bitte erzähl mir, bevor ich gehe, wie es war, als Kofi ausgewiesen wurde. Erzähl von deiner Zeit in der DDR, an was hast du geglaubt, wie kamst du zurecht?"

Hanna sieht sie verwundert an, als verstünde sie nicht, auf was Christina hinaus will. „Bin ich so schlimm?", fragt sie verunsichert.

„Nein, gar nicht. Ich will dich nur besser kennenlernen. Wie soll ich dich verstehen, wenn wir nicht über die damalige Zeit reden."

„Du bist der einzige Mensch, der mich je nach meiner Vergangenheit gefragt hat, ist das nicht komisch?"

„Ich bin deine Tochter, die weniger von dir weiß, als dein Krämer um die Ecke", sagt Christina und lächelt aufmunternd.

„Das meine ich nicht." Hanna schüttelt den Kopf, als könne sie immer noch nicht glauben, was ihr durch den Kopf geht. „Es ist dieses Tabu, als hätten wir in der DDR etwas Unrechtes begangen, über das man nicht spricht. Als wären wir unrein, ungewaschen und zu altmodisch, um mit dem Rest der Welt mithalten zu können. Kannst du dir das vorstellen?"

„Nicht richtig, aber vielleicht ist es dasselbe Gefühl, das mich beschleicht, wenn ich an Europas Grenzen stehe. Manche Weiße sehen nur meine Hautfarbe, viele Männer nur ein Sexobjekt. Wieder anderen geistern Überlegenheitsfantasien durch den Kopf: Weiß ist besser als Schwarz, reiner, edler. Es redet keiner darüber, weil es nicht mehr korrekt ist solche Ansichten zu haben, aber du siehst es in ihren Augen." Christina stoppt abrupt. „Entschuldige Mutter, ich habe dich unterbrochen, das tue ich immer, wenn mich etwas besonders aufregt. Erzähl, ich verspreche dir zuzuhören."

„Du fühlst dich als Schwarze." Hanna atmet schwer. „Und du klingst zynisch und bitter. Dabei dachte ich immer, das stünde nur mir zu. Kofi war nie bitter. Er sprühte nur so vor Optimismus."

„Dann muss es wohl von dir sein. Manchmal ist es gar nicht so schlecht, etwas Zynismus in der Hinterhand zu haben. Du siehst ja, wohin Kofis Optimismus geführt hat, direkt in die Gosse, mit einer Kugel im Kopf. Und warum sollte ich anders fühlen als Schwarz, ich habe mehr als dreißig Jahre in Lagos gelebt, und schau mich doch an."

„Hör auf Christina, ich ertrage das nicht", stammelt Hanna. Für eine Weile schweigen sie, bis Hanna fragt: „Du machst mir Vorwürfe, nicht wahr? Ich hätte ihn beschützen sollen, aber ich war nur neunzehn. Er ist nicht hier gestorben."

„Ist gut Mutter, ich will nur wissen wie es dir und Kofi erging." In einer versöhnlichen Geste presst sie Hannas Arm.

„Es ist so lange her." Hanna klingt unsicher. Den Blick hat sie, vorbei an Christina, nach außen gerichtet, als fände sie dort eine Antwort auf die brennenden Fragen, die sie sich selbst immer wieder gestellt hat. Erst als Christina mit einem Nicken weiter insistiert, beginnt sie zu reden, stockend, dann zunehmend flüssiger. „Meinen ersten Ausreiseantrag habe ich gestellt, als ihr noch da wart. Er wurde abgelehnt und machte mich in deren Augen zum Republikflüchtling. Allein schon die Absicht ihren Staat zu verlassen, fanden sie strafbar. Ich hätte es wissen müssen, aber wir waren so unglaublich naiv. Im Nachhinein verstehe ich es ja, es war ein Misstrauensvotum gegen ihren Staat, das sie nicht tolerieren konnten, ohne sich selbst in Frage zu stellen. Dabei wollte ich nur mit euch zusammen sein. Kofi gaben sie die Schuld, dass ich weg wollte. - Wir waren jung, machten uns Sorgen wegen dir und dachten, dass wir es in Ghana leichter schaffen könnten. Kofi schwärmte davon, wie gut es dem Land nach der Unabhängigkeit ging, und dass sie ihn mit offenen Armen aufnehmen würden. Er war sehr lange weg, und die Propaganda der Nkrumah Regierung hatte ihm wohl den Kopf vernebelt." Sie wirft einen prüfenden Blick auf Christina, ob sie überhaupt zuhört. Dann, als wäre sie entschlossen jetzt alles zur Sprache zu bringen, fährt sie mit gefestigter Stimme fort. „In der Zwischenzeit hatten ein paar Militärs geputscht und Nkrumah ins Exil geschickt. Das war das Ende von Kofis Zuwendungen. Wir mussten uns die Ablehnung meines Ausreiseantrags gemeinsam bei der Stasi abholen. Von einem grauen Mann mit Halbglatze, der hinter seinem Resopalschreibtisch saß, eine olivfarbene, groß gemusterte Tapete im Rücken. Ich erinnere mich noch genau, als hätte sich das Bild in meiner Netzhaut eingebrannt." Hanna ist jetzt weit weg, die Augen starr auf einen Punkt hinter Christina gerichtet, als sähe sie die Szene von damals vor sich. „Er fixierte uns, als wären wir Verbrecher. Er fragte nach deinem Namen, als wüsste er ihn nicht längst aus den Akten. Ob wir dich behalten wollten, fragte er, und auf einmal war mir, als würde mir der Boden unter den Füssen weggezogen. Und dann sagte er: In Fällen wie unserem könne eine Adoption durch angesehene Genossen durchaus gut für das Kind sein." Unmerklich ist Hannas Stimme zunehmend dunkler, fester geworden. „Genossen, sagte er. Seitdem hat das Wort einen fürchterlichen Klang für mich. - Bestimmt besser für das Kind, sagte er. Immerhin habe die Gesellschaft eine Verantwortung für ihre kleinen Mitbürger. Kleine Mitbürger, sagte er, ich erinnere mich noch genau. Was für ein bürokratisches Gewäsch dachte ich, und hätte ihm am liebsten die Augen ausgekratzt. Die ganze Zeit über hielt Kofi meine Hand, er presste sie so hart, dass ich fast geschrien hätte."

Hanna steht auf und streicht Christina übers Haar, dann stellt sie sich schweigend ans Fenster. Sie wischt sich eine Träne ab, und als sie zurück an ihren Platz kommt, spricht sie, als wäre nichts gewesen. „Du musst wissen, dass Kofi keine Unterstützung mehr erhielt, nach dem Putsch. Er war den DDR Behörden bereits völlig ausgeliefert, als er diesen Sutter traf. Sie hätten ihn jederzeit ausweisen können, und dann wäre er in Ghana vermutlich für Jahre im Gefängnis gelandet. Eigentlich hatte er keine Wahl, er musste das Land freiwillig verlassen, solange er es noch konnte." Hanna massiert ihre Schläfen und nach einer Pause, die Christina wie eine Ewigkeit vorkommt, redet sie weiter, als hätten ihre Gedanken zurück in das Büro des Beamten der Staatssicherheit gefunden. „Schließlich fragte Kofi ganz ruhig, was wir tun könnten, um dich zu behalten. Seine Stimme war tonlos, wie ich sie nie zuvor von ihm gehört hatte. Und der Mann sagte mit unverschämter Langsamkeit, in einem sächsisch eingefärbten Dialekt, dass sie ein gewisses Interesse an der Region hätten, aus der Kofi stamme. Er könne jederzeit dorthin ausreisen und dich mitnehmen, aber nur, wenn er mit ihnen zusammenarbeite. Ich dagegen müsse dableiben, ich wäre schließlich Bürgerin dieses Staats. Kofi nickte nur und sagte, wir würden darüber nachdenken. Auf dem Weg nach Hause sprachen wir kein Wort. Alles um mich herum lag im Nebel, dabei war es klar und schön. Sogar die Vögel zwitscherten mit einer Reinheit, wie ich sie nie zuvor gehört hatte. Die folgenden Tage haben wir kaum geschlafen, nur gehadert, bis ich schließlich klein beigab."

Hanna hört einfach auf, nimmt ein kleines, besticktes Tuch aus der Jackentasche und trocknet ihre Tränen. Christina sitzt ihr eine Weile hilflos gegenüber. Sie denkt an ihr Haus in Lagos, an ihre Kollegen in der Zeitung, an die Bar, in der sie Jean Juni traf. Dann steht sie auf und umarmt Hanna. „Warum hast du mir das nicht früher gesagt, es hätte eine Welt für mich bedeutet. Stattdessen hast du gesagt, du wolltest mich vergessen." Sie drückt ihre Mutter an sich und küsst sie auf die Stirn. „Wenigstens hat er nicht - ehrenwerte Genossen - gesagt. Stell dir vor, ich wäre in Moskau gelandet und hätte dir zu einer verspäteten Karriere in der Partei verholfen", versucht sie es mit Leichtigkeit, doch Hanna ist nicht zum Lachen zumute.

„Ich konnte nicht darüber reden, schon der Gedanke brachte mich um. Als ich es versuchte, schien es so unglaublich billig. Ich dachte, was ist, wenn du es als Ausrede empfindest. Wenn du glaubst, ich hätte alles erfunden, um mich zu rechtfertigen. Auch jetzt noch, wenn ich mich so höre, kommt mir alles so unwirklich vor. Dabei gibt es dich, du sitzt mir gegenüber und hörst mir zu. Lange hatte ich Albträume, dass ich Schein und Wirklichkeit verwechsle. Ich konnte ja mit niemand darüber reden. Erst nach der Wiedervereinigung kamen all die Berichte und Filme über Zwangsadoptionen, da fühlte ich mich bestätigt. Gleichzeitig wuchs die Angst in mir, ich hätte mir alles zurecht geträumt und die Berichte auf mich übertragen, weil ich wollte, dass es so hätte sein können. Weil ich sonst nicht ertrug, dass ich dich gehen ließ. Glaubst du mir, oder denkst du auch ich könnte alles erfunden haben? Eine Ausrede, eine selbstgerechte Erklärung für mein Versagen. Manchmal, wenn es mir besonders schlecht ging, habe ich sogar daran gezweifelt, dass es dich je gab."

„Es ist gut, Mutter, quäl dich nicht mehr. Ich bin real und jetzt zeige ich dir meine Welt, und du zeigst mir deine. Einverstanden?"

Hanna lächelt unter Tränen. „Ja, so machen wir's. Du hast von Kofis Tod gesprochen, als wüsstest du, wo er ermordet wurde. Gibt es ein Grab?"

„Nein, sie haben den Stadtteil niedergewalzt, wo Cléo ihn begraben hat. Der Friedhof liegt jetzt unter einer Schnellstraße." Christina klingt unbeteiligt, faktisch und abschließend. Tief drinnen ringt sie mit den Tränen. Nur jetzt keine weitere emotionale Diskussion, denkt sie, das ertrage ich nicht. „Was hältst du von einer Tasse Tee, ich mache uns eine."

„Gern."

Länger als nötig rumort Christina in der Küche, bis Hanna zu ihr geht.

„Ich bin auch nie in fremden Küchen klar gekommen." Hanna lächelt, als verstünde sie genau, was in ihrer Tochter vorgeht. Sie greift nach dem Wasserkocher, füllt ihn und schaltet ihn ein.

Nachdem der Tee gezogen hat, beginnt Hanna stockend, als hätte sie Angst Christina erneut zu verletzen. „Ich will mich dafür entschuldigen, dass ich nicht ernsthaft nach dir gesucht habe, nicht so wie du nach mir. Ich hab dich nie vergessen, aber ich hatte einfach nicht die Kraft." Christina wehrt ab, als wäre das Thema längst erledigt, doch Hanna fährt unbeirrt fort. „Da ist noch etwas, und ich will, dass du jetzt alles weißt. - Ein Jahr bevor du zur Welt kamst, hatte ich mich hergegeben Kofi zu bespitzeln." Hanna sieht ängstlich auf ihre Tochter, als erwarte sie eine abweisende Reaktion. Doch Christina schweigt beharrlich. „Ich war achtzehn, und es war der Preis für meinen Studienplatz", fährt sie fort. „Damals habe ich noch an das Regime geglaubt, weil ich dachte, wir würden eine andere Welt schaffen. Kofi habe ich nie davon erzählt."

Ohne ein Wort nimmt Christina Hannas Hand, ganz vorsichtig, als wolle sie etwas sehr Zerbrechliches schützen. „Kofi wird es gewusst haben, Mutter. Er hatte nichts zu verbergen, also ließ er dich machen. Manchmal ist es besser, etwas ungesagt zu lassen und dein Verhältnis zu Vater scheint mir so etwas zu sein. Ich habe von deiner Spitzelei in seinen Akten gelesen. Sie haben es als eine Form der Loyalität gegenüber dem System dargestellt. Wahrscheinlich hast du Kofi dadurch eher beschützt, aber ich fand es trotzdem schrecklich. Es dauerte, bis ich mich durchringen konnte, nach dir zu suchen. Weißt du, dass Kofi mitgeholfen hat, die Reise Breschnews nach Ghana vorzubereiten?"

„Nein, aber woher weißt du das alles?"

„Es stand in seiner Akte, sie fanden es gut. Kofi muss also auch noch von anderen bespitzelt worden sein. Aber das meiste über Kofi erfuhr ich von Jean Juni, von dem ich dir erzählt habe. Er hat Zugang zu Schweizer Quellen, die mir verwehrt sind. - Du brauchst dir wegen deiner Spitzeldienste keine Sorgen zu machen. Ihr habt in einer schwierigen Zeit gelebt, noch dazu an einem Ort, wo im Kalten Krieg alles aufeinander prallte. Wahrscheinlich hätte ich genauso gehandelt. Es hat trotzdem sehr wehgetan, euch von dem Sockel zu stoßen, auf dem ihr in meinen Träumen gelebt habt."

Für eine Weile sehen sie in den Innenhof, wo ein paar Kinder um eine quietschende Schaukel tollen. Lange Schatten schneiden scharfe Linien in die gegenüber liegende Brandmauer.

„War es schwer als Kind?", fragt Hanna leise, als Christinas Schweigen unerträglich wird.

„Oh ja, am schlimmsten war es in der Schule. Fast alle anderen hatten einen Vater, ich hatte nur dieses Gefühl der Leere, so ein unbestimmtes Ziehen im Herzen. Ich verstand nicht, warum er mir das angetan hatte. Einfach so zu verschwinden aus meinem Leben", Christina wischt sich die Augen und lächelt entschuldigend. „Es gibt so viele Kinder hier, fast wie bei uns in Lagos", sagt sie, als wolle sie ihre eigene Kindheit möglichst schnell vergessen.

„Willst du lieber nicht darüber reden?"

„Doch, wenn du es hören magst. Aber ich möchte dich nicht zu sehr belasten."

„Mach dir darüber keine Sorgen, ich habe ein halbes Leben auf dieses Gespräch gewartet. Jeden Morgen wache ich auf und fürchte, dass ich dich geträumt habe. Egal was du sagst, es belastet mich nicht, ich bin nur glücklich, dass du da bist."

Christina lächelt verträumt, bevor sie zu erzählen beginnt. „Als ich älter wurde, entwickelte ich richtige Rituale. Immer wieder habe ich im Spiegel geprüft, was von euch sein könnte. Absurd, denn das Einzige, das ich zum Vergleich hatte, war ein Schwarz-Weiß-Foto. Kofi, groß, athletisch und strahlend, du einen Kopf kleiner, schmal, voller Vertrauen. Ihr seht darauf aus, als könne euch nichts passieren, solange ihr nur zusammen seid. Das Foto ist ganz abgenützt von den vielen Küssen eines kleinen Mädchens." Christina hängt für einen Moment ihren Gedanken nach während eine Träne über ihre Wange läuft. Mit einer resoluten Geste wischt sie sie ab und sagt: „So war das, aber jetzt ist genug mit Trübsal. Ich habe überlebt, und ich habe dich gefunden.

Es spielt keine Rolle mehr, was damals passierte. - Sutter hat mir eine E-mail geschickt. Er geht zurück nach Südafrika und lädt mich auf seine Farm ein. Ich werde hinfliegen, vielleicht gelingt es mir dort, dieses entsetzliche Kapitel abzuschließen."

„Wie stark du bist, Christina, viel stärker als ich es je war. Ich bin so froh, dass du mich gefunden hast. Entschuldige, wenn ich dir manchmal auf die Nerven gehe."

„Das tust du nicht, wie kommst du überhaupt darauf." Christina stößt ein helles, unbeschwertes Lachen hervor und umarmt ihre Mutter, als hätte es nie eine Trennung gegeben. „Wir müssen das Geheimnis dieser Nummer lösen, die dir Sutter gebracht hat. Vielleicht wirst du noch reich auf deine alten Tage."

„Wenigstens habe ich das Kuvert wiedergefunden, und die Schweizer sprechen sogar Deutsch", sagt Hanna unter Tränen.

Jemand, der so ein Haus kauft, will sich nicht verstecken, denkt Viktor, als er die weit geschwungene Auffahrt zu Sutters hell erleuchteter Stadtvilla hinauf fährt. Und schon gar nicht, sich im südafrikanischen Busch zu verkriechen. Er parkt den Mietwagen vor dem Eingang, und als er durch die angelehnte Tür tritt, beschleicht ihn ein beklemmendes Gefühl, das er sich nicht erklären kann. Anscheinend hat er dem Hausmädchen frei gegeben, denkt er, als ihn Sutter in der Eingangshalle begrüßt und gleich in die Bibliothek führt. Sutter bietet ihm einen Cognac an und verliert ein paar belanglose Worte über sein Hauspersonal, das immer dann krank ist, wenn er es braucht.

Langsam löst sich Viktors Beklemmung. Er tut sie als lästige Unerfahrenheit ab.

„Wie geht es dir Viktor? Ich höre, die Antar brummt", kommt Sutter schnell auf das Thema zu sprechen, von dem Viktor glaubt, dass er herbestellt wurde.

„Brummen würde ich es noch nicht nennen. Wir werden in diesem Jahr seit langem keine Verluste mehr machen."

„Das ist früher als erwartet."

„Ja, aber nur wegen eines Lizenzvertrags, mit dem wir eigentlich nicht gerechnet hatten."

„Egal, Hauptsache du bist in den schwarzen Zahlen. Mitten in der Finanzkrise, nicht schlecht."

„Die Medizin hatte schon immer andere Zyklen als der Rest", sagt Viktor abwartend, weil er spürt, dass Sutter eigentlich etwas ganz anderes durch den Kopf geht.

Sie stehen nebeneinander vor einer Fensterfront aus Kassettenglas, mit freiem Blick auf den Zürichsee. Draußen verwandelt die untergehende Sonne das Wasser in flüssiges Gold. Die Distanz zwischen ihnen ist greifbar, bis sich Sutter endlich räuspert, als wäre ihm peinlich, was er zu sagen hat. „Wir müssen über uns beide reden, Viktor, ich habe es schon zu lange aufgeschoben", beginnt er kryptisch und stellt sein Glas auf die Heizungsplatte vor dem Fenster. „Diese Art Gespräche fallen mir schwer, ich bin nicht geübt in solchen Dingen. Aber ich bin zu alt, um zu lange darum herum zu reden. Außerdem läuft mir die Zeit davon. Wir sind beide stark, wir können damit umgehen."

Ich verstehe nur Bahnhof, denkt Viktor. Wieder so eine seiner verschlungenen Eröffnungen, die alles offen lässt. Besser ich warte ab, bis er sich erklärt.

„Du kennst die Gesetze unserer Branche, wie sehr wir von jeder einzelnen Beteiligung abhängen", fährt Sutter fort. „Vor Jahren hätte mich das fast ruiniert, als eine Firma nach der anderen bankrott ging und ich nichts dagegen tun konnte. Ich ertrug es einfach nicht mehr zuzusehen, wie mir fast alle Investments zwischen den Fingern zerrannen. Also habe ich in einem Akt der Verzweiflung einen kleinen Hedge Fonds aufgelegt. Wie in jeder Krise gab es auch damals eine ganze Reihe Zocker, die mit hohem Einsatz spielten. Ich wusste und die Anleger wussten, dass sie mit vollem Risiko einstiegen. Deshalb hatte ich lange keine Bedenken die Anlagegelder des Fonds zur Verschleierung der Verluste in der Seed herzunehmen. Irgendwann, dachte ich, würde sich das schon einpendeln und jeder wäre glücklich. Schließlich hatten die Anleger ja über die Jahre fantastische Renditen erzielt. Das ging lange gut, aber es pendelte sich nichts ein, und jetzt beginnt mein kunstvolles Netz aufzudröseln, wie ein Pullover, bei dem jemand den entscheidenden Faden gefunden hat." Sutter stoppt abrupt, holt den Cognac und schenkt sich nach. Als er fragend auf Viktor sieht, winkt der nur ab.

Christina hat Recht, denkt Viktor. Er ist ein Ponzzi, aber warum erzählt er es ausgerechnet mir. ER hat mir die Seed angeboten, mit seinem Fonds will ich nichts zu tun haben. Unbeteiligt, als wäre er an Sutter's Finanzkonstruktionen wenig interessiert, fragt er: „Und deine Transportfirma?"

„Woher weißt du davon?"

„Von Christina Araba."

„Sie scheint gut Bescheid zu wissen. Zumindest glaubt sie das." Sutter ist verärgert, weil Viktor ein Thema zur Sprache bringt mit dem er nicht gerechnet hat. „Na gut, nebenher betreibe ich diese kleine Transportfirma, hinter der Christina schreckliche Sachen vermutet. Nach dem Zusammenbruch der Sowjetunion habe ich für ein Butterbrot ein paar Antonov Flugzeuge erstanden. Die Dinger sind unverwüstlich und fliegen immer noch. Der einzige Kunde ist eine amerikanische Firma, die selbst nicht in Erscheinung treten will. Ein gutes Geschäfte, aber jetzt…". Sutter lacht kurz auf, fragt sich, wie er auf dieses Nebengleis geraten ist und kommt zum eigentlichen Thema zurück, das ihm am Herzen liegt. „Seit etwa einem Jahr wackelt der Fonds. Ich hab versucht neues Kapital einzuwerben, aber der Markt ist ausgetrocknet, und meine Altanleger weigern sich noch mehr ins Risiko zu gehen. Es kann sein, dass ich den Fonds liquidieren muss. - Jetzt fragst du dich womöglich, weshalb ich dir das alles erzähle. Vielleicht denkst du, ich will reinen Tisch machen, bevor ich dir die Seed übergebe. Das stimmt auch, aber eigentliche möchte ich dich einweihen, weil du mein Sohn bist, Viktor.“

Als Viktor nicht gleich antwortet, sagt Sutter irritiert. „Es scheint dich nicht zu überraschen.“

Viktor tritt einen Schritt zurück und betrachtet Sutter, als sähe er einen fremden Menschen vor sich. Wenigstens ist es jetzt raus, denkt er. „Und das wirfst du mir so locker vor die Füße, friss oder stirb. Damit wir einfach weitermachen können, wie bisher. Ist es so, … Vater?“, sagt er mit einem Schuss Verachtung in der Stimme.

„Nein, der Gedanke beschäftigt mich seit Langem.“

„Seit du Mutter getroffen hast?“

„Ja. Sie wollte nicht, dass du es von mir erfährst. Sie hat also mit dir geredet.“

„Nur in Andeutungen“, sagt Viktor, dreht sich weg und blickt wieder auf den See. Er will nicht, dass Sutter sieht, wie aufgewühlt er ist. Er spürt wie ihm der Schweiß ausbricht. Sutters Stimme dringt kaum noch zu ihm durch.

„Es gab nur eine Nacht, in Berlin, im Mai 1968, draußen randalierten die Leute, aber wir beide waren jung und glücklich. Als deine Mutter zu diesem Job-Interview kam, von dem ich dir erzählt habe, habe ich sie als die Inka von damals wiedererkannt. Schau mich an, Viktor.“ Sutter greift nach Viktors Schulter, doch der stößt ihn zurück. „Sie war sich nicht sicher, ob du mein Sohn bist, also habe ich einen DNA-Test machen lassen. Es gibt keinen Zweifel.“

Viktor fängt sich, merkt wie sich sein Kreislauf stabilisiert und er besser mit der Situation umgehen kann. „Und jetzt willst du, dass wir Familie spielen?“, fragt er sarkastisch.

„Nein, dazu ist es zu spät."

„Und, dass ich dir helfen könnte deine Probleme zu lösen, daran hast du gar nicht gedacht. Oder hätte ich besser krumme Sachen sagen sollen."

Sutter schmunzelt. Mein Sohn, denkt er, ich hab ihn überfahren, aber wie soll ich wissen, wie man mit einem erwachsenen Sohn umgeht. Anscheinend kann man seinen Sohn nicht wie einen Geschäftspartner behandeln. Vielleicht wäre alles ganz anders gekommen, wenn ich Inka damals wiedergesehen hätte, dann wüsste ich jetzt, wie ich mich verhalten soll. „Nein, meine Probleme muss ich schon allein lösen. Ich biete dir die Seed an, die ist sauber. Ist das nichts? Von den anderen Sachen, wie du sie nennst, solltest du besser die Finger lassen."

Viktor zuckt mit den Schultern. „Wie du willst", sagt er gelangweilt, als wäre es ihm wirklich egal. „Auf der Fahrt hierher habe ich mich gefragt, ob und wie du es mir erklärst. Ob du einfach so tust, als gäbe es nichts anderes zwischen uns als unsere gemeinsamen Geschäfte. Ich hab gewettet, dass du dich drückst. Warum sollte ein Vater, der sich zeitlebens nicht um seinen Sohn gekümmert hat, ausgerechnet jetzt.... Keine Ahnung, was du von mir willst."

„Ich hab nicht gewusst, dass es dich gibt", sagt Sutter lahm.

„Christina hat auch den größten Teil ihres Lebens ohne Vater verbracht, aber immerhin kannte sie ihn. Nach all deinem Gerede wundert mich nur noch, wie du deine entsetzlichen Geschäfte all die Jahre betreiben konntest ohne verrückt zu werden. Du bist ein Betrüger."

Sutter schüttelt ganz langsam den Kopf, als könne er sich nicht vorstellen, wie jemand, den er schätzt, so eine blödsinnige Fragen stellen kann. Er schenkt sich nach und kehrt zum Fenster zurück. „Ich hab's getan weil ich gut darin bin. Weil ich ein Spieler bin und mit der Zeit immer besser wurde", sagt er übergangslos. „Und ich verachte Menschen, die auf Menschen wie mich hereinfallen. Alles eine Frage der Perspektive. Und vielleicht hat mir ja auch die Rolle des tumben Deutschen gefallen, der sich in den Augen der anderen an alle Regeln hält. Aber in Wirklichkeit habe ich immer nur das getan, was mir genützt hat."

„Ist Mutter deshalb auf dich hereingefallen, weil du sie verachtest?", fragt Viktor mit vor Hohn triefender Stimme.

„Sie ist nicht auf mich hereingefallen, damals war ich ein anderer Mensch. Damals galten noch Regeln in meinem Leben."

„Regeln? Du?"

„Warum nicht. Von meinem doppelten Boden wusste ja keiner."

Viktor atmet tief ein und lässt die Luft in einem Schwall entweichen. Er beißt sich auf die Lippen und schüttelt den Kopf. „Kein Drama, keine Komödie. Du lebst in deiner ganz persönlichen Tragödie, willst es aber nicht wahrhaben."

„Warum sollte ich, Viktor, ich habe immer nach den Gesetzen meiner Meute gehandelt. Und vergiss nicht, es gab niemand außer mir, dem ich Rechenschaft schuldig war. Jetzt, seit es dich gibt, ist alles viel schwieriger geworden."

„Keine Freunde? Niemand mit dem du offen reden kannst?"

„So etwas gibt es nicht in meinem Gewerbe, Viktor. Wenn du unbedingt Wärme brauchst, ist es besser du nimmst dir einen Hund. Das erspart dir einige Enttäuschungen. Früher in Afrika, da hatte ich Hunde und dachte sogar einen Freund zu haben. Er hat mich verraten."

„Kommt dieser Zynismus frei Haus, wenn man so ein Leben führt wie du, oder muss man sich darum bemühen?" Viktor hört sich verunsichert an, die Offenheit Sutters scheint ihm zuzusetzen.

„Es ist der Preis, jede meiner Aktionen hatte zwei Seiten, sogar die Waffen. Der eine braucht sie, um sich zu verteidigen, der andere, um einen Diktator zu stürzen. Vertrackt wird es, wenn der, dem du geholfen hast an die Macht zu kommen, selbst zum Diktator wird. Dann geht das ganze Karussell von vorne los. - Ich wusste nicht, dass es dich gibt, Viktor", wiederholt sich Sutter und sieht misstrauisch auf seinen Sohn. Nach einer kurzen Pause fragt er leise. „Willst du mir etwas sagen, Viktor?"

„Christina hat eine sehr gespaltene Meinung von dir."

„Nicht verwunderlich."

„Warum erzählst du mir nicht, wer du wirklich bist, Vater. Dass wir das gleiche Gen-Muster haben, weiß ich jetzt, aber ich kann nichts damit anfangen."

„Wer ich wirklich bin?", echot Sutter, als verstünde er die Frage nicht richtig. Dann lacht er befreit auf, als hätte er endlich die einzig wahre Antwort gefunden. „Ein Geldmensch, mit Allem was dazu gehört. Skrupellosigkeit, Gier, es gibt viele Kriterien, du kannst wählen, sie stimmen alle."

„Das ist mir zu einfach. Die wenigsten Geldmenschen brauchen auch noch Waffenhandel zum Zeitvertreib."

„Wäre dir Betrug lieber? Du hältst mich für einen Betrüger."

„Nein, ja, ich weiß es nicht. Du hast mich völlig verwirrt."

Sutter sieht ihn lange an. Er merkt Viktor Unruhe, spürt, dass er ihm eine ehrliche Antwort schuldet, wenn er ihn nicht ganz verlieren will.

„Wer bin ich?", wiederholt er Viktors Frage und zuckt mit den Schultern, als wüsste er das am allerwenigsten. „Mitte der sechziger Jahre, ich war bereits im Studium", setzt er an und nickt, als er sieht wie Viktor aufmerkt. „Arm wie eine Kirchenmaus, Aushilfsjobs hielten mich über Wasser, weil ich das Geld meines Pflegevaters nicht mehr nehmen konnte, ohne jede Selbstachtung zu verlieren - der Mann war ein eingefleischter Nazi und hatte nichts dazu gelernt. Oft konnte ich mir zur Mitte des Monats kein warmes Essen mehr leisten. Einmal, es war kurz vor Weihnachten, kam ich an einer Hühnerbraterei vorbei. Der Duft und der Anblick der knusprig braunen Hähnchen machte mich fast verrückt. Damals habe ich die Gesellschaft um mich herum gehasst."

„Wegen Hähnchen?", rutscht es Viktor heraus, doch er zügelt sich sofort wieder. „Und wie kamst du da wieder heraus?"

„Gar nicht, die Erinnerung verfolgt mich bis heute. Nigeria hat geholfen, es war meine Chance. Danach lief alles wie vorgezeichnet. - Ich war jung und ehrgeizig, wollte es allen zeigen. Und als ich die Chance dazu erhielt habe ich zugegriffen. An Konsequenzen dachte ich keinen Moment. Es war am Beginn des Biafrakriegs und instinktiv spürte ich, dass es die Gelegenheit war auf die ich gewartet hatte. Anfangs ging es nicht um Waffen, wir wollten Eisenbahntrassen bauen. Aber als meine Partner mit der Armee kungelten habe ich bedenkenlos mitgemacht. Ich war erfolgreich, ein guter Verhandler, wurde reich aber nicht unabhängig. Das begriff ich, als es längst zu spät war. Du rackerst und kämpfst und merkst gar nicht, wie das Netz, das du dir spinnst, enger und enger wird. Am Ende strampelst du kraftlos zwischen den Seilen und versinkst immer tiefer im Morast. Das bin ich, mein Sohn, ein Er-

trinkender." Mit einer flüchtigen Geste deutet Sutter auf einen Stuhl.
„Ich weiß, du willst mehr, und verdienst es auch. Und ich sollte mich
auf das Wesentliche konzentrieren, sonst denkst du noch ich will mich
rechtfertigen. Wo soll ich anfangen, es könnte eine lange Reise werden."

„Egal, sag mir einfach alles."

Sutter schüttelt unwillig den Kopf als er zur Cognacflasche greift und
nachschenkt. Dann zieht er den Stuhl heran, setzt sich Viktor gegenüber und beugt sich vor, als würde er ihm ein Geheimnis verraten.
„Meine Erinnerung beginnt sich aufzulösen. Manchmal denke ich, es
hätte alles gar nicht stattgefunden. Dann wieder stehen die Bilder in
einer Klarheit vor mir, dass es schmerzt. Die Ärzte sagen es wäre der
Stress, doch eigentlich meinen sie das Alter. Sie haben mir ein ganz
leichtes Beruhigungsmittel verschrieben, einfach nur unterstützend."
Sutter lehnt sich zurück und sieht Viktor mit einer Mischung aus Mitleid und Sympathie an. Ein ironischer Ton schwingt jetzt in seiner
Stimme. „Unterstützend", sagt er, „aber sicher, unterstützend. Sie meinen, sie können Erinnerungen polieren wie einen Spiegel. Sie meinen,
sie können dafür sorgen, dass Erinnerungen arbeiten, wie sie es wollen. Sie wollen, dass sie nicht mehr sich selbst gehorchen. Ich will das
nicht, es sind meine Erinnerungen, die niemand sonst etwas angehen.
Aber auf einmal gibt es dich, und du willst, dass ich mich erinnere.
Doch wie soll das gehen? Erinnerungen sind nicht wie eine Kugel,
schön messbar und von allen Seiten gleich anzusehen." Sutter macht
eine Bewegung mit der Hand, als wolle er eine Fliege verscheuchen. Er
sitzt jetzt mit geschlossenen Augen, den Kopf zurückgelehnt. „Vor vielen Jahren", flüstert er, „hatte ich einen Traum. Er kam, nachdem sich

meine Mutter erhängt hatte, und er begleitete mich ein Leben lang. Die meisten Träume haben eine Geschichte, aber der hatte keine. Es war nur ein Bild, das sich in meinem Kopf immer wieder veränderte. Ich habe Kofi davon erzählt, und er hat daraus ein Gemälde gemacht. Es hängt in einem unserer Besprechungszimmer. Manchmal, Nachts, wenn ich nicht schlafen kann, fahre ich hin und sehe es mir an. Danach geht es mir besser."

Sutter sieht plötzlich sehr alt aus. Für einen Augenblick öffnet er die Augen, blickt kurz auf Viktor und schließt sie wieder. Nach einiger Zeit fragt er erneut. „Wo willst du, dass ich anfange?"

„Erzähl mir von diesem Traum", sagt Viktor leise.

„Letzte Woche hatte ich ihn wieder. Ein Eisengitter, grau, dahinter eine arkadische Landschaft, die sich im Unendlichen verliert. Das Gitter versperrt mir den Weg, ich rüttle daran, aber es öffnet sich nicht. Ich habe den Wunsch fortzulaufen, durch das offen Tor, loszulaufen, um zu sehen, was sich dahinter verbirgt. Doch etwas hält mich, die Stimme meiner Mutter, sie ist verzerrt, ich kann sie nicht verstehen." Sutter schlägt die Augen auf und fragt mit klarer, fester Stimme. „Wann geht dein Flug?"

„Ich habe alle Zeit der Welt", sagt Viktor in die Dunkelheit.

„Na gut, aber vergiss nicht: Männer wie ich verschleiern ihre Vergangenheit. Das gehört zu uns wie unsere graue Kluft. Wir tragen keine Kampfanzüge, die uns nur verraten würden. Wir agieren allein, und der Halbschatten gibt uns Kraft. Mein Leben besteht aus Andeutungen, das verunsichert die Menschen. Ich zeige ihnen immer nur einen Spalt, in den sie ihre Furcht, ihre Träume und Wünsche schütten können. So ist es immer noch, und ich habe mich daran gewöhnt. Im Nachhinein finde ich es absurd, dass ich nicht über den Waffenhandel gestolpert bin, sondern über die Gier anderer. Immer höhere Renditen, es ist wie eine Sucht. Hat sie dich einmal in den Krallen, lässt sie dich nicht mehr los. Leute wie ich sind die Junkies der Hochfinanz, wir bedienen die Gier der Leute nach Geld, nach immer mehr. Nur dann können sie ruhig schlafen. Und wir benützen ihre Angst alles zu verlieren, um uns selbst zu bereichern." Sutter schüttelt sich, als wolle er aus einem Traum erwachen. „Ich war zehn, als sich meine Mutter erhängte", fährt er fort, als hätte er sich entschlossen nur noch über Fakten zu reden. „Danach kam ich ins Heim und kurz darauf zu Pflegeeltern. Den Mann habe ich gehasst, die Frau glich eher einem Marmorblock, als einem Wesen aus Fleisch und Blut. Kaum, dass ich das Vordiplom geschafft hatte, ging ich nach Indien. Eigentlich nur um dieser Familie zu entkommen. Aber das Land war nichts für mich, eine Gesellschaft zu festgefahren in ihren Traditionen. Zwei Jahre später dann Nigeria."

„Du bist viel gereist. Sogar während des Studiums?", fragt Viktor, der sich vornimmt ein andermal auf die Gier zu sprechen zu kommen. Diese Sucht muss ich wohl von ihm haben, denkt er.

„Ich war getrieben von Versagensangst, und wohl auch auf einer Art Flucht", sagt Sutter. „Im Nachhinein, denke ich, war ich mein Leben lang auf der Suche nach Menschen, denen ich mich beweisen wollte." Sutter wirkt auf einmal agil, verwandelt, als wäre er ein anderer Mensch. Er schenkt sich nach. „Du auch?", fragt er und deutet mit der Flasche auf Viktors Glas.

„Nein, danke, wir haben fast die halbe Flasche getrunken und ich muss noch fahren. Eigentlich wollte ich heute Abend zurück fliegen."

Mein Gott, das ist mein Vater, aber wenigstens ist er jetzt wieder der alte, harte Hund, denkt Viktor

„Du kannst hier übernachten, wenn du willst. Gibt uns mehr Zeit zum Reden."

„Mal sehen. Ich hab keine Zahnbürste dabei."

„Die habe ich noch", lächelt Sutter.

„Warum Nigeria? Einfach so, Ticket gekauft und hingeflogen?", fragt Viktor, der jetzt alles wissen will.

Sutter schüttelt den Kopf, will weiter ausholen, lässt es und sagt lapidar. „Nein, ich bekam ein Praktikum über den Deutschen Akademischen Austauschdienst, das ich nach einem halben Jahr hingeschmissen habe."

Für eine Weile trinken sie schweigend, bis Viktor fragt: „Und der Waffenhandel, warum hast du immer weiter gemacht? Du brauchst ihn nicht, deine anderen Geschäfte waren einträglich genug. Aber du musst nicht darüber reden, wenn du nicht willst."

Sutter zuckt nur verächtlich mit den Schultern. „Du vertraust Christina anscheinend. Bin gespannt, was sie dir noch alles erzählt hat", sagt er. „Es lief einfach zu geschmiert und ich wurde immer besser. Die Leute kamen zu mir, weil sie mir vertrauten. "

„Geschmiert? Mit deinen Waffen wurden Menschen umgebracht", schreit Viktor.

„Es waren nicht meine Waffen. Ich habe sie nicht entworfen, nicht gebaut und nicht benützt. Wir haben ein Loch gestopft, haben an der Schnittstelle von Ost und West operiert. Den Konflikt im Delta gab es ohne unser Zutun", sagt Sutter gelassen. „Später, als ich mich in ganz Afrika herumtrieb, habe ich den Tutsies geholfen sich zu bewaffnen.

Sie waren dabei ausgerottet zu werden, von Nachbarn mit Macheten. Die Leute aßen neben Leichen, schliefen neben Leichen, tranken aus Flüssen in denen Leichen schwammen, sie brauchten Hilfe. Aber lassen wir das, es ist zu kompliziert."

„Ist wohl besser so, solange du im Selbstmitleid suhlst und tust, als hättest du nicht in erster Linie von deinem todbringenden Handel profitiert", sagt Viktor. „In dem Gewerbe ist es anscheinend leicht, die Fakten so zu verdrehen, dass sie das Gewissen beruhigen."

Sutter steht auf, geht ans Fenster und sieht auf den dunklen See. „Wie recht du hast", sagt er. Es klingt nicht zustimmend, nur traurig, als spräche er von etwas, das sich nicht mehr ändern lässt. „Trotzdem stört mich deine Selbstgerechtigkeit. Ich möchte, dass du die Geschichte zu Ende hörst." Er dreht sich um und geht zurück zu seinem Stuhl, doch anstelle sich zu setzen, stellt er sich hinter die Lehne, wippt sie hin und her, wobei er lächelnd auf Viktor sieht. „Als der Krieg in Nigeria ausbrach, begriff ich, dass der Kolonialismus noch nicht zu Ende war", sagt er gelassen. „Er hatte nur eine andere Ebene erreicht. Da entschloss ich mich mitzumischen, wie alle Anderen auch. Afrika ist nicht was du denkst. Kein Kontinent voller Musik und fröhlicher Menschen. Es ist eine Welt wo unbeschreiblicher Reichtum und entsetzliche Mühsal aufeinander prallen. In der die Meisten darum kämpfen den nächsten Tag zu erleben." Sutter hört einfach auf und setzt sich, als hätte er längst zu viel gesagt.

Viktor wartet eine Weile. Er fragt sich, was noch alles kommt, doch als Sutter beharrlich schweigt, sagt er: „Du versuchst zu relativieren, ist ja auch nicht verwunderlich. Was ist wirklich dran an Christinas Verdacht, dass du für den Tod ihres Vaters verantwortlich bist?"

„Sie braucht ein Ventil, will die Wahrheit erzwingen, als gäbe es so
etwas wie Wahrheit überhaupt“, sagt Sutter achselzuckend.

„Die Vorstellung, dass du für den Tod ihres Vaters verantwortlich
bist, ist mir unerträglich.“ Viktor vermeidet Sutter anzusehen, das Atmen fällt ihm schwer, und die Stille zwischen ihnen lastet beklemmend
auf seiner Brust.

Das Licht von außen ist schwächer geworden, und aus dem Halbdunkel kommt Sutters belegte Stimme. „Wir waren wie Brüder, jung
und unbekümmert. Er war glücklich wieder in Afrika zu sein, und ich
vertraute ihm. Alles, was wir anpackten, geriet uns zu Gold. Unser Waffenhandel lief gut, aber im Verlauf des Krieges, als sich abzeichnete,
dass die Igbos verlieren würden, veränderte sich Kofi. Er begann sich
auf die Seite der Rebellen zu schlagen. Freiheitskämpfer nannte er sie.
Wenn ich ihn darauf ansprach, dass es für uns beide tödlich enden
könnte, sagte er nur, er könne nicht anders. Wenn es mir zu heiß würde, könne ich ja aussteigen. Er täuschte sich, wir konnten schon längst
nicht mehr aussteigen. Dieses Geschäft ist wie Drogenhandel, du
kannst es nicht halbherzig betreiben. Irgendwann fordert es seinen
Tribut. Das ist alles.“

„Alles?“

„Ja, was mich betrifft. Aber es gab noch etwas in Kofis Leben. Etwas,
das längst stattgefunden hatte, bevor ich ihn kennenlernte. Vermutlich
hatte es mit Ghana zu tun, dem Akosombo Damm. Für Ghana war es
ein Jahrhundertprojekt bei dessen Finanzierung Nkrumah vor den
Amerikanern zu Kreuze kriechen musste, um es überhaupt realisieren
zu können. Kofi hat Nkrumah bewundert, ganz Afrika hat ihn verehrt.
Der erste Schwarze Führer, der sein Land in die Unabhängigkeit ge-

führt hatte. Mit Hilfe der Elektrizität, die der Damm liefern sollte, wollte Nkrumah Ghana aus der Bedeutungslosigkeit befreien. Doch als das ganze Projekt an der Finanzierung zu scheitern drohte, hatte Nkrumah keine Wahl, als das Diktat der Weltbank anzunehmen. Kofi gefiel das nicht, er war überzeugter Kommunist, und in der DDR eher radikaler geworden. Also half er mit, den Besuch Breschnews in Ghana zu organisieren. Er wollte einfach in letzter Minute das Ruder zu Gunsten der Sowjetunion herumreißen. Es war umsonst. Damals muss Kofi innerlich zerbrochen sein, aber ich habe es nicht verstanden. Die Sache mit den Igbos war nur ein Pflaster auf seine Wunden. Wir alle haben unsere Gespenster, und Kofis waren zu stark, um sie wegzusperren."

„Glaubst du das, oder hat er es dir erzählt?"

„Er wollte ein starkes Afrika."

„Muss man dafür mit Waffen handeln?"

„Es war eine andere Zeit, Viktor. Im kalten Krieg musstest du dich für die eine oder andere Seite entscheiden."

Viktor schüttelt still den Kopf, verwundert, enttäuscht. „Aber was hattest du mit seinem Tod zu tun? Wer hat ihn erschossen?", fragt er hilflos.

„Es sah nach einer sauberen Auftragsarbeit aus. In Lagos kannst du auch heute noch einen Killer für ein paar Dollar anheuern, dazu bedarf es nicht viel. Was ich mir vorwerfe, ist, dass ich Kofi nicht aktiver daran gehindert habe seine Karten zu überreizen. Nach einem besonders krassen Deal, bei dem er fast die Hälfte der Lieferungen an die Igbos umgeleitet hatte, wurde ich von Abichi, dem General an der Südfront, unserem Hauptabnehmer, einbestellt. Danach war klar, dass Kofi zu weit gegangen war. Dabei war der Krieg längst entschieden, es ging nur noch um ein paar Widerstandsnester im Delta. Damals hätte ich Kofi zusammenschlagen und klammheimlich außer Landes bringen müssen. Er hat bis zuletzt abgestritten etwas mit der Sache zu tun zu haben, also habe ich es nicht getan."

„Wer wart ihr beide wirklich, Vater?", fragt Viktor, der gespannt, fast lauernd in seinem Sessel sitzt, als könne er dadurch die Wahrheit aus Sutter herauspressen. Doch der winkt nur müde ab.

Für eine Weile hängt eine erschöpfte Stille im Raum, bis Sutter endlich zu einer Antwort ansetzt. „Kofi war wohl ein Idealist, kein vernarrter Ideologe. Es war nur eine Frage der Zeit, bis er aufflog. Ich vermute der KGB hatte ihn angeheuert, kurz bevor er nach Nigeria kam. Als der Krieg von den Igbos nicht mehr zu gewinnen war, ließen sie ihn fallen. Abhauen konnte er nicht, in jedem anderen Land Afrikas wäre er genauso schutzlos gewesen. Und ich? Ich war wohl immer nur ein Spieler."

Draußen lastet die Schwärze des nächtlichen Zürichsees. Leichte Nebelschwaden liegen auf dem Wasser und verdecken die Lichter des gegenüber liegenden Ufers. Nur gelegentlich fährt ein hell erleuchtetes Passagierschiff zur Anlegestelle an der Limmat. Nichts rührt sich im Haus, bis Sutter aufsteht und das Klavierkonzert Nummer eins von Chopin auflegt.

„Danke", sagt Viktor. „Danke für die Offenheit. Die Musik tut gut, was ist es?"

„Chopin, eins meiner Lieblingstücke."

„Warum kamst du ungeschoren davon?"

„Es gab einflussreiche Leute in Nigeria, die ich zuvor gut versorgt
hatte. Und meine amerikanischen Freunde ließen mich nicht fallen.
Und vermutlich bin ich gegangen, als ich es noch konnte."

„Und Kofis Freunde, warum haben die nichts für ihn getan?"

„Du meinst den KGB?"

„Ja."

„Ich weiß es nicht, er hat nie mit mir über seine Verbindung zu denen gesprochen. Ich vermutete es, weil er relativ leicht an russische
Waffen kam. Bestätigt hat es erst Christina, letzthin in Berlin. Sie erfuhr es auch nur aus seinen Stasiakten. Vermutlich hat ihn der KGB abgeschrieben, als er nicht mehr spurte und seine eigenen kleinen Deals
verfolgte. Kofi hatte Glück, dass er nicht schon früher liquidiert wurde.
Die Dienste, egal ob Ost oder West, waren nicht gerade zimperlich,
wenn sie sich von einem ihrer Leute verschaukelt fühlten." Er wird es
nicht verstehen, keiner versteht es, der nicht dort und dabei war,
denkt Sutter und sagt, kaum hörbar durch die Musik. „Wir haben diese
Bilder von Afrika: Hunger, Kinder die aussehen wie Skelette, verslumte
Städte, Massaker, Aids, Scharen von Flüchtlingen, ohne ein Dach über
dem Kopf. Diese Bilder stimmen nicht, und sind doch wahr." Sutter
klingt, als spräche er zu sich selbst. „Es ist ein Kontinent, wie von einem anderen Stern, ein Land zerstückelter Maniokfelder, des Dschun-
gels und ausgetrockneter Flüsse. Inzwischen voller monströser, kran-
ker Städte, die von einer unruhigen, gewaltsamen Elektrizität erfüllt
sind."

Für einen Moment dringt das fahle Licht eines vorbeifahrenden
Schiffs ins Zimmer und lässt Sutter Gesicht aufscheinen. Wie eine Statue sitzt er im Stuhl, in sich versunken, in Gedanken weit weg. „Kurz-

zeitig dachte ich, als ich in die Schweiz zog, ich könnte Afrika hinter mir lassen, aber ich habe mich getäuscht. Der Waffenhandel war zu verlockend, als die Sowjetunion auseinanderbrach. Er blieb meine perverse Brücke nach Afrika. Und jetzt werde ich zurück gehen. Ein Spieler, der seine Karten überreizt hat.“ Er dreht sich zu Viktor, als suche er dessen Zustimmung.

Wie einfach habe ich mir das eigentlich vorgestellt, denkt Viktor. Nach Zürich fahren, aussprechen, und schon ist alles im Lot. Christina glaubt immer noch, dass es eine Wahrheit über den Tod ihres Vaters gibt, eingeschlossen in Sutters Herzen. Aber das ist schon lange abgestorben. Wenigstens ist er berechenbarer als all die emotionalen Typen, die mit blutendem Herzen die Welt verbessern wollen. „Ich habe mir immer einen Vater gewünscht, der mit mir redet, Fußball spielt, ins Kino geht, all das, was Väter so tun. Und jetzt habe ich einen Waffenhändler bekommen, der die Leute, die er eigentlich liebt, zu Grunde richtet“, sagt Viktor resigniert. „Aber so ist es nun mal.“

„Hättest du lieber einen Banker gehabt. Einen der Schrottimmobilien zu Paketen schnürt, sie in Aktien verwandelt, und heimlich unter die Leute bringt?“

„Sie bringen keine Menschen um.“

„Das täuscht. Waffen kannst du einstampfen, oder im Depot verrotten lassen. Mit Geld geht das nicht, es tötet schleichend, zersetzt dich von innen, unbemerkt anfangs, bis es zu spät ist.“

„Du relativierst alles, Vater. Irgendwann gehen dir die Argumente aus, und dann stehst du nackt da.“

„Gut möglich“, sagt Sutter und zuckt mit den Schultern. „Dabei habe ich es gar nicht nötig zu relativieren. Aber leider ist nichts ganz richtig, oder ganz falsch, Viktor. Wir bewegen uns in einer immensen grauen Suppe, nur manchmal scheint die Sonne durch. - Vor Jahren habe ich einen Oberst der US-Army gekannt, Jones hieß er, lebt wahrscheinlich nicht mehr. Ohne seine Hilfe wäre ich wohl, wie Kofi, in einem vermüllten Straßengraben gelandet. Bei einem Terroranschlag war er in Saigon in die Luft gejagt worden. Reiner Zufall, dass er überlebte. Jeden Morgen, wenn er aufstand, hat er vermutlich bereut dort gewesen zu sein. Und doch hat er immer weiter gemacht. Für den Vietnamesen, der die Bombe gelegt hatte, war Jones der Repräsentant des Bösen. Für ihn war die Bombe kein Terror. Jones dagegen hielt sich für einen Bannerträger der Freiheit. Du kannst nicht gewinnen, wenn du den Kopf aus dem Mittelmaß steckst."

„Meinst du deine Bilanzen?", fragt Viktor mit gerunzelter Stirn.

„Du sitzt auf einem hohen Ross, mein Sohn. Bin gespannt, wie du dich entscheidest, wenn du vor der Wahl stehst: Aufgeben oder weitermachen, egal wie."

„Einen Hedge Fonds leiten, der stark nach Schneeballsystem riecht, und Waffenhandel als Zugabe?", fragt Viktor ungerührt.

„Damit wirst du nichts zu tun haben. Du konzentrierst dich nur auf die Seed, die ist rundum sauber. Da kannst du zeigen, wie gut du bist."

Viktor tut, als hätte er die Bemerkung überhört. „Warum bist du überhaupt aus Südafrika weggegangen?", fragt er.

Sutter verzieht das Gesicht zu einem gekränkten Grinsen. „Ich musste gehen. Die Regierung wechselte und meine Freunde in der Staatssicherheit hielten es für besser außerhalb Südafrikas erst mal abzuwarten."

„Und dann?"

„Dann war die Seed überraschend erfolgreich, bis alles ins Schlingern geriet."

Viktor schüttelt den Kopf, er wirkt verloren. „Mutter hat gemeint ich sollte wissen auf was ich mich einlasse. Jetzt weiß ich es, und bin doch kein Jota schlauer. Hast du ihr je gesagt wer du bist?"

„Nein, und vermutlich ist es besser du behältst es für dich."

„Und Christina?"

„Die findet es noch früh genug heraus."

Einen Monat nach Viktors Besuch ruft Sutter Jean Juni an und gratuliert ihm.

„Sie haben gewonnen." Er klingt fröhlich, als er es sagt. Zumindest hört es sich für Juni so an.

„Und was machen Sie jetzt?", fragt Juni.

„Ich werde gehen. Sie können also all Ihre weiteren Pläne, mich aus der Welt zu schaffen, einstampfen. Eine Bitte habe ich noch: Sagen Sie Christina, dass Kofi für seinen Tod selbst verantwortlich war."

Kaum, dass Sutter aufgelegt hat, setzt sich Juni ins Auto und fährt zu dessen Villa. Das schmiedeeiserne Tor zur Auffahrt steht offen, als würde er erwartet. Als er den Wagen vor dem Eingangsportal parkt, hört er aus dem Obergeschoss Musik. Vermutlich habe ich mich getäuscht, denkt Juni, und wundert sich, dass die Tür nur angelehnt ist. In der Halle prangt ein überdimensionaler Blumenstrauß. Oben braust das Klavierkonzert Nummer eins von Chopin auf.

Juni ruft nach Sutter, nach der Haushälterin, doch es meldet sich niemand. Zögernd, immer noch irritiert durch die Musik, steigt er die Freitreppe hinauf. Er ahnt, was ihn erwartet. Auf dem obersten Treppenabsatz ruft er noch einmal, um sich bemerkbar zu machen, doch nichts rührt sich.

Als er die Tür zum Rauchersalon aufdrückt, sieht er Sutter am Schreibtisch, den Oberkörper wie schlafend auf der Tischplatte, ein schmales Rinnsal ergießt sich über den Tisch. Der Revolver ist ihm aus der Hand geglitten.

An einer Ecke des Schreibtischs lehnt ein offenes Kuvert feinsäuberlich am Sockel der Tischlampe, sodass es nicht übersehen werden kann. Juni zögert kurz, als hielte ihn etwas zurück das Kuvert in die Hand zu nehmen. Doch dann greift er entschlossen danach und entnimmt den Brief:

Mein Sohn,

Ich habe es nicht mehr geschafft. Als du bei mir in Zürich warst hatte ich noch Hoffnung, aber als Clay ausstieg war es zu Ende. Und jetzt fehlt mir die Kraft für einen Neuanfang. Irgendwann ist es für jeden zu Ende, hast du gesagt. Eine Plattitüde, aber auf mich trifft sie zu. Vielleicht hilft dir mein Schritt, die nächsten Monate zu überstehen.

Meine Anleger werden bluten müssen, aber es müsste genug übrig bleiben, dass es sich für sie lohnt mit dir weiterzumachen. In mich hatten sie kein Vertrauen mehr. Die Details meiner Verflechtungen findest du im Schreibtisch des Büros. Janet weiß Bescheid.

Und bitte sag deiner Mutter, dass sie mir viel bedeutet hat, weit mehr als ich ihr gestehen konnte. Du warst keine Episode, eher Schicksal.

Thomas

P.S. Ich habe es nicht gewagt ‚Dein Vater' zu schreiben.

„Selbstmord“, murmelt Juni. „Er wollte sich davon stehlen. Ist ihm aber nicht ganz gelungen.“

Pathetisch bis zum Schluss, denkt er und zieht einen Stuhl vor den Schreibtisch von wo er Sutters Körper gut betrachten kann. Er sieht das schwache Heben und Senken des Brustkorbs und wartet bis das Klavierkonzert zu Ende ist. Erst dann ruft er die Polizei. Während er auf die Ambulanz wartet, versucht er Christina zu erreichen.